中华国学文库

古文辞类纂 上

〔清〕姚 鼐 编

黄 鸣 标点

中华书局

图书在版编目（CIP）数据

古文辞类纂/（清）姚鼐编；黄鸣标点. —北京：中华书局，
2024.1
（中华国学文库）
ISBN 978-7-101-15938-7

Ⅰ.古…　Ⅱ.①姚…②黄…　Ⅲ.中国文学–古典文学–作品
综合集　Ⅳ.I212.01

中国版本图书馆 CIP 数据核字（2022）第 189269 号

书　　名　古文辞类纂（全二册）
编　　者　〔清〕姚　鼐
标　　点　黄　鸣
丛 书 名　中华国学文库
责任编辑　刘　明　孟念慈
责任印制　管　斌
出版发行　中华书局
　　　　　（北京市丰台区太平桥西里 38 号　100073）
　　　　　http://www.zhbc.com.cn
　　　　　E-mail:zhbc@zhbc.com.cn
印　　刷　河北新华第一印刷有限责任公司
版　　次　2024 年 1 月第 1 版
　　　　　2024 年 1 月第 1 次印刷
规　　格　开本/880×1230 毫米　1/32
　　　　　印张 39¾　插页 4　字数 794 千字
印　　数　1-6000 册
国际书号　ISBN 978-7-101-15938-7
定　　价　168.00 元

中华国学文库出版缘起

《中华国学文库》的出版缘起，要从九十年前说起。

1920 年，中华书局在创办人陆费伯鸿先生的主持下，开始编纂《四部备要》。这套汇集三百三十六种典籍的大型丛书，精选经史子集的"最要之书"，校订成"通行善本"，以精雅的仿宋体铅字排印。一经推出，即以其选目实用、文字准确、品相精美、价格低廉的鲜明特点，最大限度地满足了国人研治学问、阅读典籍的需要，广受欢迎。丛书中的许多品种，至今仍为常用之书。

新中国成立之后，党和国家倡导系统整理中国传统文献典籍。六十馀年来，在新的学术理念和新的整理方法的指导下，数千种古籍得到了系统整理，并涌现出许多精校精注整理本，已成为超越前代的新善本，为学界所必备。

同时，随着中华民族以前所未有的自信快速发展，全社会对中国固有的学术文化——国学，也表现出前所未有的关注和重视。让中华文化的优秀成果得到继承和创新，并在世界范围内进行传播和弘扬，普惠全人类，已经成为中华民族的历史使命。当此之时，符合当代国民阅读需要的权威的国学经典读本的出现，实为当务之急。于是，《中华国学文库》应运而生。

《中华国学文库》是我们追慕前贤、服务当代的产物，因此，它自当具备以下三个基本特点：

一、《文库》所选均为中国学术文化的"最要之书"。举凡哲学、历史、文学、宗教、科学、艺术等各类基本典籍，只要是公认的国学经典，皆在此列。

二、《文库》所选均为代表当代最新学术水平的"最善之本"，即经过精校精注的最有品质的整理本。其中既有传统旧注本的点校整理本，如朱熹《四书章句集注》，也有获得学界定评的新校新注本，如余嘉锡《世说新语笺疏》。总之，不以新旧为别，惟以善本是求。

三、《文库》所选均以新式标点、简体横排刊印。中国古籍向以繁体竖排为标准样式。时至当代，繁体竖排的标准古籍整理方式仍通行于学术界，但绝大多数国人早已习惯于现代通行的简体横排的图书样式。《文库》作为服务当代公众的国学读本，标准简体字横排本自当是恰当的选择。

《中华国学文库》将逐年分辑出版，每辑十种，一次推出；期以十年，以毕其功。在此，我们诚挚希望得到学术界、出版界同仁的襄助和广大读者的支持。

中华书局自 1912 年成立，至今已近百岁。我们将《中华国学文库》当作向中华书局百年诞辰敬献的一份贺礼，更是向致力于中华民族和平崛起、实现复兴大业的全国人民敬献的一份厚礼。我们自当努力，让《中华国学文库》当得起这份重任，这份荣誉。

中华书局编辑部

2010 年 12 月

前　言

　　《古文辞类纂》是清代桐城派散文家姚鼐编选的著名古文选本。其书在近代的流布，诚如书前李承渊序所称："桐城姚姬传先生所为《古文辞类纂》，早已风行海内，学者多有其书矣。"[一]姚椿评价此书说："自世竞言汉儒，置古文之学不讲，其或为之者，又多犯桐城方侍郎所言诸病，轨于法者盖鲜。虽文之道不尽是，然以言文，则几乎备矣。"[二]由于此书分类精审，便于读者通过所选文章来掌握古代各类文体的特点，如朱琦所说"学者守是，犹工之有绳墨，法家之有律令也"[三]，它在客观上起到了桐城派散文教范的作用，近代凡操觚为文者，多奉此以为圭臬。所以本书自从问世以来，成为具有相当文化水平的读者们所习诵的古文范本，曾经多次刊刻重印，流传很广，读者众多，影响颇大。

　　本书编选者姚鼐（1732—1815），字姬传，一字梦谷，别号惜抱先生，安徽桐城人。他少年时学文于同邑刘大櫆及其伯父姚范。众人对他多有期许，而刘大櫆至以王阳明之学期之，由此知名于时。乾隆十五年乡试，中式举人。二十八年会试，中式进士，改翰林院庶吉士。三十一年散馆，以主事用，分兵部，寻补礼部仪制司。三十三年，充山东乡试副考官，迁礼部祠祭司员外郎。三十五年庚寅，充湖南乡试副考官。三十六年辛卯，充会试同考官，迁刑部广东司郎中，充四库全书馆纂修官，记名御史。年馀，乞病归。自是主讲江宁、扬州等地的梅花、敬敷、紫阳、钟山各书院,先后四十馀年。嘉庆二十年九月,姚鼐卒于江宁钟山书院,卒年八十五岁。著有《惜抱轩文集》《惜抱轩诗集》《九经说》等,编选五七言《今体诗钞》,其所选《古文辞类纂》对宣扬桐城派的散文主张,起了很大作用。

姚鼐的思想,倾向于宋学,尊崇程朱。由于这种思想倾向,他在四库馆时,可能也因此与同僚发生过思想上的冲突与牴牾。姚莹在给他写的行状里说:"于是纂修者竞尚新奇,厌薄宋元以来儒者,以为空疏,掊击讪笑,不遗馀力。先生往复辨论,诸公虽无以难,而莫能助也。"〔四〕由此可见一斑。姚鼐有个人魅力,思想上灵活,宽于待人,方正中不失圆融。如当袁枚去世时,他给袁枚写墓志,有人怀疑是否合适,他说:"随园虽不免有遗行,其文采风流有可取,亦何害于作志?"〔五〕这种雅量能容的胸怀,颇有《世说》中人物的风范,而亦可见其并非拘执之人。他的学术主张中,将义理与考证并列,也体现了他融通汉宋的努力。

姚鼐的学术与散文主张,出自桐城派。他年少时跟随刘大櫆、姚范学习,姚范曾问其志,他说"义理、考证、文章,殆阙一不可",姚范大悦,卒以经学授之,而别受古文法于刘大櫆〔六〕。由此来看,后来成为姚鼐散文理论主要观念的"义理、考据、词章"三者的结合,在其年少时所受刘大櫆、姚范等人的影响下已经成型。此后他提出著名的"神、理、气、味、格、律、声、色"之说,并以阴阳刚柔来区分文章的特点,均对方苞、刘大櫆的理论有所发展。

姚鼐作为桐城派的主要代表人物,中年之后,潜心教学四十年,有不少学生继承了他的理论主张,并以之指导实践,壮大了桐城派的散文写作群体。其最有名的四位弟子,即管同、梅曾亮、方东树、姚莹,是十九世纪桐城文派的中坚,其影响及于曾国藩、吴汝纶、马其昶等人。在这种师弟相承的文脉传嬗之中,《古文辞类纂》就是其理论承传的主要载体。

书名中"篹"字为正字,"纂"为讹字,李承渊序中已发其意。用"篹"字,源于《汉书·艺文志》:"门人相与辑而论篹。"〔七〕钱基博说:"姚氏曾以所闻见详经论说而不为苟然;如《序目》考论文体十三类之起原及诸篇之注按是也;故依《汉志》题'篹',师古注:'篹与撰同';或题曰'纂'者讹也。"〔八〕钱说甚确。此书流行之后,多以"古文辞类纂"为书名,系传钞之故。姚鼐的学生陈用光在姚鼐去世之后为其所写行状中,就使用了这个"纂"〔九〕,最早的刻本康氏家塾刻本亦用此字,可见其由来有自。作"篹"字,当为姚鼐晚年的定论,本书书名即依吴启昌本、李承渊本,作"古文辞类篹"〔一〇〕。

《古文辞类篹》一书,序目一卷、选文七十五卷,共选文六百六十九题,合七百二十一篇,是一部中型文章选集。其主要特色,在于分类谨严,各种文章按大类编辑成卷,其文体特征得以突出地彰显出来。其类十三,即:论辨类、序跋类、奏议类、书说类、赠序类、诏令类、传状类、碑志类、杂记类、箴铭类、颂赞类、辞赋类、哀祭类。这种文体分类方法,较之著名的萧统《文选》的分类方法,严密了不少。桐城派所推崇的先秦秦汉、唐宋八家之文,成为选文的主体。学者循此而学习各种文体,有轨可依,有范可型。马其昶称其"义例至精审","以辨文体,晰如也。审同异,别部居,可以形迹求也"〔一一〕。此为确论。

就本书版本而言,最早有姚鼐弟子康绍镛于道光元年(1821)刊刻的合河康氏家塾刻本,其依据为李兆洛所藏姚鼐中年钞订本。其本有圈点、评语、校语,并辑录以姚鼐为主的九家评注,共七十四卷,是为康本。其后有清道光五年(1825)金陵吴氏刻本，为姚鼐弟子吴启昌刊刻，所依据为姚鼐晚年钞定本。无圈点、句读，有评校，书名为"古文辞类纂"。其书将康本第二十二卷析为两卷，故为七十五卷，是为吴本。较晚出的刻本为李氏求要堂光绪二十七年（1901）初刻本，该本亦七十五卷，书名亦为"古文辞类纂"，李承渊刻此书，以康本、吴本为底本，有圈点、评识，有句读，篇目依吴本。有李承渊后序，以及《校勘记》一卷。求要堂本经李承渊、萧穆、吴汝纶先后参与校勘，评点、圈识多于康本，主要依据姚鼐幼子姚雉所藏的晚年圈点本，是为李本。清代及民国所通行的本书诸版本，均源出于上述三个刻本系统。

按，以上三个版本，康本依据姚鼐中年钞订本，未涉及其晚年关于此书的修订，虽然是最早的刻本，但尚不足以反映姚鼐对此书的完整规划。吴本依据姚鼐晚年钞订本，反映了其晚年选目上的考虑，但删去圈点，也就删去了富有桐城派特色的文章学资料，所以吴本流传不广，也有这个原因。李本最晚出，但其所收篇目与吴本基本相同，其圈点据姚鼐后人所藏晚年圈点本，其数量又超过康本，比较而言，更能结合康、吴二本之长，反映出姚鼐晚年定论。另外，李本所收文章均有句读，其句读由李承渊审订施加，能反映桐城派学者关于这些文章句读的基本方法和观点；其所收评点均为姚氏所定，不与他家掺杂，便于读者研究姚鼐的文学思想。再者，李本已经过李承渊和萧穆、吴汝纶等晚清学者以康本和吴本对照校勘，文字上已较为完善〔一二〕。

所以，本书标点采用的版本为国家图书馆藏李氏求要堂光绪二十七年初刻本。凡姚氏圈点、评语、李氏点断之处，均依原刻。本书中的圈点，除了正文中的实圈和空圈外，各篇题名之下，也有空圈。篇题下圈共有四种情况：一、单圈；二、双圈；三、三圈；四、无圈。这反映了姚鼐对该文的总体性衡量与评级，大概来看,圈数越多,则文章愈高妙。但也有题下无圈的文章具有很高艺术水平的,不能一概而论。要之,其反映的是姚鼐的品鉴标准,对今天的读者来说,也有一定的参考意义与价值,故本书均予保留。为方便阅读,对不涉及字形辨析的异体字做了统一。限于学力,错讹难免,还请读者不吝指正。在校订过程中,得到了陆胤、许鏖源、卢坡、孙自磊等同仁的指误,谨致谢忱。

黄　鸣

2021 年 3 月

〔一〕此《校刊古文辞类纂序》实为萧穆代作,见《敬孚类稿》卷二。

〔二〕〔清〕姚椿:《古文辞类纂书后》,见《通艺阁文集》卷五。

〔三〕〔清〕朱琦:《自记所藏古文辞类纂旧本》,见《怡志堂文初编》卷六。

〔四〕〔清〕姚莹:《朝议大夫刑部郎中加四品衔从祖惜抱先生行状》,见《东溟文集》卷六。

〔五〕〔清〕郑福照:《姚惜抱先生年谱》,见本书附录。

〔六〕〔清〕姚莹:《朝议大夫刑部郎中加四品衔从祖惜抱先生行状》,见《东溟文集》卷六。

〔七〕〔汉〕班固:《汉书》卷三十。

〔八〕钱基博:《古文辞类纂解题及其读法》。

〔九〕〔清〕陈用光《姚先生行状》,见《太乙舟文集》卷三。

〔一〇〕吴本书名虽使用了"纂"字,但吴序实为管同代作,后来管同在将该序收入自己的文集时,使用的是"纂"字。管同作序在道光四年八月,吴本在道光五年印出,可能因为吴启昌刻此书,遵从了姚鼐晚年的意见,故使用"纂"字于书名之中,而管同实不知之。见《因寄轩文二集》卷二。

〔一一〕马其昶《古文辞类篡标注序》,见《抱润轩文集》卷四。

〔一二〕如,姚鼐录宋文,多采用《宋文鉴》。本书卷二十二《苏子瞻对制科策》:"昔单穆公曰:民患轻,则多作重以行之;若不堪重,则多作轻以行之,亦不废重。"《宋文鉴》作"召穆公",康本、吴本从之,惟李本作"单穆公",盖李本经萧穆等人雠校一过,此处引文改从《国语》之本,其义较《宋文鉴》为胜。此其校勘精审之一例。

目 录

哀祭类三　古文辞类纂七十五

目
录

古文辞类纂序目

鼐少闻古文法于伯父姜坞先生及同乡刘耕南先生,少究其义,未之深学也。其后游宦数十年,益不得暇,独以幼所闻者置之胸臆而已。乾隆四十年,以疾请归,伯父前卒,不得见矣。刘先生年八十,犹喜谈说,见则必论古文。后又二年,余来扬州,少年或从问古文法。夫文无所谓古今也,惟其当而已。得其当,则六经至于今日,其为道也一。知其所以当,则于古虽远,而于今取法,如衣食之不可释;不知其所以当,而敝弃于时,则存一家之言,以资来者,容有俟焉。于是以所闻习者,编次论说,为《古文辞类纂》。其类十三,曰:论辨类、序跋类、奏议类、书说类、赠序类、诏令类、传状类、碑志类、杂记类、箴铭类、颂赞类、辞赋类、哀祭类。一类内而为用不同者,别之为上下编云。

论辨类者,盖原于古之诸子,各以所学著书诏后世。孔、孟之道与文,至矣。自老、庄以降,道有是非,文有工拙。今悉以子家不录,录自贾生始。盖退之著论,取于六经、《孟子》,子厚取于韩非、贾生,明允杂以苏、张之流,子瞻兼及于《庄子》。学之至善者,神合焉;善而不至者,貌存焉。惜乎子厚之才,可以为其至而不及至者,年为之也。

贾生过秦论三首

太史公谈论六家要指卷一

韩退之原道　原性　原毁　讳辩　对禹问　获麟解　改葬

　　序跋类者,昔前圣作《易》,孔子为作《系辞》《说卦》《文言》
《序卦》《杂卦》之传,以推论本原,广大其义。《诗》《书》皆有
序,而《仪礼》篇后有记,皆儒者所为。其馀诸子,或自序其意,
或弟子作之,《庄子·天下篇》、《荀子》末篇皆是也。余撰次古
文辞,不载史传,以不可胜录也。惟载太史公、欧阳永叔表志叙
论数首,序之最工者也。向、歆奏校书各有序,世不尽传,传者或
伪,今存子政《战国策序》一篇,著其概。其后目录之序,子固独
优已。

　　奏议类者，盖唐虞三代圣贤陈说其君之辞，《尚书》具之矣。周衰，列国臣子为国谋者，谊忠而辞美，皆本谟、诰之遗，学者多诵之。其载《春秋》内外传者不录，录自战国以下。汉以来有表、奏、疏、议、上书、封事之异名，其实一类。惟对策虽亦臣下告君之辞，而其体少别，故置之下编。两苏应制举时所进时务策，又以附对策之后。

5

　　书说类者，昔周公之告召公，有《君奭》之篇。春秋之世，列
国士大夫或面相告语，或为书相遗，其义一也。战国说士说其时
主，当委质为臣，则入之奏议；其已去国，或说异国之君，则入

此编。

赠序类者，老子曰："君子赠人以言。"颜渊、子路之相违，则
以言相赠处。梁王觞诸侯于范台，鲁君择言而进，所以致敬爱、
陈忠告之谊也。唐初赠人，始以序名，作者亦众。至于昌黎，乃
得古人之意，其文冠绝前后作者。苏明允之考名序，故苏氏讳
序，或曰引，或曰说。今悉依其体，编之于此。

7

诏令类者,原于《尚书》之誓、诰。周之衰也,文诰犹存。昭
王制,肃强侯,所以悦人心而胜于三军之众,犹有赖焉。秦最无
道,而辞则伟。汉至文、景,意与辞俱美矣,后世无以逮之。光武
以降,人主虽有善意,而辞气何其衰薄也?檄令皆谕下之辞,韩
退之《鳄鱼文》,檄令类也,故悉傅之。

　　传状类者,虽原于史氏,而义不同。刘先生云:"古之为达官
名人传者,史官职之。文士作传,凡为圬者、种树之流而已。其
人既稍显,即不当为之传,为之行状,上史氏而已。"余谓先生之
言是也。虽然,古之国史立传,不甚拘品位,所纪事犹详。又实
录书人臣卒,必撮序其平生贤否。今实录不纪臣下之事,史馆凡
仕非赐谥及死事者,不得为传。乾隆四十年,定一品官乃赐谥,
然则史之传者,亦无几矣。余录古传状之文,并纪兹义,使后之
文士得择之。昌黎《毛颖传》,嬉戏之文,其体传也,故亦附焉。

碑志类者，其体本于《诗》，歌颂功德，其用施于金石。周之
时有石鼓刻文，秦刻石于巡狩所经过。汉人作碑文，又加以序。
序之体，盖秦刻琅邪具之矣。茅顺甫讥韩文公碑序异史迁，此非
知言。金石之文，自与史家异体，如文公作文，岂必以效司马氏
为工耶？志者，识也。或立石墓上，或埋之圹中，古人皆曰志。
为之铭者，所以识之之辞也。然恐人观之不详，故又为序。世或
以石立墓上，曰碑、曰表，埋乃曰志。及分志、铭二之，独呼前序
曰志者，皆失其义。盖自欧阳公不能辨矣。墓志文录者尤多，今
别为下编。

杂记类者，亦碑文之属。碑主于称颂功德，记则所纪大小事
殊，取义各异，故有作序与铭诗全用碑文体者，又有为纪事而不
以刻石者。柳子厚纪事小文，或谓之序，然实记之类也。

箴铭类者，三代以来有其体矣。圣贤所以自戒警之义，其辞
尤质，而意尤深。若张子作《西铭》，岂独其理之美耶？其文固
未易几也。

颂赞类者，亦《诗·颂》之流，而不必施之金石者也。

扬子云赵充国颂

韩退之子产不毁乡校颂

柳子厚伊尹五就桀赞

苏子瞻韩幹画马赞　文与可飞白赞六十一

辞赋类者，风、雅之变体也，楚人最工为之，盖非独屈子而已。余尝谓《渔父》及《楚人以弋说襄王》、《宋玉对王问遗行》皆设辞，无事实，皆辞赋类耳。太史公、刘子政不辨，而以事载之，盖非是。辞赋固当有韵，然古人亦有无韵者，以义在托讽，亦谓之赋耳。汉世校书，有《辞赋略》，其所列者甚当。昭明太子《文选》，分体碎杂，其立名多可笑者，后之编集者，或不知其陋而仍之。余今编辞赋，一以汉《略》为法。古文不取六朝人，恶其靡也。独辞赋则晋宋人犹有古人韵格存焉。惟齐梁以下，则辞益俳而气益卑，故不录耳。

淳于髡讽齐威王

屈原离骚　九章六十二　远游　卜居　渔父六十三

宋玉九辩　风赋　高唐赋　神女赋　登徒子好色赋　对楚
　王问

楚人以弋说顷襄王

庄辛说襄王六十四

贾生惜誓　鵩鸟赋

枚叔七发

汉武帝秋风辞　瓠子歌

淮南小山招隐士

东方曼倩客难　非有先生论六十五

司马长卿子虚赋　上林赋六十六　哀二世赋　大人赋　长
　门赋　难蜀父老　封禅文六十七

扬子云甘泉赋　河东赋　羽猎赋　长杨赋　解嘲　解难
　反离骚六十八

班孟坚两都赋

傅武仲舞赋六十九

张平子二京赋　思玄赋七十

王子山鲁灵光殿赋

王仲宣登楼赋

张茂先鹪鹩赋

潘安仁秋兴赋　笙赋　射雉赋

刘伯伦酒德颂

陶渊明归去来辞

鲍明远芜城赋七十一

韩退之讼风伯　进学解　送穷文　释言

苏子瞻前赤壁赋　后赤壁赋七十二

哀祭类者,《诗》有《颂》,风有《黄鸟》、《二子乘舟》,皆其原
也。楚人之辞至工,后世惟退之、介甫而已。

屈原九歌

宋玉招魂

景差大招

贾生吊屈原赋

汉武帝悼李夫人赋七十三

韩退之祭田横墓文　潮州祭神文五首录一　祭张员外文
　祭柳子厚文　祭侯主簿文　祭薛助教文　祭虞部张员外

　　凡文之体类十三，而所以为文者八，曰：神，理，气，味，格，律，声，色。神、理、气、味者，文之精也；格、律、声、色者，文之粗也。然苟舍其粗，则精者亦胡以寓焉？学者之于古人，必始而遇其粗，中而遇其精，终则御其精者而遗其粗者。文士之效法古人，莫善于退之，尽变古人之形貌，虽有摹拟，不可得而寻其迹也。其他虽工于学古，而迹不能忘，扬子云、柳子厚，于斯盖尤甚焉，以其形貌之过于似古人也。而遽摈之，谓不足与于文章之事，则过矣。然遂谓非学者之一病，则不可也。

　　乾隆四十四年秋七月，桐城姚鼐篹集序目。

校刊古文辞类篹后序

桐城姚姬传先生所为《古文辞类篹》，早已风行海内，学者多有其书矣。顾先生于此书，初篹于乾隆四十四年，时主讲扬州梅花书院。乾嘉之间学者所见，大抵皆传钞之本。至嘉庆季年，先生门人兴县康中丞绍镛始刊于粤东。道光五年，江宁吴处士启昌复刊于金陵。然康氏所刊，乃先生乾隆间订本，后二三十年，先生时加审订，详为评注，而圈点亦与康本互有异同。盖先生之学，与年俱进，晚年造诣益深，其衡鉴古人文字尤精且密矣。然吴氏刊本，系先生晚年主讲钟山书院时所授，且命付梓时去其圈点。道光以来，外省重刊，大抵据康氏之本，而吴本仅同治间楚南杨氏校刊家塾，不甚行世。而外间学者虽多读此书，容有未知康刊为先生中年订本，吴刊为先生晚年定本；又未知先生命名"古文辞类篹"，"篹"字本《汉书·艺文志》。康氏不明"篹"字所由来，误刊为"古文辞类纂"，至今"古文辞类纂"之名大著，鲜有知为"篹"字本义者已。又耳食之徒，以康本字句时有脱讹，不如吴本经先生高第弟子梅伯言、管异之、刘殊庭诸君雠校之精。然康氏刊本，实出先生高弟李申耆，李君又实司校刊之役者也。承渊少读此书，先后得康、吴两本，互为校勘，乃知各有脱讹，均未精善，所谓齐则失矣，而楚亦未为得者也。不知为姚先生原本所据，尚非各种精本，未及详勘，抑亦诸君子承校此书，不免以轻心掉之者也。

二十年来，承渊凡见宋元以后、康熙以前各书旧椠，有关此书校勘者,随时用硃墨笔注于上下方,积久颇觉近完美。又桐城老辈,如方望溪侍郎代果亲王所为《古文约选》,刘海峰学博所为《唐宋八家文约选》,均用圈点,学者称之。姚先生承方、刘二公之业,亦尝示学者前辈批点可资启发,即所纂此书,不但评注数有增加,而圈点亦随时厘订,惜往年无由得见耳。顷与先生乡人兰陵逸叟相往还,偶谈此书,逸叟即出行笥所录姚先生晚年圈点本见示。大喜过望,询所由来,乃得诸其乡先生苏厚子征君惇元,征君即得诸姚先生少子耿甫上舍雉家藏原本而录之者也。

承渊早岁浮家,久离乡土,念吾滁州僻处江淮之间,四方书贾,足迹罕至,乡塾所读,不过俗行《古文析义》、《观止》等本,不足启发后学神智,乃假逸叟藏本,录其圈点于所校本上,付诸手民,刊于家塾,庶几吾滁可家有其书,不为俗本所囿矣。至刊版,改从毛氏汲古阁所刊古书格式,字画力求精审。又康刻于姚先生所录汉文,时用《汉书》古字,今考姚先生所录汉文,其例不一,有以己意参用《史记》、《文选》及司马氏《资治通鉴》、真氏《文章正宗》等书字句者,今亦酌为变通:凡一文参用各本者,则均用通行宋字;惟单据《汉书》本文,则仍遵用《汉书》本字,以存其真。惟姚先生定本虽有圈点,而无句读,承渊伏念穷乡晚进所读古文,不惟藉前人圈点获知古人精义所在,即句读尤不可轻忽。句读不明,精义何有?昔班氏《汉书》初出,当时如大儒马融,至执贽于曹大家,请授句读;韩昌黎《上兵部李侍郎书》,亦有"究穷于经传史记百家之说,沈潜乎训义,反覆乎句读"之论。我朝乾隆三年冬,诏刊"十三经"、"二十一史",时方侍郎苞曾上《重刊经史事宜札子》,中一条有"旧刻经史,俱无句读,盖以诸经注疏及《史记》、前后《汉书》辞义古奥,疑似难定故也。因此纂辑引用者,多有破句。臣等伏念,必熟思详考,务期句读分明,使学者开卷了然,乃有裨益"云云。意至美也,法至善也,惜当时竟未全行。今姚先生所纂此书,既精且博。论者以汉唐文字句法古奥,多有难明,承渊以为唐宋以来洋洋大篇,句读亦未易全晓,矧穷乡晚进,读书不多,顿见此书,旨义未通,不免以破句相授,贻误来学,匪为浅鲜。今承渊窃取方公之义,每读一篇,精思博考,句点分明,虽未必一一有合古人,而大要固已无失。昔颜秘监之注《汉书》,胡景参之注《资治通鉴》,间有破句,有失两书本旨者。以二公之学识通博,精神措注,尚未能毫发无憾,而况后人学识精神,远出二公之下者哉!惟有不偏执己见,勤学好问,一有会悟,随时改正而已。惟承渊所读,间有句读与前人有异,及近代名公偶有句读能补前人所未明者,且有删改康、吴原书字句,恐滋后人所疑者,容当别为札记一编,附于本书之后,不过使穷乡晚进增广见闻,便于诵习而已,非敢云能补姚先生之所不逮也。第康、吴之本,校刊虽未精善,而两序实能发明姚先生所纂大旨,今仍附录之,俾读者详悉,而承渊更不敢再赞一辞焉。

　　光绪二十七年,岁在辛丑,正月元日,滁州后学李承渊书于上海求要堂寓。

康刻古文辞类纂后序

余抚粤东之明年，儿子兆奎师武进李君兆洛申耆来，语次及桐城姚姬传先生《古文辞类纂》一书在其家。余尝受学于先生，凡语弟子，未尝不以此书；非有疾病，未尝不订此书。盖先生之于是亦勤矣！顾未有刻，因发书取其本，校付梓人，序其后曰：

先生博通坟籍，学达古今，尤善文章，然铭之必求其人，言之必附于道，生平未尝苟作也。以乾隆二十八年入翰林，散馆改刑部，历官郎中，典试山东、湖南。当国家平治之际，而己无言责，于廷臣集议，尝引大体，无所附丽。于文襄公方招致文学之士，欲得先生出其门，先生不应，谢病归。归后数年，客扬州，有少年从问古文法者，于是集次秦、汉以来至方望溪、刘海峰之作，类而论之，总七百篇，七十四卷。

先生之著述多矣，何独勤勤于是哉？盖以为古文之衰且七百年，本朝作者以十数，然推方望溪、刘海峰。望溪之言曰："学行继程、朱而后，文章介韩、欧之间。"为得其正。昔之君子，学古先圣王之书，通其指要，致其精粗，本末赅备，然后形而为言。崇之如山，放之如海，浑合元气，细凑无伦。其于事也，资之无穷，用之不竭，如饮食水火之不可释者，文之至盛也。次则镜治乱之体，救当世之急。言出乎己，不必古人之尽同也；量足以立，不必事行之于我也。若夫不遍不该，驰骋事物，纵丽可喜，不失尺寸，则所谓小言者矣。秦、汉、唐、宋，文章闳隽，后世莫及，亦比于其次而已。然犹代不数人，人不数篇，盖难也如是。以至于今，不知古人之纯备，不究修辞之体要，而决裂规矩，沈酣淫诐者，往往而然。后生小子，循而习之，则古文之学，将不可复振已乎！不有开之，孰能起之？开之以言，不若导之以道。导而不然，导而不当，则亦俟焉，以语来者。呜呼！言之无文，行而不远。必也言有物而行有恒，乃得与于作者之林矣。

先生为先荣禄庚午同年，伯父茂园先生之友，余从宦金陵，侍先生于钟山讲席。先生曰：为学不可以不勤，植品不可以不端。学勤则所得固，品端则行不移，而知致焉，气充焉。所守于内者如此，其施于外者宜何如哉！是先生之教也。其所著有《惜抱轩诗文集》二十六卷、《九经说》十七卷、《三传补注》一卷、《惜抱轩笔记》八卷，皆已刻。《古文辞类纂》七十四卷，今之所刻也。

康绍镛撰。

吴刻古文辞类篹序

桐城姚惜抱先生,撰有《古文辞类篹》七十五卷。先生晚年,启昌任为刊刻,请其本而录藏焉。未几,先生捐馆舍,启昌亦以家事,卒卒未及为也。后数年,兴县康抚军刻诸粤东,其本遂流布海内。启昌得之,以校所录藏,其间乃不能无稍异。盖先生于是书,应时更定,没而后已。康公所见,犹是十馀年前之本,故不同也。

夫文辞之篹,始自昭明,而《文苑英华》等集次之,其中率皆六代、隋、唐骈丽绮靡之作,知文章者,盖摈弃焉。南宋以后,吕伯恭、真希元诸君,稍取正大,而所集殊隘。迄于有明,唐应德、茅顺甫文字之见,实胜前人,然所选或止科目时文之计。自兹以降,盖无论矣。且夫无离朱之明,则不能穷青黑;无夔、旷之聪,则不能正宫羽;无孔、孟之贤圣,则不能等差舜、武,品题夷、惠。文辞者,道之馀;篹文辞者,抑教之末也。顾非才足于素,学溢于中,见之明而知之的,则亦何以通古今,穷正变,论昔人,而毫厘无失也哉?逞私臆而言之,陋而不可为也;执一得而言之,狭而不足为也。自梁以来,篹文辞者日众,而至今讫无善本,其以是也夫? 先生气节道德,海内所知,兹不具论。其文格则授之刘学博,而学博得之方侍郎。然先生才高而学识深远,所独得者,方、刘不能逮也。蚤休官,耄耋嗜学不倦,是以所篹文辞,上自秦、汉,下至于今,搜之也博,择之也精,考之也明,论之也确。使夫读者,若入山以采金玉,而石砾有必分;若入海以探珠玑,而泥沙靡不辨。呜呼，至矣！无以加矣！纂文辞者，至是而止矣。启昌于先生，既不敢负已诺，又重惜康公用意之勤，而所见未备，遂取乡所录藏本，与同门管异之同、梅伯言曾亮、刘殊庭钦同事雠校，阅二年而书成。是本也，旧无方、刘之作，而别本有之，今依别本仍刻入者，先生命也。本旧有批抹圈点，近乎时艺，康公本已刻入，今悉去之，亦先生命也。

道光五年秋八月，受业门人江宁吴启昌谨记。

论辨类一

贾生过秦论三首 ◦◦◦

　　秦孝公据崤函之固，拥雍州之地，君臣固守，以窥周室，有席卷天下，包举宇内，囊括四海之意，并吞八荒之心。当是时，商君佐之，内立法度，务耕织，修守战之备，外连衡而斗诸侯。于是秦人拱手而取西河之外。

　　孝公既没，惠王、武王蒙故业，因遗册，南兼汉中，西举巴蜀，东割膏腴之地，收要害之郡。诸侯恐惧，会盟而谋弱秦，不爱珍器重宝肥美之地，以致天下之士，合从缔交，相与为一。当是时，齐有孟尝，赵有平原，楚有春申，魏有信陵。此四君者，皆明知而忠信，宽厚而爱人，尊贤重士，约从离横，并韩、魏、燕、楚、齐、赵、宋、卫、中山之众。于是六国之士，有宁越、徐尚、苏秦、杜赫之属为之谋，齐明、周最、陈轸、昭滑、楼缓、翟景、苏厉、乐毅之徒通其意，吴起、孙膑、带佗、兒良、王廖、田忌、廉颇、赵奢之朋制其兵。尝以十倍之地，百万之众，叩关而攻秦。《汉书》作"仰关"，《史记》作"叩"。萧按：对下"开关"，字作"叩"为当。师古乃讹作"叩"字是流俗本，非也。秦人开关延敌，九国之师，逡巡遁逃而不敢进。秦无亡矢遗镞之费，而天下诸侯已困矣。于是从散约解，争割地而奉秦。秦有馀力而制其敝，追亡逐北，伏尸百万，流血漂卤。因利乘便，宰割天下，分裂河山，强国请服，弱国入朝。

延及孝文王、庄襄王，享国日浅，国家无事。及至秦王，篇中"秦王"字，《史记》本如此，《汉书》俱作"始皇"。萧按：《陈政事疏》亦称始皇为秦王，似谊恶暴秦，不称其谥。奋六世之馀烈，振长策而御宇内，吞二周而亡诸侯，履至尊而制六合，执棰拊以鞭笞天下，威振四海。南取百越之地，以为桂林、象郡。百越之君，俯首系颈，委命下吏。乃使蒙恬北筑长城而守藩篱，却匈奴七百馀里。胡人不敢南下而牧马，士不敢弯弓而报怨。于是废先王之道，焚百家之言，以愚黔首。堕名城，杀豪俊，收天下之兵聚之咸阳，销锋铸镞，以为金人十二，以弱黔首之民。然后斩华为城，因河为池，据亿丈之城，临不测之溪以为固。良将劲弩，守要害之处；信臣精卒，陈利兵而谁何！天下已定，秦王之心，自以为关中之固，金城千里，子孙帝王万世之业也。秦王既没，馀威震于殊俗。

陈涉瓮牖绳枢之子，氓隶之人，而迁徙之徒，才能不及中人，非有仲尼、墨翟之贤，陶朱、猗顿之富；蹑足行伍之间，而倔起什伯之中，率罢散之卒，将数百之众，而转攻秦，斩木为兵，揭竿为旗，天下云集响应，赢粮而景从，山东豪俊，遂并起而亡秦族矣。

且夫天下非小弱也。雍州之地，殽函之固，自若也。陈涉之位，非尊于齐、楚、燕、赵、韩、魏、宋、卫、中山之君；钼耰棘矜，非铦于句戟长铩也；谪戍之众，非抗于九国之师；深谋远虑，行军用兵之道，非及乡时之士也。然而成败异变，功业相反也。试使山东之国，与陈涉度长絜大，比权量力，则不可同年而语矣。然秦以区区之地，千乘之权，招八州而朝同列，百有馀年矣，然后以六合为家，殽函为宫。一夫作难而七庙隳，身死人手，为天下笑者，何也？仁义不施，而攻守之势异也。固是合后二篇，义乃完，然首篇为特雄骏闳肆。

秦并海内，兼诸侯，南面称帝，以养四海。天下之士斐然乡风。若是者何也？曰：近古之无王者久矣。周室卑微，五霸既没，令不行于天下。是以诸侯力政，强侵弱，众暴寡，兵革不休，士民罢敝。今秦南面而王天下，是上有天子也。既元元之民冀得安其性命，莫不虚心而仰上。当此之时，守威定功，安危之本，在于此矣。

秦王怀贪鄙之心，行自奋之智，不信功臣，不亲士民，废王道，立私权，禁文书而酷刑法，先诈力而后仁义，以暴虐为天下始。夫并兼者高诈力，安定者贵顺权，此言取与守不同术也。秦离战国而王天下，其道不易，其政不改，是其所以取之守之者异也。孤独而有之，故其亡可立而待。借使秦王计上世之事，并殷周之迹，以制御其政，后虽有淫骄之主，而未有倾危之患也。故三王之建天下，名号显美，功业长久。

今秦二世立，天下莫不引领而观其政。夫寒者利裋褐，而饥者甘糟糠。天下之嚣嚣，新主之资也。此言劳民之易为仁也。乡使二世有庸主之行，而任忠贤，臣主一心而忧海内之患，缟素而正先帝之过，裂地分民以封功臣之后，建国立君以礼天下。虚囹圄而免刑戮，除去收帑污秽之罪，使各反其乡里；发仓廪，散财币，以振孤独穷困之士；轻赋少事，以佐百姓之急；约法省刑，以持其后，使天下之人皆得自新，更节修行，各慎其身；塞万民之望，而以威德与天下，天下集矣。即四海之内，皆欢然各自安乐其处，惟恐有变。虽有狡猾之民，无离上之心，则不轨之臣无以饰其智，而暴乱之奸止矣。二世不行此术，而重之以无道，坏宗庙与民更始，作阿房宫；繁刑严诛，吏治刻深；赏罚不当，赋敛无度。天下多事，吏弗能纪，百姓困穷而主弗收恤。然后奸伪并起，而上下相遁，蒙罪者众，刑戮相望于道，而天下苦之。自君卿以下，至于众庶，人怀自危之心，亲处穷苦之实，咸不安其位，故易动也。是以陈涉不用汤武之贤，不藉公侯之尊，奋臂于大泽，而天下响应者，其民危也。故先王见始终之变，知存亡之机。是以牧民之道，务在安之而已。天下虽有逆行之臣，必无响应之助矣。故曰安民可与行义，而危民易与为非。此之谓也。贵为天子，富有天下，身不免于戮杀者，正倾非也，是二世之过也。

秦并兼诸侯山东三十馀郡，缮津关，据险塞，修甲兵而守之。然陈涉以戍卒散乱之众数百，奋臂大呼，不用弓戟之兵，钼耰白梃，望屋而食，横行天下，秦人阻险不守，关梁不阖，长戟不刺，强弩不射。楚师深入，战于鸿门，曾无藩篱之艰。于是山东大扰，诸侯并起，豪俊相立。秦使章邯将而东征。章邯因以三军之众，要市于外，以谋其上。群臣之不信，可见于此矣。子婴立，遂不寤。藉使子婴有庸主之才，仅得中佐，山东虽乱，秦之地可全而有，宗庙之祀，未当绝也。

秦地被山带河以为固，四塞之国也。自缪公以来至于秦王，二十馀君，常为诸侯雄。岂世世贤哉？其势居然也。且天下尝同心并力而攻秦矣。当此之世，贤智并列，良将行其师，贤相通其谋，然困于阻险而不能进，秦乃延入战而为之开关，百万之徒逃北而遂坏。岂勇力智慧不足哉？形不利，势不便也。秦小邑并大城，守险塞而军，高垒毋战，闭关据厄，荷戟而守之。诸侯起于匹夫，以利合，非有素王之行也。其交未亲，其下未附，名为亡秦，其实利之也。彼见秦阻之难犯也，必退师安土息民以待其敝，收弱扶罢以令大国之君，不患不得意于海内。贵为天子，富有天下，而身为禽者，其救败非也。

秦王足己不问，遂过而不变。二世受之，因而不改，暴虐以重祸。子婴孤立无亲，危弱无辅。三主惑而终身不悟，亡不亦宜乎？当此时也，世非无深虑知化之士也，然所以不敢尽忠拂过者，秦俗多忌讳之禁，忠言未卒于口，而身为戮没矣。故使天下之士，倾耳而听，重足而立，拑口而不言。是以三主失道，忠臣不敢谏，知士不敢谋，天下已乱，奸不上闻，岂不哀哉！先王知雍蔽之伤国也，故置公卿大夫士，以饰法设刑而天下治。其强也，禁暴诛乱而天下服；

其弱也，五伯征而诸侯从；其削也，内守外附而社稷存。故秦之盛也，繁法严刑而天下振；及其衰也，百姓怨望而海内畔矣。故周五序得其道，而千馀岁不绝；秦本末并失，故不长久。由此观之，安危之统，相去远矣。

野谚曰："前事之不忘，后事之师也。"是以君子为国，观之上古，验之当世，参以人事，察盛衰之理，审权势之宜，去就有序，变化应时，故旷日长久，而社稷安矣。

太史公谈论六家要指 ○

《易大传》：天下一致而百虑，同归而殊途。夫阴阳、儒、墨、名、法、道德，此务为治者也，直所从言之异路，有省不省耳。尝窃观阴阳之术，大祥，而众忌讳，使人拘而多所畏，然其序四时之大顺，不可失也。儒者博而寡要，劳而少功，是以其事难尽从，然其序君臣父子之礼，列夫妇长幼之别，不可易也。墨者俭而难遵，是以其事不可遍循，然其强本节用，不可废也。法家严而少恩，然其正君臣上下之分，不可改矣。名家使人俭而善失真，然其正名实，不可不察也。道家使人精神专一，动合无形，赡足万物。其为术也，因阴阳之大顺，采儒、墨之善，撮名、法之要，与时迁移，应物变化，立俗施事，无所不宜，指约而易操，事少而功多。儒者则不然。以为人主，天下之仪表也，主倡而臣和，主先而臣随。如此，则主劳而臣逸。至于大道之要，去健羡，绌聪明，释此而任术。夫神大用则竭，形大劳则敝。形神骚动，欲与天地长久，非所闻也。

夫阴阳、四时、八位、十二度、二十四节，各有教令，顺之者昌，逆之者不死则亡，未必然也，故曰"使人拘而多畏"。夫春生夏长、秋收冬藏，此天道之大经也，弗顺，则无以为天下纲纪，故曰"四时之大顺，不可失也"。

夫儒者以六艺为法。六艺经传以千万数，累世不能通其学，当年不能究其礼，故曰"博而寡要，劳而少功"。若夫列君臣父子之礼，序夫妇长幼之别，虽百家弗能易也。

墨者亦尚尧舜道，言其德行，曰：堂高三尺，土阶三等，茅茨不翦，采椽不刮。食土簋，啜土刑，粝粱之食，藜藿之羹。夏日葛衣，冬日鹿裘。其送死桐棺三寸，举音不尽其哀。教丧礼，必以此为万民之率。使天下法若此，则尊卑无别也。夫世异时移，事业不必同，故曰"俭而难遵"。要曰强本节用，则人给家足之道也。此墨子之所长，虽百家弗能废也。

法家不别亲疏，不殊贵贱，一断于法，则亲亲尊尊之恩绝矣。可以行一时之计，而不可长用也，故曰"严而少恩"。若尊主卑臣，明分职，不得相逾越，虽百家弗能改也。

名家苛察缴绕，使人不得反其意，专决于名而失人情，故曰"使人俭而善失真"。若夫控名责实，参伍不失，此不可不察也。

道家无为，又曰无不为，其实易行，其辞难知。其术以虚无为本，以因循为用。无成势，无常形，故能究万物之情。不为物先，不为物后，故能为万物主。有法无法，因时为业;有度无度,因物与合。故曰"圣人不朽,时变是守"。虚者道之常也,因者君之纲也。群臣并至,使各自明也。其实中其声者谓之端,实不中其声者谓之窾。窾言不听,奸乃不生,贤不肖自分,白黑乃形。在所欲用耳,何事不成。乃合大道,混混冥冥。光耀天下,复反无名。凡人所生者神也,所托者形也。神大用则竭,形大劳则敝,形神离则死。死者不可复生,离者不可复反,故圣人重之。由是观之,神者生之本也,形者生之具也。不先定其神,而曰我有以治天下,何由哉?

古文辞类纂一终

论辨类二

韩退之原道 ○○○

博爱之谓仁，行而宜之之谓义，由是而之焉之谓道，足乎己无待于外之谓德。仁与义为定名，道与德为虚位。故道有君子小人，而德有凶有吉。老子之小仁义，非毁之也，其见者小也。坐井而观天，曰天小者，非天小也。彼以煦煦为仁，孑孑为义，其小之也则宜。其所谓道，道其所道，非吾所谓道也；其所谓德，德其所德，非吾所谓德也。凡吾所谓道德云者，合仁与义言之也，天下之公言也；老子之所谓道德云者，去仁与义言之也，一人之私言也。

周道衰，孔子没，火于秦，黄老于汉，佛于晋、魏、梁、隋之间，其言道德仁义者，不入于杨，则入于墨，不入于老，则入于佛。入于彼，必出于此。入者主之，出者奴之；入者附之，出者污之。噫！后之人，其欲闻仁义道德之说，孰从而听之？老者曰："孔子，吾师之弟子也。"佛者曰："孔子，吾师之弟子也。"为孔子者，习闻其说，乐其诞而自小也，亦曰

"吾师亦尝师之"云尔。不惟举之于其口,而又笔之于其书。噫!后之人,虽欲闻仁义道德之说,其孰从而求之?甚矣人之好怪也!不求其端,不讯其末,_{论仁义道德,是求其端。}

自"古之为民"以下五段,皆讯其末之事。惟怪之欲闻。

古之为民者四,今之为民者六;古之教者处其一,今之教者处其三。农之家一,而食粟之家六;工之家一,而用器之家六;贾之家一,而资焉之家六。奈之何民不穷且盗也!

古之时,人之害多矣。有圣人者立,然后教之以相生养之道。为之君,为之师,驱其虫蛇禽兽,而处之中土;寒然后为之衣,饥然后为之食。木处而颠,土处而病也,然后为之宫室。为之工以赡其器用,为之贾以通其有无,为之医药以济其夭死,为之葬埋祭祀以长其恩爱,为之礼以次其先后,为之乐以宣其湮郁,为之政以率其怠倦,为之刑以锄其强梗。相欺也,为之符玺斗斛权衡以信之;相夺也,为之城郭甲兵以守之。害至而为之备,患生而为之防。今其言曰:"圣人不死,大盗不止,剖斗折衡,而民不争。"呜呼!其亦不思而已矣!如古之无圣人,人之类灭久矣。何也?无羽毛鳞介以居寒热也,无爪牙以争食也。_{此段辟老。}

是故君者出令者也,臣者行君之令而致之民者也,民者出粟米麻丝,作器皿,通货财,以事其上者也。君不出令,则失其所以为君;臣不行君之令而致之民,民不出粟米麻丝,作器皿,通货财,以事其上,则诛。今其法曰:"必弃而君臣,去而父子,禁而相生养之道,以求其所谓清净寂灭者。"呜呼！其亦幸而出于三代之后，不见黜于禹、汤、文、武、周公、孔子也；其亦不幸而不出于三代之前，不见正于禹、汤、文、武、周公、孔子也。此段辟佛。

帝之与王，其号名殊，其所以为圣一也。夏葛而冬裘，渴饮而饥食，其事殊，其所以为智一也。今其言曰："曷不为太古之无事？"是亦责冬之裘者曰："曷不为葛之之易也？"责饥之食者曰："曷不为饮之之易也？"此段辟老，仍承害至为备、患生为防意，茅顺甫云：正譬杂遝，各无数语，是笔力天纵。

传曰："古之欲明明德于天下者，先治其国；欲治其国者，先齐其家；欲齐其家者，先修其身；欲修其身者，先正其心；欲正其心者，先诚其意。"然则古之所谓正心而诚意者，将以有为也。今也欲治其心，而外天下国家，灭其天常，子焉而不父其父，臣焉而不君其君，民焉而不事其事。孔子之作《春秋》也，诸侯用夷礼则夷之，进于中国则中国之。经曰："夷狄之有君，不如诸夏之亡也。"邢疏云："中国虽偶无君，若周、召共和之年，而礼义不废。"公意盖同此。《诗》曰："戎狄是膺，荆舒是惩。"今也举夷狄之法，而加之先王之教之上，几何其不胥而为夷也。此段辟佛，仍承弃君臣父子意。

夫所谓先王之教者何也？博爱之谓仁，行而宜之之谓义，由是而之焉之谓道，足乎己无待于外之谓德。其文《诗》、《书》、《易》、《春秋》，其法礼乐刑政，其民士农工贾，其位君臣父子师友宾主昆弟夫妇，其服麻丝，其居宫室，其食粟米果蔬鱼肉。其为道易明，而其为教易行也。是故以之为己，则顺而祥；以之为人，则爱而公；以之为心，则和而平；以之为天下国家，无所处而不当。是故生则得其情，死则尽其常；郊焉而天神假，庙焉而人鬼飨。曰：斯道也，何道也？曰：斯吾所谓道也，非向所谓老与佛之道也。尧以是传之舜，舜以是传之禹，禹以是传之汤，汤以是传之文、武、周公，文、武、周公传之孔子，孔子传之孟轲，轲之死不得其传焉。荀与杨也，择焉而不精，语焉而不详。由周公而上，上而为君，故其事行；由周公而下，下而为臣，故其说长。然则如之何而可也？曰：不塞不流，不止不行。人其人，火其书，庐其居；明先王之道以道之，鳏寡孤独废疾者有养也。其亦庶乎其可也！

韩退之原性 ○○

性也者，与生俱生也；情也者，接于物而生也。性之品有三，而其所以为性者五；情之品有三，而其所以为情者七。曰：何也？曰：性之品有上中下三：上焉者善焉而已矣；中焉者可导而上下也；下焉者恶焉而已矣。其所以为性者五：曰仁、曰礼、曰信、曰义、曰智。上焉者之于五也，主于一而行于四；中焉者之于五也，一不少有焉，则少反焉，其于四也混；下焉者之于五也，反于一而悖于四。性之于情视其品。情之品有上中下三，其所以为情者七：曰喜、曰怒、曰哀、曰惧、曰爱、曰恶、曰欲。上焉者之于七也，动而处其中；中焉者之于七也，有所甚，有所亡，然而求合其中者也；下焉者之于七也，亡与甚直情而行者也。情之于性视其品。

　　孟子之言性曰：人之性善。荀子之言性曰：人之性恶。扬子之言性曰：人之性善恶混。夫始善而进恶，与始恶而进善，与始也混而今也善恶，皆举其中而遗其上下者也，得其一而失其二者也。叔鱼之生也，其母视之，知其必以贿死；杨食我之生也，叔向之母闻其号也，知必灭其宗；越椒之生也，子文以为大戚，知若敖氏之鬼不食也：人之性果善乎？后稷之生也，其母无灾，其始匍匐也，则岐岐然，嶷嶷然；文王之在母也，母不忧，既生也，傅不勤，既学也，师不烦：人之性果恶乎？尧之朱，舜之均，文王之管、蔡，习非不善也，而卒为奸；瞽叟之舜，鲧之禹，习非不恶也，而卒为圣人：人之性善恶果混乎？故曰：三子之言性也，举其中而遗其上下者也，得其一而失其二者也。曰：然则性之上下者，其终不可移乎？曰：上之性就学而愈明，下之性畏威而寡罪。是故上者可教，而下者可制也。其品则孔子谓不移也。

　　曰：今之言性者异于此，何也？曰：今之言者，杂佛老而言也。杂佛老而言也者，奚言而不异？

韩退之原毁　○○

　　古之君子，其责己也重以周，其待人也轻以约。重以周，故不怠；轻以约，故人乐为善。闻古之人有舜者，其为人也，仁义人也。求其所以为舜者，责于己曰："彼人也，予人也。彼能是,而我乃不能是!”早夜以思,去其不如舜者,就其如舜者。闻古之人有周公者,其为人也,多才与艺人也。求其所以为周公者,责于己曰:“彼人也,予人也。彼能是,而我乃不能是!”早夜以思,去其不如周公者,就其如周公者。舜,大圣人也,后世无及焉;周公,大圣人也,后世无及焉。是人也,乃曰:“不如舜,不如周公,吾之病也。”是不亦责于身者重以周乎?其于人也,曰:“彼人也,能有是,是足为良人矣;能善是,是足为艺人矣。”取其一,不责其二;即其新,不究其旧。恐恐然惟惧其人之不得为善之利。一善易修也,一艺易能也,其于人也,乃曰“能有是,是亦足矣”,曰“能善是,是亦足矣”,不亦待于人者轻以约乎?

今之君子则不然。其责人也详,其待己也廉。详故人难于为善,廉故自取也少。己未有善,曰:“我善是,是亦足矣。”己未有能,曰:“我能是,是亦足矣。”外以欺于人,内以欺于心,未少有得而止矣,不亦待其身者已廉乎?其于人也,曰:“彼虽能是,其人不足称也;彼虽善是,其用不足称也。”举其一,不计其十;究其旧,不图其新。恐恐然惟惧其人之有闻也。是不亦责于人者已详乎?夫是之谓不以众人待其身,而以圣人望于人,吾未见其尊己也。

虽然,为是者有本有原,怠与忌之谓也。怠者不能修,而忌者畏人修。吾尝试之矣。尝试语于众曰:“某良士,某良士。”其应者,必其人之与也;不然,则其所疏远,不与同其利者也;不然,则其畏也。不若是,强者必怒于言,懦者必怒于色矣。姜坞先生云:此用《管子·九变》及《战国策》“为齐献书赵王”文法。又尝语于众曰：“某非良士，某非良士。”其不应者，必其人之与也；不然，则其所疏远，不与同其利者也；不然，则其畏也。不若是，强者必说于言，懦者必说于色矣。是故事修而谤兴，德高而毁来。呜呼！士之处此世，而望名誉之光，道德之行，难已！

将有作于上者，得吾说而存之，其国家可几而理欤？

韩退之讳辩 ○○○

愈与李贺书，劝贺举进士。贺举进士有名，与贺争名者毁之曰：“贺父名晋肃，贺不举进士为是，劝之举者为非。”听者不察也，和而唱之，同然一辞。皇甫湜曰：“若不明白，子与贺且得罪。”愈曰：“然。”

《律》曰：“二名不偏讳。”释之者曰：“谓若言‘徵’不称‘在’，言‘在’不称‘徵’是也。”《律》曰：“不讳嫌名。”释之者曰：“谓若‘禹’与‘雨’、‘丘’与‘蓲’之类是也。”今贺父名晋肃，贺举进士，为犯“二名律”乎？为犯“嫌名律”乎？父名晋肃，子不得举进士；若父名仁，子不得为人乎？

夫讳始于何时？作法制以教天下者，非周公、孔子欤？周公作诗不讳，孔子不偏讳二名，《春秋》不讥不讳嫌名。康王钊之孙实为昭王；曾参之父名“皙”，曾子不讳“昔”；周之时有骐期，汉之时有杜度：此其子宜如何讳？将讳其嫌，遂讳其姓乎？将不讳其嫌者乎？汉讳武帝名“彻”为“通”，不闻又讳“车辙”之“辙”为某字也；讳吕后名雉为

15

"野鸡",不闻又讳"治天下"之"治"为某字也。今上章及诏,不闻讳"浒"、"势"、"秉"、"机"也,惟宦官宫妾,乃不敢言"谕"及"机",以为触犯。士君子言语行事,宜何所法守也? 今考之于经,质之于律,稽之以国家之典,贺举进士,为可邪? 为不可邪?

凡事父母,得如曾参,可以无讥矣;作人得如周公、孔子,亦可以止矣。今世之士,不务行曾参、周公、孔子之行,而讳亲之名,则务胜于曾参、周公、孔子,亦见其惑也! 夫周公、孔子、曾参,卒不可胜。胜周公、孔子、曾参,乃比于宦官宫妾,则是宦官宫妾之孝于其亲,贤于周公、孔子、曾参者邪? 刘海峰先生云:结处反覆辨难,曲盘瘦硬,已开半山门户。但韩公力大,气较浑融,半山便稍露筋节,第觉其削薄。

韩退之对禹问 ○○

或问曰:"尧舜传诸贤,禹传诸子,信乎?"曰:"然。""然则禹之贤不及于尧与舜也欤?"曰:"不然。尧舜之传贤也,欲天下之得其所也;禹之传子也,忧后世争之之乱也。尧舜之利民也大,禹之虑民也深。"

曰:"然则尧舜何以不忧后世?"曰:"舜如尧,尧传之;禹如舜,舜传之。得其人而传之者,尧舜也;无其人,虑其患而不传者,禹也。舜不能以传禹,尧为不知人;禹不能以传子,舜为不知人。尧以传舜,为忧后世;禹以传子,为虑后世。"

曰："禹之虑也则深矣,传之子而当不淑则奈何?"曰:
"时益以难理,传之人则争,未前定也;传之子则不争,前定
也。前定虽不当贤,犹可以守法;不前定而不遇贤,则争且
乱。天之生大圣也不数,其生大恶也亦不数。传诸人,得
大圣,然后人莫敢争;传诸子,得大恶,然后人受其乱。禹
之后四百年然后得桀,亦四百年然后得汤与伊尹。汤与伊
尹不可待而传也。与其传不得圣人,而争且乱,孰若传诸
子?虽不得贤,犹可守法。"

曰："孟子之所谓'天与贤则与贤,天与子则与子'者,
何也?"曰:"孟子之心,以为圣人不苟私于其子以害天下。
求其说而不得,从而为之辞。"

韩退之获麟解 ○○

麟之为灵昭昭也。咏于《诗》,书于《春秋》,杂出于传
记百家之书,虽妇人小子皆知其为祥也。

然麟之为物,不畜于家,不恒有于天下。其为形也不
类,非若马牛犬豕豺狼麋鹿然。然则虽有麟,不可知其为
麟也。

角者吾知其为牛,鬣者吾知其为马,犬豕豺狼麋鹿,吾
知其为犬豕豺狼麋鹿。唯麟也不可知。不可知则其谓之
不祥也亦宜。虽然,麟之出,必有圣人在乎位。麟为圣人
出也。圣人者必知麟,麟之果不为不祥也。

又曰："麟之所以为麟者,以德不以形。"若麟之出不待

圣人，则谓之不祥也亦宜。

韩退之改葬服议　○

经曰："改葬缌。"《春秋榖梁传》亦曰"改葬之礼缌，举下缅也"。此皆谓子之于父母，其他则皆无服。何以识其必然？经次五等之服，小功之下，然后著改葬之制，更无轻重之差。以此知惟记其最亲者，其他无服，则不记也。若主人当服斩衰，其馀亲各服其服，则经亦言之，不当惟云"缌"也。《传》称"举下缅"者，"缅"犹远也，"下"谓服之最轻者也，以其远故其服轻也。江熙曰："礼天子诸侯易服而葬，以为交于神明者，不可以纯凶，况其缅者乎？是故改葬之礼，其服惟轻。"以此而言，则亦明矣。

卫司徒文子改葬其叔父，问服于子思。子思曰："礼父母改葬缌，既葬而除之，不忍无服送至亲也。非父母无服，无服则吊服而加麻。"此又其著者也。文子又曰："丧服既除，然后乃葬，则其服何服？"子思曰："三年之丧，未葬服不变，除何有焉？"然则改葬与未葬者有异矣。

古者诸侯五月而葬，大夫三月而葬，士逾月。无故未有过时而不葬者也。过时而不葬，谓之不能葬，《春秋》讥之。若有故而未葬，虽出三年，子之服不变，此孝子之所以著其情，先王之所以必其时之道也。虽有其文，未有著其人者，以是知其至少也。改葬者为山崩水涌毁其墓，及葬而礼不备者。若文王之葬王季，以水啮其墓；鲁隐公之葬惠公,以有宋师,太子少,葬故有阙之类,是也。丧事有进而无退,有易以轻服,无加以重服。殡于堂则谓之殡,瘗于野则谓之葬。近代以来,事与古异,或游或仕,在千里之外,或子幼妻稚而不能自还。甚者拘以阴阳畏忌,遂葬于其土。及其反葬也,远者或至数十年,近者亦出三年。其吉服而从于事也久矣,又安可取未葬不变服之例,而反为之重服与?在丧当葬,犹宜易以轻服,况既远而反纯凶以葬乎?若果重服,是所谓未可除而除,不当重而更重也。或曰:"丧与其易也宁戚,虽重服不亦可乎?"曰:"不然。易之与戚,则易固不如戚矣。虽然,未若合礼之为懿也。俭之与奢,则俭固愈于奢矣。虽然,未若合礼之为懿也。过犹不及,其此类之谓乎?"

或曰:"经称'改葬缌',而不著其月数,则似三月而后除也。子思之对文子,则曰'既葬而除之',今宜如何?"曰:"自启至于既葬而三月,则除之,未三月则服以终三月也。"曰:"妻为夫何如?"曰:"如子。""无吊服而加麻则何如?"曰:"今之吊服,犹古之吊服也。"

韩退之师说 ○○○

古之学者必有师。师者,所以传道授业解惑也。

人非生而知之者,孰能无惑?惑而不从师,其为惑也终不解矣。生乎吾前,其闻道也固先乎吾,吾从而师之;生乎吾后,其闻道也亦先乎吾,吾从而师之。吾师道也,夫庸知其年之先后生于吾乎？是故无贵无贱，无长无少，道之所存，师之所存也。

嗟乎！师道之不传也久矣！欲人之无惑也难矣！古之圣人，其出人也远矣，犹且从师而问焉；今之众人，其下圣人也亦远矣，而耻学于师。是故圣益圣，愚益愚。圣人之所以为圣，愚人之所以为愚，其皆出于此乎？

爱其子，择师而教之，于其身也，则耻师焉。惑矣！彼童子之师，授之书而习其句读者，非吾所谓传其道解其惑者也。授句读及巫医乐师百工，未尝非授业，但非传道解惑耳。此两段明是以授业之师陪传道解惑之师，而用笔变化，使人不觉。句读之不知，惑之不解，或师焉，或不焉，小学而大遗，吾未见其明也。

巫医乐师百工之人，不耻相师。士大夫之族，曰师曰弟子云者，则群聚而笑之。问之，则曰"彼与彼年相若也，道相似也"。位卑则足羞，官盛则近谀。呜呼！师道之不复可知矣！巫医乐师百工之人，君子不齿，今其智乃反不能及，其可怪也欤！

圣人无常师。孔子师郯子、苌弘、师襄、老聃。郯子之徒，其贤不及孔子。孔子曰："三人行，则必有我师。"此段承圣人犹且从师意申说，以终首句必有师之意。是故弟子不必不如师，师不必贤于弟子，闻道有先后，术业有专攻，如是而已。

李氏子蟠，年十七，好古文，六艺经传，皆通习之，不拘于时，学于余。余嘉其能行古道，作《师说》以贻之。

韩退之争臣论 ○○

或问谏议大夫阳城于愈,可以为有道之士乎哉?学广而闻多,不求闻于人也。行古人之道,居于晋之鄙。晋之鄙人,薰其德而善良者几千人。大臣闻而荐之,天子以为谏议大夫,人皆以为华,阳子不色喜,居于位五年矣,视其德如在野。彼岂以富贵移易其心哉?愈应之曰:是《易》所谓"恒其德贞而夫子凶"者也,恶得为有道之士乎哉?在《易·蛊》之上九云:"不事王侯,高尚其事",《蹇》之六二则曰:"王臣蹇蹇,匪躬之故"。夫亦以所居之时不一,而所蹈之德不同也。若《蛊》之上九,居无用之地,而致匪躬之节;以《蹇》之六二,在王臣之位,而高不事之心。则冒进之患生,旷官之刺兴,志不可则,而尤不终无也。今阳子在位,不为不久矣;闻天下之得失,不为不熟矣;天子待之,不为不加矣。而未尝一言及于政,视政之得失,若越人视秦人之肥瘠,忽焉不加喜戚于其心。问其官,则曰"谏议也";问其禄,则曰"下大夫之秩也";问其政,则曰"我不知也"。有道之士,固如是乎哉?且吾闻之,有官守者,不得其职则去;有言责者,不得其言则去。今阳子以为得其言乎哉?得其言而不言,与不得其言而不去,无一可者也。阳子将为禄仕乎?古之人有云:仕不为贫,而有时乎为贫,谓禄仕者也。宜乎辞尊而居卑,辞富而居贫,若抱关击柝者可也。盖孔子尝为委吏矣,尝为乘田矣,亦不敢旷其职,必曰"会计当”而已矣，必曰“牛羊遂”而已矣。若阳子之秩禄，不为卑且贫，章章明矣。而如此，其可乎哉？

或曰：否。非若此也。夫阳子恶讪上者，恶为人臣招其君之过而以为名者。故虽谏且议，使人不得而知焉。《书》曰：“尔有嘉谋嘉猷，则入告尔后于内，尔乃顺之于外。”曰：“斯谋斯猷，惟我后之德。”夫阳子之用心，亦若此者。愈应之曰：若阳子之用心如此，滋所谓惑者矣。入则谏其君，出不使人知者，大臣宰相者之事，非阳子之所宜行也。夫阳子本以布衣隐于蓬蒿之下，主上嘉其行谊，擢在此位，官以谏为名，诚宜有以奉其职，使四方后代，知朝廷有直言骨鲠之臣，天子有不僭赏从谏如流之美。庶岩穴之士，闻而慕之，束带结发，愿进于阙下，而伸其辞说，致吾君于尧舜，熙鸿号于无穷也。若《书》所谓，则大臣宰相之事，非阳子之所宜行也。且阳子之心，将使君人者恶闻其过乎？是启之也。

或曰：阳子之不求闻而人闻之，不求用而君用之，不得已而起，守其道而不变，何子过之深也？愈曰：自古圣人贤士，皆非有求于闻用也，闵其时之不平，人之不乂，得其道，不敢独善其身，而必以兼济天下也，孜孜矻矻，死而后已。故禹过家门不入，孔席不暇暖，而墨突不得黔。彼二圣一贤者，岂不知自安逸之为乐哉？诚畏天命而悲人穷也。夫天授人以贤圣才能，岂使自有馀而已？诚欲以补其不足者也。耳目之于身也，耳司闻而目司见，听其是非，视其险易，然后身得安焉。圣贤者，时人之耳目也；时人者，圣贤之身也。且阳子之不贤，则将役于贤以奉其上矣。若果贤，则固畏天命而闵人穷也，恶得以自暇逸乎哉？

或曰：吾闻君子不欲加诸人，而恶讦以为直者。若吾子之论，直则直矣，无乃伤于德而费于辞乎？好尽言以招人过，国武子之所以见杀于齐也，吾子其亦闻乎？愈曰：君子居其位，则思死其官；未得位，则思修其辞以明其道。我将以明道也，非以为直而加人也。且国武子不能得善人，而好尽言于乱国，是以见杀。《传》曰："惟善人能受尽言。"谓其闻而能改之也。子告我曰："阳子可以为有道之士也。"今虽不能及已，阳子将不得为善人乎哉？<small>蕭按：此文风格盖出于《左》、《国》。</small>

韩退之守戒 　。

《诗》曰："大邦维翰。"《书》曰："以蕃王室。"诸侯之于天子，不惟守土地奉职贡而已，固将有以翰蕃之也。今人有宅于山者，知猛兽之为害，则必高其柴楥，而外施窞阱以待之；宅于都者，知穿窬之为盗，则必峻其垣墙，而内固扃镝以防之。此野人鄙夫之所及，非有过人之智而后能也。今之通都大邑，介于屈强之间，而不知为之备。噫！亦惑矣！

野人鄙夫能之，而王公大人反不能焉，岂材力为有不足欤？盖以谓不足为而不为耳。天下之祸，莫大于不足为，材力不足者次之。不足为者，敌至而不知；材力不足

23

论辨类二一　韩退之守戒

者，先事而思，则其于祸也有间矣。彼之屈强者，带甲荷戈，不知其多少。其绵地则千里而与我壤地相错，无有邱陵江河洞庭孟门之关其间。又自知其不得与天下齿，朝夕举踵引颈，冀天下之有事，以乘吾之便。此其暴于猛兽穿窬也甚矣。呜呼！胡知而不为之备乎哉？

贲育之不戒，童子之不抗；鲁鸡之不期，蜀鸡之不支。今夫鹿之于豹，非不巍然大矣，然而卒为之禽者，爪牙之材不同，猛怯之资殊也。曰：然则如之何而备之？曰：在得人。

韩退之杂说 四首录二首 ○○○

龙嘘气成云，云固弗灵于龙也。然龙乘是气，茫洋穷乎玄间，薄日月，伏光景，感震电，神变化，水下土，汩陵谷。云亦灵怪矣哉！

云，龙之所能使为灵也。若龙之灵，则非云之所能使为灵也。然龙弗得云，无以神其灵矣。失其所凭依，信不可与？异哉！其所凭依，乃其所自为也。

《易》曰："云从龙。"既曰龙，云从之矣。

世有伯乐然后有千里马。一句断。

千里马常有，而伯乐不常有。故虽有名马，只辱于奴隶人之手，骈死于槽枥之间，不以千里称也。

马之千里者，一食或尽粟一石，食马者不知其能千里而食也。是马也，虽有千里之能，食不饱，力不足，才美不外见，且欲与常马等不可得，安求其能千里也？

策之不以其道，食之不能尽其才，鸣之而不能通其意，执策而临之曰："天下无马。"呜呼！其真无马邪？其真不知马也。

韩退之伯夷颂 ○○

士之特立独行，适于义而已。不顾人之是非，皆豪杰之士，"皆"字冒下宾主四层。信道笃而自知明者也。一家非之，力行而不惑者寡矣。至于一国一州非之，力行而不惑者，盖天下一人而已矣。若至于举世非之，力行而不惑者，则千百年乃一人而已耳。若伯夷者，穷天地亘万世而不顾者也。昭乎日月，不足为明；崒乎太山，不足为高；巍乎天地，不足为容也。

当殷之亡，周之兴，微子贤也，抱祭器而去之；武王、周公圣也，从天下之贤士与天下之诸侯而往攻之。未尝闻有非之者也。彼伯夷、叔齐者，乃独以为不可。殷既灭矣，天下宗周，彼二子乃独耻食其粟，饿死而不顾。由是而言，夫岂有求而为哉？信道笃而自知明也。

今世之所谓士者，一凡人誉之，则自以为有馀；一凡人沮之，则自以为不足。此卑者极卑。彼独非圣人，而自是如此。此高者极高，若异于中道。夫圣人乃万世之标准也，余故曰：若伯夷者，特立独行，穷天地亘万世而不顾者也。虽然，微二子，乱臣贼子接迹于后世矣。用意反侧荡漾，颇似太史公论赞。

柳子厚封建论 ○○

天地果无初乎？吾不得而知之也。生人果有初乎？吾不得而知之也。然则孰为近？曰：有初为近。孰明之？由封建而明之也。彼封建者，更古圣王尧、舜、禹、汤、文、武而莫能去之。盖非不欲去之也，势不可也。势之来，其生人之初乎？不初无以有封建。封建非圣人意也。

彼其初与万物皆生，草木榛榛，鹿豕狉狉，人不能搏噬，而且无毛羽，莫克自奉自卫。荀卿有言：必将假物以为用者也。夫假物者必争，争而不已，必就其能断曲直者而听命焉。其智而明者，所伏必众，告之以直而不改，必痛之而后畏，由是君长刑政生焉。故近者聚而为群。群之分其争必大，大而后有兵有德。又有大者，众群之长，又就而听命焉，以安其属。于是有诸侯之列，则其争又有大者焉。德又大者，诸侯之列，又就而听命焉，以安其封。于是有方伯、连帅之类，则其争又有大者焉。德又大者，方伯、连帅之类，又就而听命焉，以安其人，然后天下会于一。是故有里胥而后有县大夫，有县大夫而后有诸侯，有诸侯而后有方伯、连帅，有方伯、连帅而后有天子。自天子至于里胥，其德在人者，死必求其嗣而奉之。故封建非圣人意也，势也。

夫尧、舜、禹、汤之事远矣，及有周而甚详。周有天下，裂土田而瓜分之，设五等，邦群后，布履星罗，四周于天下，轮运而辐集，合为朝觐会同，离为守臣扞城。然而降于夷王，害礼伤尊，下堂而迎觐者。历于宣王，挟中兴复古之德，雄南征北伐之威，卒不能定鲁侯之嗣。陵夷迄于幽、厉，王室东徙，而自列为诸侯。厥后问鼎之轻重者有之，射王中肩者有之，伐凡伯、诛苌弘者有之。天下乖戾，无君君之心。余以为周之丧久矣，徒建空名于公侯之上耳。得非诸侯之盛强，末大不掉之咎欤？遂判为十二，合为七国，威分于陪臣之邦，国殄于后封之秦，则周之败端，其在乎此矣。秦有天下，裂都会而为之郡邑，废侯卫而为之守宰，据天下之雄图，都六合之上游，摄制四海，运于掌握之内，此其所以为得也。不数载而天下大坏，其有由矣。亟役万人，暴其威刑，竭其货贿。负锄梃谪戍之徒，圜视而合从，大呼而成群。时则有叛人而无叛吏，人怨_{叛人、人怨，皆是民字，避讳后未改耳。}于下，而吏畏于上，天下相合，杀守劫令而并起。咎在人怨，非郡邑之制失也。汉有天下，矫秦之枉，徇周之制，剖海内而立宗子，封功臣。数年之间，奔命扶伤而不暇，困平城，病流矢，陵迟不救者三代。后乃谋臣献画，而离削自守矣。然而封建之始，郡国居半，时则有叛国而无叛郡，秦制之得，亦以明矣。继汉而帝者，虽百代可知也。唐兴，制州邑，立守宰，此其所以为宜也。然犹桀猾时起，虐害方域者，失不在于州而在于兵，时则有叛将而无叛州，州县之设，固不可革也。

　　或者曰："封建者，必私其土，子其人，适其俗，修其理，施化易也。守宰者，苟其心，思迁其秩而已，何能理乎？"余又非之。周之事迹，断可见矣。列侯骄盈，黩货事戎，大凡乱国多，理国寡，侯伯不得变其政，天子不得变其君，私土子人者百不有一。失在于制，不在于政，周事然也。秦之事迹，亦断可见矣。有理人之制，而不委郡邑是矣；有理人之臣，而不使守宰是矣。_{理人之臣治统于丞相、御史大夫及监郡御史，不使守宰专擅。}郡邑不得正其制，守宰不得行其理，酷刑苦役而万人侧目。失在于政，不在于制，秦事然也。汉兴，天子之政，行于郡，不行于国；制其守宰，不制其侯王。侯王虽乱，不可变也；国人虽病，不可除也。及夫大逆不道，然后掩捕而迁之，勒兵而夷之耳。大逆未彰，奸利浚财，怙势作威，大刻于民者，无如之何。及夫郡邑，可谓理且安矣。何以言之？且汉知孟舒于田叔，得魏尚于冯唐，闻黄霸之明审，睹汲黯之简靖，拜之可也，复其位可也，卧而委之以辑一方可也。有罪得以黜，有能得以赏，朝拜而不道，夕斥之矣；夕受而不法，朝斥之矣。设使汉室尽城邑而侯王之，纵令其乱人，_{"乱人"亦当作"乱民"。}戚之而已。孟舒、魏尚之术，莫得而施；黄霸、汲黯之化，莫得而行。明谴而导之，拜受而退已违矣。下令而削之，缔交合从之谋，周于同列，则相顾裂眦，勃然而起。幸而不起，则削其半。削其半，民犹瘁矣。曷若举而移之以全其人乎？汉事然也。今国家尽制郡邑，连置守宰，其不可变也固矣。善制兵，谨择守，则理平矣。

或者又曰："夏、商、周、汉封建而延，秦郡邑而促。"尤非所谓知理者也。魏之承汉也，封爵犹建；晋之承魏也，因循不革。而二姓陵替，不闻延祚。今矫而变之，垂二百祀，大业弥固,何系于诸侯哉?

　　或者又以为殷、周,圣王也,而不革其制,固不当复议也。是大不然。夫殷周之不革者,是不得已也。盖以诸侯归殷者三千焉,资以黜夏,汤不得而废;归周者八百焉,资以胜殷,武王不得而易。徇之以为安,仍之以为俗,汤武之所不得已也。夫不得已,非公之大者也,私其力于己也,私其卫于子孙也。秦之所以革之者,其为制公之大者也,其情私也。私其一己之威也,私其尽臣畜于我也。然而公天下之端自秦始。

　　夫天下之道,理安斯得人者也。使贤者居上,不肖者居下,而后可以理安。今夫封建者,继世而理。继世而理者,上果贤乎?下果不肖乎?则生人之理乱,未可知也。将欲利其社稷,以一其人之视听,则又有世大夫世食禄邑以尽其封略。圣贤生于其时,亦无以立于天下,封建者为之也。岂圣人之制使至于是乎?吾固曰:非圣人之意也,势也。真西山云:此篇间架宏阔,辩论雄俊,真可为作文之法。

柳子厚桐叶封弟辩　○○○

　　古之传者有言,成王以桐叶与小弱弟戏,曰:"以封女。"周公入贺。王曰:"戏也。"周公曰:"天子不可戏。"乃封小弱弟于唐。

　　吾意不然。王之弟当封邪?周公宜以时言于王,不待其戏而贺以成之也。不当封邪?周公乃成其不中之戏,以地以人与小弱者为之主,其得为圣乎?且周公以王之言不可苟焉而已,必从而成之耶?设有不幸,王以桐叶戏妇寺,亦将举而从之乎?凡王者之德,在行之何若。设未得其当,虽十易之不为病。要于其当,不可使易也,而况以其戏乎?若戏而必行之,是周公教王遂过也。

吾意周公辅成王宜以道,从容优乐,要归之大中而已,必不逢其失而为之辞;又不当束缚之,驰骤之,使若牛马然,急则败矣。且家人父子,尚不能以此自克,况号为君臣者邪?是直小丈夫缺缺者之事,非周公所宜用,故不可信。

或曰:封唐叔,史佚成之。姜坞先生云:封唐叔事,《吕览·重言篇》以为周公,《说苑·君道篇》采之。若《史记·晋世家》则以为史佚。

柳子厚晋文公问守原议 ○○

晋文公既受原于王,难其守。问寺人勃鞮,以畀赵衰。余谓守原政之大者也,所以承天子树霸功,致命诸侯,不宜谋及媟近,以忝王命。而晋君择大任,不公议于朝,而私议于宫;不博谋于卿相,而独谋于寺人。虽或衰之贤足以守,国之政不为败,而贼贤失政之端,由是滋矣。况当其时不乏言议之臣乎?狐偃为谋臣,先轸将中军,晋君疏而不咨,外而不求,乃卒定于内竖,其可以为法乎?且晋君将袭齐桓之业,以翼天子,乃大志也。然而齐桓任管仲以兴,进竖刁以败。则获原启疆,适其始政,所以观视诸侯也，而乃背其所以兴，迹其所以败。然而能霸诸侯者，以土则大，以力则强，以义则天子之册也。诚畏之矣，乌能得其心服哉！其后景监得以相卫鞅，宏、石得以杀望之，始之者，晋文公也。

呜呼！得贤臣以守大邑，则问非失举也，盖失问也。然犹羞当时陷后代若此，况于问与举又两失者，其何以救之哉？余故著晋君之罪，以附《春秋》许世子止赵盾之义。

李习之复性书_{三首录其末} ○○

昼而作，夕而休者，凡人也。作乎作者，与万物皆作；休乎休者，与万物皆休。吾则不类于凡人。昼无所作，夕无所休。作非吾作也，作有物；休非吾休也，休有物。作邪休邪？二者离而不存。予之所存者，终不亡且离也。

人之不力于道者，昏不思也。天地之间，万物生焉。人之于万物一物也，其所以异于禽兽虫鱼者，岂非道德之性全乎哉？受一气而成其形，一为物而一为人，得之甚难也。生乎世又非深长之年也。以非深长之年，行甚难得之身，而不专专于大道，肆其心之所为，则其所以自异于禽兽虫鱼者亡几矣。昏而不思，其昏也，终不明矣。

吾之生二十有九年矣，思十九年时，如朝日也；思九年时，亦如朝日也。人之受命，其长者不过七十、八十、九十年，百年者则稀矣。当百年之时，而视乎九年时也，与吾此日之思于前也，远近其能大相悬邪？其又能远于朝日之时邪？然则人之生也，虽享百年，若雷电之惊相激也，若风之飘而旋也，可知耳矣，况千百人而无一及百年者哉！故吾之终日志于道德，犹惧未及也。彼肆其心之所为者，独何人邪？ 海峰先生云：文特劲健而飘洒。

古文辞类篹二终

论辨类三

欧阳永叔本论<small>三首录其次　　○○</small>

　　佛法为中国患千馀岁,世之卓然不惑而有力者,莫不欲去之。已尝去矣,而复大集。攻之暂破而愈坚,扑之未灭而愈炽,遂至于无可奈何。是果不可去邪?盖亦未知其方也。

　　夫医者之于疾也,必推其病之所自来,而治其受病之处。病之中人,乘乎气虚而入焉,则善医者,不攻其疾而务养其气。气实则病去,此自然之效也。故救天下之患者,亦必推其患之所自来,而治其受患之处。佛为夷狄,去中国最远,而有佛固已久矣。尧舜三代之际,王政修明,礼义之教充于天下,于此之时,虽有佛无由而入。及三代衰,王政阙,礼义废,后二百馀年,而佛至乎中国。由是言之,佛所以为吾患者,乘其阙废之时而来,此其受患之本也。补其阙,修其废,使王政明而礼义充,则虽有佛,无所施于吾民矣。此亦自然之势也。

昔尧舜三代之为政，设为井田之法，籍天下之人，计其口，而皆授之田。凡人之力能胜耕者，莫不有田而耕之。敛以什一，差其征赋，以督其不勤，使天下之人，力皆尽于南亩，而不暇乎其他。然又惧其劳且怠而入于邪僻也，于是为制牲牢酒醴以养其体，弦匏俎豆以悦其耳目，于其不耕休力之时而教之以礼。故因其田猎而为蒐狩之礼，因其嫁娶而为婚姻之礼，因其死葬而为丧祭之礼，因其饮食群聚而为乡射之礼。非徒以防其乱，又因而教之，使知尊卑长幼，凡人之大伦也。故凡养生送死之道，皆因其欲而为之制。饰之物采而文焉，所以悦之使其易趣也；顺其情性而节焉，所以防之使其不过也。然犹惧其未也，又为立学以讲明之。故上自天子之郊，下至乡党，莫不有学，择民之聪明者而习焉，使相告语而诱劝其愚惰。呜呼！何其备也！盖尧舜三代之为政如此，其虑民之意甚精，治民之具甚备，防民之术甚周，诱民之道甚笃，行之以勤而被于物者洽，浸之以渐而入于人者深。故民之生也，不用力乎南亩，则从事于礼乐之际；不在其家，则在乎庠序之间。耳闻目见，无非仁义，乐而趣之，不知其倦，终身不见异物，又奚暇夫外慕哉？故曰虽有佛无由而入者，谓有此具也。

及周之衰，秦并天下，尽去三代之法，而王道中绝。后之有天下者，不能勉强，其为治之具不备，防民之渐不周，佛于此时乘间而出。千有馀岁之间，佛之来者日益众，吾之所为者日益坏。井田最先废，而兼并游惰之奸起。其后所谓蒐狩、婚姻、丧祭、乡射之礼，凡所以教民之具，相次而尽废，然后民之奸者有暇而为他，其良者泯然不见礼义之及已。夫奸民有馀力，则思为邪僻；良民不见礼义，则莫知所趣。佛于此时乘其隙，方鼓其雄诞之说而牵之，则民不得不从而归矣。又况王公大人，往往倡而驱之曰："佛是真可归依者。"然则吾民何疑而不归焉？幸而有一不惑者，方艴然而怒曰："佛何为者？吾将操戈而逐之！"又曰："吾将有说以排之。"夫千岁之患遍于天下，岂一人一日之可为？民之沈酣入于骨髓，非口舌之可胜。

然则将奈何？曰：莫若修其本以胜之。昔战国之时，杨、墨交乱，孟子患之而专言仁义，故仁义之说胜，则杨、墨之学废。汉之时百家并兴，董生患之而退修孔氏，故孔氏之道明，而百家息。此所谓修其本以胜之之效也。今八尺之夫，被甲荷戟，勇盖三军，然而见佛则拜，闻佛之说，则有畏慕之诚者，何也？彼诚壮佼，其中心茫然无所守而然也。一介之士，眇然柔懦，进趋畏怯，然而闻有道佛者，则义形于色，非徒不为之屈，又欲驱而绝之者，何也？彼无他焉，学问明而礼义熟，中心有所守以胜之也。然则礼义者，胜佛之本也。今一介之士，知礼义者，尚能不为之屈，使天下皆知礼义，则胜之矣。此自然之势也。

欧阳永叔朋党论_{在谏院进} 　○○

臣闻朋党之说，自古有之，惟幸人君辨其君子小人而已。大凡君子与君子以同道为朋，小人与小人以同利为朋，此自然之理也。然臣谓小人无朋，惟君子则有之。其故何哉？小人所好者禄利也，所贪者财货也。当其同利之时，暂相党引以为朋者，伪也；及其见利而争先，或利尽而交疏，则反相贼害，虽其兄弟亲戚，不能相保。故臣谓小人无朋，其暂为朋者伪也。君子则不然。所守者道义，所行者忠信，所惜者名节。以之修身，则同道而相益；以之事国，则同心而共济。终始如一，此君子之朋也。故为人君者，但当退小人之伪朋，用君子之真朋，则天下治矣。

尧之时，小人共工、驩兜等四人为一朋，君子八元、八凯十六人为一朋。舜佐尧，退四凶小人之朋，而进元、凯君子之朋，尧之天下大治。及舜自为天子，而皋、夔、稷、契等二十二人，并列于朝，更相称美，更相推让，凡二十二人为一朋，而舜皆用之，天下亦大治。《书》曰："纣有臣亿万，惟亿万心；周有臣三千，惟一心。"纣之时，亿万人各异心，可谓不为朋矣，然纣以亡国。周武王之臣三千人为一大朋，而周用以兴。后汉献帝时，尽取天下名士囚禁之，目为党人。及黄巾贼起，汉室大乱，后方悔悟，尽解党人而释之，然已无救矣。唐之晚年，渐起朋党之论。及昭宗时，尽杀朝之名士，咸投之黄河，曰："此辈清流，可投浊流。"而唐遂亡矣。

夫前世之主，能使人人异心不为朋，莫如纣；能禁绝善人为朋，莫如汉献帝；能诛戮清流之朋，莫如唐昭宗之世，然皆乱亡其国。更相称美推让而不自疑，莫如舜之二十二臣，舜亦不疑而皆用之。然而后世不诮舜为二十二人朋党所欺，而称舜为聪明之圣者，以能辨君子与小人也。周武之世，举其国之臣三千人共为一朋，自古为朋之多且大莫如周。然周用此以兴者，善人虽多而不厌也。夫兴亡治乱之迹，为人君者可以鉴矣。

欧阳永叔为君难论二首 ○

语曰"为君难"者，孰难哉？盖莫难于用人。夫用人之术，任之必专，信之必笃，然后能尽其材，而可共成事。及其失也，任之欲专，则不复谋于人，而拒绝群议，是欲尽一人之用，而先失众人之心也；信之欲笃，则一切不疑，而果于必行，是不审事之可否，不计功之成败也。夫违众举事，又不审计而轻发，其百举百失，而及于祸败，此理之宜然也。然亦有幸而成功者，人情成是而败非，则又从而赞之，以其违众为独见之明，以其拒谏为不惑群论，以其偏信而轻发为决于能断，使后世人君慕此三者以自期，至其信用一失，而及于祸败，则虽悔而不可及，此甚可叹也。前世为人君者，力拒群议，专信一人，而不能早悟，以及于祸败者多矣。不可以遍举，请试举其一二。

昔秦苻坚，地大兵强，有众九十六万，号称百万，蔑视东晋，指为一隅，谓可直以气吞之耳。然而举国之人皆言晋不可伐，更进互说者不可胜数。其所陈天时人事，坚随以强辨折之，忠言谠论，皆沮屈而去。如王猛、苻融，老成之言也，不听；太子宏、少子诜，至亲之言也，不听；沙门道安,坚平生所信重者也,数为之言,不听。惟听信一将军慕容垂者。垂之言曰:"陛下内断神谋足矣,不烦广访朝臣以乱圣虑。"坚大喜曰:"与吾共定天下者惟卿耳!"于是决意不疑,遂大举南伐。兵至寿春,晋以数千人击之,大败而归。比至洛阳,九十六万兵,亡其八十六万。坚自此兵威沮丧,不复能振,遂至于乱亡。

近五代时,后唐清泰帝患晋祖之镇太原也,地近契丹,恃兵跋扈,议欲徙之于郓州。举朝之士皆谏以为未可。帝意必欲徙之,夜召常所与谋枢密直学士薛文遇问之以决可否。文遇对曰:"臣闻作舍道边,三年不成。此事断在陛下,何必更问群臣?"帝大喜曰:"术者言我今年当得一贤佐助我中兴,卿其是乎?"即时命学士草制徙晋祖于郓州。明旦宣麻,在廷之臣皆失色。后六日,而晋祖反书至。清泰帝忧惧不知所为,谓李崧曰:"我适见薛文遇,为之肉颤,欲自抽刀刺之。"崧对曰:"事已至此,悔无及矣。"但君臣相顾涕泣而已。

由是言之,能力拒群议,专信一人,莫如二君之果也;由之以致祸败乱亡,亦莫如二君之酷也。方苻坚欲与慕容垂共定天下,清泰帝以薛文遇为贤佐助我中兴,可谓临乱之君,各贤其臣者也。

或有诘予曰:然则用人者,不可专信乎?应之曰:齐桓公之用管仲,蜀先主之用诸葛亮,可谓专而信矣,不闻举齐、蜀之臣民非之也。盖其令出而举国之臣民从,事行而举国之臣民便,故桓公、先主得以专任而不贰也。使令出而两国之人不从，事行而两国之人不便，则彼二君者，其肯专任而信之，以失众心而敛国怨乎？

呜呼！用人之难，难矣，未若听言之难也。夫人之言非一端也。巧辩纵横而可喜，忠言质朴而多讷，此非听言之难，在听者之明暗也。谀言顺意而易悦，直言逆耳而触怒，此非听言之难，在听者之贤愚也。是皆未足为难也。若听其言则可用，然用之有辄败人之事者；听其言若不可用，然非如其言不能以成功者，此然后为听言之难也。请试举其一二。

战国时，赵将有赵括者，善言兵，自谓天下莫能当。其父奢，赵之名将，老于用兵者也，每与括言，亦不能屈。然奢终不以括为能也，叹曰："赵若以括为将，必败赵事。"其后奢死，赵遂以括为将。其母自见赵王，亦言括不可用，赵王不听，使括将而攻秦。括为秦军射死，赵兵大败，降秦者四十万人，坑于长平。盖当时未有如括善言兵，亦未有如括大败者也。此听其言可用，用之辄败人事者，赵括是也。

秦始皇欲伐荆，问其将李信，用兵几何。信方年少而勇，对曰："不过二十万足矣。"始皇大喜。又以问老将王翦，翦曰："非六十万不可。"始皇不悦，曰："将军老矣，何其怯也？"因以信为可用，即与兵二十万使伐荆。王翦遂谢病，退老于频阳。已而信大为荆人所败，亡七都尉而还。始皇大惭，自驾如频阳谢翦，因强起之。翦曰："必欲用臣，非六十万不可。"于是卒与六十万而往，遂以灭荆。夫初听其言若不可用，然非如其言不能以成功者，王翦是也。

且听计于人者，宜如何？听其言若可用，用之宜矣，辄败事；听其言若不可用，舍之宜矣，然必如其说则成功，此所以为难也。予又以谓秦、赵二主，非徒失于听言，亦由乐用新进，忽弃老成，此其所以败也。大抵新进之士喜勇锐，老成之人多持重，此所以人主之好立功名者，听勇锐之语则易合，闻持重之言则难入也。

若赵括者，则又有说焉。予略考《史记》所书，是时赵方遣廉颇攻秦。颇赵名将也。秦人畏颇，而知括虚言易与也，因行反间于赵曰：“秦人所畏者，赵括也。若赵以为将，则秦惧矣。”赵王不悟反间也，遂用括为将以代颇。蔺相如力谏以为不可，赵王不听，遂至于败。由是言之，括虚谈无实而不可用，其父知之，其母亦知之，赵之诸臣蔺相如等亦知之，外至敌国亦知之，独其主不悟尔！夫用人之失，天下之人皆知其不可，而独其主不知者，莫大之患也。前世之祸乱败亡由此者，不可胜数也。欧公之论，平直详切。陈悟君上，此体为宜。

曾子固唐论 ○○○

成、康殁，而民生不见先王之治，日入于乱，以至于秦，尽除前圣数千载之法。天下既攻秦而亡之以归于汉。汉之为汉，更二十四君，东西再有天下，垂四百年。然大抵多用秦法，其改更秦事，亦多附己意，非放先王之法，而有天下之志也。有天下之志者，文帝而已。然而天下之材不足，故仁闻虽美矣，而当世之法度，亦不能放于三代。汉之亡，而强者遂分天下之地。晋与隋虽能合天下于一，然而合之未久而已亡，其为不足议也。

代隋者唐，更十八君，垂三百年，而其治莫盛于太宗之为君也。诎己从谏，仁心爱人，可谓有天下之志。以租庸任民，以府卫任兵，以职事任官，以材能任职，以兴义任俗，以尊本任众。赋役有定制，兵农有定业，官无虚名，职无废事，人习于善行，离于末作。使之操于上者，要而不烦；取于下者，寡而易供。民有农之实，而兵之备存；有兵之名，而农之利在。事之分有归，而禄之出不浮；材之品不遗，而治之体相承。其廉耻日以笃，其田野日以辟，以其法修则安且治，废则危且乱，可谓有天下之材。行之数岁，粟米之贱，斗至数钱，居者有馀蓄，行者有馀资，人人自厚，几致刑措，可谓有治天下之效。夫有天下之志，有天下之材，又有治天下之效，然而不得与先王并者，法度之行，拟之先王未备也；礼乐之具，田畴之制，庠序之教，拟之先王未备也。躬亲行阵之间，战必胜，攻必克，天下莫不以为武，而非先王之所尚也；四夷万里，古所未及以政者，莫不服从，天下莫不以为盛，而非先王之所务也。太宗之为政于天下者，得失如此。

由唐、虞之治，五百馀年而有汤之治。由汤之治，五百馀年而有文、武之治。由文、武之治，千有馀年而始有太宗之为君。有天下之志，有天下之材，又有治天下之效，然而又以其未备也,不得与先王并,而称极治之时。是则人生于文、武之前者,率五百馀年而一遇治世;生于文、武之后者,千有馀年,而未遇极治之时也。非独民之生于是时者之不幸也,士之生于文、武之前者,如舜、禹之于唐,八元、八凯之于舜,伊尹之于汤,太公之于文、武,率五百馀年而一遇。生于文、武之后,千有馀年,虽孔子之圣,孟轲之贤,而不遇;虽太宗之为君,而未可以必得志于其时也。是亦士民之生于是时者之不幸也。故述其是非得失之迹,非独为人君者可以考焉,士之有志于道,而欲仕于上者,可以鉴矣。

苏明允易论 ○

圣人之道,得礼而信,得《易》而尊。信之而不可废,尊之而不敢废,故圣人之道可以不废者,礼为之明而《易》为之幽也。

生民之初,无贵贱,无尊卑,无长幼,不耕而不饥,不蚕而不寒,故其民逸。民之苦劳而乐逸也,若水之走下。而圣人者,独为之君臣,而使天下贵役贱;为之父子,而使天下尊役卑;为之兄弟,而使天下长役幼。蚕而后衣,耕而后食,率天下而劳之。一圣人之力,固非足以胜天下之民之众,而其所以能夺其乐而易之以其所苦,而天下之民亦遂肯弃逸而即劳,欣然戴之以为君师,而遵蹈其法制者,礼则使然也。

圣人之始作礼也，其说曰：天下无贵贱，无尊卑，无长幼，是人之相杀无已也。不耕而食鸟兽之肉，不蚕而衣鸟兽之皮，是鸟兽与人相食无已也。有贵贱，有尊卑，有长幼，则人不相杀；食吾之所耕，而衣吾之所蚕，则鸟兽与人不相食。人之好生也甚于逸，而恶死也甚于劳，圣人夺其逸死而与之劳生，此虽三尺竖子，知所趋避矣。故其道之所以信于天下而不可废者，礼为之明也。

虽然，明则易达，易达则亵，亵则易废。圣人惧其道之废而天下复于乱也，然后作《易》。观天地之象以为爻，通阴阳之变以为卦，考鬼神之情以为辞。探之茫茫，索之冥冥，童而习之，白首而不得其源。故天下视圣人，如神之幽，如天之高，尊其人而其教亦随而尊。故其道之所以尊于天下而不敢废者，《易》为之幽也。

凡人之所以见信者，以其中无所不可测者也；人之所以获尊者，以其中有所不可窥者也。是以礼无所不可测，而《易》有所不可窥，故天下之人，信圣人之道而尊之。不然，则《易》者，岂圣人务为新奇秘怪以夸后世邪？圣人不因天下之至神，则无所施其教。卜筮者，天下之至神也，而卜者听乎天而人不预焉者也，筮者，决之天而营之人者也。龟漫而无理者也，灼荆而钻之，方功义弓，惟其所为，而人何预焉？圣人曰：是纯乎天，技耳。技何所施吾教？于是取筮。夫筮之所以或为阳或为阴者，必自分而为二始。挂一，吾知其为一而挂之也；揲之以四，吾知其为四而揲之也；归奇于扐，吾知其为一、为二、为三、为四而归之也，人也。分而为二,吾不知其为几而分之也,天也。圣人曰:是天人参焉,道也。道有所施吾教矣,于是因而作《易》,以神天下之耳目,而其道遂尊而不废。此圣人用其机权以持天下之心,而济其道于无穷也。_{海峰先生云:出入起伏,纵横如志,甚雄而畅。}

苏明允乐论 ○○○

礼之始作也,难而易行。既行也,易而难久。天下未知君之为君,父之为父,兄之为兄,而圣人为之君父兄;天下未有以异其君父兄,而圣人为之拜起坐立;天下未肯靡然以从我拜起坐立,而圣人身先之以耻。呜呼!其亦难矣。天下恶夫死也久矣,圣人招之曰:来,吾生尔。既而其法果可以生天下之人,天下之人,视其向也如此之危,而今也如此之安,则宜何从?故当其时,虽难而易行。

既行也,天下之人,视君父兄,如头足之不待别白而后识;视拜起坐立,如寝食之不待告语而后从事。虽然,百人从之,一人不从,则其势不得遽至乎死。天下之人,不知其初之无礼而死,而见其今之无礼而不至乎死也,则曰“圣人欺我”。故当其时,虽易而难久。

呜呼!圣人之所恃以胜天下之劳逸者,独有死生之说耳。死生之说不信于天下,则劳逸之说将出而胜之。劳逸之说胜,则圣人之权去矣。酒有鸩,肉有堇,然后人不敢饮食;药可以生死,然后人不以苦口为讳。去其鸩,彻其堇,则酒肉之权固胜于药。圣人之始作礼也，其亦逆知其势之将必如此也，曰：告人以诚而后人信之。幸今之时，吾之所以告人者，其理诚然，而其事亦然，故人以为信。吾知其理，而天下之人知其事。事有不必然者，则吾之理不足以折天下之口，此告语之所不及也。告语之所不及，必有以阴驱而潜率之。于是观之天地之间，得其至神之机，而窃之以为乐。

雨吾见其所以湿万物也，日吾见其所以燥万物也，风吾见其所以动万物也，隐隐辚辚而谓之雷者，彼何用也？阴凝而不散，物蟄而不遂，雨之所不能湿，日之所不能燥，风之所不能动，雷一震焉，而凝者散，蟄者遂。曰雨者，曰日者，曰风者，以形用；曰雷者，以神用。用莫神于声，故圣人因声以为乐。为之君臣、父子、兄弟者礼也。礼之所不及而乐及焉。正声入乎耳，而人皆有事君、事父、事兄之心，则礼者固吾心之所有也，而圣人之说，又何从而不信乎？茅顺甫云：论乐之旨非是，而文特袅娜百折，无限烟波。又云：苏氏父子于经术甚疏，故论六经处大都渺茫不根，特其行文纵横，往往空中布景，绝处逢生，令人有凌云御风之态。刘海峰先生云：后半风驰雨骤，极挥斥之致，而机势圆转如辘轳。

苏明允诗论 ○○

人之嗜欲，好之有甚于生，而愤懑怨怒，有不顾其死。于是礼之权又穷。礼之法曰：好色不可为也。为人臣，为人子，为人弟，不可以有怨于其君父兄也。使天下之人皆不好色，皆不怨其君父兄，夫岂不善？使人之情皆泊然而无思，和易而优柔，以从事于此，则天下固亦大治。而人之情又不能皆然。好色之心驱诸其中，是非不平之气攻诸其外，炎炎而生，不顾利害，趋死而后已。噫！礼之权止于死生，天下之事不至乎可以博生者，则人不敢触死以违吾法。今也人之好色，与人之是非不平之心，勃然而发于中，以为可以博生也，而先以死自处其身，则死生之机固已去矣。死生之机去，则礼为无权。区区举无权之礼，以强人之所不能，则乱益甚而礼益败。

今吾告人曰：必无好色，必无怨而君父兄。彼将遂从吾言而忘其中心所自有之情邪？将不能也。彼既已不能纯用吾法，将遂大弃而不顾。吾法既已大弃而不顾，则人之好色，与怨其君父兄之心，将遂荡然无所隔限，而易内窃妻之变，与弑其君父兄之祸，必反公行于天下。圣人忧焉，曰：禁人之好色而至于淫，禁人之怨其君父兄而至于叛，患生于责人太详。好色之不绝，而怨之不禁，则彼将反不至于乱。

故圣人之道，严于礼而通于《诗》。礼曰：必无好色，必无怨而君父兄。《诗》曰：好色而不至于淫，怨而君父兄而无至于叛。严以待天下之贤人，通以全天下之中人。吾观《国风》婉娈柔媚，而卒守以正，好色而不至于淫者也；《小雅》悲伤诟谇，而君臣之情卒不忍去，怨而不至于叛者也。故天下观之曰：圣人固许我以好色，而不尤我之怨吾君父兄也。许我以好色，不淫可也。不尤我之怨吾君父兄，则彼虽以虐遇我，我明讥而明怨之，使天下明知之，则吾之怨亦得当焉，不叛可也。夫背圣人之法，而自弃于淫叛之地者，非断不能也。断之始生于不胜，人不自胜其忿，然后忍弃其身。故《诗》之教，不使人之情至于不胜也。

夫桥之所以为安于舟者，以有桥而言也。水潦大至，桥必解，而舟不至于必败。故舟者，所以济桥之所不及也。吁！礼之权穷于易达而有《易》焉，穷于后世之不信而有《乐》焉，穷于强人而有《诗》焉。吁！圣人之虑事也盖详。

苏明允书论　○○

风俗之变，圣人为之也。圣人因风俗之变而用其权。圣人之权用于当世，而风俗之变益甚，以至于不可复反。幸而又有圣人焉，承其后而维之，则天下可以复治。不幸其后无圣人，其变穷而无所复入则已矣。

昔者吾尝欲观古之变而不可得也，于《诗》见商与周焉，而不详。及今观《书》，然后见尧舜之时，与三代之相变，如此之亟也。自尧而至于商，其变也皆得圣人而承之，故无忧。至于周而天下之变穷矣。忠之变而入于质，质之变而入于文，其势便也。及夫文之变而又欲反之于忠也，是犹欲移江河而行之山也。人之喜文而恶质与忠也，犹水之不肯避下而就高也。彼其始未尝文焉，故忠质而不辞。今吾日食之以太牢，而欲使之复茹其菽哉？呜呼！其后无

47

圣人，其变穷而无所复入则已矣。周之后而无王焉固也，其始之制其风俗也，固不容为其后者计也，而又适不值乎圣人固也，后之无王者也。此段说权用，而风俗之变益甚。此下说风俗之变，而因用其权。此文首先提清两层，后面先应后一层，再应前一层，使其文有反覆之势。

当尧之时，举天下而授之舜。舜得尧之天下而又授之禹。方尧之未授天下于舜也，天下未尝闻有如此之事也。度其当时之民，莫不以为大怪也。然而舜与禹也受而居之，安然若天下固其所有，而其祖宗既已为之累数十世者，未尝与其民道其所以当得天下之故也。又未尝悦之以利，而开之以丹朱、商均之不肖也。其意以为天下之民以我为当在此位也，则亦不俟乎援天以神之，誉己以固之也。汤之伐桀也，嚣嚣然数其罪而以告人，如曰"彼有罪我伐之，宜也"。既又惧天下之民不己悦也，则又嚣嚣然以言柔之曰："万方有罪，在予一人。予一人有罪，无以尔万方。"如曰"我如是而为尔之君，尔可以许我焉尔"。吁！亦既薄矣。至于武王，而又自言其先祖父皆有显功，既已受命而死，其大业不克终。今我奉承其志，举兵而东伐，而东国之士女束帛以迎我，纣之兵倒戈以纳我。吁！又甚矣！如曰"吾家之当为天子久矣，如此乎民之欲我速入商也"。伊尹之在商也，如周公之在周也。伊尹摄位三年，而无一言以自解；周公为之，纷纷乎急于自疏其非篡也。夫固由风俗之变而后用其权，权用而风俗成，吾安坐而镇之，夫孰知风俗之变而不复反也。

苏明允明论　○○

天下有大知，有小知。人之智虑有所及，有所不及。圣人以其大知而兼其小知之功，贤人以其所及而济其所不及。愚者不知大知，而以其所不及丧其所及。故圣人之治天下也以常，而贤人之治天下也以时。既不能常，又不能时，悲夫殆哉！夫惟大知而后可以常，以其所及济其所不及而后可以时。常也者，无治而不治者也；时也者，无乱而不治者也。

日月经乎中天，大可以被四海，而小或不能入一室之下，彼固无用此区区小明也。故天下视日月之光，俨然其若君父之威。故自有天地而有日月，以至于今，而未尝可以一日无焉。天下尝有言曰：叛父母，亵神明，则雷霆下击之。雷霆固不能为天下尽击此等辈也，而天下之所以兢兢然不敢犯者，有时而不测也。使雷霆日轰轰焉绕天下，以求夫叛父母、亵神明之人而击之，则其人未必能尽，而雷霆之威无乃亵乎！故夫知日月雷霆之分者，可以用其明矣。

圣人之明，吾不得而知也。吾独爱夫贤者之用其心约而成功博也，吾独怪夫愚者之用其心劳而功不成也。是无他也，专于其所及而及之，则其及必精；兼于其所不及而及之，则其及必粗。及之而精，人将曰：是惟无及，及则精矣。不然，吾恐奸雄之窃笑也。

齐威王即位，大乱三载，威王一奋，而诸侯震惧二十年,是何修何营邪？夫齐国之贤者,非独一即墨大夫明矣。乱齐国者,非独一阿大夫,与左右誉阿而毁即墨者几人亦明矣。一即墨大夫易知也,一阿大夫易知也,左右誉阿而毁即墨者几人易知也。从其易知而精之,故用心甚约而成功博也。

天下之事,譬如有物十焉,吾举其一,而人不知吾之不知其九也。历数之至于九,而不知其一,不如举一之不可测也,而况乎不至于九也。

苏明允谏论二首并序 ○○

贤君不时有,忠臣不时得,故作《谏论》。

古今论谏,常与讽而少直,其说盖出于仲尼。吾以为讽、直一也,顾用之之术何如耳。伍举进隐语,楚王淫益甚;茅焦解衣危论,秦帝立悟。讽固不可尽与,直亦未易少之。吾故曰:顾用之之术何如耳。

然则仲尼之说非乎？曰:仲尼之说,纯乎经者也。吾之说,参乎权而归乎经者也。如得其术,则人君有少不为桀纣者,吾百谏而百听矣,况虚己者乎？不得其术,则人君有少不若尧舜者,吾百谏而百不听矣,况逆忠者乎？

然则奚术而可？曰:机智勇辨,如古游说之士而已。夫游说之士以机智勇辨济其诈,吾欲谏者以机智勇辨济其忠。请备论其效。周衰,游说炽于列国,自是世有其人,吾独怪夫谏而从者百一,说而从者十九。谏而死者皆是,说而死者未尝闻。然而抵触忌讳，说或甚于谏。由是知不必乎讽谏而必乎术也。

说之术可为谏法者五：理谕之、势禁之、利诱之、激怒之、隐讽之之谓也。

触詟以赵后爱女贤于爱子，未旋踵而长安君出质；甘罗以杜邮之死诘张唐，而相燕之行有日；赵卒以两贤王之意语燕，而立归武臣。此理而谕之也。

子贡以内忧教田常，而齐不得伐鲁；武公以麋鹿胁顷襄，而楚不敢图周；鲁连以烹醢惧垣衍，而魏不果帝秦。此势而禁之也。

田生以万户侯启张卿，而刘泽封；朱建以富贵饵闳孺，而辟阳赦；邹阳以爱幸悦长君，而梁王释。此利而诱之也。

苏秦以牛后羞韩，而惠王按剑太息；范雎以无王耻秦，而昭王长跪请教；郦生以助秦陵汉，而沛公辍洗听计。此激而怒之也。

苏代以土偶笑田文，楚人以弓缴感襄王，蒯通以娶妇悟齐相。此隐而讽之也。

五者相倾险诐之论。虽然，施之忠臣，足以成功。何则？理而谕之，主虽昏必悟；势而禁之，主虽骄必惧；利而诱之，主虽怠必奋；激而怒之，主虽懦必立；隐而讽之，主虽暴必容。悟则明，惧则恭，奋则勤，立则勇，容则宽，致君之道，尽于此矣。吾观昔之臣，言必从，理必济，莫若唐魏郑公。其初实学纵横之说，此所谓得其术者与？

噫！龙逄、比干不获称良臣，无苏秦、张仪之术也；苏秦、张仪不免为游说，无龙逄、比干之心也。是以龙逄、比干，吾取其心，不取其术；苏秦、张仪，吾取其术，不取其心。以为谏法。

夫臣能谏，不能使君必纳谏，非真能谏之臣；君能纳谏，不能使臣必谏，非真能纳谏之君。欲君必纳乎，向之论备矣；欲臣必谏乎，吾其言之。

夫君之大，天也；其尊，神也；其威，雷霆也。人之不能抗天触神忤雷霆亦明矣。圣人知其然，故立赏以劝之，《传》曰"兴王赏谏臣"是也。犹惧其选耎阿谀，使一日不得闻其过，故制刑以威之，《书》曰"臣下不正其刑墨"是也。人之情非病风丧心，未有避赏而就刑者，何苦而不谏哉？赏与刑不设，则人之情又何苦而抗天触神忤雷霆哉？自非性忠义，不悦赏，不畏罪，谁欲以言博死者？人君又安能尽得性忠义者而任之？

今有三人焉：一人勇，一人勇怯半，一人怯。有与之临乎渊谷者，且告之曰："能跳而越此谓之勇，不然为怯。"彼勇者耻怯，必跳而越焉。其勇怯半者与怯者则不能也。又告之曰："跳而越者与千金，不然则否。"彼勇怯半者奔利，必跳而越焉。其怯者犹未能也。须臾，顾见猛虎，暴然向逼，则怯者不待告，跳而越之如康庄矣。然则人岂有勇怯哉？要在以势驱之耳。君之难犯，犹渊谷之难越也。所谓性忠义，不悦赏，不畏罪者，勇者也，故无不谏焉。悦赏者，勇怯半者也，故赏而后谏焉。畏罪者，怯者也，故刑而后谏焉。先王知勇者不可常得，故以赏为千金，以刑为猛虎，使其前有所趋，后有所避，其势不得不极言规失，此三代所以兴也。

末世不然。迁其赏于不谏，迁其刑于谏，宜乎臣之噤口卷舌，而乱亡随之也。间或贤君欲闻其过，亦不过赏之而已。呜呼！不有猛虎，彼怯者肯越渊谷乎？此无他，墨刑之废耳。三代之后，如霍光诛昌邑不谏之臣者，不亦鲜哉！

今之谏赏，时或有之；不谏之刑，缺然无矣。苟增其所有，有其所无，则谀者直，佞者忠，况忠直者乎？诚如是，欲闻谠言而不获，吾不信也。

苏明允管仲论 ○○○

管仲相威公，霸诸侯，攘戎翟，终其身齐国富强，诸侯不叛。管仲死，竖刁、易牙、开方用，威公薨于乱，五公子争立，其祸蔓延，讫简公，齐无宁岁。

夫功之成，非成于成之日，盖必有所由起；祸之作，不作于作之日，亦必有所由兆。则齐之治也，吾不曰管仲，而曰鲍叔；及其乱也，吾不曰竖刁、易牙、开方，而曰管仲。何则？竖刁、易牙、开方三子，彼固乱人国者，顾其用之者威公也。夫有舜而后知放四凶，有仲尼而后知去少正卯。彼威公何人也？顾其使威公得用三子者，管仲也。

仲之疾也，公问之相。当是时也，吾以仲且举天下之

53

贤者以对,而其言乃不过曰"竖刁、易牙、开方三子非人情,不可近"而已。呜呼！仲以为威公果能不用三子矣乎？仲与威公处几年矣,亦知威公之为人矣乎？威公声不绝乎耳,色不绝乎目,而非三子者,则无以遂其欲。彼其初之所以不用者,徒以有仲焉耳。一日无仲,则三子者可以弹冠相庆矣。仲以为将死之言,可以絷威公之手足邪？夫齐国不患有三子,而患无仲。有仲,则三子者,三匹夫耳。不然,天下岂少三子之徒？虽威公幸而听仲,诛此三人,而其馀者,仲能悉数而去之邪？呜呼！仲可谓不知本者矣。因威公之问,举天下之贤者以自代,则仲虽死,而齐国未为无仲也,夫何患三子者？不言可也。

五霸莫盛于威、文。文公之才,不过威公,其臣又皆不及仲。灵公之虐,不如孝公之宽厚。文公死,诸侯不敢叛晋,晋袭文公之馀威,得为诸侯之盟主者百有馀年。何者？其君虽不肖,而尚有老成人焉。威公之薨也,一乱涂地。无惑也,彼独恃一管仲,而仲则死矣。夫天下未尝无贤者,盖有有臣而无君者矣。威公在焉,而曰天下不复有管仲者,吾不信也。仲之书,有记其将死,论鲍叔、宾胥无之为人,且各疏其短,是其心以为是数子者,皆不足以托国,而又逆知其将死,则其书诞谩不足信也。

吾观史䲡以不能进蘧伯玉而退弥子瑕,故有身后之谏。萧何且死,举曹参以自代。大臣之用心,固宜如此也。夫国以一人兴,以一人亡,贤者不悲其身之死,而忧其国之衰。故必复有贤者,而后可以死。彼管仲者,何以死哉。

苏明允权书 十首录四

孙武 〇〇

求之而不穷者,天下奇才也。天下之士,与之言兵而曰"我不能者"几人? 求之于言而不穷者几人? 言不穷矣,求之于用而不穷者几人? 呜呼! 至于用而不穷者,吾未之见也。

孙武十三篇,兵家举以为师。然以吾评之,其言兵之雄乎! 今其书论奇权密机,出入神鬼,自古以兵著书者罕所及。以是而揣其为人,必谓有应敌无穷之才,不知武用兵,乃不能必克,与书所言远甚。吴王阖庐之入郢也,武为将军。及秦、楚交败其兵,越王入践其国,外祸内患,一旦迭发,吴王奔走,自救不暇,武殊无一谋以弭斯乱。

若按武之书,以责武之失,凡有三焉。《九地》曰:"威加于敌,则交不得合。"而武使秦得听包胥之言,出兵救楚,无忌吴之心。斯不威之甚,其失一也。《作战》曰:"久暴师则钝兵挫锐,屈力殚货,则诸侯乘其弊而起。"且武以九年冬伐楚,至十年秋始还,可谓久暴矣。越人能无乘间入国乎? 其失二也。又曰:"杀敌者怒也。"今武纵子胥、伯嚭鞭平王尸,复一夫之私忿,以激怒敌。此司马戌、子西、子期所以必死雠吴也。句践不颓旧冢而吴服,田单谲燕掘墓而齐奋,知谋与武远矣。武不达此,其失三也。然始吴能以入郢，乃因胥、蠡、唐、蔡之怒，及乘楚瓦之不仁，武之功盖亦鲜耳。夫以武自为书，尚不能自用，以取败北，况区区祖其故智馀论者，而能将乎？且吴起与武一体之人也，皆著书言兵，世称之曰"孙吴"。然而吴起之言兵也轻，法制草略，无所统纪，不若武之书辞约而意尽，天下之兵说皆归其中。然吴起始用于鲁，破齐。及入魏，又能制秦兵。入楚，楚复霸。而武之所为反如是，书之不足信也固矣。

今夫外御一隶，内治一妾，是贱丈夫亦能，夫岂必有人而教之？及夫御三军之众，阖营而自固，或且有乱，然则是三军之众惑之也。故善将者，视三军之众，与视一隶一妾无加焉，故其心常若有馀。夫以一人之心，当三军之众，而其中恢恢然犹有馀地，此韩信之所以"多多而益办也"。故夫用兵，岂有异术哉？能勿视其众而已矣。

六国 ○○○

六国破灭，非兵不利战不善，弊在赂秦。赂秦而力亏，破灭之道也。或曰："六国互丧，率赂秦邪？"曰："不赂者以赂者丧。盖失强援，不能独完。故曰弊在赂秦也。"

秦以攻取之外，小则获邑，大则得城。较秦之所得，与战胜而得者，其实百倍；诸侯之所亡，与战败而亡者，其实亦百倍。则秦之所大欲，诸侯所大患，固不在战矣。思厥先祖父暴霜露，斩荆棘，以有尺寸之地。子孙视之不甚惜，举以与人，如弃草芥。今日割五城，明日割十城，然后得一夕安寝。起视四境而秦兵又至矣。然则诸侯之地有限，暴秦之欲无厌。奉之弥繁，侵之愈急，故不战而强弱胜负已判矣。至于颠覆，理固宜然。古人云："以地事秦，犹抱薪救火，薪不尽，火不灭。"此言得之。

齐人未尝赂秦，终继五国迁灭，何哉？与嬴而不助五国也。五国既丧，齐亦不免矣。燕、赵之君，始有远略，能守其土，义不赂秦。是故燕虽小国而后亡，斯用兵之效也。至丹以荆卿为计，始速祸焉。赵尝五战于秦，二败而三胜，后秦击赵者再，李牧连却之。洎牧以谗诛，邯郸为郡，惜其用武而不终也。且燕、赵处秦革灭殆尽之际，可谓智力孤危，战败而亡，诚不得已。向使三国各爱其地，齐人勿附于秦，刺客不行，良将犹在，则胜负之数，存亡之理，当与秦相较，或未易量。

呜呼！以赂秦之地，封天下之谋臣；以事秦之心，礼天下之奇才，并力西向，则吾恐秦人食之不得下咽也。悲夫！有如此之势，而为秦人积威之所劫，日削月割，以趋于亡。为国者无使为积威之所劫哉！

夫六国与秦皆诸侯，其势弱于秦，而犹有可以不赂而胜之之势。苟以天下之大，而从六国破亡之故事，是又在六国下矣。

项籍 ○○

吾尝论项籍有取天下之才，而无取天下之虑；曹操有取天下之虑，而无取天下之量；刘备有取天下之量，而无取天下之才，故三人终其身无成焉。且夫不有所弃，不可以得天下之势；不有所忍，不可以尽天下之利。是故地有所不取，城有所不攻，胜有所不就，败有所不避。其来不喜，其去不怒，肆天下之所为，而徐制其后，乃克有济。

呜呼！项籍有百战百胜之才，而死于垓下，无惑也。吾于其战钜鹿也，见其虑之不长，量之不大，未尝不怪其死于垓下之晚也。方籍之渡河，沛公始整兵向关。籍于此时，若急引军趋秦，及其锋而用之，可以据咸阳，制天下。不知出此，而区区与秦将争一旦之命。既全钜鹿，而犹徘徊河南、新安间，至函谷则沛公入咸阳数月矣。夫秦人既已安沛公而雠籍，则其势不得强而臣。故籍虽迁沛公汉中，而卒都彭城，使沛公得还定三秦，则天下之势，在汉不在楚。楚虽百战百胜，尚何益哉？故曰：兆垓下之死者，钜鹿之战也。

或曰："虽然，籍必能入秦乎？"曰：项梁死，章邯谓楚不足虑，故移兵伐赵，有轻楚心，而良将劲兵，尽于钜鹿。籍诚能以必死之士，击其轻敌寡弱之师，入之易耳。且亡秦之守关，与沛公之守，善否可知也。沛公之攻关，与籍之攻，善否又可知也。以秦之守而沛公攻入之，沛公之守而籍攻入之，然则亡秦之守，籍不能入哉？

或曰："秦可入矣，如救赵何？"曰：虎方捕鹿，罴据其穴，搏其子，虎安得不置鹿而返？返则碎于罴明矣。《军志》所谓"攻其必救"也。使籍入关，王离、涉间必释赵自救。籍据关逆击其前，赵与诸侯救者十馀壁蹑其后，覆之必矣。是籍一举解赵之围，而收功于秦也。战国时，魏伐赵，齐救之，田忌引兵疾走大梁，因存赵而破魏。彼宋义号知兵，殊不达此，屯安阳不进，而曰“待秦敝”，吾恐秦未敝，而沛公先据关矣。籍与义俱失焉。

是故古之取天下者，常先图所守。诸葛孔明弃荆州，而就西蜀，吾知其无能为也。且彼未尝见大险也，彼以为剑门者，可以不亡也。吾尝观蜀之险，其守不可出，其出不可继，兢兢而自完，犹且不给，而何足以制中原哉？若夫秦、汉之故都，沃土千里，洪河大山，真可以控天下，又乌事夫不可以措足如剑门者，而后曰险哉？今夫富人必居四通五达之都，使其财帛出于天下，然后可以收天下之利。有小丈夫者，得一金椟而藏诸家，拒户而守之。呜呼！是求不失也，非求富也。大盗至，劫而取之，又焉知其果不失也？

高帝 ○○

汉高帝挟数用术，以制一时之利害，不如陈平；揣摩天下之势，举指摇目，以劫制项羽，不如张良。微此二人，则天下不归汉，而高帝乃木强之人而止耳。然天下已定，后世子孙之计，陈平、张良智之所不及，则高帝常先为之规画处置，以中后世之所为，晓然如目见其事而为之者。盖高帝之智，明于大而暗于小，至于此而后见也。

帝尝语吕后曰：“周勃重厚少文，然安刘氏必勃也。可令为太尉。”方是时，刘氏既安矣，勃又将谁安邪？故吾之意曰：高帝之以太尉属勃也，知有吕氏之祸也。虽然，其不去吕后何也？势不可也。昔者武王没，成王幼，而三监叛。帝意百岁后，将相大臣及诸侯王，有武庚禄父者，而无有以制之也。独计以为家有主母，而豪奴悍婢不敢与弱子抗。吕氏佐帝定天下，为大臣素所畏服，独此可以镇压其邪心，以待嗣子之壮。故不去吕后者，为惠帝计也。

吕后既不可去，故削其党以损其权，使虽有变，而天下不摇。是故以樊哙之功，一旦遂欲斩之而无疑。呜呼！彼岂独于哙不仁邪？且哙与帝偕起，拔城陷阵，功不为少矣。方亚父嗾项庄时，微哙诮让羽，则汉之为汉，未可知也。一旦人有恶哙欲灭戚氏者，时哙出伐燕，立命平、勃即军中斩之。夫哙之罪未形也，恶之者诚伪未必也，且高帝之不以一女子斩天下之功臣，亦明矣。彼其娶于吕氏，吕氏之族，若产、禄辈，皆庸才不足恤，独哙豪健，诸将所不能制，后世之患，无大于此矣。夫高帝之视吕后也，犹医者之视堇也，使其毒可以治病，而无至于杀人而已矣。樊哙死，则吕氏之毒，将不至于杀人，高帝以为是足以死而无忧矣。彼平、勃者，遗其忧者也。哙之死于惠之六年也，天也。使其尚在，则吕禄不可给，太尉不得入北军矣。

或谓哙于帝最亲，使之尚在，未必与产、禄叛。夫韩信、黥布、卢绾皆南面称孤，而绾又最为亲幸，然及高帝之未崩也，皆相继以逆诛。谁谓百岁之后，椎埋屠狗之人，见其亲戚乘势为帝王，而不欣然从之邪？吾故曰："彼平、勃者，遗其忧者也。"

苏明允衡论_{十首录三}

御将　○○

人君御臣，相易而将难。将有二：有贤将，有才将，而御才将尤难。御相以礼，御将以术。御贤将之术以信，御才将之术以智。不以礼不以信，是不为也；不以术不以智，是不能也。故曰御将难，而御才将尤难。

六畜其初皆兽也。彼虎豹能搏能噬，而马亦能蹄，牛亦能触。先王知能搏能噬者，不可以人力制，故杀之。杀之不能，驱之而后已。蹄者可驭以羁绁，触者可拘以楅衡，故先王不忍弃其才，而废天下之用。如曰"是能蹄，是能触，当与虎豹并杀而同驱"，则是天下无骐骥，终无以服乘邪？

先王之选才也，自非大奸剧恶如虎豹之不可以变其搏噬者，未尝不欲制之以术，而全其才，以适于用。况为将者，又不可责以廉隅细谨，顾其才何如耳。汉之卫、霍、赵充国，唐之李靖、李勣，贤将也；汉之韩信、黥布、彭越，唐之薛万彻、侯君集、盛彦师，才将也。贤将既不多有，得才者而任之，可也。苟又曰："是难御。"则是不肖者而后可也。结以重恩，示以赤心，美田宅，丰饮馔，歌童舞女，以极其口腹耳目之欲，而折之以威，此先王之所以御才将者也。

近之论者，或曰："将之所以毕智竭力，犯霜露、蹈白刃，而不辞者，冀赏耳。为国家者，不如勿先赏以邀其成功。”或曰：“赏所以使人。不先赏，人不为我用。”是皆一隅之说，非通论也。将之才固有小大。杰然于庸将之中者，才小者也；杰然于才将之中者，才大者也。才小志亦小，才大志亦大。人君当观其才之小大，而为制御之术，以称其志。一隅之说，不可用也。

夫养骐骥者，丰其刍粒，洁其羁络，居之新闲，浴之清泉，而后责之千里。彼骐骥者，其志常在千里也，夫岂以一饱而废其志哉？至于养鹰则不然。获一雉饲以一雀，获一兔饲以一鼠。彼知不尽力于击搏，则其势无所得食，故然后为我用。才大者骐骥也，不先赏之，是养骐骥者饥之而责其千里，不可得也；才小者鹰也，先赏之，是养鹰者饱之而求其击搏，亦不可得也。是故先赏之说，可施之才大者；不先赏之说，可施之才小者，兼而用之可也。

昔者汉高帝一见韩信，而授以上将，解衣衣之，推食哺之；一见黥布，而以为淮南王，供具饮食如王者；一见彭越，而以为相国。当是时，三人者未有功于汉也。厥后追项籍垓下，与信、越期而不至，捐数千里之地以畀之，如弃敝屣。项氏未灭，天下未定，而三人者，已极富贵矣。何则？高帝知三人者之志大，不极于富贵，则不为我用。虽极于富贵，而不灭项氏，不定天下，则其志不已也。至于樊哙、滕公、灌婴之徒则不然。拔一城，陷一阵，而后增数级之爵，否则终岁不迁也。项氏已灭，天下已定，樊哙、滕公、灌婴之徒，计百战之功，而后爵之通侯。夫岂高帝至此而啬哉？知其才小而志小，虽不先赏不怨。而先赏之，则彼将泰然自满，而不复以立功为事故也。

噫！方韩信之立于齐，蒯通、武涉之说未去也。当是之时而夺之王，汉其殆哉！夫人岂不欲三分天下而自立者？而彼则曰："汉王不夺我齐也。"故齐不捐，则韩信不怀。韩信不怀，则天下非汉之有。呜呼！高帝可谓知大计矣。

申法　○○

古之法简，今之法繁。简者不便于今，而繁者不便于古，非今之法不若古之法，而今之时不若古之时也。先王之作法也，莫不欲服民之心。服民之心，必得其情。情然邪而罪亦然，则固入吾法矣。而民之情，又不皆如其罪之轻重大小，是以先王忿其罪，而哀其无辜，故法举其略，而吏制其详。杀人者死，伤人者刑，则以著于法，使民知天子之不欲我杀人伤人耳。若其轻重出入，求其情而服其心者，则以属吏。任吏而不任法，故其法简。

今则不然。吏奸矣，不若古之良；民偷矣，不若古之淳。吏奸，则以喜怒制其轻重而出入之，或至于诬执；民偷，则吏虽以情出入，而彼得执其罪之大小以为辞。故今之法，纤悉委备，不执于一，左右前后四顾而不可逃。是以轻重其罪，出入其情，皆可以求之法。吏不奉法，辄以举劾。任法而不任吏，故其法繁。古之法若方书，论其大概，而增损剂量，则以属医者，使之视人之疾，而参以己意。今之法若鬻屡，既为其大者，又为其次者，又为其小者，以求合天下之足。故其繁简则殊，而求民之情以服其心则一也。

然则今之法不劣于古矣，而用法者尚不能无弊，何则？律令之所禁，画一明备，虽妇人孺子，皆知畏避，而其间有习于犯禁而遂不改者，举天下皆知之，而未尝怪也。先王欲杜天下之欺也，为之度，以一天下之长短；为之量，以齐天下之多寡；为之权衡，以信天下之轻重。故度、量、权、衡，法必资之官，资之官而后天下同。今也庶民之家，刻木比竹、绳丝缒石以为之，富商豪贾，内以大，出以小。齐人适楚，不知其孰为斗、孰为斛，持东家之尺而校之西邻，则若十指然。此举天下皆知之，而未尝怪者一也。先王恶奇货之荡民，且哀夫微物之不能遂其生也，故禁民采珠贝；恶夫物之伪而假真且重费也，故禁民糜金以为涂饰。今也采珠贝之民，溢于海滨；糜金之工，肩摩于列肆。此又举天下皆知之，而未尝怪者二也。先王患贱之陵贵，而下之僭上也，故冠服器皿，皆以爵列为等差，长短大小，莫不有制。今也工商之家，曳纨锦，服珠玉，一人之身，循其首以至足，而犯法者十九。此又举天下皆知之，而未尝怪者三也。先王惧天下之吏，负县官之势，以侵劫齐民也，故使市之坐贾，视时百物之贵贱而录之，旬辄以上。百以百闻，千以千闻，以待官吏之私籴；十则损三，三则损一，以闻，以备县官之公籴。今也吏之私籴，而从县官公籴之法。民曰："公家之取于民也固如是。"是吏与县官敛怨于下。此又举天下皆知之，而未尝怪者四也。先王不欲人之擅天下之利也，故仕则不商，商则有罚；不仕而商，商则有征。是民之商不免征，而吏之商又加以罚。今也吏之商既幸而不罚，又从而不征，资之以县官公籴之法，负之以县官之徒，载之以县官之舟，关防不讥，津梁不呵。然则为吏而商，诚可乐也，民将安所措手足？此又举天下皆知之，而未尝怪者五也。若此之类，不可悉数，天下之人，耳习目熟，以为当然；宪官法吏，目击其事，亦恬而不问。

夫法者天子之法也。法明禁之，而人明犯之，是不有天子之法也，衰世之事也。而议者皆以为今之弊，不过吏胥舞法以为奸；而吾以为吏胥之奸，由此五者始。今有盗白昼持梃入室，而主人不之禁，则逾垣穿穴之徒：必且相告而肆行于其家。其必先治此五者，而后诘吏胥之奸可也。

田制　○

古之税重乎？今之税重乎？周公之制，园廛二十而税一，近郊十一，远郊二十而三。稍甸县都，皆无过十二；漆林之征，二十而五。盖周之盛时，其尤重者，至四分而取一，其次者乃五而取一，然后以次而轻，始至于十一，而又有轻者也。今之税，虽不啻十一，然而使县官无急征，无横敛，则亦未至乎四而取一，与五而取一之为多也。是今之税，与周之税，轻重之相去无几也。虽然，当周之时，天下之民，歌舞以乐其上之盛德，而吾之民，反戚戚不乐，常若擢筋剥肤以供亿其上。周之税如此，吾之税亦如此，而其民之哀乐,何如此之相远也? 其所以然者,盖有由矣。

周之时用井田。井田废,田非耕者之所有,而有田者不耕也。耕者之田,资于富民。富民之家,地大业广,阡陌连接,募召浮客,分耕其中,鞭笞驱役,视以奴仆,安坐四顾,指麾于其间。而役属之民,夏为之耨,秋为之获,无有一人违其节度以嬉。而田之所入,己得其半,耕者得其半。有田者一人,而耕者十人,是以田主日累其半,以至于富强;耕者日食其半,以至于穷饿而无告。夫使耕者至于穷饿,而不耕不获者,坐而食富强之利,犹且不可,而况富强之民,输租于县官,而不免于怨叹嗟愤,何则? 彼以其半而供县官之税,不若周之民以其全力而供其上之税也。周之十一,以其全力而供十一之税也。使以其半供十一之税,犹用十二之税然也。况今之税,又非特止于十一而已,则宜乎其怨叹嗟愤之不免也。噫! 贫民耕而不免于饥,富民坐而饱且嬉,又不免于怨,其弊皆起于废井田。井田复,则贫民有田以耕,谷食粟米,不分于富民,可以无饥。富民不得多占田以锢贫民,其势不耕则无所得食,以地之全力,供县官之税,又可以无怨。是以天下之士争言复井田。

既又有言者曰:"夺富民之田,以与无田之民,则富民不服,此必生乱。如乘大乱之后,土旷而人稀,可以一举而就。高祖之灭秦,光武之承汉,可为而不为,以是为恨。"吾又以为不然。今虽使富民皆奉其田而归诸公,乞为井田,其势亦不可得。何则? 井田之制,九夫为井。井间有沟,四井为邑,四邑为邱,四邱为甸。甸方八里,旁加一里为一成。成间有洫,其地百井而方十里。四甸为县,四县为都,四都方八十里,旁加十里为一同。同间有浍,其地万井而方百里。百里之间,为浍者一,为洫者百,为沟者万。既为井田,又必兼备沟洫。沟洫之制,夫间有遂,遂上有径。十夫有沟,沟上有畛。百夫有洫,洫上有涂。千夫有浍,浍上有道。万夫有川,川上有路。万夫之地,盖三十二里有半,而其间为川为路者一,为浍为道者九,为洫为涂者百,为沟为畛者千,为遂为径者万。此二者非塞溪壑、平涧谷、夷邱陵、破坟墓、坏庐舍、徙城郭、易疆垅,不可为也。纵使能尽得平原广野,而遂规画于其中,亦当驱天下之人,竭天下之粮,穷数百年,专力于此,不治他事,而后可以望天下之地,尽为井田,尽为沟洫。已而又为民作屋庐于其中,以安其居而后可。吁!亦已迂矣。井田成,而民之死其骨已朽矣。古者井田之兴,其必始于唐、虞之世乎?非唐、虞之世,则周之世无以成井田。唐、虞启之,至于夏、商,稍稍葺治,至周而大备。周公承之,因遂申定其制度,疏整其疆界,非一日而遽能如此也,其所由来者渐矣。

夫井田虽不可为,而其实便于今。今诚有能为近井田者而用之,则亦可以苏民矣乎。闻之董生曰:“井田虽难卒行,宜少近古,限民名田,以赡不足。”名田之说,盖出于此。而后世未有行者,非以不便民也,惧民不肯损其田以入吾法,而遂因此以为变也。孔光、何武曰:“吏民名田,无过三十顷,期尽三年而犯者,没入官。”夫三十顷之田,周民三十夫之田也。纵不能尽如此制,一人而兼三十夫之田,亦已过矣。而期之三年，是又迫蹙平民，使自坏其业，非人情难用。吾欲少为之限，而不夺其田尝已过吾限者，但使后之人，不敢多占田以过吾限耳。要之数世，富者之子孙，或不能保其地以复于贫，而彼尝已过吾限者，散而入于他人矣，或者子孙出而分之以无几矣。如此则富民所占者少，而馀地多。馀地多，则贫民易取以为业，不为人所役属，各食其地之全利。利不分于人，而乐输于官。夫端坐于朝廷，下令于天下，不惊民，不动众，不用井田之制，而获井田之利，虽周之井田，何以远过于此哉？

古文辞类纂三终

论辨类四

苏子瞻志林

平王　〇〇

太史公曰:学者皆称周伐纣,居洛邑。其实不然。武王营之,成王使召公卜居之,居九鼎焉。而周复都丰、镐。至犬戎败幽王,周乃东徙于洛。

苏子曰:周之失计,未有如东迁之谬也。自平王至于亡,非有大无道者也。髭王之神圣,诸侯服享,然终以不振,则东迁之过也。昔武王克商,迁九鼎于洛邑,成王、周公复增营之。周公既殁,盖君陈、毕公更居焉。以重王室而已,非有意于迁也。周公欲葬成周,而成王葬之毕,此岂有意于迁哉?

今夫富民之家,所以遗其子孙者,田宅而已。不幸而有败,至于乞假以生可也,然终不敢议田宅。今平王举文、武、成、康之业而大弃之,此一败而鬻田宅者也。夏、商之

69

王，皆五六百年，其先王之德，无以过周，而后王之败，亦不减幽、厉。然至于桀纣而后亡，其未亡也，天下宗之，不如东周之名存而实亡也。是何也？则不鬻田宅之效也。

盘庚之迁也，复殷之旧也。古公迁于岐，方是时，周人如狄人也，逐水草而居，岂所难哉？卫文公东徙度河，恃齐而存耳。齐迁临淄，晋迁于绛，于新田，皆其盛时，非有所畏也。其馀避寇而迁都，未有不亡。虽不即亡，未有能复振者也。

春秋时，楚大饥，群蛮畔之。申、息之北门不启，楚人谋徙于阪高。芃贾曰："不可。我能往，寇亦能往。"于是乎以秦人、巴人灭庸，而楚始大。苏峻之乱，晋几亡矣，宗庙宫室，尽为灰烬。温峤欲迁都豫章，三吴之豪，欲迁会稽。将从之矣，独王导不可，曰："金陵王者之都也。王者不以丰俭移都。若宏卫文大帛之冠，何适而不可？不然，虽乐土为墟矣。且北寇方强，一旦示弱，窜于蛮越，望实皆丧矣。"乃不果迁，而晋复安。贤哉导也！可谓能定大事矣。嗟夫！平王之初，周虽不如楚之强，顾不愈于东晋之微乎？使平王有一王导定不迁之计，收丰、镐之遗民，而修文、武、成、康之政，以形势临东诸侯，齐、晋虽强，未敢贰也，而秦何自霸哉！

魏惠王畏秦，迁于大梁。楚昭王畏吴，迁于郢。顷襄王畏秦，迁于陈。考烈王畏秦，迁于寿春。皆不复振，有亡征焉。东汉之末，董卓劫帝迁于长安，汉遂以亡。近世李景迁于豫章，亦亡。故曰周之失计，未有如东迁之谬也。

鲁隐公　○○○

公子翚请杀桓公以求太宰。隐公曰："为其少故也，吾将授之矣。使营菟裘，吾将老焉。"翚惧，反谮公于桓公而弑之。

苏子曰：盗以兵拟人，人必杀之。夫岂独其所拟，涂之人皆捕击之矣。涂之人与盗非仇也，以为不击，则盗且并杀己也。隐公之智，曾不若是涂之人也，哀哉！隐公，惠公继室之子也。其为非嫡，与桓均尔，而长于桓。隐公追先君之志而授国焉，可不谓仁乎？惜乎其不敏于智也。使隐公诛翚而让桓，虽夷、齐何以尚兹。

骊姬欲杀申生而难里克，则优施来之；二世欲杀扶苏而难李斯，则赵高来之。此二人之智，若出一人，而其受祸亦不少异。里克不免于惠公之诛，李斯不免于二世之虐，皆无足哀者，吾独表而出之以为世戒。君子之为仁义也，非有计于利害。然君子之所为，义利常兼，而小人反是。李斯听赵高之谋，非其本意，独畏蒙氏之夺其位，故勉而听高。使斯闻高之言，即召百官，陈六师而斩之，其德于扶苏，岂有既乎？何蒙氏之足忧？释此不为，而具五刑于市，非下愚而何？

呜呼！乱臣贼子，犹蝮蛇也。其所螫草木，犹足以杀人，况其所噬啮者欤？郑小同为高贵乡公侍中，尝诣司马师。师有密疏未屏也，如厕还，问小同："见吾疏乎？"曰"不见"，师曰："宁我负卿，无卿负我。"遂鸩之。王允之从王敦夜饮，辞醉先寝。敦与钱凤谋逆，允之已醒，悉闻其言，虑敦疑己，遂大吐，衣面皆污。敦果照视之，见允之卧吐中乃已。哀哉小同，殆哉岌岌乎允之也！孔子曰："危邦不入乱邦不居。"有以也夫！

吾读史得鲁隐公、晋里克、秦李斯、郑小同、王允之五人，感其所遇祸福如此，故特书其事。后之君子可以览观焉。此与论周东迁，皆杂引古事，错综成论。而此篇尤为奇肆飘眇，其神气盖近《孟子》，是不可以貌论也。管仲辞子华篇，其文体亦然，但蹊径少平直尔。

范蠡 ○○

越既灭吴，范蠡以为勾践为人长颈鸟喙，可以共患难，不可与共逸乐，乃以其私徒属浮海而行。至齐，以书遗大夫种曰："蜚鸟尽，良弓藏；狡兔死，走狗烹。子可以去矣。"

苏子曰：范蠡独知相其君而已。以吾相蠡，蠡亦鸟喙也。夫好货，天下贱士也。以蠡之贤，岂聚敛积实者？耕于海滨，父子力作，以营千金，屡散而复积，此何为者哉？岂非才有馀而道不足，故功成名遂身退，而心终不能自放者乎？使句践有大度，能始终用蠡，蠡亦非清静无为，以老于越者也。吾故曰：蠡亦鸟喙也。

鲁仲连既退秦军，平原君欲封连，以千金为寿。连笑曰："所贵于天下士者，为人排难解纷，而无所取也。即有取，是商贾之事，连不忍为也。"遂去，终身不复见。逃隐于海上，曰："吾与富贵而诎于人，宁贫贱而轻世肆志焉。"使范蠡之去如鲁连，则去圣人不远矣。呜呼！春秋以来，用舍进退，未有如蠡之全者也，而不足于此，吾是以累叹而深悲焉。

战国任侠　○○

春秋之末，至于战国，诸侯卿相，皆争养士。自谋夫说客、谈天雕龙、坚白同异之流，下至击剑扛鼎、鸡鸣狗盗之徒，莫不宾礼。靡衣玉食以馆于上者，何可胜数。越王句践有君子六千人。魏无忌、齐田文、赵胜、黄歇、吕不韦，皆有客三千人。而田文招致任侠奸人六万家于薛。齐稷下谈者亦千人。魏文侯、燕昭王、太子丹，皆致客无数。下至秦汉之间，张耳、陈馀号多士，宾客厮养，皆天下豪杰。而田横亦有士五百人。其略见于传记者如此。度其馀当倍官吏而半农夫也。此皆奸民蠹国者，民何以支，而国何以堪乎？

苏子曰：此先王之所不能免也。国之有奸也，犹鸟兽之有猛鸷，昆虫之有毒螫也。区处条理，使各安其处，则有之矣。锄而尽去之，则无是道也。吾考之世变，知六国之所以久存，而秦之所以速亡者，盖出于此，不可以不察也。夫智、勇、辨、力，此四者，皆天民之秀杰者也，类不能恶衣食以养人，皆役人以自养者也。故先王分天下之富贵，与此四者共之。此四者不失职，则民靖矣。四者虽异，先王因俗设法，使出于一。三代以上出于学，战国至秦出于客，汉以后出于郡县吏，魏、晋以来，出于九品中正，隋、唐至今，出于科举。虽不尽然，取其多者论之。六国之君，虐用其民,不减始皇、二世,然当是时,百姓无一人叛者,以凡民之秀杰者,多以客养之,不失职也。其力耕以奉上,皆椎鲁无能为者,虽欲怨叛而莫为之先,此其所以少安而不即亡也。

始皇初欲逐客,用李斯之言而止。既并天下,则以客为无用,于是任法而不任人,谓民可以恃法而治,谓吏不必才,取能守吾法而已。故堕名城,杀豪杰,民之秀异者,散而归田亩。向之食于四公子、吕不韦之徒者,皆安归哉?不知其能槁项黄馘以老死于布褐乎?抑将辍耕太息以俟时也?秦之乱虽成于二世,然使始皇知畏此四人者,有以处之,使不失职,秦之亡不至若是速也。纵百万虎狼于山林而饥渴之,不知其将噬人,世以始皇为智,吾不信也。

楚、汉之祸,生民尽矣,豪杰宜无几,而代相陈豨,从车千乘,萧、曹为政,莫之禁也。至文、景、武之世,法令至密,然吴濞、淮南、梁王、魏其、武安之流,皆争致宾客,世主不问也。岂惩秦之祸,以为爵禄不能尽縻天下士,故少宽之,使得或出于此也邪?

若夫先王之政则不然,曰"君子学道则爱人,小人学道则易使也"。呜呼!此岂秦汉之所及也哉。

74

始皇扶苏　○○○

秦始皇时,赵高有罪,蒙毅按之当死,始皇赦而用之。长子扶苏好直谏,上怒,使北监蒙恬兵于上郡。始皇东游会稽,并海,走琅琊,少子胡亥、李斯、蒙毅、赵高从。道病,使蒙毅还祷山川，未及还，上崩。李斯、赵高矫诏立胡亥，杀扶苏、蒙恬、蒙毅，卒以亡秦。

苏子曰：始皇制天下轻重之势，使内外相形，以禁奸备乱者，可谓密矣。蒙恬将三十万人，威振北方，扶苏监其军，而蒙毅侍帷幄为谋臣，虽有大奸贼，敢睥睨其间哉？不幸道病，祷祠山川，尚有人也，而遣蒙毅，故高、斯得成其谋。始皇之遣毅，毅见始皇病，太子未立，而去左右，皆不可以言智。虽然，天之亡人国，其祸败必出于智所不及。圣人为天下，不恃智以防乱，恃吾无致乱之道耳。始皇致乱之道，在用赵高。夫阉尹之祸，如毒药猛兽，未有不裂肝碎首者也。自书契以来，惟东汉吕强、后唐张承业，二人号称善良，岂可望一二于千万，以徼必亡之祸哉？然世主皆甘心而不悔，如汉桓、灵，唐肃、代，犹不足深怪。始皇、汉宣皆英主，亦湛于赵高、恭、显之祸。彼自以为聪明人杰也，奴仆熏腐之馀何能为？及其亡国乱朝，乃与庸主不异。吾故表而出之，以戒后世人主如始皇、汉宣者。

或曰：李斯佐始皇定天下，不可谓不智。扶苏亲始皇子，秦人戴之久矣，陈胜假其名，犹足以乱天下，而蒙恬持重兵在外。使二人不即受诛，而复请之，则斯、高无遗类矣。以斯之智，而不虑此何哉？

苏子曰：呜呼！秦之失道，有自来矣，岂独始皇之罪？自商鞅变法，以殊死为轻典，以参夷为常法，人臣狼顾胁息，以得死为幸，何暇复请？方其法之行也，求无不获，禁无不止，鞅自以为轶尧舜而驾汤武矣。及其出亡而无所舍，然后知为法之弊。夫岂独鞅悔之，秦亦悔之矣。荆轲之变，持兵者熟视始皇环柱而走，莫之救者，以秦法重故也。李斯之立胡亥，不复忌二人者，知威令之素行，而臣子不敢复请也。二人之不敢请，亦知始皇之鸷悍而不可回也，岂料其伪也哉？周公曰："平易近民，民必归之。"孔子曰："有一言而可以终身行之，其恕矣乎？"夫以忠恕为心，而以平易为政，则上易知而下易达，虽有卖国之奸，无所投其隙，仓卒之变，无自发焉。然其令行禁止，盖有不及商鞅者矣。而圣人终不以彼易此。商鞅立信于徙木，立威于弃灰，刑其亲戚师傅，积威信之极。以及始皇，秦人视其君如雷电鬼神，不可测也。古者公族有罪，三宥然后制刑，今至使人矫杀其太子而不忌，太子亦不敢请，则威信之过也。故夫以法毒天下者，未有不反中其身，及其子孙者也。汉武与始皇，皆果于杀者也，故其子如扶苏之仁，则宁死而不请；如戾太子之悍，则宁反而不诉。知诉之必不察也。戾太子岂欲反者哉？计出于无聊也。故为二君之子者，有死与反而已。李斯之智，盖足以知扶苏之必不反也。吾又表而出之，以戒后世人主之果于杀者。

范增　○○○

汉用陈平计，间疏楚君臣。项羽疑范增与汉有私，稍夺其权。增大怒曰："天下事大定矣！君王自为之。愿赐骸骨归卒伍。"归未至彭城，疽发背死。

苏子曰：增之去善矣。不去，羽必杀增。独恨其不早耳。然则当以何事去？增劝羽杀沛公，羽不听，终以此失天下。当于是去邪？曰"否"。增之欲杀沛公，人臣之分也。羽之不杀，犹有人君之度也。增曷为以此去哉？《易》曰："知几其神乎？"《诗》曰："相彼雨雪，先集维霰。"增之去，当于羽杀卿子冠军时也。

陈涉之得民也，以项燕、扶苏。项氏之兴也，以立楚怀王孙心。而诸侯叛之也，以弑义帝。且义帝之立，增为谋主矣。义帝之存亡，岂独为楚之盛衰，亦增之所与同祸福也。未有义帝亡而增独能久存者也。羽之杀卿子冠军也，是弑义帝之兆也。其弑义帝，则疑增之本也，岂必待陈平哉？物必先腐也，而后虫生之；人必先疑也，而后谗入之。陈平虽智，安能间无疑之主哉？

吾尝论义帝，天下之贤主也。独遣沛公入关，而不遣项羽。识卿子冠军于稠人之中，<small>应杀义帝之兆</small>。而擢以为上将，不贤而能如是乎？羽既矫杀卿子冠军，义帝必不能堪，非羽弑帝，则帝杀羽，不待智者而后知也。增始劝项梁立义帝，<small>应疑增之本</small>。诸侯以此服从，中道而弑之，非增之意也。夫岂独非其意，将必力争而不听也。不用其言，而杀其所立，羽之疑增，必自是始矣。

方羽杀卿子冠军，增与羽比肩而事义帝，君臣之分未定也。为增计者，力能诛羽则诛之，不能则去之，岂不毅然大丈夫也哉？增年已七十，合则留，不合则去，不以此时明去就之分，而欲依羽以成功名，陋矣！虽然，增，高帝之所畏也。增不去，项羽不亡。呜呼！增亦人杰也哉！

苏子瞻伊尹论 ○○

办天下之大事者,有天下之大节者也。立天下之大节者,狭天下者也。夫以天下之大,而不足以动其心,则天下之大节有不足立,而大事有不足办者矣。

今夫匹夫匹妇,_{此下一段承办大事二句发论。}皆知洁廉忠信之为美也。使其果洁廉而忠信,则其智虑未始不如王公大人之能也。唯其所争者,止于箪食豆羹,而箪食豆羹足以动其心,则宜其智虑之不出乎此也。箪食豆羹非其道不取,则一乡之人莫敢以不正犯之矣。一乡之人莫敢以不正犯之,而不能办一乡之事者,未之有也。推此而上,其不取者愈大,则其所办者愈远矣。让天下,与让箪食豆羹无以异也;_{此下一段承立大节二句发论,看他双起双承,却笔势变幻不觉。}治天下,与治一乡亦无以异也。然而不能者,有所蔽也。天下之富,是箪食豆羹之积也;天下之大,是一乡之推也。_{承无异。}非千金之子,不能运千金之资。贩夫贩妇,得一金而不知所措,非智不若,所居之卑也。_{承有蔽。}

孟子曰:"伊尹耕于有莘之野,非其道也,非其义也,虽禄之以天下弗受也。"夫天下不能动其心,是故其才全。以其全才而制天下,是故临大事而不乱。古之君子,_{唐应德云:断。}必有高世之行,非苟求为异而已。卿相之位,千金之富,有所不屑,将以自广其心,使穷达利害,不能为之芥蒂,以全其才,而欲有所为耳。后之君子,盖亦尝有其志矣,得失乱其中，而荣辱夺其外，_{立大节反面。}是以役役至于老死而不暇，亦足悲矣。孔子叙书，至于舜、禹、皋陶相让之际，盖未尝不太息也。夫以朝廷之尊，而行匹夫之让，孔子安取哉？取其不汲汲于富贵，有以大服天下之心焉耳。

夫太甲之废，_{唐应德云：续。}天下未尝有是，而伊尹始行之，天下不以为惊。以臣放君，天下不以为僭。既放而复立，太甲不以为专。何则？其素所不屑者，足以取信于天下也。彼其视天下眇然不足以动其心，而岂忍以废放其君求利也哉？

后之君子，蹈常而习故，惴惴焉惧不免于天下，一为希阔之行，则天下群起而诮之。_{办大事反面。两层反面，却分置两处，俱是文字变幻处。}不知求其素，而以为古今之变，时有所不可者，亦已过矣夫。

苏子瞻荀卿论 ○○

尝读《孔子世家》，观其言语文章，循循莫不有规矩，不敢放言高论，言必称先王，然后知圣人忧天下之深也。茫乎不知其畔岸而非远也，浩乎不知其津涯而非深也。其所言者，匹夫匹妇之所共知，而所行者，圣人有所不能尽也。呜呼！是亦足矣。使后世有能尽吾说者，虽为圣人无难，而不能者，不失为寡过而已矣。

子路之勇，子贡之辨，冉有之智，此三者，皆天下之所谓难能而可贵者也。然三子者，每不为夫子之所悦。颜渊默然不见其所能，若无以异于众人者，而夫子亟称之。且夫学圣人者，岂必其言之云尔哉？亦观其意之所向而已。夫子以为后世必有不足行其说者矣，必有窃其说而为不义者矣，是故其言平易正直，而不敢为非常可喜之论，要在于不可易也。

昔者常怪李斯事荀卿，既而焚灭其书，大变古先圣王之法，于其师之道，不啻若寇雠。及今观荀卿之书，然后知李斯之所以事秦者，皆出于荀卿，而不足怪也。

荀卿者，喜为异说而不让，敢为高论而不顾者也。其言愚人之所惊，小人之所喜也。子思、孟轲，世之所谓贤人君子也。荀卿独曰："乱天下者，子思、孟轲也。"天下之人，如此其众也；仁人义士，如此其多也。荀卿独曰："人性恶。桀纣性也，尧舜伪也。"由是观之，意其为人，必也刚愎不逊，而自许太过。彼李斯者，又特甚者耳。

今夫小人之为不善，犹必有所顾忌。是以夏、商之亡，桀纣之残暴，而先王之法度、礼乐、刑政，犹未至于绝灭而不可考者，是桀纣犹有所存，而不敢尽废也。彼李斯者，独能奋而不顾，焚烧夫子之六经，烹灭三代之诸侯，破坏周公之井田，此亦必有所恃者矣。彼见其师历诋天下之贤人，自是其愚，以为古先圣王皆无足法者，不知荀卿特以快一时之论，而不自知其祸之至于此也。其父杀人报仇，其子必且行劫。荀卿明王道，述礼乐，而李斯以其学乱天下，其高谈异论有以激之也。孔、孟之论，未尝异也，而天下卒无有及者。苟天下果无有及者，则尚安以求异为哉？

苏子瞻韩非论 ○○

圣人之所为恶夫异端，尽力而排之者，非异端之能乱天下，而天下之乱所由出也。昔周之衰，有老聃、庄周、列御寇之徒，更为虚无淡泊之言，而治其猖狂浮游之说，纷纭颠倒，而卒归于无有。由其道者，荡然莫得其当，是以忘乎富贵之乐，而齐乎死生之分。此不得志于天下，高世远举之人，所以放心而无忧。虽非圣人之道，而其用意，固亦无恶于天下。自老聃之死百馀年，有商鞅、韩非，著书言治天下无若刑名之贤。及秦用之，终于胜、广之乱。教化不足而法有馀，秦以不祀，而天下被其毒。

后世之学者，知申、韩之罪，而不知老聃、庄周之使然。何者？仁义之道，起于夫妇、父子、兄弟相爱之间，而礼乐刑政之原，出于君臣上下相忌之际。相爱则有所不忍，相忌则有所不敢。不敢与不忍之心合，而后圣人之道得存乎其中。今老聃、庄周论君臣父子之间，泛泛乎若萍游于江湖而适相值也。夫是以父不足爱，而君不足忌。不忌其君，不爱其父，则仁不足以怀，义不足以劝，礼乐不足以化。此四者皆不足用，而欲置天下于无有。夫无有岂诚足以治天下哉！商鞅、韩非求为其说而不得，得其所以轻天下而齐万物之术，是以敢为残忍而无疑。

今夫不忍杀人，而不足以为仁，而仁亦不足以治民。则是杀人不足以为不仁，而不仁亦不足以乱天下。如此，则举天下惟吾之所为，刀锯斧钺，何施而不可？昔者夫子未尝一日易其言，虽天下之小物，亦莫不有所畏。今其视天下眇然若不足为者，此其所以轻杀人与？

太史迁曰："申子卑卑，施于名实。韩子引绳墨，切事情，明是非，其极惨核少恩，皆原于道德之意。"尝读而思之。事固有不相谋而相感者，庄、老之后，其祸为申、韩。由三代之衰至于今，凡所以乱圣人之道者，其弊固已多矣，而未知其所终。奈何其不为之所也！

苏子瞻始皇论 ○○

昔者生民之初，不知所以养生之具。击搏挽裂，与禽兽争一旦之命，惴惴然朝不谋夕，忧死之不给，是故巧诈不生而民无知。然圣人恶其无别，而忧其无以生也，是故作为器用，耒耜、弓矢、舟车、网罟之类，莫不备至，使民乐生便利，役御万物而适其情，而民始有以极其口腹耳目之欲。器利用便而巧诈生，求得欲从而心志广，圣人又忧其桀猾变诈而难治也，是故制礼以反其初。

礼者，所以反本复始也。圣人非不知箕踞而坐，不揖而食，便于人情，而适于四体之安也。将必使之习为迂阔难行之节，宽衣博带，佩玉履舄，所以回翔容与，而不可以驰骤。上自朝廷，而下至于民，其所以视听其耳目者，莫不近于迂阔。其衣以黼黻文章，其食以笾豆簠簋，其耕以井田，其进取选举以学校，其治民以诸侯。嫁娶死丧，莫不有法，严之以鬼神，而重之以四时，所以使民自尊，而不轻为奸。故曰礼之近于人情者，非其至也。周公、孔子，所以区区于升降揖让之间，丁宁反覆，而不敢失坠者，世俗之所谓迂阔，而不知夫圣人之权固在于此也。自五帝三代相承而不敢破，至秦有天下，始皇帝以诈力而并诸侯，自以为智术之有馀，而禹、汤、文、武之不知出此也。于是废诸侯，破井田，凡所以治天下者，一切出于便利，而不耻于无礼。决坏圣人之藩墙，而以利器明示天下。故自秦以来，天下惟知所以求生避死之具，而以礼者为无用赘疣之物。何者？其意以为生之无事乎礼也。苟生之无事乎礼，则凡可以得生者，无所不为矣。呜呼！此秦之祸所以至今而未息欤？

昔者始有书契，以科斗为文，而其后始有规矩摹画之迹，盖今所谓大小篆者。至秦而更以隶。其后日以变革，贵于速成，而从其易。又创为纸，以易简策。是以天下簿书符檄，繁多委压，而吏不能究，奸人有以措其手足。如使今世而尚用古之篆书简策，则虽欲繁多，其势无由。由此观之，则凡所以便利天下者，是开诈伪之端也。嗟夫！秦既不可及矣，苟后之君子欲治天下，而惟便利之求，则是引民而日趋于诈也。悲夫！此文格势正似老泉，盖东坡少年如此，此后乃自变成体耳。东坡才思大于厥考矣，而笔力坚劲或不逮也。

苏子瞻留侯论 ○○○

古之所谓豪杰之士者，必有过人之节。人情有所不能忍者，匹夫见辱，拔剑而起，挺身而斗，此不足为勇也。天下有大勇者，卒然临之而不惊，无故加之而不怒，此其所挟持者甚大，而其志甚远也。

夫子房授书于圯上之老人也，其事甚怪。然亦安知其非秦之世有隐君子者出而试之？观其所以微见其意者，皆圣贤相与警戒之义，而世不察，以为鬼物，亦已过矣。且其意不在书。

当韩之亡，秦之方盛也，以刀锯鼎镬待天下之士，其平居无罪夷灭者，不可胜数。虽有贲、育，无所获施。夫持法太急者，其锋不可犯，而其势未可乘。子房不忍忿忿之心，以匹夫之力，而逞于一击之间。当此之时，子房之不死者，其间不能容发，盖亦已危矣。千金之子，不死于盗贼。何者？其身之可爱，而盗贼之不足以死也。子房以盖世之才，不为伊尹、太公之谋，而特出于荆轲、聂政之计，以侥幸于不死，此圯上老人所为深惜者也。是故倨傲鲜腆而深折之。《九叹》："切㶁㶁之流俗。"王逸云："垢浊也。"即鲜腆字。彼其能有所忍也，然后可以就大事。故曰"孺子可教也"。

楚庄王伐郑，郑伯肉袒牵羊以迎。庄王曰："其君能下人，必能信用其民矣。"遂舍之。句践之困于会稽而归，臣妾于吴者，三年而不倦。且夫有报人之志，而不能下人者，是匹夫之刚也。夫老人者，以为子房才有馀，而忧其度量之不足，故深折其少年刚锐之气，使之忍小忿而就大谋。何则？非有平生之素，卒然相遇于草野之间，而命以仆妾之役，油然而不怪者，此固秦皇之所不能惊，而项籍之所不能怒也。

观夫高帝之所以胜,而项籍之所以败者,在能忍与不能忍之间而已矣。项籍惟不能忍,是以百战百胜,而轻用其锋。高祖忍之,养其全锋而待其弊,此子房教之也。当淮阴破齐而欲自王,高祖发怒,见于辞色。由此观之,犹有刚强不忍之气,非子房其谁全之?

太史公疑子房以为魁梧奇伟,而其状貌乃如妇人女子,不称其志气。呜呼,此其所以为子房欤!

苏子瞻贾谊论 ○○

非才之难,所以自用者实难。惜乎贾生王者之佐,而不能自用其才也。夫君子之所取者远,则必有所待;所就者大,则必有所忍。古之贤人,皆有可致_{疑脱"治"字。}之才,而卒不能行其万一者,未必皆其时君之罪,或者其自取也。

愚观贾生之论,如其所言,虽三代何以远过。得君如汉文,犹且以不用死,然则是天下无尧舜,终不可以有所为邪?仲尼圣人,历试于天下,苟非大无道之国,皆欲勉强扶持,庶几一日得行其道。将之荆,先之以子夏,申之以冉有。君子之欲得其君,如此其勤也。孟子去齐,三宿而后出昼,犹曰"王其庶几召我"。君子之不忍弃其君,如此其厚也。_{有待。}公孙丑问曰:"夫子何为不豫?"孟子曰:"方今天下,舍我其谁哉!而吾何为不豫?"君子之爱其身,如此其至也。有忍。夫如此而不用，然后知天下之果不足与有为，而可以无憾矣。

若贾生者，非汉文之不用生，生之不能用汉文也。夫绛侯亲握天子玺，而授之文帝。灌婴连兵数十万，以决刘、吕之雄雌。又皆高帝之旧将，此其君臣相得之分，岂特父子骨肉手足哉？贾生洛阳之少年，欲使其一朝之间，尽弃其旧而谋其新，亦已难矣。为贾生者，上得其君，下得其大臣，如绛、灌之属，优游浸渍而深交之，使天子不疑，大臣不忌，然后举天下而惟吾之所欲为，不过十年，可以得志。安有立谈之间，而遽为人痛哭哉？不能待。观其过湘，为赋以吊屈原，悲郁愤闷，趯然有远举之志，其后卒以自伤哭泣，至于夭绝。是亦不善处穷者也。夫谋之一不见用，安知终不复用也。不知默默以待其变，而自残至此。不能忍。两意反正处，皆序得错综。呜呼！贾生志大而量小，才有馀而识不足也。

古之人有高世之才，必有遗俗之累。是故非聪明睿哲不惑之主，则不能全其用。古今称苻坚得王猛于草茅之中，一朝尽斥去其旧臣，而与之谋。彼其匹夫略有天下之半，其以此哉！

愚深悲贾生之志，故备论之。亦使人君得如贾生之臣，则知其有狷介之操，一不见用，则忧伤病沮，不能复振。而为贾生者，亦慎其所发哉！

苏子瞻晁错论 ○○

天下之患，最不可为者，名为治平无事，而其实有不测之忧。坐观其变，而不为之所，则恐至于不可救。起而强为之，则天下狃于治平之安，而不吾信。唯仁人君子，豪杰之士，为能出身为天下犯大难以求成大功。此固非勉强期月之间，而苟以求名者之所能也。天下治平，无故而发大难之端，吾发之，吾能收之，然后能免难于天下。事至，而循循焉欲去之，使他人任其责，则天下之祸，必集于我。

昔者晁错尽忠为汉，谋弱山东之诸侯。诸侯并起，以诛错为名，而天子不察，以错为说。天下悲错之以忠而受祸，而不知错之有以取之也。

古之立大事者，不唯有超世之才，亦必有坚忍不拔之志。昔禹之治水，凿龙门、决大河而放之海。方其功之未成也，盖亦有溃冒冲突可畏之患，惟能前知其当然，事至不惧，而徐为之所，是以得至于成功。夫以七国之强，而骤削之，其为变岂足怪哉！错不于此时捐其身，为天下当大难之冲，而制吴、楚之命，乃为自全之计，欲使天子自将，而己居守。且夫发七国之难者谁乎？己欲求其名，安所逃其患？以自将之至危，与居守之至安，较易知也。己为难首，择其至安，而遗天子以其至危，此忠臣义士，所以愤惋而不平者也。当此之时，虽无袁盎，错亦未免于祸。

何者？己欲居守，而使人主自将，以情而言，天子固已难之矣,而重违其议,是以袁盎之说,得行于其间。

使吴、楚反,错以身任其危,日夜淬砺,东向而待之,使不至于累其君,则天子将恃之以为无恐,虽有百盎,可得而间哉?

嗟夫! 世之君子,欲求非常之功,则无务为自全之计。使错自将而击吴、楚,未必无功。惟其欲自固其身,而天子不悦,奸臣得以乘其隙。错之所以自全者,乃其所以自祸与?

苏子瞻大臣论二首　　○

以义正君,而无害于国,可谓大臣矣。

天下不幸而无明君,使小人执其权。当此之时,天下之忠臣义士,莫不欲奋臂而击之。夫小人者,必先得于其君,而自固于天下,是故法不可击。击之而不胜,身死其祸止于一身;击之而胜,君臣不相安,天下必亡。是以《春秋》之法,不待君命而诛其侧之恶人谓之叛。晋赵鞅入于晋阳以叛是也。

世之君子,将有志于天下,欲扶其衰而救其危者,必先计其后而为可居之功。其济不济,则命也。是故功成而天下安之。今小人,君不诛而吾诛之,则是侵君之权,而不可居之功也。夫既已侵君之权,而能北面就人臣之位,使君不吾疑者,天下未尝有也。国之有小人,犹人之有瘿。今人之瘿,必生于颈而附于咽,是以不可去。有贱丈夫者,不胜其忿，而决去之，夫是以去疾而得死。汉之亡，唐之灭，由此故也。自桓、灵之后，至于献帝，天下之权，归于内竖。贤人君子，进不容于朝，退不容于野。天下之怒，可谓极矣。当此之时，议者以为天下之患，独在宦官，宦官去，则天下无事。然窦武、何进之徒，击之不胜，止于身死；袁绍击之而胜，汉遂以亡。唐之衰也，其迹亦大类此。自辅国、元振之后，天子之废立，听于宦官。当此之时，士大夫之论，亦惟宦官之为去。然而李训、郑注、元载之徒，击之不胜，止于身死；至于崔昌遐击之而胜，<small>姜坞先生云：易崔允之名，以庙讳故也。然崔字垂休。</small>唐亦以亡。方其未去，是累然者，瘿而已矣。及其既去，则溃裂四出，而继之以死。何者？此侵君之权，而不可居之功也。且为人臣而不顾其君，捐其身于一决，以快天下之望，亦已危矣。故其成，则为袁、为崔；败，则为何、窦，为训、注。然则忠臣义士，亦奚取于此哉？夫窦武、何进之亡，天下悲之，以为不幸。然亦幸而不成，使其成也，二子者将何以居之？故曰"以义正君，而无害于国，可谓大臣矣"。

天下之权在于小人，君子之欲击之也，不亡其身，则亡其君。然则是小人者，终不可去乎？闻之曰：迫人者其智浅，迫于人者其智深。非才有不同，所居之势然也。古之为兵者，围师勿遏，穷寇勿追，诚恐其知死而致力，则虽有众，无所用之。故曰"同舟而遇风，则胡越可使相救如左右手"。

小人之心，自知其负天下之怨，而君子之莫吾赦也，则将日夜为计，以备一旦卒然不可测之患。今君子又从而疾恶之，是以其谋不得不深，其交不得不合。交合而谋深，则其致毒也，忿戾而不可解。故凡天下之患起于小人，而成于君子之速之也。小人在内，君子在外；君子为客，小人为主。主未发而客先焉，则小人之词直，而君子之势近于不顺。直则可以欺众，而不顺则难以令其下。故昔之举事者，常以中道而众散，以至于败，则其理岂不甚明哉？

若夫智者则不然。内以自固其君子之交，而厚集其势；外以阳浮而不逆于小人之意，以待其间。宽之使不吾疾，狃之使不吾虑。唉之以利，以昏其智；顺适其意，以杀其怒。然后待其发而乘其隙，推其坠而挽其绝。故其用力也约，而无后患。莫为之先，故君不怒而势不逼。如此者，功成而天下安之。

今夫小人，急之则合，宽之则散，是从古以然也。见利不能不争，见患不能不避，无信不能不相诈，无礼不能不相渎。是故其交易间，其党易破也。而君子不务宽之以待其变，而急之以合其交，亦已过矣。君子小人杂居而未决，为君子之计者，莫若深交而无为。苟不能深交而无为，则小人倒持其柄，而乘吾隙。昔汉高之亡，以天下属平、勃。及高后临朝，擅王诸吕，废黜刘氏。平日纵酒无一言，及用陆贾计，以千金交欢绛侯，卒以此诛诸吕，定刘氏。使此二人者而不相能，则是将相相攻之不暇，而何暇及于刘、吕之存亡哉！

故其说曰:将相和调,则士豫附。士豫附,则天下虽有变而权不分。呜呼！知此其足以为大臣矣夫。

古文辞类纂四终

论辨类五

苏子由商论　○○

商之有天下者三十世,而周之世三十有七。商之既衰而复兴者五王,而周之既衰而复兴者,宣王一人而已。夫商之多贤君,宜若其世之过于周,周之贤君不如商之多,而其久于商者乃数百岁,其故何也?

盖周公之治天下,务以文章繁缛之礼,和柔驯扰刚强之民,故其道本于尊尊而亲亲,贵老而慈幼,使民之父子相爱,兄弟相悦,以无犯上难制之气。行其至柔之道,以揉天下之戾心,而去其刚毅果敢之志,故其享天下至久。而诸侯内侵,京师不振,卒于废为至弱之国。何者? 优柔和易,可以为久,而不可以为强也。若夫商人之所以为天下者,不可复见矣。尝试求之《诗》、《书》。《诗》之宽缓而和柔,《书》之委曲而繁重者,举皆周也。而商人之《诗》骏发而严厉,其《书》简洁而明肃,以为商人之风俗,盖在乎此矣。夫惟天下有刚强不屈之俗也,故其后世有以自振于衰微,然至其败也，一散而不可复止。盖物之强者易以折，而柔忍者可以久存。柔者可以久存，而常困于不胜；强者易以折，而其末也，乃可以有所立。此商之所以不长，而周之所以不振也。

呜呼！圣人之虑天下，亦有所就而已。不能使之无弊也。使之能久而不能强，能以自振而不能以及远。此二者，存乎其后世之贤与不贤矣。太公封于齐，尊贤而尚功。周公曰："后世必有篡弑之臣。"周公治鲁，亲亲而尊尊。太公曰："后世寝衰矣！"夫尊贤尚功，则近于强；亲亲尊尊，则近于弱。终之齐有田氏之祸，而鲁人困于盟主之令。盖商之政近于齐，而周公之所以治周者，其所以治鲁也。故齐强而鲁弱，鲁未亡而齐亡也。

苏子由六国论　○○

尝读《六国世家》，窃怪天下之诸侯，以五倍之地，十倍之众，发愤西向，以攻山西千里之秦，而不免于灭亡。常为之深思远虑，以为必有可以自安之计。盖未尝不咎其当时之士，虑患之疏，而见利之浅，且不知天下之势也。

夫秦之所与诸侯争天下者，不在齐、楚、燕、赵也，而在韩、魏之郊；诸侯之所与秦争天下者，不在齐、楚、燕、赵也，而在韩、魏之野。秦之有韩、魏，譬如人之有腹心之疾也。韩、魏塞秦之冲，而蔽山东之诸侯，故夫天下之所重者，莫如韩、魏也。昔者范雎用于秦而收韩，商鞅用于秦而收魏。

昭王未得韩、魏之心，而出兵以攻齐之刚寿，而范雎以为忧。然则秦之所忌者，可以见矣。秦之用兵于燕、赵，秦之危事也。越韩过魏，而攻人之国都，燕、赵拒之于前，而韩、魏乘之于后，此危道也。而秦之攻燕、赵，未尝有韩、魏之忧，则韩、魏之附秦故也。夫韩、魏诸侯之障，而使秦人得出入于其间，此岂知天下之势邪？委区区之韩、魏，以当强虎狼之秦，彼安得不折而入于秦哉？韩、魏折而入于秦，然后秦人得通其兵于东诸侯，而使天下遍受其祸。

夫韩、魏不能独当秦，而天下之诸侯藉之以蔽其西，故莫如厚韩亲魏以摈秦。秦人不敢逾韩、魏以窥齐、楚、燕、赵之国，而齐、楚、燕、赵之国，因得以自完于其间矣。以四无事之国，佐当寇之韩、魏，使韩、魏无东顾之忧，而为天下出身以当秦兵。以二国委秦，而四国休息于内，以阴助其急。若此可以应夫无穷，彼秦者将何为哉？不知出此，而乃贪疆埸尺寸之利，背盟败约，以自相屠灭。秦兵未出，而天下诸侯已自困矣，至使秦人得伺其隙以取其国。可不悲哉！

苏子由三国论 ○○

天下皆怯而独勇，则勇者胜；皆暗而独智，则智者胜。勇而遇勇，则勇者不足恃也；智而遇智，则智者不足用也。夫唯智勇之不足以定天下，是以天下之难蜂起而难平。盖尝闻之，古者英雄之君，其遇智勇也，以不智不勇，而后真智大勇,乃可得而见也。悲夫,世之英雄,其处于世,亦有幸不幸邪!

汉高祖、唐太宗,是以智勇独过天下,而得之者也。曹公、孙、刘,是以智勇相遇,而失之者也。以智攻智,以勇击勇,此譬如两虎相摔,齿牙气力,无以相胜,其势足以相扰,而不足以相毙。当此之时,惜乎无有以汉高帝之事制之者也。

昔者项籍乘百战百胜之威,而执诸侯之柄,咄嗟叱咤,奋其暴怒,西向以逆高祖。其势飘忽震荡,如风雨之至,天下之人以为遂无汉矣。然高帝以其不智不勇之身,横塞其冲,徘徊而不得进。其顽钝椎鲁,足以为笑于天下,而卒能摧折项氏而待其死。此其故何也?夫人之勇力,用而不已,则必有所耗竭,而其智虑久而无成,则亦必有所倦怠而不举。彼欲用其所长,以制我于一时,而我闭门而拒之,使之失其所求,逡巡求去而不能去。而项籍固已惫矣!

今夫曹公、孙权、刘备,此三人者,皆知以其才相取,而未知以不才取人也。世之言者曰:"孙不如曹,而刘不如孙。"刘备惟智短而勇不足,故有所不若于二人者,而不知因其所不足以求胜,则亦已惑矣。盖刘备之才近似于高祖,而不知所以用之之术。昔高祖之所以自用其才者,其道有三焉耳:先据势胜之地,以示天下之形;广收信、越出奇之将,以自辅其所不逮;有果锐刚猛之气而不用,以深折项籍猖狂之势。此三事者,三国之君,其才皆无有能行之者。独有一刘备近之而未至,其中犹有翘然自喜之心,欲为椎鲁而不能钝，欲为果锐而不能达，二者交战于中，而未有所定。是故所为而不成，所欲而不遂。弃天下而入巴蜀，则非地也；用诸葛孔明治国之才，而当纷纭征伐之冲，则非将也；不忍忿忿之心，犯其所短，而自将以攻人，则是其气不足尚也。嗟夫！方其奔走于二袁之间，困于吕布，而狼狈于荆州，百败而其志不折，不可谓无高祖之风矣，而终不知所以自用之方。夫古之英雄，唯汉高帝为不可及也夫！

苏子由汉文帝论　○

老子曰："柔胜刚，弱胜强。"汉文帝以柔御天下，刚强者皆承风而靡。尉佗称号南越，帝复其坟墓，召贵其兄弟。佗去帝号，俯伏称臣。匈奴桀敖，陵驾中国。帝屈体遗书，厚以缯絮，虽未能调伏，然兵革之祸，比武帝世十一二耳。吴王濞包藏祸心，称病不朝，帝赐之几杖。濞无所发怒，乱以不作。使文帝尚在，不出十年，濞亦已老死，则东南之乱，无由起矣。至景帝不能忍，用晁错之计，削诸侯地，濞因之号召七国，西向入关。汉遣三十六将军，竭天下之力，仅乃破之。错言"诸侯强大，削之亦反，不削亦反。削之，则反疾而祸小；不削，则反迟而祸大"，世皆以其言为信，吾以为不然。诚如文帝忍而不削，濞必未反。迁延数岁之后，变故不一，徐因其变而为之备，所以制之者固多术矣。猛虎在山，日食牛羊，人不能堪，荷戈而往刺之。幸则虎毙，不幸则人死，其为害亟矣。晁错之计，何以异此？若能高其垣墙，深其陷阱，时伺而谨防之，虎安能必为害？此则文帝之所以备吴也。呜呼！为天下虑患，而使好名贪利小丈夫制之，其不为晁错者鲜矣。

苏子由唐论　〇

天下之变，常伏于其所偏重而不举之处，故内重则为内忧，外重则为外患。古者聚兵京师，外无强臣，天下之事，皆制于内。当此之时，谓之内重。内重之弊，奸臣内擅，而外无所忌，匹夫横行于四海，而莫能禁，其乱不起于左右之大臣，则生于山林小民之英雄。故夫天下之重，不可使专在内也。古者诸侯大国，或数百里，兵足以战，食足以守，而其权足以生杀，然后能使四夷盗贼之患，不至于内，天子之大臣，有所畏忌，而内患不作。当此之时，谓之外重。外重之弊，诸侯拥兵，而内无以制。由此观之，则天下之重，固不可使在内，而亦不可使在外也。

自周之衰，齐、晋、秦、楚，绵地千里，内不胜于其外，以至于灭亡而不救。秦人患其外之已重而至于此也，于是收天下之兵，而聚之关中，夷灭其城池，杀戮其豪杰，使天下之命皆制于天子。然至于二世之时，陈胜、吴广，大呼起兵，而郡县之吏，熟视而走，无敢谁何。赵高擅权于内，颐指如意，虽李斯为相，备五刑而死于道路。其子李由守三川，拥山河之固，而不敢校也。此二患者，皆始于外之不足,而无有以制之也。至于汉兴,惩秦孤立之弊,乃大封侯王。而高帝之世,反者九起,其遗孽馀烈,至于文、景,而为淮南、济北、吴、楚之乱。于是武帝分裂诸侯,以惩大国之祸。而其后百年之间,王莽遂得以奋其志于天下,而刘氏之子孙,无复龃龉。魏、晋之世,乃益侵削诸侯,四方微弱,不复为乱。而朝廷之权臣,山林之匹夫,常为天下之大患。此数君者,其所以制其内外轻重之际,皆有以自取其乱,而莫之或知也。

夫天下之重在内则为内忧,在外则为外患。而秦、汉之间,不求其势之本末,而更相惩戒,以就一偏之利,故其祸循环无穷,而不可解也。且夫天子之于天下,非如妇人孺子之爱其所有也。得天下而谨守之,不忍以分于人,此匹夫之所谓智也,而不知其无成者,未始不自不分始。故夫圣人将有所大定于天下,非外之有权臣,则不足以镇之也。而后世之君,乃欲去其爪牙,翦其股肱,而责其成功,亦已过矣,夫天下之势,内无重,则无以威外之强臣;外无重,则无以服内之大臣,而绝奸民之心。此二者,其势相持而后成,而不可一轻者也。

昔唐太宗既平天下,分四方之地,尽以沿边为节度府,而范阳、朔方之军,皆带甲十万。上足以制夷狄之难,下足以备匹夫之乱,内足以禁大臣之变,而将帅之臣常不至于叛者,内有重兵之势以预制之也。贞观之际,天下之兵八百馀府,而在关中者五百。举天下之众,而后能当关中之半,然而朝廷之臣,亦不至于乘间衅以邀大利者,外有节度之权以破其心也。故外之节度，有周之诸侯外重之势，而易置从命，得以择其贤不肖之才，是以人君无征伐之劳，而天下无世臣暴虐之患。内之府兵，有秦之关中内重之势，而左右谨饬，莫敢为不义之行。是以上无逼夺之危，下无诛绝之祸。盖周之诸侯，内无府兵之威，故陷于逆乱，而不能以自正；秦之关中，外无节度之援，故胁于大臣，而不能以自立。有周、秦之利，而无周、秦之害，形格势禁，内之不敢为变，而外之不敢为乱，未有如唐制之得者也。

而天下之士，不究利害之本末，猥以成败之遗踪，而论计之得失，徒见开元之后，强兵悍将，皆为天下之大患，而遂以太宗之制，为猖狂不审之计。夫论天下，论其胜败之形，以定其法制之得失，则不若穷其所由胜败之处。盖天宝之际，府兵四出，萃于范阳。而德宗之世，禁兵皆戍赵、魏，是以禄山、朱泚，得至于京师，而莫之能禁，一乱涂地，终于昭宗，而天下卒无宁岁。内之强臣，虽有辅国、元振、守澄、士良之徒，而卒不能制唐之命。诛王涯，杀贾𫗧，自以为威震四方，然刘从谏为之一言，而震慑自敛，不敢复肆。其后崔昌遐倚朱温之兵，以诛宦官，去天下之监军，而无一人敢与抗者。由此观之，唐之衰，其弊在于外重，而外重之弊，起于府兵之在外，非所谓制之失，而后世之不用也。

王介甫原过 ○

天有过乎？有之，陵历斗蚀是也。地有过乎？有之，崩弛竭塞是也。天地举有过，卒不累覆且载者何？善复常也。人介乎天地之间，则固不能无过，卒不害圣且贤者何？亦善复常也。故太甲思庸，孔子曰："勿惮改过。"扬雄贵迁善，皆是术也。予之朋有过而能悔，悔而能改，人则曰："是向之从事云尔，今从事与向之从事弗类，非其性也，饰表以疑世也。"夫岂知言哉？

天播五行于万灵，人固备而有之。有而不思则失，思而不行则废。一日咎前之非，沛然思而行之，是失而复得，废而复举也。顾曰非其性，是率天下而戕性也。且如人有财，见篡于盗，已而得之，曰非夫人之财，向篡于盗矣。可欤？不可也。财之在己，固不若性之为己有也。财失复得，曰非其财且不可。性失复得，曰非其性可乎？

王介甫复雠解　○

或问复雠，对曰：非治世之道也。明天子在上，自方伯、诸侯，以至于有司，各修其职，其能杀不辜者少矣。不幸而有焉，则其子弟以告于有司。有司不能听，以告于其君；其君不能听，以告于方伯；方伯不能听，以告于天子，则天子诛其不能听者，而为之施刑于其雠。乱世，则天子、诸侯、方伯，皆不可以告。故《书》说纣曰："凡有辜罪，乃罔恒获。小民方兴，相为敌雠。"盖雠之所以兴，以上之不可告，辜罪之不常获也。方是时有父兄之雠，而辄杀之者，君子权其势，恕其情，而与之可也。故复雠之义，见于《春秋传》，见于《礼记》，为乱世之为子弟者言之也。

《春秋传》以为父受诛，子复雠，不可也。此言不敢以身之私，而害天下之公。又以为父不受诛，子复雠可也。此言不以有可绝之义，废不可绝之恩也。

《周官》之说曰："凡复雠者，书于士，杀者无罪。"疑此非周公之法也。凡所以有复雠者，以天下之乱，而士之不能听也。有士矣，不能听其杀人之罪以施行，而使为人之子弟者雠之，然则何取于士而禄之也？古之于杀人，其听之可谓尽矣，犹惧其未也，曰："与其杀不辜，宁失不经。"今书于士，则杀之无罪，则所谓复雠者，果所谓可雠者乎？庸讵知其不独有可言者乎？就当听其罪矣，则不杀于士师，而使雠者杀之何也？故疑此非周公之法也。

或曰：世乱而有复雠之禁，则宁杀身以复雠乎？将无复雠而以存人之祀乎？曰：可以复雠而不复，非孝也；复雠而殄祀，亦非孝也。以雠未复之耻，居之终身焉，盖可也。雠之不复者天也，不忘复雠者己也。克己以畏天，心不忘其亲，不亦可矣。

刘才甫息争

昔者孔子之弟子，有德行，有政事，有言语、文学。其鄙有樊迟，其狂有曾点。孔子之师，有老聃，有郯子，有苌弘、师襄。其故人有原壤，而相知有子桑伯子。仲弓问子桑伯子，而孔子许其为简。及仲弓疑其太简，然后以雍言为然。是故南郭惠子问于子贡曰："夫子之门,何其杂也?"呜呼,此其所以为孔子欤?

至于孟子乃为之言曰:"今天下不之杨则之墨。""杨、墨之言不息,孔子之道不著。""能言距杨、墨者,圣人之徒。"当时因以孟子为好辨,虽非其实,而好辨之端,由是启矣。唐之韩愈,攘斥佛、老,学者称之。下逮有宋,有洛、蜀之党,有朱、陆之同异。为洛之徒者,以排击苏氏为事;为朱之学者,以诋諆陆子为能。

吾以为天地之气化,万变不穷,则天下之理,亦不可以一端尽。昔者曾子之一以贯之,自力行而入;子贡之一以贯之,自多学而得。以后世观之,子贡是则曾子非矣。然而孔子未尝区别于其间,其道固有以包容之也。夫所恶于杨、墨者,为其无父无君也,斥老、佛者,亦曰弃君臣,绝父子,不为昆弟夫妇,以求其清净寂灭。如其不至于是,而吾独何为訾謷之?

大盗至,胠箧探囊,则荷戈戟以随之。服吾之服,而诵吾之言,吾将畏敬亲爱之不暇。今也操室中之戈,而为门内之斗,是亦不可以已乎?

夫未尝深究其言之是非,见有稍异于己者,则众起而排之,此不足以论人也。人貌之不齐,稍有巨细长短之异,遂斥之以为非人,岂不过哉?北宫黝、孟施舍,其去圣人之勇盖远甚,而孟子以为似曾子、似子夏。然则诸子之迹虽不同,以为似子夏、似曾子可也。

居高以临下,不至于争,为其不足与我角也。至于才力之均敌，而惟恐其不能相胜，于是纷纭之辨以生。是故知道者，视天下之歧趋异说，皆未尝出于吾道之外，故其心恢然有馀。夫恢然有馀，而于物无所不包，此孔子之所以大而无外也。恣肆纵荡处本于《庄子》，但不逮《庄子》之阔奇耳。

古文辞类篹五终

古文辞类篹

序跋类一

司马子长十二诸侯年表序 ○

太史公读《春秋历谱谍》，至周厉王，未尝不废书而叹也，曰：呜呼，师挚见之矣！纣为象箸而箕子唏，周道缺，诗人本之衽席，《关雎》作。《后汉·明帝纪》："应门失守，《关雎》刺世。"章怀引薛君《韩诗章句》云："今时大人内倾于色，贤人见其萌，故咏《关雎》。"鼐按：太史公意，盖以《关雎》即为师挚作，与孔、郑说《论语》挚为鲁哀时人异议。不知亦是韩诗说否？仁义陵迟，《鹿鸣》刺焉。及至厉王，以恶闻其过，公卿惧诛而祸作，厉王遂奔于彘，乱自京师始，而共和行政焉。是后或力政，强乘弱，兴师不请天子。然挟王室之义，以讨伐为会盟主，政由五伯，诸侯恣行，淫侈不轨，贼臣篡子滋起矣。齐、晋、秦、楚，其在成周，微甚，封或百里，或五十里。晋阻三河，齐负东海，楚介江、淮，秦因雍州之固，四国迭兴，更为伯主，文、武所褒大封，皆威而服焉。是以孔子明王道，干七十馀君，莫能用。故西观周室，论史记旧闻，兴于鲁，而次《春秋》，上记隐，下至

哀之获麟，约其辞文，去其烦重，以制义法，王道备，人事
浃。七十子之徒，口受其传指，为有所刺讥，褒讳挹损之文
辞，不可以书见也。鲁君子左邱明，惧弟子人人异端，各安
其意，失其真，故因孔子史记具论其语，成《左氏春秋》。铎
椒为楚威王傅，为王不能尽观《春秋》，采取成败，卒四十
章，为《铎氏微》。赵孝成王时，其相虞卿，上采《春秋》，下
观近势，亦著八篇，为《虞氏春秋》。吕不韦者，秦庄襄王
相，亦上观尚古，删拾《春秋》，集六国时事，以为八览、六
论、十二纪，为《吕氏春秋》。及如荀卿、孟子、公孙固、韩非
之徒，《公孙固》一篇十八章，在《艺文志》儒家。各往往捃摭《春秋》
之文以著书，不可胜纪。汉相张苍历谱五德，上大夫董仲
舒推《春秋》义，颇著文焉。

　　太史公曰：儒者断其义，驰说者骋其辞，不务综其终
始。历人取其年月，数家隆于神运，谱谍独记世谥，骃按：历
人、谱谍二类，《七略》并为历谱，入《数术略》。其数家隆于神运，邹子终始之
流也，入《诸子略》阴阳家。其辞略，欲一观诸要难。于是谱十二
诸侯，自共和讫孔子，表见《春秋》、《国语》，学者所讥盛衰
大指著于篇，为成学治国闻者要删焉。今本"治古文者"，徐广
曰："一云'治国闻者'。"骃按：当为"治国闻者"为是。

106

司马子长六国表序 ○○○

　　太史公读《秦记》，至犬戎败幽王，周东徙洛邑，秦襄公
始封为诸侯，作西畤，用事上帝，僭端见矣。《礼》曰：天子
祭天地，诸侯祭其域内名山大川。今秦杂戎翟之俗，先暴

戾，后仁义，位在藩臣，而胪于郊祀，君子惧焉。及文公逾陇攘夷狄，尊陈宝，营岐、雍之间，而穆公修政，东竟至河，则与齐桓、晋文中国侯伯侔矣。是后陪臣执政，大夫世禄，六卿擅晋权，征伐会盟，威重于诸侯。及田常杀简公而相齐国，诸侯晏然弗讨，海内争于战攻矣。三国终之，卒分晋，田和亦灭齐而有之，六国之盛自此始。务在强兵并敌，谋诈用而从衡短长之说起。矫称蜂出，誓盟不信，虽置质剖符，犹不能约束也。秦始小国，僻远，诸夏宾之，比于戎翟。至献公之后，常雄诸侯。论秦之德义，不如鲁、卫之暴戾者；量秦之兵，不如三晋之强也。然卒并天下，非必险固便，形势利也，盖若天所助焉。

或曰：东方物所始生，西方物之成孰。夫作事者必于东南，收功实者常于西北。故禹兴于西羌，汤起于亳，周之王也，以丰镐伐殷，秦之帝用雍州兴，汉之兴自蜀汉。

秦既得意，烧天下诗书，诸侯史记尤甚，为其有所刺讥也。诗书所以复见者，多藏人家，而史记独藏周室，以故灭。惜哉，惜哉！独有《秦记》，又不载日月，其文略不具，然战国之权变，亦有可颇采者，何必上古？秦取天下多暴，然世异变，成功大。《传》曰："法后王。"何也？以其近已而俗变相类，议卑而易行也。学者牵于所闻，见秦在帝位日浅，不察其终始，因举而笑之不敢道，此与以耳食无异，悲夫！

余于是因《秦记》踵《春秋》之后，起周元王，表六国时事，讫二世，凡二百七十年，著诸所闻兴坏之端。后有君子，以览观焉。

司马子长秦楚之际月表序　○○○

太史公读秦、楚之际曰：初作难，发于陈涉；虐戾灭秦，自项氏；拨乱诛暴，平定海内，卒践帝阼，成于汉家。五年之间，号令三嬗，自生民以来，未始有受命若斯之亟也。

昔虞、夏之兴，积善累功数十年，德洽百姓，摄行政事，考之于天，然后在位。汤武之王，乃由契、后稷，修仁行义十馀世，不期而会孟津八百诸侯，犹以为未可，其后乃放弑。秦起襄公，章于文、缪，献、孝之后，稍以蚕食六国，百有馀载，至始皇乃能并冠带之伦。以德若彼，用力如此，盖一统若斯之难也。

秦既称帝，患兵革不休，以有诸侯也，于是无尺土之封，堕坏名城，销锋镝，锄豪桀，维万世之安。然王迹之兴，起于闾巷，合从讨伐，轶于三代，乡秦之禁，适足以资贤者为驱除难耳。故愤发其所为天下雄，安在无土不王？此乃传之所谓大圣乎？岂非天哉，岂非天哉！非大圣孰能当此受命而帝者乎？

司马子长汉兴以来诸侯年表序　○○○

太史公曰：殷以前尚矣。周封五等：公、侯、伯、子、男。然封伯禽、康叔于鲁、卫，地各四百里，亲亲之义，褒有德也；太公于齐，兼五侯地，尊勤劳也。武王、成、康所封数百，而同姓五十五，地上不过百里，下三十里，以辅卫王室。管、蔡、康叔、曹、郑，"康叔"盖"唐叔"字误。或过或损。厉、幽之后，王室缺，侯伯强国兴焉，天子微，弗能正。非德不纯，形势弱也。

汉兴序二等。高祖末年，非刘氏而王者，若无功上所不置而侯者，天下共诛之。高祖子弟同姓为王者九国，唯独长沙异姓，而功臣侯者百有馀人。自雁门、太原以东，至辽阳，为燕、代国；常山以南，太行左转，度河、济、阿、甄以东，薄海，为齐、赵国；自陈以西，南至九疑，"西"字疑衍。东带江、淮、谷、泗，薄会稽，为梁、楚、吴、淮南、长沙国，皆外接于胡、越。而内地北距，山以东，尽诸侯地，大者或五六郡，连城数十，置百官宫观，僭于天子，汉独有三河、东郡、颍川、南阳。自江陵以西至蜀，北自云中至陇西，与内史，凡十五郡，而公主、列侯颇食邑其中。何者？天下初定，骨肉同姓少，故广强庶孽，以镇抚四海，用承卫天子也。

汉定百年之间，亲属益疏，诸侯或骄奢，忕邪臣计谋为淫乱，大者叛逆，小者不轨于法，以危其命，殒身亡国。天子观于上古，然后加惠，使诸侯得推恩分子弟国邑。故齐分为七，赵分为六，梁分为五，淮南分三，及天子支庶子为王，王子支庶为侯，百有馀焉。吴、楚时，前后诸侯或以适削地，是以燕、代无北边郡，吴、淮南、长沙无南边郡，齐、赵、梁、楚支郡名山陂海，咸纳于汉。诸侯稍微，大国不过十馀城，小侯不过数十里，上足以奉贡职，下足以供养祭祀，以蕃辅京师。而汉郡八九十，形错诸侯间，犬牙相临，秉其厄塞地利，强本干、弱枝叶之势也，尊卑明而万事各得其所矣。

臣迁谨记高祖以来至太初诸侯，谱其下益损之时，令后世得览。形势虽强，要之以仁义为本。

司马子长高祖功臣侯者年表序　○

太史公曰：古者人臣功有五品，以德立宗庙、定社稷曰勋，以言曰劳，用力曰功，明其等曰伐，积日曰阅。封爵之誓曰："使河如带，泰山若厉。国以永宁，爰及苗裔。"始未尝不欲固其根本，而枝叶稍陵夷衰微也。

余读高祖侯功臣，察其首封，所以失之者，曰：异哉所闻！《书》曰："协和万国。"迁于夏、商，或数千岁。盖周封八百，幽、厉之后，见于《春秋》。《尚书》有唐、虞之侯伯，历三代千有馀载，自全，以蕃卫天子，岂非笃于仁义、奉上法哉？汉兴，功臣受封者百有馀人。天下初定，故大城名都散亡，户口可得而数者十二三，是以大侯不过万家，小者五六百户。后数世，民咸归乡里，户益息，萧、曹、绛、灌之属，或至四万，小侯自倍，富厚如之。子孙骄溢，忘其先，淫嬖。至太初，百年之间，见侯五，馀皆坐法，殒命亡国，耗矣。罔亦少密焉，然皆身无兢兢于当世之禁云。

居今之世，志古之道，所以自镜也，未必尽同。帝王者，各殊礼而异务，要以成功为统纪，岂可缗乎？观所以得尊宠，及所以废辱，亦当世得失之林也，何必旧闻？于是谨其终始，表见其文，颇有所不尽本末，著其明，疑者阙之。后有君子，欲推而列之，得以览焉。

司马子长建元以来侯者年表序　○○

太史公曰：匈奴绝和亲，攻当路塞。闽越擅伐，东瓯请降。二夷交侵，当盛汉之隆，以此知功臣受封，侔于祖考矣。何者？自《诗》、《书》称三代“戎狄是应，荆荼是征”，齐桓越燕伐山戎，武灵王以区区赵服单于，秦缪用百里霸西戎，吴、楚之君，以诸侯役百越。况乃以中国一统，明天子在上，兼文武，席卷四海，内辑亿万之众，岂以晏然不为边境征伐哉！自是后，遂出师北讨强胡，南诛劲越，将卒以次封矣。

刘子政战国策序　○○

周室自文、武始兴，崇道德，隆礼义，设辟雍、泮宫、庠序之教，陈礼乐弦歌移风之化。叙人伦，正夫妇，天下莫不晓然论孝悌之义、惇笃之行。故仁义之道，满乎天下，卒致之刑措四十馀年。远方慕义，莫不宾服，雅颂歌咏，以思其德。下及康、昭之后，虽有衰德，其纲纪尚明。及春秋时，已四五百载矣，然其馀业遗烈，流而未灭。五伯之起，尊事周室。五伯之后，时君虽无德，人臣辅其君者，若郑之子产、晋之叔向、齐之晏婴，挟君辅政，以并立于中国，犹以义相支持，歌咏以相感，聘觐以相交，期会以相一，盟誓以相救。天子之命，犹有所行；会享之国，犹有所耻。小国得有所依，百姓得有所息。故孔子曰："能以礼让为国乎何有？"周之流化，岂不大哉？及春秋之后，众贤辅国者既没，而礼义衰矣。孔子虽论《诗》、《书》，定《礼》、《乐》，王道粲然分明，以匹夫无势，化之者七十二人而已，皆天下之俊也，时君莫尚之。是以王道遂用不兴。故曰："非威不立，非势不行。"

　　仲尼既没之后，田氏取齐，六卿分晋，道德大废，上下失序。至秦孝公，捐礼让而贵战争，弃仁义而用诈谲，苟以取强而已矣。夫篡盗之人，列为侯王；诈谲之国，兴立为强。是以转相放效，后生师之，遂相吞灭，并大兼小，暴师经岁，流血满野，父子不相亲，兄弟不相安，夫妇离散，莫保其命，潜然道德绝矣。晚世益甚。万乘之国七，千乘之国五，敌侔争权，尽为战国。贪饕无耻，竞进无厌。国异政教，各自制断。上无天子，下无方伯。力功争强，胜者为右。兵革不休，诈伪并起。当此之时，虽有道德，不得施设。有谋之强，负阻而恃固。连与交质，重约结誓，以守其国。故孟子、孙卿儒术之士，弃捐于世；而游说权谋之徒，见贵于俗。是以苏秦、张仪、公孙衍、陈轸、代、厉之属，主从横短长之说，左右倾侧。苏秦为从，张仪为横。横则秦帝，从则楚王。所在国重，所去国轻。

　　然当此之时，秦国最雄，诸侯方弱，苏秦结之，合六国为一，以僗背秦。秦人恐惧，不敢窥兵于关中，天下不交兵者，二十有九年。然秦国势便形利，权谋之士，咸先驰之。苏秦始欲横秦，弗用，故东合从。及苏秦死后，张仪连横，诸侯听之，西向事秦。是故始皇因四塞之固，据崤、函之阻，跨陇、蜀之饶，听众人之策，乘六世之烈，以蚕食六国，兼诸侯，并有天下。杖于谋诈之积，终无信笃之诚，无道德之教，仁义之化，以缀天下之心。任刑法以为治，信小术以为道，遂燔烧诗书，坑杀儒士，上小尧舜，下邈三王。二世愈甚。惠不下施，情不上达。君臣相疑，骨肉相疏。化道浅薄，纲纪坏败。民不见义，而悬于不宁。抚天下十四岁，天下大溃，诈伪之弊也。其比王德，岂不远哉！孔子曰："导之以政，齐之以刑，民免而无耻；道之以德，齐之以礼，有耻且格。"夫使天下有所耻，故化可致也。苟以诈伪偷活取容，自上为之，何以率下？秦之败也，不亦宜乎！

　　战国之时，君德浅薄，为之谋策者，不得不因势而为资，据时而为画。故其谋扶急持倾，为一切之权，虽不可以临国教化，兵革救急之势也，皆高才秀士，度时君之所能行，出奇策异智，转危为安，易亡为存，亦可喜，皆可观。此文固不若《过秦论》之雄骏，然冲溶浑厚，无意为文而自能尽意，若庄子所谓"木鸡"者，此境亦贾生所无也。

班孟坚记秦始皇本纪后　○

　　孝明皇帝十七年十月十五日乙丑曰：周历已移，仁不代母。姜坞先生云：《宋书·志》五德递王，有二家之说。邹衍以相胜立体，刘向以相生为义。按《前汉·律历志》引刘歆三统历，谓周以木德王，汉高祖伐秦继周，木生火，故为火德。秦以水德，在周汉之间，犹共工氏在炮牺、神农之间，霸而不王，为闰位，不当五德之序。此文首言周历已移，应以汉代，而天复以秦值其位者，仁不代母耳。秦值其位，吕政残虐，然以诸侯十三，并兼天下。极情纵欲，养育宗亲。三十七年，兵无所不加，制作政令，施于后皇。盖得圣人之威，河神授图，据狼、弧，蹈参、伐，佐政驱除，距之，称始皇。

始皇既没，胡亥极愚，郦山未毕，复作阿房，以遂前策。云"凡所为贵有天下者，肆意极欲，大臣至欲罢先君所为"，诛斯、去疾，任用赵高。痛哉言乎！人头畜鸣，不威不伐，恶不笃不虚亡，距之不得留，残虐以促期。虽居形便之国，犹不得存。

子婴度次得嗣，冠玉冠，佩华绂，车黄屋，从百司，谒七庙。小人乘非位，莫不恍忽失守，偷安日日，独能长念却虑，父子作权，近取于户牖之间，竟诛猾臣，为君讨贼。高死之后，宾婚未得尽相劳，餐未及下咽，酒未及濡唇，楚兵已屠关中，真人翔霸上，素车婴组，奉其符玺以归帝者。郑伯茅旌鸾刀，严王退舍。河决不可复壅，鱼烂不可复全。贾谊、司马迁曰：向使婴有庸主之才，仅得中佐，山东虽乱，秦之地可全而有，宗庙之祀，未当绝也。秦之积衰，天下土崩瓦解，虽有周旦之材，无所复陈其巧，而以责一日之孤，误哉！俗传秦始皇起罪恶，胡亥极，得其理矣。复责小子，云秦地可全，所谓不通时变者也。纪季以酅，《春秋》不名。吾读《秦纪》，至于子婴车裂赵高，未尝不健其决，怜其志。婴死生之义备矣。

班孟坚汉诸侯王表序 ○○

昔周监于二代,三圣制法,立爵五等,封国八百,同姓五十有馀。周公、康叔建于鲁、卫,各数百里。太公于齐,亦五侯九伯之地。《诗》载其制曰:"介人惟藩,大师惟垣。大邦惟屏,大宗惟翰。怀德惟宁,宗子惟城。毋俾城坏,毋独斯畏。"所以亲亲贤贤,褒表功德,关诸盛衰,深根固本,为不可拔者也。故盛则周、邵相其治,致刑错;衰则五霸扶其弱,与共守。自幽、平之后,日以陵夷,至虏厄阨河、洛之间,分为二周,有逃责之台,被窃铁之言。然天下谓之共主,强大弗之敢倾。历载八百馀年,数极德尽,既于王赧,降为庶人,用天年终。号位已绝于天下,尚犹枝叶相持,莫得居其虚位,海内无主,三十馀年。

秦据势胜之地,骋狙诈之兵,蚕食山东,壹切取胜。因矜其所习,自任私知,姗笑三代,荡灭古法,窃自号为皇帝,而子弟为匹夫,内亡骨肉本根之辅,外亡尺土藩翼之卫。陈、吴奋其白梃,刘、项随而毙之。故曰:周过其历,秦不及期,国势然也。

汉兴之初,海内新定,同姓寡少,惩戒亡秦孤立之败,于是剖裂疆土,立二等之爵。功臣侯者,百有馀邑;尊王子弟,大启九国。自雁门以东,尽辽阳,为燕、代。常山以南,太行左转,度河、济,渐于海,为齐、赵。谷、泗以往,奄有龟、蒙,为梁、楚。东带江、湖,薄会稽,为荆、吴。北界淮濊，略庐、衡，为淮南。波汉之阳，亘九嶷，为长沙。诸侯比境，周匝三垂，外接胡、越。天子自有三河、东郡、颍川、南阳。自江陵以西至巴蜀，北自云中至陇西，与京师内史，凡十五郡，公主列侯，颇邑其中。而藩国大者，夸州兼郡，连城数十，宫室百官，同制京师，可谓挢枉过其正矣。虽然，高祖创业，日不暇给，孝惠享国又浅，高后女主摄位，而海内晏如，亡狂狡之忧，卒折诸吕之难，成太宗之业者，亦赖之于诸侯也。

然诸侯原本以大，末流滥以致溢，小者淫荒越法，大者睽孤横逆，以害身丧国。故文帝采贾生之议，分齐、赵；景帝用晁错之计，削吴、楚；武帝施主父之册，下推恩之令，使诸侯王得分户邑以封子弟，不行黜陟，而藩国自析。自此以来，齐分为七，赵分为六，梁分为五，淮南分为三。皇子始立者，大国不过十馀城。长沙、燕、代虽有旧名，皆亡南北边矣。景遭七国之难，抑损诸侯，减黜其官。武有衡山、淮南之谋，作左官之律，设附益之法，诸侯惟得衣食税租，不与政事。

至于哀、平之际，皆继体苗裔，亲属疏远，生于帷墙之中，不为士民所尊，势与富室亡异。而本朝短世，国统三绝，是故王莽知汉中外殚微，本末俱弱，亡所忌惮，生其奸心。因母后之权，假伊、周之称，颛作威福庙堂之上，不降阶序而运天下。诈谋既成，遂据南面之尊，分遣五威之吏，驰传天下，班行符命。汉诸侯王，厥角稽首，奉上玺韨，惟恐在后，或乃称美颂德，以求容媚。岂不哀哉！是以究其终始强弱之变，明监戒焉。鼐按：太史公《年表序》，托意高妙，笔势雄远，有包举天下之概。孟坚此文多因太史公语，议论尤密，而文体则已入卑近。范蔚宗以下史家率橅仿之。

古文辞类篡六终

序跋类二 　　　　古文辞类纂七

韩退之读仪礼　○○

　　余尝苦《仪礼》难读，又其行于今者盖寡，沿袭不同，复之无由。考于今，诚无所用之。然文王、周公之法制，粗在于是，孔子曰："吾从周。"谓其文章之盛也。

　　古书之存者希矣。百氏杂家，尚有可取，况圣人之制度邪？于是掇其大要奇辞奥旨著于篇，学者可观焉。惜乎吾不及其时进退揖让于其间，呜呼盛哉！

韩退之读荀子　○○○

　　始吾读孟轲书，然后知孔子之道尊，圣人之道易行，王易王，伯易伯也。以为孔子之徒没，尊圣人者，孟氏而已。晚得杨雄书，益尊信孟氏。因雄书而孟氏益尊，则雄者亦圣人之徒与？

　　圣人之道不传于世。周之衰，好事者各以其说干时君，纷纷籍籍相乱，六经与百家之说错杂，然老师大儒犹在。火于秦，黄老于汉，其存而醇者，孟轲氏而止耳，杨雄氏而止耳。及得荀氏书，于是又知有荀氏者也。考其辞，时若不粹；要其归，与孔子异者鲜矣。抑犹在轲、雄之间乎？

孔子删《诗》、《书》，笔削《春秋》，合于道者著之，离于道者黜去之。故《诗》、《书》、《春秋》无疵。余欲削荀氏之不合者，附于圣人之籍，亦孔子之志与？

孟氏，醇乎醇者也。荀与杨，大醇而小疵。

韩退之韦侍讲盛山十二诗序 ○○

韦侯昔以考功副郎守盛山。人谓韦侯美士，考功显曹，盛山僻郡，夺所宜处，纳之恶地，以枉其材。韦侯将怨且不释矣。或曰：不然。夫得利则跃跃以喜，不利则戚戚以泣，若不可生者，岂韦侯谓哉？韦侯读六艺之文，以探周公、孔子之意，又妙能为辞章，可谓儒者。夫儒者之于患难，苟非其自取之，其拒而不受于怀也，若筑河堤以障屋溜；其容而消之也，若水之于海，冰之于夏日；其玩而忘之以文辞也，若奏金石以破蟋蟀之鸣，虫飞之声。况一不快于考功盛山一出入息之间哉！

未几果有以韦侯所为十二诗遗余者，其意方且以入溪谷，上岩石，追逐云月，不足日为事。读而歌咏之，令人欲弃百事往而与之游，不知其出于巴东以属胸臆也。于时应而和者凡十人。及此年，韦侯为中书舍人，侍讲六经禁中。和者：通州元司马为宰相，洋州许使君为京兆，忠州白使君为中书舍人，李使君为谏议大夫，黔府严中丞为秘书监，温司马为起居舍人，皆集阙下。于是《盛山十二诗》，与其和者，大行于时，联为大卷，家有之焉。慕而为者将日益多，则分为别卷。韦侯俾余题其首。姜坞先生云：韦贯之初贬果州，后改巴州盛山，今夔州府开县朐䏰，《汉志》作朐忍，朐音朐，忍如字。《说文》作朐䏰，徐铉读朐音蠢，䏰音允。今云阳县，唐云安县也。

韩退之荆潭唱和诗序　○

从事有示愈以《荆潭酬唱诗》者，愈既受以卒业，因仰而言曰："夫和平之音淡薄，而愁思之声要妙；欢愉之辞难工，而穷苦之言易好也。是故文章之作，恒发于羁旅草野。至若王公贵人，气满志得，非性能而好之，则不暇以为。今仆射裴公，开镇蛮荆，统郡惟九；常侍杨公领湖之南，壤地二千里，德刑之政并勤，爵禄之报两崇。乃能存志乎诗书，寓辞乎咏歌，往复循环，有唱斯和，搜奇抉怪，雕镂文字，与韦布里间憔悴专一之士，较其毫厘分寸，铿锵发金石，幽眇感鬼神，信所谓材全而能钜者也。两府之从事，与部属之吏，属而和之，苟在编者，咸可观也，宜乎施之乐章，纪诸册书。"从事曰："子之言是也。"告于公。书以为《荆潭唱和诗序》。

韩退之上巳日燕太学听弹琴诗序　○○

　　与众乐之之谓乐。乐而不失其正,又乐之尤也。四方无斗争金革之声,京师之人,既庶且丰,天子念致理之艰难,乐居安之闲暇,肇置三令节,诏公卿群有司,至于其日,率厥官属饮酒以乐,所以同其休,宣其和,感其心,成其文者也。

　　三月初吉,实惟其时,司业武公于是总太学儒官三十有六人,列燕于祭酒之堂。樽俎既陈,肴羞惟时,盎罍序行,献酬有容,歌风雅之古辞,斥夷狄之新声,褒衣危冠,与与如也。有儒一生,魁然其形,抱琴而来,历阶以升,坐于樽俎之南。鼓有虞氏之《南风》,赓之以文王、宣父之操,优游夷愉,广厚高明,追三代之遗音,想舞雩之咏叹。及暮而退,皆充然若有得也。武公于是作歌诗以美之,命属官咸作之,命四门博士昌黎韩愈序之。茅顺甫云:风雅。

韩退之张中丞传后序　○○○

　　元和二年四月十三日夜,愈与吴郡张籍,阅家中旧书,得李翰所为《张巡传》。翰以文章自名,为此传颇详密。然尚恨有阙者:不为许远立传,又不载雷万春事首尾。

　　远虽材若不及巡者,开门纳巡,位本在巡上,授之柄而处其下,无所疑忌,竟与巡俱守死,成功名。城陷而虏,与巡死先后异耳。两家子弟材智下，不能通知二父志，以为巡死而远就虏，疑畏死而辞服于贼。远诚畏死，何苦守尺寸之地，食其所爱之肉，以与贼抗而不降乎？当其围守时，外无蚍蜉蚁子之援，所欲忠者，国与主耳。而贼语以国亡主灭。远见救援不至，而贼来益众，必以其言为信。外无待而犹死守，人相食且尽，虽愚人亦能数日而知死处矣。远之不畏死亦明矣！乌有城坏，其徒俱死，独蒙愧耻求活？虽至愚者不忍为。呜呼！而谓远之贤而为之耶！

　　说者又谓，远与巡分城而守，城之陷，自远所分始。姜坞先生云：大历中，巡子去疾上书，言城陷，贼所入自远分。则当时有妄为是语者。去疾不详，而苟同之也。以此诟远。此又与儿童之见无异。人之将死，其脏腑必有先受其病者；引绳而绝之，其绝必有处。观者见其然，从而尤之，其亦不达于理矣！小人之好议论，不乐成人之美如是哉！如巡、远之所成就，如此卓卓，犹不得免，其他则又何说！《新唐书》云：议者谓巡守睢阳，众六万，既粮尽，不持满按队出再生之路，与夫食人，宁若杀人？于是张澹、李纾、董南史、张建封、樊晃、朱巨川、李翰咸谓巡蔽遮江淮，沮贼势，天下不亡，其功也。翰等皆名士，由是天下无异言。萧按：此文上两段皆专为远辩当时之诬，下一段申言翰等之论，兼为张、许辩谤，而以"小人之好议论"五句，为上下文作纽。

　　当二公之初守也，宁能知人之卒不救，弃城而逆遁？苟此不能守，虽避之他处何益？及其无救而且穷也，将其创残饿羸之馀，虽欲去，必不达。二公之贤，其讲之精矣！守一城，捍天下，以千百就尽之卒，战百万日滋之师，蔽遮江淮，沮遏其势，天下之不亡，其谁之功也？当是时，弃城而图存者，不可一二数，擅强兵坐而观者相环也。不追议此，而责二公以死守，亦见其自比于逆乱，设淫辞而助之攻也。

愈尝从事于汴、徐二府，屡道于两州间，亲祭于其所谓双庙者。其老人往往说巡、远时事云：南霁云之乞救于贺兰也，贺兰嫉巡、远之声威功绩出己上，不肯出师救。爱霁云之勇且壮，不听其语，强留之，具食与乐，延霁云坐。霁云慷慨语曰："云来时，睢阳之人，不食月馀日矣！云虽欲独食，义不忍。虽食且不下咽！"因拔所佩刀，断一指，血淋漓，以示贺兰。一座大惊，皆感激为云泣下。云知贺兰终无为云出师意，即驰去。将出城，抽矢射佛寺浮图，矢着其上砖半箭，曰："吾归破贼，必灭贺兰！此矢所以志也。"愈贞元中，过泗州，船上人犹指以相语。城陷，贼以刃胁降巡，巡不屈，即牵去，将斩之。又降霁云，云未应。巡呼云曰："南八，男儿死耳，不可为不义屈！"云笑曰："欲将以有为也。公有言，云敢不死？"即不屈。

张籍曰：有于嵩者，少依于巡。及巡起事，嵩常在围中。籍大历中，于和州乌江县见嵩，嵩时年六十馀矣。以巡初尝得临涣县尉，好学，无所不读。籍时尚小，粗问巡、远事，不能细也。云巡长七尺馀，须髯若神。尝见嵩读《汉书》，谓嵩曰："何为久读此？"嵩曰："未熟也。"巡曰："吾于书读不过三遍，终身不忘也。"因诵嵩所读书，尽卷不错一字。嵩惊，以为巡偶熟此卷，因乱抽他帙以试，无不尽然。嵩又取架上诸书，试以问巡，巡应口诵无疑。嵩从巡久，亦不见巡常读书也。为文章，操纸笔立书，未尝起草。初守睢阳时，士卒仅万人，城中居人户亦且数万，巡因一见问姓名，其后无不识者。巡怒，须髯辄张。及城陷，贼缚巡等数十人坐，且将戮。巡起旋，其众见巡起，或起或泣。巡曰："汝勿怖！死，命也。"众泣不能仰视。巡就戮时，颜色不乱，阳阳如平常。远宽厚长者，貌如其心。与巡同年生，月日后于巡，呼巡为兄，死时年四十九。嵩，贞元初，死于亳、宋间。或传嵩有田在亳、宋间，武人夺而有之，嵩将诣州讼理，为所杀。嵩无子。张籍云。

柳子厚论语辩二首　○○

　　或问曰：儒者称《论语》孔子弟子所记，信乎？曰：未然也。孔子弟子曾参最少，少孔子四十六岁。曾子老而死。是书记曾子之死，则去孔子也远矣。曾子之死，孔子弟子略无存者已。吾意曾子弟子之为之也。何哉？且是书载弟子必以字，独曾子、有子不然。由是言之，弟子之号之也。

　　然则有子何以称子？曰：孔子之殁也，诸弟子以有子为似夫子，立而师之。其后不能对诸子之问，乃叱避而退，则固尝有师之号矣。今所记独曾子最后死，余是以知之，盖乐正子春、子思之徒与为之尔。或曰：仲尼弟子尝杂记其言，然而卒成其书者，曾氏之徒也。此语程子亦取之，朱子载之《集注》前，然窃疑其未必然。《檀弓》最推子游，似子游之徒所为。而于子游称字，曾子、有子称子，似圣门相沿，称皆如此，非以字与子为重轻也。

　　尧曰："咨，尔舜！天之历数在尔躬，四海困穷，天禄永终。"舜亦以命禹,曰:"余小子履,敢用玄牡,敢昭告于皇天后土:有罪不敢赦。万方有罪,罪在朕躬;朕躬有罪,无以尔万方。"

或问之曰:《论语》书,记问对之辞耳。今卒篇之首,章然有是,何也? 柳先生曰:《论语》之大,莫大乎是也。是乃孔子常常讽道之辞云尔。彼孔子者,覆生人之器也。上焉尧舜之不遭,而禅不及己;下之无汤之势,而己不得为天吏。生人无以泽其德,日视闻其劳死怨呼,而己之德涸焉无所依而施,故于常常讽道云尔而止也。此圣人之大志也,无容问对于其间。弟子或知之,或疑之不能明,相与传之。故于其为书也,卒篇之首,严而立之。方侍郎云:摽然若秋云之远,使人可望而不可即。

柳子厚辩列子　○○

刘向古称博极群书,然其录《列子》,独曰郑穆公时人。穆公在孔子前几百岁,《列子》书言郑国,皆云子产、邓析,不知向何以言之如此?

《史记》:郑缪公二十四年,楚悼王四年围郑,郑杀其相驷子阳。子阳正与列子同时。是岁周安王四年,秦惠王、韩烈侯、赵武侯二年,魏文侯二十七年,燕釐公五年,齐康公七年,宋悼公六年,鲁穆公十年。不知向言鲁穆公时,遂误为郑耶? 不然,何乖错至如是?

其后张湛徒知怪《列子》书言穆公后事,亦不能推知其时,然其书亦多增窜非其实。要之庄周为放依其辞,其称夏棘、狙公、纪渻子、季咸等,皆出《列子》,不可尽纪。虽不概于孔子道,然其虚泊寥阔,居乱世远于利,祸不得逮于身,而其心不穷。《易》之遁世无闷者,其近是与？余故取焉。

其文辞类《庄子》,而尤质厚少伪作,好文者可废邪？其《杨朱》、《力命》,疑其杨子书。其言魏牟、孔穿,皆出列子后,不可信。然观其辞,亦足通知古之多异术也,读焉者,慎取之而已矣。方侍郎云：古雅澹荡。

柳子厚辩文子　○

《文子》书十二篇,其传曰老子弟子。其辞时若有可取,其指意皆本老子。然考其书,盖驳书也。其浑而类者少,窃取他书以合之者多。凡孟、管辈数家,皆见剽窃,峣然而出其类。其意绪文辞,又牙相抵而不合。不知人之增益之与,或者众为聚敛以成其书与？然观其往往有可立者,又颇惜之,悯其为之也劳。今刊去谬恶乱杂者,取其似是者,又颇为发其意,藏于家。

柳子厚辩鬼谷子　○○

元冀好读古书,然甚贤《鬼谷子》,为其《指要》几千言。《鬼谷子》要为无取。汉时刘向、班固录书无《鬼谷子》。《鬼谷子》后出,而险鸷峭薄,恐其妄言乱世,难信,学者宜其不道。而世之言纵横者，时葆其书，尤者晚乃益出七术，怪谬异甚，不可考校。其言益奇，而道益狭，使人狙狂失守，而易于陷坠。幸矣人之葆之者少。今元子又文之以《指要》，呜呼！其为好术也过矣。<small>方侍郎云：破空而游，邈然难攀。</small>

柳子厚辩晏子春秋　○

　　司马迁读《晏子春秋》，高之，而莫知其所以为书。或曰：晏子为之而人接焉；或曰：晏子之后为之，皆非也。吾疑其墨子之徒有齐人者为之。

　　墨好俭，晏子以俭名于世，故墨子之徒，尊著其事，以增高为己术者。且其旨多尚同、兼爱，非乐、节用，非厚葬、久丧者，是皆出墨子。又非孔子，好言鬼事，非儒、明鬼，又出墨子。其言问枣及古冶子等尤怪诞。又往往言墨子闻其道而称之，此甚显白者。

　　自刘向、歆、班彪、固父子皆录之儒家中，甚矣数子之不详也。盖非齐人不能具其事，非墨子之徒，则其言不若是。后之录诸子书者，宜列之墨家。非晏子为墨也，为是书者，墨之道也。

柳子厚辩鹖冠子　○

　　余读贾谊《鵩赋》，嘉其辞，而学者以为尽出《鹖冠子》。余往来京师，求《鹖冠子》无所见。至长沙，始得其书读之，尽鄙浅言也，唯谊所引用为美，馀无可者。吾意好事者伪为其书，反用《鵩赋》以文饰之，非谊有所取之，决也。

太史公《伯夷列传》，称贾子曰："贪夫殉财，烈士殉名，夸者死权。"不称《鹖冠子》。迁号为博极群书，假令当时有其书，迁岂不见耶？假令真有《鹖冠子》书，亦必不取《鵩赋》以充入之者。何以知其然耶？曰：不类。

柳子厚愚溪诗序　○○

灌水之阳有溪焉，东流入于潇水。或曰：冉氏尝居也，故姓是溪曰冉溪。或曰：可以染也，名之以其能，故谓之染溪。余以愚触罪，谪潇水上，爱是溪，入二三里，得其尤绝者家焉。古有愚公谷，今余家是溪，而名莫能定，土之居者犹龂龂然，不可以不更也，故更之为愚溪。

愚溪之上买小邱为愚邱。自愚邱东北行六十步得泉焉，又买居之为愚泉。愚泉凡六穴，皆出山下平地，盖上出也。合流屈曲而南为愚沟，遂负土累石，塞其隘为愚池。愚池之东为愚堂，其南为愚亭，池之中为愚岛。嘉木异石错置，皆山水之奇者，以余故，咸以愚辱焉。

夫水，知者乐也。今是溪独见辱于愚，何哉？盖其流甚下，不可以灌溉；又峻急多坻石，大舟不可入也；幽邃浅狭，蛟龙不屑，不能兴云雨。无以利世，而适类于余，然则虽辱而愚之可也。宁武子"邦无道则愚",智而为愚者也；颜子"终日不违如愚",睿而为愚者也：皆不得为真愚。今余遭有道,而违于理,悖于事,故凡为愚者,莫我若也。夫然则天下莫能争是溪,余得专而名焉。

溪虽莫利于世,而善鉴万类。清莹秀澈,锵鸣金石,能使愚者喜笑眷慕,乐而不能去也。余虽不合于俗,亦颇以文墨自慰,漱涤万物,牢笼百态,而无所避之。以愚辞歌愚溪,则茫然而不违,昏然而同归,超鸿蒙,混希夷,寂寥而莫我知也。于是作《八愚诗》纪于溪石上。

古文辞类篡七终

序跋类三

欧阳永叔唐书艺文志序　○○

自六经焚于秦，而复出于汉，其师传之道中绝，而简编脱乱讹缺，学者莫得其本真，于是诸儒章句之学兴焉。其后传注、笺解、义疏之流，转相讲述，而圣道粗明。然其为说，固已不胜其繁矣。至于上古三皇五帝以来世次，国家兴灭终始，儳窃伪乱，史官备矣。而传记、小说，外暨方言、地理，职官、氏族，皆出于史官之流也。自孔子在时，方修明圣经以绌缪异，而老子著书论道德。接乎周衰，战国游谈放荡之士，田骈、慎到、列、庄之徒，各极其辨；而孟轲、荀卿，始专修孔氏以折异端。然诸子之论，各成一家，自前世皆存而不绝也。夫王迹熄而《诗》亡，《离骚》作而文辞之士兴。历代盛衰，文章与时高下，然其变态百出，不可穷极，何其多也！

自汉以来，史官列其名氏篇第，以为六艺、九种、七略。至唐始分为四类，曰经、史、子、集。而藏书之盛，莫盛于开元。其著录者，五万三千九百一十五卷。而唐之学者自为之书，又二万八千四百六十九卷。呜呼！可谓盛矣。

六经之道，简严易直，而天人备，故其愈久而益明。其馀作者众矣，质之圣人，或离或合，然其精深闳博，各尽其术，而怪奇伟丽，往往震发于其间。此所以使好奇爱博者不能忘也。然雕零磨灭，亦不可胜数，岂其华文少实，不足以行远欤？而俚言俗说，猥有存者，亦其有幸不幸欤？今著于篇，有其名而无其书者，十盖五六也，可不惜哉！

欧阳永叔五代史职方考序 ○○○

呜呼！自三代以上，莫不分土而治也。后世鉴古矫失，始郡县天下。而自秦、汉以来，为国孰与三代长短？及其亡也，未始不分，至或无地以自存焉。盖得其要，则虽万国而治；失其所守，则虽一天下不能以容，岂非一本于道德哉？

唐之盛时，虽名天下为十道，而其势未分；既其衰也，置军节度，号为方镇，镇之大者，连州十馀，小者犹兼三四，故其兵骄则逐帅，帅强则叛上，土地为其世有，干戈起而相侵，天下之势，自兹而分。然唐自中世多故矣，其兴衰救难，常倚镇兵扶持，而侵陵乱亡，亦终以此。岂其利害之理然欤？

自僖、昭以来，日益割裂。梁初，天下别为十一，南有吴、浙、荆、湖、闽、汉，西有岐、蜀，北有燕、晋，而朱氏所有七十八州以为梁。庄宗初起并、代，取幽、沧，有州三十五，其后又取梁魏、博等十有六州,合五十一州以灭梁。岐王称臣,又得其州七。同光破蜀,已而复失,惟得秦、凤、阶、成四州,而营、平二州,陷于契丹,其增置之州一,合一百二十三州以为唐。石氏入立,献十有六州于契丹,而得蜀金州,又增置之州一,合一百九州以为晋。刘氏之初,秦、凤、阶、成复入于蜀,隐帝时增置之州一,合一百六州以为汉。郭氏代汉,十州入于刘旻,世宗取秦、凤、阶、成、瀛、莫,一作漠。《唐志》莫州本鄚州,开元十三年以鄚、郑文相类,更名此。《考》作漠。及淮南十四州,又增置之州五,而废者三,合一百一十八州以为周。宋兴因之。此中国之大略也。其馀外属者,强弱相并,不常其得失。

至于周末,闽已先亡,而在者七国。自江以下,二十一州为南唐。自剑以南,及山南西道四十六州为蜀。自湖南北十州为楚。自浙东西十三州为吴越。自岭南北四十七州为南汉。自太原以北十州为东汉。而荆、归、峡三州为南平。合中国所有,二百六十八州,而军不在焉。唐之封疆远矣,前史备载,而羁縻、寄治、虚名之州在其间。五代乱世,文字不完,而时有废省,又或陷于夷狄,不可考究其详。其可见者,具之如谱。

自唐有方镇,而史官不录于地理之书,以谓方镇兵戎之事,非职方所掌故也。然而后世因习,以军目地,而没其州名。又今置军者,徒以虚名升建为州府之重,此不可以不书也。州县凡唐故而废于五代,若五代所置而见于今者,及县之割隶今因之者,皆宜列以备职方之考。其馀尝置而复废,尝改割而复旧者,皆不足书。山川物俗,职方之掌也。五代短世,无所变迁,故亦不复录,而录其方镇军名,以与前史互见之云。茅顺甫云:数十年之间,易世者五,其所当州郡,分割画次如掌。

欧阳永叔一行传序 ○○○

呜呼! 五代之乱极矣!《传》所谓"天地闭,贤人隐"之时欤? 当此之时,臣弑其君,子弑其父,而搢绅之士,安其禄而立其朝,充然无复廉耻之色者,皆是也。吾以谓自古忠臣义士,多出于乱世,而怪当时可道者何少也? 岂果无其人哉? 虽曰干戈兴,学校废,而礼义衰,风俗隳坏,至于如此。然自古天下未尝无人也。吾意必有洁身自负之士,嫉世远去而不可见者。自古材贤,有韫于中而不见于外,或穷居陋巷,委身草莽,虽颜子之行,不遇仲尼而名不彰,况世变多故,而君子道消之时乎? 吾又以谓必有负材能,修节义,而沈沦于下,泯没而无闻者。求之传记,而乱世崩离,文字残缺,不可复得,然仅得者,四五人而已。

处乎山林而群麋鹿,虽不足以为中道,然与其食人之禄,俯首而包羞,孰若无愧于心,放身而自得? 吾得二人焉,曰郑遨、张荐明。势利不屈其心,去就不违其义,吾得一人焉,曰石昂。苟利于君,以忠获罪,何必自明,有至死而不言者,此古之义士也,吾得一人焉,曰程福赟。

五代之乱,君不君,臣不臣,父不父,子不子,至于兄弟夫妇，人伦之际，无不大坏，而天理几乎其灭矣。于此之时，能以孝弟自修于一乡，而风行于天下者，犹或有之，然其事迹不著，而无可纪次，独其名氏或因见于书者，吾亦不敢没，而其略可录者，吾得一人焉，曰李自伦。作《一行传》。

欧阳永叔宦者传论　○○

　　自古宦者乱人之国，其源深于女祸。女，色而已。宦者之害，非一端也。盖其用事也近而习，其为心也专而忍。能以小善中人之意，小信固人之心，使人主必信而亲之。待其已信，然后惧以祸福而把持之。虽有忠臣硕士，列于朝廷，而人主以为去己疏远，不若起居饮食前后左右之亲为可恃也。故前后左右者日益亲，则忠臣硕士日益疏，而人主之势日益孤。势孤则惧祸之心日益切，而把持者日益牢，安危出其喜怒，祸患伏于帷闼，则向之所谓可恃者，乃所以为患也。患已深而觉之，欲与疏远之臣，图左右之亲近，缓之则养祸而益深，急之则挟人主以为质。虽有圣智，不能与谋。谋之而不可为，为之而不可成，至其甚则俱伤而两败。故其大者亡国，其次亡身，而使奸豪得藉以为资而起，至抉其种类，尽杀以快天下之心而后已。此前史所载宦者之祸常如此者，非一世也。

　　夫为人主者，非欲养祸于内，而疏忠臣硕士于外，盖其渐积而势使之然也。夫女色之惑，不幸而不悟，则祸斯及矣，使其一悟，捽而去之可也。宦者之为祸，虽欲悔悟，而势有不得而去也,唐昭宗之事是已。故曰"深于女祸"者谓此也,可不戒哉!

欧阳永叔伶官传序 ○○○

呜呼!盛衰之理,虽曰天命,岂非人事哉!原庄宗之所以得天下,与其所以失之者,可以知之矣。

世言晋王之将终也,以三矢赐庄宗而告之曰:"梁吾仇也,燕王吾所立,契丹与吾约为兄弟,而皆背晋以归梁。此三者,吾遗恨也。与尔三矢,尔其无忘乃父之志!"庄宗受而藏之于庙。其后用兵,则遣从事以一少牢告庙,请其矢,盛以锦囊,负而前驱,及凯旋而纳之。

方其系燕父子以组,函梁君臣之首,入于太庙,还矢先王,而告以成功,其意气之盛,可谓壮哉!及仇雠已灭,天下已定,一夫夜呼,乱者四应,仓皇东出,未及见贼,而士卒离散,君臣相顾,不知所归,至于誓天断发,泣下沾襟,何其衰也!岂得之难而失之易欤?抑本其成败之迹,而皆自于人欤?《书》曰:"满招损,谦受益。"忧劳可以兴国,逸豫可以亡身,自然之理也。故方其盛也,举天下之豪杰,莫能与之争;及其衰也,数十伶人困之,而身死国灭,为天下笑。夫祸患常积于忽微,而智勇多困于所溺,岂独伶人也哉!姜坞先生云:晁公武论吴镇《五代史纂误》云:《通鉴考异》证欧阳史差误,如庄宗还三矢之类甚众。今镇书皆不及,特证其字之脱错而已。余检《通鉴考异》,无其文。盖《考异》有全书,而今附注于《通鉴》下者,或芟略之也。按刘仁恭父子未尝事梁,又克用为燕攻潞州以解梁围,迄守光父子之立,克用之卒,未有

古文辞类纂

交兵事。又《契丹传》云：晋王憾契丹之附梁，临卒，以一箭授庄宗，期必灭契丹。则云灭燕还矢事虚也。想《考异》不过有疑于此，然公云"世言"，想别有本，又不载之传记，而虚寄之于论以致慨，又何害也。

欧阳永叔集古录目序 ○

物常聚于所好，而常得于有力之强。有力而不好，好之而无力，虽近且易，有不能致之。象犀虎豹，蛮夷山海杀人之兽，然其齿角皮革，可聚而有也。玉出昆仑流沙万里之外，经十馀译，乃至乎中国。珠出南海，常生深渊，采者腰絙而入水，形色非人，往往不出，则下饱蛟鱼。金矿于山，凿深而穴远，篝火糇粮而后进，其崖崩窟塞，则遂葬于其中者，率常数十百人。其远且难，而又多死祸常如此。然而金玉珠玑，世常兼聚而有也。凡物好之而有力，则无不至也。

汤盘、孔鼎，岐阳之鼓，岱山、邹峄、会稽之刻石，与夫汉、魏以来，圣君贤士，桓碑彝器，铭诗序记，下至古文籀篆分隶诸家之字书，皆三代以来至宝怪奇伟丽工妙可喜之物。其去人不远，其取之无祸。然而风霜兵火，湮沦磨灭，散弃于山崖墟莽之间，未尝收拾者，由世之好者少也。幸而有好之者，又其力或不足，故仅得其一二，而不能使其聚也。

夫力莫如好，好莫如一。予性颛而嗜古，凡世人之所贪者，皆无欲于其间，故得一其所好于斯。好之已笃，则力虽未足，犹能致之。故上自周穆王以来，下更秦、汉、隋、唐、五代，外至四海九州，名山大泽，穷崖绝谷，荒林破冢，神仙鬼物，诡怪所传，莫不皆有，以为《集古录》。以谓传写失真，故因其石本，轴而藏之。有卷帙次第，而无时世之先后，盖其取多而未已，故随其所得而录之。又以谓聚多而终必散，乃撮其大要，别为录目，因并载夫可与史传正其阙谬者，以传后学，庶益于多闻。

或讥予曰："物多则其势难聚，聚久而无不散，何必区区于是哉？"予对曰："足吾所好，玩而老焉可也。象犀金玉之聚，其能果不散乎？予固未能以此而易彼也。"姜坞先生云：公尝自跋此序，谓谢希深善评文章，尹师鲁辩论精博，余每有所作，伸纸疾读，便得深意，以示他人，亦或有所称，皆非予所自得。此序之作，惜无谢、尹知音，云云。余谓公此文前幅近于瑰放莽苍，故自憙耳。要之，公笔力有近弱处，故于所当驰骤回翰处，终未快意。

欧阳永叔苏氏文集序 ○○

余友苏子美之亡后四年，始得其平生文章遗稿于太子太傅杜公之家，而集录之以为十卷。

子美，杜氏婿也，遂以其集归之，而告于公曰：斯文，金玉也。弃掷埋没粪土，不能销蚀。其见遗于一时，必有收而宝之于后世者。虽其埋没而未出，其精气光怪，已能常自发见，而物亦不能掩也。故方其摈斥摧挫，流离穷厄之时，文章已自行于天下，虽其怨家仇人，及尝能出力而挤之死者，至其文章，则不能少毁而掩蔽之也。凡人之情，忽近而贵远。子美屈于今世犹若此，其伸于后世宜如何也？公其可无恨。

予尝考前世文章政理之盛衰，而怪唐太宗致治几乎三王之盛，而文章不能革五代之馀习。后百有馀年，韩、李之徒出，然后元和之文始复于古。唐衰兵乱，又百馀年，而圣宋兴，天下一定，晏然无事。又几百年，而古文始盛于今。自古治时少而乱时多，幸时治矣，文章或不能纯粹，或迟久而不相及，何其难之若是欤？岂非难得其人欤？苟一有其人，又幸而及出于治世，世其可不为之贵重而爱惜之欤？嗟吾子美，以一酒食之过，至废为民，而流落以死。此其可以叹息流涕，而为当世仁人君子之职位宜与国家乐育贤材者惜也！

子美之齿少于予，而予学古文，反在其后。天圣之间，予举进士于有司，见时学者务以言语声偶摘裂，号为时文，以相夸尚。而子美独与其兄才翁，及穆参军伯长，作为古歌诗杂文，时人颇共非笑之，而子美不顾也。其后天子患时文之弊，下诏书讽勉学者以近古，由是其风渐息，而学者稍趋于古焉。独子美为于举世不为之时，其始终自守，不牵世俗趋舍，可谓特立之士也。

子美官至大理评事、集贤校理而废，后为湖州长史以卒，享年四十有一。其壮貌奇伟，望之昂然，而即之温温，久而愈可爱慕。其才虽高，而人亦不甚嫉忌，其击而去之者，意不在子美也。赖天子聪明仁圣，凡当时所指名而排斥，二三大臣而下，欲以子美为根而累之者，皆蒙保全，今并列于荣宠。虽与子美同时饮酒得罪之人，多一时之豪俊,亦被收采,进显于朝廷。而子美独不幸死矣,岂非其命也。悲夫!

欧阳永叔江邻幾文集序 ○○○

余窃不自揆,少习为铭章,因得论次当世贤士大夫功行。自明道、景祐以来,名卿钜公,往往见于予文矣。至于朋友故旧,平居握手言笑,意气伟然,可谓一时之盛。而方从其游,遽哭其死,遂铭其藏者,是可叹也。盖自尹师鲁之亡,逮今二十五年之间,相继而没,为之铭者,至二十人。又有余不及铭,与虽铭而非交且旧者,皆不与焉。呜呼!何其多也!不独善人君子难得易失,而交游零落如此,反顾身世,死生盛衰之际,又可悲夫。而其间又有不幸罹忧患,触网罗,至困厄流离以死,与夫仕宦连蹇,志不获伸而殁,独其文章尚见于世者,则又可哀也与!然则虽其残篇断稿,犹为可惜,况其可以垂世而行远也。故余于圣俞、子美之殁,既已铭其圹,又类集其文而序之,其言尤感切而殷勤者以此也。

陈留江君邻幾,常与圣俞、子美游,而又与圣俞同时以卒,余既志而铭之。后十有五年,来守淮西,又于其家得其文集而序之。邻幾毅然仁厚君子也,虽知名于时,仕宦久而不进。晚而朝廷方将用之,未及而卒。其学问通博,文辞雅正深粹,而议论多所发明,诗尤清淡闲肆可喜。然其文已自行于世矣,固不待余言以为轻重,而余特区区于是者，盖发于有感而云然。熙宁四年三月日，六一居士序。

欧阳永叔释惟俨文集序　○○

惟俨姓魏氏，杭州人。少游京师三十馀年，虽学于佛，而通儒术，善为辞章，与吾亡友曼卿交最善。曼卿遇人无所择，必皆尽其忻欢。惟俨非贤士不交，有不可其意，无贵贱一切闭拒，绝去不少顾。曼卿之兼爱，惟俨之介，所趋虽异，而交合无所间。曼卿尝曰：“君子泛爱而亲仁。”惟俨曰：“不然。吾所以不交妄人，故能得天下士。若贤不肖混，则贤者安肯顾我哉？”以此一时贤士，多从其游。居相国浮图，不出其户十五年。士尝游其室者，礼之惟恐不至；及去为公卿贵人，未始一往干之。然尝窃怪平生所交，皆当世贤杰，未见卓卓著功业，如古人可记者。因谓世所称贤才，若不答兵走万里立功海外，则当佐天子号令赏罚于明堂。苟皆不用，则绝宠辱遗世俗，自高而不屈，尚安能酣豢于富贵而无为哉？醉则以此诮其坐人，人亦复之，以谓：“遗世自守，古人之所易。若奋身逢时，欲必就功业，此虽圣贤难之，周、孔所以穷达异也。今子老于浮图，不见用于世，而幸不践穷亨之途，乃以古事之已然，而责今人之必然耶？”

然惟俨虽傲乎退偃于一室，天下之务，当世之利病，与其言，终日不厌。惜其将老也已。曼卿死，惟俨亦买地京城之东，以谋其终，乃敛生平所为文数百篇示予，曰：“曼卿之死，既已表其墓。愿为我序其文，及我之见也。"嗟夫！惟俨既不用于世，其材莫见于时，若考其笔墨驰骋文章赡逸之能，可以见其志矣。刘海峰先生云：两释集序，俱以曼卿相经纬。此篇虽不及秘演之烟波，而忽起忽落，自有奇气。

欧阳永叔释秘演诗集序　○○○

予少以进士游京师，因得尽交当世之贤豪。然犹以谓国家臣一四海，休兵革，养息天下以无事者四十年，而智谋雄伟非常之士，无所用其能者，往往伏而不出，山林屠贩，必有老死而世莫见者。欲从而求之不可得。其后得吾亡友石曼卿。

曼卿为人，廓然有大志。时人不能用其材，曼卿亦不屈以求合，无所放其意，则往往从布衣野老，酣嬉淋漓，颠倒而不厌。予疑所谓伏而不见者，庶几狎而得之。故尝喜从曼卿游，欲因以阴求天下奇士。

浮屠秘演者，与曼卿交最久，亦能遗外世俗，以气节相高，二人欢然无所间。曼卿隐于酒，秘演隐于浮屠，皆奇男子也。然喜为歌诗以自娱，当其极饮大醉，歌吟笑呼，以适天下之乐，何其壮也！一时贤士，皆愿从其游，予亦时至其室。十年之间，秘演北渡河，东之济、郓，无所合，困而归。曼卿已死，秘演亦老病。嗟夫！二人者，予乃见其盛衰，则予亦将老矣夫！

曼卿诗辞清绝，尤称秘演之作，以为雅健有诗人之意。

秘演状貌雄杰,其胸中浩然,既习于佛,无所用,独其诗可行于世,而懒不自惜。已老,胠其橐,尚得三四百篇,皆可喜者。曼卿死,秘演漠然无所向,闻东南多山水,其巅崖崛峍,江涛汹涌,甚可壮也,遂欲往游焉,足以知其老而志在也。于其将行,为叙其诗,因道其盛时以悲其衰。茅顺甫云:多慷慨呜咽之音,命意最旷而逸,得司马子长之神髓矣。

古文辞类纂八终

序跋类四

曾子固战国策目录序　○○○

刘向所定《战国策》三十三篇，《崇文总目》称十一篇者阙，臣访之士大夫家，始尽得其书。正其误谬，而疑其不可考者，然后《战国策》三十三篇复完。叙曰：

向叙此书，言周之先，明教化，修法度，所以大治。及其后，谋诈用而仁义之路塞，所以大乱。其说既美矣，卒以为此书，战国之谋士，度时君之所能行，不得不然，则可谓惑于流俗，而不笃于自信者也。

夫孔、孟之时，去周之初已数百岁，其旧法已亡，旧俗已熄久矣。二子乃独明先王之道，以谓不可改者，岂将强天下之主以后世之所不可为哉？亦将因其所遇之时，所遭之变，而为当世之法，使不失乎先王之意而已。二帝三王之治，其变固殊，其法固异，而其为国家天下之意，本末先后，未尝不同也。二子之道，如是而已。盖法者所以适变也，不必尽同；道者所以立本也，不可不一。此理之不易者也。故二子者守此，岂好为异论哉？能勿苟而已矣。可谓不惑乎流俗，而笃于自信者也。

战国之游士则不然。不知道之可信，而乐于说之易合。其设心注意，偷为一切之计而已。故论诈之便而讳其败，言战之善而蔽其患。其相率而为之者，莫不有利焉，而不胜其害也；有得焉，而不胜其失也。卒至苏秦、商鞅、孙膑、吴起、李斯之徒，以亡其身，而诸侯及秦用之者，亦灭其国。其为世之大祸明矣，而俗犹莫之寤也。惟先王之道，因时适变，为法不同，而考之无疵，用之无敝，故古之圣贤，未有以此而易彼也。

或曰：邪说之害正也，宜放而绝之，则此书之不泯泯其可乎？对曰：君子之禁邪说也，固将明其说于天下，使当世之人，皆知其说之不可从，然后以禁则齐；使后世之人，皆知其说之不可为，然后以戒则明。岂必灭其籍哉？放而绝之，莫善于是。是以孟子之书，有为神农之言者，有为墨子之言者，皆著而非之。至于此书之作，则上继春秋，下至楚、汉之起，二百四五十年之间，载其行事，固不可得而废也。

此书有高诱注者，二十一篇，或曰二十二篇。《崇文总目》存者八篇，今存者十篇云。吕东莱云：此篇节奏从容和缓，且有条理，又藏锋不露。王道思云：何等谨严，而雍容敦博之气宛然。

曾子固新序目录序 ○○

刘向所集次《新序》三十篇，目录一篇，隋、唐之世，尚为全书，今可见者十篇而已。臣既考正其文字，因为其序论曰：

古之治天下者，一道德，同风俗。盖九州之广，万民之众，千岁之远，其教已明，其习已成之后，所守者一道，所传者一说而已。故《诗》《书》之文，历世数十，作者非一，而其言未尝不相为终始，化之如此其至也。当是之时，异行者有诛，异言者有禁，防之又如此其备也。故二帝三王之际，及其中间，尝更衰乱，而馀泽未熄之时，百家众说，未有能出于其间者也。及周之末世，先王之教化法度既废，馀泽既熄，世之治方术者，各得其一偏。故人奋其私智，家尚其私学者，蜂起于中国，皆明其所长而昧其短，矜其所得而讳其失。天下之士，各自为方而不能相通，世之人不复知夫学之有统，道之有归也。先王之遗文虽在，皆绌而不讲，况至于秦为世之所大禁哉！

汉兴，六艺皆得于断绝残脱之馀，世复无明先王之道以一之者。诸儒苟见传记百家之言，皆说而向之。故先王之道，为众说之所蔽，暗而不明，郁而不发。而怪奇可喜之论，各师异见，皆自名家者，诞漫于中国。一切不异于周之末世，其弊至于今尚在也。自斯以来，天下学者，知折衷于圣人，而能纯于道德之美者，杨雄氏而止耳。如向之徒，皆不免乎为众说之所蔽，而不知有所折衷者也。孟子曰：待文王而兴者，凡民也。豪杰之士，虽无文王犹兴。汉之士，岂特无明先王之道以一之者哉？亦其出于是时者，豪杰之士少，故不能特起于流俗之中绝学之后也。

盖向之序此书，于今为最近古，虽不能无失，然远至舜、禹，而次及于周、秦以来，古人之嘉言善行，亦往往而在也，要在慎取之而已。故臣既惜其不可见者，而校其可见者特详焉，亦足以知臣之攻其失者，岂好辨哉？臣之所不得已也。

曾子固列女传目录序 ○○

刘向所叙《列女传》凡八篇，事具《汉书》向列传。而《隋书》及《崇文总目》皆称向《列女传》十五篇，曹大家注。以《颂义》考之，盖大家所注，离其七篇为十四，与《颂义》凡十五篇，而益以陈婴母，及东汉以来，凡十六事，非向书本然也。盖向旧书之亡久矣。嘉祐中，集贤校理苏颂始以《颂义》为篇次，复定其书为八篇，与十五篇者，并藏于馆阁。而《隋书》以《颂义》为刘歆作，与向列传不合。今验《颂义》之文，盖向之自叙。又《艺文志》有向《列女传颂图》，明非歆作也。自唐之乱，古书之在者少矣，而《唐志》录《列女传》凡十六家，至大家注十五篇者，亦无录，然其书今在。则古书之或有录而亡，或无录而在者，亦众矣，非可惜哉。今校雠其八篇，及十五篇者已定，可缮写。

初汉承秦之敝，风俗已大坏矣，而成帝后宫赵、卫之属，尤自放。向以谓王政必自内始，故列古女善恶所以致兴亡者，以戒天子，此向述作之大意也。其言太任之娠文王也，目不视恶色，耳不听淫声，口不出敖言。又以谓古之人胎教者皆如此。夫能正其视听言动者，此大人之事，而有道者之所畏也。顾令天下之女子能之，何其盛也！以臣所闻，盖为之师傅保姆之助，《诗》《书》图史之戒，珩璜琚瑀之节，威仪动作之度，其教之者虽有此具，然古之君子，未尝不以身化也。故《家人》之义，归于反身；二《南》之业，本于文王。夫岂自外至哉！世皆知文王之所以兴，能得内助，而不知其所以然者，盖本于文王之躬化，故内则后妃有《关雎》之行，外则群臣有二《南》之美，与之相成。其推而及远，则商辛之昏俗，江汉之小国，兔置之野人，莫不好善而不自知，此所谓身修故家国天下治者也。后世自问学之士，多徇于外物，而不安其守，其室家既不见可法，故竞于邪侈。岂独无相成之道哉？士之苟于自恕，顾利冒耻而不知反己者，往往以家自累故也。故曰"身不行道，不行于妻子"，信哉！如此人者，非素处显也，然去二《南》之风，亦已远矣，况于南乡天下之主哉？向之所述，劝戒之意，可谓笃矣。

然向号博极群书，而此传称《诗·芣苢》《柏舟》《大车》之类，与今序《诗》者之说，尤乖异，盖不可考。至于《式微》之一篇，又以谓二人之作。岂其所取者博，故不能无失欤？其言象计谋杀舜，及舜所以自脱者，颇合于《孟子》。然此传或有之，而《孟子》所不道者，盖亦不足道也。凡后世诸儒之言经传者，固多如此，览者采其有补，而择其是非可也。故为之序论以发其端云。

曾子固徐幹中论目录序 。

臣始见馆阁及世所有徐幹《中论》二十篇,以谓尽于此。及观《贞观政要》,怪太宗称尝见幹《中论·复三年丧》篇,而今书此篇阙。因考之《魏志》,见文帝称幹著《中论》二十馀篇,于是知馆阁及世所有幹《中论》二十篇者,非全书也。

幹,字伟长,北海人,生于汉、魏之间。魏文帝称幹“怀文抱质,恬淡寡欲,有箕山之志”。而《先贤行状》,亦称幹“笃行体道,不耽世荣,魏太祖特旌命之,辞疾不就。后以为上艾长,又以疾不行”。盖汉承周衰及秦灭学之馀,百氏杂家与圣人之道并传,学者罕能独观于道德之要,而不牵于俗儒之说。至于治心养性、去就语默之际,能不悖于理者固希矣,况至于魏之浊世哉!幹独能考六艺,推仲尼、孟轲之旨,述而论之。求其辞时若有小失者,要其归不合于道者少矣。其所得于内者,又能信而充之,逡巡浊世,有去就显晦之大节。

臣始读其书,察其意而贤之。因其书以求其为人,又知其行之可贤也。惜其有补于世,而识之者少,盖迹其言行之所至,而以世俗好恶观之,彼恶足以知其意哉!顾臣之力,岂足以重其书,使学者尊而信之?因校其脱谬,而序其大略,盖所以致臣之意焉。

曾子固范贯之奏议集序　○○

尚书户部郎中直龙图阁范公贯之之奏议凡若干篇，其子世京集为十卷，而属余序之。

盖自至和以后十馀年间，公尝以言事任职。自天子、大臣至于群下，自掖庭至于四方幽隐，一有得失善恶，关于政理，公无不极意反复为上力言。或矫拂情欲，或切劘计虑，或辩别忠佞而处其进退。章有一再，或至于十馀上；事有阴争独陈，或悉引谏官御史合议肆言。仁宗尝虚心采纳，为之变命令，更废举，近或立从，远或越月逾时，或至于其后，卒皆听用。盖当是时，仁宗在位岁久，熟于人事之情伪，与群臣之能否，方以仁厚清静，休养元元，至于是非予夺，则一归之公议，而不自用也。其所引拔以言为职者，如公，皆一时之选。而公与同时之士，亦皆乐得其言，不曲从苟止。故天下之情，因得毕闻于上，而事之害理者，常不果行。至于奇邪恣睢，有为之者，亦辄败悔。故当此之时，常委事七八大臣，而朝政无大阙失，群臣奉法遵职，海内乂安。夫因人而不自用者天也。仁宗之所以其仁如天，至于享国四十馀年，能承太平之业者，由是而已。后世得公之遗文而论其世，见其上下之际相成如此，必将低回感慕，有不可及之叹，然后知其时之难得。则公言之不没，岂独见其志，所以明先帝之盛德于无穷也。

公为人温良慈恕，其从政宽易爱人。及在朝廷，危言正色，人有所不能及也。凡同时与公有言责者，后多至大官，而公独早卒。公讳师道，其世次州里，历官行事，有今资政殿学士赵公忭为公之墓铭云。

曾子固先大夫集后序 ○○○

公所为书，号《仙凫羽翼》者三十卷，《西陲要纪》者十卷，《清边前要》五十卷，《广中台志》八十卷，《为臣要纪》三卷，《四声韵》五卷，总一百七十八卷，皆刊行于世。今类次诗赋书奏一百二十三篇，又自为十卷，藏于家。

方五代之际，儒学既摈焉，后生小子，治术业于闾巷，文多浅近。是时公虽少，所学已皆知治乱得失兴坏之理，其为文闳深隽美，而长于讽谕，今类次乐府已下是也。宋既平天下，公始出仕。当此之时，太祖太宗已纲纪大法矣。公于是勇言当世之得失，其在朝廷，疾当事者不忠，故凡言天下之要，必本天子忧怜百姓、劳心万事之意，而推大臣从官执事之人，观望怀奸，不称天子属任之心，故治久未洽。至其难言，则人有所不敢言者。虽屡不合而出，而所言益切，不以利害祸福动其意也。

始公尤见奇于太宗，自光禄寺丞、越州监酒税召见，以为直史馆，遂为两浙转运使。未久而真宗即位，益以材见知，初试以知制诰，及西兵起，又以为自陕以西经略判官。而公尝激切论大臣，当时皆不说，姜坞先生云：切论大臣者，向文简也。《宋史》本传言致尧抗疏自陈："臣言丞相某事未效，不敢受章绶之赐。"词旨狂躁,荆公为致尧墓志,亦载其事。故不果用。然真宗终感其言,故为泉州未尽一岁,拜苏州,五日,又为扬州。将复召之也,而公于是时又上书,语斥大臣尤切,故卒以龃龉终。

公之言其大者,以自唐之衰,民穷久矣,海内既集,天子方修法度,而用事者尚多烦碎,治财利之臣又益急,公独以谓宜遵简易,罢茺榷,以与民休息,塞天下望。祥符初,四方争言符应,天子因之,遂用事泰山,祠汾阴,而道家之说亦滋甚,自京师至四方,皆大治宫观。公益诤,以谓天命不可专任,宜绌奸臣,修人事,反覆至数百千言。呜呼!公之尽忠,天子之受尽言,何必古人!此非传之所谓主圣臣直者乎?何其盛也!何其盛也!

公在两浙,奏罢苛税二百三十馀条。在京西,又与三司争论,免民租,释逋负之在民者。盖公之所试如此。所试者大,其庶几矣。公所尝言甚众,其在上前及书亡者,盖不得而集。其或从或否,而后常可思者,与历官行事,庐陵欧阳修公已铭公之碑特详焉,此故不论,论其不尽载者。公卒以龃龉终,其功行或不得在史氏记。藉令记之,当时好公者少,史其果可信欤?后有君子,欲推而考之,读公之碑与书,及予小子之序其意者,具见其表里,其于虚实之论可核矣。

公卒,乃赠谏议大夫。姓曾氏,讳某,南丰人。序其书者,公之孙巩也。王道思曰:先生之文如此篇之委曲感慨,而气不迫晦者,亦不多有。茅顺甫云:子固阐扬先世所不得志处有大体,而文章措注处极浑雄。

曾子固馆阁送钱纯老知婺州诗序 ○○

熙宁三年三月，尚书司封员外郎、秘阁校理钱君纯老出为婺州，三馆秘阁同舍之士，相与饮饯于城东佛舍之观音院，会者凡二十人。纯老亦重僚友之好，而欲慰处者之思也，乃为诗二十言以示坐者。于是在席人各取其一言为韵，赋诗以送之。纯老至州，将刻之石，而以书来曰："为我序之。"

盖朝廷常引天下儒学之士聚之馆阁，所以长养其材而待上之用。有出使于外者，则其僚必相告语，择都城之中广宇丰堂游观之胜，约日皆会，饮酒赋诗，以序去处之情，而致绸缪之意。历世浸久，以为故常。其从容道义之乐，盖他司所无。而其赋诗之所称引况谕，莫不道去者之义，祝其归仕于王朝，而欲其无久于外。所以见士君子之风流习尚，笃于相先，非世俗之所能及。又将待上之考信于此，而以其汇进，非空文而已也。

纯老以明经进士制策入等，历教国子生。入馆阁，为编校书籍校理检讨。其文章学问，有过人者，宜在天子左右，与访问，任献纳。而顾请一州，欲自试于川穷山阻僻绝之地，其志节之高，又非凡才所及。此赋诗者所以推其贤，惜其志，殷勤反覆，而不能已。余故为之序其大指，以发明士大夫之公论，而与同舍视之，使知纯老之非久于外也。茅顺甫云：文之典刑，雍容《雅》《颂》。

曾子固书魏郑公传 ○○

予观太宗常屈己以从群臣之议，而魏郑公之徒，喜遭其时，感知己之遇，事之大小，无不谏诤，虽其忠诚自至，亦得君而然也。则思唐之所以治，太宗之所以称贤主，而前世之君不及者，其渊源皆出于此也。能知其有此者，以其书存也。及观郑公以谏诤事付史官，而太宗怒之，薄其恩礼，失终始之义，则未尝不反覆嗟惜，恨其不思，而益知郑公之贤焉。

夫君之使臣，与臣之事君者何？大公至正之道而已矣。大公至正之道，非灭人言以掩己过，取小亮以私其君，此其不可者也。又有甚不可者。夫以谏诤为当掩，是以谏诤为非美也，则后世谁复当谏诤乎？况前代之君，有纳谏之美，而后世不见，则非惟失一时之公，又将使后世之君谓前代无谏诤之事，是启其怠且忌矣。太宗末年，群下既知此意而不言，渐不知天下之得失。至于辽东之败，而始恨郑公不在，世未尝知其悔之萌芽出于此也。

夫伊尹、周公，何如人也？伊尹、周公之切谏其君者，其言至深，而其事至迫，存之于书，未尝掩焉。至今称太甲、成王为贤君，而伊尹、周公为良相者，以其书可见也。令当时削而弃之，成区区之小让，则后世何所据依而谏，又何以知其贤且良与？桀、纣、幽、厉、始皇之亡，则其臣之谏词无见焉。非其史之遗，乃天下不敢言而然也。则谏诤之无传，乃此数君之所以益暴其恶于后世而已矣。

或曰：《春秋》之法，为尊亲贤者讳，与此戾矣。夫《春秋》之所以讳者，恶也。纳谏岂恶乎？然则焚稿者非欤？曰：焚稿者谁欤？非伊尹、周公为之也，近世取区区之小亮者为之耳。其事又未是也。何则？以焚其稿为掩君之过，而使后世传之，则是使后世不见稿之是非，而必其过常在于君，美常在于己也，岂爱其君之谓欤？孔光之去其稿之所言，其在正邪，未可知也。而焚之而惑后世，庸讵知非谋己之奸计乎？或曰：造辟而言，诡辞而出，异乎此。曰：此非圣人之所曾言也。令万一有是理，亦谓君臣之间，议论之际，不欲漏其言于一时之人耳，岂杜其告万世也？

噫！以诚信待己，而事其君，而不欺乎万世者，郑公也。益知其贤云，岂非然哉！岂非然哉！其言深切，足以感动人主。又繁复曲尽而不厌，此自为杰作，熙甫爱之，非过也。

古文辞类篹九终

序跋类五

苏明允族谱引 ○○○

苏氏族谱,谱苏氏之族也。苏氏出于高阳,而蔓延于天下。唐神龙初,长史味道刺眉州,卒于官,一子留于眉,眉之有苏氏自此始。而谱不及者,亲尽也。亲尽则曷为不及?谱为亲作也。凡子得书,而孙不得书者何也?以著代也。自吾之父,以至吾之高祖,仕不仕,娶某氏,享年几,某日卒,皆书而他不书者,何也?详吾之所自出也。自吾之父,以至吾之高祖,皆曰讳某,而他则遂名之,何也?尊吾之所自出也。谱为苏氏作,而独吾之所自出得详与尊,何也?谱,吾作也。呜呼!观吾之谱者,孝弟之心,可以油然而生矣。

情见于亲,亲见于服,服始于衰,而至于缌麻,而至于无服。无服则亲尽,亲尽则情尽。情尽则喜不庆,忧不吊。喜不庆,忧不吊,则途人也。吾所与相视如途人者,其初兄弟也。兄弟其初,一人之身也。悲夫!一人之身,分而至于途人，此吾谱之所以作也。其意曰：分至于途人者，势也。势吾无如之何也，幸其未至于途人也，使其无至于忽忘焉可也。呜呼！观吾之谱者，孝弟之心，可以油然而生矣。

系之以诗曰：吾父之子，今为吾兄。吾疾在身，兄呻不宁。数世之后，不知何人。彼死而生，不为戚欣。兄弟之亲，如足于手，其能几何？彼不相能，彼独何心。

苏明允族谱后录 ○○

苏氏之先出于高阳。高阳之子曰称，称之子曰老童，老童生重黎，及吴回。重黎为帝喾火正曰祝融，以罪诛，其后为司马氏。而其弟吴回复为火正。吴回生陆终，陆终生子六人：长曰樊，为昆吾；次曰惠连，为参胡；次曰籛，为彭祖；次曰来言，为会人；次曰安，为曹姓；季曰季连，为芈姓。六人者，皆有后，其后各分为数姓。昆吾始姓己氏，其后为苏、顾、温、董。当夏之时，昆吾为诸侯伯。历商，而昆吾之后无闻。至周，有忿生，为司寇，能平刑以教百姓，周公称之，盖《书》所谓司寇苏公者也。司寇苏公与檀伯达，皆封于河，世世仕周，家于其封，故河南、河内皆有苏氏。六国之际，秦及代、厉，其苗裔也。至汉兴，而苏氏始徙入秦。或曰：高祖徙天下豪杰以实关中，而苏氏迁焉。其后曰建，家于长安杜陵，武帝时，为将以击匈奴有功，封平陵侯，其后世遂家于其封。建生三子：长曰嘉，次曰武，次曰贤。嘉为奉车都尉，其六世孙纯为南阳太守，生子曰章，当顺帝时，为冀州刺史，又迁为并州，有功于其人，其子孙遂家于赵州。其后至唐武后之世，有味道焉。味道，圣历初为凤阁侍郎，以贬为眉州刺史，迁为益州长史，未行而卒。有子一人，不能归，遂家焉。自是眉始有苏氏。故眉之苏，皆宗益州长史味道；赵郡之苏，皆宗并州刺史章；扶风之苏，皆宗平陵侯建；河南、河内之苏，皆宗司寇忿生。而凡苏氏皆宗昆吾樊，昆吾樊宗祝融、吴回。盖自昆吾樊至司寇忿生，自司寇忿生至平陵侯建，自平陵侯建至并州刺史章，自并州刺史章，至益州长史味道，自益州长史味道，至吾之高祖，其间世次，皆不可纪，而洵始为族谱以纪其族属。

　　谱之所记，上至于吾之高祖，下至于吾之昆弟，昆弟死，而及昆弟之子。曰：呜呼！高祖之上，不可详矣。自吾之前，而吾莫之知焉已矣。自吾之后，而莫之知焉，则从吾谱而益广之，可以至于无穷。盖高祖之子孙，家授一谱而藏之，其法曰：凡适子而后得为谱，为谱者，皆存其高祖，而迁其高祖之父，世世存其先人之谱无废也。而其不及高祖者，自其得为谱者之父始，而存其所宗之谱，皆以吾谱冠焉。其说曰：此古之小宗也。古者有大宗有小宗。《传》曰："别子为祖，继别为宗，继祢者为小宗。有百世不迁之宗，有五世则迁之宗。百世不迁者，别子之后也。宗其继别子之所自出者，百世不迁者也。宗其继高祖者，五世则迁者也。"别子者，公子及士之始为大夫者也。别子不得祢其父，而自使其嫡子后之，则为大宗，故曰"继别为宗"。族人宗之，虽百世而大宗死，则为之齐衰三月，其母妻亡亦然。死而无子，则支子以其昭穆后之，此所谓"百世不迁之宗"也。别子之庶子，又不得祢别子，而自使其嫡子为后，则又为小宗，故曰"继祢者为小宗"。小宗五世之外则易宗。其继祢者，亲兄弟宗之；其继祖者，从兄弟宗之；其继曾祖者，再从兄弟宗之；其继高祖者，三从兄弟宗之；死而无子，则支子亦以其昭穆后之：此所谓"五世则迁之宗"也。凡今天下之人，惟天子之子，与始为大夫者，而后可以为大宗，其馀则否。独小宗之法，犹可施于天下。故为族谱，其法皆从小宗。

凡吾之宗其继高祖者，高祖之嫡子祈。祈死无子，天下之宗法不立，族人莫克以其子为之后，是以继高祖之宗亡，而虚存焉。其继曾祖者，曾祖之嫡子宗善，宗善之嫡子昭图，昭图之嫡子惟益，惟益之嫡子允元。其继祖者，祖之嫡子讳序，序之嫡子澹，澹之嫡子位。其继祢者，祢之嫡子澹，澹之嫡子位。曰：呜呼！始可以详之矣。百世之后，凡吾高祖之子孙，得其家之谱而观之，则为小宗。得吾高祖之子孙之谱而合之，而以吾谱考焉，则至于无穷，而不可乱也。是为谱之志云尔。

苏子由元祐会计录序　○

臣闻汉祖入关，萧何收秦图籍，周知四方盈虚强弱之实，汉祖赖之，以并天下。丙吉为相，匈奴尝入云中、代郡，吉使东曹考案边琐，条其兵食之有无，与将吏之才否，逡巡进对，指挥遂定。由此观之，古之人所以运筹帷幄之中，制胜千里之外者，图籍之功也。盖事之在官，必见于书。其始无不具者，独患多而易忘，久而易灭，数十岁之后，人亡而书散，其不可考者多矣。唐李吉甫始簿录元和国计，并包巨细，无所不具。国朝三司使丁谓等因之，为景德、皇祐、治平、熙宁四书，网罗一时出内之计，首尾八十馀年，本末相授，有司得以居今而知昔。参酌同异，因时施宜，此前人作书之本意也。

　　臣以不佞，待罪地官，上承元丰之馀业，亲睹二圣之新政，时事之变易，财赋之登耗，可得而言也。谨按艺祖皇帝创业之始，海内分裂，租赋之入，不能半今世。然而宗室尚鲜，诸王不过数人；仕者寡少，自朝廷郡县，皆不能备官；士卒精练，常以少克众。用此三者，故能奋于不足之中，而绰然常若有馀。及其列国款附，琛贡相属于道，府库充塞，创景福内库入畜金币，为珍庤之策。太宗因之，克平太原；真宗继之，怀服契丹。二患既弭，天下安乐，日登富庶。故咸平、景德之间，号称太平。群臣称颂功德，不知所以裁之者，于是请封泰山，祀汾阴，礼亳社。属车所至，费以钜万，而上清、昭应、崇禧、景灵之宫，相继而起，累世之积，糜耗多矣。其后昭应之灾，臣下复以营缮为言，大臣力争，章献感悟，沛然遂与天下休息。仁宗仁圣，清心省事，以幸天下，然而民物蕃庶，未复其旧。而夏贼窃发，边久无备，遂命益兵以应敌，急征以养兵，虽间出内藏之积，以求纾民，而四方骚然，民不安其居矣。其后西戎既平，而已益之兵，遂不复汰。加以宗子蕃衍，充牣宫邸；官吏冗积，员溢于位。财之不赡，为日久矣。英宗嗣位，慨然有救弊之意。群臣竦观，几见日新之政，而大业未遂。神考嗣世，忿流弊之委积，闵财力之伤耗，览政之初，为富国强兵之计。有司奉承，违失本旨。始为青苗、助役，以病农民；继为市易、盐铁，以困商贾。利孔百出，不专于三司。于是经入竭于上，民力屈于下。继以南征交阯，西讨拓跋，用兵之费，一日千金。虽内帑别藏，时有以助之，而国亦悫矣。今二圣临御，方恭默无为，求民之疾苦而疗之。令之不便，无不释去，民亦少休矣。而西夏不宾，水旱继作，凡国之用度，大率多于前世。当此之时，而不思所以济之，岂不殆哉？

臣历观前世，持盈守成，艰于创业之君。盖盈之必溢，而成之必毁，物理之至，有不可逃者。盈成之间，非有德者不安，非有法者不久。昔秦、隋之盛，非无法也，内建百官，外列郡县，至于汉、唐，因而行之，卒不能改。然皆二世而亡，何者？无德以为安也。汉文帝恭俭寡欲，专务以德化民，民富而国治，后世莫及。然身没之后，七国作难，几于乱亡。晋武帝削平吴、蜀，任贤使能，容受直言，有明主之风。然而亡不旋踵，子弟内叛，羌胡外乱，遂以失国。此二帝者，皆无法以为久也。今二圣之治，安而静，仁而恕，德积于世。秦、隋之忧，臣无所措心矣。然而空匮之极，法度不立，虽无汉、晋强臣敌国之患，而数年之后，国用旷竭，臣恐未可安枕而卧也。故臣愿得终言之。

凡会计之实，取元丰之八年，而其为别有五：一曰收支，二曰民赋，三曰课入，四曰储运，五曰经费。五者既具，然后著之以见在，列之以通表，而天下之大计，可以画地而谈也。若夫内藏右曹之积，与天下封桩之实，非昔三司所领，则不入会计，将著之他书，以备观览焉。臣谨序。

苏子由会计录民赋序 ○

古之民政，有不可复者三焉。自祖宗以来，论事者尝以为言，而为政者，尝试其事矣。然为之愈详，而民愈扰；事之愈力，而功愈难。其故何哉？

古者隐兵于农，无事则耕，有事则战。安平之世，无廪给之费；征伐之际，得勤力之士。此儒者之所叹息而言也。然而熙宁之初，为保甲之令，民始嫁母赘子，断坏支体，以求免丁。及其既成，子弟挟县官之势，以邀其父兄；擅弓剑之技，以暴其乡党。至今河朔、京东之盗，皆保甲之馀也。其后元丰之中，为保马之法，使民计产养马，畜马者众，马不可得，民至持金帛买马于江淮，小不中度，辄斥不用。郡县岁时阅视可否，权在医驵，民不堪命。民兵之害，乃至于此。此所谓不可复者一也。

《周官·泉府》之制："凡民之贷者，以国服为之息。"贷而求息，三代之政，有不然者矣。《诗》曰："倬彼甫田，岁取十千。我取其陈，食我农人。自古有年。"而孟子亦云："春省耕而补不足，秋省敛而助不给。"古盖有是道矣，

163

而未必有常数，亦未必有常息也。至于熙宁青苗之法，凡主客户得相保任而贷其息，岁取十二。出入之际，吏缘为奸，请纳之劳，民费自倍。凡自官而及私者，率取二而得一；自私而入公者，率输十而得五。钱积于上，布帛米粟，贱不可售。岁暮寒苦，吏卒在门，民号无告。二十年之间，民无贫富，家产尽耗。此所谓不可复者二也。

古者治民，必周知其夫家田亩、六畜、器械之数，未有不知其数，而能制其贫富者也，未有不能制其贫富，而能得其心者也。故三代之君，开井田，画沟洫，谨步亩，严版图，因口之众寡以授田，因田之厚薄以制赋。经界既定，仁政自成。下及隋唐，风流已远，然其授民田，有口分、永业，皆取之于官。其敛民财，有租、庸、调，皆计之于口。其后世乱法坏，变为两税。户无主客，以见居为簿；人无丁中，以贫富为差。田之在民，其渐由此。贸易之际，不可复知。贫者急于售田，则田多而税少；富者利于避役，则田少而税多。侥幸一兴，税役皆弊。故丁谓之记景德，田况之记皇祐，皆以均税为言矣。然嘉祐中，薛向、孙琳始议方田，量步亩，审肥瘠，以定赋税之入。熙宁中，吕惠卿复建手实，抉私隐，崇告讦，以实贫富之等。元丰中，李琮追究逃绝，均虚数，虐编户，以补失陷之税。此三者，皆为国敛怨，所得不补所失，事不旋踵而罢。此所谓不可复者三也。

故臣愚以谓为国者，当务实而已，不求其名。诚使民尽力耕田，赋输以养兵，终身无复征戍之劳，而朝廷招募勇力强狡之民，教之战阵，以卫良民，二者各得其利，亦何所不可哉？富民之家，取有馀以贷不足，虽有倍称之息，而子本之债，官不为理，偿进之日，布缕菽粟，鸡豚狗彘，百物皆售。州县晏然，处曲直之断，而民自相养，盖亦足矣。至于田赋厚薄多寡之异，虽小有不齐，而安静不挠。民乐其业，赋以时入，所失无几。因其交易，而质其欺隐，绳之以法，亦足以禁其太甚。昔宇文融括诸道客户，州县观望，虚张其数，以实户为客。虽得户八十馀万，岁得钱数百万，而百姓困弊，实召天宝之乱。均税之害，何以异此？凡此三者，皆儒者平昔之所称颂，以为先王之遗法，用之足以致太平者也。然数十年以来，屡试而屡败，足以为后世好名者之戒耳！惟嘉祐以前，百役在民，衙前大者主仓库，躬馈运，小者治燕飨，职迎送，破家之祸，易于反掌。至于州县役人，皆贪官暴吏之所诛求，仰以为生者。先帝深求其病，鬻坊场以募衙前，均役钱以雇诸役，使民得阖门治生，而吏不敢苛问。有司奉行，不得其当，坊场求数倍之价，役钱縠宽剩之积，而民始困踬不堪其生矣。今二圣览观前事，知其得失之实，既尽去保甲、青苗、均税，至于役法，举差雇之中，唯便民者取之。郡县奉承，虽未即能尽，而天下之民，知天子之爱我矣。故臣于《民赋》之篇备论其得失，俾后有考焉。

王介甫周礼义序 ○○

士弊于俗学久矣。圣上闵焉，以经术造之，乃集儒臣，训释厥旨,将播之校学,而臣某实董《周官》。

惟道之在政事,其贵贱有位,其后先有序,其多寡有数,其迟速有时。制而用之存乎法,推而行之存乎人。其人足以任官,其官足以行法,莫盛乎成周之时;其法可施于后世,其文有见于载籍,莫具乎《周官》之书。盖其因习以崇之,赓续以终之,至于后世,无以复加。则岂特文、武、周公之力哉?犹四时之运,阴阳积而成寒暑,非一日也。

自周之衰,以至于今,历岁千数百矣。太平之遗迹,扫荡几尽,学者所见,无复全经。于是时也,乃欲训而发之,臣诚不自揆,然知其难也。以训而发之之为难,则又以知夫立政造事追而复之之为难。然窃观圣上,致法就功,取成于心,训迪在位,有冯有翼,亹亹乎乡六服承德之世矣。以所观乎今,考所学乎古,所谓见而知之者,臣诚不自揆,妄以为庶几焉,故遂冒昧自竭,而忘其材之弗及也。

谨列其书,为二十有二卷,凡十馀万言。上之御府,副在有司,以待制诏颁焉。谨序。

王介甫书义序 ○

熙宁二年,臣某以尚书入侍,遂与政。而子雱实嗣讲事。有旨为之说以献。八年,下其说太学班焉。

惟虞、夏、商、周之遗文,更秦而几亡,遭汉而仅存,赖学士大夫诵说,以故不泯,而世主或莫知其可用。天纵皇帝大知,实始操之以验物,考之以决事。又命训其义,兼明天下后世。而臣父子以区区所闻，承乏与荣焉。然言之渊懿，而释以浅陋；命之重大，而承以轻眇。兹荣也，只所以为愧也欤！谨序。

王介甫诗义序　○

《诗》三百十一篇，其义具存，其辞亡者六篇而已。上既使臣雱训其辞，又命臣某等训其义。书成以赐太学，布之天下，又使臣某为之序。谨拜手稽首言曰：

《诗》上通乎道德，下止乎礼义。放其言之文，君子以兴焉；循其道之序，圣人以成焉。然以孔子之门人，赐也、商也，有得于一言，则孔子悦而进之，盖其说之难明如此，则自周衰以迄于今，泯泯纷纷，岂不宜哉？

伏惟皇帝陛下，内德纯茂，则神罔时恫；外行恂达，则四方以无侮。日就月将，学有缉熙于光明，则颂之所形容，盖有不足道也。微言奥义，既自得之，又命承学之臣，训释厥遗，乐与天下共之。顾臣等所闻，如爝火焉，岂足以赓日月之馀光？姑承明制，代匮而已。《传》曰："美成在久。"故《棫朴》之作人，以寿考为言，盖将有来者焉，追琢其章，缵圣志而成之也。臣衰且老矣，尚庶几及见之。谨序。

王介甫读孔子世家　○

太史公叙帝王，则曰本纪；公侯传国，则曰世家；公卿

特起,则曰列传,此其例也。其列孔子为世家,奚其进退无
所据邪?

孔子旅人也。栖栖衰季之世,无尺土之柄,此列之以
传宜矣,曷为世家哉?岂以仲尼躬将圣之资,其教化之盛,
焄奕万世,故为之世家以抗之。又非极挚之论也。

夫仲尼之才,帝王可也,何特公侯哉?仲尼之道,世天
下可也,何特世其家哉?处之世家,仲尼之道,不从而大;
置之列传,仲尼之道,不从而小。而迁也,自乱其例,所谓
多所牴牾者也。

王介甫读孟尝君传　○○○

世皆称孟尝君能得士,士以故归之,而卒赖其力,以脱
于虎豹之秦。嗟乎!孟尝君特鸡鸣狗盗之雄耳,岂足以言
得士?不然,擅齐之强,得一士焉,宜可以南面而制秦,尚
何取鸡鸣狗盗之力哉?夫鸡鸣狗盗之出其门,此士之所以
不至也。

王介甫读刺客传　○

曹沫将而亡人之城,又劫天下盟主,管仲因勿倍,以市
信一时可也。余独怪知伯国士豫让,岂顾不用其策耶?让
诚国士也,曾不能逆策三晋,救知伯之亡,一死区区,尚足
校哉?其亦不欺其意者也。聂政售于严仲子,荆轲豢于燕

太子丹，此两人者，污隐困约之时，自贵其身，不妄愿知，亦曰有待焉。彼挟道德以待世者何如哉？

王介甫书李文公集后　。

文公非董子作《士不遇赋》，惜其自待不厚。以余观之，《诗》三百发愤于不遇者甚众。而孔子亦曰"凤鸟不至，河不出图，吾已矣夫"，盖叹不遇也。文公论高如此，及观于史，一不得职，则诋宰相以自快。今吾于人也，听其言而观其行，言不可独信久矣。虽然，彼宰相名实固有辨。彼诚小人也，则文公之发，为不忍于小人可也。为史者独安取其怒之以失职耶？世之浅者，固以其利心量君子，以为触宰相以近祸，非以其私则莫为也。夫文公之好恶，盖所谓皆过其分者耳。

方其不信于天下，更以推贤进善为急。一士之不显，至寝食为之不甘，盖奔走有力成其名而后已。士之废兴，彼各有命。身非王公大人之位，取其任而私之，又自以为贤，仆仆然忘其身之劳也，岂所谓知命者耶？《记》曰："道之不行，贤者过之，不肖者不及也。"夫文公之过也，抑其所以为贤欤？

王介甫灵谷诗序　。

吾州之东南，有灵谷者，江南之名山也。龙蛇之神，虎豹、犂翟之文章,梗楠、豫章、竹箭之材,皆自山出。而神林鬼冢,魑魅之穴,与夫仙人释子恢谲之观,咸附托焉。至其淑灵和清之气,盘礴委积于天地之间,万物之所不能得者,乃属之于人,而处士君实生其址。

君姓吴氏,家于山阯。豪杰之望,临吾一州者,盖五六世,而后处士君出焉。其行,孝弟忠信;其能,以文学知名于时。惜乎其老矣,不得与夫虎豹、犂翟之文章,梗楠、豫章、竹箭之材,俱出而为用于天下,顾藏其神奇,而与龙蛇杂此土以处也。然君浩然有以自养,遨游于山川之间,啸歌讴吟,以寓其所好,而终身乐之不厌。有诗数百篇,传诵于闾里。他日出《灵谷》三十二篇,以属其甥曰:"为我读而序之。"唯君之所得,盖有伏而不见者,岂特尽于此诗而已!虽然,观其镂刻万物,而接之以藻缋,非夫诗人之巧者,亦孰能至于此。

归熙甫汉口志序　○○

越山西南高而下倾于海,故天目于浙江之山最高,然麾与新安之平地等。自浙望之,新安盖出万山之上云。故新安,山郡也。州邑乡聚,皆依山为坞。而山惟黄山为大,大鄣山次之。秦初置鄣郡以此。

诸水自浙岭渐溪至率口,与率山之水会。北与练溪合,为新安江。过严陵滩,入于钱塘。而汉川之水,亦会于率口。汉川者,合琅璜之水,流岐阳山之下,两水相交谓之汉。盖其口山围水绕，林木茂密，故居人成聚焉。

唐广明之乱，都使程浟，集众为保，营于其外，子孙遂居之。新安之程，蔓衍诸邑，皆祖梁忠壮公。而都使实始居汉口。其显者，为宋端明殿学士珌。而若庸师事饶仲元，其后吴幼清、程钜夫，皆出其门，学者称之为徽庵先生。其他名德，代有其人。

程君元成汝玉，都使之后也。故为《汉口志》，志其方物地俗，与邱陵坟墓。汝玉之所存，可谓厚矣。盖君子之不忘乎乡，而后能及于天下也。噫！今名都大邑，尚犹恨纪载之轶，汉口一乡，汝玉之能为其山水增重也如此，则文献之于世，其可少乎哉？

归熙甫题张幼于哀文太史卷

文太史既没，幼于哀其平日所与尺牍，摹之石上。太史尊宿，幼于年辈远不相及，而往复勤恳如素交。吴中自来先后辈相接引类如此，故文学渊源，远有承传，非他郡之所能及也。嗟乎！士固乐于有所为，若夫旷世独立，仰以追思千载之前，俯以望未来之后世，其亦可慨也夫！

方灵皋书孝妇魏氏诗后

古者妇于舅姑服期。先王称情以立文，所以责其实也。妇之爱舅姑，不若子之爱其父母，天也。苟致爱之实，妇常得子之半，不失为孝妇。古之时，女教修明，妇于舅姑，内诚则存乎其人，而无敢显为悖者。盖入室而盥馈，以明妇顺；三月而后反马，示不当于舅姑而遂逐也。终其身荣辱去留，皆视其事舅姑之善否，而夫之宜不宜不与焉。惟大为之坊，此其所以犯者少也。近世士大夫百行不怍，而独以出妻为丑，闾阎化之，由是妇行放佚而无所忌，其于舅姑，以貌相承，而无勃溪之声者，十室无二三焉，况责以诚孝与？妇以类己者多而自证，子以习非者众而相安。百行之衰，人道之所以不立，皆由于此。

广昌何某，妻魏氏，刲肱求疗其姑，几死。其事虽人子为之，亦为过礼，而非笃于爱者不能。以天下妇顺之不修，非绝特之行，不足以振之，则魏氏之事，岂可使无传与？

抑吾观节孝之过中者，自汉以降始有之，三代之盛，未之前闻也。岂至性反不若后人之笃与？盖道教明，而人皆知夫义之所止也。后世人道衰薄，天地之性，有所壅遏不流，其郁而钟于一二人者，往往发为绝特之行，而不必轨于中道，然用以矫枉扶衰，则固不可得而议也。魏氏之舅官京师，士大夫多为诗歌以美之，予因发此义以质后之人。议论好，而文非高古。

刘才甫海舶三集序

乘五板之船，浮于江、淮，瀚然云兴，勃然风起，惊涛生，巨浪作，舟人仆夫，失色相向，以为将有倾覆之忧，沈沦之惨也。又况海水之所汩没，渺尔无垠，天吴睒睗，鱼鼋撞冲，人于其中萍飘蓬转，一任其挂罥奔驰，曾不能以自主，故往往魄动神丧，不待樯摧橹折，而梦寐为之不宁。顾乃俯仰自如，吟咏自适，驰想于沆瀁之虚，寄情于霞虹之表，翩然而藻思翔，蔚然而鸿章著，振开、宝之馀风，仿佛乎杜甫、高、岑之什，此所谓神勇者矣。

余谓不然。人臣悬君父之命于心，大如日轮，响如霆轰。则其于外物也，视之而不见其形，听之而不闻其声。彼其视海水之荡潏，如重茵莞席之安；视崇岛之岹峣当前，如翠屏之列，几砚之陈；视百灵怪物之出没而沈浮，如佳花、美竹、奇石之星罗于苑囿。歌声出金石，若夫风潮澎湃之音，彼固有不及知者，而又何震慑恐惧之有？

翰林徐君亮直先生，以康熙某年之月日，奉使琉球。岁且及周，歌诗且千百首，名之曰《海舶三集》。海内之荐绅大夫，莫不闻而知之矣。后二十馀年，先生既归老于家，乃命大櫆为之序。有奇气，实似昌黎而语略繁。

刘才甫倪司城诗集序

余友倪君司城，非今世之所谓诗人也。其试童子，尝冠于童子矣；其在太学，尝冠于太学诸生矣；其应乡试而出，太仓王相国使人亟求其草稿观之。然则司城之于举进士，可操券取也，而卒不获一售以终其身。雍正之初，尝为中书而使蜀矣。其后为洋与南郑二县令，前后十六年，其德泽加于百姓。大臣尝有荐其才可知一郡,及为藩臬之副使者,而卒老于县令不得调。信乎人之穷达悬于天,而非人力之所能为邪。

司城于书无所不读,而尤详于圣人之经,必究极其根源乃止。其齿长于余十有馀岁,而与余同学为古文。余间出文相质,司城虽心以为善,而未尝有面谀之言,其刻求于一字一句之间,如酷吏之治狱,必不稍留馀地。余少盛气不自抑,或与之辨争,至于喧哄。然司城不以余之争而少为宽假,余亦不以其刻求而自讳其疵颣也,苟有作,必出使视之。其后每相见,则每至于争;而一日不见,则又未尝不相思。盖古之所谓益友者如此,而吾特幸与之为友也。

司城抱负奇伟,不得见于世,则往往为歌诗以自娱。其壮年周游黔、蜀,崎岖万里。其诗尤雄放,穷极文章之变。虽其他稍涉平易者,而语必雅健,能不失诗人之意旨。时人不能尽知,更千百世后,必有能知之者。

余虽与司城同乡里,其久相聚处,乃反在异地。司城既家居,不相见者常至五六年。岁庚午,司城一至京师,余与相聚才数日,怅然别去。忽忽阅四岁。今春余将之武昌,道过司城。司城出酒肴共酌,意气慷慨,其平时飞动之意,犹不能无。然而司城年已七十矣!

司城所为诗,仅千有馀篇。其锓板以行世,用白金无过百两,而家贫力未能及。余将与四方友人共谋之,而未知其何如。虽然,司城之诗藏于家,其光怪已自发见不可掩。虽其行世,岂能加毫末于司城哉！然则锓板与否存乎人,而司城固可不问矣。

古文辞类纂十终

奏议类上编一　　　古文辞类篹十一

楚莫敖子华对威王　。

威王问于莫敖子华曰："自从先君文王，以至不穀之身，亦有不为爵劝不为禄勉，以忧社稷者乎？"莫敖子华对曰："如华不足以知之矣。"王曰："不于大夫，无所闻之。"莫敖子华对曰："君王将何问者也？彼有廉其爵，贫其身，以忧社稷者；有崇其爵，丰其禄，以忧社稷者；有断脰决腹，一瞑而万世不视，不知所益，以忧社稷者；亦有不为爵劝不为禄勉，以忧社稷者。"王曰："大夫此言，将何谓也？"

莫敖子华对曰："昔令尹子文，缁帛之衣以朝，鹿裘以处。未明而立于朝，日晦而归食。朝不谋夕，无一日之积。故彼廉其爵，贫其身，以忧社稷者，令尹子文是也。

"昔者叶公子高，身获于表薄而财于柱国；定白公之祸，宁楚国之事；恢先君以掩方城之外，四封不廉，名不挫于诸侯。当此之时也，天下莫敢以兵南向。叶公子高食田六百畛。故彼崇其爵，丰其禄，以忧社稷者，叶公子高

177

是也。

"昔者吴与楚战于柏举,两御之间,夫卒交。莫敖大心抚其御之手,顾而太息曰:'嗟乎子乎,楚国亡之日至矣!吾将深入吴军,若扑一人,若捽一人,以与大心者也,社稷其为庶几乎?'故断胫决腹,一瞑而万世不视,不知所益,以忧社稷者,莫敖大心是也。

"昔吴与楚战于柏举,三战入郢。寡君当作君王。身出,大夫悉属,百姓离散。棼冒勃苏曰:'吾被坚执锐赴强敌而死,此犹一卒也。不若奔诸侯。'于是赢粮潜行,上峥山,逾深溪,跖穿膝暴,七日而薄秦王之朝。雀立不转,昼吟宵哭,七日不得告。水浆无入口,痟而殚闷,旄不知人。秦王闻而走之,冠带不相及,左奉其首,右濡其口,勃苏乃苏。秦王身问之:'子孰谁也?'棼冒勃苏对曰:'臣非异,楚使新造蛊棼冒勃苏。吴与楚人战于柏举,三战入郢,寡君身出,大夫悉属,百姓离散。使下臣来,告亡,且求救。'秦王顾令之起:'寡人闻之:万乘之君,得罪一士,社稷其危。今此之谓也。'遂出革车千乘,卒万人,属之子满与子虎,下塞以东,与吴人战于浊水,而大败之,亦闻于遂浦。故劳其身,愁其思,以忧社稷者,棼冒勃苏是也。

"吴与楚战于柏举,三战入郢。君王身出,大夫悉属,百姓离散。蒙穀结斗于宫唐之上,舍斗奔郢,曰:'若有孤,楚国社稷其庶几乎?'遂入大宫,负鸡次之典,以浮于江,逃于云梦之中。昭王反郢,五官失法,百姓昏乱。蒙穀献典,五官得法,而百姓大治。此蒙穀之功,多与存国相若。封之执圭，田六百畛。蒙穀怒曰：'穀非人臣，社稷之臣。苟社稷血食，余岂患无君乎？'遂自弃于磨山之中，至今无冒。

_{萧按：冒者言覆冒子孙田禄之类，或作位，非是。}故不为爵劝，不为禄勉，以忧社稷者，蒙穀是也。"

王乃太息曰："此古之人也。今之人焉能有之邪？"

莫敖子华对曰："昔者先君灵王，好小腰，楚士约食，冯而能立，式而能起。食之可欲，忍而不入；死之可恶，然而不避。华闻之：其君好发者，其臣决拾。君王直不好，若君王诚好贤，此五臣者，皆可得而致之。"

张仪司马错议伐蜀 ○○

司马错与张仪争论于秦惠王前。司马错欲伐蜀，张仪曰："不如伐韩。"王曰："请闻其说。"

对曰："亲魏善楚，下兵三川，塞轘辕、缑氏之口，当屯留之道，魏绝南阳，楚临南郑，秦攻新城、宜阳，以临二周之郊，诛周主之罪，侵楚、魏之地。周自知不救，九鼎宝器必出。据九鼎，按图籍，挟天子以令天下，天下莫敢不听，此王业也。今夫蜀，西僻之国，而戎狄之长也。敝兵劳众，不足以成名；得其地，不足以为利。臣闻争名者于朝，争利者于市。今三川、周室，天下之市朝也。而王不争焉，顾争于戎狄，去王业远矣。"

司马错曰："不然。臣闻之：欲富国者务广其地，欲强兵者务富其民，欲王者务博其德。三资者备，而王随之矣。

今王之地小民贫，故臣愿从事于易。夫蜀，西僻之国也，而戎狄之长也，而有桀纣之乱。以秦攻之，譬如使豺狼逐群羊也。取其地，足以广国也。得其财，足以富民缮兵。不伤众而彼已服矣。故拔一国而天下不以为暴，利尽西海，诸侯不以为贪。是我一举而名实两附，而又有禁暴止乱之名。今攻韩，劫天子。劫天子，恶名也，而未必利也，又有不义之名。而攻天下之所不欲，危。臣请谒其故：周，天下之宗室也；齐，韩之与国也。周自知失九鼎，韩自知亡三川，则必将并力合谋，以因于齐、赵，而求解乎楚、魏。以鼎与楚，以地与魏，王不能禁。此臣所谓危，不如伐蜀之完也。"惠王曰："善。寡人听子。"卒起兵伐蜀，十月取之，遂定蜀。蜀主更号为侯，而使陈庄相蜀。蜀既属，秦益强，富厚轻诸侯。

苏子说齐闵王　○○

　　苏子说齐闵王曰："臣闻用兵而喜先天下者忧，约结而喜主怨者孤。夫后起者藉也，而远怨者时也。是以圣人从事，必藉于权而务兴于时。夫权藉者，万物之率也；而时势者，百事之长也。故无权藉，倍时势，而能事成者寡矣。

　　"今虽干将、莫邪，此下承后起说。非得人力，则不能割刿矣。坚箭利金，不得弦机之利，则不能远杀矣。矢非不铦，而剑非不利也，何则？权藉不在焉。何以知其然也？昔者赵氏袭卫，车舍人不休，傅卫国，城刚平，卫八门土，而二门堕矣，此亡国之形也。卫君跣行告愬于魏，魏王身被甲底剑，挑赵索战。邯郸之中骛，河山之间乱。卫得是藉也，亦收馀甲而北面，残刚平，堕中牟之郭。卫非强于赵也，譬之卫矢而魏弦机也，藉力魏而有河东之地。赵氏惧，楚人救赵而伐魏，战于州西，出梁门，军舍林中，马饮于大河。赵得是藉也，亦袭魏之河北，烧棘沟，队黄城。故刚平之残也，中牟之堕也，黄城之队也，棘沟之烧也，此皆非赵、魏之欲也。然二国劝行之者何也？卫明于时权之藉也。今世之为国者不然矣。兵弱而好敌强，国罢而好众怨，事败而好鞠之，兵弱而憎下人，地狭而好敌大，事败而好长诈。行此六者而求霸，则远矣。

“臣闻善为国者，此下承远怨说。顺民之意，而料兵之能，然后从于天下。故约不为人主怨，伐不为人挫强。如此，则兵不费，权不轻，地可广，欲可成也。昔者齐之与韩、魏伐秦、楚也，战非甚疾也，分地又非多韩、魏也，然而天下独归咎于齐者何也？以其为韩、魏主怨也。且天下遍用兵矣，齐、燕战而赵氏兼中山，秦、楚战韩、魏不休，而宋、越专用其兵。此十国者，皆以相敌为意，而独举心于齐者何也？约而好主怨，伐而好挫强也。

“且夫强大之祸，以下皆言后起，而远怨意即寓其内。常以王人为意也；夫弱小之殃，常以谋人为利也。是以大国危，小国灭也。大国之计，莫若后起而重伐不义。夫后起之藉，与多而兵劲，则是以众强敌罢寡也，兵必立也。事不塞天下之心，则利必附矣。大国行此，则名号不攘而至，霸王不为而立矣。小国之情，莫如谨静而寡信诸侯。谨静则四邻不反，寡信诸侯，则天下不卖。外不卖，内不反，则积稽朽腐而不用，币帛矫蠹而不服矣。小国道此，则不祠而福矣，不贷而见足矣。故曰祖仁者王，立义者霸，用兵穷者亡。何以知其然也？昔吴王夫差，以强大为天下先，强袭郢而栖越，身从诸侯之君，而卒身死国亡，为天下戮者何也？此夫差平居而谋王，强大而喜先天下之祸也。昔者莱、莒好谋，陈、蔡好诈，莒恃越而灭，蔡恃晋而亡。此皆内长诈，外信诸侯之殃也。由此观之，则强弱大小之祸，可见于前事矣。

"语曰：'骐骥之衰也，驽马先之；孟贲之倦也，女子胜之。'夫驽马、女子，筋力骨劲，非贤于骐骥、孟贲也。何则？后起之藉也。今天下之相与也不并灭，有而案兵而后起，寄怨而诛不直，微用兵而寄于义，则亡天下可局足而须也。明于诸侯之故，察于地形之理者，不约亲，不相质而固，不趋而疾，众事而不反，交割而不相憎，俱强而加以亲。何则？形同忧而兵趋利也。何以知其然也？昔者燕、齐战于桓之曲，燕不胜，十万之众尽。胡人袭燕楼烦数县，取其牛马。夫胡之与齐，非素亲也，而用兵又非约质而谋燕也，然而甚于相趋者何也？形同忧而兵趋利也。由此观之，约于同形则利长，后起则诸侯可趋役也。

"故明主察相，以下极言用兵之害，不能后起而致怨者。诚欲以霸王也为志，则战攻非所先。战者国之残也，而都县之费也。残费已先，而能从诸侯者寡矣。彼战者之为残也，士闻战则输私财而富军市，输饮食而待死士，令折辕而炊之，杀牛而觞士，则是路窘之道也。中人祷祝，君翳酿，通都小县置社，有市之邑，莫不正事而奉王，则此虚中之计也。夫战之明日，尸死扶伤，虽若有功也，军出费，中哭泣，^{军则重出费以送死伤，国中则哭泣以迎之。}则伤主心矣。死者破家而葬，夷伤者空财而共药，完者内酺而华乐，故其费与死伤者钧。故民之所费也，十年之田而不偿也。军之所出，矛戟折，镮弦绝，伤弩破车，罢马亡矢之太半。甲兵之具，官之所私出也，士大夫之所匿，厮养卒之所窃，十年之田而不偿也。天下有此再费者，而能从诸侯者寡矣。攻城之费，百姓理襜蔽，举冲橹，家杂总，身窟穴，中罢于刀金。而士困于土功，将不释甲，期数而能拔城者为巫耳。上倦于教，士断于兵，故三下城而能胜敌者寡矣。故曰彼战攻者非所先也。何以知其然也？昔智伯瑶攻范、中行氏，杀其君，灭其国，又西围晋阳，吞兼二国，而忧一主，此用兵之盛也。然而智伯卒身死国亡，为天下笑者，何谓也？兵先战攻，而灭二子之患也。昔者中山悉起而迎燕、赵，南战于长子，败赵氏；北战于中山，克燕军，杀其将。夫中山，千乘之国也，而敌万乘之国二，再战比胜，此用兵之上节也。然而国遂亡，君臣于齐者何也？不啬于战攻之患也。由此观之，则战攻之败，可见于前事矣。今世之所谓善用兵者，终战比胜，而守不可拔，天下称为善，一国得而保之，则非国之利也。臣闻战大胜者，其士多死而兵益弱；守而不可拔者，其百姓罢而城郭露。夫士死于外，民残于内，而城郭露于竟，则非王之乐也。今夫鹄的非咎罪于人也，便弓引弩而射之，中者则喜，不中则愧。少长贵贱，则同心于贯之者何也？恶其示人以难也。今穷战比胜，而守必不拔，则是非徒示人以难也，又且害人者也。然则天下仇之必矣！夫罢士露国，而多与天下为仇，则明君不居也。素用强兵而弱之，则察相不事。彼明君察相者，则五兵不动而诸侯从，辞让而重赂至矣。故明君之攻战也，甲兵不出于军而敌国胜，冲橹不施而边城降，士民不知而王业至矣。彼明君之从事也，用财少，旷日远而为利长者。故曰：兵后起，则诸侯可趋役也。

"臣之所闻，此下言用谋之利，明于权藉时势者。攻战之道非师者，虽有百万之军，北之堂上；虽有阖闾、吴起之将，禽之户内。千丈之城，拔之尊俎之间；百尺之冲，折之衽席之上。故钟鼓竽瑟之音不绝，地可广而欲可成；和乐倡优侏儒之笑不乏，诸侯可同日而致也。故名配天地不为尊，利制海内不为厚。故夫善为王业者，在劳天下而自逸，乱天下而自安，诸侯无成谋，则其国无宿忧也。何以知其然？佚治在我，劳乱在天下，则王之道也。锐兵来而拒之，患至而移之，使诸侯无成谋，则其国无宿忧矣。何以知其然矣？昔者魏王拥土千里，带甲三十六万，恃其强而拔邯郸，黄丕烈谓：而、能字通，《国策》能字多作而，鲍氏增恃字，非。西围定阳，又从十二诸侯朝天子以西谋秦。秦王恐之，寝不安席，食不甘味，令于竟内，尽牒中为战具，竟为守备，为死士置将，以待魏氏。卫鞅谋于秦王曰：'夫魏氏其功大，而令行于天下，有十二诸侯而朝天子，其与必众。故以一秦而敌大魏，恐不如。王何不使臣见魏王，则臣请必北魏矣。'秦王许诺。卫鞅见魏王曰：'大王之功大矣，令行于天下矣。今大王之所从十二诸侯，非宋、卫也，则邹、鲁、陈、蔡，此固大王之所以鞭棰使也，不足以王天下。大王不若北取燕，东伐齐，则赵必从矣；西取秦，南伐楚，则韩必从矣。大王有伐齐、楚心，而从天下之志，则王业见矣。大王不如先行王服，然后图齐、楚。'魏王悦于卫鞅之言也，故身广公宫，制丹衣柱，建九斿，从七星之旄。此天子之位也，而魏王处之。于是齐、楚怒，诸侯奔齐。齐人伐魏，杀其太子，覆其十万之军。魏王大恐，跣行按兵于国，而东次于齐，然后天下乃舍之。当是时，秦王垂拱而受西河之外，而不以德魏王。故卫鞅之始与秦王计也，谋约不下席，言于尊俎之间，谋成于堂上，而魏将已禽于齐矣。冲橹未施，而西河之外已入于秦矣。此臣之所谓北之堂上，禽将户内，拔城于尊俎之间，折冲席上者也。"《战国策》以此为苏子之辞，或疑为苏秦，或疑为苏代。吴师道固辨其非矣。蕭按：此篇末引商鞅见魏王之语，正如秦、代所以愚齐之计，若借卫鞅以发其情而瘝愍王焉者，岂非齐之忠臣乎？篇首苏子字盖误，不则或苏厉之辞，当齐愍、燕昭之时，代常居燕，厉常居齐，齐国既破，赵将与秦攻其遗烬，其危亟矣。厉独为书与赵王，止之。岂厉犹忠于为齐谋者，有异于其两昆耶？

虞卿议割六城与秦　○○

秦攻赵于长平，大破之，引兵而归。因使人索六城于赵而媾。赵计未定。楼缓新从秦来，赵王与楼缓计之曰：
"与秦城何如？不与何如？"楼缓辞让曰："此非人臣之所
能知也。"王曰："虽然，试言公之私。"楼缓曰："王亦闻夫
公甫文伯母乎？公甫文伯官于鲁，病死。妇人为之自杀于
房中者二人。其母闻之，不肯哭也。相室曰：'焉有子死而
不哭者乎？'其母曰：'孔子贤人也，逐于鲁，是人不随。今
死而妇人为死者二人。《国策》作十六人，今依《史记》。若是者，
其于长者薄，而于妇人厚。'故从母言之，之为贤母也；从妇
言之，必不免为妒妇也。故其言一也，言者异，则人心变
矣。今臣新从秦来，而言勿与，则非计也；言与之，则恐王
以臣之为秦也。故不敢对。使臣得为王计之，不如予之。"
王曰："诺。"

　　虞卿闻之，入见王，王以楼缓言告之。虞卿曰："此饰
说也。"王曰："何谓也？"虞卿曰："秦之攻赵也，倦而归乎？
王以其力尚能进，爱王而不攻乎？"王曰："秦之攻我也，不
遗馀力矣，必以倦而归也。"虞卿曰："秦以其力攻其所不能
取，倦而归，王又以其力之所不能攻而资之，是助秦自攻
也。来年秦复攻王，王无以救矣。"

　　王以虞卿之言告楼缓。楼缓曰："虞卿能尽知秦力之
所至乎？诚知秦力之所不至，此弹丸之地，犹不与也，令秦
来年复攻王，得无割其内而媾乎？"王曰："诚听子割矣，子
能必来年秦之不复攻我乎？"楼缓对曰："此非臣之所敢任
也。昔者三晋之交于秦相善也，今秦释韩、魏而独攻王，王
之所以事秦，必不如韩、魏也。今臣为足下解负亲之攻，启

关通敝，齐交韩、魏。至来年而王独不取于秦，王之所以事秦者，必在韩、魏之后也。此非臣之所敢任也。"

王以楼缓之言告虞卿。虞卿曰："楼缓言不媾，来年秦复攻王，得无更割其内而媾。今媾，楼缓又不能必秦之不复攻也，虽割何益？来年复攻，又割其力之所不能取而媾也，此自尽之术也。不如无媾。秦虽善攻，不能取六城；赵虽不能守，亦不至失六城。秦倦而归，兵必罢。我以六城收天下以攻罢秦，是我失之于天下，而取偿于秦也。吾国尚利，孰与坐而割地，自弱以强秦？今楼缓曰：'秦善韩、魏而攻赵者，必王之事秦不如韩、魏也。'是使王岁以六城事秦也，即坐而地尽矣。来年秦复求割地，王将予之乎？不予则是弃前资而挑秦祸也，与之，则无地而给之。语曰：'强者善攻，而弱者不能自守。'今坐而听秦，秦兵不敝而多得地，是强秦而弱赵也。以益愈强之秦，而割愈弱之赵，其计固不止矣。且秦虎狼之国也，无礼义之心。其求无已，而王之地有尽。以有尽之地，给无已之求，其势必无赵矣。故曰此饰说也，王必勿与。"王曰："诺。"

楼缓闻之，入见于王，王又以虞卿之言告之。楼缓曰："不然。虞卿得其一，未知其二也。夫秦、赵构难，而天下皆说，何也？曰'我将因强而乘弱'。今赵兵困于秦，天下之贺战胜者，则必尽在于秦矣。故不若亟割地求和以疑天下，慰秦心。不然，天下将因秦之怒，乘赵之敝，而瓜分之。赵且亡，何秦之图？王以此断之，勿复计也。"

虞卿闻之，又入见王曰："危矣楼子之为秦也！夫赵兵困于秦，又割地为和，是愈疑天下，而何慰秦心哉？是不亦大示天下弱乎？且臣曰勿予者，非固勿予而已也。秦索六城于王，王以六城赂齐。齐，秦之深雠也，得王六城，并力而西击秦也，齐之听王，不待辞之毕也。是王失于齐，而取偿于秦，一举结三国之亲，而与秦易道也。"赵王曰："善。"因发虞卿东见齐王，与之谋秦。

虞卿未反，秦之使者已在赵矣。楼缓闻之，逃去。_姚按：《史记》以始劝赵割六城为赵郝之计，后楼缓来赵，乃复劝之，其两人之辞，《国策》尽以为楼缓之语。今依《国策》。

中旗说秦昭王 ○○

秦昭王谓左右曰："今日韩、魏孰与始强？"对曰："弗如也。"王曰："今之如耳、魏齐，孰如孟尝、芒卯之贤？"对曰："弗如也。"王曰："以孟尝、芒卯之贤，帅强韩、魏之兵以伐秦，犹无奈寡人何也。今以无能之如耳、魏齐，帅弱韩、魏以攻秦，其无奈寡人何亦明矣！"左右皆曰："甚然。"

中旗推琴对曰："王之料天下过矣。昔者六晋之时，智氏最强，灭破范、中行，帅韩、魏以围赵襄子于晋阳，决晋水以灌晋阳，城不沈者三板耳。智伯出行水，韩康子御，魏桓子骖乘。智伯曰：'始吾不知水之可亡人之国也，乃今知之。汾水利以灌安邑，绛水利以灌平阳。'魏桓子肘韩康子，康子履魏桓子蹑其踵。肘足接于车上，而智氏分矣。身死国亡，为天下笑。今秦之强，不能过智伯，韩、魏虽弱，尚贤在晋阳之下也。此乃方其用肘足时也，愿王之勿易也。”

信陵君谏与秦攻韩　○○○

　　魏将与秦攻韩。无忌谓魏王曰：“秦与戎、翟同俗，有虎狼之心，贪戾好利而无信，不识礼义德行。苟有利焉，不顾亲戚兄弟，若禽兽耳。此天下之所同知也，非有所施厚积德也。故太后，母也，而以忧死；穰侯，舅也，功莫大焉，而竟逐之；两弟无罪，而再夺之国。此其于亲戚兄弟若此，而又况于仇雠之敌国乎？今大王与秦伐韩，而益近秦患，臣甚惑之。而王弗识也，则不明矣。群臣知之，而莫以此谏，则不忠矣。

　　“今夫韩氏以一女子，承一弱主，内有大乱，外安能支强秦、魏之兵，王以为不破乎？韩亡，秦有郑地，与大梁邻，王以为安乎？欲得故地，而今负强秦之祸也，王以为利乎？

　　“秦非无事之国也。韩亡之后，必且更事。《国策》“便事”，《史记》“更事”，《史》是。更事必就易与利，就易与利，必不伐楚与赵矣。是何也？夫越山逾河，绝韩之上党，而攻强赵，则是复阏与之事也，秦必不为也。若道河内，倍邺、朝歌，绝漳、滏之水，而以与赵兵决胜于邯郸之郊，是受智伯之祸也，秦又不敢。伐楚，道涉山谷，行三千里，而攻冥厄之塞，冥厄，依《史》、《策》作“危隘”。所行者甚远，而所攻者甚难，秦又弗为也。若道河外，背大梁，而右上蔡、召陵，以与楚兵决于陈郊，秦又不敢也。故曰，秦必不伐楚与赵矣，又不攻卫与齐矣。韩亡之后，兵出之日，非魏无攻矣。秦故有怀茅、邢邱，城垝津以临河内，<small>此句依《史记》，《国策》作"怀地邢邱、安城、垝津，而以之临河内"。</small>河内共、汲莫不危矣。秦有郑地，得垣雍，决荥泽，而水大梁，大梁必亡矣。王之使者大过矣，乃恶安陵氏于秦，秦之欲诛<small>"诛"，《国策》作"许"。</small>之久矣。然而秦之叶阳、昆阳与舞阳、高陵邻，听使者之恶也，随安陵氏而亡之。秦绕舞阳之北以东临许，则南国必危矣。<small>《国策》魏攻管篇：安陵君对信陵君曰：吾先君成侯受诏襄王，以守此地。萧按：襄王者，梁襄王也。成侯者，安陵始封之君，非惠王之子，则襄王之子也。魏至安釐王，去襄王四世，而安陵益疏，绝为异国，故取恶于魏，欲并韩而亡之。然安陵在魏西南，犹足蔽魏之南国，苟亡之，则南国危矣。鲍彪、吴师道注《国策》，乃以襄王为赵襄子，成侯为赵成侯，不知其为魏同姓国也。且赵曷为封子姓于韩、魏间乎？</small>南国虽无危，则魏国岂得安哉？且夫憎韩不爱安陵氏可也，夫不患秦之不爱南国非也。<small>之犹及也。</small>异日者秦乃在河西晋，国之去梁也，千里有馀，有河山以阑之，有周、韩以间之。从林乡军以至于今，秦十攻魏，五入国中，边城尽拔。文台堕，垂都焚，林木伐，麋鹿尽，而国继以围。又长驱梁北，东至陶、卫之郊，北至乎阚，所亡乎秦者，山北、<small>《史》有"山南"字，非是。</small>河外、河内，大县数百，名都数十。秦乃在河西晋，国之去大梁也尚千里，而祸若是矣，又况于使秦无韩而有郑地，无河山以阑之，无周、韩以间之，去大梁百里，祸必百此矣。异日者从之不成也，楚、魏疑而韩不可得而约也。今韩受兵三年矣，秦挠之以讲，韩知亡犹弗听，投质于赵，而请为天下雁行顿刃。以臣之愚观之，则楚、赵必与之攻矣。此何也？则皆知秦欲之无穷也，非尽亡天下之兵，而臣海内之民，必不休矣。是故臣愿以从事王，王速受楚、赵之约，而挟韩之质，以存韩为务，因求故地于韩，韩必效之。如此，则士民不劳而故地得，其功多于与秦共伐韩，然而无与强秦邻之祸。

　　“夫存韩安魏而利天下，此亦王之大时已。通韩之上党于共、宁，使道已通，因而关之，出入者赋之，是魏重质韩以其上党也。共有其赋，足以富国，韩必德魏，爱魏，重魏，畏魏，韩必不敢反魏。韩是魏之县也。魏得韩以为县，则卫、大梁、河外必安矣。今不存韩，则二周必危，安陵必易。楚、赵大破，魏、齐甚畏，天下之西乡而驰秦，入朝为臣之日不久矣。”《国策》无“矣”字，《史》无“之日”字，以文义皆当有之。

李斯谏逐客书 ○○○

　　臣闻吏议逐客，窃以为过矣。昔缪公求士，西取由余于戎，东得百里奚于宛，迎蹇叔于宋，来邳豹、公孙支于晋。此五子者，不产于秦，而缪公用之，并国二十，遂霸西戎。孝公用商鞅之法，移风易俗，民以殷盛，国以富强，百姓乐用，诸侯亲服，获楚、魏之师，举地千里，至今治强。惠王用张仪之计，拔三川之地，西并巴、蜀，北收上郡，南取汉中，包九夷，制鄢、郢，东据成皋之险，割膏腴之壤，遂散六国之从，使之西面事秦，功施到今。昭王得范雎，废穰侯，逐华阳，强公室，杜私门，蚕食诸侯，使秦成帝业。此四君者，皆以客之功。由此观之，客何负于秦哉？向使四君却客而不纳，疏士而不与，"与"依《文选》、《史》作"用"。是使国无富利之实，而秦无强大之名也。

今陛下致昆山之玉，有随、和之宝，垂明月之珠，服太阿之剑，乘纤离之马，建翠凤之旗，树灵鼍之鼓。此数宝者，秦不生一焉，而陛下说之，何也？必秦国之所生然后可，则是夜光之璧，不饰朝廷；犀象之器，不为玩好；郑、卫之女，不充后宫；而骏良駃騠，不实外厩。江南金锡不为用，蜀之丹青不为采，所以饰后宫，充下陈，娱心意，说耳目者，必出于秦然后可，则是宛珠之簪，傅玑之珥，阿缟之衣，锦绣之饰，不进于前；而随俗雅化，佳冶窈窕赵女，不立于侧也。夫击瓮叩缶，弹筝搏髀，而歌呜呜快耳《史记》有"目"字，今从《文选》。者，真秦之声也。郑、卫、桑间，韶、虞、武、象者，异国之乐也。今弃击瓮叩缶而就郑、卫，退弹筝而取韶、虞，若是者何也？快意当前，适观而已矣。今取人则不然。不问可否，不论曲直，非秦者去，为客者逐。然则是所重者在乎色乐珠玉，而所轻者在乎民人也。此非所以跨海内制诸侯之术也。

臣闻地广者粟多，国大者人众，兵强则士勇。是以太山不让土壤，故能成其大；河海不择细流，故能就其深；王者不却众庶，故能明其德。是以地无四方，民无异国，四时充美，鬼神降福，此五帝三王之所以无敌也。今乃弃黔首以资敌国，却宾客以业诸侯，使天下之士，退而不敢西向，裹足不入秦，此所谓藉寇兵而赍盗粮者也。夫物不产于秦,可宝者多;士不产于秦,愿忠者众。今逐客以资敌国,损民以益雠,内自虚而外树怨于诸侯,求国无危,不可得也。

李斯论督责书　○

二世责问李斯曰:"吾有私议,而有所闻于韩子也。曰:尧之有天下也,堂高三尺,采椽不斫,茅茨不翦,虽逆旅之宿,不勤于此矣;冬日鹿裘,夏日葛衣,粢粝之食,藜藿之羹,饭土匦,啜土铏,虽监门之养,不觳于此矣。禹凿龙门,通大夏,疏九河,曲九防,决渟水放之海,而股无胈,胫无毛,手足胼胝,面目黎黑,遂以死于外,葬于会稽,虽臣虏之劳,不烈于此矣。然则夫所贵于有天下者,岂欲苦形劳神,身处逆旅之宿,口食监门之养,手持臣虏之作哉?此不肖人之所勉也,非贤者之所务也。彼贤人之有天下也,专用天下适己而已矣,此所以贵于有天下也。夫所谓贤人者,必能安天下而治万民。今身且不能利,将恶能治天下哉?故吾愿赐志广欲,长享天下而无害,为之奈何?"

李斯子由为三川守,群盗吴广等西略地过去,弗能禁。章邯以破逐广等兵,使者覆案三川相属,诮让斯居三公位,如何令盗如此。李斯恐惧,重爵禄,不知所出。乃阿二世意,欲求容,以书对曰:

"夫贤主者,必且能全道而行督责之术者也。督责之,则臣不敢不竭能以徇其主矣。此臣主之分定,上下之义明，则天下贤不肖，莫敢不尽力竭任以徇其君矣。是故主独制于天下而无所制也，能穷乐之极矣。贤明之主也，可不察焉？故申子曰：有天下而不恣睢，命之曰以天下为桎梏者，无他焉，不能督责，而顾以其身劳于天下之民，若尧、禹然，故谓之桎梏也。夫不能修申、韩之明术，行督责之道，专以天下自适也，而徒务苦形劳神，以身徇百姓，则是黔首之役，非畜天下者也，何足贵哉？夫以人徇己，则己贵而人贱；以己徇人，则己贱而人贵。故徇人者贱，而人所徇者贵。自古及今，未有不然者也。凡古之所为尊贤者，为其贵也；而所为恶不肖者，为其贱也。而尧、禹以身徇天下者也，因随而尊之，则亦失所为尊贤之心矣，夫可谓大缪矣！谓之为桎梏，不亦宜乎？不能督责之过也。

"故韩子曰：慈母有败子，而严家无格虏者，何也？则能罚之加焉必也。故商君之法，刑弃灰于道者。夫弃灰，薄罪也，而被刑，重罚也。彼唯明主为能深督轻罪，夫罪轻且督深，而况有重罪乎？故民不敢犯也。是故韩子曰：布帛寻常，庸人不释，铄金百镒，盗跖不搏者，非庸人之心重，寻常之利深，而盗跖之欲浅也。又不以盗跖之行，为轻百镒之重也。搏必随手刑，则盗跖不搏百镒，而罚不必行也，则庸人不释寻常。是故城高五丈，而楼季不轻犯也。泰山之高百仞，而跛牂牧其上。夫楼季也而难五丈之限，岂跛牂也而易百仞之高哉！陟壄之势异也。明主圣王之所以能久处尊位，长执重势，而独擅天下之利者，非有异道也，能独断而审督责，必深罚，故天下不敢犯也。今不务所以不犯,而事慈母之所以败子也,则亦不察于圣人之论矣。夫不能行圣人之术,则舍为天下役,何事哉?可不哀邪!

　　"且夫俭节仁义之人立于朝,则荒肆之乐辍矣;谏说论理之臣间于侧,则流漫之志诎矣;烈士死节之行显于世,则淫康之虞废矣。故明主能外此三者,而独操主术以制听从之臣,而修其明法,故身尊而势重也。凡贤主者,必将能拂世摩俗,而废其所恶,立其所欲,故生则有尊重之势,死则有贤明之谥也。是以明君独断,故权不在臣也,然后能灭仁义之涂,掩驰说之口,困烈士之行,塞聪掩明,内独视听。故外不可倾以仁义烈士之行,而内不可夺以谏说忿争之辩。故能荦然独行恣睢之心而莫之敢逆若此,然后可谓能明申、韩之术,而修商君之法。法修术明,而天下乱者,未之闻也。故曰王道约而易操也,唯明主为能行之。若此,则谓督责之诚,则臣无邪。臣无邪,则天下安。天下安,则主严尊。主严尊,则督责必。督责必,则所求得。所求得,则国家富。国家富,则君乐丰。故督责之术设,则所欲无不得矣。群臣百姓,救过不给,何变之敢图?若此,则帝道备,而可谓能明君臣之术矣,虽申、韩复生,不能加也。"

古文辞类纂十一

195

奏议类上编二

贾山至言 ○○

臣闻为人臣者，尽忠竭愚，以直谏主，不避死亡之诛者，臣山是也。臣不敢以久远谕，愿借秦以为谕，唯陛下少加意焉。

夫布衣韦带之士，修身于内，成名于外，而使后世不绝息。至秦则不然。贵为天子，富有天下，赋敛重数，百姓任罢，赭衣半道，群盗满山。使天下之人，戴目而视，倾耳而听，一夫大呼，天下向应者，陈胜是也。秦非徒如此也。起咸阳而西至雍，离宫三百，钟鼓帷帐，不移而具。又为阿房之殿，殿高数十仞，东西五里，南北千步，从车罗骑，四马骛驰，旌旗不挠。为宫室之丽至于此，使其后世曾不得聚庐而托处焉。为驰道于天下，东穷燕、齐，南极吴、楚，江湖之上，濒海之观毕至，道广五十步，三丈而树，厚筑其外，隐以金椎，树以青松。为驰道之丽至于此，使其后世曾不得邪径而托足焉。死葬乎骊山，吏徒数十万人，旷日十年，下彻

197

三泉，合采金石，冶铜锢其内，柒涂其外，被以珠玉，饰以翡翠，中成观游，上成山林。为葬薶之侈至于此，使其后世曾不得蓬颗蔽冢而托葬焉。秦以熊罴之力，虎狼之心，蚕食诸侯，并吞海内，而不笃礼义，故天殃已加矣。臣昧死以闻，愿陛下少留意，而详择其中。

　　臣闻忠臣之事君也，言切直，则不用而身危；不切直，则不可以明道。故切直之言，明主所欲急闻，忠臣之所以蒙死而竭知也。地之硗者，虽有善种，不能生焉；江皋河濒，虽有恶种，无不猥大。昔者夏、商之季世，虽关龙逢、箕子、比干之贤，身死亡而道不用。文王之时，豪俊之士，皆得竭其智；刍荛采薪之人，皆得尽其力，此周之所以兴也。故地之美者善养禾，君之仁者善养士。雷霆之所击，无不摧折者；万钧之所压，无不糜灭者。今人主之威，非特雷霆也；势重，非特万钧也。开道而求谏，和颜色而受之，用其言而显其身，士犹恐惧而不敢自尽，又乃况于纵欲，恣行暴虐，恶闻其过乎？震之以威，压之以重，则虽有尧舜之智，孟贲之勇，岂有不摧折者哉？如此则人主不得闻其过失矣。弗闻，则社稷危矣！古者圣王之制：史在前书过失，工诵箴谏，瞽诵诗谏，公卿比谏，士传言谏过，庶人谤于道，商旅议于市，然后君得闻其过失也。闻其过失而改之，见义而从之，所以永有天下也。天子之尊，四海之内，其义莫不为臣，然而养三老于太学，亲执酱而馈，执爵而酳，祝餔在前，祝鲠在后，公卿奉杖，大夫进履，举贤以自辅弼，求修正之士使直谏。故以天子之尊，尊养三老，视孝也；立辅弼之

臣者,恐骄也;置直谏之士者,恐不得闻其过失也;学问至
于匄髳者,求善无魇也;商人、庶人诽谤己而改之,从善无
不听也。

昔者秦政力并万国,富有天下,破六国以为郡县,筑长
城以为关塞。秦地之固,大小之势,轻重之权,其与一家之
富,一夫之强,胡可胜计也。然而兵破于陈涉,地夺于刘氏
者,何也? 秦王贪狼暴虐,残贼天下,穷困万民,以适其欲
也。昔者周盖千八百国,以九州之民,养千八百国之君,用
民之力,不过岁三日。什一而籍,君有馀财,民有馀力,而
颂声作。秦皇帝以千八百国之民自养,力罢不能胜其役,
财尽不能胜其求。一君之身耳,所以自养者,驰骋弋猎之
娱,天下弗能供也。劳罢者不得休息,饥寒者不得衣食,亡
罪而死刑者,无所告诉。人与之为怨,家与之为雠,故天下
坏也。秦皇帝身在之时,天下已坏矣,而弗自知也。秦皇
帝东巡狩,至会稽、琅邪,刻石著其功,自以为过尧舜统;县
石铸钟虡,筛土筑阿房之宫,自以为万世有天下也。古者
圣王作谥,三四十世耳,虽尧、舜、禹、汤、文、武,累世广德,
以为子孙基业,无过二三十世者也。秦皇帝曰:死而以谥
法,是父子名号有时相袭也,以一至万,则世世不相复也,
故死而号曰始皇帝,其次曰二世皇帝者,欲以一至万也。
秦皇帝计其功德,度其后嗣世世无穷,然身死才数月耳,天
下四面而攻之,宗庙灭绝矣。秦皇帝居灭绝之中而不自知
者,何也? 天下莫敢告也。其所以莫敢告者,何也? 亡养
老之义,亡辅弼之臣,亡进谏之士,纵恣行诛,退诽谤之人,

杀直谏之士。是以道谀偷合苟容：比其德，则贤于尧舜；课其功，则贤于汤武。天下已溃而莫之告也。《诗》曰："匪言不能，胡此畏忌。听言则对，潛言则退。"此之谓也。以上皆论受谏不敢适欲。

又曰："济济多士，文王以宁。"天下未尝亡士也，然而文王独言以宁者，何也？文王好仁，则仁兴；得士而敬之，则士用。用之有礼义，故不致其爱敬，则不能尽其心。不能尽其心，则不能尽其力。不能尽其力，则不能成其功。故古之贤君，于其臣也，尊其爵禄而亲之，疾则临视之无数，死则往吊哭之，临其小敛大敛，已棺涂而后为之服，锡衰麻绖，而三临其丧。未敛，不饮酒食肉。未葬，不举乐。当宗庙之祭而死，为之废乐。故古之君人者，于其臣也，可谓尽礼矣。服法服，端容貌，正颜色，然后见之。故臣下莫敢不竭力尽死，以报其上，功德立于后世，而令闻不忘也。以上论敬士。

今陛下念思祖考，术追厥功，图所以昭光洪业休德，使天下举贤良方正之士。天下皆䜣䜣焉，曰：将兴尧舜之道，三王之功矣。天下之士，莫不精白以承休德。今方正之士，皆在朝廷矣。又选其贤者，使为常侍诸吏，与之驰驱射猎，一日再三出。臣恐朝廷之解弛，百官之堕于事也。诸侯闻之，又必怠于政矣。陛下即位，亲自勉以厚天下，损食膳，不听乐，减外徭卫卒，止岁贡，省厩马以赋县传，去诸苑以赋农夫，出帛十万馀匹以振贫民。礼高年，九十者一子不事，八十者二算不事。赐天下男子爵，大臣皆至公卿。大臣者，既官之为大臣矣，而又言为公卿者，言赐爵也。彻侯、关内侯有食邑，吏民奉为君公，故曰公。大庶长等为卿。汉因秦制，公士至不更四级，盖比古之士大夫至五大夫。五级，盖比古之大夫。左庶长至大庶长九级，盖比古之卿。山所谓公卿者，意如此，非三公九卿之谓。余既为此解，阅刘昭注《续汉书·百官志》引刘邵爵制，其比拟同余说，极详备，大可证明此说之不误也。发御府金赐大臣，宗族亡不被泽者。赦罪人，怜其亡发赐之巾，怜其衣赭书其背，父子兄弟相见也，而赐之衣。平狱缓刑，天下莫不说喜。是以元年膏雨降，五谷登。此天之所以相陛下也。刑轻于它时，而犯法者寡；衣食多于前年，而盗贼少。此天下之所以顺陛下也。臣闻山东吏布诏令，民虽老羸癃疾，扶杖而往听之，愿少须臾毋死，思见德化之成也。今功业方就，名闻方昭，四方乡风。今从豪俊之臣，方正之士，直与之日日猎射，击兔伐狐，以伤大业，绝天下之望。臣窃悼之。

《诗》曰："靡不有初，鲜克有终。"臣不胜大愿，愿少衰射猎，以夏岁二月，定明堂，造太学，修先王之道。风行俗成，万世之基定，然后唯陛下所幸耳。古者大臣不媟，故君子不常见其齐严之色，肃敬之容。大臣不得与宴游，方正修洁之士，不得从射猎，使皆务其方以高其节，则群臣莫敢不正身修行，尽心以称大礼。如此，则陛下之道尊敬，功业施于四海，垂于万世子孙矣。诚不如此，则行日坏而荣日灭矣。夫士修之于家，而坏之于天子之廷，臣窃愍之。陛下与众臣宴游，与大臣方正朝廷论议，夫游不失乐，朝不失礼，议不失计，轨事之大者也。雄肆之气喷薄横出，汉初之文如此。昭、宣以后，盖希有矣，况东京而降乎！

贾生陈政事疏 ○○○

臣窃惟事势，可为痛哭者一，可为流涕者二，此"二"字疑本是"一"字，后论匈奴一事，而叠出可为流涕句耳，非有二也。俗人或遂于起处增一为二。可为长太息者六，若其它背理而伤道者，难遍以疏举。进言者皆曰：天下已安已治矣，臣独以为未也。曰安且治者，非愚则谀，皆非事实知治乱之体者也。夫抱火厝之积薪之下，而寝其上，火未及燃，因谓之安，方今之势，何以异此？本末舛逆，首尾衡决，国制抢攘，非甚有纪，胡可谓治？陛下何不壹令臣得孰数之于前，因陈治安之策，试详择焉。

夫射猎之娱，与安危之机孰急？使为治，劳智虑，苦身体，乏钟鼓之乐，勿为可也。乐与今同，而加之诸侯轨道，兵革不动，民保首领，匈奴宾服，四荒乡风，百姓素朴，狱讼衰息，大数既得，则天下顺治，海内之气，清和咸理，生为明帝，没为明神，名誉之美，垂于无穷。礼，祖有功而宗有德，使顾成之庙，称为太宗，上配太祖，与汉亡极。建久安之势，成长治之业，以承祖庙，以奉六亲，至孝也；以幸天下，以育群生，至仁也；立经陈纪，轻重同得，后可以为万世法程，虽有愚幼不肖之嗣，犹得蒙业而安，至明也。以陛下之明达，因使少知治体者，得佐下风，致此非难也。其具可素陈于前，愿幸无忽。臣谨稽之天地，验之往古，按之当今之务，日夜念此至孰也。虽使舜、禹复生，为陛下计,亡以易此。

夫树国,固必相疑之势,下数被其殃,上数爽其忧,甚非所以安上而全下也。今或亲弟谋为东帝,亲兄之子,西乡而击,今吴又见告矣。天子春秋鼎盛,行义未过,德泽有加焉,犹尚如是,况莫大诸侯,权力且十此者虖?然而天下少安,何也?大国之王,幼弱未壮,汉之所置傅相,方握其事。数年之后,诸侯之此"之"字疑衍。王大抵皆冠,血气方刚,汉之傅相,称病而赐罢,彼自丞尉以上,偏置私人,如此有异淮南、济北之为邪?此时而欲为治安,虽尧舜不治。黄帝曰:日中必熭,操刀必割。今令此道顺而全安甚易,不肯早为,已乃堕骨肉之属而抗刭之,岂有异秦之季世虖?夫以天子之位,乘今之时,因天之助,尚惮以危为安,以乱为治,假设陛下居齐桓之处,将不合诸侯而匡天下乎?臣又知陛下有所必不能矣。

假设天下如曩时,此下两段,乃承上"虽尧舜不治"意,引同、异姓两层影照,所谓"两不能",乃势不可为,与上文"不能"义别。淮阴侯尚王楚,黥布王淮南,彭越王梁,韩信王韩,张敖王赵,贯高为相,卢绾王燕,陈豨在代,令此六七公者皆亡恙,当是时而陛下即天子位,能自安乎?臣有以知陛下之不能也。天下毂乱,高皇帝与诸公并起,非有仄室之势以豫席之也。诸公幸者乃为中涓,其次廑得舍人,材之不逮至远也。高皇帝以明圣威武,即天子位,割膏腴之地,以王诸公,多者百馀城,少者乃三四十县,德至渥也。然其后十年之间,反者九起。陛下之与诸公,非亲角材而臣之也,又非身封王之也，自高皇帝不能以是一岁为安，故臣知陛下之不能也。然尚有可诿者曰疏，臣请试言其亲者。假令悼惠王王齐，元王王楚，中子王赵，幽王王淮阳，共王王梁，灵王王燕，厉王王淮南，六七贵人皆亡恙，当是时陛下即位，能为治虖？臣又知陛下之不能也。若此诸王，虽名为臣，实皆有布衣昆弟之心，虑亡不帝制而天子自为者。擅爵人，赦死罪，甚者或戴黄屋，汉法令非行也。虽行不轨如厉王者，令之不肯听，召之安可致乎？幸而来至，法安可得加？动一亲戚，天下圜视而起，陛下之臣，虽有悍如冯敬者，适启其口，匕首已陷其匈矣。陛下虽贤，谁与领此？故疏者必危，亲者必乱，已然之效也。其异姓负强而动者，汉已幸胜之矣，又不易其所以然。同姓袭是迹而动，既有征矣，其势尽又复然。殃祸之变，未知所移，殃祸在下则骨肉抗到，设移于上，或危社稷。明帝处之，尚不能以安，后世将如之何？屠牛坦一朝解十二牛，而芒刃不顿者，所排击剥割，皆众理解也。至于髋髀之所，非斤则斧。夫仁义恩厚，人主之芒刃也；权势法制，人主之斤斧也。今诸侯王皆众髋髀也，释斤斧之用，而欲婴以芒刃，臣以为不缺则折。胡不用之淮南、济北？势不可也。

臣窃迹前事，大抵强者先反。淮阴王楚最强，则最先反；韩信倚胡，则又反；贯高因赵资，则又反；陈豨兵精，则又反；彭越用梁，则又反；黥布用淮南，则又反；卢绾最弱，最后反。长沙乃在二万五千户耳，功少而最完，势疏而最忠，非独性异人也，亦形势然也。曩令樊、郦、绛、灌，据数十城而王，今虽以残亡可也；令信、越之伦，列为彻侯而居，虽至今存可也。然则天下之大计可知已。欲诸王之皆忠附，则莫若令如长沙王；欲臣子之勿菹醢，则莫若令如樊、郦等；欲天下之治安，莫若众建诸侯而少其力。力少则易使以义，国小则无邪心。令海内之势，如身之使臂，臂之使指，莫不制从。诸侯之君，不敢有异心，辐凑并进，而归命天子，虽在细民，且知其安，故天下咸知陛下之明。割地定制，令齐、赵、楚各为若干国，使悼惠王、幽王、元王之子孙，毕以次各受祖之分地，地尽而止，及燕、梁它国皆然。其分地众而子孙少者，建以为国，空而置之，须其子孙生者，举使君之。诸侯之地，其削颇入汉者，为徙其侯国，及封其子孙他所，以数偿之。一寸之地，一人之众，天子亡所利焉，诚以定治而已，故天下咸知陛下之廉。地制壹定，宗室子孙莫虑不王，下无倍畔之心，上无诛伐之志，故天下咸知陛下之仁。法立而不犯，令行而不逆，贯高、利几之谋不生，柴奇、开章之计不萌，细民乡善，大臣致顺，故天下咸知陛下之义。卧赤子天下之上而安，植遗腹，朝委裘，而天下不乱，当时大治，后世诵圣。壹动而五业附，陛下谁惮而久不为此？

天下之势，方病大瘇，一胫之大几如要，一指之大几如股，平居不可屈信，一二指搐，身虑亡聊。失今不治，必为锢疾，后虽有扁鹊，不能为已。病非徒瘇也，又苦跖盭。元王之子，帝之从弟也；今之王者，从弟之子也。惠王之子，亲兄子也；惠王下，今《汉书》本脱"之子"二字，从《资治通鉴》增。姜坞先生云：是时王戊王楚，从弟之子也。文王则王齐，共王喜王城阳，兄子之子也。惠王子罢军等，仅为列侯，是亲者无分地也。其后文帝十五年，尽王惠王子六人，盖正以贾生此言耳。今之王者，兄子之子也。亲者或亡分地以安天下，疏者或制大权以逼天子，臣故曰非徒病瘇也，又苦跖盭。可为痛哭者，此病是也。

天下之势方倒县。凡天子者，天下之首，何也？上也。蛮夷者，天下之足，何也？下也。今匈奴嫚娒侵掠，至不敬也，为天下患，至亡已也，而汉岁致金絮采缯以奉之。夷狄征令，是主上之操也；天子共贡，是臣下之礼也。足反居上，首顾居下，倒县如此，莫之能解，犹为国有人乎？非亶倒县而已，又类辟，且病痱。夫辟者一面病，痱者一方痛。今西边、北边之郡，虽有长爵，不轻得复，五尺以上，不轻得息，斥候望烽燧不得卧，将吏被介胄而睡，臣故曰一方病矣。医能治之，而上不使，可为流涕者此也。陛下何忍以帝皇之号，为戎人诸侯？势既卑辱，而祸不息，长此安穷！进谋者率以为是，固不可解也，亡具甚矣。臣窃料匈奴之众，不过汉一大县。以天下之大，困于一县之众，甚为执事者羞之。陛下何不试以臣为属国之官，以主匈奴？行臣之计，请必系单于之颈而制其命，伏中行说而笞其背，举匈奴之众，唯上之令。今不猎猛敌而猎田彘，不搏反寇而搏畜菟，玩细娱而不图大患，非所以为安也。德可远施，威可远加，而直数百里外，威令不信，可为流涕者此也。

今民卖僮者，为之绣衣丝履偏诸缘，内之闲中，是古天子后服，所以庙而不宴者也，而庶人得以衣婢妾。白縠之表，薄纨之里，緁以偏诸，美者黼绣，是古天子之服，今富人大贾嘉会召客者以被墙。古者以奉一帝一后而节适，今庶人屋壁，得为帝服，倡优下贱，得为后饰，然而天下不屈者，殆未有也。且帝之身自衣皂绨，而富民墙屋被文绣；天子之后以缘其领，庶人孽妾缘其履，此臣所谓舛也。夫百人作之，不能衣一人，欲天下亡寒，胡可得也？一人耕之，十人聚而食之，欲天下亡饥，不可得也。饥寒切于民之肌肤，欲其亡为奸邪，不可得也。国已屈矣，盗贼直须时耳，然而献计者曰“毋动”，为大耳。夫俗至大不敬也，至亡等也，至冒上也，进计者犹曰“毋为”，可为长太息者此也。

　　商君遗礼义，弃仁恩，并心于进取，行之二岁，秦俗日败。故秦人家富子壮则出分，家贫子壮则出赘。借父耰锄，虑有德色；母取箕帚，立而谇语。抱哺其子，与公并倨，妇姑不相说，则反唇而相稽。其慈子耆利，不同禽兽者亡几耳。然并心而赴时，犹曰蹶六国，兼天下。功成求得矣，终不知反廉愧之节，仁义之厚。信并兼之法，遂进取之业，天下大败。众掩寡，智欺愚，勇威怯，壮陵衰，其乱至矣。是以大贤起之，威震海内，德从天下。曩之为秦者，今转而为汉矣，然其遗风馀俗，犹尚未改。今世以侈靡相竞，而上亡制度，弃礼谊，捐廉耻，日甚，可谓月异而岁不同矣。逐利不耳，虑非顾行也，今其甚者杀父兄矣。盗者剟寝户之帘，搴两庙之器，白昼大都之中，剽吏而夺之金。矫伪者出几十万石粟，赋六百馀万钱，乘传而行郡国，此其亡行义之尤至者也。而大臣特以簿书不报，期会之间，以为大故。至于俗流失，世坏败，因恬而不知怪，虑不动于耳目，以为是适然耳。夫移风易俗,使天下回心而乡道,类非俗吏之所能为也。俗吏之所务,在于刀笔筐箧,而不知大体。陛下又不自忧,窃为陛下惜之。

夫立君臣,等上下,使父子有礼,六亲有纪,此非天之所为,人之所设也。夫人之所设,不为不立,不植则僵,不修则坏。管子曰:礼义廉耻,是谓四维;四维不张,国乃灭亡。使管子愚人也则可,管子而少知治体,则是岂可不为寒心哉!秦灭四维而不张,故君臣乖乱,六亲殃戮,奸人并起,万民离叛,凡十三岁而社稷为虚。今四维犹未备也,故奸人几幸,而众心疑惑。岂如今定经制,令君君臣臣,上下有差,父子六亲,各得其宜,奸人亡所几幸,而群臣众信,上不疑惑。此业壹定,世世常安,而后有所持循矣。若夫经制不定,是犹度江河,亡维楫,中流而遇风波,船必覆矣。可为长太息者此也。

夏为天子,十有馀世,而殷受之。殷为天子,二十馀世,而周受之。周为天子,三十馀世,而秦受之。秦为天子,二世而亡。人性不甚相远也,何三代之君有道之长,而秦无道之暴也?其故可知也。古之王者,太子乃生,固举以礼,使士负之,有司齐肃端冕,见之南郊,见于天也。过阙则下,过庙则趋,孝子之道也。故自为赤子,而教固已行矣。昔者成王幼在襁抱之中,召公为太保,周公为太傅,太公为太师。保,保其身体;傅,傅之德义;师,道之教训,此三公之职也。于是为置三少,皆上大夫也,曰少保、少傅、少师,是与太子宴者也。故乃孩提有识,三公、三少,固明孝仁礼义以道习之,逐去邪人,不使见恶行。于是皆选天下之端士,孝悌博闻有道术者,以卫翼之,使与太子居处出入。故太子乃生而见正事,闻正言,行正道,左右前后,皆正人也。夫习与正人居之不能毋正,犹生长于齐,不能不齐言也;习与不正人居之不能毋不正,犹生长于楚之地,不能不楚言也。故择其所者,必先受业,乃得尝之;择其所乐,必先有习,乃得为之。孔子曰:少成若天性,习贯如自然。及太子少长,知妃色,则入于学。学者,所学之官也。"官"当依《大戴》作"宫"。学礼曰:帝入东学,上亲而贵仁,则亲疏有序,而恩相及矣;帝入南学,上齿而贵信,则长幼有差,而民不诬矣;帝入西学,上贤而贵德,则圣智在位,而功不遗矣;帝入北学,上贵而尊爵,则贵贱有等,而下不隃矣;帝入太学,承师问道,退习而考于太傅,太傅罚其不则而匡其不及,则德智长而治道得矣。此五学者既成于上,则百姓黎民化辑于下矣。及太子既冠成人,免于保傅之严,则有记过之史,彻膳之宰,进善之旌,诽谤之木,敢谏之鼓。瞽史诵诗,工诵箴谏,大夫进谋,士传民语。习与智长,故切而不愧;化与心成,故中道若性。三代之礼,春朝朝日,秋暮夕月,所以明有敬也;春秋入学,坐国老,执酱而亲馈之,所以明有孝也;行以鸾和,步中《采齐》,趣中《肆夏》,所以明有度也;其于禽兽,见其生不食其死,闻其声不食其肉,故远庖厨,所以长恩,且明有仁也。

　　夫三代之所以长久者,以其辅翼太子有此具也。及秦而不然。其俗固非贵辞让也,所上者告讦也;固非贵礼义也，所上者刑罚也。使赵高傅胡亥而教之狱，所习者非斩劓人，则夷人之三族也。故胡亥今日即位，而明日射人。忠谏者谓之诽谤，深计者谓之妖言。其视杀人，若艾草菅然。岂惟胡亥之性恶哉？彼其所以道之者非其理故也。鄙谚曰："不习为吏，视已成事。"又曰："前车覆，后车诫。"夫三代之所以长久者，其已事可知也。然而不能从者，是不法圣智也。秦世之所以亟绝者，其辙迹可见也。然而不避，是后车又将覆也。夫存亡之变，治乱之机，其要在是矣。天下之命，县于太子。太子之善，在于早谕教与选左右。夫心未滥而先谕教，则化易成也；开于道术智谊之指，则教之力也。若其服习积贯，则左右而已。夫胡、粤之人，生而同声，耆欲不异，及其长而成俗，累数译而不能相通，行有虽死而不相为者，则教习然也。臣故曰选左右早谕教最急。夫教得而左右正，则太子正矣。太子正而天下定矣。《书》曰："一人有庆，兆民赖之。"此时务也。

凡人之智，能见已然，不能见将然。夫礼者禁于将然之前，而法者禁于已然之后。是故法之所用易见，而礼之所为至难知也。若夫庆赏以劝善，刑罚以惩恶，先王执此之政，坚如金石；行此之令，信如四时；据此之公，无私如天地耳，岂顾不用哉？然而曰礼云礼云者，贵绝恶于未萌，而起教于微眇，使民日迁善远罪而不自知也。孔子曰："听讼，吾犹人也，必也使毋讼乎？"为人主计者，莫如先审取舍。取舍之极定于内，而安危之萌应于外矣。安者，非一日而安也；危者，非一日而危也，皆以积渐然，不可不察也。

人主之所积，在其取舍。以礼义治之者积礼义，以刑罚治之者积刑罚。刑罚积而民怨背，礼义积而民和亲。故世主欲民之善同，而所以使民善者或异。或道之以德教，或驱之以法令。道之以德教者，德教洽而民气乐；驱之以法令者，法令极而民风哀。哀乐之感，祸福之应也。秦王之欲尊宗庙而安子孙，与汤武同，然而汤武广大其德行，六七百岁而弗失，秦王治天下十馀岁则大败。此亡它故矣，汤武之定取舍审，而秦王之定取舍不审矣。夫天下，大器也。今人之置器，置诸安处则安，置诸危处则危。天下之情，与器亡以异，在天子之所置之。汤武置天下于仁义礼乐，而德泽洽，禽兽草木广裕，德被蛮貊四夷，累子孙数十世，此天下所共闻也。秦王置天下于法令刑罚，德泽亡一有，而怨毒盈于世，下憎恶之如仇雠，祸几及身，子孙诛绝，此天下之所共见也。是非其明效大验邪？人之言曰："听言之道，必以其事观之，则言者莫敢妄言。"今或言礼谊之不如法令，教化之不如刑罚，人主胡不引殷、周、秦事以观之也？

　　人主之尊譬如堂，群臣如陛，众庶如地。故陛九级，上廉远地，则堂高；陛亡级，廉近地，则堂卑。高者难攀，卑者易陵，理势然也。故古者圣王制为等列，内有公卿大夫士，外有公侯伯子男，然后有官师小吏，延及庶人，等级分明，而天子加焉，故其尊不可及也。里谚曰："欲投鼠而忌器。"此善谕也。鼠近于器，尚惮不投，恐伤其器，况于贵臣之近主乎？廉耻节礼以治君子，故有赐死而亡戮辱。是以黥劓之罪，不及大夫，以其离主上不远也。礼不敢齿君之路马，蹴其刍者有罚。见君之几杖则起，遭君之乘车则下，入正门则趋。君之宠臣，虽或有过，刑戮之罪，不加其身者，尊君之故也。此所以为主上豫远不敬也，所以体貌大臣而厉其节也。今自王侯三公之贵，皆天子之所改容而礼之也。古天子之所谓伯父、伯舅也，而令与众庶同黥、劓、髡、刖、笞、骂、弃市之法，然则堂不亡陛虖？被戮辱者不泰迫虖？廉耻不行大臣，无乃握重权大官而有徒隶亡耻之心虖？夫望夷之事，二世见当以重法者，投鼠而不忌器之习也。

臣闻之：履虽鲜，不加于枕；冠虽敝，不以苴履。夫尝已在贵宠之位，天子改容而体貌之矣，吏民尝俯伏以敬畏之矣，今而有过，帝令废之可也，退之可也，赐之死可也，灭之可也。若夫束缚之，系缍之，输之司寇，编之徒官，司寇小吏，詈骂而榜笞之，殆非所以令众庶见也。夫卑贱者，习知尊贵者之一旦吾亦乃可以加此也，非所以习天下也，非尊尊贵贵之化也。夫天子之所尝敬，众庶之所尝宠，死而死耳，贱人安得如此而顿辱之哉？

豫让事中行之君，智伯伐而灭之，移事智伯。及赵灭智伯，豫让衅面吞炭，必报襄子，五起而不中。人问豫子，豫子曰："中行众人畜我，我故众人事之；智伯国士遇我，我故国士报之。"故此一豫让也，反君事雠，行若狗彘；已而抗节致忠，行出虖列士，人主使然也。故主上遇其大臣，如遇犬马，彼将犬马自为也；如遇官徒，彼将官徒自为也。顽顿亡耻，㕥诟亡节，《说文》諿，诟耻也。諿或从㕥，作譀，胡礼切。㕥，头邪欺臭态也，胡结切。今《汉书》通为臭字，当读作謨。廉耻不立，且不自好，苟若而可，故见利则逝，见便则夺。主上有败，则因而挺之矣；主上有患，则吾苟免而已，立而观之耳；有便吾身者，则欺卖而利之耳。人主将何便于此？群下至众，而主上至少也，所托财器职业者，粹于群下也。俱亡耻，俱苟安，则主上最病。故古者礼不及庶人，刑不至大夫，所以厉宠臣之节也。古者大臣有坐不廉而废者，不谓不廉，曰“簠簋不饰”；坐污秽淫乱男女亡别者，不曰污秽，曰“帷薄不修”；坐罢软不胜任者，不谓罢软，曰“下官不职”。故贵大臣定有其罪矣，犹未斥然正以呼之也，尚迁就而为之讳也。故其在大谴大何之域者，闻谴何，则白冠牦缨，盘水加剑，造请室而请罪耳，上不执缚系引而行也。其有中罪者，闻命而自弛，<small>萧按：弛者，解去其职。师古云自废而死者，非。</small>上不使人颈盭而加也。其有大罪者，闻命则北面再拜，跪而自裁，上不使捽抑而刑之也，曰：“子大夫自有过耳，吾遇子有礼矣。”遇之有礼，故群臣自憙；婴以廉耻，故人矜节行。上设廉耻礼义以遇其臣，而臣不以节行报其上者，则非人类也。故化成俗定，则为人臣者，主耳忘身，国耳忘家，公耳忘私，利不苟就，害不苟去，唯义所在。上之化也，故父兄之臣，诚死宗庙；法度之臣，诚死社稷；辅翼之臣，诚死君上；守圉扞敌之臣，诚死城郭封疆。故曰圣人有金城者，比物此志也。彼且为我死，故吾得与之俱生；彼且为我亡，故吾得与之俱存；夫将为我危，故吾得与之皆安。顾行而忘利，守节而仗义，故可以托不御之权，可以寄六尺之孤。此厉廉耻行礼谊之所致也，主上何丧焉！此之不为，而顾彼之久行，故曰可为长太息者此也。长太息者六，文内阙一，西山先生引《新书》诸侯官名制度同于天子者补之，鼐谓《新书》者未敢信以为真，贾生之文也若果如此，孟坚必不删削之。意谓此一段为论积贮，即载于《食货志》者是已。

贾生论积贮疏 《通鉴》因《食货志》有文帝感此开籍田躬
耕语，而文帝二年有开籍田诏，遂置此疏于文帝二年，此非是。文帝二年，汉才二十七年，而此云几四十年，必在长沙召回时也。　○○○

管子曰："仓廪实而知礼节。"民不足而可治者，自古及今，未之尝闻。古之人曰："一夫不耕，或受之饥；一女不织，或受之寒。"生之有时，而用之亡度，则物力必屈。古之治天下，至孅至悉也，故其畜积足恃。今背本而趋末，食者甚众，是天下之大残也。淫侈之俗，日日以长，是天下之大贼也。残贼公行，莫之或止；大命将泛，莫之振救。生之者甚少，而靡之者甚多，天下财产，何得不蹶？汉之为汉，几四十年矣，公私之积，犹可哀痛。失时不雨，民且狼顾，岁恶不入，请卖爵子。既闻耳矣，安有为天下阽危者若是，而上不惊者？

世之有饥穰，天之行也，禹、汤被之矣。即不幸有方二三千里之旱，国胡以相恤？卒然边境有急，数十百万之众，国胡以馈之？兵旱相乘，天下大屈。有勇力者聚徒而衡击，罢夫赢老，易子而咬其骨。政治未毕通也，远方之能疑者，并举而争起矣。乃骇而图之，岂将有及乎？

夫积贮者,天下之大命也。苟粟多而财有馀,何为而不成?以攻则取,以守则固,以战则胜。怀敌附远,何招而不至?今驱民而归之农,皆著于本,使天下各食其力,末技游食之民,转而缘南亩,则畜积足,而人乐其所矣。可以为富安天下,而直为此廩廩也。李奇曰:廩廩,危也。萧按:此即凛凛字。《说文》本作"癛",隶省作"凛",此又假借廩字耳。哀十五年《左传》"廩然陨大夫之尸",同此。窃为陛下惜之。

贾生请封建子弟疏 ○○

陛下即不定制,如今之势,不过一传再传,诸侯犹且人恣而不制,豪植而大强,汉法不得行矣。陛下所以为蕃扞,及皇太子之所恃者,唯淮阳、代二国耳。代北边匈奴,与强敌为邻,能自完则足矣;而淮阳之比大诸侯,廑如黑子之著面,适足以饵大国耳,不足以有所禁御。方今制在陛下,制国而令子适足以为饵,岂可谓工哉?人主之行异布衣。布衣者,饰小行,竞小廉,以自托于乡党。人主唯天下安社稷固不耳。高皇帝瓜分天下以王功臣,反者如猬毛而起,以为不可,故蕲去不义诸侯,而虚其国。择良日,立诸子雒阳上东门之外,毕以为王,而天下安。故大人者,不牵小行,以成大功。

今淮南地远者或数千里,越两诸侯,而县属于汉。其吏民繇役,往来长安者,自悉而补,中道衣敝,钱用诸费称此。其苦属汉而欲得王,至甚,逋逃而归诸侯者,已不少矣。其势不可久。臣之愚计，愿举淮南地以益淮阳，而为梁王立后，割淮阳北边二三列城，与东郡以益梁。不可者，可徙代王而都睢阳。梁起于新郪以北，著之河；淮阳包陈以南，揵之江。则大诸侯之有异心者，破胆而不敢谋。梁足以扞齐、赵，淮阳足以禁吴、楚，陛下高枕，终无山东之忧矣，此二世之利也。

当今恬然，适遇诸侯之皆少，数岁之后，陛下且见之矣。夫秦日夜苦心劳力以除六国之祸，今陛下力制天下，颐指如意，高拱以成六国之祸，难以言智。苟身亡事，畜乱宿祸，孰视而不定，万年之后，传之老母弱子，将使不宁，不可谓仁。臣闻圣主言问其臣而不自造事，故使人臣得毕其愚忠。唯陛下财幸！

贾生谏封淮南四子疏　○○

窃恐陛下接王淮南诸子，曾不与如臣者孰计之也。淮南王之悖逆亡道，天下孰不知其罪？陛下幸而赦迁之，自疾而死，天下孰以王死之不当？今奉尊罪人之子，适足以负谤于天下耳。此人少壮，岂能忘其父哉？白公胜所为父报仇者，大父与伯父、叔父也。白公为乱，非欲取国代主也，发愤快志，剚手以冲仇人之匈，固为俱靡而已。淮南虽小，黥布尝用之矣，汉存特幸耳。

夫擅仇人足以危汉之资，于策不便。虽割而为四，四子一心也。予之众，积之财，此非有子胥、白公报于广都之

中，即疑有剚诸、荆轲起于两柱之间，所谓假贼兵为虎翼者
也。愿陛下少留计。

贾生谏放民私铸疏　○

法使天下公得顾租，铸铜锡为钱，敢杂以铅铁，为它巧
者，其罪黥。然铸钱之情，非殽杂为巧，则不可得赢。而殽
之甚微，为利甚厚。夫事有召祸，而法有起奸。今令细民，
人操造币之势，各隐屏而铸作，因欲禁其厚利微奸，虽黥罪
日报，其势不止。乃者民人抵罪，多者一县百数，及吏之所
疑，榜笞奔走者甚众。夫县法以诱民，使入陷阱，孰积于
此？曩禁铸钱，死罪积下；今公铸钱，黥罪积下。为法若
此，上何赖焉？

又民用钱，郡县不同：或用轻钱，百加若干；或用重钱，
平称不受。法钱不立，吏急而壹之虖？则大为烦苛，而力
不能胜。纵而弗呵虖？则市肆异用，钱文大乱。苟非其
术，何乡而可哉？

今农事弃捐，而采铜者日蕃，释其耒耨，冶镕炊炭，奸
钱日多，五谷不为多。善人怵而为奸邪，愿民陷而之刑戮。
刑戮将甚不详，奈何而忽？国知患此，吏议必曰禁之。禁
之不得其术，其伤必大。令禁铸钱，则钱必重。重则其利
深，盗铸如云而起，弃市之罪，又不足以禁矣。

奸数不胜，而法禁数溃，铜使之然也。故铜布于天下，
其为祸博矣。今博祸可除，而七福可致也。何谓七福？上

收铜勿令布，则民不铸钱，黥罪不积，一矣。伪钱不蕃，民不相疑，二矣。采铜铸作者，反于耕田，三矣。铜毕归于上，上挟铜积，以御轻重，钱轻则以术敛之，重则以术散之，货物必平，四矣。以作兵器，以假贵臣，多少有制，用别贵贱，五矣。以临万货，以调盈虚，以收奇羡，则官富实，而末民困，六矣。制吾弃财，以与匈奴逐争其民，则敌必怀，七矣。

故善为天下者，因祸而为福，转败而为功。今久退七福而行博祸，臣诚伤之。

古文辞类篹十二

奏议类上编三

晁错言兵事书 ○○

臣闻汉兴以来，胡虏数入边地，小入则小利，大入则大利。高后时，再入陇西，攻城屠邑，驱略畜产。其后复入陇西，杀吏卒，大寇盗。窃闻战胜之威，民气百倍；败兵之卒，没世不复。自高后以来，陇西三困于匈奴矣，民气破伤，亡有胜意。今兹陇西之吏，赖社稷之神灵，奉陛下之明诏，和辑士卒，底厉其节，起破伤之民，以当乘胜之匈奴，用少击众，杀一王，败其众，而有大利。非陇西之民有勇怯，乃将吏之制巧拙异也。故兵法曰："有必胜之将，无必胜之民。"由此观之，安边境，立功名，在于良将，不可不择也。

臣又闻用兵临战合刃之急者三：一曰得地形，二曰卒服习，三曰器用利。兵法曰：丈五之沟，渐车之水，山林积石，经川丘阜，艸木所在，此步兵之地也，车骑二不当一。土山丘陵，曼衍相属，平原广野，此车骑之地也，步兵十不当一。平陵相远，川谷居间，仰高临下，此弓弩之地也，短兵百不当一。两陈相近,平地浅草,可前可后,此长戟之地也,剑楯三不当一。葭苇竹萧,草木蒙茏,支叶茂接,此矛鋋之地也,长戟二不当一。曲道相伏,险厄相薄,此剑楯之地也,弓弩三不当一。士不选练,卒不服习,起居不精,动静不集,趋利弗及,避难不毕,前击后解,与金鼓之音相失,此不习勒卒之过也,百不当十。兵不完利,与空手同;甲不坚密,与袒裼同;弩不可以及远,与短兵同;射不能中,与亡矢同;中不能入,与亡镞同,此将不省兵之祸也,五不当一。故兵法曰:器械不利,以其卒予敌也;卒不可用,以其将予敌也;将不知兵,以其主予敌也;君不择将,以其国予敌也。四者,兵之至要也。

臣又闻小大异形,强弱异势,险易异备。夫卑身以事强,小国之形也;合小以攻大,敌国之形也;以蛮夷攻蛮夷,中国之形也。今匈奴地形技艺,与中国异:上下山阪,出入溪涧,中国之马弗与也;险道倾仄,且驰且射,中国之骑弗与也;风雨罢劳,饥渴不困,中国之人弗与也,此匈奴之长技也。若夫平原易地,轻车突骑,则匈奴之众,易挠乱也;劲弩长戟,射疏及远,则匈奴之弓,弗能格也;坚甲利刃,长短相杂,游弩往来,什伍俱前,则匈奴之兵,弗能当也;材官驺发,矢道同的,则匈奴之革笥木荐,弗能支也;下马地斗,剑戟相接,去就相薄,则匈奴之足,弗能给也,此中国之长技也。以此观之,匈奴之长技三,中国之长技五。陛下又兴数十万之众,以诛数万之匈奴,众寡之计,以一击十之术也。

虽然，兵，凶器；战，危事也。以大为小，以强为弱，在俯仰之间耳。夫以人之死争胜，跌而不振，则悔之亡及也。帝王之道，出于万全。今降胡义渠蛮夷之属来归谊者，其众数千，饮食长技，与匈奴同，可赐之坚甲絮衣，劲弓利矢，益以边郡之良骑，令明将能知其习俗，和辑其心者，以陛下之明约将之。即有险阻，以此当之；平地通道，则以轻车材官制之。两军相为表里，各用其长技，衡加之以众，此万全之术也。

传曰："狂夫之言，而明主择焉。"臣错愚陋，昧死上狂言，唯陛下财择。

晁错论守边备塞书 ○○

臣闻秦时，北攻胡貉，筑塞河上，南攻扬粤，置戍卒焉。其起兵而攻胡、粤者，非以卫边地而救民死也，贪戾而欲广大也，故功未立而天下乱。且夫起兵而不知其势，战则为人禽，屯则卒积死。夫胡貉之地，积阴之处也。木皮三寸，冰厚六尺，食肉而饮酪，其人密理，鸟兽毳毛，其性能寒。杨粤之地，少阴多阳，其人疏理，鸟兽希毛，其性能暑。秦之戍卒，不能其水土，戍者死于边，输者偾于道。秦民见行，如往弃市，因以谪发之，名曰"谪戍"。先发吏有谪及赘婿、贾人，后以尝有市籍者，又后以大父母、父母尝有市籍者，后入闾取其左。发之不顺，行者深怨，有背畔之心。凡民守战至死，而不降北者，以计为之也。故战胜守固，则有拜爵之赏；攻城屠邑，则得其财卤，以富家室，故能使其众蒙矢石，赴汤火，视死如生。今秦之发卒也，有万死之害，而亡铢两之报，死事之后，不得一算之复，天下明知祸烈及己也。陈胜行戍，至于大泽，为天下先倡，天下从之如流水者，秦以威劫而行之之敝也。

胡人衣食之业，不著于地，其势易以扰乱边境。何以明之？胡人食肉饮酪，衣皮毛，非有城郭田宅之归居，如飞鸟走兽于广野。美少甘水则止，少尽水竭则移。以是观之，往来转徙，时至时去，此胡人之生业，而中国之所以离南亩也。今使胡人数处转牧，行猎于塞下，或当燕、代，或当上郡、北地、陇西，以候备塞之卒。卒少则入，入不救，<small>入不救，一本作陛下不救。</small>则边民绝望，而有降敌之心；救之，少发，则不足，多发，远县才至，则胡又已去。聚而不罢，为费甚大；罢之，则胡复入。如此连年，则中国贫苦，而民不安矣。

陛下幸忧边境，遣将吏，发卒以治塞，甚大惠也。然令远方之卒，守塞一岁而更，不知胡人之能，不如选常居者，家室田作，且以备之。以便为之高城深堑，具蔺石，布渠答，复为一城。其内城，间百五十步。要害之处，通川之道，调立城邑，毋下千家，为中周虎落。先为室屋，具田器，乃募罪人及免徒复作，令居之。不足，募以丁奴婢赎罪，及输奴婢，欲以拜爵者。不足，乃募民之欲往者，皆赐高爵，复其家，予冬夏衣廪食，能自给而止。郡县之民，得买其爵以自增至卿。其亡夫若妻者，县官买予之。人情非有匹敌,不能久安其处。塞下之民,禄利不厚,不可使久居危难之地。胡人入驱,而能止其所驱者,以其半予之,县官为赎其民。骕案:此言能夺还胡所驱略者,以半入官,以半予能夺还者。然畜产器物,则遂予之。若内有人民,官又当以财赎之,不使竟为奴,又不使夺还者失利也。师古解与句读,皆失之。如是,则邑里相救助,赴胡不避死,非以德上也,欲全亲戚而利其财也。此与东方之戍卒,不习地势,而心畏胡者,功相万也。

以陛下之时,徙民实边,使远方亡屯戍之事,塞下之民,父子相保。亡系虏之患,利施后世,名称圣明,其与秦之行怨民,相去远矣。

晁错复论募民徙塞下书 ○

陛下幸募民相徙以实塞下,使屯戍之事益省,输将之费益寡,甚大惠也。下吏诚能称厚惠,奉明法,存恤所徙之老弱,善遇其壮士,和辑其心,而勿侵刻,使先至者安乐而不思故乡,则贫民相募而劝往矣。

臣闻古之徙远方,以实广虚也,相其阴阳之和,尝其水泉之味,审其土地之宜,观其少木之饶,然后营邑立城,制里割宅,通田作之道,正阡陌之界。先为筑室,家有一堂二内,门户之闭,置器物焉,民至有所居,作有所用,此民所以轻去故乡,而劝之新邑也。为置医巫,以救疾病,以修祭祀。男女有昏,生死相恤,坟墓相从,种树畜长,室屋完安,此所以使民乐其处,而有长居之心也。

　　臣又闻古之制边县以备敌也,使五家为伍,伍有长;十长一里,里有假士;四里一连,连有假五百;十连一邑,邑有假候。皆择其邑之贤材有护,习地形,知民心者。居则习民于射法,出则教民于应敌。故卒伍成于内,则军正定于外。服习以成,勿令迁徙,幼则同游,长则共事。夜战声相知,则足以相救;昼战目相见,则足以相识;欢爱之心,足以相死。如此,而劝以厚赏,威以重罚,则前死不还踵矣。所徙之民,非壮有材力,但费衣粮,不可用也;虽有材力,不得良吏,犹亡功也。

　　陛下绝匈奴不与和亲,臣窃意其冬来南也,壹大治,则终身创矣。欲立威者,始于折胶,来而不能困,使得气去,后未易服也。愚臣亡识,唯陛下财察。

晁错论贵粟疏<small>姚按:错《传》言守边备塞、劝民力本二事,然则此篇与"臣闻秦时"一篇同时上也,《汉书》以入《食货》,故《传》不载,亦可证贾生长太息之一在《食货志》内,为孟坚所分析尔。　○○</small>

　　圣王在上,而民不冻饥者,非能耕而食之,织而衣之也,为开其资财之道也。故尧、禹有九年之水,汤有七年之旱,而国亡捐瘠者,以畜积多而备先具也。

　　今海内为一,土地人民之众,不避汤、禹,加以亡天灾数年之水旱,而畜积未及者,何也?地有遗利,民有馀力,生谷之土未尽垦,山泽之利未尽出也,游食之民未尽归农也。民贫则奸邪生。贫生于不足，不足生于不农，不农则不地著，不地著，则离乡轻家，民如鸟兽，虽有高城深池，严法重刑，犹不能禁也。夫寒之于衣，不待轻暖；饥之于食，不待甘旨。饥寒至身，不顾廉耻。人情一日不再食则饥，终岁不制衣则寒。夫腹饥不得食，肤寒不得衣，虽慈母不能保其子，君安能以有其民哉？明主知其然也，故务民于农桑，薄赋敛，广畜积，以实仓廪，备水旱，故民可得而有也。

民者，在上所以牧之，趋利如水走下，四方亡择也。夫珠玉金银，饥不可食，寒不可衣，然而众贵之者，以上用之故也。其为物轻微易臧，在于把握，可以周海内而亡饥寒之患。此令臣轻背其主，而民易去其乡，盗贼有所劝，亡逃者得轻资也。粟米布帛，生于地，长于时，聚于力，非可一日成也。数石之重，中人弗胜，不为奸邪所利。一日弗得而饥寒至。是故明君贵五谷而贱金玉。

今农夫五口之家，其服役者不下二人，其能耕者不过百亩，百亩之收，不过百石。春耕，夏耘，秋获，冬臧，伐薪樵，治官府，给徭役，春不得避风尘，夏不得避暑热，秋不得避阴雨，冬不得避寒冻，四时之间，亡日休息。又私自送往迎来，吊死问疾，养孤长幼在其中。勤苦如此，尚复被水旱之灾，急政暴赋，赋敛不时。朝令而暮当具，有者半贾而卖，亡者取倍称之息。于是有卖田宅，鬻子孙以偿责者矣。而商贾大者，积贮倍息；小者，坐列贩卖，操其奇赢，日游都市，乘上之急，所卖必倍。故其男不耕耘，女不蚕织，衣必文采，食必粱肉，亡农夫之苦，有仟伯之得。因其富厚，交通王侯，力过吏势，以利相倾。千里游敖，冠盖相望，乘坚策肥，履丝曳缟。此商人所以兼并农人，农人所以流亡者也。今法律贱商人，商人已富贵矣；尊农夫，农夫已贫贱矣。故俗之所贵，主之所贱也；吏之所卑，法之所尊也。上下相反，好恶乖迕，而欲国富法立，不可得也。

方今之务，莫若使民农而已矣。欲民务农，在于贵粟。贵粟之道，在于使民以粟为赏罚。今募天下入粟县官，得以拜爵，得以除罪。如此，富人有爵，农民有钱，粟有所渫。夫能入粟以受爵，皆有馀者也。取于有馀以供上用，则贫民之赋可损，所谓损有馀，补不足，令出而民利者也，顺于民心。所补者三：一曰主用足，二曰民赋少，三曰劝农功。今令："民有车骑马一匹者，复卒三人。"车骑者，天下武备也，故为复卒。神农之教曰："有石城十仞，汤池百步，带甲百万，而亡粟，弗能守也。"以是观之，粟者王者大用，政之本务。令民入粟受爵，至五大夫以上，乃复一人耳，此其与骑马之功，相去远矣。爵者上之所擅，出于口而亡穷；粟者民之所种，生于地而不乏。夫得高爵与免罪，人之所甚欲也。使天下入粟于边，以受爵免罪，不过三岁，塞下之粟必多矣。

司马长卿谏猎书 ○○○

臣闻物有同类而殊能者，故力称乌获，捷言庆忌，勇期贲、育。臣之愚，窃以为人诚有之，兽亦宜然。今陛下好陵阻险，射猛兽，卒然遇轶材之兽，骇不存之地，犯属车之清尘，舆不及还辕，人不暇施巧，虽有乌获、逢蒙之技，力不得用，枯木朽株，尽为害矣。是胡、越起于毂下，而羌、夷接轸也，岂不殆哉！虽万全无患，然本非天子之所宜近也。

且夫清道而后行，中路而后驰，犹时有衔橛之变，而况涉乎蓬蒿，驰乎丘坟，前有利兽之乐，而内无存变之意，其为祸也，不亦难矣！夫轻万乘之重，不以为安，而乐出于万有一危之涂以为娱，臣窃为陛下不取也。

盖明者远见于未萌，而智者避危于无形，祸固多藏于隐微，而发于人之所忽者也。故鄙谚曰："家累千金，坐不垂堂。"此言虽小，可以喻大。臣愿陛下之留意幸察。

淮南王安谏伐闽越书 ○○○

陛下临天下，布德施惠，缓刑罚，薄赋敛，哀鳏寡，恤孤独，养耆老，振匮乏，盛德上隆，和泽下洽，近者亲附，远者怀德，天下摄然，人安其生，自以没身不见兵革。今闻有司举兵，将以诛越，臣安窃为陛下重之。

越方外之地，劗发文身之民也，不可以冠带之国法度理也。自三代之盛，胡、越不与受正朔，非强弗能服，威弗能制也，以为不居之地，不牧之民，不足以烦中国也。故古者封内甸服，封外侯服，侯卫宾服，蛮夷要服，戎狄荒服，远近势异也。自汉初定以来，七十二年，吴、越人相攻击者不可胜数,然天子未尝举兵而入其地也。

臣闻越非有城郭邑里也,处溪谷之间,篁竹之中,习于水斗,便于用舟,地深昧而多水险。中国之人,不知其势阻而入其地,虽百不当其一。得其地,不可郡县也;攻之,不可暴取也。以地图察其山川要塞,相去不过寸数,而间独数百千里,阻险林丛,弗能尽著,视之若易,行之甚难。天下赖宗庙之灵,方内大宁,戴白之老,不见兵革,民得夫妇相守,父子相保,陛下之德也。越人名为藩臣,贡酎之奉,不输大内;一卒之用,不给上事。自相攻击,而陛下发兵救之,是反以中国而劳蛮夷也。且越人愚戆轻薄,负约反复,其不用天子之法度,非一日之积也。一不奉诏,举兵诛之,臣恐后兵革无时得息也。

间者数年岁比不登,民待卖爵赘子以接衣食,赖陛下德泽振救之,得毋转死沟壑。四年不登,五年复蝗,民生未复。今发兵行数千里,资衣粮入越地,舆轿而隃领,挖舟而入水,行数百千里,夹以深林丛竹,水道上下击石,林中多蝮蛇猛兽,夏月暑时,呕泄霍乱之病相随属也,曾未施兵接刃,死伤者必众矣。前时南海王反,陛下先臣使将军间忌将兵击之,以其军降,处之上淦。后复反,会天暑多雨,楼船卒水居击棹,未战而疾死者过半。亲老涕泣,孤子啼号,破家散业,迎尸千里之外,裹骸骨而归。悲哀之气,数年不息,长老至今以为记。曾未入其地,而祸已至此矣。

臣闻军旅之后,必有凶年,言民之各以其愁苦之气,薄阴阳之和,感天地之精,而灾气为之生也。陛下德配天地,明象日月，恩至禽兽，泽及草木，一人有饥寒不终其天年而死者，为之凄怆于心。今方内无狗吠之警，而使陛下甲卒死亡，暴露中原，沾渍山谷，边境之民，为之早闭晏开，晁不及夕，臣安窃为陛下重之。

不习南方地形者，多以越为人众兵强，能难边城。淮南全国之时，多为边吏，臣窃闻之，与中国异。限以高山，人迹所绝，车道不通，天地所以隔外内也。其入中国，必下领水，领水之山峭峻，漂石破舟，不可以大船载食粮下也。越人欲为变，必先田馀干界中，积食粮，乃入伐材治船。边城守候诚谨，越人有入伐材者，辄收捕焚其积聚，虽百越，奈边城何？且越人绵力薄材，不能陆战，又无车骑弓弩之用，然而不可入者，以保地险，而中国之人不能其水土也。臣闻越甲卒不下数十万，所以入之，五倍乃足，挽车奉饷者不在其中。南方暑湿，近夏瘅热，暴露水居，蝮蛇蠚生，疾疠多作，兵未血刃，而病死者什二三，虽举越国而虏之，不足以偿所亡。

臣闻道路言，闽越王，弟甲弑而杀之，甲以诛死，其民未有所属。陛下若欲来内，处之中国，使重臣临存，施德垂赏以招致之，此必携幼扶老以归圣德。若陛下无所用之，则继其绝世，存其亡国，建其王侯，以为畜越，此必委质为藩臣，世共贡职。陛下以方寸之印，丈二之组，填抚方外，不劳一卒，不顿一戟，而威德并行。今以兵入其地，此必震恐，以有司为欲屠灭之也，必雉兔逃，入山林险阻。背而去之，则复相群聚；留而守之，历岁经年，则士卒罢倦，食粮乏绝,男子不得耕稼树种,妇人不得纺绩织纴,丁壮从军,老弱转饷,居者无食,行者无粮。民苦兵事,亡逃者必众,随而诛之,不可胜尽,盗贼必起。

臣闻长老言,秦之时,尝使尉屠睢击越,又使监禄凿渠通道。越人逃入深山林丛,不可得攻。留军屯守空地,旷日持久,士卒劳倦,越乃出击之。秦兵大破,乃发適戍以备之。当此之时,外内骚动,百姓靡敝,行者不还,往者莫反,皆不聊生,亡逃相从,群为盗贼,于是山东之难始兴。此老子所谓"师之所处,荆棘生之"者也。兵者凶事,一方有急,四面皆从。臣恐变故之生,奸邪之作,由此始也。《周易》曰:"高宗伐鬼方,三年而克之。"鬼方小蛮夷,高宗殷之盛天子也。以盛天子伐小蛮夷,三年而后克,言用兵之不可不重也。

臣闻天子之兵,有征而无战,言莫敢校也。如使越人蒙死徼幸,以逆执事之颜行,_{文颖曰:颜行,犹雁行。薲案:信陵君书}"请为天下雁行顿刃",雁行者,相连而进,顿刃乃是居前当锋刃也。颜行者,颜者额颡居前行者,若颔然,与雁行义异。斯舆之卒,有不一备而归者,虽得越王之首,臣犹窃为大汉羞之。

陛下以四海为境,九州为家,八薮为囿,江汉为池,生民之属,皆为臣妾。人徒之众,足以奉千官之共;租税之收,足以给乘舆之御。玩心神明,秉执圣道,负黼依,凭玉几,南面而听断,号令天下,四海之内,莫不向应。陛下垂德惠以覆露之,使元元之民,安生乐业,则泽被万世,传之子孙,施之无穷。天下之安,犹泰山而四维之也,夷狄之地，何足以为一日之间，而烦汗马之劳乎？《诗》云："王犹允塞，徐方既来。"言王道甚大，而远方怀之也。

臣闻之，农夫劳而君子养焉，愚者言而智者择焉。臣安幸得为陛下守藩，以身为障蔽，人臣之任也。边境有警，爱身之死，而不毕其愚，非忠臣也。臣安窃恐将吏之以十万之师为一使之任也。

严安言世务书 ○

臣闻邹子曰：政教文质者，所以云救也，当时则用，过则舍之，有易则易之，故守一而不变者，未睹治之至也。今天下人民，用财侈靡，车马衣裘宫室，皆竞修饰，调五声使有节族，杂五色使有文章，重五味方丈于前，以观欲天下。彼民之情，见美则愿之，是教民以侈也。侈而无节，则不可赡，民离本而徼末矣。末不可徒得，故搢绅者不惮为诈，带剑者夸杀人以矫夺，而世不知愧，故奸轨浸长。夫佳丽珍怪，固顺于耳目，故养失而泰，乐失而淫，礼失而采，教失而伪。伪、采、淫、泰，非所以范民之道也。是以天下人民，逐利无已，犯法者众。臣愿为民制度，以防其淫，使贫富不相耀，以和其心。心既和平，其性恬安。恬安不营，则盗贼销。盗贼销，则刑罚少。刑罚少，则阴阳和，四时正，风雨时，艸木畅茂，五谷蕃孰，六畜遂字，民不夭厉，和之至也。

臣闻周有天下，其治三百馀岁，成、康其隆也，刑错四十馀年而不用。及其衰亦三百馀年，故五伯更起。五伯者,常佐天子兴利除害,诛暴禁邪,匡正海内,以尊天子。五伯既没,贤圣莫续,天子孤弱,号令不行。诸侯恣行,强陵弱,众暴寡。田常篡齐,六卿分晋,并为战国,此民之始苦也。于是强国务攻,弱国修守,合从连衡,驰车毂击,介胄生虮虱,民无所告愬。

及至秦王,蚕食天下,并吞战国,称号皇帝。一海内之政,坏诸侯之城。销其兵,铸以为钟虡,示不复用。元元黎民,得免于战国,逢明天子,人人自以为更生。乡使秦缓刑罚,薄赋敛,省徭役,贵仁义,贱权利,上笃厚,下佞巧,变风易俗,化于海内,则世世必安矣。秦不行是风,循其故俗,为知巧权利者进,笃厚忠正者退,法严令苛,谄谀者众,日闻其美,意广心逸。欲威海外,使蒙恬将兵以北攻强胡,辟地进境,戍于北河,飞刍挽粟,以随其后。又使尉屠睢将楼船之士攻越,使监禄凿渠运粮,深入越地,越人遁逃。旷日持久,粮食乏绝,越人击之,秦兵大败,秦乃使尉佗将卒以戍越。当是时,秦祸北构于胡,南挂于越,宿兵于无用之地,进而不得退。行十馀年,丁男被甲,丁女转输,苦不聊生,自经于道树,死者相望。及秦皇帝崩,天下大畔。陈胜、吴广举陈,武臣、张耳举赵,项梁举吴,田儋举齐,景驹举郢,周市举魏,韩广举燕,穷山通谷,豪士并起,不可胜载也。然本皆非公侯之后,非长官之吏,无尺寸之势,起闾巷,杖棘矜,应时而动,不谋而俱起,不约而同会,壤长地进,至乎伯王,时教使然也。秦贵为天子,富有天下,灭世绝祀,穷兵之祸也。故周失之弱,秦失之强,不变之患也。

今徇南夷，朝夜郎，降羌僰，略薉州，建城邑，深入匈奴，燔其龙城，议者美之。此人臣之利，非天下之长策也。今中国无狗吠之警，而外累于远方之备，靡敝国家，非所以子民也。行无穷之欲，甘心快意，结怨于匈奴，非所以安边也。祸挐而不解，兵休而复起，近者愁苦，远者惊骇，非所以持久也。今天下锻甲摩剑，矫箭控弦，转输军粮，未见休时，此天下所共忧也。夫兵久而变起，事烦而虑生。今外郡之地，或几千里，列城数十，形束壤制，带胁诸侯，非宗室之利也。上观齐、晋所以亡，公室卑削，六卿大盛也；下览秦之所以灭，刑严文刻，欲大无穷也。今郡守之权，非特六卿之重也；地几千里，非特闾巷之资也；甲兵器械，非特棘矜之用也。以逢万世之变，则不可胜讳也。

主父偃论伐匈奴书　○

臣闻明主不恶切谏以博观，忠臣不避重诛以直谏，是故事无遗策，而功流万世。今臣不敢隐忠避死以效愚计，愿陛下幸赦而少察之。

《司马法》曰："国虽大，好战必亡；天下虽平，忘战必危。"天下既平，天子大凯，春蒐秋狝，诸侯春振旅，秋治兵，所以不忘战也。且夫怒者逆德也，兵者凶器也，争者末节也。古之人君，一怒必伏尸流血，故圣王重行之。夫务战胜，穷武事，未有不悔者也。

昔秦皇帝任战胜之威，蚕食天下，并吞战国，海内为一,功齐三代。务胜不休,欲攻匈奴,李斯谏曰:"不可。夫匈奴无城郭之居,委积之守,迁徙鸟举,难得而制。轻兵深入,粮食必绝;蹑粮以行,重不及事。得其地不足以为利,得其民不可调而守也。胜必弃之,非民父母。靡敝中国,快心匈奴,非完计也。"秦皇帝不听,遂使蒙恬将兵而攻胡,却地千里,以河为境。地固泽卤,不生五谷,然后发天下丁男以守北河。暴兵露师,十有馀年,死者不可胜数,终不能逾河而北。是岂人众之不足,兵革之不备哉?其势不可也。又使天下飞刍挽粟,起于黄、腄、琅邪负海之郡,转输北河,率三十钟而致一石。男子疾耕,不足于粮饷;女子纺绩,不足于帷幕。百姓靡敝,孤寡老弱,不能相养,道死者相望,盖天下始叛也。

及至高皇帝定天下,略地于边,闻匈奴聚代谷之外而欲击之。御史成谏曰:"不可。夫匈奴兽聚而鸟散,从之如搏景。今以陛下盛德攻匈奴,臣窃危之。"高帝不听,遂至代谷,果有平城之围。高帝悔之,乃使刘敬往结和亲,然后天下亡干戈之事。

故兵法曰:"兴师十万,日费千金。"秦常积众数十万人,虽有覆军杀将,系虏单于,适足以结怨深雠,不足以偿天下之费。夫匈奴行盗侵驱,所以为业,天性固然。上自虞、夏、殷、周,固不程督,禽兽畜之,不比为人。夫不上观虞、夏、殷、周之统,而下循近世之失,此臣之所以大恐,百姓所疾苦也。且夫兵久则变生,事苦则虑易。使边境之民靡敝愁苦,将吏相疑而外市,故尉佗、章邯得成其私,而秦政不行,权分二子,此得失之效也。故《周书》曰:"安危在出令,存亡在所用。"愿陛下孰计之而加察焉。

吾丘子赣禁民挟弓弩议 ○○

臣闻古者作五兵,非以相害,以禁暴讨邪也。安居则以制猛兽而备非常,有事则以设守卫而施行阵。及至周室衰微,上无明王,诸侯力政,强侵弱,众暴寡,海内抗敝,是以巧诈并生。智者陷愚,勇者威怯,苟以得胜为务,不顾义理。故机变械饰,所以相贼害之具,不可胜数。于是秦兼天下,废王道,立私议,灭《诗》、《书》而首法令,去仁恩而任刑戮,堕名城,杀豪桀,销甲兵,折锋刃,其后民以耰锄棰梴相挞击,犯法滋众,盗贼不胜,至于赭衣塞路,群盗满山,卒以乱亡。故圣王务教化而省禁防,知其不足恃也。

今陛下昭明德,建太平,举俊材,兴学官,三公有司,或由穷巷,起白屋,裂地而封,宇内日化,方外乡风,然而盗贼犹有者,郡国二千石之罪,非挟弓弩之过也。礼曰:男子生,桑弧蓬矢以举之,明示有事也。孔子曰:"吾何执?执射乎?"大射之礼,自天子降及庶人,三代之道也。《诗》云:"大侯既抗,弓矢斯张。射夫既同,献尔发功。"言贵中也。愚闻圣王合射以明教矣,未闻弓矢之为禁也。且所为禁者,为盗贼之以攻夺也。攻夺之罪死,然而不止者,大奸之于重诛,固不避也。臣恐邪人挟之,而吏不能止,良民以自备而抵法禁,是擅贼威而夺民救也。窃以为无益于禁奸，而废先王之典，使学者不得习行其礼，大不便。

东方曼倩谏除上林苑　○

臣闻谦逊静悫，天表之应，应之以福；骄溢靡丽，天表之应，应之以异。今陛下累郎台，恐其不高也；弋猎之处，恐其不广也。如天不为变，则三辅之地，尽可以为苑，何必盩厔、鄠、杜乎？奢侈越制，天为之变，上林虽小，此谓本有之上林，萧相国所谓上林中多空地弃是也。臣尚以为大也。

夫南山，天下之阻也。南有江、淮，北有河、渭，其地从汧、陇以东，商、雒以西，厥壤肥饶。汉兴，去三河之地，止霸、产以西，都泾、渭之南，此所谓天下陆海之地，秦之所以虏西戎，兼山东者也。其山出玉石、金、银、铜、铁，豫章、檀、柘，异类之物，不可胜原。此百工所取给，万民所印足也。又有粳稻、梨、栗、桑、麻、竹箭之饶，土宜姜、芋，水多蛙、鱼，贫者得以人给家足，无饥寒之忧。故鄠、镐之间，号为土膏，其贾亩一金。今规以为苑，绝陂池水泽之利，而取民膏腴之地，上乏国家之用，下夺农桑之业，弃成功，就败事，损耗五谷，是其不可，一也。且盛荆棘之林，而长养麋鹿，广狐兔之苑，大虎狼之虚，又坏人冢墓，发人室庐，令幼弱怀土而思，耆老泣涕而悲，是其不可，二也。斥而营之，垣而囿之，骑驰东西，车骛南北，又有深沟大渠，夫一日之乐，亦足以危无堤之舆，是其不可，三也。故务苑囿之大，不恤农时，非所以强国富人也。

夫殷作九市之宫，而诸侯畔；灵王起章华之台，而楚民散；秦兴阿房之殿，而天下乱。粪土愚臣，忘生触死，逆盛意，犯隆指，罪当万死，不胜大愿。愿陈《泰阶六符》，以观天变，不可不省。

东方曼倩化民有道对　。

尧、舜、禹、汤、文、武、成、康，上古之事，经历数千载，尚难言也，臣不敢陈。愿近述孝文皇帝之时，当世耆老，皆闻见之。贵为天子，富有四海，身衣弋绨，足履革舄，以韦带剑，莞蒲为席，兵木无刃，衣缊无文，集上书囊以为殿帷。以道德为丽，以仁义为准。于是天下望风成俗，昭然化之。今陛下以城中为小，图起建章，左凤阙，右神明，号称千门万户。木土衣绮绣，狗马被缋罽，宫人簪玳瑁，垂珠玑。设戏车，教驰逐，饰文采，丛珍怪。撞万石之钟，击雷霆之鼓，作俳优，舞郑女。上为淫侈如此，而欲使民独不奢侈失农，事之难者也。陛下诚能用臣朔之计，推甲乙之帐，燔之于四通之衢，却走马，示不复用，则尧舜之隆，宜可与比治矣。《易》曰：正其本，万事理。失之豪氂，差以千里。愿陛下留意察之。

古文辞类纂十三终

奏议类上编四　　　

路长君上德缓刑书　○

　　臣闻齐有无知之祸，而桓公以兴；晋有骊姬之难，而文公用伯。近世赵王不终，诸吕作乱，而孝文为太宗。繇是观之，祸乱之作，将以开圣人也。故桓、文扶微兴坏，尊文、武之业，泽加百姓，功润诸侯，虽不及三王，天下归仁焉。文帝永思至德，以承天心，崇仁义，省刑罚，通关梁，一远近，敬贤如大宾，爱民如赤子，内恕情之所安，而施之于海内，是以囹圄空虚，天下太平。夫继变化之后，必有异旧之恩，此圣贤所以昭天命也。往者昭帝即世而无嗣，大臣忧戚，焦心合谋，皆以昌邑尊亲，援而立之。然天不授命，淫乱其心，遂以自亡。深察祸变之故，乃皇天之所以开至圣也。故大将军受命武帝，股肱汉国，披肝胆，决大计，黜亡义，立有德，辅天而行，然后宗庙以安，天下咸宁。

　　臣闻《春秋》正即位，大一统而慎始也。陛下初登至尊，与天合符，宜改前世之失，正始受命之统，涤烦文，除民疾,存亡继绝,以应天意。

臣闻秦有十失,其一尚存,治狱之吏是也。秦之时,羞文学,好武勇,贱仁义之士,贵治狱之吏。正言者谓之诽谤,遏过者谓之妖言。故盛服先生,不用于世;忠良切言,皆郁于胸,誉谀之声,日满于耳。虚美熏心,实祸蔽塞,此乃秦之所以亡天下也。方今天下赖陛下厚恩,亡金革之危,饥寒之患,父子夫妻,勠力安家,然太平未洽者,狱乱之也。

夫狱者,天下之大命也,死者不可复生,绝者不可复属。《书》曰:"与其杀不辜,宁失不经。"今治狱吏则不然。上下相驱,以刻为明,深者获公名,平者多后患。故治狱之吏,皆欲人死,非憎人也,自安之道,在人之死。是以死人之血,流离于市;被刑之徒,比肩而立,大辟之计,岁以万数。此仁圣之所以伤也。太平之未洽,凡以此也。夫人情安则乐生,痛则思死。棰楚之下,何求而不得?故囚人不胜痛,则饰辞以视之;吏治者利其然,则指道以明之;上奏畏却,则锻练而周内之。盖奏当之成,虽咎繇听之,犹以为死有馀辜。何则?成练者众,文致之罪明也。是以狱吏专为深刻残贼而亡极,偷为一切,不顾国患。此世之大贼也。故俗语曰:"画地为狱,议不入;刻木为吏,期不对。"此皆疾吏之风,悲痛之辞也。故天下之患,莫深于狱;败法乱正,离亲塞道,莫甚乎治狱之吏。此所谓一尚存者也。

臣闻乌鸢之卵不毁,而后凤皇集;诽谤之罪不诛,而后良言进。故古人有言:"山薮藏疾,川泽纳污。瑾瑜匿恶,国君含诟。"唯陛下除诽谤以招切言,开天下之口,广箴谏之路,扫亡秦之失,尊文武之德,省法制,宽刑罚,以废治狱,则太平之风,可兴于世,永履和乐,与天亡极,天下幸甚。

张子高论霍氏封事 ○

臣闻公子季友,有功于鲁;大夫赵衰,有功于晋;大夫田完,有功于齐,皆畴其官邑,延及子孙。终后田氏篡齐,赵氏分晋,季氏颛鲁。故仲尼作《春秋》,迹盛衰,讥世卿最甚。

乃者大将军,决大计,安宗庙,定天下,功亦不细矣。夫周公七年耳,而大将军二十岁,海内之命,断于掌握。方其隆时,感动天地,侵迫阴阳,月朓日蚀,昼冥宵光,地大震裂,火生地中,天文失度,祅祥变怪,不可胜记,皆阴类盛长,臣下颛制之所生也。朝臣宜有明言曰:陛下褒宠故大将军,以报功德足矣。间者辅臣颛政,贵戚大盛,君臣之分不明,请罢霍氏三侯,皆就第。及卫将军张安世,宜赐几杖归休,时存问召见,以列侯为天子师。明诏以恩不听,群臣以义固争而后许,天下必以陛下为不忘功德,而朝臣为知礼,霍氏世世无所患苦。今朝廷不闻直声,而令明诏自亲其文,非策之得者也。今两侯以出,人情不相远,以臣心度之,大司马及其枝属,必有畏惧之心。夫近臣自危,非完计也。

臣窃愿于广朝白发其端，直守远郡，其路无由。夫心之精微，口不能言也；言之微眇，书不能文也。故伊尹五就桀，五就汤；萧相国荐淮阴，累岁乃得通。况乎千里之外，因书文，谕事指哉？惟陛下省察。

魏弱翁谏击匈奴书　○

臣闻之，救乱诛暴，谓之义兵，兵义者王。敌加于己，不得已而起者，谓之应兵，兵应者胜。争恨小故，不忍愤怒者，谓之忿兵，兵忿者败。利人土地货宝者，谓之贪兵，兵贪者破。恃国家之大，矜民人之众，欲见威于敌者，谓之骄兵，兵骄者灭。此五者，非但人事，乃天道也。

间者匈奴尝有善意，所得汉民，辄奉归之，未有犯于边境。虽争屯田车师，不足致意中。今闻诸将军欲兴兵入其地，臣愚不知此兵何名者也。今边郡困乏，父子共犬羊之裘，食草莱之实，常恐不能自存，难以动兵。军旅之后，必有凶年，言民以其愁苦之气，伤阴阳之和也。出兵虽胜，犹有后忧，恐灾害之变，因此以生。今郡国守相，多不实选，风俗尤薄，水旱不时。案今年计，子弟杀父兄，妻杀夫者，凡二百二十二人，臣愚以为此非小变也。今左右不忧此，乃欲发兵报纤介之忿于远夷，殆孔子所谓"吾恐季孙之忧，不在颛臾，而在萧墙之内也"。愿陛下与平昌侯，乐昌侯，平恩侯，及有识者，详议，乃可。

赵翁孙陈兵利害书　。

臣窃见骑都尉安国,前幸赐书,择羌人可使使罕,谕告以大军当至,汉不诛罕,以解其谋。恩泽甚厚,非臣下所能及。臣独私美陛下盛德至计亡已,故遣开豪雕库,宣天子至德,罕、开之属,皆闻知明诏。今先零羌杨玉,此羌之首帅名王,将骑四千,及煎巩骑五千,阻石山木,候便为寇,罕羌未有所犯。今置先零,先击罕,释有罪,诛亡辜,起壹难,就两害,诚非陛下本计也。

臣闻兵法:"攻不足者守有馀。"又曰:"善战者致人,不致于人。"今罕羌欲为敦煌、酒泉寇,宜饬兵马,练战士,以须其至。坐得致敌之术,以逸击劳,取胜之道也。今恐二郡兵少,不足以守,而发之行攻,释致虏之术,而从为虏所致之道,臣愚以为不便。先零羌虏,欲为背畔,故与罕、开解仇结约,然其私心,不能亡恐汉兵至而罕、开背之也。臣愚以为其计常欲先赴罕、开之急,以坚其约。先击罕羌,先零必助之。今虏马肥,粮食方饶,击之恐不能伤害,适使先零得施德于罕羌,坚其约,合其党。虏交坚党合,精兵二万馀人,迫胁诸小种,附著者稍众,莫须之属,不轻得离也。如是,虏兵寝多,诛之用力数倍,臣恐国家忧累繇十年数,不二三岁而已。

臣得蒙天子厚恩,父子俱为显列。臣位至上卿,爵为列侯,犬马之齿七十六,为明诏填沟壑,死骨不朽,亡所顾念。独思惟兵利害，至孰悉也。于臣之计，先诛先零已，则罕、开之属，不烦兵而服矣。先零已诛，而罕、开不服，涉正月击之，得计之理，又其时也。以今进兵，诚不见其利。唯陛下裁察。

赵翁孙屯田奏三首 ○

臣闻兵者，所以明德除害也。故举得于外，则福生于内，不可不慎。臣所将吏士马牛食，月用粮谷十九万九千六百三十斛，盐千六百九十三斛，茭藁二十五万二百八十六石。难久不解，繇役不息。又恐它夷卒有不虞之变，相因并起，为明主忧，诚非素定庙胜之册。且羌虏易以计破，难用兵碎也。故臣愚以为击之不便。

计度临羌东至浩亹，羌虏故田，及公田，民所未垦，可二千顷以上，其间邮亭多坏败者。臣前部士入山伐材木，大小六万馀枚，皆在水次。愿罢骑兵，留弛刑应募，及淮阳、汝南步兵，与吏士私从者，合凡万二百八十一人，用谷月二万七千三百六十三斛，盐三百八斛，分屯要害处。冰解漕下，缮乡亭，浚沟渠，治湟狭以西道桥七十所，令可至鲜水左右。田事出，赋人二十亩。至四月草生，发郡骑，及属国胡骑伉健各千，倅马什二就草，为田者游兵，以充入金城郡，益积畜，省大费。今大司农所转谷至者，足支万人一岁食。谨上田处，及器用簿，唯陛下裁许。

臣闻帝王之兵，以全取胜，是以贵谋而贱战。战而百胜，非善之善者也，故先为不可胜，以待敌之可胜。蛮夷习俗，虽殊于礼义之国，然其欲避害就利，爱亲戚，畏死亡，一也。今虏亡其美地荐草，愁于寄托远遁，骨肉离心，人有畔志，而明主般师罢兵，万人留田，顺天时，因地利，以待可胜之虏，虽未即伏辜，兵决可期月而望。羌虏瓦解，前后降者万七百馀人，及受言去者凡七十辈，此坐支解羌虏之具也。

臣谨条不出兵留田便宜十二事：步兵九校，吏士万人，留屯以为武备，因田致谷，威德并行，一也。又因排折羌虏，令不得归肥饶之墬，贫破其众，以成羌虏相畔之渐，二也。居民得并田作，不失农业，三也。军马一月之食，度支田士一岁，罢骑兵以省大费，四也。至春省甲士卒，循河湟，漕谷至临羌，以视羌虏，扬威武，传世折冲之具，五也。以闲暇时，下所伐材，缮治邮亭，充入金城，六也。兵出，乘危徼幸，不出，令反畔之虏，窜于风寒之地，离霜露疾疫瘃堕之患，坐得必胜之道，七也。亡经阻远追死伤之害，八也。内不损威武之重，外不令虏得乘间之势，九也。又亡惊动河南大开、小开，使生它变之忧，十也。治湟狭中道桥，令可至鲜水，以制西域，信威千里，从枕席上过师，十一也。大费既省，繇役豫息，以戒不虞，十二也。留屯田得十二便，出兵失十二利。臣充国材下，犬马齿衰，不识长册，唯明诏博详公卿议臣采择。

臣闻兵以计为本，故多算胜少算。先零羌精兵，今馀不过七八千人，失地远客，分散饥冻。罕、开、莫须，又颇暴略其赢弱畜产，畔还者不绝，皆闻天子明令相捕斩之赏。臣愚以为虏破坏，可日月冀，远在来春，故曰：兵决可期月而望。窃见北边自敦煌至辽东，万一千五百馀里，乘塞列隧，有吏卒数千人，虏数大众攻之而不能害。今留步士万人屯田，地势平易，多高山远望之便，部曲相保，为堑垒木樵，校联不绝，便兵弩，饬斗具。烽火幸通，势及并力，以逸待劳，兵之利者也。臣愚以为屯田，内有亡费之利，外有守御之备。骑兵虽罢，虏见万人留田，为必禽之具，其土崩归德，宜不久矣。从今尽三月，虏马赢瘦，必不敢捐其妻子于他种中，远涉河山而来为寇。又见屯田之士，精兵万人，终不敢复将其累重还归故地。是臣之愚计，所以度虏且必瓦解其处，不战而自破之册也。

至于虏小寇盗，时杀人民，其原未可卒禁。臣闻战不必胜，不苟接刃；攻不必取，不苟劳众。诚令兵出，虽不能灭先零，亶能令虏绝不为小寇，则出兵可也。即今同是，而释坐胜之道，从乘危之势，往终不见利，空内自罢敝，贬重而自损，非所以视蛮夷也。又大兵一出，还不可复留，湟中亦未可空，如是，繇役复发也。且匈奴不可不备，乌桓不可不忧。今久转运烦费，倾我不虞之用，以澹一隅，臣愚以为不便。校尉临众，幸得承威德，奉厚币，拊循众羌，谕以明诏，宜皆乡风。虽其前辞尝曰"得亡效五年"，宜亡它心，不足以故出兵。

臣窃自惟念奉诏出塞，引军远击，穷天子之精兵，散车甲于山野，虽无尺寸之功，偷得避慊之便，而亡后咎馀责，此人臣不忠之利，非明主社稷之福也。臣幸得奋精兵，讨不义，久留天诛，罪当万死。陛下宽仁，未忍加诛，令臣数得執计。愚臣伏计執甚，不敢避斧钺之诛，昧死陈愚。唯陛下省察。

萧长倩入粟赎罪议 ○

民函阴阳之气，有好义欲利之心，在教化之所助。虽尧在上，不能去民欲利之心，而能令其欲利不胜其好义也；虽桀在上，不能去民好义之心，而能令其好义不胜其欲利也。故尧、桀之分，在于义利而已，道民不可不慎也。

今欲令民量粟以赎罪，如此，则富者得生，贫者独死。是贫富异刑，而法不壹也。人情贫穷，父兄囚执，闻出财得以生活，为人子弟者，将不顾死亡之患、败乱之行，以赴财利，求救亲戚。一人得生，十人以丧。如此，伯夷之行坏，公绰之名灭。政教壹倾，虽有周、召之佐，恐不能复。古者臧于民，不足则取，有馀则予。《诗》曰："爰及矜人，哀此鳏寡。"上惠下也。又曰："雨我公田，遂及我私。"下急上也。今有西边之役，民失作业，虽户赋口敛，以赡其困乏，古之通义，百姓莫以为非。以死救生，恐未可也。陛下布德施教，教化既成，尧舜亡以加也。今议开利路，以伤既成之化，臣窃痛之。

贾君房罢珠厓对 ○

臣幸得遭明盛之朝，蒙危言之策，无忌讳之患，敢昧死竭卷卷。臣闻尧舜，圣之盛也，禹入圣域而不优，故孔子称尧曰"大哉"，《韶》曰"尽善"，禹曰"无间"。以三圣之德，地方不过数千里，西被流沙，东渐于海，朔南暨声教，讫于四海，欲与声教，则治之，不欲与者，不强治也。故君臣歌德，含气之物，各得其宜。武丁、成王，殷、周之大仁也，然地东不过江、黄，西不过氐、羌，南不过蛮荆，北不过朔方。是以颂声并作，视听之类，咸乐其生，越裳氏重九译而献，此非兵革之所能致。及其衰也，南征不还，齐桓救其难，孔子定其文。以至乎秦，兴兵远攻，贪外虚内，务欲广地，不虑其害。然地南不过闽、越，北不过太原，而天下溃畔，祸卒在于二世之末，长城之歌，至今未绝。

赖圣汉初兴，为百姓请命，平定天下。至孝文皇帝，闵中国未安，偃武行文，则断狱数百，民赋四十，丁男三年而一事。时有献千里马者，诏曰："鸾旗在前，属车在后，吉行日五十里，师行三十里，朕乘千里之马，独先安之？"于是还马，与道里费，而下诏曰："朕不受献也，其令四方毋求来献。"当此之时，逸游之乐绝，奇丽之赂塞，郑、卫之倡微矣。夫后宫盛色，则贤者隐处；佞人用事，则诤臣杜口。而文帝不行，故谥为孝文，庙称太宗。至孝武皇帝元狩六年，太仓之粟，红腐而不可食；都内之钱，贯朽而不可校。乃探平城之事，录冒顿以来，数为边害，籍兵厉马，因富民以攘服之。西连诸国，至于安息，东过碣石，以玄菟、乐浪为郡，北却匈奴万里，更起营塞，制南海以为八郡，则天下断狱万数，民赋数百，造盐铁酒榷之利，以佐用度，犹不能足。当此之时，寇贼并起，军旅数发，父战死于前，子斗伤于后，女子乘亭鄣，孤儿号于道，老母寡妇，饮泣巷哭，遥设虚祭，想魂乎万里之外。淮南王盗写虎符，阴聘名士，关东公孙勇等，诈为使者，是皆廓地泰大，征伐不休之故也。

今天下独有关东。关东大者，独有齐、楚。民众久困，连年流离，离其城郭，相枕席于道路。人情莫亲父母，莫乐夫妇，至嫁妻卖子，法不能禁，义不能止。此社稷之忧也。今陛下不忍悁悁之忿，欲驱士众，挤之大海之中，快心幽冥之地，非所以救助饥馑，保全元元也。《诗》云："蠢尔蛮荆，大邦为雠。"言圣人起，则后服；中国衰，则先畔，动为国家难。自古而患之久矣，何况乃复其南方万里之蛮乎？骆越之人，父子同川而浴，相习以鼻饮，与禽兽无异，本不足郡县置也。颛颛独居一海之中，雾露气湿，多毒草虫蛇水土之害，人未见虏，战士自死。又非独珠厓有珠犀玳瑁也，弃之不足惜，不击不损威。其民譬犹鱼鳖，何足贪也！

臣窃以往者羌军言之，暴师曾未一年，兵出不逾千里，费四十馀万万，大司农钱尽，乃以少府禁钱续之。夫一隅为不善，费尚如此，况于劳师远攻，亡士毋功乎？求之往古则不合，施之当今又不便。臣愚以为非冠带之国，《禹贡》

所及,《春秋》所治,皆可且无以为。愿遂弃珠厓,专用恤关东为忧。

古文辞类纂十四终

奏议类上编五

刘子政条灾异封事 ○○○

臣前幸得以骨肉备九卿,奉法不谨,乃复蒙恩。窃见灾异并起,天地失常,征表为国。欲终不言,念忠臣虽在圳亩,犹不忘君,惓惓之义也,况重以骨肉之亲,又加以旧恩未报乎?欲竭愚诚,又恐越职,然惟二恩未报,忠臣之义,一抒愚意,退就农亩,死无所恨。

臣闻舜命九官,济济相让,和之至也。众贤和于朝,则万物和于野,故《箫韶》九成,而凤皇来仪,击石拊石,百兽率舞,四海之内,靡不和宁。及至周文,开基西郊,杂遝众贤,罔不肃和,崇推让之风,以销分争之讼。文王既没,周公思慕,歌咏文王之德,其《诗》曰:"于穆清庙,肃雍显相。济济多士,秉文之德。"当此之时,武王、周公继政,朝臣和于内,万国欢于外,故尽得其欢心,以事其先祖。其《诗》曰:"有来雍雍,至止肃肃,相维辟公,天子穆穆。"言四方皆以和来也。诸侯和于下,天应报于上,故《周颂》曰:"降福

251

穰穰。"又曰："饴我釐麰。"釐麰，麦也，始自天降。此皆以和致和，获天助也。

下至幽、厉之际，朝廷不和，转相非怨，诗人疾而忧之曰："民之无良，相怨一方。"众小在位，而从邪议，歙歙相是，而背君子，故其《诗》曰："歙歙訿訿，亦孔之哀。谋之其臧，则具是违；谋之不臧，则具是依。"君子独处守正，不挠众枉，勉强以从王事，则反见憎毒谗愬，故其《诗》曰："密勿从事，不敢告劳。无罪无辜，谗口嗸嗸。"当是之时，日月薄蚀而无光，其《诗》曰："朔日辛卯，日有蚀之，亦孔之丑。"又曰："彼月而微，此日而微。今此下民，亦孔之哀。"又曰："日月鞠凶，不用其行；四国无政，不用其良。"天变见于上，地变动于下，水泉沸腾，山谷易处，其《诗》曰："百川沸腾，山冢卒崩。高岸为谷，深谷为陵。哀今之人，胡憯莫惩。"霜降失节，不以其时，其《诗》曰："正月繁霜，我心忧伤。民之讹言，亦孔之将。"言民以是为非，甚众大也。此皆不和，贤不肖易位之所致也。

自此之后，天下大乱，篡杀殃祸并作，厉王奔彘，幽王见杀。至乎平王末年，鲁隐之始即位也，周大夫祭伯，乖离不和，出奔于鲁，而《春秋》为讳，不言来奔，伤其祸殃自此始也。是后尹氏世卿而专恣，诸侯背畔而不朝，周室卑微。二百四十二年之间，日食三十六，地震五，山陵崩阤二，彗星三见，夜常星不见，夜中星陨如雨一，火灾十四。长狄入三国，五石陨坠，六鹢退飞，多麋，有蜮、蜚，鹳鹆来巢者，皆一见。昼冥晦，雨木冰，李、梅冬实。七月霜降，草木不死。

八月杀菽。大雨雹,雨雪雷霆,失序相乘。水、旱、饥、蝝、
螽、螟,蜂午并起。当是时,祸乱辄应,弑君三十六,亡国五
十二,诸侯奔走不得保其社稷者,不可胜数也。周室多祸,
晋败其师于贸戎,伐其郊;郑伤桓王;戎执其使;卫侯朔召
不往,齐逆命而助朔;五大夫争权;三君更立,莫能正理,遂
至陵夷,不能复兴。由此观之,和气致祥,乖气致异。祥多
者其国安,异众者其国危,天地之常经,古今之通义也。

　　今陛下开三代之业,招文学之士,优游宽容,使得并
进。今贤不肖浑殽,白黑不分,邪正杂糅,忠谗并进。章交
公车,人满北军。朝臣舛午,胶戾乖剌,更相谗愬,转相是
非。传授增加,文书纷纠,前后错谬,毁誉浑乱。所以营惑
耳目,感移心意,不可胜载。分曹为党,往往群朋,将同心
以陷正臣。正臣进者治之表也,正臣陷者乱之机也。乘治
乱之机,未知执任,而灾异数见,此臣所以寒心者也。夫乘
权藉势之人,子弟麟集于朝,羽翼阴附者众,辐辏于前,毁
誉将必用以终乖离之咎。是以日月无光,雪霜夏陨,海水
沸出,陵谷易处,列星失行,皆怨气之所致也。夫遵衰周之
轨迹,循诗人之所刺,而欲以成太平,致雅颂,犹却行而求
及前人也。初元以来六年矣,案春秋六年之中,灾异未有
稠如今者也。夫有春秋之异,无孔子之救,犹不能解纷,况
甚于春秋乎?

　　原其所以然者,谗邪并进也。谗邪之所以并进者,由
上多疑心,既已用贤人而行善政,如或谮之,则贤人退而善
政还。夫执狐疑之心者,来谗贼之口;持不断之意者,开群

枉之门。谗邪进则众贤退，群枉盛则正士消。故《易》有《否》、《泰》，小人道长，君子道消。君子道消，则政日乱，故为否，否者闭而乱也。君子道长，小人道消。小人道消，则政日治，故为泰，泰者通而治也。《诗》又云："雨雪麃麃，见晛聿消。"与《易》同义。昔者鲧、共工、驩兜，与舜、禹杂处尧朝，周公与管、蔡并居周位，当是时，迭进相毁，流言相谤，岂可胜道哉？帝尧、成王能贤舜、禹、周公，而消共工、管、蔡，故以大治，荣华至今。孔子与季、孟偕仕于鲁，李斯与叔孙通俱宦于秦，定公、始皇贤季、孟、李斯而消孔子、叔孙，故以大乱，污辱至今。

　　故治乱荣辱之端，在所信任。信任既贤，在于坚固而不移。《诗》云："我心匪石，不可转也。"言守善笃也。《易》曰："涣汗其大号。"言号令如汗，汗出而不反者也。今出善令，未能逾时而反，是反汗也；用贤未能三旬而退，是转石也。《论语》曰："见不善如探汤。"今二府奏佞谄不当在位，历年而不去。故出令则如反汗，用贤则如转石，去佞则如拔山。如此望阴阳之调，不亦难乎！是以群小窥见间隙，缘饰文字，巧言丑诋，流言飞文，哗于民间。故《诗》云："忧心悄悄，愠于群小。"小人成群，诚足愠也。昔孔子与颜渊、子贡更相称誉，不为朋党；禹、稷与皋陶传相汲引，不为比周。何则？忠于为国，无邪心也。故贤人在上位，则引其类而聚之于朝，《易》曰："飞龙在天，大人聚也。"在下位，则思与其类俱进，《易》曰："拔茅茹以其汇，征吉。"在上则引其类，在下则推其类，故汤用伊尹，不仁者远，而众贤至，类相致也。今佞邪与贤臣，并在交戟之内，合党共谋，违善依恶，歙歙訿訿，数设危险之言，欲以倾移主上。如忽然用之，此天地之所以先戒，灾异之所以重至者也。

自古明圣，未有无诛而治者也。故舜有四放之罚，而孔子有两观之诛，然后圣化可得而行也。今以陛下明知，诚深思天地之心，迹察两观之诛，览《否》、《泰》之卦，观雨雪之诗，历周、唐之所进以为法，原秦、鲁之所消以为戒，考祥应之福，省灾异之祸，以揆当世之变。放远佞邪之党，坏散险诐之聚，杜闭群枉之门，广开众正之路，决断狐疑，分别犹豫，使是非炳然可知，则百异消灭，而众祥并至，太平之基，万世之利也。

臣幸得托肺附，诚见阴阳不调，不敢不通所闻。窃推《春秋》灾异以效今事一二，条其所以，不宜宣泄。臣谨重封昧死上。萧按：《尔雅》："釁没，勉也。"郭注："犹黾勉。"此奏内密勿从事，颜师古注同郭说。盖所引者，或齐鲁韩诗，而解之者以毛诗也。世遂读"密勿"为"黾勉"，则非是《尔雅》音义。"釁"，本或作"蠠"，《说文》曰："蠠，古蜜字。"《礼记》"恤勿"之勿读没，亦勉义。又"勿勿诸其欲其飨之也"，郑注："勿勿，犹勉勉。"然则此"密勿"，当依《尔雅》读"蜜没"。毁誉将必用，以终乖离之咎，此东坡所谓小人之党常胜者也。元帝非不知君子小人之别，但疑君子未必无党护之习，欲间杂用小人，以伺察之。故此奏以"乖和"二字立案，以去疑为主，中以灾异为之征。

刘子政论甘延寿等疏　○

郅支单于囚杀使者吏士以百数，事暴扬外国，伤威毁重,群臣皆闵焉。陛下赫然欲诛之,意未尝有忘。西域都护延寿,副校尉汤,承圣指,倚神灵,总百蛮之君,揽城郭之兵,出百死,入绝域,遂蹈康居,屠五重城,搴歙侯之旗,斩郅支之首,县旌万里之外,扬威昆山之西,扫谷吉之耻,立昭明之功,万夷慑伏,莫不惧震。呼韩邪单于见郅支已诛,且喜且惧,乡风驰义,稽首来宾,愿守北藩,累世称臣。立千载之功,建万世之安,群臣之勋莫大焉。

昔周大夫方叔、吉甫,为宣王诛猃狁,而百蛮从,其《诗》曰:"啴啴焞焞,如霆如雷,显允方叔,征伐猃狁,蛮荆来威。"《易》曰:"有嘉折首,获匪其丑。"言美诛首恶之人,而诸不顺者皆来从也。今延寿、汤所诛震,虽《易》之"折首"、《诗》之"雷霆",不能及也。

论大功者,不录小过;举大美者,不疵细瑕。《司马法》曰:"军赏不逾月。"欲民速得为善之利也。盖急武功,重用人也。吉甫之归,周厚赐之,其《诗》曰:"吉甫宴喜,既多受祉。来归自镐,我行永久。"千里之镐,犹以为远,况万里之外,其勤至矣!延寿、汤既未获受祉之报,反屈捐命之功,久挫于刀笔之前,非所以劝有功,厉戎士也。昔齐桓前有尊周之功,后有灭项之罪,君子以功覆过,而为之讳行事。贰师将军李广利,捐五万之师,靡亿万之费,经四年之劳,而廑获骏马三十匹,虽斩宛王毋鼓之首,犹不足以复费,其私罪恶甚多,孝武以为万里征伐,不录其过,遂封拜两侯、三卿、二千石百有馀人。今康居之国,强于大宛;郅支之号,重于宛王;杀使者罪,甚于留马。而延寿、汤,不烦汉士，不费斗粮，比于贰师，功德百之。且常惠随欲击之乌孙，郑吉迎自来之日逐，犹皆裂土受爵。故言威武勤劳，则大于方叔、吉甫；列功覆过，则优于齐桓、贰师；近事之功，则高于安远、长罗。而大功未著，小恶数布，臣窃痛之。宜以时解县通籍，除过勿治，尊宠爵位，以劝有功。

刘子政论起昌陵疏　○○○

臣闻《易》曰："安不忘危，存不忘亡，是以身安而国家可保也。"故贤圣之君，博观终始，究极事情，而是非分明。王者必通三统，明天命所授者博，非独一姓也。孔子论《诗》，至于"殷士肤敏，裸将于京"，喟然叹曰："大哉天命！善不可不传于子孙。是以富贵无常，不如是，则王公其何以戒慎，民萌何以劝勉？"盖伤微子之事周，而痛殷之亡也。虽有尧舜之圣，不能化丹朱之子；虽有禹汤之德，不能训末孙之桀纣。自古及今，未有不亡之国也。昔高皇帝既灭秦，将都雒阳，感寤刘敬之言，自以德不及周，而贤于秦，遂徙都关中，依周之德，因秦之阻。世之长短，以德为效，故常战栗，不敢讳亡。孔子所谓"富贵无常"，盖谓此也。孝文皇帝居霸陵，北临厕，意凄怆悲怀，顾谓群臣曰："嗟乎！以北山石为椁，用纻絮斫陈漆其间，岂可动哉？"张释之进曰："使其中有可欲，虽锢南山犹有隙；使其中无可欲，虽无石椁，又何戚焉？"夫死者无终极，而国家有废兴，故释之之言，为无穷计也。孝文寤焉，遂薄葬，不起山坟。

《易》曰:"古之葬者,厚衣之以薪,藏之中野,不封不树。后世圣人,易之以棺椁。"棺椁之作,自黄帝始。黄帝葬于桥山,尧葬济阴,丘垅皆小,葬具甚微。舜葬苍梧,二妃不从。禹葬会稽,不改其列。殷汤无葬处。文、武、周公葬于毕,秦穆公葬于雍橐泉宫祈年馆下,樗里子葬于武库,皆无丘垅之处。此圣帝明王,贤君智士,远览独虑无穷之计也。其贤臣孝子,亦承命顺意而薄葬之。此诚奉安君父,忠孝之至也。夫周公,武王弟也,葬兄甚微。孔子葬母于防,称古墓而不坟,曰"丘东西南北之人也,不可不识也",为四尺坟,遇雨而崩。弟子修之,以告孔子,孔子流涕曰:"吾闻之古者不修墓。"盖非之也。延陵季子适齐而反,其子死,葬于嬴、博之间,穿不及泉,敛以时服,封坟掩坎,其高可隐,而号曰:"骨肉归复于土,命也,魂气则无不之也。"夫嬴、博去吴,千有馀里,季子不归葬。孔子往观曰:"延陵季子于礼合矣。"故仲尼孝子,而延陵慈父,舜、禹忠臣,周公弟弟,其葬君亲骨肉皆微薄矣,非苟为俭,诚便于体也。宋桓司马为石椁,仲尼曰:"不如速朽。"秦相吕不韦集知略之士,而造《春秋》,亦言薄葬之义,皆明于事情者也。

逮至吴王阖闾,违礼厚葬,十有馀年,越人发之。及秦惠文、武、昭、严襄五王,皆大作邱陇,多其瘞臧,咸尽发掘暴露,甚足悲也。秦始皇帝葬于骊山之阿,下锢三泉,上崇山坟,其高五十馀丈,周回五里有馀。石椁为游馆,人膏为灯烛,水银为江海,黄金为凫雁。珍宝之臧,机械之变,棺椁之丽，宫馆之盛，不可胜原。又多杀宫人，生薶工匠，计以万数。天下苦其役而反之，骊山之作未成，而周章百万之师至其下矣。项籍燔其宫室营宇，往者咸见发掘。其后牧儿亡羊，羊入其凿，牧者持火照求羊，失火烧其臧椁。自古至今，葬未有盛如始皇者也，数年之间，外被项籍之灾，内离牧竖之祸，岂不哀哉！

是故德弥厚者葬弥薄，知愈深者葬愈微。无德寡知，其葬愈厚，邱陇弥高，宫庙甚丽，发掘必速。由是观之，明暗之效，葬之吉凶，昭然可见矣。

周德既衰而奢侈，宣王贤而中兴，更为俭宫室，小寝庙，诗人美之，《斯干》之诗是也，上章道宫室之如制，下章言子孙之众多也。及鲁严公刻饰宗庙，多筑台囿，后嗣再绝，《春秋》刺焉。周宣如彼而昌，鲁、秦如此而绝，是则奢俭之得失也。

陛下即位，躬亲节俭，始营初陵，其制约小，天下莫不称贤明。及徙昌陵，增埤为高，积土为山，发民坟墓，积以万数，营起邑居，期日迫卒，功费大万百馀。死者恨于下，生者愁于上，怨气感动阴阳，因之以饥馑，物故流离，以十万数，臣甚愍焉。以死者为有知，发人之墓，其害多矣；若其无知，又安用大？谋之贤知则不说，以示众庶则苦之。若苟以说愚夫淫侈之人，又何为哉？陛下慈仁笃美甚厚，聪明疏达盖世，宜弘汉家之德，崇刘氏之美，光昭五帝三王，而顾与暴秦乱君，竞为奢侈，比方丘陇，说愚夫之目，隆一时之观，违贤知之心，亡万世之安，臣窃为陛下羞之。唯陛下上览明圣黄帝、尧、舜、禹、汤、文、武、周公、仲尼之制，下观贤知穆公、延陵、樗里、张释之之意。孝文皇帝，去坟薄葬，以俭安神，可以为则；秦昭、始皇，增山厚臧，以侈生害，足以为戒。初陵之橅，宜从公卿大臣之议，以息众庶。

此文风韵，颇与相如《谏猎》相近。姜坞先生云：子政之文，如睹古之君子，右徵角，左宫羽，趋以《采荠》，行以《肆夏》，规矩揖扬，玉声锵鸣之容。昌黎屈指古之文章，仅数人，孟子、汉两司马、刘子政、扬子云而已，虽贾生不及也。南宋乃有称董生而抑刘者，岂知言哉！《谏昌陵疏》浑融道溢，当为弟一，《灾异封事》次之。

刘子政极谏外家封事　○○

臣闻人君莫不欲安，然而常危；莫不欲存，然而常亡：失御臣之术也。夫大臣操权柄持国政，未有不为害者也。昔晋有六卿，齐有田、崔，卫有孙、宁，鲁有季、孟，常掌国事，世执朝柄。终后田氏取齐，六卿分晋，崔杼弑其君光。孙林父、宁殖出其君衎，弑其君剽。季氏八佾舞于庭，三家者以《雍》彻，并专国政，卒逐昭公。周大夫尹氏管朝事，浊乱王室，子朝、子猛更立，连年乃定，故经曰："王室乱。"又曰："尹氏杀王子克。"甚之也。《春秋》举成败，录祸福，如此类甚众，皆阴盛而阳微，下失臣道之所致也。故《书》曰："臣之有作威作福，害于而家，凶于而国。"孔子曰："禄去公室，政逮大夫。"危亡之兆。秦昭王舅穰侯，及泾阳、叶阳君，专国擅势，上假太后之威，三人者权重于昭王，家富于秦国，国甚危殆，赖寤范雎之言，而秦复存。二世委任赵高，专权自恣，壅蔽大臣，终有阎乐望夷之祸，秦遂以亡。近事不远，即汉所代也。

汉兴，诸吕无道，擅相尊王。吕产、吕禄，席太后之宠，据将相之位，兼南北军之众，拥梁、赵王之尊，骄盈无厌，欲危刘氏。赖忠正大臣绛侯、朱虚侯等，竭诚尽节，以诛灭之，然后刘氏复安。今王氏一姓，乘朱轮华毂者二十三人，青紫貂蝉，充盈幄内，鱼鳞左右。大将军秉事用权，五侯骄奢僭盛，并作威福，击断自恣，行污而寄治，身私而托公，依东宫之尊，假甥舅之亲，以为威重。尚书、九卿、州牧、郡守，皆出其门，管执枢机，朋党比周。称誉者登进，忤恨者诛伤；游谈者助之说，执政者为之言。排摈宗室，孤弱公族，其有智能者，尤非毁而不进。远绝宗室之任，不令得给事朝省，恐其与己分权。数称燕王盖主，以疑上心，避讳吕、霍，而弗肯称。内有管、蔡之萌，外假周公之论，兄弟据重，宗族磐互。历上古至秦、汉，外戚僭贵，未有如王氏者也，虽周皇甫、秦穰侯、汉武安、吕、霍、上官之属，皆不及也。

物盛必有非常之变先见，为其人征象。孝昭帝时，冠石立于泰山，仆柳起于上林。而孝宣帝即位，今王氏先祖坟墓在济南者，其梓柱生枝叶，扶疏上出屋，根窗地中，虽立石起柳，无以过此之明也。事势不两大，王氏与刘氏亦且不并立，如下有泰山之安，则上有累卵之危。陛下为人子孙，守持宗庙，而令国祚移于外亲，降为皂隶，纵不为身，奈宗庙何！妇人内夫家，外父母家，此亦非皇太后之福也。

孝宣皇帝,不与舅平昌、乐昌侯权,所以全安之也。

夫明者起福于无形,销患于未然。宜发明诏,吐德音,援近宗室,亲而纳信,黜远外戚,毋授以政,皆罢令就第,以则效先帝之所行,厚安外戚,全其宗族,诚东宫之意,外家之福也。王氏永存,保其爵禄;刘氏长安,不失社稷,所以褒睦外内之姓,子子孙孙无疆之计也。如不行此策,田氏复见于今,六卿必起于汉,为后嗣忧。昭昭甚明,不可不深图,不可不蚤虑。《易》曰:"君不密则失臣,臣不密则失身,几事不密则害成。"唯陛下深留圣思,审固几密,览往事之戒,以折中取信,居万安之实,用保宗庙,久承皇太后,天下幸甚!

刘子政上星孛奏　○

臣闻帝舜戒伯禹,"毋若丹朱敖";周公戒成王,"毋若殷王纣"。《诗》曰:"殷监不远,在夏后之世。"亦言汤以桀为戒也。圣帝明王,常以败乱自戒,不讳废兴,故臣敢极陈其愚,惟陛下留神察焉。

谨按春秋二百四十二年,日蚀三十六,襄公尤数,率三岁五月有奇而壹食。汉兴讫竟宁,孝景帝尤数,率三岁一月而壹食。臣向前数言日当食,今连三年比食。自建始以来,二十岁间而八食,率二岁六月而一发,古今罕有。异有小大希稠,占有舒疾缓急,而圣人所以断疑也。《易》曰:"观乎天文,以察时变。"昔孔子对鲁哀公,并言夏桀、殷纣,暴虐天下，故历失，则摄提失方，孟陬无纪，此皆易姓之变也。秦始皇之末，至二世时，日月薄食，山陵沦亡，辰星出于四孟，太白经天而行，无云而雷，枉矢夜光，荧惑袭月，孽火烧宫，野禽戏廷，都门内崩，长人见临洮，石陨于东郡，星字大角，大角以亡。观孔子之言，考暴秦之异，天命信可畏也。及项籍之败，亦字大角。汉之入秦，五星聚于东井，得天下之象也。孝惠时，有雨血日食于冲，灭光星见之异。孝昭时，有泰山卧石自立，上林僵柳复起，大星如月西行，众星随之，此为特异。孝宣兴起之表，天狗夹汉而西，久阴不雨者二十馀日，昌邑不终之异也。皆著于《汉纪》。观秦、汉之易世，览惠、昭之无后，察昌邑之不终，视孝宣之绍起，天之去就，岂不昭昭然哉？高宗、成王，亦有雊雉拔木之变，能思其故，故高宗有百年之福，成王有复风之报。神明之应，应若景向，世所同闻也。

臣幸得托末属，诚见陛下宽明之德，冀销大异，而兴高宗、成王之声，以崇刘氏，故狠狠数奸死亡之诛。今日食尤屡，星字东井，摄提炎及紫宫，有识长老，莫不震动。此变之大者也。其事难一二记，故《易》曰："书不尽言，言不尽意。"是以设卦指爻而复说义。《书》曰："伻来以图。"天文难以相晓，臣虽图上，犹须口说，然后可知。愿赐清燕之间，指图陈状。

匡稚圭上政治得失疏 ○

臣闻五帝不同礼，三王各异教，民俗殊务，所遇之时异也。陛下躬圣德，开太平之路，闵愚吏民触法抵禁，比年大赦，使百姓得改行自新，天下幸甚。臣窃见大赦之后，奸邪不为衰止，今日大赦，明日犯法，相随入狱，此殆导之未得其务也。

盖保民者，陈之以德义，示之以好恶，观其失而制其宜，故动之而和，绥之而安。今天下俗贪财贱义，好声色，上侈靡，廉耻之节薄，淫辟之意纵，纲纪失序，疏者逾内，亲戚之恩薄，婚姻之党隆，苟合徼幸，以身没利，不改其原。虽岁赦之，刑犹难使错而不用也。臣愚以为宜壹旷然大变其俗。

孔子曰："能以礼让，为国乎何有？"朝廷者，天下之桢干也。公卿大夫，相与循礼恭让，则民不争；好仁乐施，则下不暴；上义高节，则民兴行；宽柔和惠，则众相爱。四者，明王之所以不严而成化也。何者？朝有变色之言，则下有争斗之患；上有自专之士，则下有不让之人；上有克胜之佐，则下有伤害之心；上有好利之臣，则下有盗窃之民，此其本也。今俗吏之治，皆不本礼让，而上克暴，或忮害，好陷人于罪，贪财而慕势，故犯法者众，奸邪不止。虽严刑峻法，犹不为变，此非其天性，有由然也。

臣窃考《国风》之诗，《周南》《召南》，被贤圣之化深，故笃于行而廉于色。郑伯好勇，而国人暴虎；秦穆贵信，而士多从死；陈夫人好巫，而民淫祀；晋侯好俭，而民畜聚；太王躬仁，邠国贵恕。由此观之，治天下者，审所上而已。今之伪薄忮害不让极矣。臣闻教化之流，非家至而人说之也。贤者在位，能者在职，朝廷崇礼，百僚敬让，道德之行，由内及外，自近者始，然后民知所法，迁善日进而不自知，是以百姓安，阴阳和，神灵应而嘉祥见。《诗》曰："商邑翼翼，四方之极。寿考且宁，以保我后生。"此成汤所以建至治，保子孙，化异俗，而怀鬼方也。今长安天子之都，亲承圣化，然其习俗无以异于远方，郡国来者，无所法则，或见侈靡而放效之。此教化之原本，风俗之枢机，宜先正者也。

臣闻天人之际，精祲有以相荡，善恶有以相推。事作乎下者，象动乎上。阴阳之理，各应其感。阴变则静者动，阳蔽则明者晻。水旱之灾，随类而至。今关东连年饥馑，百姓乏困，或至相食。此皆生于赋敛多，民所共者大，而吏安集之不称之效也。陛下只畏天戒，哀闵元元，大自减损，省甘泉、建章宫卫，罢珠厓，偃武行文，将欲度唐、虞之隆，绝殷、周之衰也。诸见罢珠厓诏书者，莫不欣欣，人自以将见太平也。宜遂减宫室之度，省靡丽之饰，考制度，修外内，近忠正，远巧佞，放郑、卫，进雅、颂，举异材，开直言。任温良之人，退刻薄之吏，显洁白之士，昭无欲之路，览六艺之意，察上世之务，明自然之道，博和睦之化，以崇至仁，匡失俗，易民视，令海内昭然，咸见本朝之所贵，道德弘于京师，淑问扬乎疆外。然后大化可成，礼让可兴也。

匡稚圭论治性正家疏 ○

臣闻治乱安危之机，在乎审所用心。盖受命之王，务在创业垂统,传之无穷;继体之君,心存于承宣先王之德,而褒大其功。昔者成王之嗣位,思述文、武之道以养其心,休烈盛美,皆归之二后而不敢专其名,是以上天歆享,鬼神祐焉。其《诗》曰:"念我皇祖,陟降廷止。"言成王常思祖考之业,而鬼神祐助其治也。

陛下圣德天覆,子爱海内,然阴阳未和,奸邪未禁者,殆论议者未丕扬先帝之盛功,争言制度不可用也。务变更之,所更或不可行,而复复之。是以群下更相是非,吏民无所信。臣窃恨国家释乐成之业,而虚为此纷纷也,愿陛下详览统业之事,留神于遵制扬功,以定群下之心。《大雅》曰:"无念尔祖,聿修厥德。"孔子著之《孝经》首章,盖至德之本也。

传曰:"审好恶,理情性,而王道毕矣。"能尽其性,然后能尽人物之性;能尽人物之性,可以赞天地之化。治性之道,必审己之所有馀,而强其所不足。盖聪明疏通者,戒于大察;寡闻少见者,戒于雍蔽;勇猛刚强者,戒于大暴;仁爱温良者,戒于无断;湛静安舒者,戒于后时;广心浩大者,戒于遗忘:必审己之所当戒,而齐之以义,然后中和之化应,而巧伪之徒,不敢比周而望进。唯陛下戒之,所以崇圣德也。

臣又闻室家之道修,则天下之理得,故《诗》始《国风》,《礼》本《冠》、《婚》。始乎《国风》,原情性而明人伦也;本乎《冠》、《婚》,正基兆而防未然也。福之兴莫不本乎室家,道之衰莫不始乎梱内,故圣王必慎妃后之际,别适长之位。礼之于内也，卑不隃尊，新不先故，所以统人情而理阴气也。其尊适而卑庶也，适子冠乎阼，礼之用醴，众子不得与列，所以贵正体而明嫌疑也。非虚加其礼文而已，乃中心与之殊异，故礼探其情而见之外也。圣人动静游燕所亲，物得其序。得其序则海内自修，百姓从化。如当亲者疏，当尊者卑，则佞巧之奸，因时而动，以乱国家。故圣人慎防其端，禁于未然，不以私恩害公义。陛下圣德纯备，莫不修正，则天下无为而治。《诗》云："于以四方，克定厥家。"传曰："正家而天下定矣。"

匡稚圭戒妃匹劝经学威仪之则疏 ○

陛下秉至孝，哀伤思慕，不绝于心，未有游虞弋射之宴，诚隆于慎终追远，无穷已也。窃愿陛下虽圣性得之，犹复加圣心焉。《诗》云："茕茕在疚。"言成王丧毕思慕，意气未能平也，盖所以就文、武之业，崇大化之本也。

臣又闻之师曰："妃匹之际，生民之始，万福之原。"婚姻之礼正，然后品物遂而天命全。孔子论《诗》以《关雎》为始，言太上者民之父母，后夫人之行，不侔乎天地，则无以奉神灵之统，而理万物之宜。故《诗》曰："窈窕淑女，君子好仇。"言能致其贞淑，不贰其操。情欲之感，无介乎容仪；宴私之意，不形乎动静。甯按：稚圭本学齐诗，齐诗以《关雎》为刺宴起，故云情欲之感、宴私之意，朱子善其语，取入《集传》，然其说诗实不同。夫然后可以配至尊而为宗庙主。此纲纪之首，王教之端也。自上世已来，三代兴废，未有不繇此者也。愿陛下详览得失盛衰之效，以定大基，采有德，戒声色，近严敬，远技能。

窃见圣德纯茂，专精《诗》、《书》，好乐无厌。臣衡材驽，无以辅相善义，宣扬德音。臣闻六经者，圣人所以统天地之心，著善恶之归，明吉凶之分，通人道之正，使不悖于其本性者也。故审六艺之指，则天人之理可得而和，草木昆虫可得而育，此永永不易之道也。及《论语》、《孝经》圣人言行之要，宜究其意。

臣又闻圣王之自为动静周旋，奉天承亲，临朝飨臣，物有节文，以章人伦。盖钦翼祗栗，事天之容也；温恭敬逊，承亲之礼也；正躬严恪，临众之仪也；嘉惠和说，飨下之颜也。举错动作，物遵其仪，故形为仁义，动为法则。孔子曰："德义可尊，容止可观，进退可度，以临其民，是以其民畏而爱之，则而象之。"《大雅》云："敬慎威仪，惟民之则。"诸侯正月朝觐天子，天子惟道德昭穆穆以视之，又观以礼乐，飨醴乃归。故万国莫不获赐祉福，蒙化而成俗。今正月初幸路寝，临朝贺，置酒以飨万方，传曰："君子慎始。"愿陛下留神动静之节，使群下得望盛德休光，以立基桢，天下幸甚。

侯应罢边备议 ○

周秦以来，匈奴暴桀，寇侵边境。汉兴，尤被其害。臣闻北边塞至辽东，外有阴山，东西千馀里，草木茂盛，多禽兽，本冒顿单于依阻其中，治作弓矢，来出为寇，是其苑囿也。至孝武世，出师征伐，斥夺此地，攘之于幕北。建塞徼，起亭隧，筑外城，设屯戍，以守之，然后边境得用少安。幕北地平，少草木，多大沙，匈奴来寇，少所蔽隐，从塞以南，径深山谷，往来差难。边长老言：匈奴失阴山之后，过之未尝不哭也。如罢备塞戍卒，示夷狄之大利，不可一也。今圣德广被，天覆匈奴，匈奴得蒙全活之恩，稽首来臣。夫夷狄之情，困则卑顺，强则骄逆，天性然也。前以罢外城，省亭隧，今裁足以候望通烽火而已。古者安不忘危，不可复罢，二也。中国有礼义之教，刑罚之诛，愚民犹尚犯禁，又况单于能必其众不犯约哉？三也。自中国尚建关梁以制诸侯，所以绝臣下之觊欲也。设塞徼，置屯戍，非独为匈奴而已，亦为诸属国降民，本故匈奴之人，恐其思旧逃亡，四也。近西羌保塞，与汉人交通，吏民贪利，侵盗其畜产妻子，以此怨恨，起而背畔，世世不绝。今罢乘塞，则生嫚易分争之渐，五也。往者从军多没不还者，子孙贫困，一旦亡出从其亲戚，六也。又边人奴婢愁苦欲亡者，多曰"闻匈奴中乐，无奈候望急何"，然时有亡出塞者，七也。盗贼桀黠，群辈犯法，如其窘急，亡走北出，则不可制，八也。起塞以来，百有馀年，非皆以土垣也，或因山岩石，木柴僵落，溪谷水门，稍稍平之，卒徒筑治，功费久远，不可胜计。臣恐议者不深虑其终始，欲以壹切省繇戍，十年之外，百岁之内，卒有他变，障塞破坏，亭隧灭绝，当更发屯缮治，累世之功,不可卒复,九也。如罢戍卒,省候望,单于自以保塞守御,必深德汉,请求无已,小失其意,则不可测。开夷狄之隙,亏中国之固,十也。非所以永持至安,威制百蛮之长策也。

谷子云讼陈汤疏　○

臣闻楚有子玉得臣,文公为之仄席而坐;赵有廉颇、马服,强秦不敢窥兵井陉;近汉有郅都、魏尚,匈奴不敢南乡沙幕。繇是言之,战克之将,国之爪牙,不可不重也。

盖君子闻鼓鼙之声,则思将率之臣。窃见关内侯陈汤,前使副西域都护,忿郅支之无道,闵王诛之不加,策虑愊亿,义勇奋发,卒兴师奔逝,横厉乌孙,逾集都赖,屠三重城,斩郅支首,报十年之逋诛,雪边吏之宿耻,威震百蛮,武畅西海,汉元以来,征伐方外之将,未尝有也。今汤坐言事非是,幽囚久系,历时不决,执宪之吏,欲致之大辟。昔白起为秦将,南拔郢都,北坑赵括,以纤介之过,赐死杜邮。秦民怜之,莫不陨涕。今汤亲秉钺,席卷喋血万里之外,荐功祖庙,告类上帝。介胄之士,靡不慕义。以言事为罪,无赫赫之恶。《周书》曰:"记人之功,忘人之过,宜为君者也。"夫犬马有劳于人,尚加帷盖之报,况国之功臣者哉?窃恐陛下忽于鼓鼙之声,不察《周书》之意,而忘帷盖之施,庸臣遇汤,卒从吏议,使百姓介然有秦民之恨,非所以厉死难之臣也。

耿育讼陈汤疏　○

延寿、汤为圣汉扬钩深致远之威，雪国家累年之耻，讨绝域不羁之君，系万里难制之虏，岂有比哉？先帝嘉之，仍下明诏，宣著其功，改年垂历，传之无穷。应是南郡献白虎，边陲无警备。会先帝寝疾，然犹垂意不忘，数使尚书责问丞相，趣立其功。独丞相匡衡，排而不予，封延寿、汤数百户，此功臣战士所以失望也。孝成皇帝，承建业之基，乘征伐之威，兵革不动，国家无事，而大臣倾邪，谗佞在朝，曾不深惟本末之难，以防未然之戒，欲专主威，排妒有功，使汤块然被冤拘囚，不能自明，卒以无罪，老弃燉煌，正当西域通道，令威名折冲之臣，旋踵及身，复为郅支遗虏所笑，诚可悲也！至今奉使外蛮者，未尝不陈郅支之诛，以扬汉国之盛。夫援人之功以惧敌，弃人之身以快谗，岂不痛哉！

　且安不忘危，盛必虑衰，今国家素无文帝累年节俭富饶之畜，又无武帝荐延枭俊禽敌之臣，独有一陈汤耳。假使异世不及陛下，尚望国家追录其功，封表其墓，以劝后进也。汤幸得身当圣世，功曾未久，反听邪臣，鞭逐斥远，使亡逃分窜，死无处所。远览之士，莫不计度，以为汤功累世不可及，而汤过人情所有，汤尚如此，虽复破绝筋骨，暴露形骸，犹复制于唇舌，为嫉妒之臣所系虏耳。此臣所以为国家尤戚戚也。

贾让治河议 ○

治河有上中下策。古者立国居民，疆理土地，必遗川泽之分，度水势所不及。大川亡防，小水得入，陂障卑下，以为污泽，使秋水多得有所休息，左右游波，宽缓而不迫。夫土之有川，犹人之有口也。治土而防其川，犹止儿啼而塞其口，岂不遽止？然其死可立而待也。故曰："善为川者，决之使道；善为民者，宣之使言。"盖堤防之作，近起战国，雍防百川，各以自利。齐与赵、魏，以河为竟。赵、魏濒山，齐地卑下，作堤去河二十五里。河水东抵齐堤，则西泛赵、魏，赵、魏亦为堤，去河二十五里。虽非其正，水尚有所游荡。时至而去，则填淤肥美，民耕田之。或久无害，稍筑室宅，遂成聚落。大水时至漂没，则更起堤防以自救，稍去其城郭，排水泽而居之，湛溺自其宜也。今堤防狭者，去水数百步，远者数里。近黎阳南故大金堤，从河西西北行，至西山南头，乃折东，与东山相属。民居金堤东，为庐舍，住十馀岁，更起堤，从东山南头直南，与故大堤会。又内黄界中，有泽方数十里，环之有堤，往十馀岁，太守以赋民，民今起庐舍其中，此臣亲所见者也。东郡白马故大堤，亦复数重，民皆居其间。从黎阳北尽魏界，故大堤，去河远者数十里，内亦数重，此皆前世所排也。河从河内，北至黎阳，为石堤，激使东，抵东郡平刚。又为石堤，使西北，抵黎阳观下。又为石堤，使东北，抵东郡津北。又为石堤，使西北，抵魏郡昭阳。又为石堤，激使东北。百馀里间，河再西三东，迫厄如此，不得安息。

今行上策，徙冀州之民当水冲者，决黎阳遮害亭，放河使北入海。河西薄大山，东薄金堤，势不能远泛滥，期月自定。难者将曰："若如此，败坏城郭、田庐、冢墓以万数，百姓怨恨。"昔大禹治水，山陵当路者毁之，故凿龙门，辟伊阙，析底柱，破碣石，堕断天地之性。此乃人功所造，何足言也。今濒河十郡治堤，岁费且万万，及其大决，所残亡数。如出数年治河之费，以业所徙之民，遵古圣之法，定山川之位，使神人各处其所而不相奸。且以大汉方制万里，岂其与水争咫尺之地哉？此功一立，河定民安，千载亡患，故谓之上策。

若乃多穿漕渠于冀州地，使民得以溉田，分杀水怒，虽非圣人法，然亦救败术也。难者将曰："河水高于平地，岁增堤防，犹尚决溢，不可以开渠。"臣窃按视遮害亭西十八里，至淇水口，乃有金堤高一丈。自是东，地稍下，堤稍高，至遮害亭高四五丈。往五六岁，河水大盛，增丈七尺，坏黎阳南郭门入至堤下。水未逾堤二尺所，从堤上北望，河高出民屋，百姓皆走上山。水留十三日，堤溃二所，吏民塞之。臣循堤上行，视水势，南七十馀里至淇口，水适至堤半，计出地上五尺所。今可从淇口以东为石堤，多张水门。初元中，遮害亭下河去堤足数十步，至今四十馀岁，适至堤足。由是言之，其地坚矣。恐议者疑河大川难禁制，荥阳漕渠，足以卜之，其水门但用木与土耳。今据坚地作石堤，势必完安。冀州渠首，尽当卬此水门。治渠非穿地也，但为东方一堤，北行三百馀里入漳水中，其西因山足高地，诸渠皆往往股引取之，旱则开东方下水门溉冀州，水则开西方高门分河流。通渠有三利，不通有三害。民常罢于救水，半失作业；水行地上，凑润上彻，民则病湿气，木皆立枯，卤不生谷；决溢有败，为鱼鳖食，此三害也。若有渠溉，则盐卤下隰，填淤加肥；故种禾麦，更为粳稻，高田五倍，下田十倍；转漕舟船之便，此三利也。今濒河堤吏卒郡数千人，伐买薪石之费，岁数千万，足以通渠成水门；又民利其灌溉，相率治渠，虽劳不罢。民田适治，河堤亦成，此诚富国安民，兴利除害，支数百岁，故谓之中策。

若乃缮完故堤，增卑倍薄，劳费亡已，数逢其害，此最下策也。

扬子云谏不许单于朝书 ○○○

臣闻六经之治，贵于未乱；兵家之胜，贵于未战。二者皆微，然而大事之本，不可不察也。今单于上书求朝，国家不许而辞之，臣愚以为汉与匈奴从此隙矣。本北地之狄，五帝所不能臣，三王所不能制，其不可使隙甚明。臣不敢远称，请引秦以来明之。

以秦始皇之强，蒙恬之威，带甲四十馀万，然不敢窥西河，乃筑长城以界之。会汉初兴，以高祖之威灵，三十万众，困于平城，士或七日不食。时奇谲之士，石画之臣甚众,卒其所以脱者,世莫得而言也。又高皇后常忿匈奴,群臣庭议,樊哙请以十万众横行匈奴中,季布曰:"哙可斩也,妄阿顺指!"于是大臣权书遗之,然后匈奴之结解,中国之忧平。及孝文时,匈奴侵暴北边,候骑至雍、甘泉,京师大骇,发三将军屯细柳、棘门、霸上以备之,数月乃罢。孝武即位,设马邑之权,欲诱匈奴,使韩安国将三十万众,徼于便墜,匈奴觉之而去,徒费财劳师,一虏不可得见,况单于之面乎? 其后深惟社稷之计,规恢万载之策,乃大兴师数十万,使卫青、霍去病操兵前后十馀年。于是浮西河,绝大幕,破真颜,袭王庭,穷极其地,追奔逐北,封狼居胥山,禅于姑衍,以临瀚海,虏名王贵人以百数。自是之后,匈奴震怖,益求和亲,然而未肯称臣也。

且夫前世,岂乐倾无量之费,役无罪之人,快心于狼望之北哉? 以为不壹劳者不久佚,不暂费者不永宁,是以忍百万之师,以摧饿虎之喙,运府库之财,填卢山之壑,而不悔也。至本始之初,匈奴有桀心,欲掠乌孙侵公主,乃发五将之师十五万骑猎其南,而长罗侯以乌孙五万骑震其西,皆至质而还。时鲜有所获,徒奋扬威武,明汉兵若雷风耳。虽空行空反,尚诛两将军。故北狄不服,中国未得高枕安寝也。逮至元康、神爵之间,大化神明,鸿恩溥洽,而匈奴内乱,五单于争立,日逐、呼韩邪,携国归死,扶伏称臣,然尚羁縻之,计不颛制。自此之后,欲朝者不拒,不欲者不强。何者? 外国天性忿鸷,形容魁健,负力怙气,难化以善,易隶以恶,其强难诎,其和难得。故未服之时,劳师远攻,倾国殚货,伏尸流血,破坚拔敌,如彼之难也;既服之后,慰荐抚循,交接赂遗,威仪俯仰,如此之备也。往时常屠大宛之城,蹈乌桓之垒,探姑缯之壁,籍荡姐之场,艾朝鲜之旃,拔两越之旗,近不过旬月之役,远不离二时之劳,固已犁其庭,扫其闾,郡县而置之,云彻席卷,后无馀菑。惟北狄为不然,真中国之坚敌也,三垂比之悬矣。前世重之兹甚,未易可轻也。

今单于归义,怀款诚之心,欲离其庭,陈见于前,此乃上世之遗策,神灵之所想望,国家虽费,不得已者也。奈何距以来厌之辞,疏以无日之期,消往昔之恩,开将来之隙?夫款而隙之,使有恨心,负前言,缘往辞,归怨于汉,因以自绝,终无北面之心,威之不可,谕之不能,焉得不为大忧乎?夫明者视于无形,聪者听于无声,诚先于未然,即蒙恬、樊哙不复施,棘门、细柳不复备,马邑之策安所设,卫、霍之功何得用,五将之威安所震?不然,壹有隙之后,虽智者劳心于内,辩者毂击于外,犹不若未然之时也。且往者图西域,制车师,置城郭都护三十六国,费岁以大万计者,岂为康居、乌孙能逾白龙堆而寇西边哉?乃以制匈奴也。夫百年劳之,一日失之,费十而爱一,臣窃为国不安也。唯陛下少留意于未乱未战,以遏边萌之祸。子云此奏,颇拟信陵谏伐韩书。

刘子骏毁庙议 。

臣闻周室既衰,四夷并侵,猃狁最强,于今匈奴是也。

古文辞类纂

至宣王而伐之，诗人美而颂之曰："薄伐猃狁，至于太原。"
又曰："啴啴推推，如霆如雷。显允方叔，征伐猃狁，荆蛮来
威。"故称中兴。及至幽王，犬戎来伐，杀幽王，取宗器。自
是之后，南夷与北夷交侵，中国不绝如线。《春秋》纪齐桓
南伐楚，北伐山戎，孔子曰："微管仲，吾其被发左衽矣！"是
故弃桓之过而录其功，以为伯首。

　　及汉兴，冒顿始强，破东胡，禽月氏，并其土地，地广兵
强，为中国害。南越尉佗，总百粤，自称帝。故中国虽平，
犹有四夷之患，且无宁岁。一方有急，三面救之，是天下皆
动而被其害也。孝文皇帝厚以货赂，与结和亲，犹侵暴无
已，甚者兴师十馀万众，近屯京师，及四边，岁发屯备虏，其
为患久矣，非一世之渐也。诸侯郡守，连匈奴及百粤以为
逆者，非一人也。匈奴所杀郡守都尉，略取人民，不可胜
数。孝武皇帝愍中国罢劳，无安宁之时，乃使大将军、骠
骑、伏波、楼船之属，南灭百粤，起七郡；北攘匈奴，降昆邪
十万之众，置五属国，起朔方，以夺其肥饶之地；东伐朝鲜，
起玄菟、乐浪，以断匈奴之左臂；西伐大宛，并三十六国，结
乌孙，起敦煌、酒泉、张掖，以鬲婼羌，裂匈奴之右肩。单于
孤特，远遁于幕北。四垂无事，斥地远境，起十馀郡。功业
既定，乃封丞相为富民侯，以大安天下，富实百姓，其规橅
可见。又招集天下贤俊，与协心同谋，兴制度，改正朔，易
服色，立天地之祠，建封禅，殊官号，存周后，定诸侯之制，
永无逆争之心，至今累世赖之。单于守藩，百蛮服从，万世
之基也，中兴之功，未有高焉者也。

高帝建大业，为太祖；孝文皇帝德至厚也，为文太宗；孝武皇帝，功至著也，为武世宗；此孝宣帝所以发德音也。《礼记·王制》及《春秋穀梁传》：天子七庙，诸侯五，大夫三，士二。天子七日而殡，七月而葬；诸侯五日而殡，五月而葬。此丧事尊卑之序也，与庙数相应。其文曰："天子三昭三穆，与太祖之庙而七；诸侯二昭二穆，与太祖之庙而五。"故德厚者流光，德薄者流卑。《春秋左氏传》曰："名位不同，礼亦异数。"自上以下，降杀以两，礼也。七者其正法，数可常数者也。宗不在此数中。宗变也，苟有功德则宗之，不可预为设数。故于殷太甲为太宗，太戊曰中宗，武丁曰高宗。周公为《毋逸》之戒，举殷三宗以劝成王。由是言之，宗无数也，然则所以劝帝者之功德博矣。以七庙言之，孝武皇帝未宜毁；以所宗言之，则不可谓无功德。

《礼记·祀典》曰："夫圣王之制祀也，功施于民则祀之，以劳定国则祀之，能救大灾则祀之。"窃观孝武皇帝，功德皆兼而有焉。凡在于异姓，犹将特祀之，况于先祖？或说天子五庙无见文，又说中宗、高宗者，宗其道而毁其庙。名与实异，非尊德贵功之意也。《诗》云："蔽芾甘棠，勿翦勿伐，邵伯所芳。"思其人犹爱其树，况宗其道而毁其庙乎？迭毁之礼，自有常法，无殊功异德，固以亲疏相推。及至祖宗之序，多少之数，经传无明文，至尊至重，难以疑文虚说定也。孝宣皇帝举公卿之议，用众儒之谋，既以为世宗之庙，建之万世，宣布天下。臣愚以为孝武皇帝功烈如彼，孝宣皇帝崇立之如此，不宜毁。

诸葛孔明出师表　○○○

臣亮言：先帝创业未半，而中道崩殂。今天下三分，益州罢弊，此诚危急存亡之秋也。然侍卫之臣，不懈于内，忠志之士，忘身于外者，盖追先帝之殊遇，欲报之于陛下也。诚宜开张圣听，以光先帝遗德，恢宏志士之气。不宜妄自菲薄，引喻失义，以塞忠谏之路也。

宫中府中，俱为一体，陟罚臧否，不宜异同。若有作奸犯科，及为忠善者，宜付有司，论其刑赏，以昭陛下平明之治，不宜偏私，使内外异法也。侍中侍郎郭攸之、费祎、董允等，此皆良实，志虑忠纯，是以先帝简拔以遗陛下。愚以为宫中之事，事无大小，悉以咨之，然后施行，必能裨补阙漏，有所广益。将军向宠，性行淑均，晓畅军事，试用于昔日，先帝称之曰能，是以众议举宠为督。愚以为营中之事，事无大小，悉以咨之，必能使行阵和穆，优劣得所也。亲贤臣，远小人，此先汉所以兴隆也；亲小人，远贤臣，此后汉所以倾颓也。先帝在时，每与臣论此事，未尝不叹息痛恨于桓、灵也。侍中、尚书、长史、参军，此悉贞亮死节之臣也，愿陛下亲之信之，则汉室之隆，可计日而待也。

臣本布衣，躬耕于南阳，苟全性命于乱世，不求闻达于诸侯。先帝不以臣卑鄙，猥自枉屈，三顾臣于草庐之中，谘臣以当世之事，由是感激，遂许先帝以驱驰。后值倾覆，受任于败军之际，奉命于危难之间，尔来二十有一年矣。先帝知臣谨慎，故临崩寄臣以大事也。受命以来，夙夜忧叹，恐托付不效，以伤先帝之明。故五月渡泸，深入不毛。今南方已定，兵甲已足，当奖帅三军，北定中原，庶竭驽钝，攘除奸凶，兴复汉室，还于旧都。此臣之所以报先帝，而忠陛下之职分也。至于斟酌损益，进尽忠言，则攸之、祎、允之任也。

愿陛下托臣以讨贼兴复之效，不效则治臣之罪，以告先帝之灵。若无兴德之言，则责攸之、祎、允之咎，以彰其慢。陛下亦宜自谋，以谘诹善道，察纳雅言，深追先帝遗诏，臣不胜受恩感激。今当远离，临表涕泣，不知所云。此文乃似刘子政，东汉奏议，蔑有逮者。

古文辞类篹十五终

奏议类上编六

韩退之禘祫议　○○○

右今月十六日敕旨,宜令百僚议,限五日内闻奏者。将仕郎守国子监四门博士臣韩愈谨献议曰:

伏以陛下追孝祖宗,肃敬祀事,凡在拟议,不敢自专,聿求厥中,延访群下。然而礼文繁漫,所执各殊,自建中之初,迄至今岁,屡经禘祫,未合适从。臣生遭圣明,涵泳恩泽,虽贱不及议,而志切效忠。今辄先举众议之非,然后申明其说。

一曰献、懿庙主,宜永藏之夹室。臣以为不可。夫祫者合也。毁庙之主,皆当合食于太祖。献、懿二祖,即毁庙主也,今虽藏于夹室,至禘祫之时,岂得不食于太庙乎? 名曰合祭,而二祖不得祭焉,不可谓之合矣。

二曰献、懿庙主,宜毁之瘗之。臣又以为不可。谨按《礼记》天子立七庙,一坛一墠,其毁庙之主,皆藏于祧庙,虽百代不毁,祫则陈于太庙而飨焉。自魏、晋以降,始有毁瘗之议，事非经据，竟不可施行。今国家德厚流光，创立九庙，以周制推之，献、懿二祖犹在坛墠之位，况于毁瘗而不禘祫乎？

三曰献、懿庙主，宜各迁于其陵所。臣又以为不可。二祖之祭于京师，列于太庙也，二百年矣。今一朝迁之，岂惟人听疑惑，抑恐二祖之灵，眷顾依迟，不即飨于下国也。

四曰献、懿庙主，宜附于兴圣庙而不禘祫。臣又以为不可。《传》曰："祭如在。"景皇帝虽太祖，其于属乃献、懿之子孙也。今欲正其子东向之位，废其父之大祭，固不可为典矣。

五曰献、懿二祖，宜别立庙于京师。臣又以为不可。夫礼有所降，情有所杀。是故去庙为祧，去祧为坛，去坛为墠，去墠为鬼。渐而之远，其祭益稀。昔者鲁立炀宫，《春秋》非之，以为不当取已毁之庙，既藏之主，而复筑宫以祭。今之所议，与此正同。又虽违礼立庙，至于禘祫也，合食则禘无其所，废祭则于义不通。

此五说者，皆所不可。故臣博采前闻，求其折中。以为殷祖玄王，周祖后稷，太祖之上皆自为帝。又其代数已远，不复祭之，故太祖得正东向之位，子孙从昭穆之列。礼所称者，盖以纪一时之宜，非传于后代之法也。传曰："子虽齐圣，不先父食。"盖言子为父屈也。景皇帝虽太祖也，其于献、懿则子孙也。当禘祫之时，献祖宜居东向之位，景皇帝宜从昭穆之列。祖以孙尊，孙以祖屈，求之神道，岂远人情？又常祭甚众，合祭甚寡，则是太祖所屈之祭至少，所伸之祭至多。比于伸孙之尊，废祖之祭，不亦顺乎？事异殷、周，礼从而变，非所失礼也。_{朱子云：“所”字疑衍。}

臣伏以制礼作乐者，天子之职也。陛下以臣议有可采，粗合天心，断而行之，是则为礼。如以为犹或可疑，乞召臣对，面陈得失，庶有发明。谨议。

韩退之复雠议　○

右伏奉今月五日敕：“复雠，据《礼》经，则义不同天；征法令，则杀人者死。礼法二事，皆王教之端，有此异同，必资论辨。宜令都省集议闻奏者。”朝议郎行尚书职方员外郎上骑都尉韩愈议曰：

伏以子复父雠，见于《春秋》，见于《礼记》，又见《周官》，又见诸子史，不可胜数，未有非而罪之者也。最宜详于律，而律无其条。非阙文也，盖以为不许复雠，则伤孝子之心，而乖先王之训；许复雠，则人将倚法专杀，无以禁止其端矣。夫律虽本于圣人，然执而行之者，有司也。经之所明者，制有司者也。丁宁其义于经，而深没其文于律者，其意将使法吏一断于法，而经术之士，得引经而议也。

《周官》曰：“凡杀人而义者，令勿雠，雠之则死。”义，宜也。明杀人而不得其宜者，子得复雠也。此百姓之相雠者也。《公羊传》曰：“父不受诛，子复雠可也。”不受诛者，罪不当诛也。诛者，上施于下之辞，非百姓之相杀者也。又《周官》曰：“凡报仇雠者，书于士，杀之无罪。”言将复雠，必先言于官，则无罪也。今陛下垂意典章，思立定制，惜有司之守，怜孝子之心，示不自专，访议群下。臣愚以为复雠之名虽同，而其事各异。或百姓相雠，如《周官》所称，可议于今者；或为官所诛，如《公羊》所称，不可行于今者。又《周官》所称，将复雠先告于士，则无罪者。若孤稚羸弱，抱微志而伺敌人之便，恐不能自言于官，未可以为断于今也。然则杀之与赦，不可一例，宜定其制曰："凡有复父雠者，事发，具其事申尚书省，尚书省集议奏闻，酌其宜而处之。"则经律无失其指矣。谨议。

韩退之论佛骨表 ○○○

臣某言：伏以佛者夷狄之一法耳。自后汉时，流入中国，上古未尝有也。昔者黄帝在位百年，年百一十岁；少昊在位八十年，年百岁；颛顼在位七十九年，年九十八岁；帝喾在位七十年，年百五岁；帝尧在位九十八年，年百一十八岁；帝舜及禹，年皆百岁。此时天下太平，百姓安乐寿考，然而中国未有佛也。其后殷汤亦年百岁，汤孙太戊在位七十五年，武丁在位五十九年，书史不言其年寿所极，推其年数，盖亦俱不减百岁。周文王年九十七岁，武王年九十三岁，穆王在位百年，此时佛法亦未入中国，非因事佛而致然也。汉明帝时始有佛法，明帝在位才十八年耳。其后乱亡相继，运祚不长。宋、齐、梁、陈、元魏以下，事佛渐谨，年代尤促。惟梁武帝在位四十八年，前后三度舍身施佛，宗庙之祭,不用牲牢,尽日一食,止于菜果,其后竟为侯景所逼,饿死台城,国亦寻灭。事佛求福,乃更得祸。由此观之,佛不足事,亦可知矣。

高祖始受隋禅,则议除之。当时群臣材识不远,不能深知先王之道,古今之宜,推阐圣明以救斯弊,其事遂止,臣常恨焉。伏惟睿圣文武皇帝陛下,神圣英武,数千百年已来,未有伦比。即位之初,即不许度人为僧尼道士,又不许创立寺观。臣常以为高祖之志,必行于陛下之手。今纵未能即行,岂可恣之转令盛也?今闻陛下令群僧迎佛骨于凤翔,御楼以观,舁入大内,又令诸寺递迎供养。臣虽至愚,必知陛下不惑于佛,作此崇奉以祈福祥也,直以年丰人乐,徇人之心,为京都士庶设诡异之观,戏玩之具耳。安有圣明若此,而肯信此等事哉?然百姓愚冥,易惑难晓,苟见陛下如此,将谓真心事佛,皆云"天子大圣,犹一心敬信;百姓何人,岂合更惜身命",焚顶烧指,百十为群,解衣散钱,自朝至暮。转相仿效,惟恐后时。老少奔波,弃其业次。若不即加禁遏,更历诸寺,必有断臂脔身以为供养者。伤风败俗,传笑四方,非细事也。

夫佛本夷狄之人,与中国言语不通,衣服殊制,口不言先王之法言,身不服先王之法服,不知君臣之义,父子之情。假如其身至今尚在,奉其国命,来朝京师,陛下容而接之,不过宣政一见,礼宾一设,赐衣一袭,卫而出之于境,不令惑众也。况其身死已久,枯朽之骨,凶秽之馀,岂宜令入宫禁?孔子曰:"敬鬼神而远之。"古之诸侯行吊于其国,尚令巫祝，先以桃茢被除不祥，然后进吊。今无故取朽秽之物，亲临观之，巫祝不先，桃茢不用，群臣不言其非，御史不举其失，臣实耻之。乞以此骨付之有司，投诸水火，永绝根本，断天下之疑，绝后代之惑，使天下之人，知大圣人之所作为，出于寻常万万也，岂不盛哉！岂不快哉！佛如有灵，能作祸祟，凡有殃咎，宜加臣身。上天鉴临，臣不怨悔，无任感激恳悃之至。谨奉表以闻。

韩退之潮州刺史谢上表　　○

臣某言：臣以狂妄戆愚，不识礼度，上表陈佛骨事，言涉不敬，正名定罪，万死犹轻。陛下哀臣愚忠，恕臣狂直，谓臣言虽可罪，心亦无他，特屈刑章，以臣为潮州刺史。既免刑诛，又获禄食，圣恩宏大，天地莫量，破脑刳心，岂足为谢。臣某诚惶诚恐，顿首顿首。

臣以正月十四日，蒙恩除潮州刺史。即日奔驰上道，经涉岭海，水陆万里，以今月二十五日到州上讫。与官吏百姓等相见，具言朝廷治平，天子神圣，威武慈仁，子养亿兆人庶，无有亲疏远迩，虽在万里之外，岭海之陬，待之一如畿甸之间，辇毂之下。有善必闻，有恶必见。早朝晚罢，兢兢业业，惟恐四海之内，天地之中，一物不得其所。故遣刺史面问百姓疾苦，苟有不便，得以上陈。国家宪章完具，为治日久；守令承奉诏条，违犯者鲜。虽在蛮荒，无不安泰。闻臣所称圣德，惟知鼓舞欢呼，不劳施为，坐以无事。臣某诚惶诚恐,顿首顿首。

臣所领州,在广府极东界上,去广府虽云才二千里,然来往动皆经月。过海口,下恶水,涛泷壮猛,难计程期。飓风鳄鱼,患祸不测。州南近界,涨海连天。毒雾瘴氛,日夕发作。臣少多病,年才五十,发白齿落,理不久长。加以罪犯至重,所处又极远恶,忧惶惭悸,死亡无日。单立一身,朝无亲党,居蛮夷之地,与魑魅为群,苟非陛下哀而念之,谁肯为臣言者?

臣受性愚陋,人事多所不通,惟酷好学问文章,未尝一日暂废,实为时辈所见推许。臣于当时之文,亦未有过人者。至于论述陛下功德,与《诗》、《书》相表里:作为歌诗,荐之郊庙,纪泰山之封,镂白玉之牒,铺张对天之闳休,扬厉无前之伟迹。编之乎《诗》、《书》之策而无愧,措之乎天地之间而无亏,虽使古人复生,臣亦未肯多让。

伏以大唐受命有天下,四海之内,莫不臣妾。南北东西,地各万里。自天宝之后,政治少懈,文致未优,武克不刚。孽臣奸隶,蠹居棋处,摇毒自防,外顺内悖,父死子代,以祖以孙,如古诸侯,自擅其地,不贡不朝,六七十年。四圣传序,以至陛下。陛下即位已来,躬亲听断,旋乾转坤,关机阖辟,雷厉风飞,日月清照。天戈所麾,莫不宁顺,大宇之下,生息理极。高祖创制天下,其功大矣,而治未太平也。太宗太平矣,而大功所立,咸在高祖之代,非如陛下承天宝之后,接因循之馀,六七十年之外,赫然兴起,南面指麾,而致此巍巍之治功也。宜定乐章,以告神明。东巡泰山，奏功皇天。具著显庸，明示得意，使永永年代，服我成烈。当此之际，所谓千载一时，不可逢之嘉会。而臣负罪婴衅，自拘海岛，戚戚嗟嗟，日与死迫，曾不得奏薄伎于从官之内，隶御之间，穷思毕精，以赎罪过。怀痛穷天，死不闭目，瞻望宸极，魂神飞去。伏惟皇帝陛下，天地父母，哀而怜之，无任感恩恋阙、惭惶恳迫之至。谨附表陈谢以闻。

柳子厚驳复雠议 ○

臣伏见天后时，有同州下邽人徐元庆者，父爽，为县尉赵师韫所杀，卒能手刃父雠，束身归罪。当时谏臣陈子昂建议诛之，而旌其闾，且请编之于令，永为国典。臣窃独过之。

臣闻礼之大本，以防乱也，若曰：无为贼虐，凡为子者杀无赦。刑之大本，亦以防乱也，若曰：无为贼虐，凡为治者杀无赦。其本则合，其用则异，旌与诛莫得而并焉。诛其可旌，兹谓滥，黩刑甚矣；旌其可诛，兹谓僭，坏礼甚矣。果以是示于天下，传于后代，趋义者不知所向，违害者不知所立，以是为典可乎？盖圣人之制，穷理以定赏罚，本情以正褒贬，统于一而已矣。向使刺谳其诚伪，考正其曲直，原始而求其端，则刑礼之用，判然离矣。何者？若元庆之父，不陷于公罪，师韫之诛，独以其私怨，奋其吏气，虐于非辜，州牧不知罪，刑官不知问，上下蒙冒，吁号不闻，而元庆能以戴天为大耻，枕戈为得礼，处心积虑，以冲雠人之胸，介然自克，即死无憾，是守礼而行义也。执事者宜有惭色，将谢之不暇，而又何诛焉？其或元庆之父，不免于罪，师韫之诛，不愆于法，是非死于吏也，是死于法也。法其可雠乎？雠天子之法，而戕奉法之吏，是悖骜而凌上也。执而诛之，所以正邦典，而又何旌焉？且其议曰："人必有子，子必有亲。亲亲相雠，其乱谁救？"是惑于礼也甚矣。礼之所谓雠者，盖以冤抑沈痛而号无告也，非谓抵罪触法，陷于大戮。而曰"彼杀之，我乃杀之"，不议曲直，暴寡胁弱而已，其非经背圣，不亦甚哉！《周礼》调人掌司万人之雠，凡杀人而义者，令勿雠，雠之则死，有反杀者，邦国交雠之。又安得亲亲相雠也？《春秋公羊传》曰："父不受诛，子复雠，可也。父受诛，子复雠，此推刃之道。复雠不除害。"今若取此以断两下相杀，则合于礼矣。且夫不忘雠，孝也；不爱死，义也。元庆能不越于礼，服孝死义，是必达理而闻道者也。夫达理闻道之人，岂其以王法为敌雠者哉？议者反以为戮，黩刑坏礼，其不可以为典明矣。

请下臣议附于令，有断斯狱者，不宜以前议从事。谨议。海峰先生云：子厚此等文虽精悍，然失之过密，神气拘滞，少生动飞扬之妙，不可不辨。

古文辞类篹十六终

奏议类上编七　古文辞类纂十七

欧阳永叔论台谏言事未蒙听允书　○○

　　臣闻自古有天下者,莫不欲为治君,而常至于乱;莫不欲为明主,而常至于昏者,其故何哉? 患于好疑而自用也。夫疑心动于中,则视听惑于外。视听惑,则忠邪不分,而是非错乱。忠邪不分而是非错乱,则举国之臣皆可疑。既尽疑其臣,则必自用其所见。夫以疑惑错乱之意,而自用则多失。多失则其国之忠臣,必以理而争之。争之不切,则人主之意难回;争之切,则激其君之怒心,而坚其自用之意,然后君臣争胜。于是邪佞之臣,得以因隙而入,希旨顺意,以是为非,以非为是,惟人主之所欲者,从而助之。夫为人主者,方与其臣争胜,而得顺意之人,乐其助己,而忘其邪佞也,乃与之并力以拒忠臣。夫为人主者,拒忠臣而信邪佞,天下无不乱,人主无不昏也。

　　自古人主之用心,非恶忠臣而喜邪佞也,非恶治而好乱也,非恶明而欲昏也,以其好疑自用,而与臣下争胜也。

使为人主者,豁然去其疑心,而回其自用之意,则邪佞远而忠言入。忠言入,则聪明不惑,而万事得其宜,使天下尊为明主,万世仰为治君,岂不臣主俱荣而乐哉?其与区区自执,而与臣下争胜,用心益劳,而事益惑者,相去远矣。臣闻《书》载仲虺称汤之德曰:"改过不吝。"又戒汤曰:"自用则小。"成汤古之圣人也,不能无过,而能改过,此其所以为圣也。以汤之聪明,其所为不至于缪戾矣,然仲虺犹戒其自用。则自古人主,惟能改过,而不敢自用,然后得为治君明主也。

臣伏见宰臣陈执中,自执政以来,不叶人望,累有过恶,招致人言。而执中迁延尚玷宰府。陛下忧勤恭俭,仁爱宽慈,尧舜之用心也。推陛下之用心,天下宜至于治者久矣。而纪纲日坏,政令日乖,国日益贫,民日益困,流民满野,滥官满朝。其亦何为而致此?由陛下用相不得其人也。

近年宰相多以过失因言者罢去,陛下不悟宰相非其人,反疑言事者好逐宰相。疑心一生,视听既惑,遂成自用之意,以谓宰相当由人主自去,不可因言者而罢之。故宰相虽有大恶显过,而屈意以容之;彼虽惶恐自欲求去,而屈意以留之;虽天灾水旱,饥民流离,死亡道路,皆不暇顾,而屈意以用之。其故非他,直欲沮言事者尔。言事者何负于陛下哉?使陛下上不顾天灾,下不恤人言,以天下之事,委一不学无识谗邪很愎之执中而甘心焉。言事者本欲益于陛下,而反损圣德者多矣。然而言事者之用心,本不图至于此也，由陛下好疑自用而自损也。今陛下用执中之意益坚，言事者攻之愈切。陛下方思有以取胜于言事者，而邪佞之臣，得以因隙而入，必有希合陛下之意者，将曰执中宰相，不可以小事逐，不可使小臣动摇，甚者则诬言事者欲逐执中而引用他人。陛下方患言事者上忤圣聪，乐闻斯言之顺意，不复察其邪佞而信之，所以拒言事者益峻，用执中益坚。夫以万乘之尊，与三数言事小臣，角必胜之力，万一圣意必不可回，则言事者亦当知难而止矣。然天下之人与后世之议者，谓陛下拒忠言，庇愚相，以陛下为何如主也？

前日御史论梁适罪恶，陛下赫怒空台而逐之。而今日御史又复敢论宰相，不避雷霆之威，不畏权臣之祸，此乃至忠之臣也，能忘其身而爱陛下者也。陛下嫉之恶之，拒绝之。执中为相，使天下水旱流亡，公私困竭，而又不学无识，憎爱挟情，除改差缪，取笑中外，家私秽恶，流闻道路，阿意顺旨，专事逢君。此乃诏上傲下愎戾之臣也。陛下爱之重之，不忍去之。陛下睿智聪明，群臣善恶，无不照见，不应倒置如此，直由言事者太切，而激成陛下之疑惑尔。执中不知廉耻，复出视事，此不足论。陛下岂忍因执中上累圣德，而使忠臣直士卷舌于明时也？

臣愿陛下廓然回心，释去疑虑，察言事者之忠，知执中之过恶；悟用人之非，法成汤改过之圣。遵仲虺自用之戒，尽以御史前后章疏，出付外廷，议正执中之过恶，罢其政事，别用贤材，以康时务，以拯斯民，以全圣德，则天下幸甚。臣以身叨恩遇，职在论思，意切言狂，罪当万死。

曾子固移沧州过阙上殿疏 ○○

臣闻基厚者势崇，力大者任重。故功德之殊，垂光锡祚，爲奕繁衍，久而弥昌者，盖天人之理，必至之符。然生民以来，能跻登兹者，未有如大宋之隆也。

夫禹之绩大矣，而其孙太康，乃坠厥绪。汤之烈盛矣，而其孙太甲，既立不明。周自后稷十有五世，至于文王，而大统未集，武王、成王，始收太平之功，而康王之子昭王，难于南狩，昭王之子穆王，殆于荒服，暨于幽、厉，陵夷尽矣。及秦以累世之智并天下，然二世而亡。汉定其乱，而诸吕、七国之祸，相寻以起。建武中兴，然冲、质以后，世故多矣。魏之患，天下为三。晋、宋之患，天下为南北。隋文始一海内，然传子而失。唐之治，在于正观、开元之际，而女祸世出，天宝以还，纲纪微矣。至于五代，盖五十有六年，而更八姓十有四君，其废兴之故甚矣。

宋兴，太祖皇帝为民去大残，致更生。兵不再试，而粤、蜀、吴、楚五国之君，生致阙下，九州来同，复禹之迹。内辑师旅，而齐以节制；外卑藩服，而约以绳墨。所以安百姓，御四夷，纲理万事之具，虽创始经营，而弥纶已悉，莫贵于为天子，莫富于有天下，而舍子传弟，为万世策造邦受命之勤。为帝太祖，功未有高焉者也。太宗皇帝，遹求厥宁。既定晋疆，钱俶自归。作则垂宪，克绍克类，保世靖民，丕丕之烈。为帝太宗，德未有高焉者也。真宗皇帝，继统遵业，以涵煦生养，藩息齐民；以并容遍覆，扰服异类。盖自天宝之末，宇内板荡，及真人出，天下平，而西北之虏，犹间入窥边，至于景德，二百五十馀年，契丹始讲和好，德明亦受约束，而天下销锋灌燧，无鸡鸣犬吠之警，以迄于今。故于是时，遂封泰山，禅社首，荐告功德，以明示万世不祧之庙，所以为帝真宗。仁宗皇帝，宽仁慈恕，虚心纳谏，慎注措，谨规矩，早朝晏退，无一日之懈。在位日久，明于群臣之贤不肖、忠邪，选用政事之臣，委任责成。然公听并观，以周知其情伪，其用舍之际，一稽于众，故任事者亦皆警惧，否辄罢免，世以谓得驭臣之体。春秋未高，援立有德，付畀惟允，故传天下之日，不陈一兵，不宿一士，以戒非常，而上下晏然，殆古所未有。其岂弟之行，足以附众者，非家施而人悦之也。积之以诚心，民皆有父之尊，有母之亲。故弃群臣之日，天下闻之，路祭巷哭，人人感动欷歔。其得人之深，未有知其所繇然者，故皇祖之庙，为宋仁宗。英宗皇帝聪明睿智，言动以礼，上帝眷相，大命所集，而称疾逊避，至于累月。自践东朝，渊默恭慎，无所言施议为，而天下传颂称说，德号彰闻。及正南面，勤劳庶政，每延见三事，省决万机，必谘访旧章，考求古义，闻者惕然，皆知其志在有为。虽早遗天下，成功盛烈，未及宣究，而明识大略，足以克配前人之休，故皇考之庙，为宋英宗。

　　陛下神圣文武，可谓有不世出之姿；仁孝恭俭，可谓有君人之大德。悯自晚周、秦、汉以来，世主率皆不能独见于众人之表，其政治所出，大抵踵袭卑近，因于世俗而已。于是慨然以上追唐虞三代荒绝之迹，修列先王法度之政，为其任在己，可谓有出于数千载之大志。变易因循，号令必信，使海内观听，莫不奋起，群下遵职，以后为羞，可谓有能行之效。今斟酌损益，革弊兴坏，制作法度之事，日以大备，非因陋就寡，拘牵常见之世，所能及也。继一祖四宗之绪，推而大之，可谓至矣。

盖前世或不能附其民者，刑与赋役之政暴也。宋兴以来，所用者鞭扑之刑，然犹详审反复，至于缓过纵之诛，重误入之辟，盖未尝用一暴刑也。田或二十而税一，然岁时省察，数议宽减之宜，下蠲除之令，盖未尝加一暴赋也。民或老死不知力政，然犹忧怜恻怛，常谨复除之科，急擅兴之禁，盖未尝兴一暴役也。所以附民者如此。前世或失其操柄者，天下之势，或在于外戚，或在于近习，或在于大臣。宋兴以来，戚里宦臣，曰将曰相，未尝得以擅事也。所以谨其操柄者如此。而况辑师旅于内，天下不得私尺兵一卒之用；卑藩服于外，天下不得专尺土一民之力。其自处之势如此。至于畏天事神，仁民爱物之际，未尝有须臾懈也。其忧劳者又如此。盖不能附其民，而至于失其操柄，又怠且忽，此前世之所以危且乱也。民附于下，操柄谨于上，处势甚便，而加之以忧劳，此今之所以治且安也。故人主之尊，意谕色授，而六服震动；言传号涣，而万里奔走。山岩窟穴之氓，不待期会，而时输岁送以供其职者，惟恐在后；航浮索引之国，非有发召，而籯赍橐负以致其贽者，惟恐不及。西北之戎，投弓纵马，相与袨服而戏豫；东南之夷，正冠束衽，相与挟册而吟诵。至于六府顺叙，百嘉[[圜]]遂，凡在天地之内，含气之属，皆裕如也。盖远莫懿于三代，近莫盛于汉、唐，然或四三年，或一二世，而天下之变，不可胜道也，岂有若今五世六圣，百有二十馀年，自通邑大都，至于荒陬海聚，无变容动色之虑，萌于其心；无援枹击柝之戒，接于耳目。臣故曰生民以来，未有如大宋之隆也。

　　窃观于《诗》，其在《风》、《雅》，陈大王、王季、文王致王迹之所由，与武王之所以继代。而成王之兴，则美，有《假乐》、《凫鹥》；戒，有《公刘》、《泂酌》。其所言者，盖农夫女工，筑室治田，师旅祭祀，饮尸受福，委曲之常务。至于《兔罝》之武夫，行修于隐；牛羊之牧人，爱及微物，无不称纪。所以论功德者，由小以及大，其详如此。后嗣所以昭先人之功，当世之臣子，所以归美其上，非徒荐告鬼神，觉悟黎庶而已也。《书》称劝之以《九歌》，俾勿坏，盖歌其善者，所以兴其向慕兴起之意，防其怠废难久之情，养之于听，而成之于心。其于劝帝者之功美，昭法戒于将来，圣人之所以列之于经，垂为世教也。今大宋祖宗兴造功业，犹大王、王季、文王。陛下承之以德，犹武王、成王。而群臣之于考次论撰，列之简册，被之金石，以通神明，昭法戒者，阙而不图，此学士大夫之过也。盖周之德，盛于文、武，而《雅》、《颂》之作，皆在成王之世。今以时考之，则祖宗神灵，固有待于陛下。臣诚不自揆，辄冒言其大体，至于寻类取称，本隐以之显，使莫不究悉。则今文学之臣，充于列位，惟陛下之所使。

至若周之积仁累善，至成王、周公为最盛之时，而《洞酌》言皇天亲有德，飨有道，所以为成王之戒。盖履极盛之势，而动之以戒惧者，明之至，智之尽也。如此者，非周独然。唐、虞，至治之极也，其君臣相饬曰：兢兢业业，一日二日万几。则处至治之极，而保之以祗慎，唐、虞之所同也。今陛下履祖宗之基，广太平之祚，而世世治安，三代所不及。则宋兴以来全盛之时，实在今日。陛下仰探皇天所以亲有德，飨有道之意，而奉之以寅畏，俯念一日二日万几之不可以不察，而处之以兢兢，使休光美实，日新岁益，闳远崇侈，循之无穷，至千万世，永有法则，此陛下之素所蓄积。臣愚区区爱君之心，诚不自揆，欲以庶几诗人之义也，惟陛下之所择。

　　　　　　　　　　　古文辞类纂十七终

奏议类上编八

苏子瞻上皇帝书 ○○○

臣近者不度愚贱，辄上封章，言买灯事。自知渎犯天威，罪在不赦，席藁私室，以待斧钺之诛。而侧听逾旬，威命不至，问之府司，则买灯之事，寻已停罢。乃知陛下不惟赦之，又能听之，惊喜过望，以至感泣。何者？改过不吝，从善如流，此尧、舜、禹、汤之所勉强而力行，秦、汉以来之所绝无而仅有。顾此买灯毫发之失，岂能上累日月之明，而陛下翻然改命，曾不移刻，则所谓智出天下而听于至愚，威加四海而屈于匹夫。臣今知陛下可与为尧舜，可与为汤武，可与富民而措刑，可与强兵而伏戎虏矣。有君如此，其忍负之？惟当披露腹心，捐弃肝脑，尽力所至，不知其他。乃者，臣亦知天下之事有大于买灯者矣，而独区区以此为先者，盖未信而谏，圣人不与，交浅言深，君子所戒，是以试论其小者，而其大者固将有待而后言。今陛下果赦而不诛，则是既已许之矣。许而不言，臣则有罪，是以愿终言之。

臣之所欲言者三：愿陛下结人心，厚风俗，存纪纲而已。

人莫不有所恃。人臣恃陛下之命，故能役使小民；恃陛下之法，故能胜伏强暴。至于人主所恃者谁与？《书》曰：予临兆民，凛乎若朽索之驭六马。言天下莫危于人主也。聚则为君臣，散则为仇雠，聚散之间，不容毫厘。故天下归往谓之王，人各有心谓之独夫。由此观之，人主之所恃者，人心而已。人心之于人主也，如木之有根，如灯之有膏，如鱼之有水，如农夫之有田，如商贾之有财。木无根则槁，灯无膏则灭，鱼无水则死，农夫无田则饥，商贾无财则贫，人主失人心则亡。此必然之理也，不可逭之灾也。其为可畏，从古以然。苟非乐祸好亡，狂易丧志，孰敢肆其胸臆，轻犯人心乎？

昔子产焚载书以弭众言，赂伯石以安巨室，以为众怒难犯，专欲难成。而孔子亦曰：信而后劳其民，未信则以为厉己也。惟商鞅变法，不顾人言，虽能骤致富强，亦以召怨天下，使其民知利而不知义，见刑而不见德，虽得天下，旋踵而亡，至于其身，亦卒不免，负罪出走，而诸侯不纳，车裂以徇，而秦人莫哀。君臣之间，岂愿如此？宋襄公虽行仁义，失众而亡；田常虽不义，得众而强。是以君子未论行事之是非，先观众心之向背。谢安之用诸桓未必是，而众之所乐，则国以乂安；庾亮之召苏峻未必非，而势有不可，则反为危辱。自古迄今，未有和易同众而不安，刚果自用而不危者也。

　今陛下亦知人心之不悦矣。中外之人，无贤不肖，皆言祖宗以来，治财用者，不过三司使副判官，经今百年，未尝阙事。今者无故又创一司，号曰制置三司条例司。六七少年，日夜讲求于内；使者四十馀辈，分行营干于外。造端宏大，民实惊疑；创法新奇，吏皆惶惑。贤者则求其说而不可得，未免于忧；小人则以其意度于朝廷，遂以为谤。谓陛下以万乘之主而言利，谓执政以天子之宰而治财，商贾不行，物价腾踊。近自淮甸，远及川蜀，喧传万口，论说百端。或言京师正店，议置监官，夔路深山，当行酒禁，拘收僧尼常住，减克兵吏廪禄，如此等类，不可胜言。而甚者至以为欲复肉刑，斯言一出，民且狼顾。陛下与二三大臣亦闻其语矣，然而莫之顾者，徒曰我无其事，又无其意，何恤于人言？夫人言虽未必皆然，而疑似则有以致谤。人必贪财也，而后人疑其盗；人必好色也，而后人疑其淫。何者？未置此司，则无此谤。岂去岁之人皆忠厚，而今岁之士皆虚浮？孔子曰："工欲善其事，必先利其器。"又曰："必也正名乎？"今陛下操其器而讳其事，有其名而辞其意，虽家置一喙以自解，市列千金以购人，人必不信，谤亦不止。夫制置三司条例司—作"使"，求利之名也；六七少年与使者四十馀辈，求利之器也。驱鹰犬而赴林薮，语人曰"我非猎也"，不如放鹰犬而兽自驯；操网罟而入江湖，语人曰"我非渔也"，不如捐网罟而人自信。故臣以为消谗慝而召和气，复人心而安国本，则莫若罢制置三司条例司。

夫陛下之所以创此司者，不过以兴利除害也。使罢之而利不兴，害不除，则勿罢；罢之而天下悦，人心安，兴利除害，无所不可，则何苦而不罢？陛下欲去积弊而立法，必使宰相熟议而后行，事若不由中书，则是乱世之法，圣君贤相，夫岂其然？必若立法不免由中书，熟议不免使宰相，此司之设，无乃冗长而无名。智者所图，贵于无迹。汉之文、景，纪无可书之事；唐之房、杜，传无可载之功。而天下之言治者与文、景，言贤者与房、杜。盖事已立而迹不见，功已成而人不知。故曰：善用兵者无赫赫之功。岂惟用兵，事莫不然。今所图者，万分未获其一也，而迹之布于天下，已若泥中之斗兽，亦可谓拙谋矣。

陛下诚欲富国，择三司官属与漕运使副，而陛下与二三大臣，孜孜讲求，磨以岁月，则积弊自去而人不知。但恐立志不坚，中道而废。孟子有言：其进锐者其退速。若有始有卒，自可徐徐，十年之后，何事不立？孔子曰："欲速则不达，见小利则大事不成。"使孔子而非圣人，则此言亦不可用。《书》曰："谋及卿士，至于庶人，翕然大同，乃底元吉。"若逆多而从少，则静吉而作凶。今自宰相大臣，既已辞免不为，则外之议论断亦可知。宰相人臣也，且不欲以此自污，而陛下独安受其名而不辞，非臣愚之所识也。_萧按：此处有抵巇相倾习气。君臣宵旰，几一年矣，而富国之效，茫如捕风，徒闻内帑出数百万缗，祠部度五千馀人耳，以此为术，其谁不能？

且遣使纵横，本非令典。汉武遣绣衣直指，桓帝遣八使，皆以守宰狼籍，盗贼公行，出于无术，行此下策。宋文帝元嘉之政，比于文、景，当时责成郡县，未尝遣使。及至孝武，以郡县迟缓，始命台使督之，以至萧齐，此弊不革。故景陵"竟"字避宋讳，改"景"。王子良上疏极言其事，以为此等朝辞禁门，情态即异，暮宿州县，威福便行，驱迫邮传，折辱守宰，公私烦扰，民不聊生。唐开元中，宇文融奏置劝农判官，使裴宽等二十九人，并摄御史，分行天下，招携户口，检责漏田。时张说、杨玚、皇甫璟、杨相如，皆以为不便，而相继罢黜。虽得户八十馀万，皆州县希旨，以主为客，以少为多。及使百官集议都省，而公卿以下，惧融威势，不敢异辞。陛下试取其传读之，观其所行，为是为否。

近者均税宽恤，冠盖相望，朝廷亦旋觉其非，而天下至今以为谤。曾未数岁，是非较然。臣恐后之视今，犹今之视昔，且其所遣，尤不适宜。事少而员多，人轻而权重。夫人轻而权重，则人多不服，或致侮慢以兴争。事少而员多，则无以为功，必须生事以塞责。陛下虽严赐约束，不许邀功，然人臣事君之常情，不从其令而从其意。今朝廷之意，好动而恶静，好同而恶异，指意所在，谁敢不从？臣恐陛下赤子，自此无宁岁矣。

至于所行之事，行路皆知其难。何者？汴水浊流，自生民以来，不以种稻。秦人之歌曰："泾水一石，其泥数斗。且溉且粪，长我禾黍。"何尝曰"长我粳稻"耶？今欲陂而清之，万顷之稻，必用千顷之陂。一岁一淤，三岁而满矣。陛下遽信其说，即使相视地形，万一官吏苟且顺从，真谓陛下有意兴作,上糜帑廪,下夺农时,堤防一开,水失故道,虽食议者之肉,何补于民?天下久平,民物滋息,四方遗利,盖略尽矣。今欲凿空寻访水利,所谓"即鹿无虞",岂惟徒劳,必大烦扰。凡所擘画利害,不问何人,小则随事酬劳,大则量才录用。若官私格沮,并行黜降,不以赦原,若材力不办兴修,便许申奏替换,赏可谓重,罚可谓轻,然并终不言诸色人妄有申陈,或官私误兴功役,当得何罪?如此则妄庸轻剽浮浪奸人,自此争言水利矣。成功则有赏,败事则无诛,官司虽知其疏,岂可便行抑退。所在追集老少,相视可否,吏卒所过,鸡犬一空。若非灼然难行,必须且为兴役。何则?格沮之罪重,而误兴之过轻。人多爱身,势必如此。且古陂废堰,多为侧近冒耕,岁月既深,已同永业,苟欲兴复,必尽追收,人心或摇,甚非善政。又有好讼之党,多怨之人,妄言某处可作陂渠,规坏所怨田产,或指人旧业,以为官陂,冒佃之讼,必倍今日。臣不知朝廷本无一事,何苦而行此哉!

自古役人,必用乡户,犹食之必用五谷,衣之必用丝麻,济川之必用舟楫,行地之必用牛马,虽其间或有以他物充代,然终非天下所可常行。今者徒闻江浙之间,数郡雇役,而欲措之天下,是犹见燕晋之枣栗,岷蜀之蹲鸱,而欲以废五谷,岂不难哉?又欲官卖所在坊场,以充衙前雇直,虽有长役,更无酬劳。长役所得既微,自此必渐衰散,则州郡事体,憔悴可知。士大夫捐亲戚,弃坟墓,以从官于四方者,宣力之馀,亦欲取乐,此人之至情也。若凋弊太甚,厨传萧然,则似危邦之陋风,恐非太平之盛观。陛下诚虑及此,必不肯为。且今法令莫严于御军,军法莫严于逃窜。禁军三犯,厢军五犯,大率处死。然逃军常半天下,不知雇人为役,与厢军何异?若有逃者,何以罪之?其势必轻于逃军,则其逃必甚于今日,为其官长,不亦难乎?近者虽使乡户颇得雇人,然至于所雇逃亡,乡户犹任其责。今遂欲于两税之外,别立一科,谓之庸钱,以备官雇。则雇人之责,官所自任矣。

自唐杨炎废租庸调以为两税,取大历十四年应干赋敛之数,以定两税之额,则是租调与庸,两税既兼之矣。今两税如故,奈何复欲取庸?圣人立法,必虑后世,岂可于两税之外,别立科名?万一不幸后世有多欲之君,辅之以聚敛之臣,庸钱不除,差役仍旧,使天下怨讟,推所从来,则必有任其咎者矣。

又欲使坊郭等第之民,与乡户均役;品官形势之家,与齐民并事。其说曰:《周礼》田不耕者出屋粟,宅不毛者有里布,而汉世宰相之子不免戍边。此其所以藉口也。古者官养民,今者民养官。给之以田而不耕,劝之以农而不力,于是乎有里布屋粟夫家之征,而民无以为生,去为商贾,事势当尔,何名役之?且一岁之戍,不过三日,三日之雇,其直三百。今世三大户之役,自公卿以降无得免者,其费岂特三百而已。

大抵事若可行,不必皆有故事。若民所不悦,俗所不安,纵有经典明文,无补于怨。若行此二者,必怨无疑。女户单丁,盖天民之穷者也。古之王者,首务恤此。而今陛下首欲役之,此等苟非户将绝而未亡,则是家有丁而尚幼,若假之数岁,则必成丁而就役,老死而没官。富有四海,忍不加恤? 孟子曰:"始作俑者,其无后乎?"《春秋》书"作邱甲"、"用田赋",皆重其始为民患也。

青苗放钱,自昔有禁。今陛下始立成法,每岁常行,虽云不许抑配,而数世之后,暴君污吏,陛下能保之与? 异日天下恨之,国史记之曰:青苗钱自陛下始,岂不惜哉! 且东南买绢,本用见钱,陕西粮草,不许折兑。朝廷既有著令,职司又每举行,然而买绢未尝不折盐,粮草未尝不折钞,乃知青苗不许抑配之说,亦是空文。只如治平之初,拣刺义勇,当时诏旨慰谕,明言永不戍边,著在简书,有如盟约。于今几日,论议已摇,或以代还东军,或欲抵换弓手,约束难恃,岂不明哉? 纵使此令决行,果不抑配,计其间愿请之户,必皆孤贫不济之人。家若自有赢馀,何至与官交易? 此等鞭挞已急,则继之逃亡。逃亡之馀,则均之邻保。势有必至,理有固然。

且夫常平之为法也,可谓至矣,所守者约,而所及者广。借使万家之邑,止有千斛,而谷贵之际,千斛在市,物价自平。一市之价既平,一邦之食自足,无操瓢乞丐之弊,无里正催驱之劳。今若变为青苗,家贷一斛,则千户之外,孰救其饥? 且常平官钱,常患其少,若尽数收籴,则无借贷;若留充借贷,则所籴几何? 乃知常平、青苗,其势不能两立,坏彼成此,所丧愈多,亏官害民,虽悔何逮。臣窃计陛下欲考其实，则必亦问人。人知陛下方欲力行，必谓此法有利无害。以臣愚见，恐未可凭。何以明之？臣顷在陕西，见刺义勇提举诸县，臣尝亲行，愁怨之民，哭声振野。当时奉使还者，皆言民尽乐为。希合取容，自古如此。不然，则山东之盗，二世何缘不觉？南诏之败，明皇何缘不知？今虽未至于斯，亦望陛下审听而已。

昔汉武之世，财力匮竭，用贾人桑宏羊之说，买贱卖贵，谓之均输。于时商贾不行，盗贼滋炽，几至于乱。孝昭既立，学者争排其说，霍光顺民所欲，从而予之，天下归心，遂以无事。不意今者此论复兴。立法之初，其说尚浅，徒言徙贵就贱，用近易远。然而广置官属，多出缗钱，豪商大贾，皆疑而不敢动，以为虽不明言贩卖，然既已许之变易，变易既行，而不与商贾争利者，未之闻也。夫商贾之事，曲折难行。其买也，先期而予钱；其卖也，后期而取直。多方相济，委曲相通，倍称之息，由此而得。今官买是物，必先设官置吏，簿书廪禄，为费已厚，非良不售，非贿不行，是以官买之价，比民必贵。及其卖也，弊复如前，商贾之利，何缘而得？朝廷不知虑此，乃捐五百万缗以与之。此钱一出，恐不可复。纵使其间薄有所获，而征商之额，所损必多。今有人为其主牧牛羊者，不告其主，以一牛而易五羊。一牛之失，则隐而不言；五羊之获，则指为劳绩。陛下以为坏常平而言青苗之功，亏商税而取均输之利，何以异此？

陛下天机洞照，圣略如神，此事至明，岂有不晓？必谓已行之事不欲中变，恐天下以为执德不一，用人不终，是以迟留岁月，庶几万一。臣窃以为过矣。古之英主，无出汉高。郦生谋挠楚权，欲复六国，高祖曰"善，趣刻印"。及闻留侯之言，吐哺而骂曰："趣销印！"夫称善未几，继之以骂，刻印销印，有同儿戏。何尝累高祖之知人，适足以明圣人之无我。陛下以为可而行之，知其不可而罢之，至圣至明，无以加此。议者必谓民可与乐成，难与虑始，故劝陛下坚执不顾，期于必行。此乃战国贪功之人行险徼幸之说，陛下若信而用之，则是徇高论而逆至情，持空名而邀实祸，未及乐成而怨已起矣。臣之所愿结人心者，此之谓也。

士之进言者为不少矣，亦尝有以国家之所以存亡、历数之所以长短告陛下者乎？夫国家之所以存亡者，在道德之浅深，而不在乎强与弱；历数之所以长短者，在风俗之厚薄，而不在乎富与贫。道德诚深，风俗诚厚，虽贫且弱，不害于长而存；道德诚浅，风俗诚薄，虽强且富，不救于短而亡。人主知此，则知所轻重矣。是以古之贤君，不以弱而忘道德，不以贫而伤风俗，而智者观人之国，亦必以此察之。齐至强也，周公知其后必有篡弑之臣；卫至弱也，季子知其后亡。吴破楚入郢，而陈大夫逢滑知楚之必复；晋武既平吴，何曾知其将乱；隋文既平陈，房乔知其不久；元帝斩郅支，朝呼韩，功多于武、宣矣，偷安而王氏之衅生；宣宗收燕、赵，复河湟，力强于宪、武矣，销兵而庞勋之乱起。臣愿陛下务崇道德而厚风俗，不愿陛下急于有功而贪富强。使陛下富如隋，强如秦，西取灵武，北取燕蓟，谓之有功可也，而国之长短则不在此。夫国之长短，如人之寿夭。人之寿夭在元气，国之长短在风俗。世有尪羸而寿考，亦有盛壮而暴亡。若元气犹存，则尪羸而无害；及其已耗，则盛壮而愈危。是以善养生者，慎起居，节饮食，导引关节，吐故纳新；不得已而用药，则择其品之上，性之良，可以久服而无害者，则五藏和平而寿命长。不善养生者，薄节慎之功，迟吐纳之效，厌上药而用下品，伐真气而助强阳，根本已空，僵仆无日。天下之势，与此无殊。故臣愿陛下爱惜风俗，如护元气。

古之圣人，非不知深刻之法，可以齐众，勇悍之夫，可以集事，忠厚近于迂阔，老成初若迟钝。然终不肯以彼而易此者，知其所得小而所丧大也。曹参贤相也，曰"慎无扰狱市"；黄霸循吏也，曰"治道去泰甚"。或讥谢安以清谈废事，安笑曰：秦用法吏，二世而亡。刘晏为度支，专用果锐少年，务在急速集事，好利之党，相师成风。德宗初即位，擢崔祐甫为相，祐甫以道德宽大推广上意，故建中之政，其声翕然，天下想望，庶几正观。及卢杞为相，讽上以刑名整齐天下，驯致浇薄以及播迁。我仁祖之御天下也，持法至宽，用人有叙，专务掩覆过失，未尝轻改旧章。然考其成功，则曰未至；以言乎用兵，则十出而九败；以言其府库，则仅足而无馀。徒以德泽在人，风俗知义。是以升遐之日，天下如丧考妣，社稷长远，终必赖之。则仁祖可谓知本矣。

今议者不察，徒见其末年吏多因循，事不振举，乃欲矫之以苛察，齐之以智能，招来新进勇锐之人，以图一切速成之效，未享其利，浇风已成。且天时不齐，人谁无过？国君含垢，至察无徒。若陛下多方包容，则人材取次可用。必欲广置耳目，务求瑕疵，则人不自安，各图苟免。恐非朝廷之福，亦岂陛下所愿哉！汉文欲用虎圈啬夫，释之以为利口伤俗。今若以口舌捷给而取士，以应对迟钝而退人，以虚诞无实为能文，以矫激不仕为有德，则先王之泽，遂将散微。

自古用人，必须历试。虽有卓异之器，必有已成之功，一则使其更变而知难，事不轻作；一则待其功高而望重，人自无辞。昔先主以黄忠为后将军，而诸葛亮忧其不可，以为忠之名望，素非关、张之伦，若班爵遽同，则必不悦。其后关羽果以为言。以黄忠豪勇之姿，以先主君臣之契，尚复虑此，而况其他？世常谓汉文不用贾生，以为深恨。臣尝推究其旨，窃谓不然。贾生固天下之奇才，所言亦一时之良策，然请为属国，欲系单于，则是处士之大言，少年之锐气。昔高祖以三十万众，困于平城，当时将相群臣，岂无贾生之比，三表五饵，人知其疏，而欲以困中行说，尤不可信。兵凶器也，而易言之，正如赵括之轻秦，李信之易楚。若文帝亟用其说，则天下殆将不安。使贾生尝历艰难，亦必自悔其说，用之晚岁，其术必精。不幸丧亡，非意所及。不然，文帝岂弃才之主，绛、灌岂蔽贤之士？至于晁错，尤号刻薄，文帝之世，止于太子家令，而景帝既立，以为御史大夫，申屠贤相，发愤而死，更法改令，天下骚然。及至七国发难，而错之术亦穷矣。文、景优劣，于此可见。

大抵名器爵禄，人所奔趋，必使积劳而后迁，以明持久而难得，则人各安其分，不敢躁求。今若多开骤进之门，使有意外之得，公卿侍从，跬步可图，其得者既不以徼幸自名，则不得者必皆以沈沦为恨，使天下常调，举生妄心，耻不若人，何所不至。欲望风俗之厚，岂可得哉？选人之改京官，常须十年以上，荐更险阻，计析毫厘，其间一事鳌牙，常至终身沦弃。今乃以一人之荐举而予之，犹恐未称，章服随至。使积劳久次而得者，何以厌服哉？夫常调之人，非守则令，员多阙少，久已患之，不可复开多门以待巧进。若巧者侵夺已甚，则拙者迫怵无聊，利害相形，不得不察。故近来朴拙之人愈少，而巧进之士益多。惟陛下重之惜之，哀之救之。如近日三司献言，使天下郡选一人，催驱三司文字，许之先次指射以酬其劳，则数年之后，审官吏部，又有三百馀人，得先占阙，常调待次，不其愈难？此外勾当发运均输，按行农田水利，已据监司之体，各怀进用之心，转对者望以称旨而骤迁，奏课者求为优等而速化，相胜以力，相高以言，而名实乱矣。惟陛下以简易为法，以清净为心，使奸无所缘，而民德归厚。臣之所愿厚风俗者，此之谓也。

古者建国，使内外相制，轻重相权。如周如唐，则外重而内轻；如秦如魏，则外轻而内重。内重之蔽，必有奸臣指鹿之患；外重之蔽，必有大国问鼎之忧。圣人方盛而虑衰，常先立法以救蔽。国家租赋总于计省，重兵聚于京师，以古揆今，则似内重。恭惟祖宗所以预图而深计，固非小臣

311

所能臆度而周知。然观其委任台谏之一端，则是圣人过防之至计。历观秦、汉以及五代，谏争而死，盖数百人。而自建隆以来，未尝罪一言者。纵有薄责，旋即超升。许以风闻而无官长，风采所系，不问尊卑。言及乘舆，则天子改容。事关廊庙，则宰相待罪。故仁宗之世，议者讥宰相但奉行台谏风旨而已。圣人深意，流俗岂知？擢用台谏，固未必皆贤，所言亦未必皆是，然须养其锐气，借之重权者，岂徒然哉？将以折奸臣之萌，而救内重之弊也。夫奸臣之始，以台谏折之而有馀；及其既成，以干戈取之而不足。今法令严密，朝廷清明，所谓奸臣，万无此理。然养猫以去鼠，不可以无鼠而养不捕之猫；畜狗以防奸，不可以无奸而畜不吠之狗。陛下得不上念祖宗设此官之意，下为子孙立万一之防，朝廷纪纲，孰大于此？

臣自幼小所记，及闻长老之谈，皆谓台谏所言，常随天下公议。公议所与，台谏亦与之；公议所击，台谏亦击之。及至英庙之初，始建称亲之议，本非人主大过，亦无典礼明文，徒以众心未安，公议不允，当时台谏以死争之。今者物论沸腾，怨讟交至，公议所在，亦可知矣，而相顾不发，中外失望。夫弹劾积威之后，虽庸人亦可以奋扬；风采消委之馀，虽豪杰有不能振起。臣恐自兹以往，习惯成风，尽为执政私人，以致人主孤立，纪纲一废，何事不生？孔子曰："鄙夫可与事君也与哉！其未得之也，患不得之；既得之，患失之。苟患失之，无所不至矣。"臣始读此书，疑其太过，以为鄙夫之患失，不过备位而苟容。及观李斯忧蒙恬之夺其权,则立二世以亡秦;卢杞忧怀光之数其恶,则误德宗以再乱。其心本生于患失,而其祸乃至于丧邦。孔子之言,良不为过。是以知为国者,平居必常有忘躯犯颜之士,则临难庶几有徇义守死之臣。苟平居尚不能一言,则临难何以责其死节?人臣苟皆如此,天下亦曰殆哉!"君子和而不同,小人同而不和。"和如和羹,同如济水。故孙宝有言:"周公上圣,召公大贤,犹不相悦,著于经典。两不相损。"晋之王导,可谓元臣,每与客言,举坐称善,而王述不悦,以为人非尧舜,安得每事尽善,导亦敛衽谢之。若使言无不同,意无不合,更唱迭和,何者非贤?万一有小人居其间,则人主何缘得以知觉?臣之所谓愿存纪纲者,此之谓也。

　　臣非敢历诋新政,苟为异论。如近日裁减皇族恩例、刊定任子条式、修完器械、阅习鼓旗,皆陛下神算之至明、乾刚之必断,物议既允,臣敢有辞?然至于所献三言,则非臣之私见。中外所病,其谁不知?昔禹戒舜曰:"无若丹朱傲,惟慢游是好。"舜岂有是哉!周公戒成王曰:无若殷王受之迷乱,酗于酒德哉!成王岂有是哉!周昌以汉高为桀纣,刘毅以晋武为桓灵,当时人君曾莫之罪,书之史册,以为美谈。使臣所献三言,皆朝廷未尝有此,则天下之幸,臣与有焉。若有万一似之,则陛下安可不察?然而臣之为计,可谓愚矣。以蝼蚁之命,试雷霆之威,积其狂愚,岂可屡赦?大则身首异处,破坏家门;小则削籍投荒,流离道路。虽然,陛下必不为此。何也?臣天赋至愚,笃于自信。向者与议学校贡举,首违大臣本意,已期窜逐,敢意自全?

而陛下独然其言，曲赐召对，从容久之，至谓臣曰："方今政令得失安在，虽朕过失，指陈可也。"臣即对曰："陛下生知之性，天纵文武，不患不明，不患不勤，不患不断，但患求治太速，进人太锐，听言太广。"又俾述其所以然之状。陛下颔之曰："卿所献三言，朕当熟思之。"臣之狂愚，非独今日，陛下容之久矣。岂有容之于始，而不赦之于终？恃此而言，所以不惧。臣之所惧者，讥刺既重，怨仇实多，必将诋臣以深文，中臣以危法，使陛下虽欲赦臣而不得，岂不殆哉！死亡不辞，但恐天下以臣为戒，无复言者，是以思之经月，夜以继日，书成复毁，至于再三。感陛下听其一言，怀不能已，卒吐其说。惟陛下怜其愚忠而卒赦之，不胜俯伏待罪忧恐之至。茅顺甫云：指陈利害，似贾谊；明切事情，似陆贽。海峰先生云：虽自宣公奏议来，而笔力雄伟，抒词高朗，宣公不及也。宣公止敷陈条达明白，足动人主之听，故欧、苏咸效其体。

古文辞类纂十八终

奏议类上编九

苏子瞻代张方平谏用兵书　○○

臣闻好兵犹好色也。伤生之事非一，而好色者必死；贼民之事非一，而好兵者必亡。此理之必然者也。夫惟圣人之兵，皆出于不得已。故其胜也，享安全之福；其不胜也，必无意外之患。后世用兵，皆得已而不已。故其胜也，则变迟而祸大；其不胜也，则变速而祸小。是以圣人不计胜负之功，而深戒用兵之祸。何者？兴师十万，日费千金，内外骚动，殆于道路者七十万家。内则府库空虚，外则百姓穷匮。饥寒逼迫，其后必有盗贼之忧；死伤愁怨，其终必致水旱之报。上则将帅拥众，有跋扈之心；下则士众久役，有溃叛之志。变故百出，皆由用兵。至于兴事首议之人，冥谪尤重，盖以平民无故缘兵而死，怨气充积，必有任其咎者。是以圣人畏之重之，非不得已不敢用也。

自古人主好动干戈、由败而亡者，不可胜数。臣今不敢复言，请为陛下言其胜者。秦始皇既平六国，复事胡、

315

越，戍役之患，被于四海。虽拓地千里，远过三代，而坟土未干，天下怨叛。二世被害，子婴就擒，灭亡之酷，自古所未尝有也。汉武帝承文、景富溢之馀，首挑匈奴，兵连不解，遂使侵寻及于诸国，岁岁调发，所至成功。建元之间，兵祸始作。是时蚩尤旗出，长与天等，其春戾太子生。自是师行三十馀年，死者无数。及巫蛊事起，京师流血，僵尸数万，太子父子皆败。故班固以为太子生长于兵，与之终始。帝虽悔悟自克，而殁身之恨，已无及矣。隋文帝既下江南，继事夷、狄。炀帝嗣位，此志不衰，皆能诛灭强国，威震万里，然而民怨盗起，亡不旋踵。唐太宗神武无敌，尤喜用兵，既已破灭突厥、高昌、吐谷浑等，犹且未厌，亲驾辽东，皆志在立功，非不得已而用。其后武氏之难，唐室陵迟，不绝如线。盖用兵之祸，物理难逃。不然，太宗仁圣宽厚，克己裕人，几至刑措，而一传之后，子孙涂炭，此岂为善之报也哉？由此观之，汉、唐用兵于宽仁之后，故胜而仅存；秦、隋用兵于残暴之馀，故胜而遂灭。臣每读书至此，未尝不掩卷流涕，伤其计之过也。若使此四君者，方其用兵之初，随即败衄，惕然戒惧，知用兵之难，则祸败之兴，当不至此。不幸每举辄胜，故使狃于功利，虑患不深。臣故曰胜则变迟而祸大，不胜则变速而祸小，不可不察也。

　　昔仁宗皇帝覆育天下，无意于兵，将士惰偷，兵革朽钝。元昊乘间，窃发西鄙，延安、泾、原、麟、府之间，败者三四，所丧动以万计，而海内晏然。兵休事已，而民无怨言，国无遗患。何者？天下臣庶，知其无好兵之心，天地鬼神，谅其有不得已之实故也。今陛下天锡勇智，意在富强。即位以来，缮甲治兵，伺候邻国。群臣百僚，窥见此指，多言用兵。其始也，弼臣执国命者，无忧深思远之心；枢臣当国论者，无虑害持难之识；在台谏之职者，无献替纳忠之议。从微至著，遂成厉阶。既而薛向为横山之谋，韩绛效深入之计，陈升之、吕公弼等阴与之协力，师徒丧败，财用耗屈，较之宝元、庆历之败，不及十一，然而天怒人怨，边兵背叛，京师骚然，陛下为之旰食者累月。何者？用兵之端，陛下作之，是以吏士无怒敌之意，而不直陛下也。尚赖祖宗积累之厚，皇天保佑之深，故使兵出无功，感悟圣意。然浅见之士，方且以败为耻，力欲求胜，以称上心。于是王韶构祸于熙河，章惇造衅于梅山，熊本发难于渝泸。然此等皆戎贼已降，俘累老弱，困弊腹心，而取空虚无用之地以为武功。使陛下受此虚名，而忽于实祸，勉强砥砺，奋于功名。故沈起、刘彝复发于安南，使十馀万人暴露瘴毒，死者十而五六；道路之人，毙于输送；赍粮器械，不见敌而尽。以为用兵之意，必且少衰，而李宪之师，复出于洮州矣。今师徒克捷，锐气方盛，陛下喜于一胜，必有轻视四夷，陵侮敌国之意，天意难测，臣实畏之。

　　且夫战胜之后，陛下可得而知者，凯旋捷奏，拜表称贺，赫然耳目之观耳。至于远方之民，肝脑屠于白刃，筋骨绝于馈饷，流离破产，鬻卖男女，薰眼折臂自经之状，陛下必不得而见也。慈父、孝子、孤臣、寡妇之哭声，陛下必不得而闻也。譬犹屠杀牛羊，刳剚鱼鳖，以为膳羞，食者甚美,死者甚苦。使陛下见其号呼于梃刃之下,宛转于刀几之间,虽八珍之美,必将投箸而不忍食,而况用人之命以为耳目之观乎?且使陛下将卒精强,府库充实,如秦、汉、隋、唐之君,既胜之后,祸乱方兴,尚不可救,而况所任将吏,罢软凡庸,较之古人,万万不逮。而数年以来,公私窘乏。内府累世之积,扫地无馀;州郡征税之储,上供殆尽;百官廪俸,仅而能继;南郊赏给,久而未办。以此举动,虽有智者,无以善其后矣。且饥疫之后,所在盗贼蜂起,京东、河北,尤不可言。若军事一兴,横敛随作,民穷而无告,其势不为大盗,无以自全。边事方深,内患复起,则胜、广之形将在于此。此老臣所以终夜不寐,临食而叹,至于痛哭而不能自止也。

且臣闻之,凡举大事,必顺天心。天之所向,以之举事必成;天之所背,以之举事必败。盖天心向背之迹,见于灾祥丰歉之间。今自近岁日蚀星变,地震山崩,水旱疠疫,连年不解,民死将半。天心之向背可以见矣。而陛下方且断然不顾,兴事不已。譬如人子得过于父母,惟有恭顺静默,引咎自责,庶几可解。今乃纷然诘责奴婢,恣行棰楚,以此事亲,未有见赦于父母者。故臣愿陛下远览前世兴亡之迹,深察天心向背之理,绝意兵革之事,保疆睦邻,安静无为,为社稷长久之计。上以安二宫朝夕之养,下以济四方亿兆之命。则臣虽老死沟壑,瞑目于地下矣。

昔汉祖破灭群雄,遂有天下;光武百战百胜,祀汉配天。然至白登被围,则讲和亲之议;西域请吏,则出谢绝之言。此二帝者，非不知兵也，盖经变既多，则虑患深远。今陛下深居九重，而轻议讨伐，老臣庸懦，私窃以为过矣。然而人臣纳说于君，因其既厌而止之，则易为力；迎其方锐而折之，则难为功。凡有血气之伦，皆有好胜之意。方其气之盛也，虽布衣贱士，有不可夺。自非智识特达，度量过人，未有能于勇锐奋发之中，舍己从人，惟义是听者也。今陛下盛气于用武，势不可回，臣非不知，而献言不已者，诚见陛下圣德宽大，听纳不疑，故不敢以众人好胜之常心，望于陛下。且意陛下他日亲见用兵之害，必将哀痛悔恨，而追咎左右大臣未尝一言。臣亦将老且死，见先帝于地下，亦有以藉口矣。惟陛下哀而察之。余尝谓东坡此书是子虚乌有之事。盖东坡在黄州，既闻永乐徐禧之败，神宗悔痛，乃追作是文，聊以发挥己意，其以烹宰禽兽为譬，乃是在黄州戒杀后议论也。史言神宗于永乐事后，恨昔无人言其不可，又言在内惟吕公著，在外惟赵卨言用兵非好事耳。吾度公著、卨之言，未必能及东坡此言之痛快，若果先代方平，而方平上之，帝安得忘之哉？近毕秋帆《续资治通鉴》取东坡书为方平实事，载于元丰四年，又载帝述吕公著、赵卨事于元丰六年，是矛盾之说也。又方平乃金人，屡为司马温公所弹，毕书据苏氏私怀作志之美而嘉予之，皆非实也。

苏子瞻徐州上皇帝书按公黄州上文潞公书，则此奏具稿而未及上也。　　○

臣以庸材，备员册府，出守两郡，皆东方要地。私窃以为守法令，治文书，赴期会，不足以报塞万一。辄伏思念东方之要务，陛下之所宜知者，得其一二，草具以闻，而陛下择焉。

臣前任密州，建言自古河北与中原离合，常系社稷存亡。而京东之地，所以灌输河北。瓶竭则罍耻，唇亡则齿寒。而其民喜为盗贼，为患最甚，因为陛下画所以待盗贼之策。及移守徐州，览观山川之形势，察其风俗之所上，而考之于载籍，然后又知徐州为南北之襟要，而京东诸郡安危所寄也。昔项羽入关，既烧咸阳而东归，则都彭城。夫以羽之雄略，舍咸阳而取彭城，则彭城之险固形便，足以得志于诸侯者可知矣。臣观其地，三面被山，独其西平川数百里，西走梁、宋。使楚人开关而延敌，材官驺发，突骑云纵，真若屋上建瓴水也。地宜粟麦，一熟而饱数岁。其城三面阻水，楼堞之下，以汴、泗为池，独其南可通车马，而戏马台在焉。其高十仞，广袤百步，若用武之世，屯千人其上，聚楅木炮石，凡战守之具，以与城相表里，而积三年粮于城中，虽用十万人不易取也。其民皆长大，胆力绝人，喜为剽掠，小不适意，则有飞扬跋扈之心，非止为盗而已。汉高祖沛人也，项羽宿迁人也，刘裕彭城人也，朱全忠砀山人也，皆在今徐州数百里间耳。其人以此自负，凶桀之气，积以成俗。魏太武以三十万众攻彭城不能下，而王智兴以卒伍庸材恣睢于徐，朝廷亦不能讨。岂非以其地形便利，人卒勇悍故耶？

州之东北七十馀里，即利国监，自古为铁官商贾所聚，其民富乐。凡三十六冶，冶户皆大家，藏镪巨万，常为盗贼所窥，而兵卫寡弱，有同儿戏。臣中夜以思，即为寒心。使剧贼致死者十馀人白昼入市，则守者皆弃而走耳。地既产精铁，而民皆善锻，散冶户之财以啸召无赖，则乌合之众，数千人之仗，可以一夕具也。顺流南下，辰发巳至，而徐有不守之忧矣。不幸而贼有过人之才，如吕布、刘备之徒，得徐而逞其志，则东京之安危未可知也。近者河北转运司奏乞禁止利国监铁，不许入河北，朝廷从之。昔楚人亡弓不能忘楚，孔子犹小之，况天下一家，东北二冶皆为国兴利，而夺彼与此，不已隘乎？自铁不北行，冶户皆有失业之忧，诣臣而诉者数矣。臣欲因此以征冶户，为利国监之捍屏。今三十六冶，冶各百馀人，采矿伐炭，多饥寒亡命强力鸷忍之民也。臣欲使冶户每冶各择有材力而忠谨者，保任十人，籍其名于官，授以却刃刀槊，教之击刺，每月两衙集于知监之庭而阅试之，藏其刃于官以待大盗，不得役使，犯者以违制论。冶户为盗所拟久矣，民皆知之。使冶出十人以自卫，民所乐也。而官又为除近日之禁，使铁得北行，则冶户皆悦而听命，奸猾破胆而不敢谋矣。徐城虽险固，而楼橹敝恶，又城大而兵少，缓急不可守，今战兵千人耳，臣欲乞移南京新招骑射两指挥于徐。此故徐人也，尝屯于徐，营垒材石既具矣，而迁于南京。异时转运使分东西路，畏馈饷之劳而移之西耳。今两路为一，其去来无所损益，而足以为徐之重。城下数里，颇产精石无穷，而奉化厢军，见阙数百人，臣愿募石工以足之，听不差出使。此数百人者，常采石以嶅城，数年之后，举为金汤之固。要使利国监不可窥，则徐无事，徐无事，则京东无虞矣。

沂州山谷重阻，为逋逃渊薮，盗贼每入徐州界中。陛下若采臣言，不以臣为不肖，愿复三年守徐，且得兼领沂州兵甲，巡检公事，必有以自效。京东恶盗，多出逃军，逃军为盗，民则望风畏之。何也？技精而法重也。技精则难敌，法重则致死，其势然也。自陛下置将官，修军政，士皆精锐而不免于逃者，臣尝考其所由，盖自近岁以来，部送罪人配军者，皆不使役人而使禁军，军士当部送者，受牒即行，往返常不下十日。道路之费，非取息钱不能办。百姓畏法不敢贷，贷亦不可复得，惟所部将校，乃敢出息钱与之，归而刻其粮赐。以故上下相持，军政不修，博弈饮酒，无所不至，穷苦无聊，则逃去为盗。臣自至徐，即取不系省钱百馀千别储之，当部送者，量远近裁取，以三月刻纳，不取其息。将吏有敢贷息钱者，痛以法治之。然后严军政，禁酒博。比期年，士皆饱暖，练熟技艺，等第为诸郡之冠。陛下遣敕使按阅，所具见也。臣愿下其法诸郡，推此行之，则军政修而逃者寡，亦去盗之一端也。

臣闻之，汉相王嘉曰："孝文帝时，二千石长吏安官乐职，上下相望，莫有苟且之意。其后稍稍变易，公卿以下转相促急，司隶、部刺史发扬阴私，吏或居官数月而退。二千石益轻贱，吏民慢易之，知其易危，小失意则起离畔之心。前山阳亡徒苏令纵横，吏士临难，莫肯仗节死义者，以守相威权素夺故也。国家有急，取办于二千石，二千石尊重难危，乃能使下。"以王嘉之言而考之于今，郡守之威权，可谓素夺矣。上有监司伺其过失，下有吏民持其长短，未及按问,而差替之命已下矣。欲督捕盗贼,法外求一钱以使人且不可得。盗贼凶人,情重而法轻者,守臣辄配流之,则使所在法司复按其状,劾以失入。惴惴如此,何以得吏士死力,而破奸人之党乎?由此观之,盗贼所以滋炽者,以陛下守臣权太轻故也。臣愿陛下稍重其权,责以大纲,阔略其小故。凡京东多盗之郡,自青、郓以降,如徐、沂、齐、曹之类,皆慎择守臣,听法外处置强盗。颇赐缗钱,使得以布设耳目,畜养爪牙。然缗钱多赐则难常,少又不足于用,臣以为每郡可岁别给一二百千,使以酿酒,凡使人茸捕盗贼,得以酒与之,敢以为他用者坐赃论。赏格之外,岁得酒数百斛,亦足以使人矣。此又治盗之一术也。

然此皆其小者。其大者非臣之所当言,欲默而不发,则又私自念遭值陛下英圣特达如此,若有所不尽,非忠臣之义,故昧死复言之。昔者以诗赋取士,今陛下以经术用人,名虽不同,然皆以文词进耳。考其所得,多吴、楚、闽、蜀之人。至于京东西、河北、河东、陕西五路,盖自古豪杰之场,其人沈鸷勇悍,可任以事,然欲使治声律,读经义,以与吴、楚、闽、蜀之人,争得失于毫厘之间,则彼有不仕而已,故其得人常少。夫惟忠孝礼义之士,虽不得志,不失为君子;若德不足而才有馀者,困于无门,则无所不至矣。故臣愿陛下特为五路之士,别开仕进之门。

汉法:郡县秀民,推择为吏,考行察廉,以次迁补,或至二千石,入为公卿。古者不专以文词取人,故得士为多。黄霸起于卒史,薛宣奋于书佐,朱邑选于啬夫,邴吉出于狱吏。其馀名臣循吏由此而进者，不可胜数。唐自中叶以后，方镇皆选列校以掌牙兵。是时四方豪杰不能以科举自达者，皆争为之，往往积功以取旄钺，虽老奸巨盗或出其中，而名卿贤将如高仙芝、封常清、李光弼、来瑱、李抱玉、段秀实之流，所得亦已多矣。王者之用人如江河，江河所趋，百川赴焉，蛟龙生之。及其去而之他，则鱼鳖无所还其体，而鲵鳅为之制。今世胥史牙校，皆奴仆庸人者，无他，以陛下不用也。今欲用胥史牙校，而胥史行文书，治刑狱钱谷，其势不可废鞭挞。鞭挞一行，则豪杰不出于其间。故凡士之刑者不可用，用者不可刑。故臣愿陛下采唐之旧，使五路监司郡守，共选士人以补牙职，皆取人材心力有足过人，而不能从事于科举者，禄之以今之庸钱，而课之镇税场务督捕盗贼之类。自公罪杖以下听赎。依将校法，使长吏得荐其才者，第其功伐，书其岁月，使得出仕比任子，而不以流外限其所至。朝廷察其尤异者擢用数人，则豪杰英伟之士渐出于此途，而奸猾之党可得而笼取也。其条目委曲，臣未敢尽言，惟陛下留神省察。

　　昔晋武平吴之后，诏天下罢军役，州郡悉去武备。惟山涛论其不可。帝见之曰：天下名言也。而不能用。及永宁之后，盗贼蜂起，郡国皆以无备不能制，其言乃验。今臣于无事之时，屡以盗贼为言，其私忧过计亦已甚矣。陛下纵能容之，必为议者所笑。使天下无事而臣获笑可也，不然，事至而图之，则已晚矣。干犯天威，罪在不赦。茅顺甫曰：此等文字识见笔力，并入西汉。

苏子瞻圜丘合祭六议札子　。

臣伏见九月二十二日，诏书节文，俟郊礼毕，集官详议祠皇地祇事，及郊祀之岁庙享典礼闻奏者。臣恭睹陛下近者至日亲祀郊庙，神祇飨答，实蒙休应。然则圜丘合祭，允当天地之心，不宜复有改更。臣窃惟议者欲变祖宗之旧，圜丘祀天而不祀地，不过以谓冬至祀天于南郊，阳时阳位也；夏至祀地于北郊，阴时阴位也。以类求神，则阳时阳位，不可以求阴也。是大不然。冬至南郊，既祀上帝，则天地百神，莫不从也。古者秋分夕月于西郊，亦可谓阴位矣。至于从祀上帝，则以冬至而祀月于南郊，议者不以为疑，今皇地祇亦从上帝，而合祭于圜丘，独以为不可，则过矣。《书》曰："肆类于上帝，禋于六宗，望于山川，遍于群神。"舜之受禅也，自上帝六宗山川群神，莫不毕告，而独不告地祇，岂有此理哉？武王克商，庚戌，柴望。柴，祭上帝也；望，祭山川也。一日之间，自上帝而及山川，必无南北郊之别也，而独略地祇，岂有此理哉？臣以知古者祀上帝，则并祀地祇矣。何以明之？《诗》之序曰："昊天有成命，郊祀天地也。"此乃合祭天地经之明文，而说者乃以比之《丰年》秋冬报也，曰：秋冬各报，而皆歌《丰年》，则天地各祀，而皆歌《昊天有成命》也。是大不然。《丰年》之诗曰："丰年多黍多稌，亦有高廪，万亿及秭，为酒为醴，烝畀祖妣，以洽百礼，降福孔皆。"歌于秋可也，歌于冬亦可也。《昊天有

成命》之诗曰："昊天有成命，二后受之，成王不敢康，夙夜
基命宥密，于缉熙，单厥心，肆其靖之。"终篇言天而不及
地。颂所以告神明也，未有歌其所不祭，祭其所不歌也。
今祭地于北郊，歌天而不歌地，岂有此理哉？臣以此知周
之世祀上帝，则地祇在焉。歌天而不歌地，所以尊上帝，故
其序曰："郊祀天地也。"《春秋》书不郊，犹三望。《左氏
传》曰："望，郊之细也。"说者曰：三望，泰山、河、海。或曰
淮、海也。又或曰：分野之星及山川也。鲁，诸侯也，故郊
之细，及其分野山川而已。周有天下，则郊之细，独不及五
岳四渎乎？岳、渎犹得从祀，而地祇独不得合祭乎？秦燔
《诗》、《书》，经籍散亡，学者各以意推类而已。王、郑、贾、
服之流，未必皆得其真。臣以《诗》、《书》、《春秋》考之，则
天地合祭久矣。

　　议者乃谓合祭天地始于王莽，以为不足法。臣窃谓礼
当验其是非，不当以人废。光武皇帝，亲诛莽者也，尚采用
元始合祭故事。谨按《后汉书·郊祀志》："建武二年，初
制郊兆于洛阳，为圜坛八陛，中又为重坛，天地位其上，皆
南乡西上。"此则汉世合祭天地之明验也。又按《水经
注》："伊水东北至洛阳县圜丘东，大魏郊天之所，准汉故事
为圜坛八陛，中又为重坛，天地位其上。"此则魏世合祭天
地之明验也。唐睿宗将有事于南郊，贾曾议曰："有虞氏禘
黄帝而郊喾，夏后氏禘黄帝而郊鲧，郊之与庙皆有禘，禘于
庙，则祖宗合食于太祖；禘于郊，则地祇群望，皆合于圜丘。
以始祖配享，盖有事祭，非常祀也。《三辅故事》：祭于圜

丘，上帝后土，位皆南面。"则汉尝合祭矣。时褚无量、郭山
恽等，皆以曾言为然。明皇天宝元年二月敕曰："凡所祠
享，必在躬亲，朕不亲祭，礼将有阙，其皇地祇宜于南郊合
祭。"是月二十日，合祭天地于南郊，自后有事于圜丘皆合
祭。此则唐世合祭天地之明验也。

今议者欲冬至祀天，夏至祀地，盖以为用周礼也。臣
请言周礼与今礼之别。古者一岁，祀天者三，明堂飨帝者
一，四时迎气者五，祭地者二，飨宗庙者四。为此十五者，
皆天子亲祭也。而又朝日夕月，四望山川，社稷五祀，及群
小祀之类，亦皆亲祭，此周礼也。太祖皇帝，受天眷命，肇
造宋室，建隆初郊，先飨宗庙，并祀天地。自真宗以来，三
岁一郊，必先有事景灵，遍飨太庙，乃祀天地。此国朝之礼
也。夫周之礼，亲祭如彼其多，而岁行之，不以为难；今之
礼，亲祭如此其少，而三岁一行，不以为易。其故何也？古
者天子出入，仪物不繁，兵卫甚简，用财有节。而宗庙在大
门之内，朝诸侯，出爵赏，必于太庙，不止时祭而已。天子
所治，不过王畿千里，唯以斋祭礼乐为政事，能守此，则天
下服矣，是故岁岁行之，率以为常。至于后世，海内为一，
四方万里，皆听命于上，机务之繁，亿万倍于古，日力有不
能给。自秦、汉以来，天子仪物，日以滋多，有加无损，以至
于今，非复如古之简易也。今所行皆非周礼：三年一郊，非
周礼也；先郊二日而告原庙，一日而祭太庙，非周礼也；郊
而肆赦，非周礼也；优赏诸军，非周礼也；自后妃以下，至文
武官，皆得荫补亲属，非周礼也；自宰相宗室以下至百官，

皆有赐赉，非周礼也。此皆不改，而独于地祇则曰：周礼不当祭于圜丘。此何义也？

议者必曰：今之寒暑，与古无异，而宣王薄伐猃狁，六月出师，则夏至之日，何为不可祭乎？臣将应之曰：舜一岁而巡四岳，五月方暑，而南至衡山，十一月方寒，而北至常山，亦今之寒暑也，后世人主能行之乎？周所以十二岁一巡者，惟不能如舜也。夫周已不能行舜之礼，而谓今可以行周之礼乎？天之寒暑虽同，而礼之繁简则异。是以有虞氏之礼，夏、商有所不能行；夏、商之礼，周有所不能用。时不同故也。宣王以六月出师，驱逐猃狁，盖非得已。且吉甫为将，王不亲行也。今欲定一代之礼，为三岁常行之法，岂可以六月出师为比乎？

议者必又曰：夏至不能行礼，则遣官摄祭祀，亦有故事。此非臣之所知也。《周礼·大宗伯》："若王不与则摄位。"郑氏注曰："王有故，则代行其祭事。"贾公彦疏曰："有故，谓王有疾及哀惨皆是也。"然则摄事非安吉之礼也。后世人主，不能岁岁亲祭，故命有司行事，其所从来久矣，若亲郊之岁，遣官摄事，是无故而用有故之礼也。

议者必又曰：省去繁文末节，则一岁可以再郊。臣将应之曰：古者以亲郊为常礼，故无繁文；今世以亲郊为大礼，则繁文有不能省也。若帷城幔屋，盛夏则有风雨之虞。陛下自宫入庙，出郊，冠通天，乘大辂，日中而舍，百官卫兵暴露于道，铠甲具装，人马喘汗，皆非夏至所能堪也。王者父事天，母事地，不可偏也。事天则备，事地则简，是于父母有隆杀也,岂得以为繁文末节,而一切欲损去乎？国家养兵,异于前世。自唐之时,未有军赏,犹不能岁岁亲祠,天子出郊,兵卫不可简省,大辂一动,必有赏给,今三年一郊,倾竭帑藏,犹恐不足,郊赉之外,岂可复加？若一年再赏,国力将何以给？分而与之,人情岂不失望？

议者必又曰:三年一祀天,又三年一祀地。此又非臣之所知也。三年一郊,已为疏阔。若独祭地而不祭天,是因事地而愈疏于事天。自古未有六年一祀天者,如此则典礼愈坏,欲复古而背古益远,神祇必不顾飨,非所以为礼也。

议者必又曰:当郊之岁,以十月神州之祭,易夏至方泽之祀,则可以免方暑举事之患。此又非臣之所知也。夫所以议此者,为欲举从周礼也。今以十月易夏至,以神州代方泽,不知此周礼之经耶,抑变礼之权耶？若变礼从权而可,则合祭圜丘何独不可？十月亲祭地,十一月亲祭天,先地后天,古无是礼。而一岁再郊,军国劳费之患,尚未免也。

议者必又曰:当郊之岁,以夏至祀地祇于方泽,上不亲郊而通爟火,天子于禁中望祀。此又非臣之所知也。《书》之望秩,《周礼》之四望,《春秋》之三望,皆谓山川在境内而不在四郊者,故远望而祭也。今所在之处,俯则见地,而云望祭,是为京师不见地乎？

此六议者,合祭可不之决也。夫汉之郊礼,尤与古戾。唐亦不能如古。本朝祖宗,钦崇祭祀,儒臣礼官,讲求损益,非不知圜丘、方泽,皆亲祭之为是也,盖以时不可行,是故参酌古今，上合典礼，下合时宜，较其所得，已多于汉、唐矣。天地宗庙之祭，皆当岁遍。今不能岁遍，是故遍于三年当郊之岁。又不能于一岁之中，再举大礼，是故遍于三日。此皆因时制宜，虽圣人复起，不能易也。今并祀不失亲祭，而北郊则必不能亲往，二者孰为重乎？若一年再郊，而遣官摄事，是长不亲事地也。三年间郊，当行郊地之岁，而暑雨不可亲行，遣官摄事，则是天地皆不亲祭也。夫分祀天地，决非今世之所能行，议者不过欲于当郊之岁，祀天地宗庙，分而为三耳。分而为三，有三不可：夏至之日，不可以动大众，举大礼，一也；军赏不可复加，二也；自有国以来，天地宗庙，惟享此祭，累圣相承，惟用此礼，此乃神祇所歆，祖宗所安，不可轻动，动之则有吉凶祸福，不可不虑，三也。凡此三者，臣熟计之，无一可行之理。伏请从旧为便。

昔西汉之衰，元帝纳贡禹之言毁宗庙，成帝用丞相衡之议改郊位，皆有殃咎，著于史策。往鉴甚明，可为寒心。伏望陛下详览臣此章，则知合祭天地，乃是古今正礼，本非权宜。不独初郊之岁所当施行，实为无穷不刊之典。愿陛下谨守太祖建隆、神宗熙宁之礼，无更改易郊祀庙享，以牧宁上下神祇。仍乞下臣此章，付有司集议，如有异论，即须画一解破臣所陈六议，使皆屈伏，上合周礼，下不为当今军国之患。不可固执，更不论当今可与不可施行。所贵严祀大典，蚤以时定。取进止。

古文辞类纂十九终

奏议类上编十 古文辞类纂二十

王介甫上仁宗皇帝言事书　○○○

臣愚不肖，蒙恩备使一路，今又蒙恩召还阙廷，有所任属，而当以使事归报陛下，不自知其无以称职，而敢缘使事之所及，冒言天下之事。伏惟陛下详思而择处其中，幸甚。

臣窃观陛下有恭俭之德，有聪明睿智之才，夙兴夜寐，无一日之懈。声色狗马观游玩好之事，无纤芥之蔽。而仁民爱物之意孚于天下，而又公选天下之所愿以为辅相者，属之以事，而不贰于谗邪倾巧之臣。此虽二帝三王之用心，不过如此而已，宜其家给人足，天下大治。而效不至于此，顾内则不能无以社稷为忧，外则不能无惧于夷狄。天下之财力日以困穷，而风俗日以衰坏，四方有志之士，諰諰然常恐天下之久不安。此其故何也？患在不知法度故也。

今朝廷法严令具，无所不有，而臣以谓无法度者何哉？

方今之法度，多不合乎先王之政故也。孟子曰："有仁心仁闻而泽不加于百姓者，为政不法于先王之道故也。"以孟子之说观方今之失，正在于此而已。夫以今之世去先王之世远，所遭之变、所遇之势不一，而欲一一修先王之政，虽甚愚者犹知其难也。然臣以谓今之失患在不法先王之政者，以谓当法其意而已。夫二帝三王，相去盖千有馀载，一治一乱，其盛衰之时具矣。其所遭之变、所遇之势亦各不同，其施设之方亦皆殊，而其为天下国家之意，本末先后，未尝不同也。臣故曰当法其意而已。法其意，则吾所改易更革，不至乎倾骇天下之耳目，嚣天下之口，而固已合乎先王之政矣。虽然，以方今之势揆之，陛下虽欲改易更革天下之事，合于先王之意，其势必不能也。陛下有恭俭之德，有聪明睿知之才，有仁民爱物之意，诚加之意，则何为而不成，何欲而不得？然而臣顾以谓陛下虽欲改易更革天下之事，合于先王之意，其势必不能者，何也？以方今天下之人才不足故也。

臣尝试窃观天下在位之人，未有乏于此时者也。夫人才乏于上，则有沈废伏匿在下，而不为当时所知者矣。臣又求之于闾巷草野之间，而亦未见其多焉。岂非陶冶而成之者非其道而然乎？臣以谓方今在位之人才不足者，以臣使事之所及则可知矣。今以一路数千里之间，能推行朝廷之法令，知其所缓急，而一切能使民以修其职事者甚少，而不才苟简贪鄙之人，至不可胜数。其能讲先王之意以合当时之变者，盖阖郡之间往往而绝也。朝廷每一令下，其意虽善，在位者犹不能推行。使膏泽加于民，而吏辄缘之为奸，以扰百姓。臣故曰：在位之人才不足，而草野闾巷之间，亦未见其多也。夫人才不足，则陛下虽欲改易更革天下之事以合先王之意，大臣虽有能当陛下之意而欲领此者，九州之大，四海之远，孰能称陛下之旨，以一二推行此，而人人蒙其施者乎？臣故曰：其势必未能也。孟子曰："徒法不能以自行。"非此之谓乎？然则方今之急，在于人才而已。诚能使天下之才众多，然后在位之才，可以择其人而取足焉。在位者得其才矣，然后稍视时势之可否，而因人情之患苦，变更天下之弊法，以趋先王之意，甚易也。今之天下，亦先王之天下。先王之时，人才尝众矣，何至于今而独不足乎？故曰陶冶而成之者，非其道故也。

商之时，天下尝大乱矣。在位贪毒祸败，皆非其人。及文王之起，而天下之才尝少矣。当是时，文王能陶冶天下之士，而使之皆有士君子之才，然后随其才之所有而官使之。诗曰"岂弟君子，遐不作人"，此之谓也。及其成也，微贱兔罝之人，犹莫不好德，《兔罝》之诗是也，又况于在位之人乎？夫文王惟能如此，故以征则服，以守则治。《诗》曰："奉璋峨峨，髦士攸宜。"又曰："周王于迈，六师及之。"言文王所用，文武各得其材，而无废事也。及至夷、厉之乱，天下之才又尝少矣。至宣王之起，所与图天下之事者，仲山甫而已。故诗人叹之曰："德犹如毛，维仲山甫举之，爱莫助之。"盖闵人士之少，而山甫之无助也。宣王能用仲山甫，推其类以新美天下之士，而后人才复众。于是内修政事,外讨不庭,而复有文、武之境土。故诗人美之曰:"薄言采芑,于彼新田,于此菑亩。"言宣王能新美天下之士,使之有可用之才,如农夫新美其田,而使之有可采之芑也。由此观之,人之才未尝不自人主陶冶而成之者也。

所谓人主陶冶而成之者何也?亦教之、养之、取之、任之有其道而已。

所谓教之之道何也?古者天子诸侯,自国至于乡党皆有学,博置教导之官而严其选。朝廷礼乐刑政之事,皆在于学。士所观而习者,皆先王之法言德行治天下之意,其材亦可以为天下国家之用。苟不可以为天下国家之用,则不教也。苟可以为天下国家之用者,则无不在于学。此教之之道也。

所谓养之之道何也?饶之以财,约之以礼,裁之以法也。何谓饶之以财?人之情,不足于财,则贪鄙苟得,无所不至。先王知其如此,故其制禄,自庶人之在官者,其禄已足以代其耕矣。由此等而上之,每有加焉,使其足以养廉耻而离于贪鄙之行。犹以为未也,又推其禄以及其子孙,谓之世禄。使其生也,既于父母、兄弟、妻子之养,婚姻、朋友之接,皆无憾矣,其死也,又于子孙无不足之忧焉。何谓约之以礼?人情足于财,而无礼以节之,则又放僻邪侈,无所不至。先王知其如此,故为之制度。婚丧、祭养、燕享之事,服食、器用之物,皆以命数为之节,而齐之以律度量衡之法。其命可以为之,而财不足以具,则弗具也;其财可以具,而命不得为之者,不使有铢两分寸之加焉。何谓裁之以法？先王于天下之士，教之以道艺矣，不帅教，则待之以屏弃远方终身不齿之法；约之以礼矣，不循礼，则待之以流、杀之法。《王制》曰："变衣服者其君流。"《酒诰》曰："厥或诰曰：'群饮，汝勿佚，尽执拘以归于周，予其杀。'"夫群饮、变衣服，小罪也；流、杀，大刑也。加小罪以大刑，先王所以忍而不疑者，以为不如是，不足以一天下之俗而成吾治。夫约之以礼，裁之以法，天下所以服从无抵冒者，又非独其禁严而治察之所能致也。盖亦以吾至诚恳恻之心，力行而为之倡。凡在左右通贵之人，皆顺上之欲而服行之，有一不帅者，法之加必自此始。夫上以至诚行之，而贵者知避上之所恶矣，则天下之不罚而止者众矣。故曰：此养之之道也。

所谓取之之道者何也？先王之取人也，必于乡党，必于庠序，使众人推其所谓贤能，书之以告于上而察之。诚贤能也，然后随其德之大小、才之高下，而官使之。所谓察之者，非专用耳目之聪明，而听私于一人之口也。欲审知其德，问以行；欲审知其才，问以言。得其言行则试之以事，所谓察之者，试之以事是也。虽尧之用舜，不过如此而已，又况其下乎？若夫九州之大，四海之远，万官亿丑之贱，所须士大夫之才则众矣，有天下者，又不可以一一自察之也，又不可偏属于一人，而使之于一日二日之间，考试其行能而进退之也。盖吾已能察其才行之大者以为大官矣，因使之取其类以持久试之，而考其能者以告于上，而后以爵命禄秩予之而已。此取之之道也。

所谓任之之道者何也？人之才德，高下厚薄不同，其所任有宜有不宜。先王知其如此，故知农者以为后稷，知工者以为共工。其德厚而才高者以为之长，德薄而才下者以为之佐属。又以久于其职，则上狃习而知其事，下服驯而安其教，贤者则其功可以至于成，不肖者则其罪可以至于著，故久其任而待之以考绩之法。夫如此，故智能才力之士，则得尽其智以赴功，而不患其事之不终，其功之不就也。偷惰苟且之人，虽欲取容于一时，而顾僇辱在其后，安敢不勉乎？若夫无能之人，固知辞避而去矣。居职任事之日久，不胜任之罪不可以幸而免故也。彼且不敢冒而知辞避矣，尚何有比周、谗谄、争进之人乎？取之既已详，使之既已当，处之既已久，至其任之也又专焉，而不一一以法束缚之，而使之得行其意，尧舜之所以理百官而熙众工者，以此而已。《书》曰："三载考绩，三考，黜陟幽明。"此之谓也。然尧舜之时，其所黜者则闻之矣，盖四凶是也。其所陟者，则皋陶、稷、契，皆终身一官而不徙。盖其所谓陟者，特加之爵命禄赐而已耳。此任之之道也。

夫教之、养之、取之、任之道如此，而当时人主，又能与其大臣悉其耳目心力，至诚恻怛思念而行之，此其人臣之所以无疑，而于天下国家之事无所欲为而不得也。

方今州县虽有学，取墙壁具而已，非有教导之官，长育人才之事也，唯太学有教导之官，而亦未尝严其选。朝廷礼乐刑政之事，未尝在于学，学者亦漠然自以礼乐刑政为有司之事，而非己所当知也。学者之所教，讲说章句而已。

讲说章句，固非古者教人之道也，近岁乃始教之以课试之文章。夫课试之文章，非博诵强学穷日之力则不能。及其能工也，大则不足以用天下国家，小则不足以为天下国家之用，故虽白首于庠序，穷日之力以帅上之教，及使之从政，则茫然不知其方者皆是也。盖今之教者，非特不能成人之材而已，又从而困苦毁坏之，使不得成材者，何也？夫人之才，成于专而毁于杂。故先王之处民才，处工于官府，处农于畎亩，处商贾于肆，而处士于庠序，使各专其业而不见异物，惧异物之足以害其业也。所谓士者，又非特使之不得见异物而已。一示之以先王之道，而百家诸子之异说，皆屏之而莫敢习者焉。今士之所宜学者，天下国家之用也。今悉使置之不教，而教之以课试之文章，使其耗精疲神，穷日之力以从事于此。及其任之以官也，则又悉使置之，而责之以天下国家之事。夫古之人，以朝夕专其业于天下国家之事，而犹才有能有不能。今乃移其精神，夺其日力，以朝夕从事于无补之学，及其任之以事，然后卒然责之以为天下国家之用，宜其才之足以有为者少矣。臣故曰：非特不能成人之才，又从而困苦毁坏之使不得成才也。

　　又有甚害者。先王之时，士之所学者文武之道也。士之才有可以为公卿大夫，有可以为士，其才之大小宜不宜则有矣。至于武事，则随其才之大小，未有不学者也。故其大者，居则为六官之卿，出则为六军之将也；其次则比闾族党之师，亦皆卒伍师旅之帅也。故边疆宿卫，皆得士大夫为之，而小人不得奸其任。今之学者，以为文武异事，吾知治文事而已，至于边疆宿卫之任，则推而属之于卒伍，往往天下奸悍无赖之人。苟其才行足以自托于乡里者，亦未有肯去亲戚而从召募者也。边疆宿卫，此乃天下之重任，而人主之所当慎重者也。故古者教士，以射、御为急，其他技能，则视其人才之所宜而后教之，其才之所不能，则不强也。至于射则为男子之事，人之生有疾则已，苟无疾，未有去射而不学者也。在庠序之间，固当从事于射也。有宾客之事则以射，有祭祀之事则以射，别士之行同能偶则以射，于礼乐之事未尝不寓以射，而射亦未尝不在于礼乐祭祀之间也。《易》曰："弧矢之利，以威天下。"先王岂以射为可以习揖让之仪而已乎？固以为射者武事之尤大，而威天下、守国家之具也。居则以是习礼乐，出则以是从战伐。士既朝夕从事于此，而能者众，则边疆宿卫之任，皆可以择而取也。夫士尝学先王之道，其行义尝见推于乡党矣，然后因其才而托之以边疆宿卫之事，此古之人君所以推干戈以属之人，而无内外之虞也。今乃以夫天下之重任、人主所当至慎之选，推而属之奸悍无赖、才行不足自托于乡里之人，此方今所以愳愳然常抱边疆之忧，而虞宿卫之不足恃以为安也。今孰不知边疆宿卫之士不足恃以为安哉？顾以为天下学士以执兵为耻，而亦未有能骑射行阵之事者，则非召募之卒伍，孰能任其事者乎？夫不严其教，高其选，则士之以执兵为耻，而未尝有能骑射行阵之事，固其理也。凡此，皆教之非其道故也。

方今制禄，大抵皆薄，自非朝廷侍从之列，食口稍众，未有不兼农商之利，而能充其养者也。其下州县之吏，一月所得，多者钱八九千，少者四五千，以守选、待除、守阙通之，盖六七年而后得三年之禄，计一月所得，乃实不能四五千，少者乃实不能及三四千而已，虽厮养之给，亦窘于此矣。而其养生、丧死、婚姻、葬送之事，皆当于此出。夫出中人之上者，虽穷而不失为君子；出中人之下者，虽泰而不失为小人。唯中人不然，穷则为小人，泰则为君子。计天下之士，出中人之上下者，千百而无十一；穷而为小人，泰而为君子者，则天下皆是也。先王以为众不可以力胜也，故制行不以己，而以中人为制，所以因其欲而利道之，以为中人之所能守，则其制可以行乎天下，而推之后世。以今之制禄，而欲士之无毁廉耻，盖中人之所不能也。故今官大者，往往交赂遗，营赀产，以负贪污之毁；官小者，贩鬻、乞丐，无所不为。夫士已尝毁廉耻以负累于世矣，则其偷惰取容之意起，而矜奋自强之心息，则职业安得而不弛，治道何从而兴乎？又况委法受赂，侵牟百姓者，往往而是也。此所谓不能饶之以财也。

婚丧、奉养、服食、器用之物，皆无制度以为之节，而天下以奢为荣，以俭为耻。苟其财之可以具，则无所为而不得，有司既不禁，而人又以此为荣；苟其财不足，而不能自称于流俗，则其婚丧之际，往往得罪于族人亲姻，而人以为耻矣。故富者贪而不知止，贫者则勉强其不足以追之，此士之所以重困，而廉耻之心毁也。凡此所谓不能约之以礼也。

方今陛下躬行俭约，以率天下，此左右通贵之臣所亲见。然而其闺门之内，奢靡无节，犯上之所恶，以伤天下之教者，有已甚者矣，未闻朝廷有所放绌以示天下。昔周之人拘群饮而被之以杀刑者，以为酒之末流生害，有至于死者众矣，故重禁其祸之所自生。重禁其祸之所自生，故其施刑极省，而人之抵于祸败者少矣。今朝廷之法，所尤重者独贪吏耳。重禁贪吏而轻奢靡之法，此所谓禁其末而弛其本。自"陛下躬行"至"弛其本"，与后段"法严令具"至"不能裁之以刑也"，两段当前后互易。荆公集见一南宋雕本，极多舛错，世亦无佳本正之。盖"世之识者"一段补饶财之馀意，"陛下躬行"一段，补约以礼、裁以刑之馀意，均当在"不能裁之以刑也"结句之后，而为刊本舛误，遂无觉其文势之不顺者。至"然而世之识者"上，仍有脱字。然而世之议者，以为方今官冗，而县官财用已不足以供之，下有脱文。其亦蔽于理矣。今之入官诚冗矣，然而前世置员盖甚少，而赋禄又如此之薄，则财用之所不足，盖亦有说矣，吏禄岂足计哉？臣于财利固未尝学，然窃观前世治财之大略矣。盖因天下之力以生天下之财，取天下之财以供天下之费。自古治世，未尝以不足为天下之公患也，患在治财无其道耳。今天下不见兵革之具，而元元安土乐业，各致己力以生天下之财，然而公私常以困穷为患者，殆以理财未得其道，而有司不能度世之宜而通其变耳。诚能理财以其道而通其变，臣虽愚，固知增吏禄，不足以伤经费也。方今法严令具，所以罗天下之士，可谓密矣，然而亦尝教之以道艺，而有不帅教之刑以待之乎？亦尝约之以制度，而有不循理之刑以待之乎？亦尝任之以职事，而有不任事之刑以待之乎？夫不先教之以道艺,诚不可以诛其不帅教;不先约之以制度,诚不可以诛其不循礼;不先任之以职事,诚不可以诛其不任事。此三者,先王之法所尤急也,今皆不可得诛。而薄物细故,非害治之急者,为之法禁,月异而岁不同,为吏者至于不可胜记,又况能一一避之而无犯者乎?此法令所以玩而不行,小人有幸而免者,君子有不幸而及者焉。此所谓不能裁之以刑也。凡此皆治之非其道也。"治"当作"养"。

方今取士,强记博诵而略通于文辞,谓之茂才异等,贤良方正。茂才异等,贤良方正者,公卿之选也。记不必强,诵不必博,略通于文辞,而又尝学诗赋,则谓之进士。进士之高者,亦公卿之选也。夫此二科所得之技能,不足以为公卿,不待论而后可知。而世之议者,乃以为吾常以此取天下之士,而才之可以为公卿者,常出于此,不必法古之取人,而后得士也。其亦蔽于理矣。先王之时,尽所以取人之道,犹惧贤者之难进,而不肖者之杂于其间也。今悉废先王所以取士之道,而殴天下之才士,悉使为贤良、进士,则士之才,可以为公卿者,固宜为贤良、进士,而贤良、进士,亦固宜有时而得才之可以为公卿者也。然而不肖者,苟能雕虫篆刻之学,以此进至乎公卿;才之可以为公卿者,困于无补之学,而以此绌死于岩野,盖十八九矣。

夫古之人有天下者,其所以慎择者公卿而已。公卿既得其人,因使推其类以聚于朝廷,则百司庶物无不得其人也。今使不肖之人,幸而至乎公卿,因得推其类聚之朝廷,此朝廷所以多不肖之人,而虽有贤智,往往困于无助,不得行其意也。且公卿之不肖，既推其类以聚于朝廷；朝廷之不肖，又推其类以备四方之任使；四方之任使者，又各推其不肖以布于州郡，则虽有同罪举官之科，岂足恃哉？适足以为不肖者之资而已。

其次九经、五经、学究、明法之科，朝廷固已尝患其无用于世，而稍责之以大义矣。然大义之所得，未有以贤于故也。今朝廷又开明经之选，以进经术之士。然明经之所取，亦记诵而略通于文辞者，则得之矣。彼通先王之意，而可以施于天下国家之用者，顾未必得与于此选也。

其次则恩泽子弟，庠序不教之以道艺，官司不考问其才能，父兄不保任其行义，而朝廷辄以官予之，而任之以事。武王数纣之罪，则曰“官人以世”。夫官人以世，而不计其才行，此乃纣之所以乱亡之道，而治世之所无也。

又其次曰流外。朝廷固已挤之于廉耻之外，而限其进取之路矣，顾属之以州县之事，使之临士民之上，岂所谓以贤治不肖者乎？以臣使事之所及，一路数千里之间，州县之吏出于流外者，往往而有，可属任以事者，殆无二三，而当防闲其奸者皆是也。盖古者有贤不肖之分，而无流品之别。故孔子之圣，而尝为季氏吏，盖虽为吏，而亦不害其为公卿。及后世有流品之别，则凡在流外者，其所成立固尝自置于廉耻之外，而无高人之意矣。夫以近世风俗之流靡，自虽士大夫之才，势足以进取，而朝廷尝奖之以礼义者，晚节末路，往往怵而为奸，况又其素所成立，无高人之意，而朝廷固已挤之于廉耻之外，限其进取者乎？其临人亲职，放僻邪侈，固其理也。至于边疆宿卫之选，则臣固已言其失矣。凡此皆取之非其道也。

方今取之既不以其道，至于任之，又不问其德之所宜，而问其出身之后先；不论其才之称否，而论其历任之多少。以文学进者，且使之治财。已使之治财矣，又转而使之典狱。已使之典狱矣，又转而使之治礼。是则一人之身，而责之以百官之所能备，宜其人才之难为也。夫责人以其所难为，则人之能为者少矣。人之能为者少，则相率而不为。故使之典礼，未尝以不知礼为忧，以今之典礼者，未尝学礼故也；使之典狱，未尝以不知狱为耻，以今之典狱者，未尝学狱故也。天下之人，亦已渐渍于失教，被服于成俗，见朝廷有所任使非其资序，则相议而讪之。至于任使之不当其才，未尝有非之者也。

且在位者数徙，则不得久于其官，故上不能狃习而知其事，下不肯服驯而安其教，贤者则其功不可以及于成，不肖者则其罪不可以至于著。若夫迎新将故之劳，缘绝簿书之弊，固其害之小者，不足悉数也。设官大抵皆当久于其任，而至于所部者远，所任者重，则尤宜久于其官，而后可以责其有为。而方今尤不得久于其官，往往数日辄迁之矣。取之既已不详，使之既已不当，处之既已不久，至于任之则又不专，而又一一以法束缚之，不得行其意。臣故知当今在位多非其人，稍假借之权，而不一一以法束缚之，则放恣而无不为。虽然，在位非其人，而恃法以为治，自古及今，未有能治者也。即使在位皆得其人矣，而一一以法束缚之，不使之得行其意，亦自古及今，未有能治者也。夫取之既已不详，使之既已不当，处之既已不久，任之又不专，而又一一以法束缚之，故虽贤者在位，能者在职，与不肖而无能者，殆无以异。夫如此，故朝廷明知其贤能，足以任事，苟非其资序，则不以任事而辄进之。虽进之，士犹不服也。明知其无能而不肖，苟非有罪，为在事者所劾，不敢以其不胜任而辄退之。虽退之，士犹不服也。彼诚不肖无能，然而士不服者何也？以所谓贤能者任其事，与不肖而无能者，亦无以异故也。臣前以谓不能任人以职事，而无不任事之刑以待之者，盖谓此也。

夫教之、养之、取之、任之，有一非其道，则足以败天下之人才，又况兼此四者而有之？则在位不才、苟简、贪鄙之人，至于不可胜数，而草野闾巷之间，亦少可任之才，固不足怪。《诗》曰："国虽靡止，或圣或否。民虽靡膴，或哲或谋，或肃或艾。如彼泉流，无沦胥以败。"此之谓也。

夫在位之人才不足矣，而闾巷草野之间，亦少可用之才，则岂特行先王之政而不得也，社稷之托，封疆之守，陛下其能久以天幸为常，而无一旦之忧乎？盖汉之张角，三十六万，同日而起，所在郡国，莫能发其谋；唐之黄巢，横行天下，而所至将吏，无敢与之抗者。汉、唐之所以亡，祸自此始。唐既亡矣，陵夷以至五代，而武夫用事，贤者伏匿消沮而不见，在位无复有知君臣之义、上下之礼者也。当是之时，变置社稷，盖甚于弈棋之易，而元元肝脑涂地，幸而不转死于沟壑者无几耳！夫人才不足，其患盖如此。而方今公卿大夫，莫肯为陛下长虑后顾，为宗庙万世计，臣窃惑之。昔晋武帝趋过目前，而不为子孙长远之谋，当时在位，亦皆偷合苟容，而风俗荡然，弃礼义，捐法制，上下同失，莫以为非。有识固知其将必乱矣，而其后果海内大扰，中国列于夷狄者二百馀年。伏惟三庙祖宗神灵所以付属陛下，固将为万世血食，而大庇元元于无穷也。臣愿陛下鉴汉、唐、五代之所以乱亡，惩晋武苟且因循之祸，明诏大臣，思所以陶成天下之才，虑之以谋，计之以数，为之以渐，期为合于当世之变，而无负于先王之意，则天下之人才不胜用矣。人才不胜用，则陛下何求而不得，何欲而不成哉？夫虑之以谋，计之以数，为之以渐，则成天下之才甚易也。臣始读《孟子》，见孟子言王政之易行，心则以为诚然。及见与慎子论齐、鲁之地，以为先王之制国，大抵不过百里者，以为今有王者起，则凡诸侯之地，或千里，或五百里，皆将损之，至于数十百里而后止。于是疑孟子虽贤，其仁智足以一天下，亦安能毋劫之以兵革，而使数百千里之强国，一旦肯损其地之十八九，比于先王之诸侯？至其后，观汉武帝用主父偃之策，令诸侯王地悉得推恩封其子弟，而汉亲临定其号名，辄别属汉。于是诸侯王之子弟，各有分土，而势强地大者，卒以分析弱小。然后知虑之以谋，计之以数，为之以渐，则大者固可使小，强者固可使弱，而不至乎倾骇变乱败伤之衅。孟子之言不为过。又况今欲改易更革，其势非若孟子所为之难也。臣故曰：虑之以谋，计之以数，为之以渐，则其为甚易也。

然先王之为天下，不患人之不为，而患人之不能；不患人之不能，而患己之不勉。何谓不患人之不为，而患人之不能？人之情，所愿得者，善行、美名、尊爵、厚利也，而先王能操之以临天下之士。天下之士有能遵之以治者，则悉以其所愿得者以与之。士不能则已矣，苟能则孰肯舍其所愿得，而不自勉以为才？故曰不患人之不为，患人之不能。何谓不患人之不能，而患己之不勉？先王之法，所以待人者尽矣，自非下愚不可移之才，未有不能赴者也。然而不谋之以至诚恻怛之心，力行而先之，未有能以至诚恻怛之心，力行而应之者也。故曰不患人之不能，而患己之不勉。陛下诚有意乎成天下之才，则臣愿陛下勉之而已。

臣又观朝廷异时欲有所施为变革，其始计利害未尝不熟也，顾有一流俗侥幸之人，不悦而非之，则遂止而不敢。夫法度立则人无独蒙其幸者，故先王之政，虽足以利天下，而当其承敝坏之后，侥幸之时，其创法立制，未尝不艰难也。使其创法立制，而天下侥幸之人，亦顺悦以趋之，无有龃龉，则先王之法，至今存而不废矣。惟其创法立制之艰难，而侥幸之人不肯顺悦而趋之，故古之人欲有所为，未尝不先之以征诛而后得其意。《诗》曰："是伐是肆，是绝是忽，四方以无拂。"此言文王先征诛而后得意于天下也。夫先王欲立法度以变衰坏之俗，而成人之才，虽有征诛之难，犹忍而为之，以为不若是，不可以有为也。及至孔子，以匹夫游诸侯，所至则使其君臣捐所习，逆所顺，强所劣，憧憧如也，卒困于排逐。然孔子亦终不为之变，以为不如是，不可以有为。此其所守，盖与文王同意。夫在上之圣人，莫如文王；在下之圣人，莫如孔子。而欲有所施为变革，则其事盖如此矣。今有天下之势，居先王之位，创立法制，非有征诛之难也。虽有侥幸之人不悦而非之，固不胜天下顺悦之人众也。然而一有流俗侥幸不悦之言，则遂止而不敢为者，惑也。陛下诚有意乎成天下之才，则臣又愿断之而已。夫虑之以谋，计之以数，为之以渐，而又勉之以成，断之以果，然而犹不能成天下之才，则以臣所闻，盖未有也。

然臣之所称，流俗之所不讲，而今之议者，以谓迂阔而熟烂者也。窃观近世士大夫，所欲悉心力耳目以补助朝廷者有矣。彼其意非一切利害，则以为当世所能行者。士大夫既以此希世，而朝廷所取于天下之士，亦不过如此。至于大伦大法，礼义之际，先王之所力学而守者，盖不及也。一有及此，则群聚而笑之，以为迂阔。今朝廷悉心于一切之利害，有司脱字法令于刀笔之间，非一日也。然其效可观矣。则夫所谓迂阔而熟烂者，惟陛下亦可以少留神而察之矣。昔唐太宗正观之初，人人异论，如封德彝之徒，皆以为非杂用秦、汉之政，不足以为天下。能思先王之事开太宗者，魏文正公一人耳。其所施设，虽未能尽当先王之意，抑其大略可谓合矣。故能以数年之间，而天下几致刑措，中国安宁，蛮夷顺服。自三王以来，未有如此盛时也。唐太宗之初，天下之俗，犹今之世也。魏文正公之言，固当时所谓迂阔而熟烂者也，然其效如此。贾谊曰："今或言德教之不如法令，胡不引商、周、秦、汉以观之？"然则唐太宗之事，亦足以观矣。

　　臣幸以职事归报陛下，不自知其驽下，无以称职，而敢及国家之大体者，以臣蒙陛下任使，而当归报，窃谓在位之人才不足，而无以称朝廷任使之意，而朝廷所以任使天下之士者，或非其理，而士不得尽其才。此亦臣使事之所及，而陛下之所宜先闻者也。释此不言，而毛举利害之一二，以污陛下之聪明，而终无补于世，则非臣所以事陛下惓惓之意也。伏惟陛下详思而择其中，天下幸甚。

王介甫本朝百年无事札子 ○○

　　臣前蒙陛下问及本朝所以享国百年、天下无事之故。臣以浅陋，误承圣问，迫于日暮，不敢久留，语不及悉，遂辞而退。窃惟念圣问及此，天下之福，而臣遂无一言之献，非近臣所以事君之义，故敢冒昧而粗有所陈。

　　伏惟太祖，躬上智独见之明，而周知人物之情伪，指挥付托，必尽其材；变置施设，必当其务。故能驾驭将帅，训齐士卒，外以扞夷狄，内以平中国。于是除苛赋，止虐刑，废强横之藩镇，诛贪残之官吏，躬以简俭为天下先。其于出政发令之间，一以安利元元为事。太宗承之以聪武，真宗守之以谦仁，以至仁宗、英宗，无有逸德。此所以享国百年，而天下无事也。

　　仁宗在位，历年最久，臣于时实备从官，施为本末，臣所亲见，尝试为陛下陈其一二。而陛下详择其可，亦足以申鉴于方今。伏惟仁宗之为君也，仰畏天，俯畏人，宽仁恭俭，出于自然。而忠恕诚悫，终始如一，未尝妄兴一役，未尝妄杀一人。断狱务在生之，而特恶吏之残扰，宁屈己弃财于夷狄，而终不忍加兵。刑平而公，赏重而信。纳用谏官御史，公听并观，而不蔽于偏至之谗。因任众人耳目，拔举疏远，而随之以相坐之法。盖监司之吏，以至州县，无敢暴虐残酷，擅有调发，以伤百姓。自夏人顺服，蛮夷遂无大变，边人父子夫妇，得免于兵死，而中国之人，安逸蕃息，以至今日者，未尝妄兴一役，未尝妄杀一人，断狱务在生之，而特恶吏之残扰，宁屈己弃财于夷狄，而不忍加兵之效也。大臣贵戚，左右近习，莫敢强横犯法，其自重慎，或甚于闾巷之人，此刑平而公之效也。募天下骁雄横猾以为兵，几至百万，非有良将以御之，而谋变者辄败。聚天下财物，虽有文籍委之府史，非有能吏以钩考，而断盗者辄发。凶年饥岁，流者填道，死者相枕，而寇攘者辄得。此赏重而信之效也。大臣贵戚，左右近习，莫能大擅威福，广私货赂，一有奸慝，随辄上闻，贪邪横猾，虽间或见用，未尝得久。此纳用谏官御史，公听并观，而不蔽于偏至之谗之效也。自县令京官，以至监司台阁，升擢之任，虽不皆得人，然一时之所谓才士，亦罕蔽塞，而不见收举者，此因任众人之耳目，拔举疏远，而随之以相坐之法之效也。升遐之日，天下号恸，如丧考妣。此宽仁恭俭，出于自然，忠恕诚悫，终始如一之效也。

　　然本朝累世因循末俗之弊，而无亲友群臣之议。人君朝夕与处，不过宦官女子，出而视事，又不过有司之细故，未尝如古大有为之君，与学士大夫，讨论先王之法，以措之天下也。一切因任自然之理势，而精神之运，有所不加；名实之间，有所不察。君子非不见贵，然小人亦得厕其间；正论非不见容，然邪说亦有时而用。以诗赋记诵，求天下之士，而无学校养成之法；以科名资历，叙朝廷之位，而无官司课试之方。监司无检察之人，守将非选择之吏。转徙之亟，既难于考绩，而游谈之众，因得以乱真。交私养望者，多得显官；独立营职者，或见排沮。故上下偷惰取容而已，虽有能者在职，亦无以异于庸人。农民坏于繇役，而未尝特见救恤，又不为之设官，以修其水土之利。兵士杂于疲老，而未尝申敕训练，又不为之择将，而久其疆场之权。宿卫则聚卒伍无赖之人，而未有以变五代姑息羁縻之俗。宗室则无教训选举之实，而未有以合先王亲疏隆杀之宜。其于理财，大抵无法，故虽俭约，而民不富；虽忧勤，而国不强。赖非夷狄昌炽之时，又无尧、汤水旱之变，故天下无事，过于百年。虽曰人事，亦天助也。盖累圣相继，仰畏天，俯畏人，宽仁恭俭，忠恕诚悫，此其所以获天助也。

伏惟陛下，躬上圣之质，承无穷之绪，知天助之不可常恃，知人事之不可怠终，则大有为之时，正在今日。臣不敢辄废将明之义，而苟逃讳忌之诛，伏惟陛下，幸赦而留神，则天下之福也。取进止。

王介甫进戒疏 ○

　　臣某昧死再拜上疏皇帝陛下：臣窃以为陛下既终亮阴，考之于经，则群臣进戒之时，而臣待罪近司，职当先事有言者也。窃闻孔子论为邦，先放郑声，而后曰远佞人；仲虺称汤之德，先不迩声色，不殖货利，而后曰用人惟己。盖以谓不淫耳目于声色玩好之物，然后能精于用志。能精于用志，然后能明于见理。能明于见理，然后能知人。能知人，然后佞人可得而远，忠臣良士，与有道之君子，类进于时，有以自竭，则法度之行、风俗之成，甚易也。若夫人主虽有过人之材，而不能早自戒于耳目之欲，至于过差以乱其心之所思，则用志不精。用志不精，则见理不明。见理不明，则邪说诐行，必窥间乘殆而作，则其至于危乱也岂难哉！

　　伏惟陛下即位以来，未有声色玩好之过闻于外。然孔子圣人之盛，尚自以为七十而后敢纵心所欲也，今陛下以鼎盛之春秋，而享天下之大奉，所以惑移耳目者为不少矣。则臣之所豫虑，而陛下之所深戒，宜在于此。天之生圣人之材甚吝，而人之值圣人之时甚难。天既以圣人之材付陛下，则人亦将望圣人之泽于此时。伏惟陛下自爱以成德，而自强以赴功，使后世不失圣人之名，而天下皆蒙陛下之泽，则岂非可愿之事哉？臣愚不胜倦倦，惟陛下恕其狂妄，而幸赐省察。

　　　　　　　古文辞类纂二十终

奏议类下编一　古文辞类纂二十一

董子对贤良策一

制曰:朕获承至尊休德,传之亡穷,而施之罔极,任大而守重,是以夙夜不皇康宁,永惟万事之统,犹惧有阙。故广延四方之豪俊,郡国诸侯公选贤良修洁博习之士,欲闻大道之要,至论之极。今子大夫褒然为举首,朕甚嘉之。子大夫其精心致思,朕垂听而问焉。

盖闻五帝三王之道,改制作乐而天下洽和,百王同之。当虞氏之乐,莫盛于《韶》,于周莫盛于《勺》。圣王已没,钟鼓管弦之声未衰,而大道微缺,陵夷至虖桀纣之行,王道大坏矣。夫五百年之间,守文之君,当涂之士,欲则先王之法,以戴翼其世者甚众,然犹不能反,日以仆灭,至后王而后止,岂其所持操,或悖缪而失其统与?固天降命,不可复反,必推之于大衰而后息与?乌虖!凡所为屑屑夙兴夜寐,务法上古者,又将无补与?三代受命,其符安在?灾异之变,何缘而起?性命之情,或夭或寿,或仁或鄙,习闻其号,未烛厥理。伊欲风流而令行,刑轻而奸改,百姓和乐,政事宣昭,何修何饬,而膏露降,百谷登,德润四海,泽臻屮木,三光全,寒暑平,受天之祜,享鬼神之灵,德泽洋溢,施虖方外,延及群生?子大夫明先圣之业,习俗化之变,终始之序,讲闻高谊之日久矣,其明以谕朕。科别其条,勿猥勿并,取之于术,慎其所出。乃其不正不直,不忠不极,枉于执事,书之不泄,兴于朕躬,毋悼后害。子大夫其尽心,靡有所隐,朕将亲览焉。

仲舒对曰:陛下发德音,下明诏,求天命与情性,皆非愚臣之所能及也。臣谨案《春秋》之中,视前世已行之事,以观天人相与之际,甚可畏也。国家将有失道之败,而天乃先出灾害以谴告之。不知自省,又出怪异以警惧之。尚不知变,而伤败乃至。以此见天心之仁爱人君,而欲止其乱也。自非大亡道之世者,天尽欲扶持而全安之,事在强勉而已矣。强勉学问,则闻见博而知益明;强勉行道,则德日起而大有功,此皆可使还至而立有效者也。以策之次第,当先对作乐,然语非切要,故从非天降命不可反意说起,以强勉行道对夙兴夜寐,非无补以警动之,下乃从行道引入作乐,科条不并而意自贯通。《诗》曰"夙夜匪解",《书》云"茂哉茂哉",皆强勉之谓也。

道者,所繇适于治之路也,仁义礼乐,皆其具也。故圣王已没,而子孙长久安宁数百岁,此皆礼乐教化之功也。王者未作乐之时,乃用先王之乐宜于世者,而以深入教化于民。教化之情不得,雅颂之乐不成,故王者功成作乐,乐其德也。乐者,所以变民风、化民俗也。其变民也易,其化人也著。故声发于和，而本于情，接于肌肤，臧于骨髓。故王道虽微缺，而管弦之声未衰也。夫虞氏之不为政久矣，然而乐颂遗风，犹有存者，是以孔子在齐而闻《韶》也。

夫人君莫不欲安存而恶危亡，然而政乱国危者甚众，所任者非其人，而所繇者非其道，是以政日以仆灭也。夫周道衰于幽、厉，非道亡也，幽、厉不繇也。至于宣王，思昔先王之德，兴滞补弊，明文、武之功业，周道粲然复兴，诗人美之而作，上天祐之，为生贤佐，后世称诵，至今不绝。此夙夜不解，行善之所致也。孔子曰："人能弘道，非道弘人也。"故治乱废兴在于己，非天降命，不可得反，其所操持悖谬，失其统也。

臣闻天之所大奉使之王者，必有非人力所能致而自至者，此受命之符也。天下之人，同心归之，若归父母，故天瑞应诚而至。《书》曰："白鱼入于王舟，有火复于王屋，流为乌。"此盖受命之符也。周公曰："复哉复哉。"孔子曰："德不孤，必有邻。"皆积善累德之效也。及至后世，淫佚衰微，不能统理群生，诸侯背畔，残贼良民，以争壤土，废德教而任刑罚，刑罚不中，则生邪气。邪气积于下，怨恶畜于上。上下不和，则阴阳缪盭，而妖孽生矣。此灾异所缘而起也。

臣闻命者，天之令也；性者，生之质也；情者，人之欲也。或夭或寿，或仁或鄙，陶冶而成之，不能粹美，有治乱之所生，故不齐也。孔子曰："君子之德风也，小人之德草也，草上之风必偃。"故尧舜行德，则民仁寿；桀纣行暴，则民鄙夭。夫上之化下,下之从上,犹泥之在钧,惟甄者之所为;犹金之在镕,惟冶者之所铸。"绥之斯俫,动之斯和",此之谓也。

　　臣谨案《春秋》之文,求王道之端,得之于正。正次王,王次春。春者,天之所为也;正者,王之所为也。其意曰:上承天之所为,而下以正其所为,正王道之端云尔。然则王者欲有所为,宜求其端于天。<small>此段专对何修何饬,至篇末皆一意。</small>

　　天道之大者在阴阳。阳为德,阴为刑。刑主杀而德主生。是故阳常居大夏,而以生育养长为事;阴常居大冬,而积于空虚不用之处。以此见天之任德不任刑也。天使阳出布施于上,而主岁功,使阴入伏于下,而时出佐阳。阳不得阴之助,亦不能独成岁。终阳以成岁为名,此天意也。王者承天意以从事,故任德教而不任刑。刑者不可任以治世,犹阴之不可任以成岁也。为政而任刑,不顺于天,故先王莫之肯为也。今废先王德教之官,而独任执法之吏治民,毋乃任刑之意与? 孔子曰:"不教而诛,谓之虐。"虐政用于下,而欲德教之被四海,故难成也。

　　臣谨案《春秋》谓一元之意:一者,万物之所从始也;元者,辞之所谓大也。谓一为元者,视大始而欲正本也。《春秋》深探其本,而反自贵者始。故为人君者,正心以正朝廷,正朝廷以正百官,正百官以正万民,正万民以正四方。四方正,远近莫敢不壹于正,而亡有邪气奸其间者。<small>策问内不正不直一层,董子所不对而寓意于此,谓人君正己,固无取以察察为明也。</small>是以阴阳调而风雨时,群生和而万民殖,五谷孰而屮木茂。

天地之间，被润泽而大丰美；四海之内，闻盛德而皆徕臣。诸福之物，可致之祥，莫不毕至，而王道终矣。

孔子曰："凤鸟不至，河不出图，吾已矣夫!"自悲可致此物，而身卑贱不得致也。今陛下贵为天子，富有四海，居得致之位，操可致之势，又有能致之资，行高而恩厚，知明而意美，爱民而好士，可谓谊主矣。然而天地未应，而美祥莫至者，何也？凡以教化不立，而万民不正。上段言人君正心以正朝廷，德也，下段皆言教也，所当修饬，二者而已。而以福祥可致间其中。不截然分两段，固是古人文字变化，多有如此，而德教相因，亦非两事也。

夫万民之从利也，如水之走下，不以教化堤防之，不能止也。是故教化立而奸邪皆止者，其堤防完也；教化废而奸邪并出，刑罚不能胜者，其堤防坏也。古之王者明于此，是故南面而治天下，莫不以教化为大务。立太学以教于国，设庠序以化于邑，渐民以仁，摩民以谊，节民以礼，故其刑罚甚轻，而禁不犯者，教化行而习俗美也。

圣王之继乱世也，扫除其迹而悉去之，复修教化而崇起之。教化已明，习俗已成，子孙循之，行五六百岁，尚未败也。至周之末世，大为亡道以失天下。秦继其后，独不能改，又益甚之，重禁文学，不得挟书，弃捐礼谊而恶闻之，其心欲尽灭先圣之道，而颛为自恣苟简之治，故立为天子十四岁，而国破亡矣。自古以徕，未尝有以乱济乱，大败天下之民，如秦者也。其遗毒馀烈，至今未灭，使习俗薄恶，人民嚚顽，抵冒殊扞，孰烂如此之甚者也。孔子曰："腐朽之木，不可雕也；粪土之墙，不可圬也。"今汉继秦之后，如朽木、粪墙矣，虽欲善治之，亡可奈何。法出而奸生，令下而诈起,如以汤止沸,抱薪救火,愈甚,亡益也。窃譬之,琴瑟不调,甚者必解而更张之,乃可鼓也;为政而不行,甚者必变而更化之,乃可理也。当更张而不更张,虽有良工,不能善调也;当更化而不更化,虽有大贤,不能善治也。故汉得天下以来,常欲善治,而至今不可善治者,失之于当更化而不更化也。古人有言曰:"临渊羡鱼,不如退而结网。"今临政而愿治,七十馀岁矣,不如退而更化。更化,则可善治。善治,则灾害日去,福禄日来。《诗》云:"宜民宜人,受禄于天。"为政而宜于民者,固当受禄于天。夫仁、谊、礼、知、信,五常之道,王者所当修饬也。五者修饬,故受天之祐,而享鬼神之灵,德施于方外,延及群生也。

董子对贤良策二 ○

制曰:盖闻虞舜之时,游于岩郎之上,垂拱无为,而天下太平;周文王至于日昃不暇食,而宇内亦治。夫帝王之道,岂不同条共贯与? 何逸劳之殊也? 盖俭者不造玄黄旌旗之饰,及至周室,设两观,乘大路,朱干玉戚,八佾陈于庭,而颂声兴。夫帝王之道,岂异指哉? 或曰:良玉不琢。又云:非文亡以辅德。二端异焉。殷人执五刑以督奸,伤肌肤以惩恶。成、康不式,四十馀年,天下不犯,囹圄空虚。秦国用之,死者甚众,刑者相望,耗矣哀哉!

乌虖! 朕夙寤晨兴,惟前帝王之宪,永思所以奉至尊,章洪业,皆在力本任贤。今朕亲耕藉田,以为农先,劝孝弟，崇有德，使者冠盖相望，问勤劳，恤孤独，尽思极神，功烈休德，未始云获也。今阴阳错缪，氛气充塞，群生寡遂，黎民未济，廉耻贸乱，贤不肖浑殽，未得其真，故详延特起之士，意庶几乎？今子大夫待诏百有馀人，或道世务而未济，稽诸上古而不同，考之于今而难行，毋乃牵于文系而不得骋与？将所繇异术，所闻殊方与？各悉对著于篇，毋讳有司。明其指略，切磋究之，以称朕意。

仲舒对曰：臣闻尧受命以天下为忧，而未以位为乐也，故诛逐乱臣，务求贤圣，是以得舜、禹、稷、卨、咎繇。众圣辅德，贤能佐职，教化大行，天下和洽，万民皆安仁乐谊，各得其宜，动作应礼，从容中道。故孔子曰："如有王者，必世而后仁。"此之谓也。尧在位七十载，乃逊于位以禅虞舜。尧崩，天下不归尧子丹朱而归舜。舜知不可辟，乃即天子之位，以禹为相，因尧之辅佐，继其统业，是以垂拱无为而天下治。孔子曰："《韶》尽美矣，又尽善也。"此之谓也。至于殷纣，逆天暴物，杀戮贤知，残贼百姓。伯夷、太公，皆当世贤者，隐处而不为臣。守职之人，皆奔走逃亡，入于河海。天下秏乱，万民不安，故天下去殷而从周。文王顺天理物，师用贤圣，是以闳夭、大颠、散宜生等，亦聚于朝廷。爱施兆民，天下归之，故太公起海滨而即三公也。当此之时，纣尚在上，尊卑昏乱，百姓散亡，故文王悼痛而欲安之，是以日昃而不暇食也。孔子作《春秋》，先正王而系万事，见素王之文焉。繇此观之，帝王之条贯同，然而劳逸异者，所遇之时异也。孔子曰："《武》尽美矣，未尽善也。"此之谓也。

臣闻制度文采玄黄之饰，所以明尊卑，异贵贱，而劝有德也，故春秋受命，所先制者，改正朔，易服色，所以应天也。然则宫室旌旗之制，有法而然者也。故孔子曰："奢则不逊，俭则固。"俭非圣人之中制也。臣闻良玉不瑑，资质润美，不待刻瑑，此亡异于达巷党人不学而自知也。然则常玉不瑑，不成文章；君子不学，不成其德。

臣闻圣王之治天下也，少则习之学，长则材诸位，爵禄以养其德，刑罚以威其恶，故民晓于礼谊，而耻犯其上。武王行大谊，平残贼，周公作礼乐以文之，至于成、康之隆，图圄空虚，四十馀年，此亦教化之渐，而仁谊之流，非独伤肌肤之效也。至秦则不然。师申、商之法，行韩非之说，憎帝王之道，以贪狼为俗，非有文德以教训于天下也。诛名而不察实，为善者不必免，而犯恶者未必刑也。是以百官皆饰空言虚辞而不顾实，外有事君之礼，内有背上之心，造伪饰诈，趣利无耻。又好用憯酷之吏，赋敛亡度，竭民财力，百姓散亡，不得从耕织之业，群盗并起。是以刑者甚众，死者相望，而奸不息，俗化使然也。故孔子曰："导之以政，齐之以刑，民免而无耻。"此之谓也。

今陛下并有天下，海内莫不率服，广览兼听，极群下之知，尽天下之美，至德昭然，施于方外。夜郎、康居，殊方万里，说德归谊，此太平之致也。然而功不加于百姓者，殆王心未加焉。曾子曰："尊其所闻，则高明矣；行其所知，则光大矣。高明光大，不在于它，在乎加之意而已。"愿陛下因用所闻,设诚于内而致行之,则三王何异哉!

陛下亲耕藉田,以为农先,夙寤晨兴,忧劳万民,思惟往古,而务以求贤,此亦尧舜之用心也,然而未云获者,士素不厉也。此篇亦应前篇。设诚于内,德也;厉士求贤长吏,教也。从贤长吏内,又推出选郎吏之法,及官不计日月两层,亦如介甫上仁宗书,纲中有目,目中有细目,但汉人文法自浑古耳。夫不素养士,而欲求贤,譬犹不琢玉而求文采也。故养士之大者,莫大虖太学。太学者,贤士之所关也,教化之本原也。今以一郡一国之众,对亡应书者,是王道往往而绝也。臣愿陛下兴太学,置明师,以养天下之士,数考问以尽其材,则英俊宜可得矣。今之郡守、县令,民之师帅,所使承流而宣化也。故师帅不贤,则主德不宣,恩泽不流。今吏既亡教训于下,或不承用主上之法,暴虐百姓,与奸为市,贫穷孤弱,冤苦失职,甚不称陛下之意。是以阴阳错缪,氛气充塞,群生寡遂,黎民未济,皆长吏不明,使至于此也。夫长吏多出于郎中、中郎,吏二千石子弟。选郎吏,又以富訾,未必贤也。按郎中比三百石,盖出为令。中郎比六百石,盖出为守。其选此者以吏二千石子弟及富訾二途。汉初制盖如此。若爰盎以兄哙任为郎中,是吏二千石子弟也。张释之、司马相如皆以訾为郎,惟冯唐以孝著为郎中署长,意其比甚少,故董子云未必贤也。自元光九年举孝廉,元朔五年予博士弟子,嗣后郎选乃出此二途。班固所云"总礼官之甲科,群百郡之廉孝",其原自董子发之,此固郎选之盛也。然汉初所云以訾为郎者,訾算十以上得就选耳,去取犹决于上,有市籍者犹不得官。及武帝元鼎以后,"株送徒",入财得补郎,则市侩以财贿,自操仕进之权矣。是郎选之盛衰,皆当武帝之世也。且古所谓功者,以任官称职为差,非所谓积日累久也。故小材虽累日,不离于小官;贤材虽未久,不害为辅佐。是以有司竭力尽知,务治其业而以赴功。今则不然。累日以取贵,积久以致官,是以廉耻贸乱,贤不肖浑殽,未得其真。臣愚以为使诸列侯、郡守二千石,各择其吏民之贤者,岁贡各二人,以给宿卫,且以观大臣之能。所贡贤者有赏,所贡不肖者有罚。夫如是,诸侯、吏二千石,皆尽心于求贤,天下之士,可得而官使也。遍得天下之贤人,则三王之盛易为,而尧舜之名可及也。毋以日月为功,实试贤能为上,量材而授官,录德而定位,则廉耻殊路,贤不肖异处矣。陛下加惠宽臣之罪,令勿牵制于文,使得切磋究之,臣敢不尽愚。

董子对贤良策三 ○○

制曰:盖闻善言天者,必有征于人;善言古者,必有验于今。故朕垂问乎天人之应,上嘉唐、虞,下悼桀纣,寝微寝灭,寝明寝昌之道,虚心以改。今子大夫明于阴阳所以造化,习于先圣之道业,然而文采未极,岂惑虖当世之务哉? 条贯靡竟,统纪未终,意朕之不明与? 听若眩与? 夫三王之教,所祖不同,而皆有失。或谓久而不易者,道也,意岂异哉? 今子大夫既已著大道之极,陈治乱之端矣,其悉之究之,孰之复之。《诗》不云虖:"嗟尔君子,毋常安息,神之听之,介尔景福。"朕将亲览焉,子大夫其茂明之。

前两策问,遍问诸贤良,此策盖独问董子,故策首谢此意。

仲舒复对曰:臣闻《论语》曰:"有始有卒者,其唯圣人虖?"今陛下幸加惠，留听于承学之臣，复下明册以切其意，而究尽圣德，非愚臣之所能具也。前所上对，条贯靡竟，统纪不终，辞不别白，指不分明，此臣浅陋之罪也。

册曰："善言天者，必有征于人；善言古者，必有验于今。"臣闻天者，群物之祖也，故遍覆包函而无所殊，建日月风雨以和之，经阴阳寒暑以成之。故圣人法天而立道，亦溥爱而亡私，布德施仁以厚之，设谊立礼以导之。春者，天之所以生也；仁者，君之所以爱也；夏者，天之所以长也；德者，君之所以养也；霜者，天之所以杀也；刑者，君之所以罚也。繇此言之，天人之征，古今之道也。孔子作《春秋》，上揆之天道，下质诸人情，参之于古，考之于今。故《春秋》之所讥，灾害之所加也；《春秋》之所恶，怪异之所施也。书邦家之过，兼灾异之变，以此见人之所为，其美恶之极，乃与天地流通，而往来相应。此亦言天之一端也。古者修教训之官，务以德善化民，民已大化之后，天下常亡一人之狱矣。今世废而不修，亡以化民，民以故弃仁谊而死财利，是以犯法而罪多，一岁之狱，以万千数。以此见古之不可不用也，故《春秋》变古则讥之。天令之谓命，命非圣人不行；质朴之谓性，性非教化不成；人欲之谓情，情非度制不节。是故王者上谨于承天意，以顺命也；下务明教化民，以成性也；正法度之宜，别上下之序，以防欲也。修此三者，而大本举矣。人受命于天，固超然异于群生。入有父子兄弟之亲，出有君臣上下之谊，会聚相遇，则有耆老长幼之施。粲然有文以相接，欢然有恩以相爱，此人之所以贵也。生五谷以食之,桑麻以衣之,六畜以养之,服牛乘马,圈豹槛虎,是其得天之灵,贵于物也。故孔子曰:"天地之性,人为贵。"明于天性,知自贵于物。知自贵于物,然后知仁谊。知仁谊,然后重礼节。重礼节,然后安处善。安处善,然后乐循理。乐循理,然后谓之君子。故孔子曰:"不知命,亡以为君子。"此之谓也。

册曰:"上嘉唐、虞,下悼桀纣,寝微寝灭,寝明寝昌之道,虚心以改。"臣闻众少成多,积小致钜,故圣人莫不以晻致明,以微致显。是以尧发于诸侯,舜兴虖深山,非一日而显也,盖有渐以致之矣。言出于己,不可塞也;行发于身,不可掩也。言行,治之大者,君子之所以动天地也。故尽小者大,慎微者著。《诗》云:"唯此文王,小心翼翼。"故尧兢兢日行其道,而舜业业日致其孝,善积而名显,德章而身尊,此其寝明寝昌之道也。积善在身,犹长日加益,而人不知也;积恶在身,犹火之销膏,而人不见也。非明虖情性,察虖流俗者,孰能知之?此唐、虞之所以得令名,而桀纣之可为悼惧者也。夫善恶之相从,如景乡之应形声也。故桀纣暴谩,谗贼并进,贤知隐伏,恶日显,国日乱,晏然自以如日在天,终陵夷而大坏。夫暴逆不仁者,非一日而亡也,亦以渐至,故桀纣虽亡道,然犹享国十馀年,此其寝微寝灭之道也。

册曰:"三王之教,所祖不同,而皆有失,或谓久而不易者,道也,意岂异哉?"臣闻夫乐而不乱,复而不厌者,谓之道。道者,万世亡弊。弊者,道之失也。先王之道,必有偏

而不起之处,故政有眊而不行,举其偏者,以补其弊而已
矣。三王之道,所祖不同,非其相反,将以救溢扶衰,所遭
之变然也。故孔子曰:"亡为而治者,其舜虖?"改正朔,易
服色,以顺天命而已,其馀尽循尧道,何更为哉?故王者有
改制之名,亡变道之实。然夏上忠,殷上敬,周上文者,所
继之救,当用此也。孔子曰:"殷因于夏礼,所损益可知也;
周因于殷礼,所损益可知也;其或继周者,虽百世可知也。"
此言百王之用,以此三者矣。夏因于虞,而独不言所损益
者,其道如一,而所上同也。道之大原出于天,天不变,道
亦不变。是以禹继舜,舜继尧,三圣相受而守一道,亡救弊
之政也,故不言其所损益也。繇是观之,继治世者,其道
同;继乱世者,其道变。今汉继大乱之后,若宜少损周之
文,致用夏之忠者。

陛下有明德嘉道,湣世俗之靡薄,悼王道之不昭,故举
贤良方正之士,论谊考问,将欲兴仁谊之休德,明帝王之法
制,建太平之道也。臣愚不肖,述所闻,诵所学,道师之言,
廑能勿失耳。若乃论政事之得失,察天下之息耗,此大臣
辅佐之职,三公九卿之任,非臣仲舒所能及也。然而臣窃
有怪者。此篇末陈不夺民利、罢绌百家二事,非策所及而自发之,亦因册有
"悉之究之"语也,然皆贯以天人古今,故首尾一线。夫古之天下,亦今
之天下;今之天下,亦古之天下。共是天下,古亦大治,上
下和睦,习俗美盛,不令而行,不禁而止,吏亡奸邪,民亡盗
贼,囹圄空虚,德润屮木,泽被四海,凤皇来集,麒麟来游。
以古准今,壹何不相逮之远也?安所缪盭而陵夷若是?意

者有所失于古之道与？有所诡于天之理与？试迹之古，返之于天，党可得见乎？

　　夫天亦有所分予，予之齿者去其角，傅其翼者两其足，是所受大者，不得取小也。古之所予禄者，不食于力，不动于末，是亦受大者不得取小，与天同意者也。夫已受大，又取小，天不能足，而况人虖？此民之所以嚣嚣苦不足也。身宠而载高位，家温而食厚禄，因乘富贵之资力，以与民争利于下，民安能如之哉？是故众其奴婢，多其牛羊，广其田宅，博其产业，畜其积委，务此而亡已，以迫蹴民，民日削月朘，寝以大穷。富者奢侈羡溢，贫者穷急愁苦。穷急愁苦，而上不救，则民不乐生。民不乐生，尚不避死，安能避罪？此刑罚之所以蕃，而奸邪不可胜者也。故受禄之家，食禄而已，不与民争业，然后利可均布，而民可家足。此上天之理，而亦太古之道，天子之所宜法以为制，大夫之所当循以为行也。故公仪子相鲁，之其家，见织帛，怒而出其妻。食于舍而茹葵，愠而拔其葵，曰"吾已食禄，又夺园夫红女利虖"。古之贤人君子在列位者，皆如是，是故下高其行，而从其教；民化其廉，而不贪鄙。及至周室之衰，其卿大夫缓于谊而急于利，亡推让之风，而有争田之讼。故诗人疾而刺之曰："节彼南山，维石岩岩。赫赫师尹，民具尔瞻。"尔好谊，则民乡仁而俗善；尔好利，则民好邪而俗败。由是观之，天子大夫者，下民之所视效，远方之所四面而内望也。近者视而放之，远者望而效之，岂可以居贤人之位，而为庶人行哉！夫皇皇求财利，常恐乏匮者，庶人之意也；皇皇求仁谊，常恐不能化民者，大夫之意也。《易》曰："负且乘，致寇至。"乘车者，君子之位也；负担者，小人之事也。此言居君子之位，而为庶人之行者，其祸患必至也。若居君子之位，当君子之行，则舍公仪休之相鲁，亡可为者矣。

《春秋》大一统者，天地之常经，古今之通谊也。今师异道，人异论，百家殊方，指意不同，是以上亡以持一统，法制数变，下不知所守。臣愚以为诸不在六艺之科，孔子之术者，皆绝其道，勿使并进。邪辟之说灭息，然后统纪可一，而法度可明，民知所从矣。

古文辞类纂二十一

奏议类下编二

苏子瞻对制科策

宋时制科有才识兼茂明于体用科，有贤良方正直言极谏科，有博学鸿词科。子瞻此对，乃仁宗嘉祐五年问贤良方正直言极谏策也。子由为兄墓志云：欧阳公以直言举之。而《宋史》本传乃云以才识兼茂举之，盖史误也。 ○

臣谨对曰：臣闻天下无事，则公卿之言轻于鸿毛；天下有事，则匹夫之言重于泰山。非智有所不能，而明有所不察，缓急之势异也。方其无事也，虽齐桓之深信其臣，管仲之深得其君，以握手丁宁之间，将死深悲之言，而不能去其区区之三竖；及其有事且急也，虽唐代宗之庸，程元振之用事，柳伉之贱且疏，而一言以入之，不终朝而去其腹心之疾。夫言之于无事之世者，足以有所改为，而常患于不信；言之于有事之世者，易以见信，而常患于不及改为。此忠臣志士之所以深悲，天下之所以乱亡相寻，而世主之所以不悟也。今陛下处积安之时，乘不拔之势。拱手垂裳，而天下向风;动容变色,而海内震恐。虽有一事之失常,一物之不获,固未足以忧陛下也。所为亲策贤良之士者,以应故事而已,岂以臣言为真足以有感于陛下耶?虽然,君以名求之,臣以实应之。陛下为是名也,臣敢不为是实也。

伏惟制策,有念祖宗先帝大业之重,而自处于寡昧,以为"志勤道远,治不加进"。臣窃以为陛下即位以来,岁历三纪,更于事变,审于情伪,不为不熟矣。而"治不加进",虽臣亦疑之。然以为"志勤道远",则虽臣至愚,亦未敢以明诏为然也。夫志有不勤,而道无远。陛下苟知勤矣,则天下之事,粲然无不毕举,又安以访臣为哉?今也犹以道远为叹,则是陛下未知勤也。臣请言勤之说。

夫天以日运故健,日月以日行故明,水以日流故不竭,人之四肢以日动故无疾,器以日用故不蠹。天下者,大器也。久置而不用,则委靡废放,日趋于弊而已矣。陛下深居法宫之中,其忧勤而不息邪?臣不得而知也。其宴安而无为邪?臣不得而知也。然所以知道远之叹,由陛下之不勤者,诚见陛下以天下之大,欲轻赋税,则财不足;欲威四夷,则兵不强;欲兴利除害,则无其人;欲敦世厉俗,则无其具。大臣不过遵用故事,小臣不过谨守簿书,上下相安,以苟岁月。此臣所以妄论陛下之不勤也。

臣又窃闻之:自顷岁以来,大臣奏事,陛下无所诘问,直可之而已。臣始闻而大惧,以为不信。及退而观其效见,则臣亦不敢谓不信也。何则?人君之言,与士庶不同。言脱于口,而四方传之,捷于风雨。故太祖、太宗之世,天下皆讽诵其言语，以为耸动之具。今陛下之所震怒而赐谴者，何人也？合于圣意诱而进之者，何人也？所与朝夕论议深言者，何人也？越次躐等召而问讯之者，何人也？四者臣皆未之闻焉。此臣所以妄论陛下之不勤也。臣愿陛下条天下之事，其大者有几，可用之人有几。某事未治，某人未用，鸡鸣而起，曰：吾今日为某事，用某人。他日又曰：吾所为某事，其果济矣乎？所用某人，其人果才矣乎？如是孜孜焉，不违于心，屏去声色，放远善柔，亲近贤达。远览古今，凡此者勤之实也，而道何远乎？

伏惟制策，有"夙兴夜寐，于今三纪。德有所未至，教有所未孚，阙政尚多，和气或盭。田野虽辟，民多亡聊。边境虽安，兵不得撤。利入已浚，浮费弥广。军冗而未练，官冗而未澄。庠序比兴，礼乐未具。户罕可封之俗，士忽胥让之节。此所以讼未息于虞、芮，刑未措于成、康。意在位者不以教化为心，治民者多以文法为拘。禁防繁多，民不知避。叙法宽滥，吏不知惧。累系者众，愁叹者多"。凡此陛下之所忧数十条者，臣皆能为陛下历数而备言之，然而未敢为陛下道也。何者？陛下诚得御臣之术，而固执之，则向之所忧数十条者，皆可以捐之大臣，而己不与。今陛下区区以向之数十条为己忧者，则是陛下未得御臣之术也。

天下所谓贤者，陛下既得而用之矣。方其未用也，常若有馀；而其既用也，则不足。是岂其才之有变乎？古之用人者，日夜提策之。武王用太公，其相与问答百馀万言，今之《六韬》是也；桓公用管仲，其相与问答亦百馀万言，今之《管子》是也。古之人君，其所以反覆穷究其臣者若此。今陛下默默而听其所为，则夫向之所忧数十条者，无时而举矣。古之忠臣，其受任也，必先自度曰：吾能办是矣乎？度能办是也，则又曰：吾君能忘己而任我乎？能无以小人间我乎？度其能忘己而任我也，能无以小人间我也，然后受之。既已受之矣，则以身任天下之责而不辞，享天下之利而不愧。今也内不度己，外不度君，而轻受之。受之而众不与也，则引身而求去。陛下又为美辞而遣之，加之重禄而慰之。夫引身而求退者，非果廉节而有让也，是邀君以自固也，是自明其非我之欲留以逃谤也，是不能办其事，而以其患遗后人也，陛下奈何听之？臣故曰：陛下未得御臣之术也。

若夫"德有所未至，教有所未孚"者，此实不至也。德之必有以著其德之之形，教之必有以显其教之之状。德之之形，莫著于轻赋；教之之状，莫显于去杀。此二者，今皆未能焉。故曰：实不至也。

夫以选举之重，而不取才行；官吏之众，而不行考课；农末之相倾，而平籴之法不立；贫富之相役，而占田之数无限。天下之阙政，则莫大乎此，而和气安得不鳌乎？

"田野辟"者，民之所以富足之道也。其所以无聊，则吏政之过也。然臣闻天下之民，常偏聚而不均。吴、蜀有可耕之人，而无其地；荆、襄有可耕之地，而无其人。由此观之，则田野亦未可谓尽辟也。夫以吴、蜀、荆、襄之相形，而饥寒之民，终不能去狭而就宽者，世以为怀土而重迁，非也。行者无以相群，则不能行；居者无以相友，则不能居。若辈徙饥寒之民，则无有不听矣。

"边境已安，而兵不得彻"者，有安之名，而无安之实也。臣欲小言之，则自以为愧；大言之，则世俗以为笑。臣请略言之。古之制北狄者，未始不通西域。今之所以不能通者，是夏人为之障也。朝廷置灵武于度外几百年矣，议者以为绝域异方，曾不敢近，而况于取之乎？然臣以为事势有不可不取者。不取灵武，则无以通西域。西域不通，则契丹之强，未有艾也。然灵武之所以不可取者，非以数郡之能抗吾中国，吾中国自困而不能举也。其所以自困而不能举者，以不生不息之财，养不耕不战之兵，块然如巨人之病膇，非不桁然大矣，而手足不能以自举。欲去是疾也，则莫若捐秦以委之，使秦人断然如战国之世，不待中国之援，而中国亦若未始有秦者。有战国之全利，而无战国之患，则夏人举矣。其便莫如稍徙缘边之民不能战守者于空闲之地，而以其地益募民为屯田。屯田之兵稍益，则向之戍卒，可以稍减，使数岁之后，缘边之民，尽为耕战之夫。然后数出兵以苦之，要以使之厌战而不能支，则折而归吾矣。如此，而北狄始有可制之渐，中国始有息肩之所。不然，将济师之不暇，而又何彻乎？

所谓"利入已浚，而浮费弥广"者，臣窃以为外有不得已之二虏，内有得已而不已之后宫。后宫之费，不下一敌国。金玉锦绣之工，日作而不息，朝成夕毁，务以相新。主帑之吏，日夜储其精金良帛而别异之，以待仓卒之命。其为费岂可胜计哉！今不务去此等，而欲广求利之门，臣知所得之不如所丧也。

"军冗而未练"者，臣尝论之曰：此将不足恃之过也。然以其不足恃之故，而拥之以多兵，不搜去其无用，则多兵适所以为败也。

"官冗而未澄"者，臣尝论之曰：此审官吏部与职司无法之过也。夫审官吏部，是古者考绩黜陟之所也，而特以日月为断。今纵未能复古，可略分其郡县，不以远近为差，而以难易为等，第其人之所堪而别异之。才者常为其难，而不才者常为其易。及其当迁也，难者常速，而易者常久。然而为此者固有待也。内之审官吏部，与外之职司，常相关通。而为职司者，不惟举有罪、察有功而已，必使尽第其属吏之所堪，以诏审官吏部。审官吏部常从内等其任使之难易，职司常从外第其人之优劣。才者常用，不才者常闲，则冗官可澄矣。

"庠序兴而礼乐未具"者，臣盖以为庠序者，礼乐既兴之所用，非所以兴礼乐也。今礼乐鄙野而未完，则庠序不知所以为教，又何以兴礼乐乎？如此而求其可封，责其胥让，将以息讼而措刑者，是却行而求前也。夫上之所向者，下之所趋也，而况从而赏之乎？上之所背者，下之所去也，而况从而罚之乎？今陛下责在位者不务教化，而治民者多拘文法，臣不知朝廷所以为赏罚者何也？无乃或以教化得罪，而多以文法受赏与？夫禁防未至于繁多，而民不知避者,吏以为市也。叙法不为宽滥,而吏不知惧者,不论其能否,而论其久近也。缧系者众,愁叹者多,凡以此也。

伏惟制策,有"仍岁以来,灾异数见。乃六月壬子,日食于朔。淫雨过节,暖气不效。江河溃决,百川腾溢。永思厥咎,深切在予。变不虚生,缘政而起"。此岂非陛下厌闻诸儒牵合之论,而欲闻其自然之说乎?臣不敢复取《洪范传》、《五行志》以为对,直以意推之。

夫日食者,是阳气不能履险也。何谓阳气不能履险?臣闻五月二十三分月之二十,是为一交,交当朔则食。交者,是行道之险者也。然而或食或不食,则阳气之有强弱也。今有二人并行,而犯雾露,其疾者,必其弱者也;其不疾者,必其强者也。道之险一也,而阳气之强弱异。故夫日之食,非食之日而后为食,其亏也久矣,特遇险而见焉。陛下勿以其未食也为无灾,而其既食而复也为免咎。臣以为未也,特出于险耳。夫淫雨大水者,是阳气融液汗漫而不能收也。诸儒或以为阴盛,臣请得以理折之。夫阳动而外,其于人也为嘘。嘘之气,温然而为湿。阴动而内,其于人也为噏。噏之气,冷然而为燥。以一人推天地,天地可见也。故春夏者,其一嘘也;秋冬者,其一噏也。夏则川泽洋溢,冬则水泉收缩,此燥湿之效也。是故阳气汗漫融液而不能收,则常为淫雨大水,犹人之嘘而不能吸也。今陛下以至仁柔天下,兵骄而益厚其赐,戎狄桀傲而益加其礼,荡然与天下为呴呴温暖之政,万事堕坏,而终无威刑以坚凝之,亦如人之嘘而不能吸,此淫雨大水之所由作也。天地告戒之意,阴阳消复之理,殆无以易此矣!

而制策又有"五事之失,六沴之作,刘向所传,吕氏所纪,五行何修而得其性? 四时何行而顺其令? 非正阳之月,伐鼓救变,其合于经乎? 方盛夏之时,论囚报重,其考于古乎"。此陛下畏天恐惧求端之过,而流入于迂儒之说。此皆愚臣之所学于师而不取者也。

夫五行之相沴,本不至于六。六沴者,起于诸儒欲以六极分配五行,于是始以皇极附益而为六。夫皇极者,五事皆得,不极者,五事皆失,非所以与五事并列而别为一者也。是故有眊而又有蒙,有极而无福,曰五福皆应,此亦自知其疏也。吕氏之时令,则柳宗元之论备矣,以为有可行者,有不可行者。其可行者,皆天事也;其不可行者,皆人事也。若夫祭社伐鼓,本非有益于救灾,特致其尊阳之意而已。《书》曰:"乃季秋月朔,辰弗集于房,瞽奏鼓,啬夫驰,庶人走。"由此言之,则亦何必正阳之月,而后伐鼓救变,如《左氏》之说乎? 盛夏报囚,先儒固已论之,以为仲尼诛齐优之月,固君子之所无疑也。

伏惟制策有"京师诸夏之根本,王教之渊源。百工淫巧无禁,豪右僭差不度"。此在陛下身率之耳。后宫有大练之饰,则天下以罗纨为羞;大臣有脱粟之节,则四方以膏粱为污。虽无禁令,又何忧乎?

伏惟制策有"治当先内,或曰:何以为京师? 政在摘奸,或曰:不可挠狱市"。此皆一偏之说,不可以不察也。夫见其一偏而辄举以为说,则天下之说,不可以胜举矣。

自通人而言之，则曰治内所以为京师也，不挠狱市，所以为摘奸也。如使不挠狱市而害其为摘奸，则夫曹参者，是为逋逃主也。

伏惟制策有"推寻前世，深观治迹。孝文尚老子而天下富殖，孝武用儒术而天下虚耗。道非有弊，治奚不同"。臣窃以为不然。孝文之所以为得者，是儒术略用也。其所以得而未尽者，是用儒之未纯也。而其所以为失者，是用老也。何以言之？孝文得贾谊之说，然后待大臣有礼，御诸侯有术，而至于兴礼乐，系单于，则曰未暇。故曰儒术略用而未纯也。若夫用老之失，则有之矣。始以区区之仁，坏三代之肉刑，而易之以髡笞。髡笞不足以惩中罪，则又从而杀之。用老之失，岂不过甚矣哉！且夫孝武亦未可谓用儒之主也。博延方士，而多兴妖祠；大兴宫室，而甘心远略。此岂儒者教之？今夫有国者，徒知徇其名，而不考其实。见孝文之富殖，而以为老子之功；见孝武之虚耗，而以为儒者之罪，则过矣。此唐明皇之所以溺于晏安，彻去禁防，而为天宝之乱也。

伏惟制策有"王政所由，形于诗道。周公《豳》诗，王业也，而系之《国风》；宣王北伐，大事也，而载之《小雅》"。臣闻《豳》诗，言后稷、公刘所以致王业之艰难者也。其后累世而至文王。文王之时，则王业既已大成矣，而其诗为《二南》。《二南》之诗，犹列于《国风》，而至于《豳》，独何怪乎？昔季札观周乐，以为《大雅》曲而有直体，《小雅》思而不贰，怨而不言。夫曲而有直体者，宽而不流也；思而不贰,怨而不言者,狭而不迫也。由此观之,则《大雅》、《小雅》之所以异者,取其辞之广狭,非取其事之小大也。

伏惟制策有"周以冢宰制国用,唐以宰相兼度支。钱谷,大计也;兵师,大众也。何陈平之对,谓当责之内史?韦贤之言,不宜兼于宰相"。臣以为宰相虽不亲细务,至于钱谷兵师,固当制其赢虚利害。陈平所谓责之内史者,特以宰相不当治其簿书多少之数耳。昔唐之初,以郎官领度支,而职事以治。及兵兴之后,始立使额,参佐既众,簿书益繁,百弊之源,自此而始。其后裴延龄、皇甫镈,皆以剥下媚上,至于希世用事。以宰相兼之,诚得防奸之要。而韦贤之议,特以其权过重欤?故李德裕以为贱臣不当议令,臣常以为有宰相之风矣。

伏惟制策有"钱货之制,轻重之相权;命秩之差,虚实之相养。水旱蓄积之备,边陲守御之方。圜法有九府之名,乐语有五均之义"。此六者,亦方今之所当论也。昔单穆公曰:民患轻,则多作重以行之;若不堪重,则多作轻以行之,亦不废重。轻可改而重不可废,不幸而过,宁失于重。此制钱货之本意也。命者,人君之所擅,出于口而无穷;秩者,民力之所供,取于府而有限。以无穷养有限,此虚实之相养也。水旱蓄积之备,则莫若复隋、唐之义仓。边陲守御之方,则莫若依秦、汉之更卒。《周官》有太府、天府、泉府、玉府、内府、外府、职内、职金、职币,是谓九府,太公之所行以致富。古者天子取诸侯之士以为国均,则市不二价,四民常均,是谓五均,献王之所致以为法,皆所以均民而富国也。

　　凡陛下之所以策臣者，大略如此，而于其末复策之曰："富人强国，尊君重朝。弭灾致祥，改薄从厚。此皆前世之急政，而当今之要务。"此臣有以知陛下之圣意，以为向之所以策臣者，各指其事，恐臣不得尽其辞，是以复举其大体而概问焉。又恐其不能切至也，故又诏之曰："悉意以陈，而无悼后害。"臣是以敢复进其猖狂之说。夫天下者非君有也，天下使君主之耳。陛下念祖宗之重，思百姓之可畏，欲进一人，当同天下之所欲进；欲退一人，当同天下之所欲退。今者每进一人，则人相与诽曰："是进于某也，是某之所欲也。"每退一人，则又相与诽曰："是出于某也，是某之所恶也。"臣非敢以此为举信也，然而致此言者，则必有由矣。今无知之人，相与谤于道曰："圣人在上，而天下之所以不尽被其泽者，便嬖小人，附于左右，而女谒盛于内也。"为此言者，固妄矣。然而天下或以为信者，何也？徒见谏官御史之言，硈硈乎难入，以为必有间之者也。徒见蜀之美锦，越之奇器，不由方贡而入于官也。如此而向之所谓急政要务者，陛下何暇行之？臣不胜愤懑，谨复列之于末。惟陛下宽其万死，幸甚幸甚！

　　　　古文辞类纂二十二

奏议类下编三

苏子瞻策略一　○

臣闻天下治乱，皆有常势。是以天下虽乱，而圣人以为无难者，其应之有术也。水旱盗贼，人民流离，是安之而已也；乱臣割据，四分五裂，是伐之而已也；权臣专制，擅作威福，是诛之而已也；四夷交侵，边鄙不宁，是攘之而已也。凡此数者，其于害民蠹国，为不少矣。然其所以为害者有状，是故其所以救之者有方也。

天下之患，莫大于不知其然而然。不知其然而然者，是拱手而待乱也。国家无大兵革，几百年矣。天下有治平之名，而无治平之实；有可忧之势，而无可忧之形。此其有未测者也。方今天下非有水旱盗贼，人民流离之祸，而咨嗟怨愤，常若不安其生；非有乱臣割据，四分五裂之忧，而休养生息，常若不足于用；非有权臣专制，擅作威福之弊，而上下不交，君臣不亲；非有四夷交侵，边鄙不宁之灾，而中国皇皇，常有外忧。此臣所以大惑也。今夫医之治病，切脉观色,听其声音,而知病之所由起,曰:"此寒也,此热也"。或曰:"此寒热之相搏也",及其他无不可为者。今且有人恍然而不乐,问其所苦,且不能自言,则其受病有深而不可测者矣。其言语饮食,起居动作,固无以异于常人,此庸医之所以为无足忧,而扁鹊、仓公之所以望而惊也。其病之所由起者深,则其所以治之者,固非卤莽因循苟且之所能去也。而天下之士,方且掇拾三代之遗文,补葺汉、唐之故事,以为区区之论,可以济世,不已疏乎!

方今之势,苟不能涤荡振刷,而卓然有所立,未见其可也。臣尝观西汉之衰,其君皆非有暴鸷淫虐之行,特以怠惰弛废,溺于晏安,畏期月之劳,而忘千载之患,是以日趋于亡而不自知也。夫君者天也。仲尼赞《易》,称天之德曰:"天行健,君子以自强不息。"由此观之,天之所以刚健而不屈者,以其动而不息也。惟其动而不息,是以万物杂然各得其职而不乱,其光为日月,其文为星辰,其威为雷霆,其泽为雨露,皆生于动者也。使天而不知动,则其块然者,将腐坏而不能自持,况能以御万物哉?苟天子一日赫然奋其刚明之威,使天下明知人主欲有所立,则智者愿效其谋,勇者乐致其死,纵横颠倒,无所施而不可。苟人主不先自断于中,群臣虽有伊、吕、稷、契,无如之何。故臣特以人主自断,而欲有所立为先,而后论所以为立之要云。

苏子瞻策略四 ○○

天子与执政之大臣,既已相得而无疑,可以尽其所怀,直己而行道，则夫当今之所宜先者，莫如破庸人之论，以开功名之门，而后天下可为也。

夫治天下譬如治水：方其奔冲溃决，腾涌漂荡而不可禁止也，虽欲尽人力之所至，以求杀其尺寸之势，而不可得；及其既衰且退也，骎骎乎若不足以终日。故夫善治水者，不惟有难杀之忧，而又有易衰之患，导之有方，决之有渐，疏其故而纳其新，使不至于壅阏腐败而无用。嗟夫！人知江河之有水患也，而以为沼沚之可以无忧，是乌知舟楫灌溉之利哉？

夫天下之未平，英雄豪杰之士，务以其所长，角奔而争利，惟恐天下一日无事也。是以人人各尽其材，虽不肖者，亦自淬厉而不至于怠废，故其勇者相吞，智者相贼，使天下不安其生。为天下者，知夫大乱之本，起于智勇之士，争利而无厌，是故天下既平，则削去其具，抑远天下刚健好名之士，而奖用柔懦谨畏之人。不过数十年，天下靡然无复往时之喜事也。于是能者，不自愤发，而无以见其能，不能者，益以弛废而无用。当是之时，人君欲有所为，而左右前后，皆无足使者，是以纲纪日坏而不自知。此其为患，岂特英雄豪杰之士，趑趄而已哉！

圣人则不然，当其久安于逸乐也，则以术起之，使天下之心，翘翘然常喜于为善，是故能安而不衰。且夫人君之所恃以为天下者，天下皆为而己不为。夫使天下皆为而己不为者，开其利害之端，而辨其荣辱之等，使之踊跃奔走，皆为我役而不自知，夫是以坐而收其功也。如使天下皆欲不为而得，则天子谁与共天下哉？今者治平之日久矣，天下之患，正在此也。臣故曰：破庸人之论，开功名之门，而后天下可为也。

今夫庸人之论有二：其上之人务为宽深不测之量，而下之士好言中庸之道。此二者，皆庸人相与议论，举先贤之言，而猎取其近似者，以自解说其无能而已矣。

夫宽深不测之量，古人所以临大事而不乱，有以镇世俗之躁，盖非以隔绝上下之情，养尊而自安也。誉之则劝，非之则沮，闻善则喜，见恶则怒，此三代圣人之所共也。而后之君子，必曰誉之不劝，非之不沮，闻善不喜，见恶不怒，斯以为不测之量，不已过乎！夫有劝有沮，有喜有怒，然后有间而可入。有间而可入，然后智者得为之谋，才者得为之用。后之君子，务为无间，夫天下谁能入之？

古之所谓中庸者，尽万物之理而不过，故亦曰皇极。夫极，尽也。后之所谓中庸者，循循焉为众人之所能为，斯以为中庸矣，此孔子、孟子之谓乡原也。一乡皆称原人焉，无所往而不为原人。同乎流俗，合乎污世，曰：古之人，何为踽踽凉凉？生斯世也，为斯世也，善斯可矣。谓其近于中庸而非，故曰“德之贼也”。孔子、孟子恶乡原之贼夫德也，欲得狂者而见之，狂者又不可得见。欲得獧者而见之，曰：“狂者进取，獧者有所不为也。”今日之患，惟不取于狂者、獧者，皆取于乡原，是以若此靡靡不立也。孔子，子思之所从受中庸者也；孟子，子思之所授以中庸者也。然皆欲得狂者、獧者而与之，然则淬励天下，而作其怠惰，莫如狂者、獾者之贤也。臣故曰：破庸人之论，开功名之门，而后天下可为也。东坡策论，其笔势多取于《庄子》外篇。

苏子瞻策略五 ○○

臣闻天子者，以其一身寄之乎巍巍之上，以其一心运之乎茫茫之中，安而为泰山，危而为累卵，其间不容毫厘。是故古之圣人，不恃其有可畏之资，而恃其有可爱之实；不恃其有不可拔之势，而恃其有不忍叛之心。何则？其所居者，天下之至危也。天子恃公卿以有其天下，公卿、大夫、士以至于民，转相属也，以有其富贵，苟不得其心，而欲羁之以区区之名，控之以不足恃之势者。其平居无事，犹有以相制；一旦有急，是皆行道之人，掉臂而去，尚安得而用之？

古之失天下者，皆非一日之故，其君臣之权，去已久矣，适会其变，是以一散而不可复收。方其未也，天子甚尊，大夫、士甚贱，奔走万里，无敢后先，俨然南面以临其臣，曰：天何言哉！百官俯首就位，敛足而退，兢兢惟恐有罪，群臣相率为苟安之计。贤者既无所施其才，而愚者亦有所容其不肖，举天下之事，听其自为而已。及乎事出于非常，变起于不测，视天下莫与同其患，虽欲分国以与人，而且不及矣。秦二世、唐德宗，盖用此术，以至于颠沛而不悟，岂不悲哉！

天下者，器也。天子者，有此器者也。器久不用而置诸篷筍,则器与人不相习,是以扞格而难操。良工者,使手习知其器,而器亦习知其手,手与器相信而不相疑,夫是故所为而成也。天下之患,非经营祸乱之足忧,而养安无事之可畏。何者?惧其一旦至于扞格而难操也。昔之有天下者,日夜淬励其百官,抚摩其人民,为之朝聘会同燕享,以交诸侯之欢;岁时月朔,致民读法饮酒蜡腊,以遂万民之情;有大事,自庶人以上,皆得至于外朝以尽其词。犹以为未也,而五载一巡守,朝诸侯于方岳之下,亲见其耆老贤士大夫,以周知天下之风俗。凡此者,非以为苟劳而已,将以驯致服习天下之心,使不至于扞格而难操也。及至后世,坏先王之法,安于逸乐,而恶闻其过。是以养尊而自高,务为深严,使天下拱手,以貌相承,而心不服。其腐儒老生,又出而为之说曰:天子不可以妄有言也,吏且书之,后世且以为讥。使其君臣相视而不相知,如此,则偶人而已矣。天下之心既已去,而伥伥焉抱其空器,不知英雄豪杰已议其后。

臣尝观西汉之初,高祖创业之际,事变之兴,亦已繁矣,而高祖以项氏创残之馀,与信、布之徒,争驰于中原。此六七公者,皆以绝人之姿,据有土地甲兵之众,其势足以为乱,然天下终以不摇,卒定于汉。传十数世矣,而至于元、成、哀、平,四夷向风,兵革不试,而王莽一竖子,乃举而移之,不用寸兵尺铁,而天下屏息,莫敢或争。此其故何也?创业之君,出于布衣,其大臣将相,皆有握手之欢,凡在朝廷者,皆有尝试挤掇,以知其才之短长。彼其视天下如一身，苟有疾痛，其手足不期而自救。当此之时，虽有近忧，而无远患。及其子孙，生于深宫之中，而狃于富贵之势。尊卑阔绝，而上下之情疏；礼节繁多，而君臣之义薄。是故不为近忧，而常为远患。及其一旦，固已不可救矣。圣人知其然，是以去苛礼而务至诚，黜虚名而求实效，不爱高位重禄，以致山林之士，而欲闻切直不隐之言者，凡皆以通上下之情也。昔我太祖、太宗，既有天下，法令简约，不为崖岸。当时大臣将相，皆得从容终日，欢如平生。下至士庶人，亦得以自效。故天下称其言至今，非有文采缘饰，而开心见诚，有以入人之深者。此英主之奇术，御天下之大权也。

方今治平之日久矣，臣愚以为宜日新盛德，以激昂天下久安怠惰之气，故陈其五事，以备采择。其一曰：将相之臣，天子所恃以为治者，宜日夜召论天下之大计，且以熟观其为人。其二曰：太守刺史，天子所寄以远方之民者，其罢归，皆当问其所以为政，民情风俗之所安，亦以揣知其才之所堪。其三曰：左右扈从侍读侍讲之人，本以论说古今兴衰之大要，非以应故事备数而已，经籍之外，苟有以访之，无伤也。其四曰：吏民上书，苟小有可观者，宜皆召问优游，以养其敢言之气。其五曰：天下之吏，自一命以上，虽其至贱，无以自通于朝廷，然人主之为，岂有所不可哉？察其善者，卒然召见之，使不知其所从来，如此，则远方之贱吏，亦务自激发为善，不以位卑禄薄，无由自通于上，而不修饰。使天下习知天子乐善亲贤恤民之心，孜孜不倦。如此，翕然皆有所感发，知爱于君，而不可与为不善，亦将贤人众多，而奸吏衰少，刑法之外，有以大慰天下之心焉耳。

按此篇立论极善，而文不免于冗长，此东坡少年体有未成处。

苏子瞻决壅蔽 ○

所贵乎朝廷清明，而天下治平者，何也？天下不诉而无冤，不谒而得其所欲，此尧舜之盛也。其次不能无诉，诉而必见察；不能无谒，谒而必见省。使远方之贱吏，不知朝廷之高；而一介之小民，不识官府之难。而后天下治。

今夫一人之身，有一心两手而已。疾痛疴痒动于百体之中，虽其甚微，不足以为患，而手随至。夫手之至，岂其一一而听之心哉？心之所以素爱其身者深，而手之所以素听于心者熟，是故不待使令，而卒然以自至。圣人之治天下，亦如此而已。百官之众，四海之广，使其关节脉理，相通为一，叩之而必闻，触之而必应。夫是以天下可使为一身。天子之贵，士民之贱，可使相爱，忧患可使同，缓急可使救。

今也不然。天下有不幸而诉其冤，如诉之于天；有不得已而谒其所欲，如谒之于鬼神。公卿大臣不能究其详悉，而付之于胥吏。故凡贿赂先至者，朝请而夕得；徒手而来者，终年而不获。至于故常之事，人之所当得而无疑者，莫不务为留滞，以待请属。举天下一毫之事，非金钱无以行之。昔者汉、唐之弊，患法不明，而用之不密，使吏得以空虚无据之法，而绳天下，故小人以无法为奸。今也法令明具，而用之至密，举天下惟法之知。所欲排者，有小不如法，而可指以为瑕；所欲与者，虽有所乖戾，而可借法以为解，故小人以法为奸。

今夫天下所为多事者，岂事之诚多耶？吏欲有所鬻而未得，则新故相仍，纷然而不决，此王化之所以壅遏而不行也。昔桓、文之霸，百官承职，不待教令而办，四方之宾至，不求有司。王猛之治秦，事至纤悉，莫不尽举，而人不以为烦。盖史之所记，麻思还冀州，请于猛，猛曰："速装行矣。"至暮而符下。及出关，郡县皆已被符。其令行禁止，而无留事者，至于纤悉，莫不皆然。苻坚以戎狄之种至为霸王，兵强国富，垂及升平者，猛之所为，固宜其然也。今天下治安，大吏奉法，不敢顾私，而府史之属，招权鬻法，长吏心知而不问，以为当然。此其弊有二而已：事繁而官不勤，故权在胥吏。欲去其弊也，莫如省事而励精。省事莫如任人，励精莫如自上率之。今之所谓至繁，天下之事，关于其中，诉者之多，而谒者之众，莫如中书与三司。天下之事，分于百官，而中书听其治要；郡县钱币，制于转运使，而三司受其会计。此宜若不至于繁多，然中书不待奏课以定其黜陟，而关与其事，则是不任有司也。三司之吏，推析赢虚，至于毫毛，以绳郡县，则是不任转运使也。故曰省事莫如任人。

古之圣王爱日以求治，辨色而视朝，苟少安焉，而至于日出，则终日为之不给。以少而言之，一日而废一事，一月

389

则可知也,一岁则事之积者不可胜数矣。欲事之无繁,则必劳于始而逸于终。晨兴而晏罢,天子未退,则宰相不敢归安于私第。宰相日昃而不退,则百官莫不震悚,尽力于王事,而不敢宴游。如此,则纤悉隐微,莫不举矣。天子求治之勤,过于先王,而议者不称王季之晏朝,而称舜之无为;不论文王之日昃,而论始皇之量书。此何以率天下之怠耶?臣故曰励精莫如自上率之,则壅蔽决矣。

苏子瞻无沮善 ○

昔者先王之为天下,必使天下欣欣然常有无穷之心,力行不倦,而无自弃之意。夫惟自弃之人,则其为恶也甚毒而不可解。是以圣人畏之,设为高位重禄以待能者,使天下皆得踊跃自奋,扳援而来,惟其才之不逮,力之不足,是以终不能至于其间,而非圣人塞其门,绝其涂也。夫然,故一介之贱吏,闾阎之匹夫,莫不奔走于善,至于老死而不知休息,此圣人以术驱之也。

天下苟有甚恶而不可忍也,圣人既已绝之,则屏之远方,终身不齿。此非独不仁也,以为既已绝之,彼将一旦肆其忿毒,以残害吾民。是故绝之则不用,用之则不绝。既已绝之,又复用之,则是驱之于不善,而又假之以其具也。无所望而为善,无所爱惜而不为恶者,天下一人而已矣。以无所望之人,而责其为善;以无所爱惜之人,而求其不为恶,又付之以人民,则天下知其不可也。世之贤者,何常之有？或出于贾竖贱人，甚者至于盗贼，往往而是。而儒生贵族，世之所望为君子者，或至于放肆不轨，小民之所不若。圣人知其然，是故不逆定于其始进之时，而徐观其所试之效，使天下无必得之由，亦无必不可得之道。天下知其不可以必得也，然后勉强于功名，而不敢侥幸；知其不至于必不可得而可勉也，然后有以自慰其心，久而不懈。嗟夫！圣人之所以鼓舞天下之人，日化而不自知者，此其为术欤？

后之为政者则不然。与人以必得，而绝之以必不可得，此其意以为进贤而退不肖。然天下之弊，莫甚于此。今夫制策之及等，进士之高第，皆以一日之间，而决取终身之富贵。此虽一时之文词，而未知其临事之能否，则其用之不已太遽乎！

天下有用人而绝之者三。州县之吏，苟非有大过，而不可复用，则其他犯法，皆可使竭力为善以自赎。而今世之法，一陷于罪戾，则终身不迁，使之不自聊赖，而疾视其民；肆意妄行，而无所顾惜。此其初未必小人也，不幸而陷于其中，途穷而无所入，则遂以自弃。府史贱吏，为国者知其不可阙也，是故岁久则补以外官。以其所从来之卑也，而限其所至，则其中虽有出群之才，终亦不得齿于士大夫之列。夫人出身而仕者，将以求贵也。贵不可得而至矣，则将惟富之求，此其势然也。如是，则虽至于鞭笞戮辱，而不足以禁其贪。故夫此二者，苟不可以遂弃，则宜有以少假之也。入赀而仕者，皆得补郡县之吏。彼知其终不得

391

迁,亦将逞其一时之欲,无所不至。夫此诚不可以迁也,则是用之之过而已。臣故曰绝之则不用,用之则不绝。此三者之谓也。

苏子瞻省费用 ○○

夫天下未尝无财也。昔周之兴,文王、武王之国,不过百里,当其受命,四方之君长,交至于其廷,军旅四出,以征伐不义之诸侯,而未尝患无财。方此之时,关市无征,山泽不禁,取于民者,不过什一,而财有馀。及其衰也,内食千里之租,外收千八百国之贡,而不足于用。由此观之,夫财岂有多少哉!

人君之于天下,俯己以就人,则易为功;仰人以援己,则难为力。是故广取以给用,不如节用以廉取之为易也。臣请得以小民之家而推之。夫民方其穷困时,所望不过十金之资,计其衣食之费,妻子之奉,出入于十金之中,宽然而有馀。及其一旦稍稍蓄聚,衣食既足,则心意之欲,日以渐广,所入益众,而所欲益以不给,不知罪其用之不节,而以为求之未至也。是以富而愈贪,求愈多而财愈不供,此其为惑,未可以知其所终也。盍亦反其始而思之?夫向者岂能寒而不衣、饥而不食乎?今天下汲汲乎以财之不足为病,何以异此?国家创业之初,四方割据,中国之地,至狭也。然岁岁出师,以诛讨僭乱之国,南取荆楚,西平巴蜀,而东下并潞,其费用之众,又百倍于今可知也。然天下之士，未尝思其始，而惴惴焉患今世之不足，则亦甚惑矣。

夫为国有三计：有万世之计，有一时之计，有不终月之计。古者三年耕，必有一年之蓄。以三十年之通计，则可以九年无饥也。岁之所入，足用而有馀。是以九年之蓄，常闲而无用。卒有水旱之变，盗贼之忧，则官可以自办而民不知。如此者，天不能使之灾，地不能使之贫，四夷、盗贼不能使之困，此万世之计也。而其不能者，一岁之入，才足以为一岁之出；天下之产，仅足以供天下之用。其平居虽不至于虐取其民，而有急则不免于厚赋。故其国可静而不可动，可逸而不可劳。此亦一时之计也。至于最下而无谋者，量出以为入，用之不给，则取之益多。天下宴然无大患难，而尽用衰世苟且之法，不知有急，则将何以加之。此所谓不终月之计也。今天下之利，莫不尽取，山陵林麓，莫不有禁，关有征，市有租，盐铁有榷，酒有课，茶有算，则凡衰世苟且之法，莫不尽用矣。譬之于人，其少壮之时，丰健勇武，然后可以望其无疾，以至于寿考。今未至于五六十，而衰老之候，具见而无遗，若八九十者，将何以待其后耶？然天下之人，方且穷思竭虑，以广求利之门，且人而不思，则以为费用不可复省，使天下而无盐铁酒茗之税，将不为国乎？臣有以知其不然也。

天下之费，固有去之甚易而无损，存之甚难而无益者矣，臣不能尽知，请举其所闻，而其馀可以类求焉。夫无益之费，名重而实轻，以不急之实，而被之以莫大之名，是以疑而不敢去。三岁而郊，郊而赦，赦而赏，此县官有不得已者。天下吏士,数日而待赐,此诚不可以卒去。至于大吏,所谓股肱耳目,与县官同其忧乐者,此岂亦不得已而有所畏耶? 天子有七庙,今又饰老佛之宫而为之祠,固已过矣,又使大臣以使领之,岁给以巨万计,此何为者也? 天下之吏,为不少矣,将患未得其人。苟得其人,则凡民之利,莫不备举,而其患莫不尽去。今河水为患,不使滨河州郡之吏,亲行其灾,而责之以救灾之术,顾为都水监。夫四方之水患,岂其一人坐筹于京师,而尽其利害? 天下有转运使足矣,今江、淮之间,又有发运,禄赐之厚,徒兵之众,其为费岂胜计哉? 盖尝闻之,里有畜马者,患牧人欺之,而盗其刍菽也,又使一人焉为之厩长,厩长立而马益瘠。今为政不求其本而治其末,自是而推之,天下无益之费,不为不多矣。臣以为凡若此者,日求而去之,自毫厘以往,莫不有益。惟无轻其毫厘而积之,则天下庶乎少息也。

苏子瞻蓄材用 。

夫今之所患兵弱而不振者,岂士卒寡少而不足使与? 器械钝弊而不足用与? 抑为城郭不足守与? 廪食不足给与? 此数者皆非也。然所以弱而不振,则是无材用也。

夫国之有材,譬如山泽之有猛兽,江河之有蛟龙,伏乎其中而威乎其外,悚然有所不可狎者。至于鳅鳅之所蟠,䲡豚之所伏,虽千仞之山,百寻之溪,而人易之。何则? 其见于外者,不可欺也。天下之大,不可谓无人;朝廷之尊,百官之富，不可谓无才。然以区区之二虏，举数州之众，以临中国，抗天子之威，犯天下之怒，而其气未尝少衰，其词未尝少挫，则是其心无所畏也。主忧则臣辱，主辱则臣死。今朝廷之上，不能无忧，而大臣恬然，未有拒绝之议。非不欲绝也，而未有以待之，则是朝廷无所恃也。缘边之民，西顾而战栗；牧马之士，不敢弯弓而北向。吏士未战，而先期于败，则是民轻其上也。外之蛮夷无所畏，内之朝廷无所恃，而民又自轻其上，此犹足以为有人乎！

　　天下未尝无才，患所以求才之道不至。古之圣人，以无益之名，而致天下之实；以可见之实，而较天下之虚名。二者相为用而不可废。是故其始也，天下莫不纷然奔走从事于其间，而要之以其终，不肖者无以欺其上。此无他，先名而后实也。不先其名，而惟实之求，则来者寡。来者寡，则不可以有所择。以一旦之急，而用不择之人，则是不先名之过也。天子之所向，天下之所奔也。今夫孙、吴之书，其读之者，未必能战也；多言之士，喜论兵者，未必能用也；进之以武举，试之以骑射，天下之奇才，未必至也。然将以求天下之实，则非此三者不可以致。以为未必然而弃之，则是其必然者，终不可得而见也。

　　往者西师之兴，其先也，惟不以虚名多致天下之才而择之，以待一旦之用。故其兵兴之际，四顾惶惑，而不知所措。于是设武举，购方略，收勇悍之士，而开猖狂之言，不爱高爵重赏，以求强兵之术。当此之时，天下嚣然莫不自以为知兵也，来者日多，而其言益以无据，至于临事，终不可用。执事之臣,亦遂厌之,而知其无益,故兵休之日,举从而废之。今之论者,以为武举、方略之类,适足以开侥幸之门,而天下之实才,终不可以求得。此二者皆过也。夫既已用天下之虚名,而不较之以实,至其弊也,又举而废其名,使天下之士不复以兵术进,亦已过矣。

天下之实才,不可以求之于言语,又不可以较之于武力,独见之于战耳。战不可得而试也,是故见之于治兵。子玉治兵于芴,终日而毕,鞭七人,贯三人耳。芴贾观之,以为刚而无礼,知其必败。孙武始见,试以妇人,而犹足以取信于阖闾,使知其可用。故凡欲观将帅之才否,莫如治兵之不可欺也。今夫新募之兵,骄而难令,勇悍而不知战,此真足以观天下之才也。武举、方略之类以来之,新兵以试之。观其颜色和易,则足以见其气;约束坚明,则足以见其威;坐作进退,各得其所,则足以见其能。凡此者,皆不可强也。故曰:先之以无益之虚名,而较之以可见之实,庶乎可得而用也。

苏子瞻练军实 ○

三代之兵,不待择而精。其故何也?兵出于农,有常数而无常人,国有事,要以一家而备一正卒,如斯而已矣。是故老者得以养,疾病者得以为闲民,而役于官者,莫不皆其壮子弟。故其无事而田猎,则未尝发老弱之民;师行而馈粮,则未尝食无用之卒。使之足轻险阻,而手易器械,聪明足以察旗鼓之节，强锐足以犯死伤之地，千乘之众，而人人足以自捍，故杀人少而成功多，费用省而兵卒强。盖春秋之时，诸侯相并，天下百战。其经传所见谓之败绩者，如城濮、鄢陵之役，皆不过犯其偏师，而猎其游卒，敛兵而退，未有僵尸百万，流血于江河，如后世之战者，何也？民各推其家之壮者以为兵，则其势不可得而多杀也。

及至后世，兵民既分，兵不得复而为民，于是始有老弱之卒。夫既已募民而为兵，其妻子屋庐，既已托于营伍之中，其姓名既已书于官府之籍，行不得为商，居不得为农，而仰食于官，至于衰老而无归，则其道诚不可以弃去，是故无用之卒，虽薄其资粮，而皆廪之终身。凡民之生，自二十以上，至于衰老，不过四十馀年之间。勇锐强力之气，足以犯坚冒刃者，不过二十馀年。今廪之终身，则是一卒凡二十年无用而食于官也。自此而推之，养兵十万，则是五万人可去也；屯兵十年，则是五年为无益之费也。民者，天下之本；而财者，民之所以生也。有兵而不可使战，是谓弃财；不可使战而驱之战，是谓弃民。臣观秦、汉之后，天下何其残败之多耶？其弊皆起于分民而为兵。兵不得休，使老弱不堪之卒，拱手而就戮。故有以百万之众，而见屠于数千之兵者。其良将善用，不过以为饵，委之啖贼。嗟夫！三代之衰，民之无罪而死者其不可胜数矣。

今天下募兵至多。往者陕西之役，举籍平民以为兵，加之明道、宝元之间，天下旱蝗，以及近岁，青、齐之饥，与河朔之水灾，民急而为兵者，日以益众。举籍而按之，近岁以来,募兵之多,无如今日者。然皆老弱不教,不能当古之十五,而衣食之费,百倍于古。此甚非所以长久而不变者也。凡民之为兵者,其类多非良民。方其少壮之时,博弈饮酒,不安于家,而后能捐其身。至其少衰而气沮,盖亦有悔而不可复者矣。臣以谓五十以上,愿复为民者宜听。自今以往,民之愿为兵者,皆三十以下则收,限以十年而除其籍。民三十而为兵,十年而复归,其精力思虑,犹可以养生送死,为终身之计。使其应募之日,心知其不出十年,而为十年之计,则除其籍而不怨。以无用之兵,终身坐食之费,而为重募,则应者必众。如此,县官长无老弱之兵,而民之不任战者,不至于无罪而死。彼皆知其不过十年而复为平民,则自爱其身,而重犯法,不至于叫呼无赖,以自弃于凶人。

今夫天下之患,在于民不知兵。故兵常骄悍,而民常怯,盗贼攻之而不能御,戎狄掠之而不能抗。今使民得更代而为兵,兵得复还而为民,则天下之知兵者众,而盗贼戎狄,将有所忌。然犹有言者,将以为十年而代,故者已去,而新者未教,则缓急有所不济。夫所谓十年而代者,岂其举军而并去之? 有始至者,有既久者,有将去者,有当代者,新故杂居而教之,则缓急可以无忧矣。

苏子瞻倡勇敢 ○○○

臣闻战以勇为主,以气为决。天子无皆勇之将,而将军无皆勇之士，是故致勇有术。致勇莫先乎倡，倡莫善乎私。此二者，兵之微权。英雄豪杰之士，所以阴用而不言于人，而人亦莫之识也。臣请得以备言之。

夫倡者何也？气之先也。有人人之勇怯，有三军之勇怯。人人而较之，则勇怯之相去，若莛与楹。至于三军之勇怯则一也。出于反覆之间，而差于毫厘之际，故其权在将与君。人固有暴猛兽而不操兵，出入于白刃之中，而色不变者；有见虺蜴而却走，闻钟鼓之声而战栗者。是勇怯之不齐至于如此。然闾阎之小民，争斗戏笑，卒然之间，而或至于杀人。当其发也，其心翻然，其色勃然，若不可以已者，虽天下之勇夫，无以过之。及其退而思其身，顾其妻子，未始不恻然悔也。此非必勇者也。气之所乘，则夺其性而忘其故。故古之善用兵者，用其翻然勃然于未悔之间，而其不善者，沮其翻然勃然之心，而开其自悔之意，则是不战而先自败也。故曰致勇有术。

致勇莫先乎倡。均是人也，皆食其食，皆任其事，天下有急，而有一人焉，奋而争先，而致其死，则翻然者众矣。弓矢相及，剑楯相交，胜负之势未有所决，而三军之士，属目于一夫之先登，则勃然者相继矣。天下之大，可以名劫也；三军之众，可以气使也。谚曰："一人善射，百夫决拾。"苟有以发之，及其翻然勃然之间，而用其锋，是之谓倡。

倡莫善乎私。天下之人，怯者居其百，勇者居其一，是勇者难得也。捐其妻子，弃其身以蹈白刃，是勇者难能也。以难得之人，行难能之事，此必有难报之恩者矣。天子必有所私之将，将军必有所私之士，视其勇者而阴厚之。人之有异材者，虽未有功，而其心莫不自异。自异而上不异之，则缓急不可以望其为倡。故凡缓急而肯为倡者，必其上之所异也。昔汉武帝欲观兵于四夷，以逞其无厌之求，不爱通侯之赏，以招勇士，风告天下，以求奋击之人，卒然无有应者。于是严刑峻法，致之死地，而听其以深入赎罪，使勉强不得已之人，驰骤于死亡之地。是故其将降，而兵破败，而天下几至于不测。何者？先无所异之人，而望其为倡，不已难乎？私者，天下之所恶也。然而为己而私之，则私不可用；为其贤于人而私之，则非私无以济。盖有无功而可赏，有罪而可赦者，凡所以愧其心而责其为倡也。

天下之祸，莫大于上作而下不应。上作而下不应，则上亦将穷而自止。方西戎之叛也，天子非不欲赫然诛之，而将帅之臣，谨守封略，外视内顾，莫有一人先奋而致命，而士卒亦循循焉莫肯尽力。不得已而出，争先而归，故西戎得以肆其猖狂，而吾无以应，则其势不得不重赂而求和。其患起于天子无同忧患之臣，而将军无腹心之士。西师之休，十有馀年矣，用法益密，而进人益难，贤者不见异，勇者不见私，天下务为奉法循令，要以如式而止。臣不知其缓急，将谁为之倡哉？此文体势辞气，俱似明允。

苏子瞻教战守 〇

夫当今生民之患，果安在哉？在于知安而不知危，能逸而不能劳。此其患不见于今,而将见于他日。今不为之计,其后将有所不可救者。

昔者先王知兵之不可去也,是故天下虽平,不敢忘战。秋冬之隙,致民田猎以讲武,教之以进退坐作之方,使其耳目习于钟鼓旌旗之间而不乱,使其心志安于斩刈杀伐之际而不慑,是以虽有盗贼之变,而民不至于惊溃。及至后世,用迂儒之议,以去兵为王者之盛节,天下既定,则卷甲而藏之。数十年之后,甲兵顿弊,而人民日以安于佚乐。卒有盗贼之警,则相与恐惧讹言,不战而走。开元、天宝之际,天下岂不大治?惟其民安于太平之乐,酣豢于游戏酒食之间,其刚心勇气,消耗钝眊,痿蹶而不复振。是以区区之禄山一出而乘之,四方之民,兽奔鸟窜,乞为囚虏之不暇,天下分裂,而唐室因以微矣。

盖尝试论之,天下之势,譬如一身。王公贵人所以养其身者,岂不至哉?而其平居常苦于多疾。至于农夫小民,终岁勤苦,而未尝告病。此其故何也?夫风雨霜露寒暑之变,此疾之所由生也。农夫小民,盛夏力作,而穷冬暴露,其筋骸之所冲犯,肌肤之所浸渍,轻霜露而狎风雨,是故寒暑不能为之毒。今王公贵人,处于重屋之下,出则乘舆,风则袭裘,雨则御盖,凡所以虑患之具,莫不备至。畏之太甚,而养之太过,小不如意,则寒暑入之矣。是故善养身者,使之能逸而能劳,步趋动作,使其四体狃于寒暑之变,然后可以刚健强力,涉险而不伤。

夫民亦然。今者治平之日久,天下之人,骄惰脆弱,如妇人孺子，不出于闺门。论战斗之事，则缩颈而股栗；闻盗贼之名，则掩耳而不愿听。而士大夫亦未尝言兵，以为生事扰民，渐不可长。此不亦畏之太甚，而养之太过与？且夫天下固有意外之患也。愚者见四方之无事，则以为变故无自而有，此亦不然矣。今国家所以奉西北二虏者，岁以百万计。奉之者有限，而求之者无厌，此其势必至于战。战者，必然之势也。不先于我，则先于彼；不出于西，则出于北。所不可知者，有迟速远近，而要以不能免也。天下苟不免于用兵，而用之不以渐，使民于安乐无事之中，一旦出身而蹈死地，则其为患必有所不测。故曰：天下之民，知安而不知危，能逸而不能劳。此臣所谓大患也。

臣欲使士大夫尊尚武勇，讲习兵法。庶人之在官者，教以行阵之节；役民之司盗者，授以击刺之术。每岁终则聚于郡府，如古都试之法，有胜负、有赏罚，而行之既久，则又以军法从事。然议者必以为无故而动民，又挠以军法，则民将不安。而臣以为此所以安民也。天下果未能去兵，则其一旦将以不教之民而驱之战，夫无故而动民，虽有小怨，然孰与夫一旦之危哉？今天下屯聚之兵，骄豪而多怨，陵压百姓，而邀其上者，何故？此其心以为天下之知战者，惟我而已。如使平民皆习于兵，彼知有所敌，则固已破其奸谋，而折其骄气，利害之际，岂不亦甚明与？

古文辞类纂二十三终

奏议类下编四　　古文辞类纂二十四

苏子瞻策断中　　○

臣闻用兵有可以逆为数十年之计者,有朝不可以谋夕者。攻守之方,战斗之术,一日百变,犹以为拙,若此者,朝不可以谋夕者也。古之欲谋人之国者,必有一定之计。句践之取吴,秦之取诸侯,高祖之取项籍,皆得其至计而固执之。是故有利有不利,有进有退,百变而不同,而其一定之计未始易也。句践之取吴,是骄之而已;秦之取诸侯,是散其从而已;高祖之取项籍,是间疏其君臣而已。此其至计不可易者,虽百年可知也。今天下宴然未有用兵之形,而臣以为必至于战,则其攻守之方,战斗之术,固未可以豫论而臆断也。然至于用兵之大计,所以固执而不变者,臣请得以豫言之。

夫西戎、北胡,皆为中国之患。而西戎之患小,北胡之患大。此天下之所明知也。管仲曰:攻坚则瑕者坚,攻瑕则坚者瑕。故二者皆所以为忧,而臣以为兵之所加,宜先于西。故先论所以制御西戎之大略。

今夫邹与鲁战，则天下莫不以为鲁胜，大小之势异也。然而势有所激，则大者失其所以为大，而小者忘其所以为小，故有以邹胜鲁者矣。夫大有所短，小有所长，地广而备多，备多而力分，小国聚而大国分，则强弱之势将有所反。大国之人，譬如千金之子，自重而多疑；小国之人，计穷而无所恃，则致死不顾。是以小国常勇，而大国常怯。恃大而不戒，则轻战而屡败；知小而自畏，则深谋而必克，此又其理然也。夫民之所以守战至死而不去者，以其君臣上下欢欣相得之际也。国大则君尊而上下不交，将军贵而吏士不亲，法令繁而民无所措其手足。若夫小国之民，截然其若一家也，有忧则相恤，有急则相赴。凡此数者，是小国之所长，而大国之所短也。大国而不用其所长，使小国常出于其所短，虽百战而百屈，岂足怪哉！

且夫大国则固有所长矣，长于战而不长于守。夫守者，出于不足而已。譬之于物，大而不用，则易以腐败。故凡击搏进取，所以用大也。孙武之法：十则围之，五则攻之，倍则分之，敌则能战之，少则能逃之，不若则能避之。自敌以上者，未尝有不战也。自敌以上而不战，则是以有馀而用不足之计，固已失其所长矣。凡大国之所恃，吾能分兵而彼不能分，吾能数出而彼不能应。譬如千金之家，日出其财以罔市利，而贩夫小民，终莫能与之竞者，非智不若，其财少也。是故贩夫小民，虽有桀黠之才，过人之智，而其势不得不折而入于千金之家。何则？其所长者，不可以与较也。

西戎之于中国，可谓小国矣。向者惟不用其所长，是以聚兵连年而终莫能服。今欲用吾之所长，则莫若数出，数出莫若分兵。臣之所谓分兵者，非分屯之谓也，分其居者与行者而已。今河西之戍卒，惟患其多，而莫之适用，故其便莫若分兵。使其十一而行，则一岁可以十出；十二而行，则一岁可以五出。十一而十出，十二而五出，则是一人而岁一出也。吾一岁而一出，彼一岁而十被兵焉，则众寡之不侔，劳逸之不敌，亦已明矣。夫用兵必出于敌人之所不能，我大而敌小，是故我能分而彼不能。此吴之所以肆楚，而隋之所以狃陈与？夫御戎之术，不可以逆知其详，而其大略，臣未见有过此者也。

苏子瞻策断下 ○○

古者匈奴之众，不过汉一大县，然所以能敌之者，其国无君臣上下朝觐会同之节，其民无谷米丝麻耕作织纴之劳。其法令以言语为约，故无文书符传之繁；其居处以逐水草为常，故无城郭邑居聚落守望之助。其旃裘肉酪，足以为养生送死之具。故战则人人自斗，败则驱牛羊远徙，不可得而破。盖非独古圣人法度之所不加，亦其天性之所安者，犹狙猿之不可使冠带，虎豹之不可以被以羁绁也。故中行说教单于无爱汉物，所得缯絮，皆以驰草棘中，使衣袴弊裂，以示不如旃裘之坚善也；得汉食物皆去之，以示不如湩酪之便美也。由此观之，中国以法胜，而匈奴以无法胜。圣人知其然，是故精修其法而谨守之，筑为城郭，堑为沟池，大仓廪，实府库，明烽燧，远斥候，使民知金鼓进退坐作之节，胜不相先，败不相弃。此其所以谨守其法而不敢失也。一失其法，则不如无法之为便也。故夫各辅其性而安其生，则中国与胡本不能相犯。惟其不然，是故皆有以相制，胡人之不可从中国之法，犹中国之不可从胡人之无法也。

今夫佩玉服韨冕而垂旒者，此宗庙之服，所以登降揖让折旋俯仰为容者也，而不可以骑射。今夫蛮夷而用中国之法，岂能尽如中国哉？苟不能尽如中国，而杂用其法，则是佩玉服韨冕而垂旒，而欲以骑射也。昔吴之先，断发文身，与鱼鳖龙蛇居者数十世，而诸侯不敢窥也。其后楚申公巫臣，始教以乘车射御，使出兵侵楚，而阖庐、夫差，又逞其无厌之求，开沟通水，与齐、晋争强。黄池之会，强自冠带，吴人不胜其弊，卒入于越。夫吴之所以强者，乃其所以亡也。何者？以蛮夷之资，而贪中国之美，宜其可得而图之哉！西晋之亡也，匈奴、鲜卑、氐、羌之类，纷纭于中国，而其豪杰间起，为之君长，如刘元海、苻坚、石勒、慕容隽之俦，皆以绝异之姿，驱驾一时之贤俊，其强者，至有天下大半，然终于覆亡相继，远者不过一传再传而灭。何也？其心固安于无法也，而束缚于中国之法。中国之人固安于法也，而苦其无法。君臣相戾，上下相厌，是以虽建都邑，立宗庙，而其心岌岌然，常若寄居于其间，而安能久乎？且人而弃其所得于天之分，未有不亡者也。

契丹自五代南侵，乘石晋之乱，奄至京师，睹中原之富丽，庙社宫阙之壮，而悦之。知不可以留也，故归而窃习焉。山前诸郡，既为所并，则中国士大夫有立其朝者矣。故其朝廷之仪，百官之号，文武选举之法，都邑郡县之制，以至于衣服饮食，皆杂取中国之象。然其父子聚居，贵壮而贱老，贪得而忘失，胜不相让，败不相救者，犹在也。其中未能革其犬羊豺狼之性，而外牵于华人之法，此其所以自投于陷阱网罗之中。而中国之人犹曰：今之匈奴非古也，其措置规画，皆不复蛮夷之心。以为不可得而图之，亦过计矣。且夫天下固有沈谋阴计之士也。昔先王欲图大事，立奇功，则非斯人莫之与共。秦之尉缭，汉之陈平，皆以樽俎之间，而制敌国之命。此亦王者之心，期以纾天下之祸而已。

彼契丹者，有可乘之势三，而中国未之思焉，则亦足惜矣。臣观其朝廷百官之众，而中国士大夫交错于其间，固亦有贤俊慷慨不屈之士，而诟辱及于公卿，鞭扑行于殿陛，贵为将相，而不免囚徒之耻，宜其有惋愤郁结而思变者，特未有路耳。凡此皆可以致其心，虽不为吾用，亦以间疏其君臣。此由余之所以入秦也。幽、燕之地，自古号多雄杰，名于图史者，往往而是。自宋之兴，所在贤俊，云合响应，无有远迩，皆欲洗濯磨淬，以观上国之光，而此一方，独陷于非类。昔太宗皇帝，亲征幽州，未克而班师，闻之谍者曰：幽州士民谋欲执其帅以城降者，闻乘舆之还，无不泣下。且胡人以为诸郡之民，非其族类，故厚敛而虐使之，则其思内附之心，岂待深计哉？此又足为之谋也。使其上下相猜，君民相疑，然后可攻也。语有之曰：鼠不容穴，衔窭薮也。彼僭立四都，分置守宰，仓廪府库，莫不备具。有一旦之急，适足以自累，守之不能，弃之不忍，华夷杂居，易以生变。如此，则中国之长，足以有所施矣。然非特如此而已也。中国不能谨守其法，彼慕中国之法，而不能纯用，是以胜负相持，而未有决也。夫蛮夷者，以力攻，以力守，以力战，顾力不能则逃。中国则不然。其守以形，其攻以势，其战以气，故百战而力有馀。形者有所不守，而敌人莫不忌也；势者有所不攻，而敌人莫不惫也；气者有所不战，而敌人莫不慑也。苟去此三者，而角之于力，则中国固不敌矣，尚何云乎？伏惟国家留意其大者，而为之计。其小者，臣未敢言焉。唐应德云：此文极其变化，横发而不可羁绁。

苏子由君术策五 ○

臣闻事有若缓而其变甚急者，天下之势是也。天下之人，幼而习之，长而成之，相咻而成风，相比而成俗，纵横颠倒，纷纷而不知以自定。当此之时，其上之人，刑之则惧，驱之则听，其势若无能为者。然及其为变，常至于破坏而不可御。故夫天子者，观天下之势，而制其所向，以定所归者也。

夫天下之人，弛而纵之，拱手而视其所为，则其势无所不至。其状如长江大河，日夜浑浑，趋于下而不能止。抵曲则激，激而无所泄，则咆勃溃乱，荡然而四出，坏堤防，包陵谷，汗漫而无所制。故善治水者，因其所入而导之，则其势不至于激怒坌涌而不可收。既激矣，又能徐徐而泄之，则其势不至于破决荡溢而不可止。然天下之人，常狃其安流无事之不足畏也，而不为去其所激，观其激作相蘑溃乱未发之际，而以为不至于大惧，不能徐泄其怒。是以遂至横流于中原，而不可卒治。

昔者天下既安，其人皆欲安坐而守之，循循以为敦厚，默默以为忠信。忠臣义士之气，愤闷而不得发。豪俊之士，不忍其郁郁之心，起而振之，而世之士大夫好勇而轻进，喜气而不慑者，皆乐从而群和之。直言忤世而不顾，直行犯君而不忌，今之君子，累累而从事于此矣，然天下犹有所不从。其馀风故俗犹众而未去，相与抗拒，而胜负之数未有所定。邪正相搏，曲直相犯，二者溃溃，而不知其所终极。盖天下之势已少激矣，而上之人不从而遂决其壅，臣恐天下之贤人，不胜其忿，而自决之也。夫惟天子之尊，有所欲为，而天下从之。今不为决之上，而听其自决，则天下之不同者，将悻然而不服；而天下之豪俊，亦将奋踊不顾，而力决之。发而不中，故大者伤，小者死，横溃而不可救。譬如东汉之士，李膺、杜密、范滂、张俭之党，慷慨议论，本以矫拂世俗之弊，而当时之君，不为分别天下之邪正，以决其气，而使天下之士，发愤而自决之，而天下遂以大乱。由此观之，则夫英雄之士，不可以不少遂其意也。是以治水者,惟能使之日夜流注而不息,则虽有蛟龙鲸鲵之患,亦将顺流奔走,奋迅悦豫,而不暇及于为变。苟其潴畜浑乱壅闭而不决,则水之百怪,皆将勃然放肆,求以自快其意而不可御。故夫天下,亦不可不为少决,以顺适其意也。

苏子由臣事策一 ○○

臣闻天下有权臣,有重臣。二者,其迹相近而难明。天下之人知恶夫权臣之专,而世之重臣,亦遂不容于其间。夫权臣者,天下不可一日而有;而重臣者,天下不可一日而无也。天下徒见其外,而不察其中,见其皆侵天子之权,而不察其所为之不类,是以举皆嫉之,而无所喜,此亦已太过也。

今夫权臣之所为者,重臣之所切齿;而重臣之所取者,权臣之所不顾也。将为权臣耶?必将内悦其君之心,委曲听顺,而无所违戾,外窃其生杀予夺之柄,黜陟天下,以见己之权,而没其君之威惠。内能使其君欢爱悦怿,无所不顺,而安为之上;外能使其公卿大夫百官庶吏,无所不归命,而争为之腹心。上爱下顺,合而为一,然后权臣之势遂成而不可拔。至于重臣则不然。君有所为不可则必争,争之不能,而其事有所必不可听,则专行而不顾。待其成败之迹著,则上之心将释然而自解。其在朝廷之中,天子为之蹴然而有所畏,士大夫不敢安肆怠惰于其侧。爵禄庆赏,己得以议其可否,而不求以为己之私惠;刀锯斧钺,己得以参其轻重，而不求以为己之私势。要以使天子有所不可必为，而群下有所震惧，而己不与其利。何者？为重臣者，不待天下之归己；而为权臣者，亦无所事天子之畏己也。故各因其行事，而观其意之所在，则天下谁可欺者？臣故曰：为天下安可一日无重臣也。

　　且今使天下而无重臣，则朝廷之事，惟天子之所为，而无所可否。虽天子有纳谏之明，而百官畏惧战栗，无平昔尊重之势，谁肯触忌讳，冒罪戾，而为天下言者？惟其小小得失之际，乃敢上章，欢哗而无所惮；至于国之大事，安危存亡之所系，则将卷舌而去，谁敢发而受其祸？此人主之所大患也。悲夫！后世之君，徒见天下之权臣，出入唯唯，以为有礼，而不知此乃所以潜溃其国；徒见天下之重臣，刚毅果敢，喜逆其意，则以为不逊，而不知其有社稷之虑。二者淆乱于心，而不能辨其邪正，是以丧乱相仍而不悟，何足伤也！昔者卫太子聚兵以诛江充，武帝震怒，发兵而攻之，京师至使丞相、太子相与交战。不胜而走，又使天下极其所往，而翦灭其迹。当此之时，苟有重臣，出身而当之，拥护太子，以待上意之少解，徐发其所蔽，而开其所怒，则其父子之际，尚可得而全也。惟无重臣，故天下皆知之而不敢言。臣愚以为凡为天下宜有以养其重臣之威，使天下百官有所畏忌，而缓急之间，能有所坚忍持重而不可夺者。窃观方今四海无变，非常之事，宜其息而不作。然及今日而虑之，则可以无异日之患。不然者，谁能知其果无有也，而不为之计哉？

抑臣闻之，今世之弊，在于法禁太密。一举足不如律令，法吏且以为言，而不问其意之所属。是以虽天子之大臣，亦安敢有所为于法律之外，以安天下之大事？故为天子之计，莫若少宽其法，使大臣得有所守，而不为法之所夺。昔申屠嘉为丞相，至召天子之幸臣邓通，立之堂下，而诘责其过。是时通几至于死而不救。天子知之，亦不以为怪，而申屠嘉亦卒非汉之权臣。由此观之，重臣何损于天下哉？

苏子由民政策一 。

臣闻王道之至于民也，其亦深矣。贤人君子，自洁于上，而民不免为小人；朝廷之间，揖让如礼，而民不免为盗贼。礼行于上，而淫僻邪放之风，起于下而不能止。此犹未免为王道之未成也。王道之本，始于民之自喜，而成于民之相爱。而王者之所以求之于民者，其粗始于力田，而其精极于孝悌廉耻之际。力田者民之最劳，而孝悌廉耻者，匹夫匹妇之所不悦。强所最劳，而使之有自喜之心；劝所不悦，而使之有相爱之意。故夫王道之成，而及其至于民，其亦深矣。古者天下之灾，水旱相仍，而上下不相保，此其祸起于民之不自喜于力田；天下之乱，盗贼放恣，兵革不息，而民不乐业，此其祸起于民之不相爱，而弃其孝悌廉耻之节。夫自喜，则虽有太劳，而其事不迁；相爱，则虽有强很之心，而顾其亲戚之乐，以不忍自弃于不义。此二者，王道之大权也。

方今天下之人，狃于工商之利，而不喜于农。惟其最愚下之人，自知其无能，然后安于田亩而不去。山林饥饿之民，皆有盗跖趑趄之心。而闺门之内，父子交忿，而不知反。朝廷之上，虽有贤人，而其教不逮于下。是故士大夫之间，莫不以为王道之远而难成也。然臣窃观三代之遗文，至于《诗》，而以为王道之成，有所易而不难者。夫人之不喜乎此，是未得为此之味也。故圣人之为诗，道其耕耨播种之勤，而述其岁终仓廪丰实，妇子喜乐之际，以感动其意。故曰："畟畟良耜，俶载南亩。播厥百谷，实函斯活。或来瞻女，载筐及筥。其饟伊黍，其笠伊纠。其镈斯赵，以薅荼蓼。"当此时也，民既劳矣，故为之言其室家来馌，而慰劳之者，以勉卒其事。而其终章曰："荼蓼朽止，黍稷茂止。获之挃挃，积之栗栗。其崇如墉，其比如栉，以开百室。百室盈止，妇子宁止。杀时犉牡，有捄其角。以似以续，续古之人。"当此之时，岁功既毕，民之劳者，得以与其妇子，皆乐于此，休息闲暇，饮酒食肉，以自快于一岁。则夫勤者，有以自忘其勤；尽力者，有以轻用其力；而很戾无亲之人，有所慕悦，而自改其操。此非独于《诗》云尔，导之使获其利，而教之使知其乐，亦如是也。且民之性，固安于所乐，而悦于所利，此臣所以为王道之无难者也。

盖臣闻之，诱民之势，远莫如近，而近莫如其所与竞。今行于朝廷之中，而田野之民，无迁善之心，此岂非其远而难至者哉？明择郡县之吏，而谨法律之禁，刑者布市，而顽民不悛。夫乡党之民，其视郡县之吏，自以为非其比肩之人，徒能畏其用法，而袒背受笞于其前，不为之愧。此其势可以及民之明罪，而不可以及其隐慝。此岂非其近而无所与竞者耶？惟其里巷亲戚之间，幼之所与同戏，而壮之所与共事，此其所与竞者也。臣愚以谓古者郡县有三老、啬夫，今可使推择民之孝悌无过、力田不惰、为民之素所服者为之，无使治事，而使讥诮教诲其民之怠惰而无良者。而岁时伏腊，郡县颇致礼焉，以风天下，使慕悦其事，使民皆有愧耻勉强不服之心。今不从民之所与竞而教之，而从其所素畏，夫其所素畏者，彼不自以为伍，而何敢求望其万一？故教天下，自所与竞者始，而王道可以渐至于下矣。中间引《诗》一段文字甚佳，而于后半民所与竞义，不甚联贯，是子由精神短处。

苏子由民政策二　。

臣闻三代之盛时，天下之人，自匹夫以上，莫不务自修洁，以求为君子。父子相爱，兄弟相悦，孝弟忠信之美，发于士大夫之间，而下至于田亩，朝夕从事，终身而不厌。至于战国，王道衰息，秦人驱其民而纳之于耕耘战斗之中，天下翕然而从之。南亩之民，而皆争为干戈旗鼓之事，以首争首，以力搏力，进则有死于战，退则有死于将，其患无所不至。夫周、秦之间，其相去不数十百年，周之小民，皆有好善之心，而秦人独喜于战攻，虽其死亡，而不肯以自存。此二者，臣窃知其故也。

夫天下之人，不能尽知礼义之美，而亦不能奋不自顾，以陷于死伤之地。其所以能至于此者，上之人实使之然也。然而闾巷之民，劫而从之，则可以与之侥幸于一时之功，而不可以望其久远。而周、秦之风俗，皆累世而不变，此不可不察其术也。盖周之制，使天下之士，孝悌忠信，闻于乡党，而达于国人者，皆得以登于有司；而秦之法，使其武健壮勇，能斩捕甲首者，得以自复其役。上者优之以爵禄，而下者皆得役属其邻里。天下之人，知其利之所在，则皆争为之，而尚安知其他？然周以之兴，而秦以之亡，天下遂皆尤秦之不能，而不知秦之所以使天下者，亦无以异于周之所以使天下。何者？至便之势，所以奔走天下，万世之所不易也，而特论其所以使之者何如焉耳。

今者天下之患，实在于民昏而不知教。然臣以谓其罪不在于民，而上之所以使之者或未至也。且天子之所求于天下者何也？天下之人，在家欲得其孝，而在国欲得其忠。兄弟欲其相与为爱，而朋友欲其相与为信。临财欲其思廉，而患难欲其思义。此诚天子之所欲于天下者。古之圣人，所欲而遂求之，求之以势，而使之自至。是以天下争为其所求，以求称其意。今有人，使人为之牧其牛羊，将责之以其牛羊之肥，则因其肥瘠，而制其利害。使夫牧者，趋其所利而从之，则可以不劳，而坐得其所欲。今求之以牛羊之肥瘠，而乃使之尽力于樵苏之事，以其薪之多少而制其赏罚之轻重，则夫牧人将为牧耶？将为樵耶？为樵则失牛羊之肥，而为牧则无以得赏。故其人举皆为樵，而无事于牧。吾之所欲者牧也，而反樵之为得，此无足怪也。今夫天下之人，所以求利于上者，果安在哉？士大夫为声病剽略之文，而治苟且记问之学，曳裾束带，俯仰周旋，而皆有意于天子之爵禄。夫天子之所求于天下者，岂在是也？然天子之所以求之者唯此，而人之所由以有得者亦唯此。是以若此不可却也。

嗟夫！欲求天下忠信孝悌之人，而求之于一日之试，天下尚谁知忠信孝悌之可喜，而一日之试之可耻，而不为者？《诗》云："无言不酬，无德不报。"臣以为欲得其所求，宜遂以其所欲而求之。开之以利，而作其怠，则天下必有应者。今间岁而一收天下之才，奇人善士，固宜有起而入于其中。然天下之人，不能深明天子之意，而以为所为求之者，止于其目之所见，是以尽力于科举，而不知自反于仁义。臣欲复古者孝悌之科，使州县得以与今之进士同举而皆进，使天下之人，时获孝弟忠信之利，而明知天子之所欲如此，则天下宜可渐化，以副上之所求。然臣非谓孝悌之科，必多得天下之贤才，而要以使天下知上意之所在，而各趋于其利，则庶乎不待教而忠信之俗可以渐复。此亦周、秦之所以使人之术欤？

古文辞类纂二十四

书说类一

赵良说商君 周显王三十年,秦孝公二十三年 ○○

　　赵良见商君。商君曰:"鞅之得见也,从孟兰皋。今鞅请得交可乎?"赵良曰:"仆弗敢愿也。孔丘有言曰:推贤而戴者进,聚不肖而王者退。鼐按:王者言推尊之。《庄子》:彼兀者而王先生。仆不肖,故不敢受命。仆闻之曰:非其位而居之曰贪位,非其名而有之曰贪名。仆听君之义,则恐仆贪位贪名也,故不敢闻命。"商君曰:"子不说吾治秦与?"赵良曰:"反听之谓聪,内视之谓明,自胜之谓强。虞舜有言曰:自卑也尚矣。君不若道虞舜之道,无为问仆矣。"商君曰:"始秦戎翟之教,父子无别,同室而居。今我更制其教,而为其男女之别;大筑冀阙,营如鲁、卫矣。子观我治秦也,孰与五羖大夫贤?"赵良曰:"千羊之皮,不如一狐之掖;千人之诺诺,不如一士之谔谔。武王谔谔以昌,殷纣墨墨以亡。君若不非武王乎,则仆请终日正言而无诛,可乎?"商君曰:"语有之矣:貌言,华也;至言,实也;苦言,药也;甘言,疾也。夫子果

417

肯终日正言，鞅之药也，鞅将事子，子又何辞焉？"

赵良曰："夫五羖大夫，荆之鄙人也。闻秦缪公之贤，而愿望见。行而无资，自粥于秦客，被褐食牛。期年，缪公知之，举之牛口之下，而加之百姓之上，秦国莫敢望焉。相秦六七年，而东伐郑，三置晋国之君，一救荆国之祸。发教封内，而巴人致贡；施德诸侯，而八戎来服。由余闻之，款关请见。五羖大夫之相秦也，劳不坐乘。暑不张盖，行于国中，不从车乘，不操干戈，功名藏于府库，德行施于后世。五羖大夫死，秦国男女流涕，童子不歌谣，舂者不相杵。此五羖大夫之德也。今君之见秦王也，因嬖人景监以为主，非所以为名也。相秦不以百姓为事，而大筑冀阙，非所以为功。刑黥太子之师傅，残伤民以骏刑，是积怨畜祸也。教之化民也深于命，民之效上也捷于令。今君又左建外易，_{人臣车盖不建车上，雨则拥之。其桯直，若左建，则曲柄建于车上，即左纛矣。易当为易，即马额之锡，其言侈于臣礼，不但坐乘张盖而已。}非所以为教也。君又南面也而称寡人，日绳秦之贵公子。《诗》曰："相鼠有体，人而无礼。人而无礼，胡不遄死？"以《诗》观之，非所以为寿也。公子虔杜门不出已八年矣，君又杀祝欢而黥公孙贾。《诗》曰："得人者兴，失人者崩。"此数事者，非所以得人也。君之出也，后车十数，从车载甲，多力而骈胁者为骖乘，持矛而操阖戟者旁车而趋。此一物不具，君固不出。《书》曰："恃德者昌，恃力者亡。"君之危若朝露，尚将欲延年益寿乎？则何不归十五都，灌园于鄙，劝秦王显岩穴之士，养老存孤，敬父兄，序有功，尊有德，可以少安。君尚将贪商、於之富，宠秦国之教，畜百姓之怨，秦王一旦捐宾客而不立朝，秦国之所以收君者，岂其微哉？亡可翘足而待！"商君弗从。

陈轸为齐说楚昭阳显王四十六年，楚怀王六年　○○

楚使柱国昭阳将兵而攻魏，破之于襄陵，得八邑，又移兵而攻齐。齐王患之。陈轸适为秦使齐，齐王曰："为之奈何？"陈轸曰："王勿忧，请令罢之。"即往见昭阳军中曰："愿闻楚国之法。破军杀将者，何以贵之？"昭阳曰："其官为上柱国，封上爵执珪。"陈轸曰："其有贵于此者乎？"昭阳曰："令尹。"陈轸曰："今君已为令尹矣。此国冠之上，臣请得譬之。人有遗其舍人一卮酒者，舍人相谓曰：'数人饮此，不足以遍。请遂画地为蛇。蛇先成者独饮之。'一人曰：'吾蛇先成。'举酒而起曰：'吾能为之足。'及其为之足，而后成人夺之酒而饮之，曰：'蛇固无足。今为之足，是非蛇也。'今君相楚而攻魏，破军杀将，功莫大焉，冠之上不可以加矣。今又移兵而攻齐，攻齐胜之，官爵不加于此；攻之不胜，身死爵夺，有毁于楚。此为蛇为足之说也。不若引兵而去以德齐，此持满之术也。"昭阳曰："善。"引兵而去。

陈轸说楚毋绝于齐楚怀王十六年　○○

秦欲伐齐，而楚与齐从亲。秦惠王患之，乃宣言张仪免相,使张仪南见楚王,谓楚王曰:"敝邑之王所甚说者,无先大王;虽仪之所甚愿为门阑之厮者,亦无先大王。敝邑之王所甚憎者,无先齐王;虽仪之所甚憎者,亦无先齐王。而大王和之,是以敝邑之王不得事王,而令仪亦不得为门阑之厮也。王为仪闭关而绝齐,今使使者从仪西,取故秦所分楚商、於之地方六百里,如是则齐弱矣,是北弱齐,西德于秦,私商、於以为富。此一计而三利俱至也。"怀王大悦,乃置相玺于张仪,日与置酒,宣言吾复得吾商、於之地。群臣皆贺,而陈轸独吊。怀王曰:"何故?"陈轸对曰:"秦之所为重王者,以王之有齐也。今地未可得,而齐交先绝,是楚孤也。夫秦又何重孤国哉?必轻楚矣。且先出地而后绝齐,则秦计不为;先绝齐而后责地,则必见欺于张仪。见欺于张仪,则王必怨之。怨之,是西起秦患,北绝齐交。西起秦患,北绝齐交,则两国之兵必至。臣故吊。"楚王弗听。

陈轸说齐以兵合于三晋 《大事记》载显王四十七年,齐宣二十一年,吴师道疑在赧王十六年　○

秦伐魏,陈轸合三晋而东,谓齐王曰:"古之王者之伐也,欲以正天下而立功名以为后世也。今齐、楚、燕、赵、韩、梁六国之递甚也,不足以立功名,适足以强秦而自弱也,非山东之上计也。能危山东者,强秦也。不忧强秦,而递相罢弱,而两归其国于秦,此臣之所以为山东之患。天下为秦相割,秦曾不出力;天下为秦相烹,秦曾不出薪。何秦之智,而山东之愚邪?愿大王之察也。

"古之五帝、三王、五伯之伐也,伐不道者。今秦之伐天下不然,必欲反之,主必死辱,民必死虏。今韩、梁之目未尝干,而齐民独不也。非齐亲而韩、梁疏也,齐远秦而韩、梁近。今齐将近矣!今秦欲攻梁绛、安邑,秦得绛、安邑以东下河,必表里河山,而东攻齐,举齐属之海,南面而孤楚、韩、梁,北向而孤燕、赵,齐无所出其计矣。愿王熟虑之。

"今三晋已合矣,复为兄弟约,而出锐师以戍梁绛、安邑,此万世之计也。齐非急以锐师合三晋,必有后忧。三晋合,秦必不敢攻梁,必南攻楚。楚、秦构难,三晋怒齐不与己也,必东攻齐。此臣之所谓齐必有大忧,不如急以兵合于三晋。"

齐王敬诺,果以兵合于三晋。

苏季子说燕文侯周显王三十五年,燕文公二十八年　○○

苏秦将为从,北说燕文侯曰:"燕东有朝鲜、辽东,北有林胡、楼烦,西有云中、九原,南有滹沱、易水,地方二千里,带甲数十万,车七百乘,骑六千匹,粟支二年。南有碣石、雁门之饶,霈按:碣石在燕东,海中之货自此入河。雁门在西北,沙漠之货自此入。路皆达于燕南,故南有其饶也。北有枣栗之利,民虽不田作,枣栗之实,足食于民矣。此所谓天府也。夫安乐无事,不见覆军杀将之忧,无过燕矣。大王知其所以然乎?夫燕之所以不犯寇被兵者，以赵之为蔽于其南也。秦、赵五战，秦再胜而赵三胜。秦、赵相敝，而王以全燕制其后，此燕之所以不犯难也。且夫秦之攻燕也，逾云中、九原，过代、上谷，弥地踵道数千里，虽得燕城，秦计固不能守也。秦之不能害燕亦明矣。今赵之攻燕也，发号出令，不至十日，而数十万之众，军于东垣矣。度滹沱，涉易水，不至四五日，而距国都矣。故曰秦之攻燕也，战于千里之外；赵之攻燕也，战于百里之内。夫不忧百里之患，而重千里之外，计无过于此者。是故愿大王与赵从亲，天下为一，则国必无患矣。”

燕王曰：“寡人国小，西迫强秦，促近齐、赵。齐、赵强国，今主君幸教诏之，合从以安燕，敬以国从。”于是赍苏秦车马金帛以至赵。

苏季子说赵肃侯 恐即苏秦说燕之年，肃侯之十六年 ○○○

苏秦从燕之赵，始合从说赵王曰：“天下之卿相人臣，乃至布衣之士，莫不高贤大王之行义，皆愿奉教陈忠于前之日久矣。虽然，奉阳君妒，大王不得任事，是以外宾客，游谈之士无敢尽忠于前者。今奉阳君捐馆舍，大王乃今然后得与士民相亲，臣故敢尽其愚忠。为大王计，莫若安民无事，请无庸有为也。安民之本，在于择交。择交而得则民安，择交不得，则民终身不得安。请言外患：齐、秦为两敌，而民不得安；倚秦攻齐，而民不得安；倚齐攻秦，而民不得安。故夫谋人之主，伐人之国，常苦出辞断绝人之交，愿大王慎无出于口也。请屏左右，白言所以异阴阳而已矣。大王诚能听臣，燕必致毡裘狗马之地，齐必致海隅鱼盐之地，楚必致橘柚云梦之地，韩、魏皆可使致封地汤沐之邑，贵戚父兄，皆可以受封侯。夫割地效实，五霸之所以覆军禽将而求也；封侯贵戚，汤武之所以放杀而争也。今大王垂拱而两有之，是臣之所以为大王愿也。大王与秦，则秦必弱韩、魏；与齐，则齐必弱楚、魏。魏弱则割河外，韩弱则效宜阳。宜阳效则上郡绝，此上郡是韩地河北者，平阳、上党皆是，非魏西河之外地，后入于秦之上郡。河外割则道不通，楚弱则无援。此三策者，不可不熟计也。夫秦下轵道，则南阳动，劫韩包周，则赵自销铄，据卫取淇，则齐必入朝。秦欲已得行于山东，则必举甲而向赵。秦甲涉河逾漳，据番吾，则兵必战于邯郸之下矣。此臣之所以为大王患也。

“当今之时，山东之建国，莫如赵强。赵地方三千里，带甲数十万，车千乘，骑万匹，粟支十年。西有常山，南有河、漳，东有清河，北有燕国。燕固弱国，不足畏也。且秦之所畏害于天下者莫如赵，然而秦不敢举兵甲而伐赵者何也？畏韩、魏之议其后也。然则韩、魏，赵之南蔽也。秦之攻韩、魏也则不然。无有名山大川之限，稍稍蚕食之，傅之国都而止矣。韩、魏不能支秦，必入臣于秦。秦无韩、魏之隔，祸必中于赵矣。此臣之所以为大王患也。

“臣闻尧无三夫之分，舜无咫尺之地，以有天下；禹无百人之聚，以王诸侯；汤武之卒，不过三千人，车不过三百乘，而为天子，诚得其道也。是故明主外料其敌国之强弱，内度其士卒之众寡、贤与不肖，不待两军相当，而胜败存亡之机节固已见于胸中矣，岂掩于众人之言，而以冥冥决事哉！

"臣窃以天下地图按之。诸侯之地，五倍于秦；料诸侯之卒，十倍于秦。六国并力为一，西面攻秦，秦破必矣。今西面而事之，见臣于秦。夫破人之与破于人也，臣人之与臣于人也，岂可同日而言之哉！夫横人者，皆欲割诸侯之地以与秦成。与秦成，则高台榭，美宫室，听竽笙琴瑟之音，察五味之和，前有轩辕，后有长庭，美人巧笑，卒有秦患，而不与其忧。是故横人日夜务以秦权恐猲诸侯，以求割地。愿大王之熟计也。

"臣闻明主绝疑去谗，屏流言之迹，塞朋党之门，故尊主广地强兵之计臣，得陈忠于前矣。故窃为大王计，莫如一韩、魏、齐、楚、燕、赵六国从亲以摈畔秦，令天下之将相，相与会于洹水之上，通质，刑白马以盟之，约曰：秦攻楚，齐、魏各出锐师以佐之，韩绝食道，赵涉河、漳，燕守常山之北；秦攻韩、魏，则楚绝其后，齐出锐师以佐之，赵涉河、漳，燕守云中；秦攻齐，则楚绝其后，韩守成皋，魏塞午道，赵涉河、漳、博关，燕出锐师以佐之；秦攻燕，则赵守常山，楚军武关，齐涉渤海，韩、魏出锐师以佐之；秦攻赵，则韩军宜阳，楚军武关，魏军河外，齐涉清河，_{秦攻赵，齐不应远涉渤海，盖清河之误耳。《史记》是。}燕出锐师以佐之。诸侯有先背约者，五国共伐之。六国从亲以摈秦，秦必不敢出兵于函谷关，以害山东矣。如是，则霸业成矣。"

赵王曰："寡人年少，莅国之日浅，未尝得闻社稷之长计。今上客有意存天下，安诸侯，寡人敬以国从。"乃封苏秦为武安君，饰车百乘，黄金千镒，白璧百双，锦绣千纯，以约诸侯。

苏季子说韩昭侯 《史记》作说宣惠王　○○

苏秦为赵合从说韩王曰："韩北有巩、洛、成皋之固，西有宜阳、商阪之塞，"商"字，依《史记》《策》作"常"。东有宛、穰、洧水，南有陉山，地方千里，带甲数十万。天下之强弓劲弩，皆自韩出，溪子、少府、时力、距来，皆射六百步之外。韩卒超足而射，百发不暇止，远者达胸，近者掩心。韩卒之剑戟，皆出于冥山，棠溪、墨阳，合伯。邓师、宛冯，龙渊、太阿，皆陆断马牛，水击鹄雁，当敌即斩。坚甲铁幕，革抉吱芮，无不毕具。《国策》甲下有"盾鞮鍪"字。按吱读伐，即是盾，不当重及，故从《史记》去三字。又下文"被坚甲"三句，承上三项，则"坚甲"属下句读，与即斩属为句者非是。以韩卒之勇，被坚甲，跖劲弩，带利剑，一人当百，不足言也。夫以韩之劲，与大王之贤，乃欲西面事秦，称东藩，筑帝宫，受冠带，祠春秋，交臂而服焉。夫羞社稷而为天下笑，无过此者矣。是故愿大王之熟计之也。大王事秦，秦必求宜阳、成皋，今兹效之，明年又益求割地。与之即无地以给之，不与则弃前功而后更受其祸。且夫大王之地有尽，而秦之求无已。夫以有尽之地，而逆无已之求,此所谓市怨而买祸者也,不战而地已削矣。臣闻鄙语曰:'宁为鸡口,无为牛后。'今大王西面交臂而臣事秦,何以异于牛后乎?夫以大王之贤,挟强韩之兵,而有牛后之名,臣窃为大王羞之。"

韩王忿然作色,攘臂按剑,仰天太息曰:"寡人虽死,必不能事秦,今主君以赵王之教诏之,敬奉社稷以从。"

苏季子说魏襄王_{显王三十六年,魏襄二年} ○

苏子为赵合从说魏王曰:"大王之地,南有鸿沟、陈、汝南、许、鄢、昆阳、邵陵、舞阳、新郪,《后汉·郡国志》:汝南,宋公国。周名郪邱,汉改名新郪。然则此"新"字衍,抑当依《史记》"新都"。东有淮、颍、沂、黄、煮枣、无疏,西有长城之界,北有河外、卷衍、酸枣,《史记正义》谓河外为河南地,此犹未明。盖大梁正河南地,若言其北,当言河内矣。盖魏以大梁、邺夹河南北,并以为都。其正北乃韩之上党,不可举也。此云河外,乃河既折而北流,为东河。其东南曰外,乃秦汉之东郡地,在大梁东北者耳。卷衍不知何处,必不如注家以汉河南郡之卷为解,盖卷县正是上文长城之界,非此卷衍。此卷衍亦东郡左右地耳。以张仪说魏,秦下河外,拔卷衍,则赵不南,魏不北语,证之尤明。又苏秦说赵,河外割则道不通,亦指此,并非正南河之南地。地方千里。名虽小,然而庐田庑舍,曾无所刍牧牛马之地。人民之众,车马之多,日夜行不绝,輷輷殷殷,若有三军之众。臣窃料之,大王之国,不下于楚。然横人谲王外交虎狼之秦,以侵天下,卒有国患,不被其祸。夫挟强秦之势,以内劫其主,罪无过此者。且魏天下之强国也,大王天下之贤主也。今乃有意西面而事秦,称东藩，筑帝宫，受冠带，祠春秋，臣窃为大王愧之。

　　"臣闻越王句践，以散卒三千，禽夫差于干遂；武王卒三千人，革车三百乘，斩纣于牧之野。岂其士卒众哉？诚能振其威也。今窃闻大王之卒，武力二十馀万，苍头二十万，奋击二十万，厮徒十万，车六百乘，骑五千匹，此其过越王句践、武王远矣！今乃劫于群臣之说，而欲臣事秦。夫事秦，必割地效质，故兵未用而国已亏矣。凡群臣之言事秦者，皆奸臣，非忠臣也。夫为人臣，割其主之地以外交，偷取一旦之功，而不顾其后，破公家而成私门，外挟强秦之势，而内劫其主，以求割地，愿大王之熟察之也。

　　"《周书》曰：绵绵不绝，蔓蔓若何？毫毛不拔，将成斧柯，前虑不定，后有大患，将奈之何？大王诚能听臣，六国从亲，专心并力，则必无强秦之患。故敝邑赵王使使臣献愚计，奉明约，在大王诏之。"

　　魏王曰："寡人不肖，未尝得闻明教。今主君以赵王之诏诏之，敬以国从。"

苏季子说齐宣王齐宣十年　○○○

　　苏秦为赵合从说齐宣王曰："齐南有泰山，东有琅邪，西有清河，北有渤海，此所谓四塞之国也。齐地方二千里，带甲数十万，粟如邱山，齐车之良，五家之兵，疾如锥矢，战如雷霆，解如风雨。即有军役，未尝倍泰山，绝清河，涉渤海也。临淄之中七万户，臣窃度之，下户三男子，三七二十一万，不待发于远县，而临淄之卒，固已二十一万矣。临淄甚富而实，其民无不吹竽鼓瑟，击筑弹琴，斗鸡走狗，六博蹋鞠者。临淄之途，车毂击，人肩摩，连衽成帷，举袂成幕，挥汗成雨。家殷人足，志高气扬。夫以大王之贤，与齐之强，天下不能当。今乃西面事秦，窃为大王羞之。

"且夫韩、魏所以畏秦者，以与秦接界也。兵出而相当，不十日，而战胜存亡之机决矣。韩、魏战而胜秦，则兵半折，四境不守；战而不胜，以亡随其后。是故韩、魏之所以重与秦战而轻为之臣也。今秦攻齐则不然。倍韩、魏之地，至卫、阳晋之道，经亢父之险，车不得方轨，马不得并行，百人守险，千人不能过也。秦虽欲深入，则狼顾，恐韩、魏之议其后也。是故恫疑虚喝，高跃而不敢进，则秦不能害齐亦明矣。夫不料秦之不奈我何也，而欲西面事秦，是群臣之计过。今臣无事秦之名，而有强国之实，臣固愿大王之少留计。"

齐王曰："寡人不敏，今主君以赵王之诏告之，敬奉社稷以从。"

苏季子自齐反燕说燕易王 ○

人有毁苏秦者曰："左右卖国反覆之臣也，将作乱。"苏秦恐得罪，归而燕王不复官也。

苏秦见燕王曰："臣东周之鄙人也。无有分寸之功，而王亲拜之于庙，而礼之于廷。今臣为王却齐之兵，而攻得十城，宜以益亲。今来而王不听臣者，人必有以不信伤臣于王者。臣之不信，王之福也。臣闻忠信者所以自为也，进取者所以为人也。且臣之说齐王，曾非欺之也。臣弃老母于东周，固去自为而行进取也。今有孝如曾参，廉如伯夷，信如尾生，得此三人者，以事大王，何若？"王曰："足矣。"苏秦曰："孝如曾参，义不离其亲一宿于外，王又安能使之步行千里，而事弱燕之危主哉？廉如伯夷，义不为孤竹君之嗣，不肯为武王臣，不受封侯，而饿死首阳山下，有廉如此，王又安能使之步行千里，而行进取于齐哉？信如尾生，与女子期于梁下，女子不来，水至不去，抱柱而死，有信如此，王又安能使之步行千里，却齐之强兵哉？臣所谓以忠信得罪于上者也。"燕王曰："若不忠信耳。岂有以忠信而得罪者乎？"苏秦曰："不然。臣闻客有远为吏，而其妻私于人者，其夫将来，其私者忧之。妻曰：'勿忧，吾已作药酒待之矣。'居三日，其夫果至，妻使妾举药酒进之。妾欲言酒之有药，则恐其逐主母也；欲勿言乎，则恐其杀主父也。于是乎详僵而弃酒。主父大怒，笞之五十。故妾一僵而覆酒，上存主父，下存主母。然而不免于笞。恶在乎忠信之无罪也？夫臣之过，不幸而类是乎？"

燕王曰："先生复就故官。"益厚遇之。

苏代止孟尝君入秦　○○

孟尝君将入秦，止者千数而弗听。苏代欲止之。孟尝君曰："人事者吾已尽知之矣,吾所未闻者,独鬼事耳。"苏代曰："臣之来也,固不敢言人事也,固且以鬼事见君。"

孟尝君见之。谓孟尝君曰："今者臣来过于淄上,有土偶人与桃梗相与语。桃梗谓土偶人曰:'子西岸之土也,埏子以为人,至岁八月,降雨下,淄水至,则汝残矣。'土偶曰:'不然。吾西岸之土也,残则复西岸耳。今子东国之桃梗也,刻削子以为人,降雨下,淄水至,流子而去,则子漂漂者将何如耳?'今秦四塞之国,譬如虎口,而君入之,则臣不知君所出矣。"孟尝君乃止。

苏代说齐不为帝 。

苏子说齐王曰："齐、秦立为两帝,王以天下为尊秦乎,且尊齐乎?"王曰："尊秦。""释帝,则天下爱齐乎,且爱秦乎?"王曰："爱齐而憎秦。""两帝立,约伐赵,孰与伐宋之利也?"姚宏曰:刘本有"王曰不如伐宋"六字。对曰："夫约均,然与秦为帝,而天下独尊秦而轻齐。齐释帝,则天下爱齐而憎秦。伐赵不如伐宋之利,故臣愿王明释帝以就天下。倍约摈秦,勿使争重,而王以其间举宋。夫有宋,则卫之阳城危;有淮北,则楚之东国危;有济西,则赵之河东危;有阴、平陆,则梁门不启。故释帝而贰之,以伐宋之事,则国重而名尊,燕、楚以形服,天下不敢不听,此汤武之举也。敬秦以为名,而后使天下憎之,此所谓以卑易尊者也。愿王之熟虑之也。"

苏代遗燕昭王书 ○○

齐伐宋,宋急。苏代乃遗燕昭王书曰:

"夫列在万乘,而寄质于齐,名卑而权轻;奉齐助之伐宋,《史》作"奉万乘助齐伐宋",今从《国策》。民劳而实费;夫破宋,残楚淮北,肥大齐,雠强而国害。此三者,皆国之大败也。然且王行之者,将以取信于齐也。齐加不信于王,而忌燕愈甚,是王之计过矣。夫以宋加之淮北,强万乘之国也,而齐并之,是益一齐也。北夷方七百里,加之以鲁、卫,强万乘之国也,而齐并之,是益二齐也。夫一齐之强,燕犹狼顾而不能支,今以三齐临燕,其祸必大矣。虽然,智者举事,因祸为福,转败为功。齐紫,败素也,而贾十倍。越王句践栖于会稽,复残强吴而霸天下。此皆因祸为福、转败为功者也。今王若欲因祸为福,转败为功,则莫若遥《史》作挑。霸齐而尊之,使使盟于周室,焚秦符,曰:其大上计破秦,其次必长摈之。秦挟摈以待破,秦王必患之。秦五世伐诸侯,今为齐下,秦王之志,苟得穷齐,不惮以国为功。然则王何不使辩士以此言说秦王曰:燕、赵破宋肥齐,尊之。为之下者,燕、赵非利之也。燕、赵不利而势为之者,以不信秦王也。然则王何不使可信者接收燕、赵?令泾阳君、高陵君先于燕、赵,秦有变,因以为质,则燕、赵信秦。秦为西帝,燕为北帝,赵为中帝,立三帝以令于天下。韩、魏不听,则秦伐之;齐不听,则燕、赵伐之。天下孰敢不听?天下服听,因驱韩、魏以伐齐,曰:必反宋地,归楚淮北。反宋地,归楚淮北,燕、赵之所利也;并立三帝,燕、赵之所愿也。夫实得所利,尊得所愿,燕、赵弃齐,如脱躧矣。今不收燕、赵,齐霸必成。诸侯赞齐而王不从,是国伐也;诸侯赞齐而王从之,是名卑也。今收燕、赵,国安而名尊;不收燕、赵,国危而名卑。夫去尊安而取危卑,智者不为也。秦王闻若说,必若刺心然。则王何不使辩士以此若言说秦?秦必取,齐必伐矣。夫取秦,厚交也;伐齐,正利也。尊厚交,务正利,圣王之事也。"

燕昭王善其书,曰:"先人尝有德苏氏,子之之乱,而苏氏去燕。燕欲报仇于齐,非苏氏莫可。"乃召苏代,复善待之,与谋伐齐,竟破齐,齐湣王出走。

苏代约燕昭王 当在赧王三十六七年,燕昭末年
秦拔楚鄢郢时 ○○○

秦召燕王,燕王欲往。苏代约燕王曰:

"楚得枳而国亡,齐得宋而国亡。齐、楚不得以有枳、宋事秦者,何也?是则有功者,秦之深雠也。秦取天下,非行义也,暴也。秦之行暴,正告天下。告楚曰:'蜀地之甲,轻舟《史》作"乘船",下同。浮于汶,乘夏水而下江,五日而至郢。汉中之甲,轻舟出于巴,乘夏水而下汉,四日而至五渚。寡人积甲宛,东下随,智者不及谋,勇者不及怒,寡人如射隼矣。王乃待天下之攻函谷,不亦远乎?'楚王为是之

故十七年事秦。秦正告韩曰：‘我起乎少曲，一日而断太行；我起乎宜阳，而触平阳，二日而莫不尽繇；我离两周而触郑，五日而国举。’韩氏以为然，故事秦。秦正告魏曰：‘我举安邑，塞女戟，韩氏、_{此韩氏，河东地名，属魏。}太原卷，下轵道，_{徐广曰：霸陵有轵道亭。骃按：此谓河内轵县，徐误。}道南阳、封、冀，兼包两周，乘夏水，浮轻舟，强弩在前，铦戟在后。决荥口，魏无大梁；决白马之口，魏无黄、_{黄有三，在河内者曰内黄，在陈留者曰外黄，在曹州者曰小黄，与济阳连。此黄，小黄也，《史记》本有"外"字，非是。}济阳；决宿胥之口，魏无虚、顿邱。陆攻则击河内，水攻则灭大梁。’魏以为然，故事秦。秦欲攻安邑，恐齐据_{《史》作救}之，则以宋委于齐，曰：‘宋王无道，为木人以象寡人，射其面。寡人地绝兵远，不能攻也。王苟能破宋有之，寡人如自得之。’已得安邑，塞女戟，因以破宋为齐罪。秦欲攻韩，恐天下救之，则以齐委于天下，曰：‘齐王四与寡人约，四欺寡人，必率天下以攻寡人者三。有齐无秦，有秦无齐，必伐之，必亡之！’已得宜阳、少曲，致蔺、离_{《史》无离字。}石，因以破齐为天下罪。秦欲攻魏，重楚，则以南阳委于楚，曰：‘寡人固与韩且绝矣！残均陵，塞黾厄，苟利于楚，寡人如自有之。’魏弃与国而合于秦，因以塞黾厄为楚罪。兵困于林中，重燕、赵，以胶东委于燕，以济西委于赵。已得讲于魏，质_{《史》作至。}公子延，因犀首属行而攻赵。兵伤于离_{《史》作谯。}石，遇败于马陵，_{《史》作阳马。}而重魏，则以叶、蔡委于魏。已得讲于赵，则劫魏，魏不为割。困则使太后、穰侯为和，嬴则兼欺舅与母。适燕者曰‘以胶东’，适赵

书说类一 苏代约燕昭王

者曰'以济西',适魏者曰'以叶、蔡',适楚者曰'以塞鼍厄',适齐者曰'以宋',必令其言如循环,用兵如刺蜚,母不能制,舅不能约。龙贾之战,岸门之战,封陵之战,高商之战,赵庄之战,秦之所杀三晋之民数百万。今其生者,皆死秦之孤也。西河之外,上雒之地,三川、晋国晋国谓安邑。晋末独有绛、曲沃,而魏居安邑,近之。赵、韩皆远,故谓为晋国。苏厉曰:韩亡三川,魏亡晋国。之祸,三晋之半。秦祸如此其大,而燕、赵之秦者,皆以争事秦说其主,此臣之所大患也。"奇峻之气,有过季子。

苏厉为齐遗赵惠文王书　○○

　　臣闻古之贤君,其德行非布于海内也,教顺非洽于人民也,祭祀时享,非数常于鬼神也。甘露降,时雨至,年丰谷熟,民不疾疫,众人善之,然而贤主图之。《国策》作恶之。今足下之贤行功力,非数加于秦也;怨毒积怒,非素深于齐也。秦、赵与国,以强征兵于韩,秦诚爱赵乎,其实憎齐乎?物之甚者,贤主察之。秦非爱赵而憎齐也,欲亡韩而吞二周,故以齐唉天下。憎齐及以齐,《国策》作"韩"。吴师道乃疑厉为韩说,而"齐"字为司马子长所改,此大误也。苏代云秦欲攻韩,恐天下救之,则以齐委于天下,正此时情事,故为齐说而语及韩。《国策》误本乃尽以齐字作韩,岂可据耶? 事当在齐湣败走,燕未尽取齐七十城时。《大事记》疑非此时事,亦不然也。恐事之不合,故出兵以劫魏、赵;恐天下畏己也,故出质以为信;恐天下亟反也,故征兵于韩以威之。声以德与国,而实伐空韩。臣以秦计为必出于此。

古文辞类纂

　　夫物固有势异而患同者。楚久伐而中山亡，今齐久伐而韩必亡。破齐，王与六国分其利也；亡韩，秦独擅之；收二周西，取祭器，秦独私之。赋田计功，王之获利，孰与秦多？说士之计曰"韩亡三川，魏亡晋国"，市朝未变，而祸已及矣。燕尽齐之北地，去沙邱、钜鹿，敛三百里。《策》有"秦尽"二字。韩之上党，去邯郸百里。燕、秦谋王之河山，间三百里而通矣。秦之上郡，近挺关，《策》作扞关，《大事记》云：扞者，扞敌之扞，非关名，故楚、赵皆有之。至于榆中者，千五百里。秦以三郡《策》作军。攻王之上党，羊肠之西，句注之南，非王有已。逾句注斩常山而守之，三百里而通于燕。彌按：上党盖韩、赵各有分地。韩之上党在南，赵之上党在北。燕尽齐之北地以下，言秦兵之从南路者；秦之上郡以下，言秦兵之从北路者。两路皆通燕，则赵断为三矣。代马胡犬不东下，昆山之玉不出，此三宝者，亦非王有已。王久伐齐，从强秦攻韩，其祸必至于此。愿王孰虑之。

　　且齐之所以伐者以事王也，天下属行以谋王也，燕、秦之约成，而兵出有日矣。五国三分王之地，齐倍五国之约，而殉王之患，西兵而禁强秦，秦废帝请服，反高平、根柔于魏，反茎分、先俞于赵，齐之事王，宜为上佼。《策》作交。而今乃抵罪，臣恐天下后事王者之不敢自必也。愿王孰计之也。今王毋与天下攻齐，天下必以王为义。齐抱社稷而厚事王，天下必尽重王义。王以天下善秦，秦暴，王以天下禁之，是一世之名宠制于王也。

苏厉为周说白起 ○○

苏厉谓周君曰："败韩、魏，杀犀武，攻赵，取蔺、离石、祁者，皆白起。是攻用兵，又有天命也。今攻梁，梁必破，破则周危。君不若止之。"谓白起曰："楚有养由基者善射。去柳叶者百步而射之，百发百中，左右皆曰善。有一人过曰：'善射，可教射也矣。'养由基曰：'人皆善，子乃曰可教射，子何不代我射之也?'客曰：'我不能教子支左屈右。夫射柳叶者百发百中，而不以善息，少焉气力倦，弓拨矢钩，一发不中，前功尽矣。'今公破韩、魏，杀犀武，而北攻赵，取蔺、离石、祁者公也，公之功甚多。今公又以秦兵出塞，过两周，践韩，而以攻梁，一攻而不得，前功尽灭。公不若称病不出也。"

古文辞类纂二十五

书说类二

张仪说魏哀王　○

张仪为秦连横说魏王曰:"魏地方不至千里,卒不过三十万人。地四平,诸侯四通,条达辐凑,无有名山大川之阻。从郑至梁不过百里,从陈至梁二百馀里。马驰人趋,不待倦而至。梁南与楚境,西与韩境,北与赵境,东与齐境,卒戍四方,守亭障者参列。粟粮漕庚,不下十万。魏之地势,故战场也。魏南与楚而不与齐,则齐攻其东;东与齐而不与赵,则赵攻其北;不合于韩,则韩攻其西;不亲于楚,则楚攻其南。此所谓四分五裂之道也。

"且夫诸侯之为从者,以安社稷,尊主、强兵、显名也。今从者一天下,约为兄弟,刑白马以盟于洹水之上,以相坚也。夫亲昆弟,同父母,尚有争钱财,而欲恃诈伪反覆苏秦之馀谋,其不可以成亦明矣。

"大王不事秦,秦下兵攻河外,拔卷、衍、燕、酸枣,劫卫取阳晋,《策》作"晋阳",误。今从《史记》。则赵不南;赵不南,则魏不北;魏不北,则从道绝;从道绝,则大王之国欲求无危,不可得也。秦挟韩而攻魏,韩劫于秦,不敢不听。秦、韩为一国,魏之亡可立而须也。此臣之所以为大王患也。为大王计,莫如事秦。事秦则楚、韩必不敢动。无楚、韩之患,则大王高枕而卧,国必无忧矣。

“且夫秦之所欲弱莫如楚,而能弱楚者莫若魏。楚虽有富大之名,其实空虚。其卒虽众多,然而轻走易北,不敢坚战。悉魏之兵,南面而伐,胜楚必矣。夫亏楚而益魏,攻楚而适秦,内嫁祸安国,此善事也。大王不听臣,秦甲出而东伐,虽欲事秦,而不可得也。

“且夫从人多奋辞而寡可信,说一诸侯之王,出而乘其车;约一国而成,反而取封侯之基。是故天下之游士,莫不日夜扼腕瞋目切齿,以言从之便,以说人主。人主览其辞、牵其说,恶得无眩哉?臣闻积羽沈舟,群轻折轴,众口铄金,积毁销骨,故愿大王之孰计之也。”

魏王曰:“寡人蠢愚,前计失之。请称东藩,筑帝宫,受冠带,祠春秋,效河外。”

张仪说楚怀王　　○

张仪为秦破从连衡说楚王曰:“秦地半天下,兵敌四国,被山带河,四塞以为固。虎贲之士百馀万,车千乘,骑万匹,粟如邱山。法令既明,士卒安难乐死。主严以明,将智以武。虽无出兵甲,席卷常山之险,折天下之脊,天下后服者先亡。且夫为从者，无以异于驱群羊而攻猛虎也。夫虎之与羊，不格明矣。今大王不与猛虎而与群羊，窃以为大王之计过矣。

"凡天下强国，非秦而楚，非楚而秦。两国敌侔交争，其势不两立。而_{"凡天下"以下二十五字，系从人语，与下文义不贯，疑衍。}大王不与秦，秦下甲兵，据宜阳，韩之上地不通；下河东，取成皋，韩必入臣于秦。韩入臣，魏则从风而动。秦攻楚之西，韩、魏攻其北，社稷岂得无危哉？

"且夫约从者，聚群弱而攻至强也。夫以弱攻强，不料敌而轻战，国贫而骤举兵，此危亡之术也。臣闻之，兵不如者，勿与挑战；粟不如者，勿与持久。夫从人者饰辩虚辞，高主之节行，言其利而不言其害，卒有秦祸，无及为已。是故愿大王之孰计之也。

"秦西有巴蜀，方船积粟，起于汶山，循江而下，至郢三千馀里。舫船载卒，一舫载五十人，与三月之粮，下水而浮，一日行三百馀里。里数虽多，不费汗马之劳，不至十日，而距扞关。扞关惊，则从竟陵以东尽城守矣，黔中、巫郡，非王之有已。秦举甲出之武关，南面而攻，则北地绝。秦兵之攻楚也，危难在三月之内；而楚恃诸侯之救，在半岁之外，此其势不相及也。夫恃弱国之救，而忘强秦之祸，此臣之所以为大王患也。且大王尝与吴人五战三胜而亡之，陈卒尽矣；有偏守新城，而居民苦矣。臣闻之，功_{《策》作"攻"。}大者易危，而民敝者怨于上。夫守易危之功，而逆强秦之心，臣窃为大王危之。

　　"且夫秦之所以不出甲于函谷关十五年以攻诸侯者，阴谋有吞天下之心也。楚尝与秦构难，战于汉中。楚人不胜，通侯、执珪死者七十馀人，遂亡汉中。楚王大怒，兴师袭秦，与秦战于蓝田又却。此所谓两虎相搏者也。夫秦、楚相敝，而韩、魏以全制其后，计无过于此者矣。是故愿大王孰计之也。

　　"秦下兵攻卫、阳晋，必扃天下之匈，大王悉起兵以攻宋，不至数月，而宋可举。举宋而东指，则泗上十二诸侯，尽王之有已。

　　"凡天下所信约从亲坚者，苏秦，封为武安君，而相燕，即阴与燕王谋破齐，共分其地。乃佯有罪，出奔入齐，齐王因受而相之。居二年而觉，齐王大怒，车裂苏秦于市。夫以一诈伪反覆之苏秦，而欲经营天下，混一诸侯，其不可成也亦明矣。

　　"今秦之与楚也，接境壤界，固形亲之国也。大王诚能听臣，臣请秦太子入质于楚，楚太子入质于秦，请以秦女为大王箕帚之妾，效万家之都，以为汤沐之邑，长为昆弟之国，终身无相攻击。臣以为计无便于此者。故敝邑秦王使使臣献书大王之从车下风，须以决事。"

　　楚王曰："楚国僻陋，托东海之上。寡人年幼，不习国家之长计。今上客幸教以明制，寡人闻之，敬以国从。"乃遣使车百乘，献鸡骇之犀、夜光之璧于秦王。苏张之说，多非当日本辞，为纵横学者为之耳。为此文者，盖以为说顷襄王，若面对怀王，不应云楚王大怒云云也。又东海之上，乃楚迁寿春后语，于怀王时不合，盖为此文者未计张仪之年不能及怀王后也。

张仪说韩襄王 　○

张仪为秦连横说韩王曰:"韩地险恶,山居,五谷所生,非麦而豆。民之所食,大抵豆饭藿羹,一岁不收,民不厌糟糠,地方不满九百里,无二岁之所食。料大王之卒,悉之不过三十万,而厮徒负养在其中矣。为除守徼亭障塞,见卒不过二十万而已。秦带甲百馀万,车千乘,骑万匹,虎鸷之士,跿跔科头,贯颐奋戟者,至不可胜计也。秦马之良,戎兵之众,探前趹后,蹄间三寻者,不可胜数也。山东之卒,被甲冒胄以会战,秦人捐甲徒裎以趋敌,左挈人头,右挟生虏。夫秦卒之与山东之卒也,犹孟贲之与怯夫也;以重力相压,犹乌获之与婴儿也。夫率孟贲、乌获之士,以攻不服之弱国,无以异于堕千钧之重集于鸟卵之上,必无幸矣。诸侯不料兵之弱,食之寡,而听从人之甘言好辞,比周以相饰也,皆言曰:'听吾计,则可以强霸天下。'夫不顾社稷之长利,而听须臾之说,诖误人主者,无过于此者矣。大王不事秦,秦下甲据宜阳,断绝韩之上地,东取成皋、宜阳,则鸿台之宫,桑林之苑,非王之有也。夫塞成皋,绝上地,则王之国分矣。先事秦则安矣,不事秦则危矣。夫造祸而求福,计浅而怨深,逆秦而顺赵,虽欲无亡,不可得也。故为大王计,莫如事秦。秦之所欲,莫如弱楚,而能弱楚者,莫如韩。非以韩能强于楚也,其地势然也。今王西面而事秦以攻楚,敝邑秦王必喜。夫攻楚而私其地,转祸而说秦，计无便于此者也。是故秦王使使臣献书大王御史，须以决事。"

韩王曰："客幸而教之，请比郡县，筑帝宫，祠春秋，称东藩，效宜阳。"

淳于髡说齐宣王见七士　○○

淳于髡一日而见七人于宣王。王曰："子来，寡人闻之，千里而一士，是比肩而立；百世而一圣，若随踵而至也。今子一朝而见七士，则士不亦众乎？"淳于髡曰："不然。夫鸟同翼者而聚居，兽同足者而俱行。今求柴胡、桔梗于沮泽，则累世不得一焉；及之睪黍、梁父之阴，则郄车而载耳。夫物各有俦，今髡贤者之俦也。王求士于髡，譬若挹水于河，而取火于燧也。髡将复见之，岂特七士也！"

淳于髡说齐王止伐魏　○

齐欲伐魏。淳于髡谓齐王曰："韩子卢者，天下之疾犬也；东郭逡者，海内之狡兔也。韩子卢逐东郭逡，环山者三，腾山者五，兔极于前，犬废于后，犬兔俱罢，各死其处。田父见之，无劳倦之苦，而擅其功。今齐、魏久相持以顿其兵、敝其众，臣恐强秦、大楚承其后，有田父之功。"齐王惧，谢将休士。

淳于髡解受魏璧马 　○

　　齐欲伐魏。魏使人谓淳于髡曰："齐欲伐魏，能解魏患，唯先生也。敝邑有宝璧二双，文马二驷，请致之先生。"淳于髡曰："诺。"

　　入说齐王曰："楚，齐之仇敌也；魏，齐之与国也。夫伐与国，使仇敌制其馀敝，名丑而实危，为王弗取也。"齐王曰："善。"乃不伐魏。

　　客谓齐王曰："淳于髡言不伐魏者，受魏之璧马也。"王以谓淳于髡曰："闻先生受魏之璧马，有诸？"曰："有之。""然则先生之为寡人计之何如？"淳于髡曰："伐魏之事，_{伐魏之事者，髡所说不伐魏之事也。}不便，魏虽刺髡，于王何益？若诚便，魏虽封髡，于王何损？且夫王无伐与国之诽，魏无见亡之危，百姓无被兵之患，髡有璧马之宝，于王何伤乎？"

黄歇说秦昭王 　○○

　　顷襄王三十年，秦白起拔楚西陵，或拔鄢、郢、夷陵，烧先王之墓。王徙东北，保于陈城。楚遂削弱，为秦所轻。于是白起又将兵来伐。

　　楚人有黄歇者，游学博闻，襄王以为辩，故使于秦，说昭王曰："天下莫强于秦、楚。今闻大王欲伐楚，此犹两虎相斗，而驽犬受其敝。不如善楚，臣请言其说。臣闻之：物至而反，冬夏是也；致至而危，累棋是也。今大国之地，半天下，有二垂，此从生民以来，万乘之地，未尝有也。先帝文王、武王王之身，三世而不忘接地于齐，《史》“之身”上，不重王字。《策》“接地”上，无“忘”字，以文义，皆应有之。以绝从亲之要。今王使成桥守事于韩，成桥以其地入秦。是王不用甲，不伸威，而出百里之地，王可谓能矣。王又举甲兵而攻魏，杜大梁之门，举河内，拔燕、酸枣、虚、桃人，楚、燕之兵，云翔而不敢校，王之功亦多矣。王休甲息众，二年然后复之，又取蒲、衍、首垣，以临仁、平邱，小黄、济阳婴城，而魏氏服矣。王又割濮、磨之北属之燕，注齐、秦之要，绝楚、赵之脊。天下五合六聚而不敢救也，王之威亦殚矣。王若能持功守威，省攻伐之心，而肥仁义之地，使无复后患，三王不足四，五霸不足六也。王若负人徒之众，恃甲兵之强，乘毁魏氏之威，而欲以力臣天下之主，臣恐有后患。

　　“《诗》云：‘靡不有初，鲜克有终。’《易》曰：‘狐涉水，濡其尾。’此言始之易，终之难也。何以知其然也？昔智氏见伐赵之利，而不知榆次之祸也；吴见伐齐之便，而不知干隧之败也。此二国者，非无大功也，没利于前，而易患于后也。吴之信越也，从而伐齐，既胜齐人于艾陵，还为越王禽于三江之浦。智氏信韩、魏，从而伐赵，攻晋阳之城，胜有日矣，韩、魏反之，杀智伯瑶于凿台之上。今王妒楚之不毁也，而忘毁楚之强韩、魏也。臣为大王虑而不取。《诗》云：‘大武远宅不涉。’从此观之，楚，国援也；邻，国敌也。《诗》云：‘他人有心，予忖度之。跃跃毚兔，遇犬获之。’今王中道而信韩、魏之善王也，此正吴之信越也。臣闻敌不可易，时不可失。臣恐韩、魏之卑辞虑患，而实欺大国也。何则？王既无重世之德于韩、魏，而有累世之怨焉。夫韩、魏父子兄弟接踵而死于秦者，将十世矣。本国残，社稷坏，宗庙隳，刳腹折颐，首身分离，暴骨草泽，头颅僵仆，相望于境。父子老弱，系虏相随于路。鬼神狐祥，言鬼无所归，而为妖祥如狐也，《史》作狐伤。无所食，百姓不聊生，族类离散流亡，为臣妾满海内矣。韩、魏之不亡，秦社稷之忧也。今王资之攻楚，不亦失乎！且王攻楚之日，则恶出兵？王将藉路于仇雠之韩、魏乎？兵出之日，而王忧其不反也，是王以兵资于仇雠之韩、魏也。王若不藉路于仇雠之韩、魏，必攻隋阳右壤，此皆广川大水，山林溪谷，不食之地，王虽有之，不为得地。是王有毁楚之名，无得地之实也。

“且王攻楚之日，四国必悉起应王。秦、楚之兵，构而不离，魏氏将出兵而攻留、方与、铚、胡陵、砀、萧、相，故宋必尽。齐人南面，泗北必举。此皆平原四达膏腴之地也，而王使之独攻。王破楚于以肥韩、魏于中国而劲齐，韩、魏之强，足以校于秦矣。而齐南以泗为境，东负海，北倚河，而无后患。天下之国，莫强于齐、魏。齐、魏得地葆利，而详事下吏，一年之后，为帝若未能，于以禁王之为帝有馀。夫以王壤土之博，人徒之众，兵革之强，而注地于楚，诎令韩、魏，注地，言地偏注于楚也，《史》作“树怨于楚”。“诎令”言令下而韩魏不听，为所诎也。《史》作“还令”，一作“迟令”。归帝重于齐，是王失计也。

"臣为王虑，莫若善楚。秦、楚合而为一以临韩，韩必授首。王襟以东山之险，带以曲河之利，_{东山，河内山在秦东者。}《策》作山东，非。曲河，《策》作河曲，亦非，盖言带以，则于义当谓河水，非谓河曲之地也。韩必为关中之侯。若是王以十万戍郑，梁氏寒心；许、鄢陵婴城，上蔡、召陵不往来也。如此而魏亦关内侯矣。王一善楚，而关内二万乘之主，注地于齐，齐之右壤可拱手而取也。是王之地一经两海，要绝天下也，是燕、赵无齐、楚，齐、楚无燕、赵也。然后危动燕、赵，持齐、楚，此四国者，不待痛而服矣。"

范雎献书秦昭王 ○

范子因王稽入秦，献书昭王曰："臣闻明主莅政，有功者不得不赏，有能者不得不官。劳大者其禄厚，功多者其爵尊，能治众者其官大。故不能者不敢当其职焉，能者亦不得蔽隐。使以臣之言为可，则行，而益利其道；若将弗行，则久留臣无谓也。语曰：'庸主赏所爱而罚所恶，明主则不然，赏必加于有功，刑必断于有罪。'今臣之胸不足以当椹质，要不足以待斧钺，岂敢以疑事尝试于王乎？虽以臣为贱而轻辱臣，独不重任臣者后无反覆于王前者耶？

"臣闻周有砥砨，宋有结绿，梁有悬黎，楚有和璞。此四宝者，工之所失也，而为天下名器。然则圣王之所弃者，独不足以厚国家乎？

"臣闻善厚家者，取之于国；善厚国者，取之于诸侯。

天下有明主，则诸侯不得擅厚者，何也？为其凋荣也。良医知病人之死生，圣主明于成败之事，利则行之，害则舍之，疑则少尝之，虽尧、舜、禹、汤复生，弗能改已。语之至者，臣不敢载之于书，其浅者又不足听也。意者臣愚而不阖于王心耶？亡其言臣者将贱而不足听耶？非若是也，则臣之志，愿少赐游观之间，望见足下而入之。"

书上，秦王说之。因谢王稽说，使人持车召之。

范雎说秦昭王 ○

范雎上书秦昭王大说，使以传车召范雎，于是范雎乃得见于离宫。佯为不知永巷而入其中，王来而宦者怒，逐之曰："王至！"范雎缪为曰："秦安得王？秦独有太后、穰侯耳！"欲以感怒昭王。昭王至，闻其与宦者争言，遂延迎谢曰："寡人宜以身受命久矣。会义渠之事急，寡人旦暮自请太后。今义渠之事已，寡人乃得受命。窃闵然不敏，敬执宾主之礼。"范雎辞让。

是日观范雎之见者，群臣莫不洒然变色易容者。秦王屏左右，宫中虚无人，秦王跽而请曰："先生何以幸教寡人？"范雎曰："唯唯。"有间，秦王复跽而请曰："先生何以幸教寡人？"范雎曰："唯唯。"若是者三。秦王跽曰："先生卒不幸教寡人耶？"范雎曰："非敢然也。臣闻昔者吕尚之遇文王也，身为渔父而钓于渭滨耳，若是者交疏也。已说而立为太师，载与俱归者，其言深也。故文王遂收功于吕尚,而卒王天下。乡使文王疏吕尚而不与深言,是周无天子之德,而文、武无与成其王业也。今臣羁旅之臣也,交疏于王,而所愿陈者,皆匡君之事,处人骨肉之间,愿效愚忠,而未知王之心也。此所以王三问而不敢对者也。臣非有畏而不敢言也,臣知今日言之于前,而明日伏诛于后,然臣不敢避也。大王信行臣之言,死不足以为臣患,亡不足以为臣忧,漆身为厉,被发为狂,不足以为臣耻。且以五帝之圣焉而死,三王之仁焉而死,五伯之贤焉而死,乌获、任鄙之力焉而死,成荆、孟贲、王庆忌、夏育之勇焉而死,死者人之所必不免也。处必然之势,可以少有补于秦,此臣之所大愿也。臣又何患哉?伍子胥囊载而出昭关,夜行昼伏,至于陵水,无以糊其口,膝行蒲伏,稽首肉袒,鼓腹吹篪,乞食于吴市,卒兴吴国,阖闾为伯。使臣得尽谋如伍子胥,加之以幽囚,终身不复见,是臣之说行也,臣又何忧?箕子、接舆,漆身为厉,被发为狂,无益于主。假使臣得同行于箕子,可以有补所贤之主,是臣之大荣也,臣又何耻?臣之所恐者,独恐臣死之后,天下见臣之尽忠而身死,因以是杜口裹足,莫肯乡秦耳。足下上畏太后之严,下惑于奸臣之态,居深宫之中,不离阿保之手,终身迷惑,无与昭奸。大者宗庙灭覆,小者身以孤危。此臣之所恐耳。若夫穷辱之事,死亡之患,臣不敢畏也。臣死而秦治,是臣死贤于生。”

秦王跽曰:“先生是何言也!夫秦国辟远,寡人愚不肖,先生乃幸辱至于此,是天以寡人恩先生,而存先王之宗庙也。寡人得受命于先生,是天所以幸先王,而不弃其孤也。先生奈何而言若是？事无大小，上及太后，下至大臣，愿先生悉以教寡人，无疑寡人也。"范雎拜，秦王亦拜。

范雎曰："大王之国，四塞以为固，北有甘泉、谷口，南带泾、渭，右陇、蜀，左关、阪，奋击百万，战车千乘，利则出攻，不利则入守，此王者之地也。民怯于私斗，而勇于公战，此王者之民也。王并此二者而有之。夫以秦卒之勇，车骑之众，以治诸侯，譬若驰韩卢而搏蹇兔也，霸王之业可致也。而群臣莫当其位，至今闭关十五年，不敢窥兵于山东者，是穰侯为秦谋不忠，而大王之计有所失也。"

秦王跽曰："寡人愿闻失计。"然左右多窃听者。范雎恐，未敢言内，先言外事，以观秦王之俯仰。因进曰："夫穰侯越韩、魏而攻齐刚寿，非计也。少出师则不足以伤齐，多出师则害于秦。臣意王之计欲少出师，而悉韩、魏之兵也，则不义矣。今见与国之不亲也，越人之国而攻可乎？其于计疏矣。且昔齐湣王南攻楚，破军杀将，再辟地千里，而齐尺寸之地无得焉者，岂不欲得地哉？形势不能有也。诸侯见齐之罢弊，君臣之不和也，兴兵而伐齐，大破之，士辱兵顿，皆咎其王，曰：'谁为此计者乎？'王曰：'文子为之。'大臣作乱，文子出走。故齐所以大破者，以其伐楚而肥韩、魏也。此所谓借贼兵而赍盗粮者也。王不如远交而近攻，得寸则王之寸也，得尺亦王之尺也。今释此而远攻，不亦缪乎？且昔者中山之国，地方五百里，赵独吞之，功成名立，而利附焉，天下莫之能害也。今夫韩、魏，中国之处，而天下之枢也。王其欲霸，必亲中国以为天下枢，以威楚、赵。

楚强则附赵，赵强则附楚。楚、赵皆附，齐必惧矣。齐惧，必卑词重币以事秦。齐附，而韩、魏因可虏也。”

昭王曰：“吾欲亲魏久矣，而魏多变之国也，寡人不能亲。请问亲魏奈何？”对曰：“王卑词重币以事之。不可，则割地而赂之；不可，因举兵而伐之。”

王曰：“寡人敬闻命矣。”乃拜范雎为客卿，谋兵事。卒听范雎谋，使五大夫绾伐魏，拔怀。后二岁，拔邢丘。

范雎说昭王论四贵　○

范雎曰：“臣居山东，闻齐之内有田单，不闻其有王；闻秦之有太后、穰侯、泾阳、华阳，不闻其有王。夫擅国之谓王，能专利害之谓王，制生杀之威之谓王。今太后擅行不顾，穰侯出使不报，泾阳、华阳击断无讳，高陵进退不请，四贵备而国不危者，未之有也。为此四者下，乃所谓无王已。然则权焉得不倾，而令焉得从王出乎？臣闻善为国者，内固其威而外重其权。穰侯使者操王之重，决裂诸侯，剖符于天下，征敌伐国，莫敢不听。战胜攻取，则利归于陶国，敝御于诸侯；战败则结怨于百姓，而祸归社稷。《诗》曰：木实繁者披其枝，披其枝者伤其心；大其都者危其国，尊其臣者卑其主。淖齿管齐之权，缩闵王之筋，悬之庙梁，宿昔而死；李兑用赵，减食主父，百日而饿死。今秦太后、穰侯用事，高陵、泾阳佐之，卒无秦王。此亦淖齿、李兑之类也。臣今见王独立于庙朝矣，且臣将恐后世之有秦国者，非王之子孙也。”

秦王惧，于是乃废太后，逐穰侯，出高陵，走泾阳于关外。昭王谓范雎曰：“昔者齐公得管仲时以为仲父，今吾得子，亦以为父。”

乐毅报燕惠王书　○○○

臣不佞，不能奉承王命，以顺左右之心。恐伤先王之明，有害足下之义，故遁逃走赵。今足下使人数之以罪，臣恐侍御者不察先王之所以畜幸臣之理，又不白臣之所以事先王之心，故敢以书对。

臣闻贤圣之君，不以禄私亲，其功多者赏之，其能当者处之。故察能而授官者，成功之君也；论行而结交者，立名之士也。臣窃观先王之举也，见有高世主之心，故假节于魏，以身得察于燕。先王过举，厕之宾客之中，立之群臣之上，不谋父兄，以为亚卿。臣窃不自知，自以为奉令承教，可幸无罪，故受命而不辞。

先王命之曰：“我有积怨深怒于齐，不量轻弱，而欲以齐为事。”臣曰：“夫齐，霸国之馀业，而骤胜之遗事也。练于兵甲，习于战攻。王若欲伐之，必与天下图之。与天下图之，莫若结于赵。且又淮北宋地，楚、魏之所欲也。赵若许而约四国攻之，齐可大破也。”先王以为然，具符节，南使臣于赵。顾反命，起兵击齐。以天之道，先王之灵，河北之地，随先王而举之济上。济上之军，受命击齐，大败齐人。

轻卒锐兵，长驱至国。齐王遁而走莒，仅以身免。珠玉财宝，车甲珍器，尽收入于燕。齐器设于宁台，大吕陈于元英，故鼎反乎磿室，蓟丘之植，植于汶篁。自五霸以来，功未有及先王者也。先王以为慊于志，故裂地而封之，使得比小国诸侯。臣窃不自知，自以为奉令承教，可幸无罪，是以受命不辞。

臣闻贤圣之君，功立而不废，故著于《春秋》；蚤知之士，名成而不毁，故称于后世。若先王之报怨雪耻，夷万乘之强国，收八百岁之蓄积，及至弃群臣之日，馀教未衰。执政任事之臣，修法令，慎庶孽，施及乎萌隶，皆可以教后世。

臣闻之：善作者不必善成，善始者不必善终。昔伍子胥说听于阖闾，而吴王远迹至郢。夫差弗是也，赐之鸱夷而浮之江。吴王不寤先论之可以立功，故沈子胥而不悔；子胥不早见主之不同量，主不同量，谓夫差非其父之伦，或有臣字，非。是以至于入江而不化。夫免身立功，以明先王之迹，臣之上计也；离毁辱之诽谤，隳先王之名，臣之所大恐也。临不测之罪，以幸为利，义之所不敢出也。

臣闻古之君子，交绝不出恶声。忠臣去国，不洁其名。臣虽不佞，数奉教于君子矣。恐侍御者之亲左右之说，不察疏远之行，故敢献书以闻。惟君王之留意焉。

周䜣止魏王朝秦　○○

秦败魏于华，魏王且入朝于秦。周䜣谓王曰："宋人有学者,三年反,而名其母。其母曰:'子学三年反而名我者何也?'其子曰:'吾所贤者无过尧舜,尧舜名;吾所大者无大天地,天地名。今母贤不过尧舜,母大不过天地,是以名母也。'其母曰:'子之于学者,将尽行之乎? 愿子之有以易名母也。子之于学也,将有所不行也? 愿子之且以名母为后也。'今王之事秦,尚有可以易入朝者乎? 愿王之有以易之,而以入朝为后。"魏王曰:"子患寡人入而不出耶? 许绾为我祝曰:入而不出,请殉寡人以头。"周䜣对曰:"如臣之贱也,今人有谓臣曰:入不测之渊而必出,不出,请以一鼠首为汝殉者,臣必不为也。今秦不可知之国也,犹不测之渊也;而许绾之首,犹鼠首也。内王于不可知之秦,而殉王以鼠首,臣窃为王不取也。且无梁孰与无河内急?"王曰:"梁急。""无梁孰与无身急?"王曰:"身急。"曰:"以三者身上也,河内其下也。秦未索其下,而王效其上可乎?"

王尚未听也。支期曰:"王视楚王。楚王入秦,王以三乘先之。楚王不入,楚、魏为一,尚足以捍秦。"王乃止。王谓支期曰:"吾始已诺于应侯矣,今不行者欺之矣。"支期曰:"王勿忧也。臣使长信侯请无内王,王待臣也。"

支期说于长信侯曰:"王命召相国。"长信侯曰:"王何以臣为?"支期曰:"臣不知也。王急召君。"长信侯曰:"吾内王于秦者,宁以为秦耶? 吾以为魏也。"支期曰:"君无为魏计,君其自为计。且安死乎? 安生乎? 安穷乎? 安贵乎? 君其先自为计,后为魏计。"长信侯曰:"楼公将入矣,臣今从。"支期曰:"王急召君,君不行,血溅君襟矣!"

长信侯行，支期随其后，且见王，支期先入，谓王曰："伪病者乎而见之，臣已恐之矣。"长信侯入见王，王曰："病甚，奈何？吾始已诺于应侯矣。意虽道死，行乎？"长信侯曰："王毋行矣！臣能得之于应侯矣。愿王无忧。"

孙臣止魏安釐王割地《史记》以为苏代 ○○

华阳之战，魏不胜秦。明年，将使段干崇割地而讲。

孙臣谓魏王曰："魏不以败之上割，可谓善用不胜矣；而秦不以胜之上割，可谓不善用胜矣。今处期年乃欲割，是群臣之私，而王不知也。且夫欲玺者，段干子也，王因使之割地；欲地者，秦也，而王因使之授玺。夫欲玺者制地，而欲地者制玺，其势必无魏矣。且夫奸人固皆欲以地事秦。以地事秦，譬犹抱薪而救火也。薪不尽，则火不止。今王之地有尽，而秦求之无穷，是薪火之说也。"

魏王曰："善。虽然，吾已许秦矣，不可以革也。"对曰："王独不见夫博者之用枭耶？欲食则食，欲握则握。今君劫于群臣而许秦，因曰不可革，何用智之不若枭也？"魏王曰："善。"乃按其行。

古文辞类纂二十六终

书说类三

鲁仲连说辛垣衍 〇〇

秦围赵之邯郸。魏安釐王使将军晋鄙救赵，畏秦，止于荡阴，不进。魏王使客将军辛垣衍间入邯郸，因平原君谓赵王曰："秦所以急围赵者，前与齐闵王争强为帝，已而复归帝，以齐故。今齐闵王二字衍。益弱，方今惟秦雄天下。此非必贪邯郸，其意欲求为帝。赵诚发使尊秦昭王二字亦衍。为帝，秦必喜，罢兵去。"平原君犹豫未有所决。

此时鲁仲连适游赵，会秦围赵。闻魏将欲令赵尊秦为帝，乃见平原君曰："事将奈何矣？"平原君曰："胜也何敢言事？百万之众折于外，今又内围邯郸而不去，魏王使客将军辛垣衍令赵帝秦。今其人在是，胜也何敢言事？"鲁仲连曰："始吾以君为天下之贤公子也，吾乃今然后知君非天下之贤公子也。梁客辛垣衍安在？吾请为君责而归之。"平原君曰："胜请为绍介，而见之于先生。"平原君遂见辛垣衍曰："东国有鲁连先生，其人在此，胜请为绍介，而见之于将军。"辛垣衍曰:"吾闻鲁连先生,齐国之高士也。衍,人臣也,使事有职。吾不愿见鲁连先生也。"平原君曰:"胜已泄之矣。"辛垣衍许诺。

鲁连见辛垣衍而无言。辛垣衍曰:"吾视居此围城之中者,皆有求于平原君者也。今吾视先生之玉貌,非有求于平原君者,曷为久居此围城之中而不去也?"鲁连曰:"世以鲍焦无从容而死者,皆非也。今众人不知,则为一身。彼秦弃礼义,上首功之国也。权使其士,虏使其民。彼则肆然而为帝,过而遂正于天下,则连有赴《史记》"蹈"。东海而死耳,吾不忍为之民也。所为见将军者,欲以助赵也。"辛垣衍曰:"先生助之奈何?"鲁连曰:"吾将使梁及燕助之,齐、楚固助之矣。"辛垣衍曰:"燕则吾请以从矣。若乃梁,则吾乃梁人也,先生恶能使梁助之耶?"鲁连曰:"梁未睹秦称帝之害故也。使梁睹秦称帝之害,则必助赵矣。"辛垣衍曰:"秦称帝之害将奈何?"鲁仲连曰:"昔齐威王尝为仁义矣,率天下诸侯而朝周。周贫且微,诸侯莫朝,而齐独朝之。居岁馀,周烈王崩,诸侯皆吊,齐后往。周怒,赴于齐曰:'天崩地坼,天子下席。东藩之臣田婴齐后至则斫之。'威王勃然怒曰:'叱嗟!而母婢也。'卒为天下笑。故生则朝周,死则叱之,诚不忍其求也。彼天子固然,其无足怪。"

辛垣衍曰:"先生独未见夫仆乎?十人而从一人者,宁力不胜、智不若耶?畏之也。"鲁仲连曰:"呜呼!二字《国策》作"然"。梁之比于秦,若仆耶?"辛垣衍曰:"然。"鲁仲连曰:

古文辞类篹

“然则吾将使秦王烹醢梁王。”辛垣衍怏然不悦，曰：“嘻！亦太甚矣先生之言也！先生又恶能使秦王烹醢梁王？”鲁仲连曰：“固也，待吾言之。昔者鬼《史记》“九”，二字通。侯、鄂侯、文王，纣之三公也。鬼侯有子而好，故入之于纣，纣以为恶，醢鬼侯。鄂侯争之急，辩之疾，故脯鄂侯。文王闻之，喟然而叹，故拘之于牖里之库百日，而欲令之死。曷为与人俱称帝王，卒就脯醢之地也？齐闵王将之鲁，夷维子执策而从，谓鲁人曰：‘子将何以待吾君？’鲁人曰：‘吾将以十太牢待子之君。’夷维子曰：‘子安取礼而来待吾君？彼吾君者天子也。天子巡狩，诸侯避舍，纳管键，摄衽抱几，视膳于堂下。天子已食，乃退而听朝也。’鲁人投其籥，不果纳，不得入于鲁。将之薛，假涂于邹。当是时，邹君死。闵王欲入吊，夷维子谓邹之孤曰：‘天子吊，主人必将倍殡柩，设北面于南方，然后天子南面吊也。’邹之群臣曰：‘必若此，吾将伏剑而死。’故不敢入于邹。邹、鲁之臣，生则不能事养，死则不得饭含，《史》作“赗襚”。然且欲行天子之礼于邹、鲁之臣不果纳。邹、鲁两国是时俱亡矣，是于其君不能奉养饭含也。当齐湣经过两国，两国距其亡无几时耳，亦微甚矣，而尚不肯以天子奉人也。《史记》《国策》凡注家皆失其解。今秦万乘之国，梁亦万乘之国。俱据万乘之国，交有称王之名，睹其一战而胜，欲从而帝之，是使三晋之大臣，不如邹、鲁之仆妾也。且秦无已而帝，则且变易诸侯之大臣。彼将夺其所谓不肖而子其所谓贤，夺其所憎而与其所爱。彼又将使其子女谗妾为诸侯妃姬，处梁之宫，梁王安得晏然而已乎？而将军又何以得故

457

宠乎？”

于是辛垣衍起，再拜谢曰：“始以先生为庸人，吾乃今日而知先生为天下之士也。吾请去，不敢复言帝秦。”

秦将闻之，为却军五十里。适会公子无忌夺晋鄙军以救赵，击秦，秦军引而去。

于是平原君欲封鲁仲连。鲁仲连辞让者三，终不肯受。平原君乃置酒，酒酣起前，以千金为鲁连寿。鲁连笑曰：“所贵于天下之士者，为人排患释难解纷乱而无所取也。即有所取者，是商贾之人也。仲鲁仲，氏也。连，其名也。《国策》误有“仲”字。连不忍为也。”遂辞平原君而去，终身不复见。

鲁仲连与田单论攻狄 ○○

田单将攻狄，往见鲁仲子。仲子曰：“将军攻狄，不能下也。”田单曰：“臣以五里之城，七里之郭，破亡馀卒，破万乘之燕，复齐墟。攻狄而不下何也？”上车弗谢而去。遂攻狄，三月而不克之也。齐婴儿谣曰：“大冠若箕，修剑拄颐，攻狄不能下，垒枯骨成丘。”

田单乃惧，问鲁仲子曰：“先生谓单不能下狄，请问其说。”鲁仲子曰：“将军之在即墨，坐而织蒉，立则杖插，为士卒倡，曰：‘可当作“何”字。往矣！宗庙亡矣！亡日尚矣！归于何党矣！’当此之时，将军有死之心，而士卒无生之气，闻若言，莫不挥泣奋臂而欲战。此所以破燕也。当今将军东有夜邑之奉,西有菑上之虞,黄金横带,而驰乎淄、渑之间,有生之乐,无死之心,所以不胜者也。"田单曰:"单有心,先生志之矣。"明日,乃厉气循城,立于矢石之所及,援枹鼓之,狄人乃下。

鲁仲连遗燕将书 ○○

吾闻之:智者不倍时而弃利,勇士不怯死而灭名,忠臣不先身而后君。今公行一朝之忿,不顾燕王之无臣,非忠也;杀身亡聊城,而威不信于齐,非勇也;功败名灭,后世无称焉,非智也。三者世主不臣,说士不载。故智者不再计,勇士不怯死。今死生荣辱,贵贱尊卑,此时不再至,愿公详计而无与俗同。且楚攻齐之南阳,魏攻平陆,而齐无南面之心,以为亡南阳之害小,不如得济北之利大,故定计审处之。今秦人下兵,魏不敢东面,衡秦之势成,楚国之形危。齐弃南阳,断右壤,定济北,计犹且为之也。且夫齐之必决于聊城,公勿再计。今楚、魏交退于齐,而燕救不至,以全齐之兵,无天下之规,与聊城共据期年之敝,则臣见公之不能得也。且燕国大乱,君臣失计,上下迷惑,栗腹以十万之众五折于外,以万乘之国被围于赵,壤削主困,为天下僇笑。国敝而祸多,民无所归心。今公又以敝聊之民,距全齐之兵,是墨翟之守也;食人炊骨,士无反北之心,是孙膑之兵也,能见于天下。虽然,为公计者,不如全车甲以报于燕。车甲全而归燕,燕王必喜。身全而归于国,士民如见父母，交游攘臂而议于世，功业可明。上辅孤主，以制群臣；下养百姓，以资说士。矫国更俗，功名可立也。亡意亦捐燕弃世，东游于齐乎？裂地定封，富比乎陶、卫，世世称孤，与齐久存，又一计也。此两计者，显名厚实也。愿公详计而审处一焉。

且吾闻之：规小节者不能成荣名，恶小耻者不能立大功。昔者管夷吾射桓公中其钩，篡也；遗公子纠不能死，怯也；束缚桎梏，辱也。若此三行者，世主不臣，而乡里不通。乡使管仲幽囚而不出，身死而不反于齐，则亦名不免为辱人贱行矣。臧获且羞与之同名矣，况世俗乎？故管子不耻身在缧绁之中，而耻天下之不治；不耻不死公子纠，而耻威之不信于诸侯。故兼三行之过，而为五霸首，名高天下，而光烛邻国。曹子为鲁将，三战三北，而亡地五百里。乡使曹子计不反顾，议不还踵，刎颈而死，则亦名不免为败军禽将矣。曹子弃三北之耻，而退与鲁君计。桓公朝天下，会诸侯，曹子以一剑之任，枝桓公之心于坛坫之上，颜色不变，辞气不悖，三战之所亡，一朝而复之，天下震动，诸侯惊骇，威加吴、越。若此二士者，非不能成小廉而行小节也，以为杀身亡躯，绝世灭后，功名不立，非智也。故去感忿之怨，立终身之名；弃忿悁之节，定累世之功。是以业与三王争流，而名与天壤相弊也。愿公择一而行之。萧按：鲁仲连此书，《史记》本传所叙载为当，《国策》则误矣。鲁连不肯帝秦之后，乃有与燕将书之事，而不肯帝秦事，在赵孝成王九年，齐王建八年，上距齐襄王五年。田单杀骑劫中间二十二年矣。《国策》谓与燕将书在杀骑劫之时，其舛已甚。鲍彪不悟《国策》之误，反疑杀骑劫后二十馀年当燕王喜时，乃有赵杀栗腹之事。

仲连不当豫言栗腹，遂谓是书为后人拟为之者，是尤非也。若《史记》所载则不然，其云燕将攻下聊城，是燕王喜时，偶以兵攻齐，才得一城耳。燕将死而齐田单复取聊城，其与襄王法章时复齐七十馀城事，不相及也。《史记》单传止载复齐七十城事，其后赵孝成王请单为将而攻燕，明年田单为赵相，又后十馀年单乃为齐复聊城，《史》皆杂见他传。太史公文简而事备，往往若此，其皆为单事，固无疑也。吴文正注《国策》，谓单相赵后，必不还齐而复聊城，此何据而云然耶？仲连是书意颇滑稽，其劝燕将反国及东游于齐，皆非其诚语。仲连，战国奇伟士也，不必绳以圣贤制行，且彼以齐为本国，谊当为齐，夫何爱于燕将？吴氏乃谓排难解纷者，必不迫人于穷而致之死，谓《史记》言燕将得书自杀为不可信，其说尤迂，不知仲连之意，不足为《史记》难也。惟考廉颇传，邯郸围解五年，廉颇杀栗腹而围燕。赵世家、六国表所记，则解围至杀栗腹，凡七年，而仲连传则谓解邯郸围后二十馀年，值聊城事，而有栗腹兵折、燕被围之语，则相去时益远矣，此似传之误，或传写者失之。

触詟说赵太后鼐按：赵太后即齐女威后，欲杀於陵子仲者，
左师言固善矣，亦会值赵太后明智，易以理谕耳 ○○○

赵太后新用事，秦急攻之，赵氏求救于齐。齐曰："必以长安君为质，兵乃出。"太后不肯，大臣强谏。太后明谓左右："有复言令长安君为质者，老妇必唾其面。"

左师触詟愿见，太后盛气而揖之。入而徐趋，至而自谢曰："老臣病足，曾不能疾走，不得见久矣，窃自恕，恐太后玉体之有所郄也，故愿望见。"太后曰："老妇恃辇而行。"曰："日食饮得无衰乎？"曰："恃鬻耳。"曰："老臣今者殊不欲食，乃自强步日三四里，少益嗜食，和于身。"曰："老妇不能。"太后之色少解。

左师公曰："老臣贱息舒祺，最少，不肖。而臣衰，窃爱怜之。愿令补黑衣之数，古者军礼，上下服同色，玄衣玄裳，故曰衲服。宿卫者用军礼，故皆黑衣。以卫王宫。没死以闻。"太后曰："敬诺。年几何矣？"对曰："十五岁矣。虽少，愿及未填沟壑而托之。"太后曰："丈夫亦爱怜其少子乎？"对曰："甚于妇人。"太后曰："妇人异甚。"对曰："老臣窃以为媪之爱燕后，贤于长安君。"曰："君过矣，不若长安君之甚。"左师公曰："父母之爱子，则为之计深远。媪之送燕后也，持其踵为之泣，念悲其远也，亦哀之矣。已行，非弗思也。祭祀必祝之，祝曰：'必勿使反。'岂非计久长有子孙相继为王也哉？"太后曰："然。"左师公曰："今三世以前，至于赵之为赵，赵王之子孙侯者，其继有在者乎？"曰："无有。"曰："微独赵，诸侯有在者乎？"曰："老妇不闻也。""此其近者祸及身，远者及其子孙。岂人主之子孙则必不善哉？位尊而无功，奉厚而无劳，而挟重器多也。今媪尊长安君之位，而封以膏腴之地，多予之重器，而不及今令有功于国，一旦山陵崩，长安君何以自托于赵？老臣以媪为长安君计短也，故以为其爱不若燕后。"太后曰："诺。恣君之所使之。"

于是为长安君约车百乘，质于齐。齐兵乃出。

子义闻之曰："人主之子也，骨肉之亲也，犹不能恃无功之尊，无劳之奉，以守金玉之重也，而况人臣乎？"

冯忌止平原君伐燕　　○

平原君谓冯忌曰："吾欲北伐上党，出兵攻燕，何如？"

冯忌对曰:"不可。夫以秦将武安君、公孙起乘七胜之威,而与马服子战于长平之下,大败赵师,因以其馀兵围邯郸之城。赵以七败之馀,收破军之敝,而秦罢于邯郸之下。赵守而不可拔者,以攻难而守者易也。今赵非有七克之威也,而燕非有长平之祸也。今七败之祸未复,而欲以罢赵攻强燕,是使弱赵为强秦之所以攻,而使强燕为弱赵之所以守,而强秦以休兵承赵之敝。此乃强吴之所以亡,而弱越之所以霸。故臣未见燕之可攻也。"平原君曰:"善哉。"

蔡泽说应侯 ○○

蔡泽见逐于赵,而入韩、魏,遇夺釜鬲于涂。闻应侯任郑安平、王稽,皆负重罪,应侯内惭,乃西入秦。将见昭王,使人宣言以感怒应侯曰:"燕客蔡泽,天下骏雄弘辩之士也。彼一见秦王,秦王必相之,而夺君位。"应侯闻之曰:"五帝三代之事,百家之说,吾既知之;众口之辩,吾皆摧之。彼恶能困我而夺我位乎?"使人召蔡泽。

蔡泽入则揖应侯。应侯固不快,及见之,又倨。应侯因让之曰:"子尝宣言代我相秦,岂有此乎?"对曰:"然。"应侯曰:"请闻其说。"蔡泽曰:"吁!君何见之晚也。夫四时之序,成功者去。夫人生手足坚强,耳目聪明,而心圣智,岂非士之所愿与?"应侯曰:"然。"蔡泽曰:"质仁秉义,行道施德,得志于天下,天下怀乐敬爱而尊慕之,皆愿以为君王,岂不辩智之期与?"应侯曰:"然。"蔡泽复曰:"富贵显荣，成理万物，万物二字《史》作"使"。各得其所。性命寿长，终其天年，而不夭伤。天下继其统，守其业，传之无穷，名实纯粹，泽流千里，世世称之而毋绝。岂非道德之符，而圣人所谓吉祥善事与？"应侯曰："然。"泽曰："若秦之商君，楚之吴起，越之大夫种，其卒《史》有"然"字。亦可愿与？"应侯知蔡泽之欲困己以说，复缪曰："何为不可？夫公孙鞅之事孝公也，极身毋贰虑，尽公而不顾《策》作"还"。私，设刀锯以禁奸邪，信赏罚以致治，竭智能，《史》作"披腹心"。示情素，蒙怨咎，欺旧交，虏《史》作"夺"。魏公子卬，安秦社稷，利百姓，卒为秦禽将破敌，《策》有"军"字。攘地千里。吴起之事悼王也，使私不得害公，谗不得蔽忠，言不取苟合，行不取苟容，《史》有"不为危易行"句。行义不顾毁誉，《史》作"不辟难"。必欲霸主强国，不辞祸凶。大夫种之事越王也，主虽困辱，悉忠而不解；主虽亡绝，尽能而不离。多《史》作"成"。功而不矜，贵富不骄怠。若此三子者，义之至也，忠之节也。是故君子以义死难，视死如归。生而辱，不如死而荣。士固有杀身以成名，义之所在，身虽死无憾。何为而不可哉？"蔡泽曰："主圣臣贤，天下之福也；君明臣忠，国之福也；父慈子孝，夫信妇贞，家之福也。故比干忠不能存殷，子胥智不能存吴，申生孝而晋国《策》作"惑"。乱。是皆有忠臣孝子，而国家灭乱者，何也？无明君贤父以听之，故天下以其君父为戮辱，而怜其臣子。今商君、吴起、大夫种之为人臣是也，其君非也。故世称三子致功而不见德，岂慕不遇世死乎？《国策》无以上四句，《史》有。夫待死而后可以立忠成名，是微子不足仁,孔子不足圣,管仲不足大也。夫人之立功,岂不期于成全耶?身与名俱全者上也,名可法而身死者其次也,名在僇辱而身全者下也。"于是应侯称善。

蔡泽得少间,因曰:"商君、吴起、大夫种,其为人臣,尽忠致功,则可愿矣。闳夭事文王,周公辅成王也,岂不亦忠圣乎?以君臣论之,商君、吴起、大夫种,其可愿,孰与闳夭、周公哉?"应侯曰:"商君、吴起、大夫种不若也。"蔡泽曰:"然则君之主慈仁任忠,惇厚旧故,其贤智与有道之士为胶漆,义不倍功臣,孰与秦孝、楚悼、越王乎?"应侯曰:"未知何如也。"蔡泽曰:"今主亲忠臣,不过秦孝、越王、楚悼。君之设智能,为主安危修政,治乱强兵,批患折难,广地殖谷,富国足家,强主,尊社稷,显宗庙,天下莫敢欺犯其主。主之威盖震海内,功彰万里之外,声名光辉,传于千世,君孰与商君、吴起、大夫种?"应侯曰:"不若。"蔡泽曰:"今主之亲忠臣,不忘旧故,不若孝公、悼王、句践,而君之功绩爱信亲幸,又不若商君、吴起、大夫种,然而君之禄位贵盛,私家之富,过于三子,而身不退,恐患之甚于三子,窃为君危之。语曰:'日中则移,月满则亏。'物盛则衰,天之常数也。进退盈缩变化,圣人之常道也。故国有道则仕,国无道则隐。圣人曰:'飞龙在天,利见大人。''不义而富且贵,于我如浮云。'今君之怨已雠,而德已报,意欲至矣,而无变计,窃为君不取也。且夫翠鹄犀象,其处势非不远死也,而所以死者,惑于饵也;苏秦、智伯之智,非不足以辟辱远死也,而所以死者,惑于贪利不止也。是以圣人制礼节欲,取于民有度,使之以时,用之有止,故志不溢,行不骄,常与道俱而不失,故天下承而不绝。以上二十七句,《策》俱无之。昔者齐桓公九合诸侯,一匡天下,至葵丘之会,有骄矜之志,畔者九国。吴王夫差,兵无敌于天下,勇强以轻诸侯,陵齐、晋,遂以杀身亡国。夏育、太史启,《史》作"噭"。叱呼骇三军,而身死于庸夫。此皆乘至盛而不返道理,不居卑退处俭约之患也。夫商君为孝公明法令,禁奸本,尊爵必赏,有罪必罚,平权衡,正度量,调轻重,决裂阡陌,以静生民之业,而一其俗,劝民耕农利土,一室无二事,力田稽积,习战陈之事。是以兵动而地广,兵休而国富,故秦无敌于天下,立威诸侯,成秦国之业。功已成矣,遂以车裂。楚地方数千里,持戟百万。白起率数万之师,以与楚战,一战举鄢、郢以烧夷陵,再战南并蜀、汉,又越韩、魏攻强赵,北坑马服,诛屠四十馀万之众,尽之于长平之下,流血成川,沸声若雷,遂入围邯郸,使秦有帝业。《策》作"业帝"。楚、赵,天下之强国,而秦之雠敌也。自是之后,赵、楚慑服不敢攻秦者,白起之势也。身所服者七十馀城,功已成矣,而遂赐剑死于杜邮。吴起为楚悼王立法,卑减大臣之威重,罢无能,废无用,损不急之官,塞私门之请,一楚国之俗,禁游客《史》作"说"。之民,精耕战之士,南攻扬、越,北并陈、蔡,破横散从,使驰说之士无所开其口,禁朋党以厉百姓,定楚国之政,兵震天下,威服诸侯。功已成矣,而卒支解。大夫种为越王深谋远计,免会稽之危,以亡为存,因辱为荣,垦草堤刓《史》作"人"。邑,辟地殖谷,率四方之士,专上下之力,辅句践之贤,报夫差之雠,《策》无二句。卒禽劲吴,令越成霸。功已彰而信矣,句践终负《策》作"拮姚",宏本作"掊"。而杀之。此四子者,功成而不去,祸至于此。此所谓信而不能屈,往而不能反者也。范蠡知之,超然避世,长为陶朱。君独不观博者乎?或欲大投,或欲分功,此皆君之所明知也。今君相秦,计不下席,谋不出廊庙,坐制诸侯,利施三川,以实宜阳。决羊肠之险,塞太行之口,又斩范、中行之途,六国不得合从,栈道千里,通于蜀、汉,使天下皆畏秦。秦之欲得矣,君之功极矣,此亦秦之分功之时也。如是不退,则商君、白公、吴起、大夫种是也。吾闻之:鉴于水者见面之容,鉴于人者知吉与凶。书曰:成功之下,不可久处。《史》有"四子之祸,君何居焉"八字。君何不以此时归相印,让贤者授之,退而岩居川观,必有伯夷之廉,长为应侯,世世称孤,而有许由、延陵季子之让,乔松之寿。孰与以祸终哉?此则君何居焉?"此处《史》仍有"忍不能自离,疑不能自决,必有四子之祸矣。《易》曰:'亢龙有悔。'此言上而不能下,信而不能诎,往而不能自返者也,愿君孰计之"九句。

应侯曰:"善。"乃延入坐为上客。

魏加与春申君论将 ○

天下合从。赵使魏加见楚春申君,曰:"君有将乎?"曰:"有矣。仆欲将临武君。"魏加曰:"臣少之时好射,臣愿以射譬之,可乎?"春申君曰:"可。"加曰:"异日者,更羸与魏王处京台之下,仰见飞鸟。更羸谓魏王曰:'臣为君引

弓虚发而下鸟。'魏王曰:'然则射可至此乎?'更赢曰:
'可。'有间,雁从东方来,更赢以虚发而下之。魏王曰:
'然则射可至此乎?'更赢曰:'此孽也。'王曰:'先生何以
知之?'对曰:'其飞徐而鸣悲。飞徐者,故疮痛也;鸣悲者,
久失群也。故疮未息,而惊心未去也。闻弦者音烈而高
飞,故疮陨也。'今临武君尝为秦孽,不可为拒秦之将也。"

汗明说春申君　　○

　　汗明见春申君,候问三月,而后得见。谈卒,春申君大
说之。汗明欲复谈,春申君曰:"仆已知先生,先生大息
矣。"汗明憱焉曰:"明愿有问君,而恐,固不审君之圣孰与
尧也?"春申君曰:"先生过矣,臣何足以当尧?"汗明曰:
"然则君料臣孰与舜?"春申君曰:"先生即舜也。"汗明曰:
"不然,臣请为君终言之。君之贤实不如尧,臣之能不及
舜。夫以贤舜事圣尧三年,而后乃相知也。今君一旦而知
臣,是君圣于尧,而臣贤于舜也。"春申君曰:"善。"召门吏
为汗先生著客籍,五日一见。

　　汗明曰:"君亦闻骥乎? 夫骥之齿至矣,服盐车而上
太行,蹄申膝折,尾湛胕溃,漉汁洒地,白汗交流,外阪迁
延,负棘而不能上。伯乐遭之,下车攀而哭之,解纻衣以
幂之。骥于是俯而喷,仰而鸣,声达于天,若出金石声者何
也? 彼见伯乐之知己也。今仆之不肖,厄于州部,堀穴穷
巷,沈洿鄙俗之日久矣,君独无意渝被仆,使得为君高鸣屈

于梁乎？"

陈馀遗章邯书　○

白起为秦将，南征鄢、郢，北坑马服，攻城略地，不可胜计，而竟赐死；蒙恬为秦将，北逐戎人，开榆中地数千里，竟斩阳周。何者？功多秦不能尽封，因以法诛之。今将军为秦将三岁矣，所亡失以十万数，而诸侯并起，滋益多。彼赵高素谀日久，今事急，亦恐二世诛之，故欲以法诛将军以塞责，使人更代将军以脱其祸。夫将军居外久，多内却，有功亦诛，无功亦诛。且天之亡秦，无愚知皆知之。今将军内不能直谏，外为亡国将，孤特独立而欲常存，岂不哀哉！将军何不还兵，与诸侯为从，约共攻秦，分王其地，南面称孤。此孰与身伏铁质、妻子为僇乎？

古文辞类纂二十七终

书说类四

邹阳谏吴王书 ○

臣闻秦倚曲台之宫，县衡天下，画地而不犯，兵加胡越。至其晚节末路，张耳、陈胜，连从兵之据，以叩函谷，咸阳遂危。何则？列郡不相亲，万室不相救也。今胡数涉北河之外，上覆飞鸟，下不见伏兔，斗城不休，救兵不止，死者相随，辇车相属，转粟流输，千里不绝。何则？强赵责于河间，六齐望于惠后，城阳顾于卢博，三淮南之心思坟墓。大王不忧，臣恐救兵之不专。胡马遂进窥于邯郸，越水长沙，还舟青阳。虽使梁并淮阳之兵，下淮东，越广陵，以遏越人之粮，汉亦折西河而下，北守漳水，以辅大国，胡亦益进，越亦益深。此臣之所为大王患也。

臣闻交龙襄首奋翼，则浮云出流，雾雨咸集；圣王底节修德，则游谈之士，归义思名。今臣尽智毕议，易精极虑，则无国不可奸。饰固陋之心，则何王之门，不可曳长裾乎？然臣所以历数王之朝，背淮千里而自致者，非恶臣国而乐吴民也。窃高下风之行,尤说大王之义,故愿大王之无忽,察听其志。

臣闻鸷鸟累百,不如一鹗。夫全赵之时,武力鼎士,袨服丛台之下者,一旦成市,而不能止幽王之湛患;淮南连山东之侠,死士盈朝,不能还厉王之西也。然而计议不得,虽诸、贾不能安其位亦明矣。故愿大王审画而已。

始孝文皇帝据关入立,寒心销志,不明求衣。自立天子之后,使东牟朱虚,东褒义父之后,深割婴儿王之壤,子王梁、代,益以淮阳,卒仆济北,囚弟于雍者,岂非象新垣平等哉?今天子新据先帝之遗业,左规山东,右制关中,变权易势,大臣难知。大王弗察,臣恐周鼎复起于汉,新垣过计于朝,则我吴遗嗣,不可期于世矣。高皇帝烧栈道,水章邯,兵不留行,收弊民之倦,东驰函谷,西楚大破,水攻则章邯以亡其城,陆击则荆王以失其地。此皆国家之不几者也。愿大王孰察之。

邹阳狱中上梁王书　○○

臣闻忠无不报,信不见疑,臣常以为然,徒虚语耳。昔荆轲慕燕丹之义,白虹贯日,太子畏之;卫先生为秦画长平之事,太白食昴,昭王疑之。夫精变天地,而信不谕两主,岂不哀哉! 今臣尽忠竭诚,毕议愿知,左右不明,卒从吏讯,为世所疑。是使荆轲、卫先生复起,而燕、秦不寤也,愿大王孰察之。昔玉人《史记》作“卞和”。献宝,楚王诛之;李斯

472

竭忠，胡亥极刑。是以箕子佯狂，接舆避世，恐遭此患也。愿大王察玉人、李斯之意，而后楚王、胡亥之听，毋使臣为箕子、接舆所笑。臣闻比干剖心，子胥鸱夷，臣始不信，乃今知之。愿大王孰察，少加怜焉。以上一段言忠信而不见知。

语曰：有白头如新，倾盖如故。何则？知与不知也。故樊于期逃秦之燕，藉荆轲首以奉丹事；王奢去齐之魏，临城自刭，以却齐而存魏。夫王奢、樊于期非新于齐、秦，而故于燕、魏也，所以去二国、死两君者，行合于志，慕义无穷也。是以苏秦不信于天下，为燕尾生；白圭战亡六城，为魏取中山。何则？诚有以相知也。苏秦相燕，人恶之燕王，燕王按剑而怒，食以𫘧騠；白圭显于中山，人恶之魏文侯，文侯赐以夜光之璧。何则？两主二臣，剖心析肝相信，岂移于浮辞哉？故女无美恶，入宫见妒；士无贤不肖，入朝见嫉。昔司马喜膑脚于宋，卒相中山；范雎拉胁折齿于魏，卒为应侯。此二人者，皆信必然之画，捐朋党之私，挟孤独之交，故不能自免于嫉妒之人也。是以申徒狄蹈雍之河，徐衍负石入海，不容于世，义不苟取比周于朝，以移主上之心。故百里奚乞食于道路，缪公委之以政；宁戚饭牛车下，桓公任之以国。此二人者，岂素宦于朝，借誉于左右，然后二主用之哉？感于心，合于行，坚于胶漆，昆弟不能离，岂惑于众口哉？故偏听生奸，独任成乱。昔鲁听季孙之说逐孔子，宋任子冉《史》作"子罕"。之计囚墨翟。夫以孔、墨之辩，不能自免于谗谀，而二国以危。何则？众口铄金，积毁销骨也。秦用戎人由余，而伯中国；齐用越人子臧，二字《史》

作"蒙"。而强威、宣。此二国岂系于俗,牵于世,系奇《史》作"阿"。偏之辞哉?公听并观,垂明当世。故意合则胡越为兄弟,由余、子臧是矣;不合则骨肉为雠敌,朱、象、管、蔡是矣。今人主诚能用齐、秦之明,后宋、鲁之听,则五伯不足侔,而三王易为也。以上一段言新仕羁旅,故为左右所谮。

是以圣王觉寤,捐子之之心,而不说田常之贤;封比干之后,修孕妇之墓,故功业覆于天下。何则?欲善亡厌也。夫晋文亲其雠,强伯诸侯,齐桓用其仇而一匡天下。何则?慈仁殷勤,诚加于心,不可以虚辞借也。至夫秦用商鞅之法,东弱韩、魏,立二字《史》作"魏兵"。强天下,卒车裂之;越用大夫种之谋,禽劲吴而伯中国,遂诛其身。是以孙叔敖三去相而不悔,於陵子仲辞三公,为人灌园。今人主诚能去骄傲之心,怀可报之意,披心腹,见情素,堕肝胆,施德厚,终与之穷达,无爱于士,则桀之犬可使吠尧,跖之客可使刺由。何况因万乘之权,假圣王之资乎?然则荆轲湛七族,要离燔妻子,岂足为大王道哉?以上承第一段,欲王知其忠信而终任之。

臣闻明月之珠,夜光之璧,以暗投人于道,众莫不按剑相眄者,何则?无因而至前也。蟠木根柢,轮囷离奇,《史》作"诡"。而为万乘器者,以左右先为之容也。故无因而至前,虽出随珠和璧,《史》作"随侯之珠,夜光之璧"。只结怨而不见德。有人先游,则枯木朽株,树功而不忘。今夫天下布衣穷居之士,身在贫羸,虽蒙《史》作"包"。尧、舜之术,挟伊、管之辩,怀龙逢、比干之意,《史》有"欲尽忠当世之君"。而素无根柢之容，虽竭精神，欲开忠于当世之君，《史》作"欲开忠信，辅人主之治"。则人主必袭按剑相眄之迹矣。是使布衣之士，不得为枯木朽株之资也。是以圣王制世御俗，独化于陶钧之上，而不牵乎卑辞《史》作"乱"。之语，不夺乎众多之口。故秦皇帝任中庶子蒙《史》有"嘉"字。之言，以信荆轲，而匕首窃发；周文王猎泾、渭，载吕尚归，以王天下。秦信左右而亡，周用乌集而王。何则？以其能越挛拘之语，驰域外之议，独观乎昭旷之道也。今人主沈谄谀之辞，牵帷墙之制，使不羁之士，与牛骥同皁，此鲍焦所以愤于世《史》有"而不留富贵之乐"。也。以上承第二段，欲王知其新任羁旅，而勿信左右。

　　臣闻盛饰入朝者，不以私污义；砥厉名号者，不以利伤行。故里《史》作"县"。名胜母，曾子不入；邑号朝歌，墨子回车。今欲使天下寥廓之士，笼于威重之权，胁于位势之贵，回面污行，以事谄谀之人，而求亲近于左右，则士有伏死堀穴岩薮《史》作"岩岩"。之中耳，安有尽忠信而趋阙下者哉？末段兼承前两层意，言忠信之士必不以新仕羁旅之故，而屈志于左右者也。

枚叔说吴王书　○○

　　臣闻得全者全昌，失全者全亡。舜无立锥之地，以有天下；禹无十户之聚，以王诸侯。汤武之土，不过百里，上不绝三光之明，下不伤百姓之心者，有王术也。故父子之道，天性也。忠臣不避重诛以直谏，则事无遗策，功流万世。臣乘愿披腹心而效愚忠，唯大王少加意念恻怛之心于臣乘言。

夫以一缕之任，系千钧之重，上县无极之高，下垂不测之渊，虽甚愚之人，犹知哀其将绝也。马方骇，鼓而惊之；系方绝，又重镇之。系绝于天，不可复结；队入深渊，难以复出。其出不出，间不容发。能听忠臣之言，百举必脱。必若所欲为，危于累卵，难于上天；变所欲为，易于反掌，安于太山。今欲极天命之寿，敝无穷之乐，究万乘之势，不出反掌之易，以居泰山之安，而欲乘累卵之危，走上天之难，此愚臣之所以为大王惑也。

人性有畏其景而恶其迹者，却背而走，迹愈多，景愈疾，不知就阴而止，景灭迹绝。欲人勿闻，莫若勿言；欲人勿知，莫若勿为。欲汤之沧，一人炊之，百人扬之，无益也，不如绝薪止火而已。不绝之于彼，而救之于此，譬犹抱薪而救火也。

养由基，楚之善射者也。去杨叶百步，百发百中。杨叶之大，加百中焉，可谓善射矣。然其所止，乃百步之内耳，比于臣乘，未知操弓持矢也。福生有基，祸生有胎。纳其基，绝其胎，祸何自来？泰山之溜穿石，单极之绠断干。水非石之钻，索非木之锯，渐靡使之然也。夫铢铢而称之，至石必差；寸寸而度之，至丈必过。石称丈量，径而寡失。夫十围之木，始生如蘖，足可搔而绝，手可擢而拔，据其未生，先其未形也。磨砻底厉，不见其损，有时而尽；种树畜养，不见其益，有时而大；积德累行，不知其善，有时而用；弃义背理，不知其恶，有时而亡。臣愿大王孰计而身行之，此百世不易之道也。

枚叔复说吴王　○

昔者秦西举胡戎之难，北备榆中之关，南拒羌筰之塞，东当六国之从。六国乘信陵之籍，明苏秦之约，厉荆轲之威，并力一心，以备秦。然秦卒禽六国，灭其社稷而并天下。是何也？则地利不同，而民轻重不等也。今汉据全秦之地，兼六国之众，修戎狄之义，而南朝羌筰，此其与秦，地相什而民相百，大王之所明知也。今夫谗谀之臣，为大王计者，不论骨肉之义，民之轻重，国之大小，以为吴祸。此臣所以为大王患也。

夫举吴兵以訾于汉，譬犹蝇蚋之附群牛，腐肉之齿利剑，锋接必无事矣。天子闻吴率失职诸侯，愿责先帝之遗约。今汉亲诛其三公以谢前过，是大王之威加于天下，而功越于汤武也。夫吴有诸侯之位，而实富于天子；有隐匿之名，而居过于中国。夫汉并二十四郡，十七诸侯，方输错出，运行数千里，不绝于道，其珍怪不如东山之府；转粟西乡，陆行不绝，水行满河，不如海陵之仓；修治上林，杂以离宫，积聚玩好，圈守禽兽，不如长洲之苑；游曲台，临上路，不如朝夕之池；深壁高垒，副以关城，不如江、淮之险。此臣之所以为大王乐也。

今大王还兵疾归，尚得十半。不然，汉知吴之有吞天下之心也，赫然加怒，遣羽林黄头循江而下，袭大王之都；

鲁、东海绝吴之饷道；梁王饬车骑，习战射，积粟固守，以备荥阳，待吴之饥。大王虽欲反都，亦不得已。夫三淮南之计，不负其约，齐王杀身以灭其迹，四国不得出兵其郡，赵囚邯郸，此不可掩，亦已明矣。大王已去千里之国，而制于十里之内矣。张、韩将北地，弓高宿左右，兵不得下壁，军不得大息。臣窃哀之，愿大王孰察焉。

司马子长报任安书 ○○○

太史公牛马走，司马迁，再拜言。《汉书》无此十二字。蕭疑太史公"公"字乃"令"字，《文选》传本误耳。

少卿足下：曩者辱赐书，教以慎于接物，推贤进士为务。意气勤勤恳恳，若望仆不相师，而用《汉书》作"用而"。流俗人之言。仆非敢如此也。仆虽罢驽，亦尝侧闻长者之遗风矣。顾自以为身残处秽，动而见尤，欲益反损，是以独抑郁而无《文选》作"与"。谁语。谚曰："谁为为之？孰令听之？"盖锺子期死，伯牙终身不复鼓琴。何则？士为知己者《汉书》无"者"字。用，女为悦己者容。若仆大质已亏缺矣，虽材怀随、和，行若由、夷，终不可以为荣，适足以见笑而自点耳。书辞宜答，会东从上来，又迫贱事，相见日浅，卒卒无须臾之间，得竭志意。今少卿抱不测之罪，涉旬月，迫季冬。仆又薄从上上《文选》少一"上"字。雍，恐卒然不可讳，是仆终已不得舒愤懑以晓左右，则长逝者魂魄私恨无穷。请略陈固陋。阙然久不报，幸勿为过。

仆闻之：修身者智之符也，爱施者仁之端也，取与者义之表也，耻辱者勇之决也，立名者行之极也。士有此五者，然后可以托于世，而列于君子之林矣。故祸莫憯于欲利，悲莫痛于伤心，行莫丑于辱先，诟莫大于宫刑。刑馀之人，无所比数，非一世也，所从来远矣。昔卫灵公与雍渠同载，孔子适陈；商鞅因景监见，赵良寒心；同子参乘，袁丝变色，自古而耻之。夫中材之人，事有关于宦竖，莫不伤气，而况于慷慨之士乎！如今朝廷虽乏人，奈何令刀锯之馀，荐天下豪俊《文选》作"俊"。哉！仆赖先人绪业，得待罪辇毂下，二十馀年矣。所以自惟，上之不能纳忠效信，有奇策材力之誉，自结明主；次之又不能拾遗补阙，招贤进能，显岩穴之士；外之不能备行伍，攻城野战，有斩将搴旗之功；下之不能积日累劳，取尊官厚禄，以为宗族交游光宠。四者无一遂，苟合取容，无所短长之效，可见如此矣。乡者仆亦尝厕下大夫之列，陪奉外廷末议，不以此时引纲维，尽思虑，今已亏形，为扫除之隶，在阘茸之中，乃欲仰首伸眉，论列是非，不亦轻朝廷、羞当世之士邪？嗟乎！嗟乎！如仆尚何言哉！尚何言哉！

且事本末未易明也。仆少负不羁之才，长无乡曲之誉，主上幸以先人之故，使得奏薄技，出入周卫之中。仆以为戴盆何以望天，故绝宾客之知，忘室家之业，日夜思竭其不肖之才力，务壹心营职，以求亲媚于主上，而事乃有大谬不然者！夫仆与李陵，俱居门下，骃按：李陵少为侍中。侍中得入宫门，故谓之门下。太史令盖亦入宫门者，故俱居门下。素非《选》有"能"

字。相善也,趋舍异路,未尝衔杯酒,接殷勤之馀欢。然仆观其为人,自《选》有"守"字。奇士。事亲孝,与士信,临财廉,取与义,分别有让,恭俭下人,常思奋不顾身,以徇国家之急。其素所蓄积也,仆以为有国士之风。夫人臣出万死不顾一生之计,赴公家之难,斯已奇矣。今举事一不当,而全躯保妻子之臣,随而媒蘖"蘖"依《李陵传》。其短,仆诚私心痛之!且李陵提步卒不满五千,深践戎马之地,足历王庭,垂饵虎口,横挑强胡,抑亿万之师,与单于连战十有馀日,所杀过半当。虏救死扶伤不给,旃裘之君长咸震怖,乃悉征其左、右贤王,举引弓之民,一国共攻而围之。转斗千里,矢尽道穷,救兵不至,士卒死伤如积。然李陵一呼劳军,士无不起躬《选》有"自"字。流涕,沫血饮泣,张空弮,《选》作"拳"。冒白刃,北向争死敌者。《汉》无"者"字。陵未没时,使有来报,汉公卿王侯,皆奉觞上寿。后数日,陵败书闻,主上为之食不甘味,听朝不怡,大臣忧惧,不知所出。仆窃不自料其卑贱,见主上惨怆《汉书》作"凄"。怛悼,诚欲效其款款之愚,以为李陵素与士大夫绝少分甘,《汉书》作"绝甘分少"。能得人《汉书》有"之"字。死力,虽古之《汉》无"之"字。名将,不能《汉》无"能"字。过也。身虽陷败,彼观其意,且欲得其当而报《选》有"于"字。汉。事已无可奈何,其所摧败,功亦足以暴于天下矣。《汉》无"矣"字。仆怀欲陈之而未有路,适会召问,即以此指推言陵之《汉》无"之"字。功,欲以广主上之意,塞睚眦之辞,未能尽明。明主不深《选》无"深"字。晓,以为仆沮贰师,而为李陵游说,遂下于理。拳拳之忠,终不能自列,因为诬上,卒从吏议。家贫财赂不足以自赎,交游莫救,《选》有"视"字。左右亲近不为一言。身非木石,独与法吏为伍,深幽囹圄之中,谁可告愬者!此正《选》作"真"。少卿所亲见,仆行事岂不然邪!《选》作"乎"。李陵既生降,陨其家声,而仆又佴之《汉》作"茸以"。蚕室,重为天下观笑。悲夫、悲夫!事未易一二为俗人言也!此下自耻辱引入立名,如江河之上,风起水涌,怒涛万发,而卒输于海。天下之至奇也。

　　仆之先人,非有剖符丹书之功,文史星历,近乎卜祝之间,固人主所戏弄,倡优畜之,《选》作"所蓄"。流俗之所轻也。假令仆伏法受诛,若九牛亡一毛,与蝼蚁何以《汉》无"以"。异?而世俗又不与能死节者次《汉》无"次"。比,特以为智穷罪极,不能自免,卒就死耳。何也?素所自树立使然也。《汉》无"也"。人固有一死,死有重于泰山,或轻于鸿毛,用之所趋异也。太上不辱先,其次不辱身,其次不辱理色,其次不辱辞令,其次诎体受辱,其次易服受辱,其次关木索、被箠楚受辱,其次剔《汉》作"髡"。毛发、婴金铁受辱,其次毁肌肤、断肢体受辱,最下腐刑极矣。《传》曰:"刑不上大夫。"此言士节不可不勉《汉》无"勉"。励也。猛虎在深山,百兽震恐,及《汉》有"其"。在槛阱之中,摇尾而求食,积威约之渐也。故士有画地为牢,势不可《汉》无"可",下同。入;削木为吏,议不可对,定计于鲜也。今交手足,受木索,暴肌肤,受榜箠,幽于圜墙之中。当此之时,见狱吏则头枪地,视徒隶则心惕息。何者?积威约之势也。及已至是,言不辱者,所谓强颜耳,曷足贵乎!且西伯伯也,拘于《汉》无"于"字。羑

《汉》作"牖"。里；李斯相也，具于《汉》无"于"。五刑；淮阴王也，受械于陈；彭越、张敖，南面《汉》作"乡"。称孤，系狱抵《汉》作"具"。罪；绛侯诛诸吕，权倾五伯，囚于请室；魏其大将也，衣赭衣，《汉》无"衣"。关三木。季布为朱家钳奴，灌夫受辱于居室。此人皆身至王侯将相，声闻邻国，及罪至罔加，不能引决自裁，《汉》作"财"。在尘埃之中，古今一体，安在其不辱也？由此言之，勇怯，势也；强弱，形也。审矣，曷足怪乎！夫《汉》作"且"。人不能蚤裁绳墨之外，已《选》作"以"。稍陵迟，《汉》作"夷"。至于鞭棰之间，乃欲引节，斯不亦远乎？古人所以重施刑于大夫者，殆为此也。

夫人情莫不贪生恶死，念父母，《汉》作"亲戚"。顾妻子，至激于义理者不然，乃有所不得已也。今仆不幸，早失父母，《汉》作"二亲"。无兄弟之亲，独身孤立，少卿视仆于妻子何如哉？且勇者不必死节，怯夫慕义，何处不勉焉？仆虽怯懦《汉》作"耎"。欲苟活，亦颇识去就之分矣，何至自湛溺缧绁之辱哉！且夫臧获婢妾，犹能引决，况仆之不得已乎？所以隐忍苟活，幽于《汉》作"函"，无"于"字。粪土之中而不辞者，恨私心有所不尽，鄙陋《汉》无"陋"。没世，而文采不表于后世《汉》无"世"。也。

古者富贵而名磨《汉》作"摩"。灭，不可胜记。惟倜《汉》作"俶"。傥非常之人称焉。盖文王《汉》作"西伯"。拘而演《周易》；仲尼厄而作《春秋》；屈原放逐，乃赋《离骚》；左丘失明，厥有《国语》；孙子膑脚，《兵法》修列；不韦迁蜀，世传《吕览》；韩非囚秦，《说难》、《孤愤》。《诗》三百篇，大氐

古文辞类纂

482

贤圣发愤之所为《汉》有"作"字。也。此人皆意有所郁结，不得通其道，故述往事，思来者。及如左丘明《选》无"明"字。无目，孙子断足，终不可用，退而论书策，以舒其愤思，垂空文以自见。

仆窃不逊，近自托于无能之辞，网罗天下放失旧闻，略《汉》无"略"字。考其行事，综其终始，《汉》无此句。稽其成败兴坏之纪。《汉》作"理"。上计轩辕，下至于兹，为十表、本纪十二、书八章、世家三十、列传七十，以上二十六字，《汉书》无。凡百三十篇，亦欲以究天人之际，通古今之变，成一家之言。草创未就，会遭此祸，惜其不成，是以就极刑而无愠色。仆诚已著此书，藏之名山，传之其人，通邑大都。则仆偿前辱之责，虽万被戮，岂有悔哉！然此可为智者道，难为俗人言也。

且负《汉》作"贫"。下未易居，下流多谤议，仆以口语遇遭此祸，重为乡里所戮笑，以污辱先人，亦何面目复上父母之丘墓乎？虽累百世，垢弥甚耳！是以肠一日而九迴，居则忽忽若有所亡，出则不知其所《汉》有"如"字。往。每念斯耻，汗未尝不发背沾衣也。身直为闺阁之臣，宁得自引深藏《汉》有"于"字。岩穴邪？故且从俗浮沈，与时俯仰，以通其狂惑。今少卿乃教以推贤进士，无乃与仆私心剌《汉》作之"私指"。谬乎？今虽欲自雕琢《汉》作"瑑"。曼辞以自饰，《汉》作"解"。无益于俗不信，只足取辱耳。要之死日，然后是非乃定。书不能悉意，略陈固陋。谨再拜。

庶子王生遗盖宽饶书 ○○

明主知君洁白公正，不畏强御，故命君以司察之位，擅君以奉使之权。尊官厚禄，已施于君矣。君宜夙夜惟思当世之务，奉法宣化，忧劳天下，虽日有益，月有功，犹未足以称职而报恩也。自古之治，三王之术，各有制度，今君不务循职而已，乃欲以太古久远之事，匡拂天子，数进不用难听之语，以摩切左右，非所以扬令名，全寿命者也。方今用事之人，皆明习法令，言足以饰君之辞，文足以成君之过。君不惟蘧氏之高踪，而慕子胥之末行，用不訾之躯，临不测之险，窃为君痛之。夫君子直而不挺，曲而不诎。《大雅》云："既明且哲，以保其身。"狂夫之言，圣人择焉。惟裁省览。

杨子幼报孙会宗书 ○○○

恽材朽行秽，文质无所底，幸赖先人馀业，得备宿卫。遭遇时变，以获爵位，终非其任，卒与祸会。足下哀其愚蒙，赐书教督以所不及，殷勤甚厚。然窃恨足下不深惟其终始，而猥随俗之毁誉也。言鄙陋之愚心，若逆指而文过，默而息乎，恐违孔氏各言尔志之意。故敢略陈其愚，唯君子察焉。

恽家方隆盛时，乘朱轮者十人，位在列卿，爵为通侯，总领从官，与闻政事。曾不能以此时有所建明，以宣德化，又不能与群僚同心并力，陪辅朝廷之遗忘，已负窃位素餐之责久矣。怀禄贪势，不能自退，遭遇变故，横被口语，身幽北阙，妻子满狱。当此之时，自以夷灭不足以塞责，岂意得全首领，复奉先人之丘墓乎？伏惟圣主之恩，不可胜量。君子游道，乐以忘忧；小人全躯，说以忘罪。窃自思念，过已大矣，行已亏矣，长为农夫以没世矣。是故身率妻子，戮力耕桑，灌园治产，以给公上，不意当复用此为讥议也。

夫人情所不能止者，圣人弗禁。故君父至尊亲，送其终也，有时而既。臣之得罪已三年矣。田家作苦，岁时伏腊，烹羊炰羔，斗酒自劳。家，本秦也，能为秦声；妇，赵女也，雅善鼓瑟。奴婢歌者数人，酒后耳热，仰天拊缶，而呼乌乌。其诗曰："田彼南山，芜秽不治。种一顷豆，落而为萁。人生行乐耳，须富贵何时？"是日也，拂衣而喜，奋褎低昂，顿足起舞，诚淫荒无度，不知其不可也。恽幸有馀禄，方籴贱贩贵，逐什一之利。此贾竖之事，污辱之处，恽亲行之。下流之人，众毁所归，不寒而栗。虽雅知恽者，犹随风而靡，尚何称誉之有？董生不云乎："明明求仁义，常恐不能化民者，卿大夫意也；明明求财利，常恐困乏者，庶人之事也。"故道不同，不相为谋，今子尚安得以卿大夫之制而责仆哉？

夫西河魏土，文侯所兴，有段干木、田子方之遗风，凛然皆有节概，知去就之分。顷者足下离旧土，临安定。安定山谷之间，昆戎旧壤，子弟贪鄙，岂习俗之移人哉？于今乃睹子之志矣。方当盛汉之隆，愿勉旃。毋多谈。

刘子骏移让太常博士书 ○○

昔唐、虞既衰,而三代迭兴,圣帝明王,累起相袭,其道甚著。周室既微,而礼乐不正,道之难全也如此。是故孔子忧道之不行,历国应聘,自卫反鲁,然后乐正,《雅》、《颂》乃得其所,修《易》序《书》,制作《春秋》,以纪帝王之道。及夫子没而微言绝,七十子终而大义乖。重遭战国,弃笾豆之礼,理军旅之陈,孔氏之道抑,而孙、吴之术兴。陵夷至于暴秦,燔经书,杀儒士,设挟书之法,行是古之罪,道术由是遂灭。

汉兴,去圣帝明王邈远,仲尼之道又绝,法度无所因袭。时独有一叔孙通,略定礼仪,天下唯有《易》卜,未有它书。至孝惠之世,乃除挟书之律,然公卿大臣绛、灌之属,咸介胄武夫,莫以为意。至孝文皇帝,始使掌故朝错,从伏生受《尚书》。《尚书》初出于屋壁,朽折散绝。今其书见在,时师传读而已。《诗》始萌牙。天下众书,往往颇出,皆诸子传说,犹广立于学官,为置博士,在汉朝之儒,唯贾生而已。至孝武皇帝,然后邹、鲁、梁、赵,颇有《诗》、《礼》、《春秋》先师,皆起于建元之间。当此之时,一人不能独尽其经,或为《雅》,或为《颂》,相合而成。《泰誓》后得,博士集而读之。故诏书称曰:"礼坏乐崩,书缺简脱,朕甚闵焉。"时汉兴已七八十年,离于全经,固已远矣。及鲁恭王坏孔子宅,欲以为宫,而得古文于坏壁之中,逸《礼》有三十九篇,《书》十六篇。天汉之后,孔安国献之,遭巫蛊仓卒之难,未及施行,及《春秋》左氏丘明所修,皆古文旧书,多者二十馀通,臧于秘府,伏而未发。孝成皇帝闵学残文缺,稍离其真,乃陈发秘臧,校理旧文,得此三事,以考学官所传,经或脱简,传或间编。传问民间,则有鲁国桓公,赵国贯公,胶东庸生之遗,学与此同,抑而未施。此乃有识者之所惜闵,士君子之所嗟痛也。先慨叹作一顿,下乃实说其抑而未施处,情最深郁。往者缀学之士,不思废绝之阙,苟因陋就寡,分文析字,烦言碎辞。学者罢老,且不能究其一艺,信口说而背传记,是末师而非往古,至于国家将有大事,若立辟雍、封禅、巡狩之仪,则幽冥而莫知其原。犹欲保残守缺,挟恐见破之私意,而无从善服义之公心。或怀妒嫉,不考情实,雷同相从,随声是非,抑此三学,以《尚书》为备,谓《左氏》为不传《春秋》,岂不哀哉!

今圣上德通神明,继统扬业,亦闵文学错乱,学士若兹,虽昭其情,犹依违谦让,乐与士君子同之。故下明诏,试《左氏》可立不,遣近臣奉指衔命,将以辅弱扶微,与二三君子,比意同力,冀得废遗。今则不然。深闭固距而不肯试,猥以不诵绝之,欲以杜塞馀道,绝灭微学。夫可与乐成,难与虑始,此乃众庶之所为耳,非所望士君子也。且此数家之事,皆先帝所亲论,今上所考视。其古文旧书,皆有征验,外内相应,岂苟而已哉?夫礼失求之于野,古文不犹愈于野乎?往者博士《书》有欧阳,《春秋》公羊,《易》则施、孟,然孝宣皇帝犹复广立穀梁《春秋》、梁丘《易》、大小夏侯《尚书》。义虽相反，犹并置之，何则？与其过而废之也，宁过而立之。传曰："文、武之道，未坠于地，在人。"贤者志其大者，不贤者志其小者。今此数家之言，所以兼包大小之义，岂可偏绝哉？若必专己守残，党同门，妒道真，违明诏，失圣意，以陷于文吏之议，甚为二三君子不取也。

　　　　　　　　古文辞类纂二十八终

古文辞类纂

书说类五 古文辞类纂二十九

韩退之与孟尚书书　○○○

愈白：行官自南回，过吉州，得吾兄二十四日手书数番，忻悚兼至。未审入秋来眠食何似，伏惟万福。

来示云：有人传愈近少信奉释氏，此传之者妄也。潮州时，有一老僧号大颠，颇聪明，识道理。远地无可与语者，故自山召至州郭，留十数日，实能外形骸，以理自胜，不为事物侵乱。与之语，虽不尽解，要自胸中无滞碍，以为难得，因与来往。及祭神至海上，遂造其庐。及来袁州，留衣服为别，乃人之情，非崇信其法，求福田利益也。孔子云：丘之祷久矣。凡君子行己立身，自有法度，圣贤事业，具在方册，可效可师。仰不愧天，俯不愧人，内不愧心，积善积恶，殃庆自各以其类至，何有去圣人之道，舍先王之法，而从夷狄之教，以求福利也？《诗》不云乎："恺悌君子，求福不回。"《传》又曰：不为威惕，不为利疚。假如释氏能与人为祸祟，非守道君子之所惧也。况万万无此理。且彼佛者，果何人哉？其行事类君子耶？小人耶？若君子也，必不妄加祸于守道之人；如小人也，其身已死，其鬼不灵。天地神祇，昭布森列，非可诬也，又肯令其鬼行胸臆，作威福于其间哉？进退无所据，而信奉之，亦且惑矣！

且愈不助释氏而排之者，其亦有说。孟子云：“今天下不之杨，则之墨。”杨、墨交乱，而圣贤之道不明，则三纲沦而九法斁，礼乐崩而夷狄横，几何其不为禽兽也？故曰能言距杨、墨者，圣人之徒也。杨子云云：古者杨、墨塞路，孟子辞而辟之，廓如也。夫杨、墨行，正道废，且将数百年以至于秦，卒灭先王之法，烧除其经，坑杀学士，天下遂大乱。及秦灭，汉兴且百年，尚未知修明先王之道。其后始除挟书之律，稍求亡书，招学士。经虽少得，尚皆残缺，十亡二三，故学士多老死，新者不见全经，不能尽知先王之事，各以所见为守，分离乖隔，不合不公。二帝三王群圣人之道，于是大坏。后之学者无所寻逐，以至于今泯泯也。其祸出于杨、墨肆行，而莫之禁故也。孟子虽贤圣，不得位，空言无施，虽切何补？然赖其言，而今学者尚知宗孔氏，崇仁义，贵王贱霸而已。其大经大法，皆亡灭而不救，坏烂而不收，所谓存十一于千百，安在其能廓如也？然向无孟氏，则皆服左衽而言侏离矣。故愈尝推尊孟氏，以为功不在禹下者，为此也。

汉氏已来，群儒区区修补，百孔千疮，随乱随失，其危如一发引千钧，绵绵延延，浸以微灭。于是时也，而倡释、老于其间，鼓天下之众而从之。呜呼！其亦不仁甚矣。

释、老之害，过于杨、墨；韩愈之贤，不及孟子。孟子不能救之于未亡之前，而韩愈乃欲全之于已坏之后。呜呼！其亦不量其力，且见其身之危，莫之救以死也。虽然，使其道由愈而粗传，虽灭死万万无恨。天地鬼神，临之在上，质之在傍，又安得因一摧折，自毁其道以从于邪也？

籍、湜辈，虽屡指教，不知果能不叛去否。辱吾兄眷厚而不获承命，惟增惭惧。死罪死罪！愈再拜。

韩退之与鄂州柳中丞书　○○○

淮右残孽，尚守巢窟，环寇之师，殆且十万。嗔目语难，自以为武人，不肯循法度，颉颃作气势，窃爵位自尊大者，肩相摩，地相属也。不闻有一人援枹鼓誓众而前者，但日令走马来求赏给，助寇为声势而已。

阁下，书生也。《诗》、《书》、《礼》、《乐》是习，仁义是修，法度是束。一旦去文就武，鼓三军而进之，陈师鞠旅，亲与为辛苦，慷慨感激，同食下卒，将二州之牧以壮士气，斩所乘马以祭蹋死之士，虽古名将，何以加兹，此由天资忠孝，郁于中而大作于外，动皆中于机会，以取胜于当世，而为戎臣师。岂常习于威暴之事，而乐其斗战之危也哉？愈诚怯弱，不适于用，听于下风，窃自增气，夸于中朝稠人广众会集之中，所以羞武夫之颜，令议者知将国兵而为人之司命者，不在彼而在此也。

临敌重慎，诚轻出入，良食自爱，以副见慕之徒之心，而果为国立大功也。幸甚幸甚!

韩退之再与鄂州柳中丞书 ○○○

愈愚不能量事势可否,比常念淮右以靡弊困顿三州之地,蚊蚋蚁虫之聚,感凶竖煦濡饮食之惠,提童子之手,坐之堂上,奉以为帅,出死力以抗逆明诏,战天下之兵,乘机逐利,四出侵暴,屠烧县邑,贼杀不辜,环其地数千里,莫不被其毒。洛、汝、襄、荆,许、颍、淮、江,为之骚然。丞相、公卿、士大夫,劳于图议;握兵之将,熊罴貔虎之士,畏懦蹜蹜,莫肯杖戈为士卒前行者。独阁下奋然率先,扬兵界上,将二州之守,亲出入行间,与士卒均辛苦,生其气势。见将军之锋颖,凛然有向敌之意,用儒雅文字章句之业,取先天下武夫,关其口而夺之气。愚初闻时方食,不觉弃匕箸起立。岂以为阁下真能引孤军单进,与死寇角逐,争一旦侥幸之利哉?就令如是,亦不足贵。其所以服人心,在行事适机宜,而风采可畏爱故也。是以前状辄述鄙诚,眷惠手翰还答,益增忻悚。

夫一众人心力耳目,使所至如时雨,三代用师,不出是道。阁下果能充其言,继之以无倦,得形便之地,甲兵足用,虽国家故所失地,旬岁可坐而得,况此小寇,安足置齿牙间?勉而卒之,以俟其至,幸甚幸甚!

夫远征军士,行者有羁旅离别之思,居者有怨旷骚动之忧,本军有馈饷烦费之难,地主多姑息形迹之患,急之则怨，缓之则不用命，浮寄孤悬，形势销弱，又与贼不相谙委，临敌恐骇，难以有功。若召募土人，必得豪勇，与贼相熟，知其气力所极，无望风之惊，爱护乡里，勇于自战。征兵满万，不如召募数千。阁下以为何如？傥可上闻行之否？

计已与裴中丞相见，行营事宜，不惜时赐示及，幸甚！不宣。

韩退之与崔群书　○○

自足下离东都，凡两度枉问，寻承已达。宣州主人仁贤，同列皆君子，虽抱羁旅之念，亦且可以度日，无入而不自得。乐天知命者，固前修之所以御外物者也，况足下度越此等百千辈，岂以出处近远，累其灵台耶？宣州虽称清凉高爽，然皆大江之南，风土不并于北。将息之道，当先理其心，心闲无事，然后外患不入，风气所宜，可以审备，小小者亦当自不至矣。足下之贤，虽在穷约，犹能不改其乐，况地至近，官荣禄厚，亲爱尽在左右者耶？所以如此云云者，以为足下贤者，宜在上位，托于幕府，则不为得其所，是以及之，乃相亲重之道耳，非所以待足下者也。

仆自少至今，从事于往还朋友间，一十七年矣，日月不为不久，所与交往相识者千百人，非不多，其相与如骨肉兄弟者，亦且不少。或以事同，或以艺取；或慕其一善，或以其久故；或初不甚知而与之已密，其后无大恶，因不复决舍；或其人虽不皆入于善，而于己已厚，虽欲悔之不可。凡诸浅者固不足道,深者止如此。至于心所仰服,考之言行而无瑕尤,窥之阃奥而不见畛域,明白淳粹,辉光日新者,惟吾崔君一人。仆愚陋无所知晓,然圣人之书,无所不读,其精粗巨细,出入明晦,虽不尽识,抑不可谓不涉其流者也。以此而推之,以此而度之,诚知足下出群拔萃,无谓仆何从而得之也。与足下情义,宁须言而后自明耶?所以言者,惧足下以为吾所与深者多,不置白黑于胸中耳。既谓能粗知足下,而复惧足下之不我知,亦过也。

比亦有人说足下诚尽善尽美,抑犹有可疑者。仆谓之曰"何疑",疑者曰:"君子当有所好恶,好恶不可不明。如清河者,人无贤愚,无不说其善,伏其为人,以是而疑之耳。"仆应之曰:"凤皇芦草,贤愚皆以为美瑞;青天白日,奴隶亦知其清明。譬之食物,至于遐方异味,则有嗜者,有不嗜者;至于稻也、粱也、脍也、炙也,岂闻有不嗜者哉?"疑者乃解。解不解,于吾崔君无所损益也。

自古贤者少,不肖者多。自省事已来,又见贤者恒不遇,不贤者比肩青紫;贤者恒无以自存,不贤者志满气得;贤者虽得卑位,则旋而死,不贤者或至眉寿。不知造物者意竟如何,无乃所好恶与人异心哉?又不知无乃都不省记,任其死生寿夭耶?未可知也。人固有薄卿相之官,千乘之位,而甘陋巷菜羹者。同是人也,犹有好恶如此之异者,况天之与人,当必异其所好恶无疑也。合于天而乖于人何害?况又时有兼得者耶?崔君崔君,无怠无怠!

仆无以自全活者,从一官于此,转困穷甚,思自放于伊、颍之上，当亦终得之。近者尤衰惫，左车第二牙，无故动摇脱去，目视昏花，寻常间便不分人颜色，两鬓半白，头发五分亦白其一，须亦有一茎两茎白者。仆家不幸，诸父诸兄，皆康强早世，如仆者又可以图于久长哉？以此忽忽思与足下相见，一道其怀，小儿女满前，能不顾念？足下何由得归北来？仆不乐江南，官满便终老嵩下，足下可相就，仆不可去矣。珍重自爱，慎饮食，少思虑，惟此之望。愈再拜。

韩退之答崔立之书 ○○

斯立足下：仆见险不能止，动不得时，颠顿狼狈，失其所操持，困不知变，以至辱于再三，君子小人之所悯笑，天下之所背而驰者也。足下犹复以为可教，贬损道德，乃至手笔以问之，扳援古昔，辞义高远，且进且劝，足下之于故旧之道得矣。虽仆亦固望于吾子，不敢望于他人者耳。然尚有似不相晓者，非故欲发余乎？不然，何子之不以丈夫期我也？不能默默，聊复自明。

仆始年十六七时，未知人事，读圣人之书，以为人之仕者皆为人耳，非有利乎己也。及年二十时，苦家贫，衣食不足，谋于所亲，然后知仕之不唯为人耳。及来京师，见有举进士者，人多贵之。仆诚乐之，就求其术，或出礼部所试赋诗策等以相示，仆以为可无学而能，因诣州县求举。有司者好恶出于其心，四举而后有成，亦未即得仕。闻吏部有以博学宏词选者，人尤谓之才，且得美仕，就求其术，或出所试文章，亦礼部之类。私怪其故，然犹乐其名，因又诣州府求举。凡二试于吏部，一既得之，而又黜于中书。虽不得仕，人或谓之能焉。退自取所试读之，乃类于俳优者之辞，颜忸怩而心不宁者数月。既已为之，则欲有所成就，《书》所谓耻过作非者也。因复求举，亦无幸焉。乃复自疑，以为所试与得之者不同其程度。及得观之，余亦无甚愧焉。夫所谓博学者，岂今之所谓者乎？夫所谓宏辞者，岂今之所谓者乎？诚使古之豪杰之士，若屈原、孟轲、司马迁、相如、扬雄之徒，进于是选，必知其怀惭，乃不自进而已耳。设使与夫今之善进取者，竞于蒙昧之中，仆必知其辱焉。然彼五子者，且使生于今之世，其道虽不显于天下，其自负何如哉？肯与夫斗筲者决得失于一夫之目而为之忧乐哉？故凡仆之汲汲于进者，其小得，盖欲以具裘葛，养穷孤；其大得，盖欲以同吾之所乐于人耳，其他可否，自计已熟，诚不待人而后知。今足下乃复比之献玉者，以为必俟工人之剖，然后见知于天下，虽两刖足不为病。且无使刖者再克，诚足下相勉之意厚也。然仕进者，岂舍此而无门哉？足下谓我必待是而后进者，尤非相悉之辞也。仆之玉固未尝献，而足固未尝刖，足下无为为我戚戚也。

方今天下风俗尚有未及于古者，边境尚有被甲执兵者，主上不得怡，而宰相以为忧。仆虽不贤，亦且潜究其得失，致之乎吾相，荐之乎吾君，上希卿大夫之位，下犹取一障而乘之。若都不可得，犹将耕于宽闲之野，钓于寂寞之滨,求国家之遗事,考贤人哲士之终始,作唐之一经,垂之于无穷,诛奸谀于既死,发潜德之幽光。二者将必有一可。足下以为仆之玉凡几献,而足凡几刖也? 又所谓勍者果谁哉? 再克之刑,信如何也? 士固信于知己,微足下无以发吾之狂言。

韩退之答陈商书 ○○○

愈白:辱惠书,语高而旨深,三四读,尚不能通晓,茫然增愧赧。又不以其浅弊无过人知识,且喻以所守,幸甚! 愈敢不吐情实? 然自识其不足补吾子所须也。

齐王好竽,有求仕于齐者,操瑟而往。立王之门,三年不得入,叱曰:"吾瑟鼓之,能使鬼神上下。吾鼓瑟合轩辕氏之律吕。"客骂之曰:"王好竽,而子鼓瑟,瑟虽工,如王不好何?"是所谓工于瑟,而不工于求齐也。今举进士于此世,求禄利行道于此世,而为文必使一世人不好,得无与操瑟立齐门者比欤? 文虽工,不利于求。求不得,则怒且怨。不知君子必尔为不也。故区区之心,每有来访者,皆有意于不肖者也。略不辞让,遂尽言之,惟吾子谅察。愈白。

韩退之答李秀才书 ○

愈白:故友李观元宾,十年之前,示愈别吴中故人诗六章。其首章则吾子也,盛有所称引。元宾行峻洁清,其中狭隘，不能包容，于寻常人，不肯苟有论说。因究其所以，于是知吾子非庸众人。时吾子在吴中，其后愈出在外，无因缘相见。元宾既没，其文益可贵重。思元宾而不见，见元宾之所与者，则如元宾焉。今者辱惠书及文章，观其姓名，元宾之声容，恍若相接；读其文辞，见元宾之知人，交道之不污。甚矣子之心，有似于吾元宾也！

子之言以愈所为不违孔子，不以雕琢为工，将相从于此，愈敢自爱其道，而以辞让为事乎？然愈之所志于古者，不惟其辞之好，好其道焉尔。读吾子之辞，而得其所用心，将复有深于是者，与吾子乐之，况其外之文乎？愈顿首。

韩退之答吕毉山人书 ○○○

愈白：惠书责以不能如信陵执辔者。夫信陵战国公子，欲以取士声势倾天下而然耳。如仆者，自度若世无孔子，不当在弟子之列。以吾子始自山出，有朴茂之美意，恐未砻磨以世事，又自周后文弊，百子为书，各自名家，乱圣人之宗，后生习传，杂而不贯，故设问以观吾子。其已成熟乎，将以为友也；其未成熟乎，将以讲去其非而趋是耳。不如六国公子，有市于道者也。

方今天下入仕，惟以进士、明经，及卿大夫之世耳。其人率皆习熟时俗，工于语言，识形势，善候人主意，故天下靡靡日入于衰坏，恐不复振起，务欲进足下趋死不顾利害去就之人于朝，以争救之耳，非谓当今公卿间，无足下辈文学知识也。不得以信陵比。

　　然足下衣破衣，系麻鞋，率然叩吾门。吾待足下，虽未尽宾主之道，不可谓无意者。足下行天下，得此于人盖寡，乃遂能责不足于我，此真仆所汲汲求者。议虽未中节，其不肯阿曲以事人灼灼明矣。方将坐足下，三浴而三熏之，听仆之所为，少安无躁。茅顺甫云：奇气。

韩退之答窦秀才书　○○

　　愈少驽怯，于他艺能，自度无可努力，又不通时事，而与世多龃龉，念终无以树立，遂发愤笃专于文学。学不得其术，凡所辛苦而仅有之者，皆符于空言，而不适于实用，又重以自废。是故学成而道益穷，年老而智愈困。今又以罪，黜于朝廷，远宰蛮县，愁忧无聊，瘴厉侵加，惴惴焉无以冀朝夕。

　　足下年少才俊，辞雅而气锐，当朝廷求贤如不及之时，当道者又皆良有司，操数寸之管，尽盈尺之纸，高可以钓爵位，循序而进，亦不失万一于甲科。今乃乘不测之舟，入无人之地，以相从问文章为事，身勤而事左，辞重而请约，非计之得也。虽使古之君子，积道藏德，遁其光而不曜，胶其口而不传者，遇足下之请恳恳，犹将倒廪倾囷，罗列而进也。若愈之愚不肖，又安敢有爱于左右哉？顾足下之能，足以自奋，愈之所有，如前所陈，是以临事愧耻而不敢答也。钱财不足以贿左右之匮急，文章不足以发足下之事业，稇载而往，垂橐而归，足下亮之而已。

韩退之答李翊书 ○○○

六月二十六日，愈白李生足下：生之书辞甚高，而其问何下而恭也？能如是，谁不欲告生以其道？道德之归也，有日矣，况其外之文乎？抑愈所谓望孔子之门墙而不入于其宫者，焉足以知是且非耶？虽然，不可不为生言之。

生所谓立言者是也，生所为者，与所期者甚似而几矣。抑不知生之志，蕲胜于人而取于人邪？将蕲至于古之立言者邪？蕲胜于人而取于人，则固胜于人而可取于人矣；将蕲至于古之立言者，则无望其速成，无诱于势利，养其根而俟其实，加其膏而希其光。根之茂者其实遂，膏之沃者其光晔。仁义之人，其言蔼如也。

抑又有难者。愈之所为，不自知其至犹未也，虽然，学之二十馀年矣。始者非三代、两汉之书不敢观，非圣人之志不敢存。处若忘，行若遗，俨乎其若思，茫乎其若迷。当其取于心而注于手也，惟陈言之务去，戛戛乎其难哉。其观于人，不知其非笑之为非笑也。如是者亦有年，犹不改，然后识古书之正伪，与虽正而不至焉者，昭昭然白黑分矣，而务去之，乃徐有得也。当其取于心而注于手也，汩汩然来矣。其观于人也，笑之则以为喜，誉之则以为忧，以其犹有人之说者存也。如是者亦有年，然后浩乎其沛然矣。吾又惧其杂也，迎而距之，平心而察之，其皆醇也，然后肆焉。

虽然，不可以不养也，行之乎仁义之途，游之乎《诗》、《书》之源。无迷其途，无绝其源，终吾身而已矣。

气，水也；言，浮物也。水大而物之浮者大小毕浮。气之与言犹是也，气盛则言之短长，与声之高下者皆宜。虽如是，其敢自谓几于成乎？虽几于成，其用于人也奚取焉？虽然，待用于人者，其肖于器邪？用与舍属诸人。君子则不然，处心有道，行己有方，用则施诸人，舍则传诸其徒，垂诸文而为后世法。如是者，其亦足乐乎？其无足乐也？

有志乎古者希矣。志乎古，必遗乎今，吾诚乐而悲之。亟称其人，所以劝之，非敢褒其可褒，而贬其可贬也。问于愈者多矣，念生之言，不志乎利，聊相为言之。愈白。此文学《庄子》。

韩退之答刘正夫书 ○○○

愈白进士刘君足下：辱笺教以所不及，既荷厚赐，且愧其诚然。幸甚幸甚！

凡举进士者，于先进之门，何所不往？先进之于后辈，苟见其至，宁可以不答其意邪？来者则接之，举城士大夫，莫不皆然，而愈不幸独有接后辈名。名之所存，谤之所归也。有来问者，不敢不以诚答。或问为文宜何师，必谨对曰："宜师古圣贤人。"曰："古圣贤人所为书具存，辞皆不同，宜何师？"必谨对曰："师其意，不师其辞。"又问曰："文宜易宜难？"必谨对曰："无难易，惟其是尔。"如是而已，非固开其为此,而禁其为彼也。

夫百物朝夕所见者,人皆不注视也;及睹其异者,则共观而言之。夫文岂异于是乎?汉朝人莫不能为文,独司马相如、太史公、刘向、扬雄为之最。然则用功深者,其收名也远。若皆与世沈浮,不自树立,虽不为当时所怪,亦必无后世之传也。足下家中百物,皆赖而用也,然其所珍爱者,必非常物。夫君子之于文,岂异于是乎?今后进之为文,能深探而力取之,以古圣贤人为法者,虽未必皆是,要若有司马相如、太史公、刘向、扬雄之徒出,必自于此,不自于循常之徒也。若圣人之道,不用文则已,用则必尚其能者。能者非他,能自树立不因循者是也。有文字来,谁不为文?然其存于今者,必其能者也。顾常以此为说耳。

愈于足下,忝同道而先进者,又常从游于贤尊给事,既辱厚赐,又安敢不进其所有以为答也。足下以为何如?愈白。

韩退之答尉迟生书　○

愈白,尉迟生足下:夫所谓文者,必有诸其中,是故君子慎其实。实之美恶,其发也不掩。本深而末茂,形大而声宏。行峻而言厉,心醇而气和。昭晰者无疑,优游者有馀。体不备,不可以为成人;辞不足,不可以为成文。愈之所闻者如是,有问于愈者,亦以是对。

今吾子所为皆善矣,谦谦然若不足,而以征于愈,愈又敢有爱于言乎？抑所能言者，皆古之道。古之道，不足以取于今，吾子何其爱之异也？

贤公卿大夫，在上比肩；始进之贤士，在下比肩。彼其得之，必有以取之也。子欲仕乎？其往问焉，皆可学也。若独有爱于是而非仕之谓，则愈也尝学之矣，请继今以言。

韩退之与冯宿论文书　○○

辱示《初筮赋》，实有意思。但力为之，古人不难到。但不知直似古人，亦何得于今人也？仆为文久，每自测意中以为好，则人必以为恶矣。小称意，人亦小怪之；大称意，即人必大怪之也。时时应事作俗下文字，下笔令人惭，及示人，则人以为好矣。小惭者亦蒙谓之小好，大惭者即必以为大好矣。不知古文直何用于今世也？然以俟知者知耳。

昔杨子云著《太玄》，人皆笑之。子云之言曰：世不我知无害也，后世复有杨子云，必好之矣。子云死近千载，竟未有杨子云，可叹也！其时桓谭，亦以为雄书胜《老子》，《老子》未足道也，子云岂止与《老子》争强而已乎？此未为知雄者。其弟子侯芭颇知之，以为其师之书胜《周易》，然侯之他文，不见于世，不知其人果如何耳。以此而言，作者不祈人之知也明矣。直百世以俟圣人而不惑，质诸鬼神而无疑耳。足下岂不谓然乎？

近李翱从仆学文,颇有所得。然其人家贫多事,未能卒其业。有张籍者,年长于翱,而亦学于仆,其文与翱相上下,一二年业之,庶几乎至也。然闵其弃俗尚,而从于寂寞之道,以争名于时也。

久不谈,聊感足下能自进于此,故复发愤一道。愈再拜。

韩退之与卫中行书　。

大受足下:辱书为赐甚大,然所称道过盛,岂所谓诱之而欲其至于是欤? 不敢当,不敢当! 其中择其一二近似者而窃取之,则于交友忠而不反于背面者,少似近焉,亦其心之所好耳。行之不倦,则未敢自谓能尔也。不敢当,不敢当! 至于汲汲于富贵,以救世为事者,皆圣贤之事业,知其智能谋、力能任者也,如愈者又焉能之? 始相识时,方甚贫,衣食于人。其后相见于汴、徐二州,仆皆为之从事,日月有所入,比之前时,丰约百倍,足下视吾饮食衣服,亦有异乎? 然则仆之心,或不为此汲汲也。其所不忘于仕进者,亦将小行乎其志耳。此未易遽言也。

凡祸福吉凶之来,似不在我。惟君子得祸为不幸,而小人得祸为恒;君子得福为恒,而小人得福为幸。以其所为,似有以取之也。必曰"君子则吉,小人则凶"者,不可也。贤不肖存乎己,贵与贱,祸与福,存乎天,名声之善恶存乎人。存乎己者,吾将勉之;存乎天、存乎人者,吾将任彼而不用吾力焉。其所守者，岂不约而易行哉？足下曰"命之穷通，自我为之"，吾恐未合于道。足下征前世而言之，则知矣；若曰以道德为己任，穷通之来，不接吾心，则可也。

穷居荒凉，草树茂密，出无驴马，因与人绝。一室之内，有以自娱。足下喜吾复脱祸乱，不当安安而居，迟迟而来也。

韩退之与孟东野书　○

与足下别久矣。以吾心之思足下，知足下悬悬于吾也。各以事牵，不可合并，其于人人，非足下之为见，而日与之处，足下知吾心乐否也？吾言之而听者谁欤？吾唱之而和者谁欤？言无听也，唱无和也，独行而无徒也，是非无所与同也，足下知吾心乐否也。

足下才高气清，行古道，处今世，无田而衣食，事亲左右无违。足下之用心勤矣，足下之处身劳且苦矣。混混与世相浊，独其心追古人而从之。足下之道，其使吾悲也。

去年春，脱汴州之乱，幸不死，无所于归，遂来于此。主人与吾有故，哀其穷，居吾于符离睢上。及秋，将辞去，因被留以职事。默默在此，行一年矣。到今年秋，聊复辞去。江湖余乐也，与足下终幸矣。

李习之娶吾亡兄之女，期在后月，朝夕当来此。张籍在和州居丧，家甚贫。恐足下不知，故具此白，冀足下一来相视也。自彼至此虽远，要皆舟行可至，速图之，吾之望也。春且尽，时气向热，惟侍奉吉庆。愈眼疾比剧，甚无聊，不复一一。愈再拜。

韩退之答刘秀才论史书　。

六月九日，韩愈白秀才刘君足下：辱问见爱，教勉以所宜务，敢不拜赐。愚以为凡史氏褒贬大法，《春秋》已备之矣。后之作者，在据事迹实录，则善恶自见。然此尚非浅陋偷惰者所能就，况褒贬邪？

孔子圣人，作《春秋》，辱于鲁、卫、陈、宋、齐、楚，卒不遇而死。齐太史兄弟几尽，左丘明纪春秋时事以失明，司马迁作《史记》刑诛，班固瘐死，陈寿起又废，卒亦无所至。王隐谤退死家，习凿齿无一足，崔浩、范晔亦族诛，魏收夭绝，宋孝王诛死。足下所称吴兢，亦不闻身贵而今其后有闻也。夫为史者，不有人祸，则有天刑，岂可不畏惧而轻为之哉？

唐有天下二百年矣。圣君贤相相踵，其馀文武士，立功名，跨越前后者，不可胜数，岂一人卒卒能纪而传之邪？仆年志已就衰退，不可自敦率。宰相知其他才能不足用，哀其老穷，龃龉无所合，不欲令四海内有戚戚者，猥言之上，苟加一职荣之耳，非必督责迫蹙，令就功役也。贱不敢逆盛指，行且谋引去。且传闻不同，善恶随人所见，甚者附党憎爱不同，巧造语言，凿空构立善恶事迹，于今何所承受取信，而可草草作传记，令传万世乎？若无鬼神，岂可不自心惭愧；若有鬼神，将不福人。仆虽骏，亦粗知自爱，实不敢率尔为也。

夫圣唐钜迹，及贤士大夫事，皆磊磊轩天地，决不沈没。今馆中非无人，将必有作者勤而纂之。后生可畏，安知不在足下，亦宜勉之。

韩退之重答李翊书　○

愈白李生：生之自道其志可也，其所疑于我者非也。人之来者，虽其心异于生，其于我也皆有意焉。君子之于人，无不欲其入于善，宁有不可告而告之，孰有可进而不进也？言辞之不酬，礼貌之不答，虽孔子不得行于互乡，宜乎余之不为也。苟来者，吾斯进之而已矣，乌待其礼逾而情过乎？虽然，生之志求知于我邪？求益于我邪？其思广圣人之道邪？其欲善其身而使人不可及邪？其何汲汲于知而求待之殊也？贤不肖固有分矣。生其急乎其所自立，而无患乎人不己知。未尝闻有响大而声微者也，况愈之于生恳恳邪？

属有腹疾无聊，不果自书。愈白。

韩退之上兵部李侍郎书　○

愈少鄙钝，于时事都不通晓，家贫不足以自活，应举觅官，凡二十年矣。薄命不幸，动遭谗谤，进寸退尺，卒无所成。性本好文学，因困厄悲愁，无所告语，遂得究穷于经传史记百家之说，沈潜乎训义，反覆乎句读，砻磨乎事业，而奋发乎文章。凡自唐、虞以来，编简所存，大之为河海，高之为山岳，明之为日月，幽之为鬼神，纤之为珠玑华实，变之为雷霆风雨，奇辞奥旨，靡不通达。惟是鄙钝，不通晓于时事，学成而道益穷，年老而智益困，私自怜悼，悔其初心，发秃齿豁，不见知己。

夫牛角之歌，辞鄙而义拙；堂下之言，不书于传记。齐桓举以相国，叔向携手以上。然则非言之者难为，听而识之者难遇也。伏以阁下内仁而外义，行高而德钜，尚贤而与能，哀穷而悼屈，自江而西，既化而行矣。今者入守内职，为朝廷大臣，当天子新即位，汲汲于理化之日，出言举事，宜必施设。既有听之之明，又有振之之力，宁戚之歌，翳明之言，不发于左右，则后而失其时矣。谨献旧文一卷，扶树教道，有所明白；南行诗一卷，舒忧娱悲，杂以瑰怪之言，时俗之好，所以讽于口而听于耳也。如赐览观，亦有可采，干黩严尊，伏增惶恐。

韩退之应科目时与人书 ○○○

月日愈再拜：天池之滨，大江之濆，曰有怪物焉，盖非常鳞凡介之品汇匹俦也。其得水，变化风雨，上下于天不难也；其不及水，盖寻常尺寸之间耳，无高山大陵旷途绝险为之关隔也。然其穷涸不能自致乎水，为獱獭之笑者，盖十八九矣。如有力者，哀其穷而运转之，盖一举手一投足之劳也。然是物也，负其异于众也，且曰烂死于沙泥，吾宁乐之；若俯首帖耳，摇尾而乞怜者，非我之志也。是以有力者遇之，熟视之若无睹也。其死其生，固不可知也。

今又有有力者当其前矣，聊试仰首一鸣号焉，庸讵知有力者，不哀其穷，而忘一举手一投足之劳，而转之清波乎？其哀之，命也；其不哀之，命也；知其在命而且鸣号之者，亦命也。愈今者实有类于是，是以忘其疏愚之罪而有是说焉。阁下其亦怜察之。

韩退之为人求荐书 ○○

某闻木在山，马在肆，遇之而不顾者，虽日累千万人，未为不材与下乘也；及至匠石过之而不睨，伯乐遇之而不顾，然后知其非栋梁之材，超逸之足也。以某在公之宇下非一日，而又辱居姻娅之后，是生于匠石之园，长于伯乐之厩者也，于是而不得知，假有见知者千万人，亦何足云。今幸赖天子每岁诏公卿大夫贡士，若某等比，咸得以荐闻，是以冒进其说以累于执事，亦不自量已。

然执事其知某如何哉？昔人有鬻马不售于市者，知伯乐之善相也，从而求之。伯乐一顾，价增三倍。某与其事颇相类，是故终始言之耳。愈再拜。

韩退之与陈给事书　。

愈再拜：愈之获见于阁下有年矣，始者亦尝辱一言之誉。贫贱也，衣食于奔走，不得朝夕继见。其后阁下位益尊，伺候于门墙者日益进。夫位益尊，则贱者日隔；伺候于门墙者日益进，则爱博而情不专。愈也道不加修，而文日益有名。夫道不加修，则贤者不与；文日益有名，则同进者忌。始之以日隔之疏，加之以不专之望，以不与者之心，听忌者之说，由是阁下之庭，无愈之迹矣。

去年春，亦尝一进谒于左右矣。温乎其容，若加其新也；属乎其言，若闵其穷也。退而喜也，以告于人。其后如东京取妻子，又不得朝夕继见。及其还也，亦尝一进谒于左右矣。邈乎其容，若不察其愚也；悄乎其言，若不接其情也。退而惧也，不敢复进。今则释然悟，翻然悔，曰其邈也，乃所以怒其来之不继也；其悄也，乃所以示其意也。不敏之诛，无所逃避，不敢遂进，辄自疏其所以，并献近所为《复志赋》已下十首为一卷，卷有标轴；《送孟郊序》一首，生纸写，不加装饰，皆有揩字注字处，急于自解而谢，不能俟更写。阁下取其意而略其礼可也。愈恐惧再拜。

韩退之上宰相书　。

正月二十七日，前乡贡进士韩愈，谨伏光范门下，再拜献书相公阁下：

《诗》之序曰："《菁菁者莪》，乐育材也。君子能长育人材，则天下喜乐之矣。"其诗曰："菁菁者莪，在彼中阿。既见君子，乐且有仪。"说者曰：菁菁者，盛也；莪，微草也；阿，大陵也。言君子之长育人材，若大陵之长育微草，能使之菁菁然盛也。"既见君子，乐且有仪"云者，天下美之之辞也。其三章曰："既见君子，锡我百朋。"说者曰：百朋，多之之辞也，言君子既长育人材，又当爵命之，赐之厚禄以宠贵之云尔。其卒章曰："泛泛杨舟，载沈载浮。既见君子，我心则休。"说者曰：载，载也；沈浮者，物也；言君子之于人才，无所不取，若舟之于物，浮沈皆载之云尔。"既见君子，我心则休"云者，言若此，则天下之心美之也。君子之于人也，既长育之，又当爵命宠贵之，而于其才无所遗焉。孟子曰：君子有三乐，王天下不与存焉。其一曰乐得天下之英才而教育之，此皆圣人贤士之所极言至论，古今之所宜法者也。然则孰能长育天下之人材，将非吾君与吾相乎？孰能教育天下之英才，将非吾君与吾相乎？幸今天下无事，小大之官，各守其职，钱谷甲兵之问，不至于庙堂。论道经邦之暇，舍此宜无大者焉。

今有人生二十八年矣，名不著于农工商贾之版。其业则读书著文，歌颂尧舜之道。鸡鸣而起，孜孜焉亦不为利，其所读皆圣人之书，杨、墨、释、老之学，无所入于其心。其所著皆约六经之旨而成文，抑邪与正，辩时俗之所惑。居穷守约，亦时有感激怨怼奇怪之辞，以求知于天下。亦不悖于教化，妖淫谀佞诪张之说，无所出于其中。四举于礼部乃一得，三选于吏部卒无成，九品之位其可望，一亩之宫其可怀。遑遑乎四海无所归，恤恤乎饥不得食，寒不得衣。滨于死而益固，得其所者争笑之。忽将弃其旧而新是图，求老农老圃而为师。悼本志之变化，中夜涕泗交颐。虽不足当诗人孟子之谓，抑长育之使成材，其亦可矣；教育之使成才，其亦可矣。抑又闻古之君子相其君也，一夫不获其所，若己推而内之沟中。今有人生七年而学圣人之道以修其身，积二十年，不得已一朝而毁之，是亦不获其所矣。伏念今有仁人在上位，若不往告之而遂行，是果于自弃，而不以古之君子之道待吾相也，其可乎？宁往告焉。若不得志则命也，其亦行矣。

《洪范》曰："凡厥庶民，有猷、有为、有守，汝则念之，不协于极，不罹于咎，皇则受之，而康而色。曰予攸好德，汝则锡之福。"是皆与善之辞也。抑又闻古之人有自进者，而君子不逆之矣，曰"予攸好德，汝则锡之福"之谓也。抑又闻上之设官制禄，必求其人而授之者，非苟慕其才而富贵其身也，盖将用其能理不能，用其明理不明者耳。下之修己立诚，必求其位而居之者，非苟没于利而荣于名也，盖将推己之所馀以济其不足者耳。然则上之于求人，下之于求位，交相求而一其致焉耳。苟以是而为心，则上之道不必难其下，下之道不必难其上。可举而举焉，不必让其自举也；可进而进焉，不必廉于自进也。

抑又闻上之化下得其道，则劝赏不必遍加乎天下，而天下从焉，因人之所欲为而遂推之之谓也。今天下不由吏部而仕进者几希矣。主上感伤山林之士有逸遗者，屡诏内外之臣旁求于四海，而其至者盖阙焉。岂其无人乎哉？亦见国家不以非常之道礼之而不来耳。彼之处隐就闲者亦人耳，其耳目鼻口之所欲，其心之所乐，其体之所安，岂有异于人乎哉？今所以恶衣食，穷体肤，麋鹿之与处，猿狖之与居，固自以其身不能与时从顺俯仰，故甘心自绝而不悔焉。而方闻国家之仕进者，必举于州县，然后升于礼部、吏部，试之以绣绘雕琢之文，考之以声势之逆顺、章句之短长，中其程式者，然后得从下士之列。虽有化俗之方、安边之策，不由是而稍进。万不有一得焉，彼惟恐入山之不深，入林之不密，其影响昧昧，惟恐闻于人也。今若闻有以书进宰相而求仕者，而宰相不辱焉，而荐之天子而爵命之，而布其书于四方，枯槁沈溺魁闳宽通之士，必且洋洋焉动其心，峨峨焉缨其冠，于于焉而来矣。此所谓劝赏不必遍加乎天下，而天下从焉者也，因人之所欲为而遂推之之谓者也。

伏惟览《诗》、《书》、《孟子》之所指，念育才锡福之所以；考古之君子相其君之道，而忘自进自举之罪；思设官制禄之故，以诱致山林逸遗之士，庶天下之行道者知所归焉。小子不敢自幸，其尝所著文，辄采其可者若干首，录在异卷，冀辱赐观焉。干渎尊严，伏地待罪。愈再拜。

韩退之后十九日复上书　○○

二月十六日，前乡贡进士韩愈，谨再拜言相公阁下：

向上书及所著文后，待命凡十有九日，不得命。恐惧不敢逃遁，不知所为。乃复敢自纳于不测之诛，以求毕其说，而请命于左右。

愈闻之：蹈水火者之求免于人也，不惟其父兄子弟之慈爱，然后呼而望之也。将有介于其侧者，虽其所憎怨，苟不至乎欲其死者，则将大其声疾呼而望其仁之也。彼介于其侧者，闻其声而见其事，不惟其父兄子弟之慈爱，然后往而全之也。虽有所憎怨，苟不至乎欲其死者，则将狂奔尽气，濡手足，焦毛发，救之而不辞也。若是者何哉？其势诚急，而其情诚可悲也。愈之强学力行有年矣，愚不惟道之险夷，行且不息以蹈于穷饿之水火，其既危且亟矣。大其声而疾呼矣，阁下其亦闻而见之矣。其将往而全之欤，抑将安而不救欤？有来言于阁下者曰："有观溺于水而爇于火者，有可救之道，而终莫之救也，阁下且以为仁人乎哉？"不然，若愈者，亦君子之所宜动心者也。

或谓愈："子言则然矣。宰相则知子矣，如时不可何？"愈窃谓之不知言者。诚其材能不足当吾贤相之举耳，若所谓时者，固在上位者之为耳，非天之所为也。前五六年时，宰相荐闻，尚有自布衣蒙抽擢者，与今岂异时哉？且今节度观察使，及防御营田诸小使等，尚得自举判官,无间于已仕未仕者,况在宰相,吾君所尊敬者,而曰不可乎?古之进人者,或取于盗,或举于管库。今布衣虽贱,犹足以方于此。

情隘辞蹙,不知所裁,亦惟少垂怜察焉。愈再拜。

韩退之与汝州卢郎中论荐侯喜状　○

右其人,为文甚古,立志甚坚,行止取舍,有士君子之操。家贫亲老,无援于朝,在举场十馀年,竟无知遇。愈常慕其才而恨其屈,与之还往,岁月已多,尝欲荐之于主司,言之于上位。名卑官贱,其路无由,观其所为文,未尝不掩卷长叹。去年愈从调选,本欲携持同行,适遇其人自有家事,迍邅坎坷,又废一年。及春末,自京还,怪其久绝消息。五月初至此,自言为阁下所知,辞气激扬,面有矜色,曰"侯喜死不恨矣!喜辞亲入关,羁旅道路,见王公数百,未尝有如卢公之知我也。比者分将委弃泥涂,老死草野,今胸中之气,勃勃然复有仕进之路矣"。

愈感其言,贺之以酒,谓之曰:"卢公天下之贤刺史也。未闻有所推引,盖难其人而重其事。今子郁为选首,其言'死不恨'固宜也,古所谓知己者正如此耳。身在贫贱,为天下所不知,独见遇于大贤,乃可贵耳。若自有名声,又托形势,此乃市道之事,又何足贵乎?子之遇知于卢公,真所谓知己者也。士之修身立节,而竟不遇知己,前古以来,不可胜数。或日接膝而不相知,或异世而相慕,以其遭逢之难，故曰'士为知己者死'，不其然乎！不其然乎！"

　　阁下既已知侯生，而愈复以侯生言于阁下者，非为侯生谋也，感知己之难遇，大阁下之德，而怜侯生之心。故因其行而献于左右焉。谨状。

古文辞类篹二十九终

书说类六

柳子厚寄京兆许孟容书 ○○

　　宗元再拜五丈座前：伏蒙赐书诲谕，微悉重厚，欣踊恍惚，疑若梦寐。捧书叩头，悸不自定。伏念得罪来五年，未尝有故旧大臣，肯以书见及者。何则？罪谤交积，群疑当道，诚可怪而畏也。是以兀兀忘行，尤负重忧，残骸馀魂，百病所集，痞结伏积，不食自饱。或时寒热，水火互至，内消肌骨，非独瘴疠为也。忽奉教命，乃知幸为大君子所宥，欲使膏肓沈没，复起为人。夫何素望，敢以及此？

　　宗元早岁，与负罪者亲善，始奇其能，谓可以共立仁义，裨教化。过不自料，勤勤勉励，惟以中正信义为志，以兴尧、舜、孔子之道，利安元元为务，不知愚陋不可力强，其素意如此也。末路厄塞艰兀，事既壅隔，狠忤贵近，狂疏缪戾，蹈不测之辜，群言沸腾，鬼神交怒。加以素卑贱，暴起领事，人所不信。射利求进者，填门排户，百不一得。一旦快意，更造怨讟。以此大罪之外，诋呵万端，旁午构扇，使尽为敌雠，协心同攻，外连强暴失职者以致其事。此皆丈人所闻见，不敢为他人道说。怀不能已，复载简牍。此人虽万被诛戮，不足塞责，而岂有赏哉？今其党与，幸获宽贷，各得善地，无公事，坐食俸禄，明德至渥也，尚何敢更俟除弃废痼，以希望外之泽哉？年少气锐，不识几微，不知当不，但欲一心直遂，果陷刑法，皆自所求取得之，又何怪也？

宗元于众党人中，罪状最甚。神理降罚，又不能即死。犹对人言语，求食自活，迷不知耻，日复一日。然亦有大故。自以得姓来二千五百年，代为冢嗣。今抱非常之罪，居夷獠之乡，卑湿昏雾，恐一日填委沟壑，旷坠先绪，以是怛然痛恨，心骨沸热。茕茕孤立，未有子息。荒陬中少士人女子，无与为婚，世亦不肯与罪人亲昵，以是嗣续之重，不绝如缕。每常春秋时飨，孑立捧奠，顾眄无后继者，惴惴然欷歔惴惕，恐此事便已。摧心伤骨，若受锋刃，此诚丈人所悯惜也。先墓在城南，无异子弟为主，独托村邻。自谴逐来，消息存亡，不一至乡间，主守者固以益怠。昼夜哀愤，惧便毁伤松柏，刍牧不禁，以成大戾。近世礼重拜扫，今已阙者四年矣。每遇寒食，则北向长号，以首顿地。想田野道路，士女遍满，皂隶庸丐，皆得上父母邱墓，马医夏畦之鬼，无不受子孙追养者。然此已息望，又何以云哉？城西有数顷田，树果数百株，多先人手自封植，今已荒秽，恐便斩伐，无复爱惜。家有赐书三千卷，尚在善和里旧宅，宅今已三易主，书存亡不可知。皆付受所重，常系心腑，然无可为者。立身一败,万事瓦裂,身残家破,为世大僇,复何敢更望大君子抚慰收恤,尚置人数中邪?是以当食,不知辛醎节适。洗沐盥漱,动逾岁时。一搔皮肤,尘垢满爪。诚忧恐悲伤,无所告愬,以至此也。

自古贤人才士,秉志遵分,被谤议不能自明者,仅以百数。姜坞先生云:韩柳文及唐人诗内,凡用"仅"字,每以多为义。《晋书·刘颂传》:三代延祚久长,近者五六百岁,远者仅将千载。《赵王伦传》:战所杀害仅十万人。以仅为多,亦不始唐人矣。故有无兄盗嫂,娶孤女云挝妇翁者。然赖当世豪杰,分明辩别,卒光史籍。管仲遇盗,升为功臣;匡章被不孝之名,孟子礼之。今已无古人之实,为而有诟,欲望世人之明己,不可得也。直不疑买金以偿同舍,刘宽下车归牛乡人。此诚知疑似之不可辨,非口舌所能胜也。郑詹束缚于晋,终以无死;锺仪南音,卒获返国;叔向囚虏,自期必免;范痤骑危,以生易死;蒯通据鼎耳,为齐上客;张苍、韩信伏斧锧,终取将相;邹阳狱中,以书自活;贾生斥逐,复召宣室;倪宽摈死,后至御史大夫;董仲舒、刘向下狱当诛,为汉儒宗。此皆瑰伟博辩奇壮之士,能自解脱。今以惵怯洟涩,下才末伎,又婴恐惧痼病,虽欲慷慨攘臂,自同昔人,愈疏阔矣!

贤者不得志于今,必取贵于后,古之著书者皆是也。宗元近欲务此,然力薄才劣,无异能解,虽欲秉笔觊缕,神志荒耗,前后遗忘,终不能成章。往时读书,自以不至抵滞,今皆顽然无复省录。每读古人一传,数纸已后,则再三伸卷,复观姓氏,旋又废失。假令万一除刑部囚籍,复为士列,亦不堪当世用矣!

伏惟兴哀于无用之地,垂德于不报之所,但以通家宗祀为念,有可动心者,操之勿失。不敢望归扫茔域,退托先人之庐,以尽馀齿,姑遂少北,益轻瘴疠,就婚娶,求胤嗣,有可付托,即冥然长辞,如得甘寝,无复恨矣。

书辞繁委,无以自道。然即文以求其志,君子固得其肺肝焉。无任恳恋之至。不宣。宗元再拜。

柳子厚与萧翰林俛书 ○

思谦兄足下:昨祁县王师范过永州,为仆言得张左司书,道思谦蹇然有当官之心,乃诚助太平者也,仆闻之喜甚。然微王生之说,仆岂不素知邪? 所喜者耳与心叶,果于不谬焉尔。

仆不幸向者进当臲卼不安之势,平居闭门,口舌无数,况又有久与游者,乃岌岌而操其间。其求进而退者,皆聚为仇怨,造作粉饰,蔓延益肆。非的然昭晰,自断于内,则孰能了仆于冥冥之间哉? 然仆当时年三十三甚少,自御史里行,得礼部员外郎,超取显美,欲免世之求进者怪怒媢嫉,其可得乎? 凡人皆欲自达,仆先得显处,才不能逾同列,名不能压当世,世之怒仆,宜也。与罪人交十年,官又以是进,辱在附会。圣朝弘大,贬黜甚薄,不能塞众人之怒,谤语转侈,嚣嚣嗷嗷,渐成怪民。饰智求仕者,更言仆以悦雠人之心,日为新奇,务相喜可,自以速援引之路。而仆辈坐益困辱，万罪横生，不知其端。伏自思念，过大恩甚，乃以致此。悲夫！人生少得六七十者，今已三十七矣。长来觉日月益促，岁岁更甚，大都不过数十寒暑，则无此身矣。是非荣辱，又何足道？云云不已，只益为罪。兄知之，勿为他人言也。居蛮夷中久，惯习炎毒，昏眊重腿，意以为常。忽遇北风晨起，薄寒中体，则肌革惨懔，毛发萧条，瞿然注视，怵惕以为异候，意绪殆非中国人。楚、越间声音特异，鴂舌啅噪，今听之怡然不怪，已与为类矣。家生小童，皆自然晓哓，昼夜满耳，闻北人言，则啼呼走匿，虽病夫亦怛然骇之。出门见适州闾市井者，其十有八九，杖而后兴。自料居此，尚复几何，岂可更不知止，言说长短，重为一世非笑哉？读《周易》困卦，至"有言不信，尚口乃穷也"，往复益喜，曰"嗟乎！余虽家置一喙以自称道，诟益甚耳"。用是更乐暗默，思与木石为徒，不复致意。今天子兴教化，定邪正，海内皆欣欣怡愉，而仆与四五子者，独沦陷如此，岂非命与？命乃天也，非云云者所制，余又何恨？

独喜思谦之徒，遭时言道。道之行，物得其利。仆诚有罪，然岂不在一物之数邪？身被之，目睹之，足矣。何必攘袂用力，而矜自我出邪？果矜之，又非道也，事诚如此，然居理平之世，终身为顽人之类，犹有少耻，未能尽忘。傥因贼平庆赏之际，得以见白，使受天泽馀润，虽朽枿败腐，不能生植，犹足蒸出芝菌，以为瑞物。一释废锢，移数县之地，则世必曰罪稍解矣。然后收召魂魄，买土一廛为耕氓，朝夕歌谣，使成文章，庶木铎者采取，献之法宫，增圣唐大

雅之什,虽不得位,亦不虚为太平之人矣。此在望外,然终
欲为兄一言焉。宗元再拜。

柳子厚与李翰林建书　○○

杓直足下:州传遽至,得足下书,又于梦得处得足下前
次一书,意皆勤厚。庄周言逃蓬藋者,闻人足音则跫然喜。
仆在蛮夷中,比得足下二书,及致药饵,喜复何言?仆自去
年八月来,痞疾稍已,往时间一二日作,今一月乃二三作。
用南人槟榔馀甘,破决壅隔太过,阴邪虽败,已伤正气。行
则膝颤,坐则髀痹。所欲者补气丰血,强筋骨,辅心力。有
与此宜者,更致数物,得良方偕至益善。

永州于楚为最南,状与越相类。仆闷即出游,游复多
恐。涉野则有蝮虺大蜂,仰空视地,寸步劳倦;近水即畏射
工沙虱,含怒窃发,中人形影,动成疮痏。时到幽树好石,
暂得一笑,已复不乐。何者?譬如囚拘圜土,一遇和景,负
墙搔摩,伸展支体。当此之时,亦以为适,然顾地窥天,不
过寻丈,终不得出,岂复能久为舒畅哉?明时百姓,皆获欢
乐。仆士人,颇识古今理道,独怆怆如此,诚不足为理世下
执事,至比愚夫愚妇,又不可得。窃自悼也。

仆曩时所犯,足下适在禁中,备观本末,不复一一言
之。今仆癃残顽鄙,不死幸甚。苟为尧人,不必立事程功,
唯欲为量移官,差轻罪累,即便耕田艺麻,取老农女为妻,
生男育孙,以供力役,时时作文,以咏太平。摧伤之馀,气

力可想。假令病尽已,身复壮,悠悠人世,越不过为三十年客耳。前过三十七年,与瞬息无异。复所得者,其不足把玩,亦已审矣。杓直以为诚然乎?

仆近求得经史诸子数百卷,尝候战悸稍定,时即伏读,颇见圣人用心,贤士君子立志之分。著书亦数十篇,心病言少次第,不足远寄,但用自释。贫者士之常,今仆虽羸馁,亦甘如饴矣。

足下言已白常州煦仆,仆岂敢众人待常州邪?若众人即不复煦仆矣。然常州未尝有书遗仆,仆安敢先焉?裴应叔,萧思谦,仆各有书,足下求取观之,相戒勿示人。敦诗在近地,简人事,今不能致书,足下默以此书见之。勉尽志虑,辅成一王之法,以宥罪戾。不悉。某白。<small>子厚永州与诸故人书,茅顺甫比之司马子长、韩退之,诚为不逮远甚。而方侍郎遽云:相其风格,不过如《与山巨源绝交书》。则评亦失公矣。子厚气格紧健,自有得于古人,如叔夜文虽有韵致,而轻弱不出魏晋文格,如子厚山水记间用《水经注》兴象,然子厚岂郦道元所能逮耶?</small>

柳子厚答吴秀才谢示新文书 ○

某白:向得秀才书及文章,类前时所辱远甚,多贺多贺。秀才志为文章,又在族父处,蚤夜孜孜,何畏不日日新,又日新也?虽间不奉对,苟文益日新,则若亟见矣。夫观文章,宜若悬衡然,增之铢两则俯,反是则仰,无可私者。秀才诚欲令吾俯乎?则莫若增重其文。今观秀才所增益者,不啻铢两,吾固伏膺而俯矣,愈重则吾俯兹甚。秀才其懋焉！苟增而不已，则吾首惧至地耳，又何间疏之患乎？
还答不悉。宗元白。

古文辞类纂三十终

书说类七

欧阳永叔与尹师鲁书　○○

　　某顿首师鲁十二兄书记：前在京师相别时，约使人如河上。既受命，便遣白头奴出城，而还言不见舟矣。其夕又得师鲁手简，乃知留船以待，怪不如约，方悟此奴懒去而见绐。临行台吏催苛百端，不比催师鲁人长者有礼，使人惶迫不知所为，是以又不留下书在京师，但深托君贶因书道修意以西。始谋陆赴夷陵，以大暑又无马，乃作此行。沿汴绝淮，泛大江，凡五千里，用一百一十程，才至荆南。在路无附书处，不知君贶曾作书道修意否？及来此问荆人，云去郢止两程，方喜得作书以奉问。又见家兄，言有人见师鲁过襄州，计今在郢久矣。师鲁欣戚，不问可知。所渴欲问者，别来安否？及家人处之如何？莫苦相尤否？六郎旧疾平否？

　　修行虽久，然江湖皆昔所游，往往有亲旧留连，又不遇恶风水，老母用术者言，果以此行为幸。又闻夷陵有米、面、鱼如京洛，又有梨、栗、橘、柚、大笋、茶荈，皆可饮食，益相喜贺。昨日因参转运作庭趋，始觉身是县令矣，其馀皆如昔时。师鲁简中，言疑修有自疑之意者，非他，盖惧责人太深以取直耳。今而思之，自决不复疑也。然师鲁又云，暗于朋友，此似未知修心。当与高书时，盖已知其非君子，发于极愤而切责之，非以朋友待之也。其所为何足惊骇？洛中来颇有人以罪出不测见吊者，此皆不知修心也。师鲁又云非忘亲，此又非也。得罪虽死，不为忘亲。此事须相见，可尽其说也。五六十年来，天生此辈，沈默畏慎，布在世间，相师成风。忽见吾辈作此事，下至灶门老婢，亦相惊怪，交口议之。不知此事古人日日有也，但问所言当否而已。又有深相赏叹者，此亦是不惯见事人也。可嗟世人，不见如往时事久矣。往时砧斧鼎镬，皆是烹斩人之物，然士有死不失义，则趋而就之，与几席枕藉之无异。有义君子在旁，见其就死，知其当然，亦不甚叹赏也。史册所以书之者，盖特欲警后世愚懦者，使知事有当然，而不得避尔，非以为奇事而诧人也。幸今世用刑至仁慈，无此物，使有而一人就之，不知作何等怪骇也。然吾辈亦自当绝口，不可及前事也。居闲僻处，日知进道而已，此事不须言。然师鲁以修有自疑之言，要知修处之如何，故略道也。安道与余在楚州，谈祸福事甚详，安道亦以为然。俟到夷陵写去，然后得知修所以处之之心也。

又常与安道言，每见前世有名人，当论事时，感激不避诛死，真若知义者。及到贬所，则戚戚怨嗟，有不堪之穷愁,形于文字,其心欢戚,无异庸人,虽韩文公不免此累。用此戒安道,慎勿作戚戚之文。师鲁察修此语,则处之之心又可知矣。近世人因言事,亦有被贬者,然或傲逸狂醉,自言我为大不为小。故师鲁相别,自言益慎职无饮酒。此事修今亦遵此语。咽喉自出京愈矣,至今不曾饮酒,到县后勤官,以惩洛中时懒慢矣。夷陵有一路,只数日可至郢,白头奴足以往来。秋寒矣,千万保重。不宣。

曾子固寄欧阳舍人书 ○○

巩顿首载拜舍人先生:去秋人还,蒙赐书,及所撰先大父墓碑铭,反覆观诵,感与惭并。

夫铭志之著于世,义近于史,而亦有与史异者。盖史之于善恶无所不书,而铭者,盖古之人有功德、材行、志义之美者,惧后世之不知,则必铭而见之。或纳于庙,或存于墓,一也。苟其人之恶,则于铭乎何有?此其所以与史异也。其辞之作,所以使死者无有所憾,生者得致其严。而善人喜于见传,则勇于自立;恶人无有所纪,则以愧而惧。至于通材达识,义烈节士,嘉言善状,皆见于篇,则足为后法。警劝之道,非近乎史,其将安近?

及世之衰,人之子孙者,一欲褒扬其亲,而不本乎理。故虽恶人,皆务勒铭以夸后世。立言者既莫之拒而不为,又以其子孙之所请也,书其恶焉,则人情之所不得,于是乎铭始不实。后之作铭者,常观其人,苟托之非人,则书之非公与是,则不足以行世而传后。故千百年来,公卿大夫至于里巷之士,莫不有铭,而传者盖少,其故非他,托之非人,书之非公与是故也。

然则孰为其人,而能尽公与是与?非畜道德而能文章者无以为也。盖有道德者之于恶人,则不受而铭之,于众人则能辨焉。而人之行,有情善而迹非,有意奸而外淑,有善恶相悬,而不可以实指,有实大于名,有名侈于实。犹之用人,非畜道德者,恶能辨之不惑,议之不徇?不惑不徇,则公且是矣。而其辞之不工,则世犹不传,于是又在其文章兼胜焉。故曰非畜道德而能文章者无以为也。岂非然哉?

然畜道德而能文章者,虽或并世而有,亦或数十年,或一二百年而有之。其传之难如此,其遇之难又如此。若先生之道德文章,固所谓数百年而有者也。先祖之言行卓卓,幸遇而得铭其公与是,其传世行后无疑也。而世之学者,每观传记所书古人之事,至其所可感,则往往囊然不知涕之流落也,况其子孙也哉?况巩也哉?其追晞祖德,而思所以传之之由,则知先生推一赐于巩,而及其三世,其感与报,宜若何而图之?

抑又思若巩之浅薄滞拙,而先生进之;先祖之屯蹶否塞以死,而先生显之。则世之魁闳豪杰不世出之士,其谁不愿进于门?潜遁幽抑之士,其谁不有望于世?善谁不为?而恶谁不愧以惧?为人之父祖者,孰不欲教其子孙?为人之子孙者,孰不欲宠荣其父祖?此数美者,一归于先生。

既拜赐之辱,且敢进其所以然。所谕世族之次,敢不承教而加详焉。愧甚。不宣。

曾子固谢杜相公书 ○○○

伏念昔者,方巩之得祸罚于河滨,去其家四千里之远。南向而望,迅河大淮,埭堰湖江,天下之险,为其阻厄。而以孤独之身,抱不测之疾,茕茕路隅,无攀缘之亲,一见之旧,以为之托。又无至行上之可以感人,利势下之可以动俗。惟先人之医药,与凡丧之所急,不知所以为赖,而旅榇之重,大惧无以归者。明公独于此时,闵闵勤勤,营救护视,亲屈车骑,临于河上,使其方先人之病,得一意于左右,而医药之有与谋。至其既孤,无外事之夺其哀,而毫发之私,无有不如其欲。莫大之丧,得以卒致而南。其为存全之恩,过越之义如此。

窃惟明公相天下之道,吟讼推说者穷万世,非如曲士汲汲一节之善。而位之极,年之高,天子不敢烦以政,岂乡间新学,危苦之情,纤细之事,宜以彻于视听,而蒙省察?然明公存先人之故,而所以尽于巩之德如此。盖明公虽不可起而寄天下之政,而爱育天下之人材,不忍一夫失其所之道,出于自然,推而行之,不以进退。而巩独幸遇明公于此时也。在丧之日,不敢以世俗浅意,越礼进谢。丧除,又惟大恩之不可名,空言之不足陈,徘徊迄今,一书之未进,顾其惭生于心，无须臾废也。伏惟明公终赐亮察。夫明公存天下之义而无有所私，则巩之所以报于明公者，亦惟天下之义而已。誓心则然，未敢谓能也。王明清《挥麈录》云：曾密公讳易占，字不疑，为信州玉山令。有过客杨南仲，公厚赆其行。郡将钱仙芝捃摭以客所受为贿，公不自辨，除名徙英州，以赦自便，将愬其事于朝，行次南都而卒。适公子南丰先生在京师，而杜祁公以故相居宋，自来逆旅，为办后事。鼐按：如书所云，方先人之病，一意于左右，是密公卒时，子固在侧，王语亦小异也。

苏明允上韩枢密书 ○○○

太尉执事：洵著书无他长，及言兵事，论古今形势，至自比贾谊。所献《权书》，虽古人已往成败之迹，苟深晓其义，施之于今，无所不可。昨因请见，求进末议，太尉许诺，谨撰其说。言语朴直，非有惊世绝俗之谈，甚高难行之论，太尉取其大纲，而无责其纤悉。

盖古者非用兵决胜之为难，而养兵不用之可畏。今夫水，激之山，放之海，决之为沟塍，壅之为沼沚，是天下之人能之；委江、河，注淮、泗，汇为洪波，潴为太湖，万世而不溢者，自禹之后，未之见也。夫兵者，聚天下不义之徒，授之以不仁之器，而教之以杀人之事。夫惟天下之未安，盗贼之未殄，然后有以施其不义之心，用其不仁之器，而试其杀人之事。当是之时，勇者无馀力，智者无馀谋，巧者无馀技。故其不义之心，变而为忠；不仁之器，加之于不仁；而杀人之事，施之于当杀。及夫天下既平，盗贼既殄，不义之徒,聚而不散;勇者有馀力,则思以为乱;智者有馀谋,则思以为奸;巧者有馀技,则思以为诈。于是天下之患杂然出矣。此段文字子瞻兄弟策论常拟之,然精爽劲悍,终不逮此。盖虎豹终日而不杀,则跳踉大叫,以发其怒;蝮蝎终日而不螫,则噬啮草木,以致其毒。其理固然,无足怪者。昔者刘、项奋臂于草莽之间,秦、楚无赖子弟,千百为辈,争起而应者,不可胜数。转斗五六年,天下厌兵,项籍死,而高祖亦已老矣。方是时,分王诸将,改定律令,与天下休息。而韩信、黥布之徒,相继而起者七国,高祖死于介胄之间,而莫能止也,连延及于吕氏之祸,讫孝文而后定。是何起之易而收之难也? 刘、项之势,初若决河顺流而下,诚有可喜;及其崩溃四出,放乎数百里之间,拱手而莫能救也。呜呼! 不有圣人,何以善其后?

太祖、太宗,躬擐甲胄,跋涉险阻,以斩刈四方之蓬蒿,用兵数十年,谋臣猛将满天下,一旦卷甲而休之,传四世而天下无变。此何术也? 荆楚、九江之地,不分于诸将,而韩信、黥布之徒,无以启其心也。虽然,天下无变,而兵久不用,则其不义之心,蓄而无所发,饱食优游,求逞于良民。观其平居无事,出怨言以邀其上。一日有急,是非人得千金,不可使也。往年诏天下缮完城池,西川之事,洵实亲见。凡郡县之富民,举而籍其名,得钱数百万,以为酒食馈饷之费。杵声未绝,城辄随坏,如此者数年而后定。卒事,官吏相贺,卒徒相矜,若战胜凯旋而待赏者。比来京师,游阡陌间,其曹往往偶语,无所讳忌。闻之土人,方春时尤不忍闻。盖时五六月矣,会京师忧大水,钼穰畚筑,列于两河之堧,县官日费千万,传呼劳问之声,不绝者数十里,犹且睊睊狼顾,莫肯效用。且夫内之如京师之所闻,外之如西川之所亲见,天下之势今何如也?

御将者,天子之事也;御兵者,将之职也。天子者养尊而处优,树恩而收名,与天下为喜乐者也,故其道不可以御兵。人臣执法而不求情,尽心而不求名,出死力以捍社稷,使天下之心系于一人,而己不与焉。故御兵者人臣之事,不可以累天子也。今之所患,大臣好名而惧谤。好名则多树私恩,惧谤则执法不坚。是以天下之兵,豪纵至此,而莫之或制也。

顷者狄公在枢府,号为宽厚爱人,狎昵士卒,得其欢心。而太尉适承其后。彼狄公者,知御外之术,而不知治内之道,此边将材也。古者兵在外,爱将军而忘天子;在内,爱天子而忘将军。爱将军所以战,爱天子所以守。狄公以其御外之心而施诸其内,太尉不反其道,而何以为治?或者以为兵久骄不治,一旦绳以法,恐因以生乱。昔者郭子仪去河南,李光弼实代之,将至之日,张用济斩于辕门,三军股栗。夫以临淮之悍,而代汾阳之长者,三军之士,竦然如赤子之脱慈母之怀,而立乎严师之侧,何乱之敢生?且夫天子者,天下之父母也;将相者,天下之师也。师虽严,赤子不敢以怨其父母;将相虽厉,天下不敢以咎其君。其势然也。天子者,可以生人,可以杀人,故天下望其生。及其杀之也,天下曰:"是天子杀之。"故天子不可以多杀。

人臣奉天子之法，虽多杀，天下无所归怨。此先王所以威怀天下之术也。

伏惟太尉思天下所以长久之道，而无幸一时之名；尽至公之心，而无恤三军之多言。夫天子推深仁以结其心，太尉厉威武以振其惰。彼其思天子之深仁，则畏而不至于怨；思太尉之威武，则爱而不至于骄。君臣之体顺，而畏爱之道立，非太尉吾谁望邪？

苏明允上欧阳内翰书 ○○

洵布衣穷居，常窃自叹，以为天下之人，不能皆贤，不能皆不肖。故贤人君子之处于世，合必离，离必合。往者天子方有意于治，而范公在相府，富公为枢密副使，执事与余公、蔡公为谏官，尹公驰骋上下，用力于兵革之地。方是之时，天下之人，毛发丝粟之才，纷纷然而起，合而为一。而洵也自度其愚鲁无用之身，不足以自奋于其间，退而养其心，幸其道之将成，而可以复见于当世之贤人君子。不幸道未成，而范公西，富公北，执事与余公、蔡公分散四出，而尹公亦失势，奔走于小官。洵时在京师，亲见其事，忽忽仰天叹息，以为斯人之去，而道虽成，不复足以为荣也。既复自思念：往者众君子之进于朝，其始也必有善人焉推之，今也亦必有小人焉间之。今之世无复有善人也则已矣，如其不然也，吾何忧焉？姑养其心，使其道大有成而待之何伤？退而处十年，虽未敢自谓其道有成矣，然浩浩乎其胸中若与曩者异，而余公适亦有成功于南方，执事与蔡公复相继登于朝，富公复自外入为宰相，其势将复合为一。喜且自贺，以为道既已粗成，而果将有以发之也。既又反而思其向之所慕望爱悦之而不得见之者，盖有六人焉。今将往见之矣，而六人者，已有范公、尹公二人亡焉，则又为之潸然出涕以悲。呜呼！二人者不可复见矣，而所恃以慰此心者，犹有四人也，则又以自解。思其止于四人也，则又汲汲欲一识其面，以发其心之所欲言。而富公又为天子之宰相，远方寒士，未可遽以言通于其前。而余公、蔡公，远者又在万里外。独执事在朝廷间，而其位差不甚贵，可以叫呼扳援而闻之以言，而饥寒衰老之病，又痼而留之，使不克自至于执事之庭。夫以慕望爱悦其人之心，十年而不得见，而其人已死，如范公、尹公二人者，则四人者之中，非其势不可遽以言通者，何可以不能自往而遽已也？

　　执事之文章，天下之人莫不知之。然窃自以为洵之知之特深，愈于天下之人，何者？孟子之文，语约而意尽，不为巉刻斩绝之言，而其锋不可犯；韩子之文，如长江大河，浑浩流转，鱼鼋蛟龙，万怪惶惑，而抑遏蔽掩，不使自露，而人望见其渊然之光，苍然之色，亦自畏避，不敢迫视；执事之文，纡馀委备，往复百折，而条达疏畅，无所间断，气尽语极，急言竭论，而容与闲易，无艰难劳苦之态。此三者，皆断然自为一家之文也。惟李翱之文，其味黯然而长，其光油然而幽，俯仰揖让，有执事之态；陆贽之文，遣言措意，切近的当，有执事之实。而执事之才，又自有过人者。盖执事之文，非孟子、韩子之文，而欧阳子之文也。夫乐道人之善而不谄者，以其人诚足以当之也。彼不知者，则以为誉人以求其悦己也。夫誉人以求其悦己，洵亦不为也。而其所以道执事光明盛大之德，而不自知止者，亦欲执事之知其知我也。虽然，执事之名满于天下，虽不见其文，而固已知有欧阳子矣。而洵也不幸堕在草野泥涂之中，而其知道之心，又近而粗成，欲徒手奉咫尺之书，自托于执事，将使执事何从而知之，何从而信之哉？

　　洵少年不学，生二十五岁，始知读书，从士君子游。年既已晚，而又不遂刻意厉行，以古人自期，而视与己同列者皆不胜己，则遂以为可矣。其后困益甚，然后取古人之文而读之，始觉其出言用意，与己大异。时复内顾，自思其才，则又似夫不遂止于是而已者。由是尽烧其曩时所为文数百篇，取《论语》、《孟子》、韩子及其他圣人贤人之文，而兀然端坐，终日以读之者，七八年矣。方其始也，入其中而惶然，博观于其外而骇然以惊。及其久也，读之益精，而其胸中豁然以明，若人之言固当然者，然犹未敢自出其言也。时既久，胸中之言日益多，不能自制，试出而书之，已而再三读之，浑浑乎觉其来之易矣，然犹未敢以为是也。近所为《洪范论》、《史论》凡七篇，执事观其如何？噫嘻，区区而自言，不知者又将以为自誉，以求人之知己也。惟执事思其十年之心，如是之不偶然也而察之。

苏子瞻上王兵部书 ○○

荆州，南北之交，而士大夫往来之冲也。执事以高才盛名，作牧于此，盖亦尝有以相马之说，告于左右者乎？闻之曰：骐骥之马，一日行千里而不殆，其脊如不动，其足如无所著，升高而不轻，走下而不轩。其伎艺卓绝，而效见明著，至于如此，而天下莫有识者何也？不知其相而责其伎也。夫马者，有昂首而丰臆，方蹄而密睫，捷乎若深山之虎，旷乎若秋后之兔，远望目若视日，而志不存乎刍粟，若是者飘忽腾踔，去而不知所止。是故古之善相者，立于五达之衢，一目而眄之，闻其一鸣，顾而循其色，马之技尽矣。何者？其相溢于外而不可蔽也。士之贤不肖，见于面颜而发泄于辞气，卓然其有以存乎耳目之间，而必曰久居而后察，则亦名相士者之过矣。

夫轼西川之鄙人，而荆之过客也。其足迹偶然而至于执事之门，其平生之所治以求闻于后世者，又无所挟持以至于左右，盖亦易疏而难合也。然自蜀至于楚，舟行六十日，过郡十一，县二十有六，取所见郡县之吏数十百人，莫不孜孜论执事之贤，而教之以求通于下吏。且执事何修而得此称也？轼非敢以求知而望其所以先后于仕进之门者，亦徒以为执事立于五达之衢，而庶几乎一目之眄，或有以信其平生尔。

夫今之世，岂惟王公择士，士亦有所择。轼将自楚游魏，自魏无所不游，恐他日以不见执事为恨也，是以不敢不进。不宣。

苏子瞻答李端叔书 ○○

轼顿首再拜。闻足下名久矣，又于相识处逞逞见所作诗文，虽不多，亦足以仿佛其为人矣。寻常不通书问，怠慢之罪，犹可阔略，及足下斩然在疚，亦不能以一字奉慰，舍弟子由至，先蒙惠书，又复懒不即答，顽钝废礼，一至于此，而足下终不弃绝，递中再辱手书，待遇益隆，览之面热汗下也。

足下才高识明，不应轻许与人，得非用黄鲁直、秦太虚辈语，真以为然邪？不肖为人所憎，而二子独喜见誉，如人嗜昌歜、羊枣，未易诘其所以然者。以二子为妄则不可，遂欲以移之众口，又大不可也。轼少年时，读书作文，专为应举而已。既及进士第，贪得不已，又举制策，其实何所有。而其科号为直言极谏，故每纷然诵说古今，考论是非，以应其名耳。人苦不自知，既以此得，因以为实能之，故诐诐至今，坐此得罪几死，所谓齐虏以口舌得官，真可笑也。然世人遂以轼为欲立异同，则过矣。妄论利害，搀说得失，此正制科人习气，譬之候虫时鸟，自鸣自已，何足为损益？轼每怪时人待轼过重，而足下又复称说如此，愈非其实。得罪以来，深自闭塞，扁舟草履，放浪山水间，与樵渔杂处，往往为醉人所推骂，辄自喜渐不为人识。平生亲友，无一字

见及,有书与之亦不答,自幸庶几免矣。足下又复创相推
与,甚非所望。木有瘿,石有晕,犀有通,以取妍于人,皆
物之病也。谪居无事,默自观省,回视三十年以来所为,
多其病者。足下所见皆故我,非今我也,无乃闻其声不考
其情,取其华而遗其实乎?抑将又有取于此也?此事非
相见不能尽。

自得罪后,不敢作文字。此书虽非文,然信笔书意,不
觉累幅,亦不须示人,必喻此意。岁行尽,寒苦,惟万万节
哀强食。不次。

苏子由上枢密韩太尉书　　○

太尉执事:辙生好为文,思之至深,以为文者气之所
形。然文不可以学而能,气可以养而致。孟子曰:"我善养
吾浩然之气。"今观其文章,宽厚宏博,充乎天地之间,称其
气之小大。太史公行天下,周览四海名山大川,与燕赵间
豪俊交游,故其文疏荡,颇有奇气。此二子者,岂尝执笔学
为如此之文哉?其气充乎其中,而溢乎其貌;动乎其言,而
见乎其文,而不自知也。

辙生十有九年矣,其居家所与游者,不过其邻里乡党
之人,所见不过数百里之间,无高山大野可登览以自广。
百氏之书,虽无所不读,然皆古人之陈迹,不足以激发其志
气。恐遂汩没,故决然舍去,求天下奇闻壮观,以知天地之
广大。过秦、汉之故都,恣观终南、嵩、华之高,北顾黄河之

奔流，慨然想见古之豪杰。至京师，仰观天子宫阙之壮，与仓廪府库城池苑囿之富且大也，而后知天下之巨丽。见翰林欧阳公，听其议论之宏辩，观其容貌之秀伟，与其门人贤士大夫游，而后知天下之文章聚乎此也。

太尉以才略冠天下，天下之所恃以无忧，四夷之所惮以不敢发，入则周公、召公，出则方叔、召虎，而辙也未之见焉。且夫人之学也，不志其大，虽多而何为？辙之来也，于山见终南、嵩、华之高，于水见黄河之大且深，于人见欧阳公，而犹以为未见太尉也。故愿得观贤人之光耀，闻一言以自壮，然后可以尽天下之大观而无憾矣。

辙年少，未能通习吏事。向之来，非有取于斗升之禄，偶然得之，非其所乐。然幸得赐归待选，使得优游数年之间，将归益治其文，且学为政。太尉苟以为可教而辱教之，又幸矣。

王介甫答韶州张殿丞书 〇〇

某启：伏蒙再赐书，示及先君韶州之政，为吏民称颂，至今不绝，伤今之士大夫不尽知，又恐史官不能记载，以次前世良吏之后。此皆不肖之孤，言行不足信于天下，不能推扬先人之功绪馀烈，使人人得闻知之，所以夙夜愁痛，疢心疾首而不敢息者，以此也。先人之存，某尚少，不得备闻为政之迹。然尝侍左右，尚能记诵教诲之馀。盖先君所存，尝欲大润泽于天下，一物枯槁，以为身羞。大者既不得试，已试乃其小者耳。小者又将泯没而无传，则不肖之孤，罪大衅厚矣，尚何以自立于天地之间邪？阁下勤勤恻恻，以不传为念，非夫仁人君子乐道人之善，安能以及此？

自三代之时，国各有史。而当时之史，多世其家，往往以身死职，不负其意。盖其所传，皆可考据。后既无诸侯之史，而近世非尊爵盛位，虽雄奇俊烈，道德满衍，不幸不为朝廷所称，辄不得见于史。而执笔者，又杂出一时之贵人。观其在廷论议之时，人人得讲其然不，尚或以忠为邪，以异为同，诛当前而不栗，讪在后而不羞，苟以餍其忿好之心而止耳。而况阴挟翰墨以裁前人之善恶，疑可以贷褒，似可以附毁，往者不能讼当否，生者不得论曲直，赏罚谤誉，又不施其间，以彼其私，独安能无欺于冥昧之间邪？善既不尽传，而传者又不可尽信如此。唯能言之君子，有大公至正之道，名实足以信后世者，耳目所遇，一以言载之，则遂以不朽于无穷耳。

伏惟阁下，于先人非有一日之雅，馀论所及，无党私之嫌，苟以发潜德为己事，务推所闻，告世之能言而足信者，使得论次以传焉。则先君之不得列于史官，岂有恨哉？

王介甫上凌屯田书　○

俞跗，疾医之良者也。其足之所经，耳目之所接，有人于此，狼疾焉而不治，则必欿然以为己病也。虽人也，不以病俞跗焉则少矣。隐而虞俞跗之心，其族姻旧故有狼疾焉,则何如也? 末如之何其已,未有可以治焉而忽者也。

今有人于此,弱而孤,壮而屯蹶困塞。先大父弃馆舍于前,而先人从之,两世之柩,窆而不能葬也。尝观传记,至《春秋》过时而不葬,与子思所论未葬不变服,则戚然不知涕之流落也。窃悲夫古之孝子慈孙,严亲之终,如此其甚也。今也乃独以窆故,犯《春秋》之义,拂子思之说,郁其为子孙之心而不得伸,犹人之狼疾也,奚有间哉?

伏惟执事性仁而躬义,悯艰而悼厄,穷人之俞跗也,而又有先人一日之雅焉。某之疾,庶几可以治焉者也。是故不谋于龟,不介于人,跋千里之途,犯不测之川,而造执事之门,自以为得所归也。执事其忽之欤?

王介甫答司马谏议书

某启:昨日蒙教,窃以为与君实游处相好之日久,而议事每不合,所操之术多异故也。虽欲强聒,终必不蒙见察,故略上报,不复一一自辨。重念蒙君实视遇厚,于反覆不宜卤莽,故今具道所以,冀君实或见恕也。

盖儒者所争,尤在于名实。名实已明,而天下之理得矣。今君实所以见教者,以为侵官生事,征利拒谏,以致天下怨谤也。某则以谓受命于人主议法度,而修之于朝廷,以授之于有司,不为侵官;举先王之政,以兴利除弊,不为生事;为天下理财,不为征利;辟邪说,难任人,不为拒谏。至于怨诽之多,则固前知其如此也。人习于苟且非一日,士大夫多以不恤国事，同俗自媚于众为善。上乃欲变此，而某不量敌之众寡，欲出力助上以抗之，则众何为而不汹汹？然盘庚之迁，胥怨者民也，非特朝廷士大夫而已。盘庚不为怨者故改其度，度义而后动，是而不见可悔故也。如君实责我以在位久，未能助上大有为，以膏泽斯民，则某知罪矣；如曰今日当一切不事事，守前所为而已，则非某之所敢知。

　无由会晤，不任区区向往之至。亦自劲悍，而不如昌黎答吕医山人之奇变。

古文辞类纂三十一终

赠序类一 古文辞类纂三十二

韩退之送董邵南序 ○○○

燕、赵古称多感慨悲歌之士。董生举进士，连不得志于有司，怀抱利器，郁郁适兹土。吾知其必有合也。董生勉乎哉！

夫以子之不遇时，苟慕义强仁者，皆爱惜焉，矧燕、赵之士，出乎其性者哉？然吾尝闻风俗与化移易，吾恶知其今不异于古所云邪？聊以吾子之行卜之也。董生勉乎哉！

吾因子有所感矣。为我吊望诸君之墓，而观于其市，复有昔时屠狗者乎？为我谢曰："明天子在上，可以出而仕矣。"

韩退之送王秀才含序 ○○○

吾少时读《醉乡记》，私怪隐居者无所累于世，而犹有是言，岂诚旨于味邪？及读阮籍、陶潜诗，乃知彼虽偃蹇，不欲与世接，然犹未能平其心，或为事物是非相感发，于是有托而逃焉者也。若颜氏子操瓢与箪，曾参歌声若出金石，彼得圣人而师之，汲汲每若不可及，其于外也固不暇，尚何曲蘗之托，而昏冥之逃邪？吾又以为悲醉乡之徒不遇也。

建中初，天子嗣位，有意贞观、开元之丕绩，在廷之臣争言事。当此时，醉乡之后世，又以直废。吾既悲醉乡之文辞，而又嘉良臣之烈，思识其子孙。今子之来见我也，无所挟，吾犹将张之，况文与行不失其世守，浑然端且厚，惜乎吾力不能振之，而其言不见信于世也。于其行，姑与之饮酒。海峰先生云：含蓄深婉近子长，退之文以雄奇胜人，独董邵南及此篇，深微屈曲，读之觉高情远韵，可望不可及。

韩退之送孟东野序 ○○○

大凡物不得其平则鸣。草木之无声，风挠之鸣；水之无声，风荡之鸣。其跃也，或激之；其趋也，或梗之；其沸也，或炙之。金石之无声，或击之鸣。人之于言也亦然，有不得已者而后言，其歌也有思，其哭也有怀，凡出乎口而为声者，其皆有弗平者乎！

乐也者，郁于中而泄于外者也，择其善鸣者而假之鸣。金、石、丝、竹、匏、土、革、木，八者物之善鸣者也。维天之于时也亦然，择其善鸣者而假之鸣。是故以鸟鸣春，以雷鸣夏，以虫鸣秋，以风鸣冬。四时之相推敓，其必有不得其平者乎？

其于人也亦然。人声之精者为言，文辞之于言，又其精也，尤择其善鸣者而假之鸣。其在唐、虞，皋陶、禹其善鸣者也，而假以鸣。夔弗能以文辞鸣，又自假于《韶》以鸣。夏之时，五子以其歌鸣。伊尹鸣殷，周公鸣周。凡载于《诗》、《书》六艺，皆鸣之善者也。周之衰，孔子之徒鸣之，其声大而远。《传》曰："天将以夫子为木铎。"其弗信矣乎？其末也，庄周以其荒唐之辞鸣。楚，大国也，其亡也以屈原鸣。臧孙辰、孟轲、荀卿，以道鸣者也。杨朱、墨翟、管夷吾、晏婴、老聃、申不害、韩非、慎到、田骈、邹衍、尸佼、孙武、张仪、苏秦之属，皆以其术鸣。秦之兴，李斯鸣之。汉之时，司马迁、相如、杨雄最其善鸣者也。其下魏、晋氏，鸣者不及于古，然亦未尝绝也。就其善者，其声清以浮，其节数以急，其辞淫以哀，其志弛以肆，其为言也，乱杂而无章。将天丑其德莫之顾邪？何为乎不鸣其善鸣者也？

唐之有天下，陈子昂、苏源明、元结、李白、杜甫、李观，皆以其所能鸣。其存而在下者，孟郊东野，始以其诗鸣。其高出魏、晋，不懈而及于古，其他浸淫乎汉氏矣。从吾游者，李翱、张籍其尤也。三子者之鸣信善矣，抑不知天将和其声而使鸣国家之盛邪？抑将穷饿其身，思愁其心肠，而使自鸣其不幸邪？三子者之命，则悬乎天矣。其在上也奚以喜？其在下也奚以悲？东野之役于江南也，有若不释然者，故吾道其命于天者以解之。

韩退之送高闲上人序 ○○○

苟可以寓其巧智,使机应于心,不挫于气,则神完而守固,虽外物至,不胶于心。机应于心,故物不胶于心,不挫于气,故神完守固。韩公此言本自状所得于文事者,然以之论道亦然。牢笼万物之态,而物皆为我用者,技之精也;曲应万事之情,而事循其天者,道之至也。必离去事物而后静其心,是韩公所斥解外胶泊然淡然者也。以是为道,其道浅矣;以是为技,其术粗矣。尧、舜、禹、汤治天下,养叔治射,庖丁治牛,师旷治音声,扁鹊治病,僚之于丸,秋之于弈,伯伦之于酒,乐之终身不厌,奚暇外慕?夫外慕徙业者,皆不造其堂,不哜其胾者也。

往时张旭善草书,不治他技。喜怒窘穷,忧悲愉佚,怨恨思慕,酣醉无聊不平,有动于心,必于草书焉发之。观于物,见山水崖谷,鸟兽虫鱼,草木之花实,日月列星,风雨水火,雷霆霹雳,歌舞战斗,天地事物之变,可喜可愕,一寓于书。故旭之书,变动犹鬼神,不可端倪,以此终其身,而名后世。

今闲之于草书,有旭之心哉!不得其心,而逐其迹,未见其能旭也。为旭有道,利害必明,无遗锱铢,情炎于中,利欲斗进,有得有丧,勃然不释,然后一决于书,而后旭可几也。今闲师浮屠氏,一死生,解外胶。是其为心,必泊然无所起;其于世,必淡然无所嗜。泊与淡相遭,颓堕委靡溃败不可收拾,则其于书,得无象之然乎?然吾闻浮屠人善幻,多技能,闲如通其术,则吾不能知矣。

韩退之送廖道士序 ○○○

五岳于中州，衡山最远；南方之山，巍然高而大者以百数，独衡为宗。最远而独为宗，其神必灵。

衡之南，八九百里，地益高，山益峻，水清而益驶；其最高而横绝南北者岭。郴之为州，在岭之上，测其高下，得三之二焉，中州清淑之气，于是焉穷。气之所穷，盛而不过，必蜿蟺扶舆，磅礴而郁积。衡山之神既灵，而郴之为州又当中州清淑之气，蜿蟺扶舆，磅礴而郁积，其水土之所生，神气之所感，白金、水银、丹砂、石英、钟乳，橘柚之包，竹箭之美，千寻之名材，不能独当也，意必有魁奇忠信材德之民生其间，而吾又未见也，其无乃迷惑溺没于老佛之学而不出邪？

廖师郴民，而学于衡山，气专而容寂，多艺而善游，岂吾所谓魁奇而迷溺者邪？廖师善知人，若不在其身，必在其所与游，访之而不吾告，何也？于其别，申以问之。

韩退之送窦从事序 ○○○

逾瓯闽而南，皆百越之地，于天文其次星纪，其星牵牛。连山隔其阴，钜海歕其阳，是维岛居卉服之民，风气之殊，著自古昔。唐之有天下，号令之所加，无异于远近。民俗既迁，风气亦随，雪霜时降，疠疫不兴，濒海之饶，固加于初。是以人之之南海者,若东西州焉。

皇帝临天下二十有二年,诏工部侍郎赵植,为广州刺史,尽牧南海之民,署从事扶风窦平。平以文辞进,于其行也,其族人殿中侍御史牟,合东都交游之能文者二十有八人赋诗以赠之。于是昌黎韩愈,嘉赵南海之能得人,壮从事之答于知我,不惮行之远也;又乐贻周之爱其族叔父,能合文辞以宠荣之。作《送窦从事少府平序》。海峰先生曰:起得雄直,惟退之有此。

韩退之送杨少尹序　○○○

昔疏广、受二子,以年老,一朝辞位而去,于时公卿设供张,祖道都门外,车数百两,道旁观者,多叹息泣下,共言其贤。汉史既传其事,而后世工画者,又图其迹,至今照人耳目,赫赫若前日事。国子司业杨君巨源,方以其能诗训后进,一旦以年满七十,亦白丞相,去归其乡。世常说古今人不相及,今杨与二疏,其意岂异也?

予忝在公卿后,遇病不能出,不知杨侯去时,城门外送者几人,车几两,马几匹,道边观者,亦有叹息知其为贤以否?姜坞先生云:以、与字,古通用。《乡射礼》:主人以宾揖。郑注:以犹与也。又见《召南》诗笺。而太史氏又能张大其事为传,继二疏踪迹否,不落莫否?见今世无工画者,而画与不画固不论也。然吾闻杨侯之去,丞相有爱而惜之者,白以为其都少尹,不绝其禄,又为歌诗以劝之,京师之长于诗者,亦属而和之,又不知当时二疏之去，有是事否？古今人同不同，未可知也。

中世士大夫，以官为家，罢则无所于归。杨侯始冠，举于其乡，歌《鹿鸣》而来也。今之归，指其树曰："某树，吾先人之所种也；某水某邱，吾童子时所钓游也。"乡人莫不加敬，诫子孙以杨侯不去其乡为法。古之所谓乡先生，没而可祭于社者，其在斯人与？其在斯人与？<small>唐应德云：前后照应，而错综变化不可言。此等文字，苏、曾、王集内无之。海峰先生云：驰骤跌荡，生动飞扬，曲尽行文之妙。</small>

韩退之送李愿归盘谷序 ○○○

太行之阳有盘谷。盘谷之间，泉甘而土肥，草木蘩茂，居民鲜少。或曰："谓其环两山之间，故曰盘。"或曰："是谷也，宅幽而势阻，隐者之所盘旋。"友人李愿居之。

愿之言曰："人之称大丈夫者，我知之矣。利泽施于人，名声昭于时。坐于庙朝，进退百官，而佐天子出令。其在外，则树旗旄，罗弓矢，武夫前呵，从者塞途，供给之人，各执其物，夹道而疾驰。喜有赏，怒有刑。才畯满前，道古今而誉盛德，入耳而不烦。曲眉丰颊，清声而便体，秀外而惠中，飘轻裾，翳长袖，粉白黛绿者，列屋而闲居，妒宠而负恃，争妍而取怜。大丈夫之遇知于天子，用力于当世者之所为也。吾非恶此而逃之，是有命焉，不可幸而致也。

"穷居而野处，升高而望远，坐茂树以终日，濯清泉以自洁。采于山，美可茹；钓于水，鲜可食。起居无时，惟适之安。与其有誉于前，孰若无毁于其后；与其有乐于身，孰若无忧于其心。车服不维，刀锯不加，理乱不知，黜陟不闻。大丈夫不遇于时者之所为也，我则行之。

"伺候于公卿之门，奔走于形势之途，足将进而趑趄，口将言而嗫嚅，处秽污而不羞，触刑辟而诛戮，徼幸于万一，老死而后止者，其于为人贤不肖何如也？"

昌黎韩愈，闻其言而壮之，与之酒，而为之歌曰：

盘之中，维子之宫；盘之土，可以稼；盘之泉，可濯可沿；盘之阻，谁争子所？窈而深，廓其有容；缭而曲，如往而复。嗟盘之乐兮，乐且无殃。虎豹远迹兮，蛟龙遁藏；鬼神守护兮，呵禁不祥。饮则食兮寿而康，无不足兮奚所望？膏吾车兮秣吾马，从子于盘兮，终吾生以徜徉。

韩退之送区册序 ○○○

阳山，天下之穷处也。陆有邱陵之险，虎豹之虞；江流悍急，横波之石，廉利侔剑戟，舟上下失势，破碎沦溺者，往往有之。县郭无居民，官无丞、尉，夹江荒茅篁竹之间，小吏十馀家，皆鸟言夷面。始至，言语不通，画地为字，然后可告以出租赋，奉期约。是以宾客游从之士，无所为而至。

愈待罪于斯，且半岁矣。有区生者，誓言相好，自南海挐舟而来。升自宾阶，仪观甚伟，坐与之语，文义卓然。庄周云："逃空虚者，闻人足音跫然而喜矣。"况如斯人者，岂易得哉？入吾室，闻《诗》、《书》仁义之说，欣然喜，若有志于其间也。与之翳嘉林，坐石矶，投竿而渔，陶然以乐，若能遗外声利，而不厌乎贫贱也。

岁之初吉，归拜其亲，酒壶既倾，序以识别。

韩退之送郑尚书序 ○○

岭之南，其州七十。其二十二隶岭南节度府，其四十馀分四府，府各置帅，然独岭南节度为大府。大府始至，四府必使其佐启问起居，谢守地不得即贺以为礼。岁时必遣贺问，致水土物。大府帅或道过其府，府帅必戎服，左握刀，右属弓矢，帕首袴靴，迎郊。及既至，大府帅先入据馆，帅守屏，若将趋入拜庭之为者。大府与之为让，至一再，乃敢改服，以宾主见。适位执爵，皆兴拜，不许乃止。虔若小侯之事大国，有大事，谘而后行。

隶府之州，离府远者至三千里，悬隔山海，使必数月而后能至。蛮夷悍轻，易怨以变。其南州皆岸大海，多洲岛，帆风一日踔数千里，漫澜不见踪迹。控御失所，依险阻，结党仇，机毒矢，以待将吏，撞搪呼号，以相和应，蜂屯蚁杂，不可爬梳。好则人，怒则兽，故常薄其征入，简节而疏目。时有所遗漏，不究切之，长养以儿子，至纷不可治，乃草薙而禽狝之，尽根株痛断乃止。其海外杂国，若耽浮罗、流求、毛人、夷亶之州，林邑、扶南、真腊、干陀利之属，东南际天地以万数，或时候风潮朝贡，蛮胡贾人，舶交海中。若岭南帅得其人，则一边尽治，不相寇盗贼杀，无风鱼之灾，水旱厉毒之患。外国之货日至，珠香象犀玳瑁奇物，溢于中国，不可胜用。故选帅常重于他镇，非有文武威风、知大体、可畏信者，则不幸往往有事。

长庆三年四月，以工部尚书郑公为刑部尚书，兼御史大夫，往践其任。郑公尝以节镇襄阳，又帅沧、景、德、棣，历河南尹，华州刺史，皆有功德可称道。入朝为金吾将军，散骑常侍，工部侍郎尚书。家属百人，无数亩之宅，僦屋以居，可谓贵而能贫，为仁者不富之效也。及是命，朝廷莫不悦。将行，公卿大夫士，苟能诗者，咸相率为诗，以美朝政，以慰公南行之思。韵必以"来"字者，所以祝公成政而来归疾也。

韩退之送殷员外序 ○○

唐受天命为天子，凡四方万国，不问海内外，无小大，咸臣顺于朝。时节贡水土百物，大者特来，小者附集。

元和睿圣文武皇帝既嗣位，悉治方内就法度。十二年，诏曰："四方万国，惟回鹘于唐最亲，奉职尤谨。丞相其选宗室四品一人，持节往赐君长，告之朕意。又选学有经法，通知时事者一人，与之为贰。"由是殷侯侑，自太常博士，迁尚书虞部员外郎，兼侍御史，朱衣象笏，承命以行，朝之大夫，莫不出钱。

酒半，右庶子韩愈，执盏言曰："殷大夫，今人适数百里，出门惘惘，有离别可怜之色。持被入直三省，丁宁顾婢子，语刺刺不能休。今子使万里外国，独无几微出于言面，岂不真知轻重大丈夫哉！丞相以子应诏，真诚知人。士不通经，果不足用。"于是相属为诗以道其行云。

韩退之送幽州李端公序 ○○○

元年，今相国李公，为吏部员外郎，愈尝与偕朝，道语幽州司徒公之贤，曰："某前年被诏，告礼幽州，入其地，迓劳之使里至，每进益恭。及郊，司徒公红帒首靴裤，握刀在左，右杂佩，朱子《考异》云，方从杭本"刀"下有"在"字，而读连下文"左"字为句。今按，若如方意，则当云左握刀，右杂佩矣，不应握刀在左，亦不应惟右有佩也。"在"为衍字无疑。杭本误也。左右杂佩，当自为一句，《内则》所谓左右佩用是也。萧按：此当从杭本，作握刀在左。盖握刀者，其佩刀之名，若不连"在左"二字，则真为手持刀而见，无是理也。此杂佩，止是戎事之用，如射决之类，与《内则》之杂佩不同，右有而左无，无害，弓矢亦在右。右杂佩，弓帒服，矢插房，九字相连迭。《送郑尚书序》左握刀，右属弓，矢交正，与此同。弓帒服，矢插房，俯立迎道左。某礼辞曰：'公天子之宰，礼不可如是。'及府，又以其服即事。某又曰：'公三公，不可以将服承命。'卒不得辞。上堂即客阶，坐必东向。"

愈曰："国家失太平于今六十年。夫十日、十二子相配，数穷六十，其将复平，平必自幽州始，乱之所出也。今天子大圣，司徒公勤于礼，庶几帅先河南、北之将，来觐奉职，如开元时乎？"李公曰："然。"今李公既朝夕左右，必数数为上言，元年之言殆合矣。

端公岁时来寿其亲东都，东都之大夫、士，莫不拜于门。其为人佐甚忠，意欲司徒公功名流千万岁，请以愈言为使归之献。

韩退之送王秀才埙序　○○

　　吾尝以为孔子之道大而能博,门弟子不能遍观而尽识也,故学焉而皆得其性之所近。其后离散分处诸侯之国,又各以所能授弟子,原远而末益分。盖子夏之学,其后有田子方。子方之后,流而为庄周,故周之书,喜称子方之为人。荀卿之书,语圣人必曰孔子、子弓。子弓之事业不传,惟太史公书《弟子传》有姓名字曰馯臂子弓,子弓受《易》于商瞿。孟轲师子思,子思之学,盖出曾子。自孔子殁,群弟子莫不有书,独孟轲氏之传得其宗,故吾少而乐观焉。

　　太原王埙,示予所为文,好举孟子之所道者。与之言,信悦孟子,而屡赞其文辞。夫沿河而下,苟不止,虽有迟疾,必至于海;如不得其道也,虽疾不止,终莫幸而至焉。故学者必慎其所道。道于杨、墨、老、庄、佛之学,而欲之圣人之道,犹航断港绝潢以望至于海也。故求观圣人之道,必自孟子始。今埙之所由,既几于知道,如又得其船与楫,知沿而不止,呜呼,其可量也哉!海峰先生云:韩公序文,扫除枝叶,体简辞足。

古文辞类纂

韩退之赠张童子序　○○

　　天下之以明二经举于礼部者,岁至三千人。始自县考试,定其可举者,然后升于州若府,其不能中科者,不与是数焉。州若府总其属之所升,又考试之如县,加察详焉,定其可举者,然后贡于天子,而升之有司,其不能中科者,不与是数焉,谓之乡贡。有司者,总州府之所升而考试之,加察详焉,第其可进者,以名上于天子,而藏之,属之吏部,岁不及二百人,谓之出身。能在是选者,厥惟艰哉!二经章句仅数十万言,其传注在外,皆诵之,又约知其大说。繇是举者,或远至十馀年,然后与乎三千之数,而升于礼部矣;又或远至十馀年,然后与乎二百之数,而进于吏部矣。斑白之老半焉,昏塞不能及者,皆不在是限,有终身不得与者焉。

张童子生九年,自州县达礼部,一举而进立于二百之列。又二年,益通二经,有司复上其事,繇是拜卫兵曹之命。人皆谓童子耳目明达,神气以灵,余亦伟童子之独出于等夷也。童子请于其官之长,随父而宁母。岁八月,自京师道陕南,至虢东及洛师,北过大河之阳,九月始来及郑。自朝之闻人,以及五都之伯长群吏,皆厚其饩饹,或作歌诗以嘉童子,童子亦荣矣。

虽然,愈将进童子于道,使人谓童子求益者,非欲速成者。夫少之与长也异观。少之时,人惟童子之异;及其长也,将责成人之礼焉。成人之礼,非尽于童子所能而已也。然则童子宜暂息乎其已学者,而勤乎其未学者可也。

愈与童子俱陆公之门人也。慕回、路二子之相请赠与处也,故有以赠童子。

韩退之与浮屠文畅师序　○○

人固有儒名而墨行者，问其名则是，校其行则非，可以与之游乎？如有墨名而儒行者，问其名则非，校其行则是，可以与之游乎？杨子云称在门墙则挥之，在夷狄则进之，吾取以为法焉。

浮屠师文畅，喜文章。其周游天下，凡有行，必请于缙绅先生，以求咏歌其所志。贞元十九年春，将行东南，柳君宗元为之请。解其装，得所得序、诗，累百馀篇，非至笃好，其何能致多如是邪？惜其无以圣人之道告之者，而徒举浮屠之说赠焉。夫文畅，浮屠也。如欲闻浮屠之说，当自就其师而问之，何故谒吾徒而来请也？彼见吾君臣父子之懿，文物事为之盛，其心有慕焉，拘其法而未能入，故乐闻其说而请之。如吾徒者，宜当告之以二帝、三王之道，日月星辰之行，天地之所以著，鬼神之所以幽，人物之所以蕃，江河之所以流而语之，不当又为浮屠之说而渎告之也。

民之初生，固若禽兽夷狄然。圣人者立，然后知宫居而粒食，亲亲而尊尊，生者养而死者藏。是故道莫大乎仁义，教莫正乎礼乐刑政。施之于天下，万物得其宜；措之于其躬，体安而气平。尧以是传之舜，舜以是传之禹，禹以是传之汤，汤以是传之文、武，文、武以是传之周公、孔子，书之于册，中国之人世守之。今浮屠者，孰为而孰传之邪？夫鸟，俯而啄，仰而四顾；夫兽，深居而简出。惧物之为己害也,犹且不脱焉,弱之肉,强之食。今吾与文畅,安居而暇食,优游以生死,与禽兽异者,宁可不知其所自邪?

夫不知者,非其人之罪也。知而不为者,惑也;悦乎故,不能即乎新者,弱也;知而不以告人者,不仁也;告而不以实者,不信也。余既重柳请,又嘉浮屠能喜文辞,于是乎言。

韩退之送石处士序　○

河阳军节度御史大夫乌公,为节度之三月,求士于从事之贤者。有荐石先生者,公曰:"先生何如?"曰:"先生居嵩、邙、瀍、谷之间,冬一裘,夏一葛,食朝夕,饭一盂,蔬一盘。人与之钱,则辞;请与出游,未尝以事辞。劝之仕不应,坐一室,左右图书。与之语道理,辩古今事当否,论人高下,事后当成败,若河决下流而东注,若驷马驾轻车,就熟路,而王良、造父为之先后也,若烛照、数计而龟卜也。"大夫曰:"先生有以自老,无求于人,其肯为某来邪?"从事曰:"大夫文武忠孝,求士为国,不私于家。方今寇聚于恒,师环其疆,农不耕收,财粟殚亡。吾所处地,归输之涂,治法征谋,宜有所出。先生仁且勇,若以义请,而强委重焉,其何说之辞?"于是撰书词,具马币,卜日以授使者,求先生之庐而请焉。先生不告于妻子,不谋于朋友,冠带出见客,拜受书礼于门内,宵则沐浴,戒行事,载书册,问道所由,告行于常所来往。晨则毕至,张上东门外。

酒三行，且起，有执爵而言者曰："大夫真能以义取人，先生真能以道自任，决去就。为先生别。"又酌而祝曰："凡去就出处何常，惟义之归。遂以为先生寿。"又酌而祝曰："使大夫恒无变其初，无务富其家而饥其师，无甘受佞人而外敬正士，无味于谄言，惟先生是听，以能有成功，保天子之宠命。"又祝曰："使先生无图利于大夫，而私便其身。"先生起拜祝辞曰："敢不敬蚤夜以求从祝规。"于是东都之人士，咸知大夫与先生，果能相与以有成也，遂各为歌诗六韵，遣愈为之序云。

韩退之送温处士赴河阳军序　○○

伯乐一过冀北之野，而马群遂空。夫冀北马多天下，伯乐虽善知马，安能空其群邪？解之者曰："吾所谓空，非无马也，无良马也。伯乐知马，遇其良辄取之，群无留良焉。苟无良，虽谓无马，不为虚语矣。"

东都，固士大夫之冀北也。恃才能深藏而不市者，洛之北涯曰石生，其南涯曰温生。大夫乌公，以铁钺镇河阳之三月，以石生为才，以礼为罗，罗而致之幕下。未数月也，以温生为才，于是以石生为媒，以礼为罗，又罗而致之幕下。东都虽信多才士，朝取一人焉拔其尤，暮取一人焉拔其尤。自居守、河南尹，以及百司之执事，与吾辈二县之大夫，政有所不通，事有所可疑，奚所谘而处焉？士大夫之去位而巷处者，谁与嬉游？小子后生，于何考德而问业焉？

缙绅之东西行过是都者，无所礼于其庐。若是而称曰：大夫乌公一镇河阳，而东都处士之庐无人焉，岂不可也？

　　夫南面而听天下，其所托重而恃力者，惟相与将耳。相为天子得人于朝廷，将为天子得文武士于幕下，求内外无治，不可得也。愈縻于兹，不能自引去，资二生以待老。今皆为有力者夺之，其何能无介然于怀邪？生既至，拜公于军门，其为吾以前所称，为天下贺，以后所称，为吾致私怨于尽取也。留守相公，首为四韵诗歌其事，愈因推其意而序之。意含滑稽，而文特嫖姚。

韩退之赠崔复州序　○○

　　有地数百里，趋走之吏，自长史、司马已下数十人。其禄足以仁其三族，及其朋友故旧。乐乎心，则一境之人喜；不乐乎心，则一境之人惧。丈夫官至刺史，亦荣矣。

　　虽然，幽远之小民，其足迹未尝至城邑，苟有不得其所，能自直于乡里之吏者鲜矣，况能自辨于县吏乎？能自辨于县吏者鲜矣，况能自辨于刺史之庭乎？由是刺史有所不闻，小民有所不宣。赋有常而民产无恒，水旱疠疫之不期，民之丰约悬于州，县令不以言，连帅不以信，民就穷而敛愈急，吾见刺史之难为也。

　　崔君为复州，其连帅则于公。崔君之仁，足以苏复人；于公之贤，足以庸崔君。有刺史之荣，而无其难为者，将在于此乎？愈尝辱于公之知，而旧游于崔君，庆复人之将蒙其休泽也，于是乎言。

韩退之送水陆运使韩侍御归所治序 ○○

六年冬，振武军吏，走驿马诣阙告饥，公卿廷议，以转运使不得其人，宜选才干之士往换之，_{鼐按："换"字见薛宣传。}吾族子重华适当其任。至则出赃罪吏九百馀人，脱其桎梏，给末耜与牛，使耕其傍便近地，以偿所负，释其粟之在吏者四十万斛不征。吏得去罪死，假种粮，齿平人，有以自效，莫不涕泣感奋，相率尽力以奉其令。而又为之奔走经营，相原隰之宜，指授方法，故连二岁大熟，吏得尽偿其所亡失四十万斛者，而私其赢馀，得以苏息，军不复饥。君曰："此未足为天子言。请益募人为十五屯，屯置百三十人，而种百顷。令各就高为堡，东起振武，转而西过云州界，极于中受降城，出入河山之际，六百馀里，屯堡相望，寇来不能为暴，人得肆耕其中，少可以罢漕挽之费。"朝廷从其议，秋果倍收，岁省度支钱千三百万。

八年，诏拜殿中侍御史，锡服朱银。其冬来朝，奏曰："得益开田四千顷，则尽可以给塞下五城矣。田五千顷，法当用人七千。臣令吏于无事时，督习弓矢，为战守备，因可以制虏，庶几所谓兵农兼事，务一而两得者也。"大臣方持其议。吾以为边军皆不知耕作，开口望哺，有司常僦人，以车船自他郡往输，乘沙逆河，远者数千里，人畜死，蹄踵交道，费不可胜计，中国坐耗，而边吏恒苦食不继。今君所请田，皆故秦、汉时郡县地，其课绩又已验白，若从其言，其利未可遽以一二数也。今天子方举群策，以收太平之功，宁使士有不尽用之叹，怀奇见而不得施设也，君又何忧？而中台士大夫，亦同言侍御韩君，前领三县，纪纲二州，奏课常为天下第一。行其计于边，其功烈又赫赫如此。使尽用其策，西北边故所没地，可指期而有也。闻其归，皆相勉为诗以推大之，而属余为序。

韩退之送湖南李正字序 　○

贞元中，愈从太傅陇西公平汴州，李生之尊府，以侍御史管汴之盐铁，日为酒杀羊享宾客，李生则尚与其弟学，读书习文辞，以举进士为业。愈于太傅府年最少，故得交李生父子间。公薨军乱，军司马、从事皆死，侍御亦被谗，为民日南。其后五年，愈又贬阳山令。今愈以都官郎守东都省，侍御自衡州刺史，为亲王长史，亦留此掌其府事。李生自湖南从事，请告来觐。于时太傅府之士，惟愈与河南司录周君独存，其外则李氏父子，相与为四人。离十三年，幸而集处，得燕而举一觞相属，此天也，非人力也。

侍御与周君，于今为先辈成德，李生温然为君子，有诗八百篇，传咏于时。惟愈也业不益进，行不加修，顾惟未死耳。往拜侍御，谒周君，抵李生，退未尝不发愧也。

往时侍御有无尽费于朋友，及今则又不忍其三族之寒饥，聚而馆之，疏远毕至，禄不足以养，李生虽欲不从事于外,其势不可得已也。重李生之还者,皆为诗,愈最故,故又为序云。

韩退之爱直赠李君房别 ○

左右前后皆正人也,欲其身之不正,乌可得邪?吾观李生,在南阳公之侧,有所不知,知之未尝不为之思;有所不疑,疑之未尝不为之言。勇不动于气,义不陈乎色。南阳公举措施为,不失其宜,天下之所窥观称道洋洋者,抑亦左右前后有其人乎!

凡在此趋公之庭,议公之事者,吾既从而游矣。言而公信之者,谋而公从之者,四方之人,则既闻而知之矣。李生,南阳公之甥也。人不知者,将曰李生之托婚于贵富之家,将以充其所求而止耳,故吾乐为天下道其为人焉。今之从事于彼也,吾为南阳公爱之,又未知人之举李生于彼者何辞,彼之所以待李生者何道。举不失辞,待不失道,虽失之此足爱惜,而得之彼为欢忻,于李生道犹若也。举之不以吾所称,待之不以吾所期,李生之言,不可出诸其口矣,吾重为天下惜之。

韩退之送郑十校理序 ○

秘书,御府也。天子犹以为外且远,不得朝夕视,始更聚书集贤殿,别置校雠官,曰“学士”,曰“校理”,常以宠丞相为大学士。其他学士,皆达官也,校理则用天下之名能文学者,苟在选,不计其秩次,惟所用之。由是集贤之书盛积,尽秘书所有,不能处其半。书日益多,官日益重。四年,郑生涵,始以长安尉选为校理,人皆曰:是宰相子,能恭俭,守教训,好古义,施于文辞者。如是,而在选,公卿大夫家之子弟,其劝耳矣!

愈为博士也,始事相公于祭酒;分教东都生也,事相公于东太学;今为郎于都官也,又事相公于居守。三为属吏,经时五年,观道于前后,听教诲于左右,可谓亲薰而炙之矣。其高大远密者,不敢隐度论也;其勤己而务博施,以己之有,欲人之能,不知古君子何如耳。今生始进仕,获重语于天下,而慊慊若不足,真能守其家法矣,其在门者可进贺也。

求告来宁,朝夕侍侧,东都士大夫不得见其面。于其行日,分司吏与留守之从事,窃载酒肴,席定鼎门外,盛宾客以饯之。既醉,各为诗五韵,且属愈为序。

韩退之送浮屠令纵西游序 ○○

其行异,其情同,君子与其进可也。令纵,释氏之秀者,又善为文,浮游徜徉,迹接于天下。藩维大臣,文武豪士,令纵未始不褰衣而负业,往造其门下。其有尊行美德,建功树业,令纵从而为之歌颂,典而不谀,丽而不淫,其有中古之遗风与!乘间致密,促席接膝,讥评文章,商较人士，浩浩乎不穷，愔愔乎深而有归，于是乎吾忘令纵之为释氏之子也。其来也云凝，其去也风休，方欢而已辞，虽义而不求。吾于令纵不知其不可也，盍赋诗以道其行乎？

古文辞类纂三十二终

赠序类二

　　予尝有幽忧之疾，退而闲居，不能治也。既而学琴于友人孙道滋，受宫声数引，久而乐之，不知疾之在其体也。

　　夫琴之为技小矣。及其至也，大者为宫，细者为羽，操弦骤作，忽然变之，急者凄然以促，缓者舒然以和。如崩崖裂石，高山出泉，而风雨夜至也；如怨夫寡妇之叹息，雌雄雍雍之相鸣也。其忧深思远，则舜与文王、孔子之遗音也；悲愁感愤，则伯奇孤子，屈原忠臣之所叹也。喜怒哀乐，动人必深，而纯古淡泊，与夫尧舜三代之言语，孔子之文章，《易》之忧患，《诗》之怨刺，无以异。其能听之以耳，应之以手，取其和者，道其湮郁，写其幽思，则感人之际，亦有至者焉。

　　予友杨君，好学有文，累以进士举，不得志，反从荫调，为尉于剑浦。区区在东南数千里外，是其心固有不平者。且少又多疾，而南方少医药，风俗、饮食异宜。以多疾之体,有不平之心,居异宜之俗,其能郁郁以久乎? 然欲平其心以养其疾,于琴亦将有得焉。故余作《琴说》以赠其行,且邀道滋酌酒进琴以为别。

欧阳永叔送田画秀才宁亲万州序 ○○○

五代之初,天下分为十三四,及建隆之际,或灭或微,其在者犹七国,而蜀与江南地最大。以周世宗之雄,三至淮上,不能举李氏。而蜀亦恃险为阻,秦陇、山南,皆被侵夺,而荆人缩手归、峡,不敢西窥以争故地。及太祖受天命,用兵不过万人,举两国如一郡县吏,何其伟欤!

当此时,文初之祖,从诸将西平成都,及南攻金陵,功最多,于时语名将者称田氏。田氏功书史官,禄世于家,至于今而不绝。及天下已定,将率无所用其武,士君子争以文儒进。故文初将家子,反衣白衣,从乡进士举于有司。彼此一时,亦各遭其势而然也。

文初辞业通敏,为人敦洁可喜。岁之仲春,自荆南,西拜其亲于万州,维舟夷陵。予与之登高以望远,遂游东山,窥绿萝溪,坐磐石,文初爱之,数日乃去。

夷陵者,其地志云:“北有夷山以为名。”或曰:“巴峡之险,至此地始平夷。”盖今文初所见,尚未为山川之胜者。由此而上,溯江湍,入三峡,险怪奇绝,乃可爱也。当王师伐蜀时,兵出两道,一自凤州以入,一自归州以取忠、万以西。今之所经,皆王师向所用武处,览其山川,可以慨然而赋矣。茅顺甫曰:风韵跌宕。

欧阳永叔送徐无党南归序 ○○○

　　草木鸟兽之为物,众人之为人,其为生虽异,而为死则同,一归于腐坏、澌尽、泯灭而已。而众人之中,有圣贤者,固亦生且死于其间,而独异于草木鸟兽众人者,虽死而不朽,逾远而弥存也。其所以为圣贤者,修之于身,施之于事,见之于言,是三者,所以能不朽而存也。

　　修于身者,无所不获;施于事者,有得有不得焉;其见于言者,则又有能有不能也。施于事矣,不见于言可也。自《诗》、《书》、《史记》所传,其人岂必皆能言之士哉!修于身矣,而不施于事,不见于言,亦可也。孔子弟子,有能政事者矣,有能言语者矣。若颜回者,在陋巷,曲肱饥卧而已,其群居,则默然终日如愚人。然自当时群弟子,皆推尊之,以为不敢望而及,而后世更百千岁,亦未有能及之者。其不朽而存者,固不待施于事,况于言乎?

　　予读班固《艺文志》、唐《四库书目》,见其所列,自三代、秦、汉以来,著书之士,多者至百馀篇,少者犹三四十篇,其人不可胜数,而散亡磨灭,百不一二存焉。予窃悲其人,文章丽矣,言语工矣,无异草木荣华之飘风,鸟兽好音之过耳也。方其用心与力之劳,亦何异众人之汲汲营营?而忽焉以死者,虽有迟有速,而卒与三者同归于泯灭,夫言之不可恃也盖如此! 今之学者,莫不慕古圣贤之不朽,而勤一世以尽心于文字间者，皆可悲也。

东阳徐生，少从予学为文章，稍稍见称于人。既去，而与群士试于礼部，得高第，由是知名。其文辞日进，如水涌而山出。予欲摧其盛气，而勉其思也，故于其归，告以是言。然予固亦喜为文辞者，亦因以自警焉。

欧阳永叔郑荀改名序　○

三代之衰，学废而道不明，然后诸子出。自老子厌周之乱，用其小见以为圣人之术止于此，始非仁义而诋圣智，诸子因之，益得肆其异说。至于战国，荡而不反，然后山渊、齐秦、坚白异同之论兴，圣人之学，几乎其息。最后荀卿子，独用《诗》、《书》之言，贬异扶正，著书以非诸子，尤以劝学为急。荀卿楚人，尝以学干诸侯不用，退老兰陵，楚人尊之。及战国平，三代《诗》、《书》未尽出，汉诸大儒贾生、司马迁之徒，莫不尽用荀卿子。盖其为说最近于圣人而然也。

荥阳郑昊，少为诗赋，举进士，已中第，遂弃之，曰："此不足学也。"始从先生长者学问，慨然有好古不及之意。郑君年尚少，而性淳明，辅以强力之志，得其是者而师焉，无不至也。将更其名，数以请，予使之自择，遂改曰"荀"，于是又见其志之果也。夫荀卿者，未尝亲见圣人，徒读其书而得之，然自子思、孟子已下，意皆轻之。使其与游、夏并进于孔子之门，吾不知其先后也。世之学者，苟如荀卿，可谓学矣,而又进焉,则孰能御哉?余既嘉君善自择而慕焉,因为之字曰"叔希",且以勖其成焉。

曾子固送周屯田序　○

士大夫登朝廷,年七十,上书去其位,天子官其一子而听之,亦可谓荣矣。然而有若不释然者。余为之言曰:古之士大夫倦而归者,安居几杖,膳羞被服、百物之珍好自若,天子养以燕飨饮食乡射之礼。自比子弟,袒韡鞠腏,以荐其物。诸其辞说,不于庠序,于朝廷。时节之赐,与缙绅之礼于其家者,不以朝则以夕。上之听其休,为不敢勤以事;下之自老,为无为而尊荣也。今一日辞事,返其庐,徒御散矣,宾客去矣,百物之顺其欲者不足,人之群嬉属好之交不与,约居而独游,散弃乎山墟林莽僻巷穷闾之间。如此其于长者薄也,亦曷能使其不欿然于心邪?虽然,不及乎尊事,可以委蛇其身而益闲;不享乎珍好,可以窒烦除薄而益安;不去乎深山长谷,岂不足以易其庠序之位;不居其荣,岂有患乎其辱哉!然则古之所以殷勤奉老者,皆世之任事者所自为,于士之倦而归者,顾为烦且劳也。今之置古事者,顾有司为少耳。士之老于其家者,独得其自肆也。然则何为动其意邪?

余为之言者,尚书屯田员外郎周君中复。周君与先人俱天圣二年进士,与余旧且好也。既为之辨其不释然者,又欲其有以处而乐也。读余言者,可无异周君,而病今之失矣。南丰曾巩序。

曾子固赠黎安二生序　○○

　　赵郡苏轼，余之同年友也，自蜀以书至京师遗余，称蜀之士曰黎生、安生者。既而黎生携其文数十万言，安生携其文亦数千言，辱以顾余。读其文，诚闳壮隽伟，善反覆驰骋，穷尽事理，而其材力之放纵，若不可极者也。二生固可谓魁奇特起之士，而苏君固可谓善知人者也。

　　顷之，黎生补江陵府司法参军，将行，请余言以为赠。余曰："余之知生，既得之于心矣，乃将以言相求于外邪？"黎生曰："生与安生之学于斯文，里之人皆笑以为迂阔。今求子之言，盖将解惑于里人。"余闻之，自顾而笑。夫世之迂阔，孰有甚于余乎？知信乎古，而不知合乎世；知志乎道，而不知同乎俗。此余所以困于今而不自知也。世之迂阔，孰有甚于余乎？今生之迂，特以文不近俗，迂之小者耳，患为笑于里之人，若余之迂大矣。使生持吾言而归，且重得罪，庸讵止于笑乎？然则若余之于生，将何言哉？谓余之迂为善，则其患若此。谓为不善，则有以合乎世，必违乎古；有以同乎俗，必离乎道矣。生其无急于解里人之惑，则于是焉，必能择而取之。遂书以赠二生，并示苏君以为何如也。

曾子固送江任序　〇

均之为吏，或中州之人，用于荒边侧境、山区海聚之间，蛮夷异域之处；或燕荆越蜀、海外万里之人，用于中州，以至四遐之乡，相易而往。其山行水涉沙莽之驰，往往则风霜冰雪瘴雾之毒之所侵加，蛇龙虺蝎虎豹之群之所抵触，冲波急湫，陨崖落石之所覆压。其进也，莫不籑粮裹药，选舟易马，刀兵曹伍而后动，戒朝奔夜，变更寒暑而后至。至则宫庐器械被服饮食之具，土风气候之宜，与夫人民谣俗语言习尚之务，其变难遵而其情难得也，则多愁居惕处，叹息而思归。及其久也，所习已安，所蔽已解，则岁月有期，可引而去矣。故不得专一精思，修治具，以宣布天子及下之仁，而为后世可守之法也。

或九州之人，各用于其土，不在西封在东境，士不必勤，舟车舆马不必力，而已传其邑都，坐其堂奥。道途所次，升降之倦，凌冒之虞，无有接于其形，动于其虑。至则耳目口鼻百体之所养，如不出乎其家；父兄六亲故旧之人，朝夕相见，如不出乎其里。山川之形，土田市井，风谣习俗，辞说之变，利害得失，善恶之条贯，非其童子之所闻，则其少长之所游览，非其自得，则其乡之先生老者之所告也。所居已安，所有事之宜，皆已习熟如此，故能专虑致勤，营职事，以宣上恩，而修百姓之急。其施为先后，不待旁谘久察，而与夺损益之几，已断于胸中矣。岂累夫孤客远寓之忧，而以苟且决事哉！

临川江君任，为洪之丰城。此两县者，牛羊之牧相交，树木果蔬五谷之垄相入也。所谓九州之人各用于其土者，孰近于此？既已得其所处之乐，而厌闻饫听其人民之事，而江君又有聪明敏慧之才，廉洁之行，以行其政，吾知其不去图书讲论之适，宾客之好，而所为有馀矣。盖县之治，则民自得于大山深谷之中，而州以无为于上。吾将见江西之幕府，无南向而虑者矣。于其行，遂书以送之。

曾子固送傅向老令瑞安序　　。

向老傅氏，山阴人。与其兄元老读书知道理，其所为文辞可喜。太夫人春秋高，而其家故贫。然向老昆弟尤自守，不苟取而妄交，太夫人亦忘其贫。余得之山阴，爱其自处之重，而见其进而未止也，特心与之。

向老用举者，令温之瑞安，将奉其太夫人以往。予谓向老学古，其为令当知所先后。然古之道，盖无所用于今，则向老之所守，亦难合矣。故为之言，庶夫有知予为不妄者，能以此而易彼也。

苏明允送石昌言为北使引　○○

　　昌言举进士时，吾始数岁，未学也。忆与群儿戏先府君侧，昌言从旁取枣栗啖我。家居相近，又以亲戚故甚狎。昌言举进士日有名。吾后渐长，亦稍知读书，学句读，属对声律，未成而废。昌言闻吾废学，虽不言，察其意甚恨。后十馀年，昌言及第第四人，守官四方，不相闻。吾日以壮大，乃能感悟，摧折复学。又数年，游京师，见昌言长安，相与劳问，如平生欢。出文十数首，昌言甚喜称善。吾晚学无师，虽日为文，中心自惭。及闻昌言说，乃颇自喜。

　　今十馀年，又来京师。而昌言官两制，乃为天子出使万里之外，强悍不屈之虏廷，建大旆，从骑数百，送车千乘，出都门，意气慨然。自思为儿时，见昌言先府君旁，安知其至此？<small>鹿按：此明允胸襟陋处，昌黎必不然也。</small>富贵不足怪，吾于昌言独自有感也：大丈夫生不为将，得为使，折冲口舌之间，足矣。

　　往年彭任从富公使还，为我言曰："既出境，宿驿亭，闻介马数万骑驰过，剑槊相摩，终夜有声，从者悚然失色。及明，视道上马迹，尚心掉不自禁。"凡虏所以夸耀中国者，多此类也。中国之人不测也，故或至于震惧而失辞，以为夷狄笑。呜呼！何其不思之甚也？昔者奉春君使冒顿，壮士健马，皆匿不见，是以有平城之役。今之匈奴，吾知其无能为也。孟子曰："说大人则藐之。"况于夷狄，请以为赠。茅

苏明允仲兄文甫说 ○○

洵读《易》至《涣》之六四,曰:"涣其群,元吉。"曰:嗟夫!群者,圣人之所欲涣以混一天下者也。盖余仲兄名涣,而字公群,则是以圣人之所欲解散涤荡者以自命也,而可乎?他日以告,兄曰:"子可无为我易之?"洵曰:"唯。"既而曰:"请以'文甫'易之如何?"

且兄尝见夫水之与风乎?油然而行,渊然而留,渟洄汪洋,满而上浮者,是水也,而风实起之;蓬蓬然而发乎太空,不终日而行乎四方,荡乎其无形,飘乎其远来,既往而不知其迹之所存者,是风也,而水实形之。今夫风水之相遭乎大泽之陂也,纡馀委蛇,蜿蜒沦涟,安而相推,怒而相凌,舒而如云,蹙而如鳞,疾而如驰,徐而如缅,揖让旋辟,相顾而不前。其繁如毂,其乱如雾,纷纭郁扰,百里若一。泊乎顺流,至乎沧海之滨,磅礴汹涌,号怒相轧,交横绸缪,放乎空虚,掉乎无垠,横流逆折,溃旋倾侧,宛转胶戾,霈按:此段形容风水处极工,惜太袭长卿《上林》耳。回者如轮,萦者如带,直者如燧,奔者如焰,跳者如鹭,跃者如鲤,殊状异态,而风水之极观备矣。故曰"风行水上涣"。此亦天下之至文也。

然而此二物者,岂有求乎文哉?无意乎相求,不期而相遭,而文生焉。是其为文也,非水之文也,非风之文也,

古文辞类纂

二物者,非能为文,而不能不为文也。物之相使,而文出于其间也。故曰"此天下之至文也"。今夫玉非不温然美矣,而不得以为文;刻镂组绣,非不文矣,而不可以论乎自然。故夫天下之无营而文生之者,唯水与风而已。昔者君子之处于世,不求有功,不得已而功成,则天下以为贤;不求有言,不得已而言出,则天下以为口实。呜呼!此不可与他人道之,唯吾兄可也。

苏明允名二子说 ○○

轮、辐、盖、轸,皆有职乎车,而轼独若无所为者。虽然去轼,则吾未见其为完车也。轼乎!吾惧汝之不外饰也。

天下之车,莫不由辙,而言车之功,辙不与焉。虽然,车仆马毙,而患不及辙,是辙者,祸福之间。辙乎!吾知免矣。

苏子瞻太息送秦少章 ○

孔北海与曹公论盛孝章云:"孝章实丈夫之雄者也,游谈之士,依以成声。今之少年,喜谤前辈,或讥评孝章。孝章要为有天下重名,九牧之人所共称叹。"吾读至此,未尝不废书太息也。曰:嗟乎!英伟奇逸之士,不容于世俗也久矣。虽然,自今观之,孔北海、盛孝章犹在世,而向之讥评者,与草木同腐久矣。

昔吾举进士,试于礼部,欧阳文忠公见吾文曰:"此我辈人也,吾当避之。"方是时,士以剽裂为文,聚而见讪,且讪公者,所在成市。曾未数年,忽焉若潦水之归壑,无复见一人者。此岂复待后世哉?今吾衰老废学,自视缺然,而天下士不吾弃,以为可以与于斯文者,犹以文忠公之故也。

张文潜,秦少游,此两人者,士之超逸绝尘者也。非独吾云尔,二三子亦自以为莫及也。士骇于所未闻,不能无异同,故纷纷之言,常及吾与二子。吾策之审矣,士如良金美玉,市有定价,岂可以爱憎口舌贵贱之欤?

少游之弟少章,复从吾游,不及期年,而论议日新,若将施于用者,欲归省其亲,且不忍去。呜呼!子行矣,归而求诸兄,吾何加焉?作《太息》一篇,以饯其行,使藏于家,三年然后出之。

苏子瞻日喻 赠吴彦律　○○

生而眇者不识日,问之有目者。或告之曰:"日之状如铜槃。"扣槃而得其声,他日闻钟,以为日也。或告之曰:"日之光如烛。"扪烛而得其形,他日揣籥,以为日也。

日之与钟、籥亦远矣,而眇者不知其异,以其未尝见而求之人也。道之难见也甚于日,而人之未达也,无以异于眇。达者告之,虽有巧譬善导,亦无以过于槃与烛也。自槃而之钟,自烛而之籥,转而相之,岂有既乎?故世之言道者,或即其所见而名之,或莫之见而意之,皆求道之过也。然则道卒不可求与?苏子曰:道可致而不可求。何谓致?孙武曰:"善战者致人,不致于人。"孔子曰:"百工居肆以成其事,君子学以致其道。"莫之求而自至,斯以为致也与?

南方多没人,日与水居也,七岁而能涉,十岁而能浮,十五而能没矣。夫没者岂苟然哉?必将有得于水之道者。日与水居,则十五而得其道;生不识水,则虽壮,见舟而畏之。故北方之勇者,问于没人,而求所以没,以其言试之河,未有不溺者也。故凡不学而务求道,皆北方之学没者也。

昔者以声律取士,士杂学而不志于道;今也以经术取士,士知求道而不务学。渤海吴君彦律,有志于学者也,方求举于礼部,作《日喻》以告之。

苏子瞻稼说 送张琥 ○

曷尝观于富人之稼乎?其田美而多,其食足而有馀。其田美而多,则可以更休,而地力得完;其食足而有馀,则种之常不后时,而敛之常及其熟。故富人之稼常美,少秕而多实,久藏而不腐。今吾十口之家,而共百亩之田,寸寸而取之,日夜以望之,锄櫌铚艾相寻于其上者如鱼鳞,而地力竭矣。种之常不及时,而敛之常不待其熟,此岂能复有美稼哉?

古之人，其才非有以大过今之人也。其平居所以自养，而不敢轻用，以待其成者。闵闵焉，如婴儿之望长也；弱者养之以至于刚，虚者养之以至于充。三十而后仕，五十而后爵。信于久屈之中，而用于至足之后；流于既溢之馀，而发于持满之末。此古之人所以大过人，而今之君子所以不及也。

吾少也，有志于学，不幸而早得与吾子同年，吾子之得亦不可谓不早也。吾今虽欲自以为不足，而众且妄推之矣。呜呼！吾子其去此而务学也哉？博观而约取，厚积而薄发，吾告子止于此矣。子归过京师而问焉，有曰辙子由者，吾弟也，其亦以是语之。

王介甫送孙正之序 ○

时然而然，众人也；已然而然，君子也。已然而然，非私己也，圣人之道在焉尔。

夫君子有穷苦颠跌，不肯一失诎己以从时者，不以时胜道也。故其得志于君，则变时而之道，若反手然，彼其术素修，而志素定也。时乎杨、墨，己不然者，孟轲氏而已；时乎释、老，己不然者，韩愈氏而已。如孟、韩者，可谓术素修而志素定也，不以时胜道也。惜也不得志于君，使真儒之效，不白于当世，然其于众人也卓矣。呜呼！予观今之世，圆冠峨如，大裙襜如，坐而尧言，起而舜趋，不以孟、韩之心为心者，果异众人乎？

予官于扬，得友曰孙正之。正之行古之道，又善为古文，予知其能以孟、韩之心为心而不已者也。夫越人之望燕为绝域也，北辕而首之，苟不已，无不至。孟、韩之道去吾党，岂若越人之望燕哉？以正之之不已，而不至焉，予未之信也。一日得志于吾君，而真儒之效，不白于当世，予亦未之信也。

　　正之之兄官于温，奉其亲以行，将从之，先为言以处予。予欲默，安得而默也？

　　　　　　古文辞类纂三十三终